龍淵

下卷

封禁傳說

驃騎／著

變種水母／繪

目錄

楔子

西漢的《淮南子》記載：「往古來今謂之宙，四方上下謂之宇！」

宇宙誕生超過一百三十八億年，人類在宇宙中，地球是目前人類所知唯一有生命存在的星球。

宇宙中暗能量佔據宇宙全部物質的百分之七十四，暗物質是已知推測宇宙加速膨脹的推手。宇宙的膨脹進程處於兩種相剋的力量平衡之中，如同中國道家的陰陽相剋之理一般，一旦能量平衡被打破，那麼也許是終點的到來，或者是新的開始。

大漠飛沙，疾風席捲著黃沙在沙丘的頂端形成了一道遮天蔽日的「沙幕」，黃沙中枯骨和不斷倒下的屍體成為了前進的路標。

一支衣衫襤褸的隊伍緩慢的行進在沙暴之中，隊伍的中央似乎在護送著什麼，不斷有士兵丟棄鎧甲，一把上了鏽的唐刀被丟在沙中，刀的主人逕自栽倒，沒人過問，後人麻木不仁的經過，甚至連多看一眼都不願意。遠處天空中出現了一座金光閃閃的城市，城市的中央有一座金色的寶塔，眾人跪地祈禱不止。

轉瞬千載，一個漆黑的夜雨，銀蛇狂舞一般的閃電擊中了不遠處的一座通訊鐵塔，蹦出一連串的電花肆意飛濺。

位於山谷中的一座國防工事的通訊也隨之中斷，幾名武裝戰士冒著風雨試圖修復通訊，結果一去不回。黑暗中一些模糊的身影憑藉著茂密的樹林向國防工事悄然滲透。

第一章　離奇失竊

我們人類有一個最大的終極困惑，那就是我們從何而來，將要到何而去？如果猿類能夠進化成人類，那麼如今的猿類卻為何與人類一樣，停止了進化的步伐？

人類的發展歷程一直是按照人類自身的意願在不斷前進，當人類的幻想甚至是妄想不斷被日新月異的科技實現之後，人類的欲望開始不斷的膨脹，長生不老、飛天遁地等等困擾著人類。為此，人類開始進行更深層次的探索和研究，諸神世紀，人類從將神拉下神壇，又將神送回了神壇，開始了漫長的尋神之旅。

沒有人知道我們要尋找的神到底是史前文明還是外星文明，一切我們無從而知，唯一知道的是人類不會停止探索的腳步，只有星辰構成的大海中有我們需要的答案。

一頭卷髮，面部修飾得十分乾淨，戴著金絲邊眼鏡，滿臉狂熱彷彿一個虔誠的殉道者一般的中年學者揮舞著手臂，好像今天晚上就能造飛船，明天就能衝出太陽系一般。

秦濤一副慵懶神情打了一個哈欠，還是當年的老毛病一上課就有點睏，想睡覺。不遠處的徐建軍也是一臉不願意奉陪的表情，郝簡仁的座位上根本沒有人？據說舒楠楠懷孕了，郝簡仁一門心思的糾結是兒子還是女兒，哪裡有心思上課。

洪裕達，國內頂級的神祕主義研究學者、考古專家、史前遺跡的探索者，正在用審視的目光盯著講臺下七九六一部隊幾個大不敬的學生，來自其餘單位的學員在低頭認真的做著筆記。

徐建軍向秦濤擠眉弄眼，秦濤無奈地將口袋裡的煙丟了過去，洪裕達可謂萬分震驚，在自己的課堂上竟然公然相互丟香煙？雖然說有教無類，但是囂張的秦濤和徐建軍的行徑還是刺激到了洪裕達脆弱的自尊。

「你們兩個給我站起來！」洪裕達幾乎聲嘶力竭的大吼，向秦濤和徐建軍傳遞自己的不滿，在眾多學員震驚的表情中秦濤與徐建軍起身微笑：「老師再見！」

在眾目睽睽之下溜達出課堂的秦濤和徐建軍又退了回來，臉色鐵青的呂長空和李建業盯著兩人一言不發。比拼心理素質？經歷了諸多生死關頭的秦濤和徐建軍已經習慣了泰山崩於前不驚，尤其兩人還沾染了郝簡仁的厚臉皮和稍許無恥。

呂長空最終歎了口氣道：「尊師重道，洪教授是我請來給各單位講解上課的專家，你們兩個想幹什麼？」

秦濤啪的一個立正道：「報告，我認為紙上談兵害死人！」徐建軍在旁擠眉弄眼立即補充道：「如果白山和雪域搜救兩次行動按照洪教授的方式行動，我們唯一的選擇是全軍覆沒。」

秦濤和徐建軍的言論讓學習班頓時炸開了鍋，秦濤隨即補刀道：「另外，我希望對參與行動的科研人員尤其教授做心理測試和體檢，以免再有想長生不死的傢伙關鍵時刻壞事。」

秦濤刻意看了洪裕達一眼，洪裕達不明所以的望著呂長空，呂長空深深的呼了口氣：「洪教授，你的授業老師沈瀚文在白山行動中最後沒能控制住自己的欲望，給科考隊帶來了巨大的損失，堪稱災難。」

從洪裕達驚愕不已的表情，所有人都看出了洪裕達並不知情沈瀚文的事情，在座的學員紛紛七嘴八舌的議論起來。原本所有學員都是從各個部隊抽調來的精英，對於七九六一部隊搞的這套神神鬼鬼的神祕主義加什麼史前外星文明根本不感興趣，現在改革開放了，這年頭賣茶葉蛋的都比造導彈的賺得多。

春風讓人心開始浮動，就連鐵打的軍營流水的兵都出現了一絲不安！

李建業眼睛一瞪，一支嶄新的五四式手槍拍到了桌子上：「你們是軍人！牢記職責與使命，我們的鐵血榮光是先烈用生命和鮮血換來的，和平年代我們更要牢記使命，履行職責！」

秦濤等諸多學員全體起立，大聲重複道：「牢記使命，履行職責！」

呂長空無奈的搖了搖頭轉身離開，李建業收起手槍沉默片刻道：「身為軍人遇到戰爭是一種幸運，但是對人民來說更多的是不幸，我們的使命就是將一切危機消滅於萌芽狀態，遏止戰爭，保衛和平！」

呂長空站在門外等待李建業，看了一眼走出教室大門的李建業道：「四十多歲的人了，還是政工幹部，脾氣怎麼不能改一改？掏槍那套是我們當年做法，現在行不通了，秦濤和徐建軍都是生死邊緣滾過幾個來回的，你能嚇唬住他們？」

李建業微微的歎了口氣道：「七九六一部隊組建的目的就是將威脅國家人民安全甚至全世界安全的未知隱患遏止於萌芽之中，面對未知就會出現犧牲，白山事件、雪域事件都是眾多未知事件之一，如果不是當時我們迅速做出反應下定決心採取堅決措施，事態很可能失控甚至引發災難。」

呂長空點了點頭：「這一點我是明白的，新時期，面對不同的環境我也希望你也能轉化下思維，現在改革開放搞活經濟，我們中的一些人的心也開始動搖浮躁起來了。」

呂長空正與李建業交談，一名參謀跑步到兩人面前立正敬禮道：「報告呂部長、李副指揮，零七祕密倉庫出事了。」呂長空與李建業的臉色當即一變，別人不清楚零七祕密倉庫的重要性，他們卻心知肚明，那裡封存著大量不明用途又具有未知危險性的物品，白山事件的墨典與雪域事件的鼎器也都封存在那裡。

洪裕達的課程被強行終止，面對呂長空下達的命令洪裕達只能乾瞪眼束手無策。

秦濤、徐建軍、郝簡仁等十幾名學員坐在司令部作戰室的幻燈室內，李建業繃著臉用審視的目光在每個人的臉上來回巡視。秦濤憑藉自己對老政委的瞭解知道這次一定是出大事了，果然片刻工夫，呂長空和不太受待見的洪裕達一大群人也進入了幻燈室，呂長空示意李建業可以開始了。

隨著幻燈片播放，李建業開始為眾人講解道：「零七祕密倉庫是高度機密所在，其選址就在我們基地附近廢棄的九零五工程，倉庫內存放的都是從各地收集包括我部多次出擊回收的不明來歷、不明用途又具有未知危險性的物品。」

李建業指著幻燈片中倒塌的通訊塔道：「根據現場勘察判定是國外最新的C型定向爆破裝置毀壞了通訊塔的支撐，導致通訊塔倒塌引發通訊中斷，利用維修通訊塔的機會奇襲了倉庫，對方使用了高濃度的特殊麻醉氣體，雖然沒有造成我方的人員傷亡，但是行徑極其囂張，影響極為惡劣，現在正在清點庫房內到底丟失了什麼物品，上級指示我們的任務是追回被竊物品，抓捕所有犯罪分子。」

郝簡仁皺著眉頭望著秦濤壓低聲音道：「抓捕犯罪分子應該是公安的工作，我們是不是有點鹹吃蘿蔔淡操心？零七祕密倉庫竟然就在咱們眼皮子底下，典型的燈下黑啊？濤子哥我就奇怪了，咱們都不知道零七祕密倉庫的位置，這夥襲擊者是怎麼知道的？」

李建業瞪了口不擇言的郝簡仁一眼道：「在保護人民群眾和平安寧生活方面，軍人與公安一樣都有著義不容辭的責任和義務。」

呂長空緩緩起身道：「打鐵還需自身硬，保衛處立即介入排查所有接觸零七祕密倉庫的人。」

會議進行的非常短暫，因為一切都還在調查之中，大雨幾乎沖毀了所有的痕跡，讓調查工作陷入了困境。與此同時，內部調查讓秦濤有點心煩意亂，在負責調查的李副處長眼中幾乎所有人都有嫌疑。

秦濤看了一眼宿舍中自己夾在日記本裡陳可兒的照片，睹物思人，就如同兩個不在同一軌道上的行星一般，兩個人差一點走到一起，陳可兒想讓秦濤脫下這身軍裝跟她回英國，秦濤自己心底難捨這套軍裝。

於是，兩人僵持了一段時間，陳可兒又不太適應國內的生活，最終選擇返回了英國，兩人之間的通信也越來越少，一個每天要訓練學習，一個全世界到處飛追尋神話和傳說。

保衛處的李副處長與秦濤談了幾次話，這次算是最不愉快的，李副處長讓秦濤提出幾個可疑人選，結果秦濤把李副處長排在第一位。

火冒三丈的李副處長剛想發威就被秦濤一隻手丟出了十幾米遠，摔得鼻青臉腫，這時李副處長才想起秦濤是一個怎樣的存在，只好氣呼呼的去找呂長空告狀，結果又挨了批評，被勒令自我反省。

呂長空根據秦濤反映的意見及時叫停了內部調查，畢竟知道零七祕密倉庫位置所在的，在七九六一部隊也只有呂長空和李建業兩個人。

內部調查無果之際，倉庫方面經過大量清理和比對工作，找到了編號 700198 的失竊物品，一件從川北唐代古墓中出土帶有放射性元素的金屬蛋體，直徑十五公分，高度二十五公分大小，金屬成分不明。

襲擊部隊駐守的國防工事，放著包括雪域取回的鼎器等眾多珍貴遺存不顧，直奔目標取走了這個金屬成分不明的金屬蛋體？

同時，調查還發現駐守該國防工事當班的副主任交往一年已經提交結婚報告的女友離奇失蹤，副主任的女友經過多方調查都沒有任何資訊，兩人甚至沒有一張合影？那個神祕的女孩如同消失在空氣中一般。

秦濤獨自一人坐在資料室內，反覆翻看著關於川北唐代古墓出土的金屬蛋體的保密資料，就在秦濤全神貫注的翻閱資料之際，一個黑影悄無聲息的向秦濤逼近。

全神貫注閱讀資料的秦濤突然猛的轉身用手電筒從下而上照著自己的臉，嚇得洪裕達媽呀一聲跌倒在地，秦濤見呂長空等人也進入資料室，急忙收起手電筒，笑咪咪的拽起了渾身哆嗦，連話都說不俐落的洪裕達。

面對假意關心自己的秦濤，洪裕達平心而論真沒見過如此厚顏無恥之徒，而對於秦濤來說，你不聲不響走到我身後想拍我肩膀？我不嚇嚇你真對不起你。

呂長空望著陸續進入資料室的徐建軍和郝簡仁，示意隨行的參謀關閉資料室的門，隨即坐在一旁用手敲了下桌子道：「上級部署任務，務必追回失竊的 700198 號物品，相關情況你們可以到川北地區的文物保護所找沈鶴北所長，當時是根據他提供的線索使公安機關破獲了這起文物盜竊案，另外沈鶴北所長對這個金屬蛋體有相當詳細的研究。」

秦濤有些不解道：「那為什麼我們所掌握的資料中沒有關於沈所長的研究推測結論？」

呂長空尷尬的咳嗽了一下：「這個嘛。大家都懂得，沈所長這樣長年累月在山區默默無聞作研究的人，是很難被重視的，如果不是這次編號700198的物品被竊，我們也無從得知還有一位沈所長對這件物品做過相當仔細的研究和推測。」

李建業接過話題：「同志們，根據情報和公安機關提供的線索，此次作案的是一個被通緝多年的流竄團夥，該團夥有成員在川北被當地公安局抓獲，上級指示我部派人武裝押解護送，順藤摸瓜一舉搗毀這個作案團夥。」

秦濤將筆落在了地圖上該罪犯被捕地點，竟然與之前自己標注的編號700198物品出土的唐代古墓在同一個三角定位區域內？難道這一切僅僅是巧合？

突然，一陣疾風吹開了窗戶，猛烈的扇動下，兩扇窗戶的玻璃全部破裂，桌子上的地圖與資料被吹得亂七八糟。處變不驚的洪裕達將一幅唐代時期的地圖鋪在了桌子上，似乎並未受到任何影響。

秦濤的手指有節奏的敲擊著桌面，犯罪團夥敢公然襲擊駐軍單位？似乎有些過於瘋狂不合常理？即便是找死也不是這個節奏，唯一的可能就是這夥人有著更深層次的目標。

只要一談論到歷史或者神祕主義，洪裕達就如同擰足了勁的發條一般用手指著地圖上標著劍南道的區域興奮道：「各位請看，經過我昨晚的精心比對，這夥犯罪分子很有可能就隱藏在劍南道梓州附近。」

郝簡仁一臉迷惑的望著洪裕達道：「說點能聽懂的。」秦濤瞪了一眼郝簡仁：「讓你多看點書，秦滅巴、蜀後在四川推行郡縣制，在原巴蜀地區設置了巴郡和蜀郡，在漢朝初年又增設了廣漢郡。唐太宗貞觀元年也就是西元六百二十七年，唐廢除州郡制，改益州等州為劍南道，因為管轄位於益州地區，又因位於劍門關以南故名劍南道。該區域屬於亞熱帶季風氣候，冬季不結冰，地形以山地和丘陵為主，其北部山區為秦嶺和大巴山，其他地區多為丘陵地帶，地形十分複雜多變。」

郝簡仁一臉佩服神情望著秦濤道：「厲害了濤子哥，真是幾日未見當刮目相看。」

洪裕達點了點頭：「秦濤同志說得非常對，此地在春秋戰國時為蜀國酋長鄴王國轄地，我查看了一下出土金屬蛋體的唐代古墓，墓誌銘是由當時的唐代劍南道刺史崔圓所題，崔圓此人是安史之亂唐皇入川的重要人物，野史傳聞崔圓被唐皇付以重任，當年在川北進行了一系列的祕密活動，唐皇入川的時候隨皇伴駕的一隊驃騎軍神祕消失成為川北的千古之謎，史學家認為失蹤的驃騎軍與崔圓後期被貶有密切的關係。」

李建業急匆匆的進入資料室，一揚手中的電報道：「川北地區臨縣以北九公里的龍脊山出現大規模的地質塌方，形成了一個直徑五百米的巨型天坑，在區域內進行古生物化石和新石器時期遺址考古的一隊九人的考古隊員失蹤。」

秦濤用尺在地圖上的臨縣向北龍脊山畫了一條直線，沒想到這條直線的終點竟然與之前發掘的唐代古墓重疊在一起？嫌疑人也是在這附近被捕的，唐代古墓也是在此附近發掘的，現在又多了一個地質塌陷形成了巨型天坑？

秦濤相信這個世界上沒有那麼多的巧合和意外，事出有因必有果，天坑的突然出現給整個事件蒙上了一層陰影。

「要不我帶隊去一趟，簡仁的老婆快生了，讓他留在基地隨時準備支援。」秦濤看了一眼郝簡仁，向呂長空提出了自己認為非常合理的方案。

呂長空反而有些猶豫不決道：「考古隊方面已經得到了當地警力和駐軍的協助，我們還是將主要精力放在失竊的編號700198物品上。」秦濤點了點頭：「我明白，請首長放心，我一定完成任務。」

李建業看一眼躍躍欲試的徐建軍道：「你和秦濤是老搭檔了，這次你們兩個去一趟，協助地方同志將犯人押送回來。」

秦濤點了點頭，基地人手不足是非常嚴峻的事實，七九六一部隊的選拔與普通部隊不同，不僅僅要的是精英中的精英，而且還必須通過一定程度的心理測試與評估，僅僅這一關就讓很多原本有望入選的隊員止步望而興歎了。從白山事件到雪域事件，七九六一部隊可以說傷了元氣，損失的人手比補充的還快，面對各種極度危險的未知險情，說什麼小心注意安全都是屁話，能保住性命就已經算是不錯了。

徐建軍回家收拾個人物品，老婆用滲人的目光盯著自己，基地誰都清楚七九六一部隊的性質，但是身為軍人就應該勇於承擔，迎難而上。

徐建軍的老婆是四川人，典型的粗中有細，自家男人在收拾行裝，對面宿舍樓的秦濤也在收拾東西，看到自己男人只帶一支手槍的時候，龐文娟終於鬆了口氣，一支手槍能應付的事情能有多大？為了照顧自己男人的心情，臨出門前龐文娟努力的給徐建軍擠出了一絲笑容，叮囑他家裡有自己，孩子、老人不用他操心。

由於考慮到外出時間不長，秦濤與徐建軍商量決定輕裝簡行，武器方面兩人各自攜帶了一支五四式手槍，處於危機感的秦濤和徐建軍不約而同的帶了八個備用彈夾和幾十發散裝的子彈，原本徐建軍還準備帶兩枚手榴彈，考慮到似乎有些過於驚世駭俗，於是只好忍痛割愛。

李建業與呂長空站在大樓三樓的窗口目送兩人的吉普車離開營區，雪域事件原本就是突發事件，情報的閉塞導致了增援的空降兵分隊也出現了重大的傷亡，為此呂長空與老戰友也翻了臉，空降兵每一個都是寶貝疙瘩，一次行動不明不白就損失了兩個排，事後連問都不讓問，換誰都是一肚子氣。

◊

早春時分，車窗外一片新綠，大地萌動著一片片的生機盎然，綠皮火車臥鋪就是另外一個世界，孩子追逐在笑聲中來回奔跑，一口東北腔舉著乾豆腐卷大蔥下酒的壯漢，一口道地陝北方言吃著乾饃的老者，臉蛋上通紅的蒙古妞，一本正經胡說八道的倒爺（註1），一身得體的灰色立領夾克端坐的公務員。

徐建軍見秦濤盯著跑來跑去的孩子道：「老大不小了，你的個人問題怎麼解決？不是我當老大哥的說你，別挑挑揀揀了，我看咱們衛生隊的李大夫就不錯，你的陳可兒是好，但她能留在這兔子不拉屎的地方陪你，還是你能捨得脫下這身軍裝？陳可兒只能遠觀不能睡，鏡中花，水中月，孰輕孰重你要自己思量清楚。」

秦濤認真的上下打量坐在自己對鋪的徐建軍，他沒想到徐建軍什麼時候竟然有了政工幹部的能力了？說起自己一套一套的？於是故意翻了下白眼道：「你怎麼知道我沒睡？」

徐建軍鄙視的看了秦濤一眼：「就你？就憑你？你也就痛快痛快嘴吧！之前你有多少次機會都不把握，現在腸子都悔青了吧？」

徐建軍咬了一口牛肉乾，拽開一罐易開罐啤酒，咕咚、咕咚逕自灌了下去，打了一個酒嗝抹了抹嘴。中鋪和上鋪的四個女學生一樣打扮的女孩，用鄙視的目光盯著口不擇言一副流氓表現的徐建軍。

徐建軍用牛肉乾一指秦濤道：「你給老哥一個痛快話，今年能不能把個人問題解決了？三條腿的蛤蟆不好找，兩條腿的女人滿地都是。」

秦濤瞇著眼睛看了徐建軍一眼：「你一個三十五才結婚的傢伙，替我這二十七的著急，你累不累？」

徐建軍被秦濤噎的微微一愣，隨後無奈道：「老哥我這不是自然條件有限嘛，你差什麼？」

秦濤無奈的將書扣在臉上，這時一串急促的腳步聲響起，兩名隨車的乘警似乎向另外一節車廂快速奔跑，而大批驚慌失措的旅客則湧入臥鋪車廂？

徐建軍好奇的望著叫嚷不停的人流，似乎聽到有人談論殺人逃犯？

「砰！」一聲槍響讓秦濤警覺起來，雖然在運行中的車廂內噪音極大，但是秦濤能夠分辨得出來，那是手槍射擊的聲音，而且很像是一支軍警用五四式手槍的射擊聲。

秦濤與徐建軍立即將子彈上膛，車廂內已經陷入了混亂，兩人只好從中鋪的行李架前行抵達了車廂門口。秦濤探了一下頭，九號車廂內一名臉色蒼白的男子揮舞著一支五四式手槍？挾持了一名面容嬌美知性，可惜同樣臉色蒼白的女乘警。

秦濤對徐建軍點了下頭：「我們兩面夾擊，我從正門出擊吸引歹徒注意力，你從側翼包抄。」

徐建軍一臉無奈的盯著秦濤道：「大哥，這是火車上，你以為人人都像你一樣，我怎麼從側翼包抄？」

秦濤環顧左右確實有些忽略了在火車上的客觀事實，於是有些不好意思道：「我們正面強攻！」

徐建軍一把拽住秦濤：「有多少把握？」

秦濤微微一笑：「老徐，你信不過我？」

徐建軍看了一眼躲在車廂連接處的另外一名赤手空拳的乘警，只好點頭道：「老秦你要顧及點人質，那可是如花似玉的大姑娘啊！別上去就開槍，嚇壞人家。」

秦濤點了點頭幾步就進入了九號車廂，臉色蒼白的歹徒發覺竟然有人逕自闖了過來，一聲不吭甩手準備開槍，秦濤快速出槍射擊，子彈恰好擊中歹徒的手腕，讓秦濤震驚的是歹徒的手槍並未脫手，反而開槍射擊。

子彈擊中了車廂連接處的白鋼護板發生跳彈，秦濤躲閃之餘對著歹徒露出的半個身子連開六槍，手槍空倉掛機，槍口冒著淡淡的青煙。

中彈的歹徒似乎還緊緊的卡著人質的脖子，秦濤順勢一腳將歹徒踹開，救下了被掐得直翻白眼的女乘警。給自己的手槍更換彈夾的瞬間，倒地的歹徒竟然猛的撲向秦濤，秦濤將手中的彈夾狠狠的插入歹徒的胸口，順勢手槍上膛連續七槍全部命中歹徒要害，其中兩槍射中了頭部。

心有餘悸的秦濤用腳踢了踢歹徒的屍體，確認沒有生命跡象之後才緩緩的鬆了口氣。

一旁似乎有些心驚膽戰的女乘警仗著膽子對秦濤致謝：「謝謝你同志，你是哪個部門的？你們為什麼有配槍？請出示你們的證件和持槍證，另外你們要寫一份關於在列車上開火的詳細筆錄，這是列車，上面這麼多乘客和人民群眾，你們就這樣開火，實在太冒失了，另外你開槍打壞的設施和設備，我們會統計出來遞交給你的單位照價賠償的。」

秦濤認真的看了看留著馬尾辮子，宛如鄰家女孩一般清純的女乘警，以確定自己沒救錯人。

「哎呦喂！老秦快來，我中彈了！」徐建軍的呼喊聲打斷了秦濤與美女乘警的對視，女乘警急忙喊道：「你的證件同志，還有持槍證，我叫雪千怡，千秋偉業的千……」

徐建軍的褲子被鮮血染紅，推開一群不明真相的圍觀群眾，秦濤仔細檢查了一下徐建軍的傷口徹底放心，彈頭進入皮膚兩釐米，是歹徒開的那槍發生跳彈的彈頭，偏偏擊中了自以為安全的徐建軍。

秦濤正在給徐建軍處理傷口，就聽見九號車廂傳來一聲驚呼？

雪千怡的驚呼聲讓秦濤迅速趕到九號車廂，此刻空無一人的九號車廂一片混亂，地面上丟棄的各種行李、衣物、食物，一只孤零零的皮鞋彷彿等待著與它的主人重歸於好。

「大呼小叫幹什麼？」秦濤不滿的將手槍張開的機頭壓了回去，雪千怡也氣呼呼道：「你到底是什麼人？」秦濤將證件丟給雪千怡，雪千怡看後驚訝道：「原來是人民子弟兵啊！失敬、失敬。」

秦濤點了點頭：「客氣的話就不用說了，妳剛才為什麼驚呼？」

雪千怡一指車廂地面：「你不感覺這裡缺了點什麼東西嗎？」

「缺了點什麼東西？」秦濤皺了皺眉巡視車廂，忽然秦濤打了一個冷顫，迅速抽出手槍扳開機頭環顧四周，又單膝跪地查看座椅下。屍體哪裡去了？剛剛那具至少中了十幾槍的屍體不見了？

活見鬼？雪千怡與站在一旁不遠處的另外一名乘警已經臉色蒼白，幾乎是上牙打下牙了。

對此，秦濤可謂是見怪不怪，被隨車醫生包紮完畢的徐建軍也一瘸一拐的趕了過來：「怎麼回事？」

秦濤微笑壓低聲音道：「命中了十四槍，彈夾插在胸口，現在不見了！」秦濤說得輕鬆，徐建軍聽得直皺眉頭：「到底是什麼玩意兒？開了這麼多槍，地上沒有血跡？那玩意兒開口說話了嗎？」

秦濤回憶了一下搖了搖頭道：「沒說話，臉色蒼白沒有血色，應該是受過一定的軍事基礎訓練，出槍的動作還是比較標準規範的。」

徐建軍猶豫了一下：「找出來徹底幹掉？」秦濤點了點頭，抬頭看了一眼車廂頂部道：「這上面有一個維修夾層，通往八號車廂的門已經封閉了，你剛剛就在十號車廂，也不可能憑空消失。」

秦濤看了一眼地面上巴掌大的一灘黑色腥臭的液體不由自主的皺了皺眉，顯然這東西已經不屬於人類了，但是具體是什麼還很難斷定。

就在秦濤與徐建軍準備有所行動之際，突然，火車進入隧道一片漆黑的一刹那，維修層伸出一雙佈滿黑色血管的利爪將一名男乘警拎走，火車帶著一陣呼嘯駛出隧道。

秦濤抱著雪千怡瞬間倒地，一滴血從維修層中滴落車廂地面，秦濤與徐建軍立即向滴血的位置連續開火，維修層內似乎有什麼東西在亂竄。

秦濤縱身從破洞探了半個身子進入維修層，彈孔透過的光恰好照在歹徒的身上，歹徒身上的衣服已經變得襤褸不堪，黑暗中兩隻血紅的眼睛在死死的盯著秦濤。

一瞬間，秦濤閃身就感覺一陣腥臭撲鼻而來，尖利的爪子有一種似曾相識的感覺，用力抓住對方的爪子將其從維修夾層中拽了出來，撲通一聲摔在車廂的小桌板上，小桌板應聲破裂。

秦濤正準備上前，怪物飛起雙腳踹向秦濤的胸部，秦濤一閃身迅速貼近，手槍直接插進了怪物的眼窩連續扣動扳機，一灘黑色腥臭的黏液迸濺得到處都是。

死了？徐建軍探了探頭。徐建軍現在非常清楚，秦濤已經不是原來的秦濤了，而自己可沒秦濤的那兩下子，不能說刀槍不入，也比尋常人強壯許多倍，這種貼身肉搏的事情還是有能者居之吧。與郝簡仁接觸時間長了，徐建軍也不知不覺染上了點壞毛病。

這到底是個什麼玩意兒？秦濤也說不明白，屍體上一片片的鱗甲和同樣佈滿鱗片的利爪，與白山那些進化失敗變異的怪物不同，紅色的眼睛、黑色的腦漿和綠色的血液？

「同志，會不會有傳染病啊？能不能把這玩意兒弄走啊！我們坐那裡啊？」中國人愛看熱鬧，尤其願意圍觀，危險解除片刻，圍觀的人群又聚集了起來。

秦濤意味深長的看了徐建軍一眼，用力的咳嗽了一下，徐建軍一臉無奈從口袋裡掏出一個口罩戴好湊到秦濤身旁：「這玩意兒很可能通過空氣傳染，我們還是先到別的車廂去吧，封閉這節車廂交給防疫部門深埋。」

說者有心，聽者更加有心，屍體有傳染病的消息如同長了翅膀一般，九號車廂內看熱鬧的人們再次驚恐不安的離開了一片狼藉的案發現場，連看似天不怕地不怕的雪千怡也有些忐忑不安。

通過車頭安裝的無線電，秦濤與鐵路警察和八處相繼取得了聯繫，五站之後，十幾名身穿防化服的八處工作人員取走屍體並且對車廂進行了多次反覆消毒。

雖然八處的消毒工作人員十分迅捷和專業，很多乘客仍選擇了提前下車，可能通過空氣傳染的未知病毒讓所有人心有餘悸。孩子哭，女人叫喊，男人怒罵，不知是誰拎著的幾隻雞掙扎逃脫，爭先恐後下車的人群變得更慌亂了。望著騷動的人群秦濤開始有點後悔了，不應該用什麼未知病毒嚇唬人。

「八處就是八處，動作迅速無比而且待遇高，幾乎每個人都能分到樓房。」對於上個廁所要走快兩里路的徐建軍來說，能住進樓裡簡直就是實現了人生最大夢想。

徐建軍十分羨慕的望著離開的八處工作人員背影。相比搞科研和技術支持的技術人員，徐建軍除了羨慕只能是非常羨慕，穩定的工作時間，朝七晚五的固定生活，三十畝地一頭牛，老婆孩子熱炕頭，幾乎是每一個聞過硝煙味道，經歷過生死抉擇的軍人所嚮往的。

八處的人是來也匆匆，去也匆匆，留下秦濤與徐建軍和雪千怡兩個乘警在發呆，有問題就要解決問題，好歹是見多識廣的秦濤也算是處變不驚，一副這不算什麼的架勢。

雪千怡一肚子疑惑卻又不敢詢問，因為剛剛與鐵路局領導通話，這是一次精神病患者引發的意外，無論領導說什麼，雪千怡只能無可奈何的選擇相信，但是卻深深的被那個突變打不死的怪物震撼到了。

雪千怡望著秦濤一副滿不在乎的神情，和一旁心不在焉抽著煙的徐建軍，她就已經意識到了，這兩名身穿便裝攜帶武器的軍人很有可能不是第一次遇到這種令人匪夷所思的情況。而且，雪千怡還注意到了秦濤的軍官證上寫著七九六一後勤綜合保障基地，秦濤似乎與那群搬走屍體清理現場的神祕人很熟悉？雙方的熟悉和默契到了可以用眼神溝通的地步，他們到底是什麼人？一個接著一個的疑問激起了雪千怡強烈的好奇心。

◊

實際上，秦濤與徐建軍還不清楚，作戰司令部內正在召開一場軍警聯合電話會議，對於列車上出現的歹徒，公安方面提出聯合偵辦的要求，而作為部隊乙方代表，呂長空與李建業都非常清楚，他們需要請示上級。

押解個犯人都能引出這麼個意外插曲？呂長空和李建業十分無奈，八處的化驗報告就擺在他們面前，檢驗報告足足有一百多頁，羅列了數十項的不同與未知。

呂長空用手指有節奏的敲擊著化驗報告，望著李建業道：「很多檢驗結果都是未知成分，不在我們已知的元素週期表內，老李你有什麼看法？」

李建業沉思片刻道：「不在我們已知的元素週期表內部，那麼就意味著這傢伙體內含有的成分不是來自地球，我們要怎麼向上級首長報告？如何告知公安方面？」

呂長空點了點頭：「確實有點匪夷所思，我相信這個事件並非特例，從這個歹徒現有的情況來看，已經離家出走超過二十年了，當年因為盜竊供銷社被通緝，為什麼一直隱藏在川北腹地的他要冒險露面，還主動暴露自己挾持乘警？這一切完全不合理。」

李建業無奈的起身道：「我們這支部隊的核心任務不就是面對未知嗎？探索未知解除潛在的危機同樣是我們不可推卸的責任。」

呂長空起身點頭道：「我同意你的看法，我認為讓秦濤和李建業與公安方面的同志配合行動是可以的，但是必須由我們主導。」

李建業若有所思道：「我看這事恐怕並不簡單，我們失竊的 700198 號物品、被擒獲的犯罪分子與這次列車上行兇的歹徒似乎都來自同一區域，如此多的巧合是否太過於驚人了？而且這名歹徒身體內為何會有元素週期表外的成分存在？」

呂長空眉頭緊鎖：「我感覺這次任務似乎並不簡單，我們掌握的情報和有效資訊太少了，使得我們十分被動，我建議讓郝簡仁帶領一支五人的應急小組前往支援秦濤。」李建業猶豫了一下，他清楚郝簡仁的老婆馬上就要臨產了，這個時候再派郝簡仁出任務恐怕不太適合，另外也有些不近人情。

這時，辦公室的門被推開了，郝簡仁邁步進入房間啪的一下敬了一個標準的軍禮，平日玩世不恭，討價還價的市儈神情蕩然無存。

郝簡仁深深的呼了一口氣，中氣十足大聲道：「時刻準備著！請首長放心，堅決完成任務。」

呂長空對李建業點了點頭，算是批准了郝簡仁的請求，李建業拍了拍郝簡仁的肩膀道：「快去快回。」

郝簡仁離開的背影是那樣的堅決，他甚至沒回一趟醫院再看一眼自己的愛妻，或許成為一名軍人，註定不能金戈鐵馬，壯懷激烈，但是依然會遠離近親之愛，忍受常人所無法經歷的孤獨。

郝簡仁還記得秦濤曾經說過，生在和平年代是軍人的不幸，戰爭對渴望鐵血榮光的軍人來說是一種幸運，但對人民群眾則更多的是不幸，我願用我的不幸守護你的幸福到永遠。

◊

列車行駛在鐵軌上，發出匡噹、匡噹有節奏的響聲，秦濤手中捏著一粒五四式手槍的空彈殼，彈殼內殘留的硝煙味道讓秦濤有些癡迷，卻又不敢多聞，因為每一次聞到這種味道就意味著有戰友犧牲或是遇險。

隨著緩緩的刹車，一陣蒸汽湧上月臺。火車在深夜時分悄然抵達位置十分偏僻的川北車站，因為是終點站和全臥列車的關係，列車組的乘務員很快消失在了薄薄的霧氣中。

秦濤與徐建軍剛剛離開車廂，月臺上刷的亮起兩盞明晃晃的大燈。黑暗條件下，刺眼的燈光極容易造成短暫的失明。徐建軍下意識的遮住了眼睛，面對刺眼的燈光秦濤將手中的彈殼彈出。

啪嚓！兩盞大燈變成了獨眼龍，對面一聲驚呼急忙熄滅了車燈，一名人高馬大的警察一臉尷尬迎面而來，擠出一副難看的笑容道：「我是川北刑警隊的副隊長高軍，實在不好意思，新來的司機小王沒經驗，哪位是秦濤同志？」被稱作小王的司機蹲在車頭的大燈前，一臉委屈的望著被打破的車頭燈，要知道日本進口的三菱越野車整個系統川北地區才這麼一輛，配件更是稀罕得不得了。

秦濤微微一笑：「我是七九六一後勤綜合基地的秦濤，這位是徐建軍同志。」

高軍明顯是個性情中人，仗著自己是地區的格鬥三連冠，總喜歡爭強好勝，聽局裡領導說部隊這次派來的兩個人都是非常厲害的高手，習武之人的高手兩個字不是能夠輕易用的，高軍原本打算給秦濤來點下馬威開個玩笑，結果對方一出手就把車燈給打碎了，高軍這才意識到，軍人是不能隨便開玩笑的。

秦濤與徐建軍上車後，司機小王拽著高軍來到被打破的車燈前，從鋁制的燈罩摳下一枚變形的彈殼，高軍頓時倒吸一口涼氣，距離七、八米，用一枚空彈殼擊破了車頭燈的鋼化玻璃外罩還嵌入了鋁制的燈罩中？這需要多大的力道和技巧？

高軍上車之後立即更換了一副表情，一臉崇拜的給秦濤和徐建軍敬煙，想學秦濤這手功夫，秦濤則故意暗示高軍自己不算什麼，真正的高手在旁邊。

車輛啟動離開空無一人的月臺，列車車廂的窗戶前站著一個身影，望著越野車離去的背影，拎著一只手提箱走出車廂。

雪千怡望著越野車消失的方向暗暗下決心，這是自己最後一趟乘警任務了，從明天開始自己將調入川北刑警隊，成為一名刑警！一定要成為像父親一樣出色的刑警，雪千怡從領口掏出一枚古香古色的徽章，那是父親留給自己唯一的紀念。

高軍一看徐建軍一副傲然的神色望著月光下的崇山峻嶺，頓時相信了幾分，對徐建軍更是尊敬有佳。

徐建軍也沒點破秦濤的小心思，另外被人尊重確實是一種享受，對於高軍這樣一個性情中人，典型的直腸子幹心思縝密的刑警工作，徐建軍反而有了幾分擔心。

蜀道難，難於上青天，秦濤以前對這句話理解並不深，不過道路確實異常的顛簸，幾乎八、九十度的拐彎隨處可見，即使被秦濤打壞了一只車燈成了獨眼龍，司機依然駕輕就熟大開大合的駕駛。

坐在前排的高軍似乎很享受這種過山車一樣的感覺，而坐在後排的秦濤與徐建軍就不那麼舒服了，清晨時分，薄薄的晨霧中，徐建軍才發現原來一夜的行駛，車輛一直行駛在絕壁懸崖邊。

滾滾嘶吼的江水，數百米高的懸崖絕壁，讓人難以想像這段公路修建的艱辛。一想到一晚車輛都疾馳在這樣的道路上，徐建軍心有餘悸道：「我說老秦，咱們回去的時候能不能坐飛機？我還沒坐過飛機！」

秦濤有些不解：「運輸機你都坐過好幾次了？」

徐建軍無奈道：「我說的是民航，民航飛機，有漂亮乘務員的那種。」

秦濤不懷好意地微微一笑：「老徐你可是有孩子的人了，怎麼老惦記人家年輕姑娘？」徐建軍意識到秦濤在給自己挖坑，於是一本正經道：「我是為了你著想，趕快解決了自己的個人問題吧。」

聽到了秦濤與徐建軍的交談，高軍一臉壞笑轉頭：「川北沒有飛機，只有這一條雲巔之路。」一聽沒飛機，不通火車，只有這一條所謂的雲巔之路，徐建軍頓時偃旗息鼓，將帽子一扣，眼不見為淨。

經過十多個小時的車程，剛剛抵達川北分局所在地，車還沒停穩，一名警察急切的迎了上來：「高副隊，局長、政委都在等你開會呢。」

高軍皺了皺眉頭：「李大隊那？」警察無奈道：「今天收到群眾舉報，之前盜竊唐代古墓的土夫子（註2）吳鐵鏟回到牙口村了，李大隊帶人追逃部署緝捕去了。」

高軍有些不耐煩道：「這段時間怎麼這麼多案子？連一些陳年老案都死水翻花，真是奇了怪了。」

高軍對秦濤和徐建軍做了一個請的手勢，秦濤與徐建軍跟隨著高軍通過大堂直奔三樓而去。

川北是貧困地區，川北分局的大樓是繼承了當年蘇援的一棟老式研究所的舊址，雖然老舊不堪，但是卻異常結實，基本可以當成防禦工事使用。

簡陋的會議室內，與會的幾位分局的常委幾乎每人抱著一個特大號的茶水杯子，有人閉目養神，有人在翻閱報紙，還有人心不在焉的望著窗外樹枝上的一抹新綠。顯然，這些分局領導已經等待了秦濤等人有一段時間了，從這點能夠看得出來，川北分局的領導班子對於秦濤與徐建軍的到來非常重視。

這位是黃局長，這位是鄭政委，這位是安主任。高軍一連串介紹之後，眾人分別落座，基層單位的作風非常務實，一落座，黃局長就開始介紹案情和案發經過，並且派人將案卷的詳細資料全部整理出來交給秦濤。

軍警聯合辦案不是沒有先例，只不過是非常罕見，對於牽涉部隊的案件公安部門更是給予了極大的重視，實際上川北分局的諸多領導也想不通，一個普普通通的文物盜竊案，為何成了督辦的重要案件，還要將在押的犯人交給部隊方面？

從事公安多年的黃局長知道其中一定有隱情，部隊方面並未全面進行詳細通報，也讓川北公安分局的領導班子略微有些擔憂，但上級既然下達了命令，即便心底有疑問也要無條件配合執行。鄭政委則代表川北分局的領導班子表態對秦濤與徐建軍全力支持，並且讓高軍立即派人處理犯人的移交工作。

一張移交單被擺在了秦濤面前，犯人姓名周衛國，男，二十九歲，曾經在西南某部服役六年，後因違反紀律被開除軍籍，又因採用爆破古墓盜竊國家文物被通緝，一直潛逃半年，突然毫無徵兆的出現在本村，直到被抓獲。而同案犯吳鐵鏟也相繼出現，川北刑警隊的大隊長李艾媛正在部署緝捕？

秦濤雖然不是從事公安刑偵工作，但也能察覺到這其中似乎有千絲萬縷的聯繫，對於逃犯來說無論是周衛國還是吳鐵鏟，他們的動機和行徑有著相當多的疑點？只要將周衛國押解上返程的列車，似乎一切就能夠告一段落？任務進行的似乎十分順利？

忽然，一名警察慌慌張張闖入了會議室大聲道：「局長，文保所的沈鶴北所長死了！」黃局長臉色一變質問道：「怎麼死的？」

警察無奈道：「情況不明，對方說不明白情況。」

黃局長瞪了警察一眼，一揮手：「老鄭，我帶隊過去一趟，你負責安排好與部隊同志的交接工作，如果李隊長趕回來了，讓她立即前往文保所。」

分局的鄭政委點了點頭：「最近案件多，刑警隊人手不足，我想辦法從機動力量裡面再抽調幾個人給你。」

沈鶴北死了？秦濤與徐建軍對視了一眼，出發前李建業交代過關於未知金屬蛋體可以找對其有過研究的沈鶴北所長進行瞭解，為何偏偏在這個關鍵時刻沈鶴北意外身亡？是病故還是他殺？

秦濤主動提出跟隨黃局長前往案發現場，黃局長略微猶豫答應了秦濤的請求，秦濤與徐建軍跟隨黃局長、高軍下樓，恰好遇到了一個剛剛分別不久的熟人雪千怡。

一身筆挺公安制服的雪千怡啪的一個立正敬禮：「我是今天來刑警隊報到的雪千怡，請問哪位是黃局長？」

黃局長沒有接雪千怡的介紹信，打量了一下雪千怡道：「去槍庫領槍，跟你們副隊長高軍一台車，途中你們副隊長會給妳介紹情況的。」

雪千怡意味深長的看了一眼秦濤，在高軍的帶領下小步快跑直奔地下室的槍庫而去。

◊

車子行駛在顛簸的路面上，道路不通，經濟自然發展不上去，但在這崇山峻嶺中修建一條公路或是鐵路，恐怕真的要難於上青天了。

黃局長眉頭緊鎖，秦濤從黃局長的表情能夠判斷得出，這個沈鶴北與黃局長有相當深的聯繫。黃局長看了一眼手錶偶然發現秦濤似乎在倒車鏡中觀察自己，長長的歎了口氣：「老沈與我是同一年的知青來到的川北，又是同一年考學離開的，畢業後放棄了返京的機會又一起返回川北，川北山川疊嶂美不勝收，但是老百姓苦啊！人說貴州是天無三日晴，地無三分平，人無三分銀，與川北相比貴州算得上是小魚米之鄉了，川北是山頂下雪，山腰下雨，山腳刮大風，地無一攏平。」

黃局長的抱怨讓徐建軍好奇詢問道：「沈所長是學考古文物保護的，他主動選擇留在這裡，難道川北地區有很多古墓？」

黃局長點了點頭：「確實如此，這裡古稱劍南道，是古巴國和古蜀國的故地，唐代盛極一時，有很多唐代古墓就隱藏在這崇山峻嶺之中，這些年經濟搞活，挖墳掘墓的事情開始多了起來，原來這夥天打雷劈的傢伙只拿金銀，現在據說外面瓷器、青銅器這些以前沒人要的玩意兒似乎更值錢了，資訊封閉，老百姓覺悟相對低了一點。」

秦濤望著車窗外的崇山峻嶺出神，蜿蜒的山勢讓秦濤想起了那幅龍脈地圖，白山事件與雪域事件給秦濤留下了難以磨滅的記憶，同樣也讓他得到了鍛鍊，還好不是千錘百鍊，否則秦濤一定會徹底瘋掉。

秦濤突然想起陳可兒返回英國之前，曾經與自己談起的極端生命體，這些所謂的極端生命體就是指在地球極端環境下生存的生物。

按照秦濤的理解就是地球上的生命遍布了全球的每一個角落，從灼熱的酸鹼地到乾旱的沙漠和超高壓力黑暗的海底，到處都有生命的存在。甚至在寒冷的兩極地域也毫不例外，這些具有極強生命力的有機體實際上給了人類重要啟示，地球上的生命也許能夠在比如寒冷乾旱的火星氣候下和木衛二（註3）的酸性環境下生存，甚至在太陽系外的其他宇宙空間中都有存活的可能。

自己在火車上遇到的傢伙似乎擁有思維能力和學習能力，遠非白山那些行屍走肉能夠相比。

「只要將人類源基因鏈中的基因點與片在『新源』的構架下重新組成基因鏈，那麼人類就可以在理論超越限制細胞重生的海佛烈克極限，並且消滅一切的遺傳病並且使得人類開啟二次進化之旅。」秦濤對於陳可兒這種魔性的推論可以說是不寒而慄，如果有一天人類文明滅絕，那麼很有可能是人類自己親手打開了改變重塑基因的潘朵拉魔盒。

忽然，車輛猛的一個急剎車猝不及防的打斷了秦濤的思路。

巨大的落石擋在路中央，後面的車輛開始後撤，兩名司機拿著火藥和導火線習以為常的走向巨石，片刻之後，一聲巨響，煙塵彌漫，崖壁上不斷落下籃球到拳頭大小的石塊。

巨大的落石被炸入了江中，簡易的道路恢復了通暢，望著牽著騾馬與車輛交錯而過的當地群眾，秦濤微微皺了皺眉頭，因為秦濤透過車窗看到一個牽著馬的中年漢子的馬背上公然用毯子包裹著一支五六式半自動步槍。

黃局長微微一笑道：「這地方依然有野獸出沒，牧民混居，基幹民兵的武器基本都是個人保管，地區現在還有獵人持槍證照的有一千六百九十七人。」秦濤非常清楚這也算是地域特色之一。

車輛足足行駛了四個多小時，如果說川北分局所在地等同於一個大鎮子的話，那麼位於九道溝村的文保所只能用簡陋和寒酸來形容了。低矮的三大間磚土混建結構平房，房頂的草足足有幾尺高，門口的地方歪歪斜斜的掛著一塊脫了漆的牌子，上面淡淡的痕跡還能辨認出川北文物保護管理所的字樣。

低矮的小院周邊圍了零零散散十幾個人，兩個身穿藍色卡其布工裝的中年漢子手持五六式衝鋒槍警戒。一個頭頂呢子帽，身著皮長袍的老者從房間內走出，見到黃局長等人行禮道：「天降不幸，一定要嚴懲兇手，替老沈伸冤。」

黃局長點了點頭：「高副隊長帶人保護勘察現場！」老者嗯了一聲，遙望遠方雲霧繚繞的山峰道：「我最後一次見老沈是前天，我給他送了十幾斤牛肉，沒想到當日一別竟成永別。」

秦濤跟隨高軍進入川北文物保護所低矮潮濕的房間，一進門秦濤就看到了兩尊鎮墓獸，幾排架子上擺滿了各種青銅器和瓷器的碎片。房間裡彌漫著濃濃的血腥味，地面上亂七八糟的腳印讓秦濤微微皺了皺眉頭，顯然在保護案發現場之前已經有為數不少的人到過現場。

高軍有條不紊的安排取證，秦濤則拿起了一本登記編號收繳暫存文物的冊子，在木架上逐一對照編號和對應的器物。

黃局長臉色鐵青的從裡屋房間走出，雪千怡則捂著嘴從裡屋跑出去，在門口不斷的乾嘔，高軍對黃局長微微點頭道：「新人的經歷，見得多了就習慣了。」

秦濤停在了編號102的空架前，根據登記這個位置應該擺放一尊差不多要三十公分高的唐代玉佛像，玉佛像不見了？

秦濤將冊子遞給了黃局長，黃局長滿意的點了點頭，在他看來讓秦濤等人通行的決定是正確的，因為秦濤竟然十分迅速的找到了案發現場第一個有用的線索。

秦濤邁步進入裡屋的凶案現場，沈鶴北坐在椅子上，上半身趴在桌子上，一隻手搭在桌子上，他的脖子被割了一道深深的口子，皮肉猙獰翻露在外，流淌在桌子上的血跡已經變黑，屍體已經出現屍斑和浮腫。

高軍看了一眼血跡：「起碼超過三十六個小時，現場被破壞得差不多了，有用的線索不多。」高軍向旁邊一招手：「第一組去排查沈鶴北所長附近鄰里關係，二組走訪調查附近村民最近有沒有陌生人出現，三組在周邊拉網排查尋找線索。」

這時，兩名身穿工作服的青年男女試圖要進入文保所被門口的基幹民兵所阻攔發生爭執，黃局長看了一眼一揮手道：「這是老沈的學生，讓他們進來吧。」

一名青澀滿臉雀斑神色慌張的小夥子帶著一名戴著厚厚如同酒瓶底眼鏡的女孩進入房間，凶案現在被封鎖的緣故，兩人什麼也看不到，但是從激動不已的神情能夠判斷出他們兩人與沈鶴北的聯繫同樣非常密切。

高軍攔住兩人例行公事道：「你們都叫什麼？」

圓臉黑框眼鏡女孩氣呼呼道：「你叫高軍，是刑警隊的副隊長，你們局長姓黃叫中庭，你們局長總讓你給我們沈老師送東西，你一年來八百趟，你不知道我們叫什麼？」

徐建軍噗嗤一聲笑出了聲，高軍一臉尷尬，雀斑臉男青年阻止了女孩道：「我叫羅文旭，她叫馮春華，我們都是沈所長的學生，在這裡實習。」

高軍點了點頭繼續詢問道：「這幾天你們在幹什麼？」

羅文旭毫不停頓道：「前幾天沈所長在牙口村附近一家農戶手中徵收了一個巴掌大小的青銅盤，我們就開始組織在出土青銅盤附近進行搶救性發掘，因為人手不足，這些天我們一直吃喝住在發掘現場的帳篷裡面，沈所長的老寒腿犯病了提前回來，他當時說要集中精力研究天樞七星盤。」

秦濤用力拽了高軍一下：「讓他們兩個把沈所長研究的青銅盤找出來，或許與案件有關。」

高軍帶著兩人找了好一會，直到馮春華被血腥氣味和屍臭熏出來，又過了好一會，羅文旭一臉迷惑自言自語道：「明明就在沈所長的辦公桌上，怎麼不見了？」

秦濤微微皺了下眉頭插話道：「那個青銅盤什麼樣子？沈所長有沒有提到這個青銅盤有什麼用途？」

羅文旭似乎回憶了片刻道：「沈所長認為天樞七星盤是一副由青銅合金鑄造而成的九宮格青銅盤，沈所長判斷這個青銅盤內部構造精密十分複雜，因為缺少相應年代特徵，所以沈所長決定組織在出土地進行一次搶救性發掘，至於用途我們也不太清楚，沈所長判斷這個青銅盤的年代要遠遠久於唐朝。」

「尚未編號的青銅盤與編號 102 的唐代玉佛不見了。」是見財起意行兇殺人，還是另有隱情？秦濤注視著依然眉頭緊鎖的黃局長。

黃局長深深的呼了口氣道：「把附近有過劣跡和前科的都集中到村公所，分開調查研判，找到新的線索之前，青銅盤和唐代玉佛就是我們主線的追尋線索，另外，羅文旭和馮春華兩位同志，沈鶴北同志的遇害我們也非常難過，之後的工作還請你們配合刑警隊的高副隊長。」

高軍鐵青著臉，點了點頭轉身就要離開，黃局長突然叮囑道：「高副隊長，我們的原則是不能放過一個壞人，也不能冤枉一個好人。」

秦濤環視了一下案發現場詢問羅文旭道：「你們沈所長一般將重要的文物收藏在哪裡？」

羅文旭苦著臉撓了下頭：「這個我真不知道，沈所長為了防盜很多事情都是他親力親為，我和馮春華都是實習的學生，沈所長是不可能告訴我們的。」

秦濤若有所思的點了點頭，那個所謂的青銅盤又多了一種可能，就是被沈鶴北妥善的收藏了起來。

偵破工作秦濤自認幫不上什麼忙，感覺房間內有些壓抑的秦濤與徐建軍來到院子外透透氣。

徐建軍點燃了一根香煙，在嫋嫋的煙霧中，徐建軍透過煙霧望著秦濤道：「沈鶴北死了，我們追尋未知金屬蛋體的線索就斷了，我記得這些搞科研和考古的人都喜歡記筆記的？要不我們找找沈鶴北的筆記？」

忽然，不遠處的山坡上一個光點毫無徵兆的閃爍了一下，秦濤眉頭緊鎖突然暴起逕自衝破柵欄嚇了徐建軍一大跳。

山坡的樹林內，一個黑影轉身發動摩托車迅速離開，由於相距的距離太遠，秦濤趕到樹林的時候，摩托車的發動機聲已經變得微乎其微了。秦濤仔細的檢查了樹林內各種痕跡，在石縫裡發現了一支帶有口紅的煙蒂，秦濤又比量了一下摩托車的輪胎痕跡和紋路。

徐建軍氣喘吁吁的與高軍趕到，秦濤轉身面無表情的一揮手道：「回去聊。」

高軍只好一頭霧水的跟著秦濤返回了文保所，秦濤將摩托車輪的寬度和紋路畫在紙上，又將煙蒂擺在一旁。黃局長盯著煙蒂疑惑道：「秦同志你認為有人在暗中監視我們的行動？」

秦濤不置可否的點了下頭詢問道：「犯罪分子在作案後，是否有會回到犯罪現場的行為？」

「追求成就感，欣賞犯罪現場，滿足犯罪之後的成功心理！」一個清脆動聽的聲音在秦濤耳邊響起。身穿一套淡青色牛仔服高挑身材的女人信步來到黃局長面前，用目光巡視秦濤、徐建軍等人。

秦濤承認李艾媛確實是非常少見的幹練充滿知性的美女，尤其是一身的英姿颯爽，只不過那雙帶有審視的目光讓人感覺有點不舒服。李艾媛看了看秦濤，大方的伸出手：「我叫李艾媛，是川北刑警隊的大隊長，你是秦濤同志吧，很高興見到你。」

秦濤微微一愣，一副詫異神情與李艾媛握了一下手，秦濤感覺自己的意識忽然有些微微模糊，自己之前的一些經歷如同幻燈片一樣在眼前閃現，李艾媛的腦海中瞬間出現了很多關於白山事件和雪域事件的回憶。

秦濤不滿的皺了皺眉頭，秦濤聽說過有心電感應特異功能，沒想到真的有人能夠感應到別人的記憶和心思？自己的記憶被讀取的感覺就如同赤身站在雪地之中。

黃局長見秦濤一臉不愉快，急忙解釋道：「我們小李同志天賦異稟，很多大案要案都是她的功勞。」

李艾媛並未理會黃局長，依舊沉浸在之前感應秦濤的記憶之中，那一幕幕的畫面，迎面而來形似厲鬼的怪物、高聳入雲的雪山、複雜的墨氏機關、深埋地下的六方寶塔、被凍在冰川中的飛機，都讓她有一種最為直接的視覺衝擊。李艾媛從龐大的訊息量中清醒過來，用一種迷惑的目光望著秦濤，黃局長咳嗽了一聲，李艾媛才緩過神來，向徐建軍伸出手道：「徐同志你好！」

徐建軍下意識的將手背到背後尷尬道：「我手髒，還沒洗！」李艾媛也有些虛弱道：「我的感應也是時靈時不靈，對意志堅強者效果就越弱，而且使用一次至少需要恢復幾天才行。」

李艾媛看了一眼秦濤拓圖的摩托車輪印，眉頭緊鎖道：「這不是普通的摩托車，這是日本進口的川崎山地越野摩托車，川北地區沒有這種型號的摩托車。」

秦濤略微有些驚訝的望著李艾媛，黃局長微微道：「我們李隊長是資深的摩托車愛好者。」

一名警察走進屋內敬禮道：「局長，有電話找你和部隊上來的秦同志。」

能夠清楚的掌握黃局長和秦濤等人的行蹤，還能夠把電話打到九道溝村？黃局長與秦濤對視一眼，兩人都十分好奇什麼電話需要兩個人同時接聽？

來到村公所，秦濤看到門外蹲著的一排人，一個個在兩名警察的監督下雙手抱頭腳尖點地蹲在牆根。秦濤非常清楚這些人就是所謂有前科和劣跡分子，不過這麼大的一個村子竟然找出了幾十號人，看來當地年輕人和中年人之中好逸惡勞的風氣已經是冰凍三尺非一日之寒了。

靠山吃山靠水吃水，川北地處軍事要衝，自古就是兵家必爭之地，所以歷朝歷代的古墓極多，隨著搞活經濟的大潮，一些人將目光盯在了這天打雷劈斷子絕孫的勾當上。挖到小件吃三年，大件吃一輩子，在這種大環境下，川北的文物保護工作可謂是十分艱難，沈鶴北生前也可謂是憂心忡忡。

幾個警察用警棍教育牆角下的十幾個漢子，誰這個姿勢蹲不住了就主動檢舉揭發，坦白從寬今晚回家，抗拒從嚴牢裡過年。

電話的內容十分簡單，因為基地總部的呂長空與公安方面進行了協調，郝簡仁帶領的小分隊已經在途中，沈鶴北的意外遇害也為事件蒙上了一層陰影，呂長空指示就地對周衛國進行審訊，以免夜長夢多。

三十出頭的周衛國身穿著一件卡其布的夾克和軍綠褲子，如同一個四、五十歲的老頭一般，戴著手銬和腳鐐蹲在地上，出神的盯著地上的幾隻螞蟻。

辦案的刑警給秦濤介紹過，這傢伙突然返鄉，被捕的時候也沒有反抗，到現在為止一句話也沒有說過，就好像一個癡呆一樣。

秦濤和李艾媛坐在了周衛國對面，查看了一下周衛國被捕時身上的物品，一塊被包裹的鴉片膏引起了秦濤的注意，秦濤發覺周衛國的神態明顯處於一種游離狀態，一個退伍軍人吸食鴉片？

確定了周衛國是個癮君子，秦濤微微的歎了口氣，將手槍放在桌子上，周衛國抬起頭看了手槍一眼，抹了一把鼻涕又低下了頭。秦濤注意到了，川北地區相對封閉，當地罌粟被當為一種藥物在廣泛使用，所以有人悄悄吸食鴉片也是見怪不怪。

周衛國身上一定有不為人知的故事，秦濤用手捏著鴉片膏望著周衛國道：「知道什麼你就直接說吧！我不是公安，也沒有那麼多的閒情逸致跟你兜圈子，說出來對你我都好。」

周衛國抬起頭看見秦濤身上的軍裝微微一愣，慢悠悠道：「我有什麼好處？」

秦濤微微一笑：「你的好處就是你不會為了搶奪武器而被當場擊斃，想必你也知道了，我們要把你押解回去，我認為太麻煩了，如果你搶奪武器被當場擊斃會簡單很多。」

周衛國點了點頭：「能給我吸一口嗎？」

秦濤看著周衛國一臉不屑：「可以，前提是你要告訴我想知道的一切。」

周衛國環顧左右：「門口有個光頭，脖子上有疤痕和刺青的傢伙，沈鶴北這裡丟的東西基本和他有很大關係，這傢伙前幾天帶著幾個港客過來收東西，但是東西已經被沈鶴北所長徵收了，我是個邊緣人物，真正的上線是吳鐵鏟，他才能告訴你想知道的一切。」

李艾媛帶人去抓吳鐵鏟卻撲空，這時聽到周衛國提起吳鐵鏟疑惑道：「你既然已經逃了半年，為什麼要回來？而且還明目張膽的出現？你回來吳鐵鏟緊跟著就出現了，你們之間的事情也說說清楚吧！」

周衛國顯然是做了一番思想鬥爭道：「一年前吳鐵鏟找到我，說幾個港客想要唐三彩，大家都知道那些玩意兒是見不得光的，沒有現貨只能去尋唐代的古墓，後來才知道吳鐵鏟探一個大墓折損了幾乎全部的人手，所以才找到的我們，沒想到這傢伙做事非常絕，直接炸了洞口一蓋吃獨食。」

秦濤皺了皺眉頭：「那你是怎麼出來的？」

周衛國嘿嘿一笑：「我是幹工兵的，爆破是我的拿手好戲，兩管硝胺酸又挖了半個小時才回到地面。」

秦濤點了點頭：「你一定是把東西藏起來了，吳鐵鏟過了一段時間下去才發現東西沒了是嗎？所以你回來了，吳鐵鏟也回來了。」

周衛國點了點頭：「我是跑累了，手頭也沒錢，東西都是吳鐵鏟出貨，給我們分錢的，具體賣了多少只有吳鐵鏟自己知道，我那批貨就藏在山間的林子裡面，能不能先給我一口提提神？」秦濤看了一眼李艾媛起身離開了，李艾媛一臉嫌棄的將鴉片膏丟到地上，周衛國如同惡狗撲食一般衝了上去。

遠山新綠，秦濤的心情卻非常不好，片刻之後秦濤返回了臨時審訊室，周衛國也打起了精神，正在給李艾媛交待自己到底從古墓中得手了什麼，高軍則帶著幾名警察前往周衛國交待的文物藏匿地搜尋。

根據周衛國的交待，秦濤把在外面的兩個光頭直接提進了審訊室，確定了一個脖子上有刺青的中年胖子後，心情不是很好的秦濤用非常文明的手法與這個光頭進行了一番深入的溝通，十根手指全部被卸掉脫臼之後，光頭主動交代了唐代玉佛的去向。

李艾媛立即派人前往堵截文物販子，光頭名叫錢廣聞，當地以心黑手狠出名，因為傷害罪蹲過八年的大獄，出獄後更是囂張的組織了一個帶有黑社會性質的組織，強行徵收保護費，幹些黑吃黑的勾當。

三天前，錢廣聞準備從文保所偷走玉佛，發現沈鶴北似乎正在與什麼人在爭執，他趁沈鶴北不備將玉佛偷走，對於沈鶴北如何被殺一點也不清楚，為此秦濤又卸了錢廣聞兩條胳膊，看著油膩的中年光頭胖子哭得稀裡嘩啦，秦濤相信這傢伙一定沒說謊話。

周衛國的被捕很離奇，招供也十分突然，從高軍帶回了一大批文物來看，周衛國如果死扛到底，短時間之內還真拿他沒有什麼辦法？

錢廣聞盜竊走的玉佛與其參與非法買賣的文物販子也被抓獲，唯獨吳鐵鏟好像人間蒸發了一般。

吳鐵鏟當年盜竊唐代古墓，出土的未知金屬蛋體被收繳的同時吳鐵鏟被通緝，當時沈鶴北所長就判斷過那附近一定有一個巨大的古墓群，而且吳鐵鏟手裡一定還藏有一同出土的珍貴文物，尤其是天樞七星盤的出土更堅定了沈鶴北所長的推斷。

秦濤從之前與羅文旭的談話中得知，川北的公安局長黃中庭與沈鶴北同一大院長大、同為知青、同年考學、同年分配，標準完美的人生四大鐵，過命的交情。有黃中庭這把大傘罩著他，沒有任何文物販子敢打沈鶴北的主意。

秦濤覺得自己就天生執行命令的，複雜的案情讓他有些頭暈腦脹，對於郝簡仁的到來秦濤多了幾分期待，畢竟郝簡仁幹過公安刑偵。自己的任務是不惜一切代價追回未知成分金屬蛋體，嚴懲犯罪分子，作為關鍵人物的沈鶴北的意外遇害讓秦濤無從下手開展工作。

好在周衛國與錢廣聞提供了吳鐵鏟的相關情況，秦濤將吳鐵鏟作為突破口。

未知成分金屬蛋體到底從何而來？有何作用？在一無所知的前提之下，沈鶴北遇害之時還丟失了最近出土的天樞七星盤？天樞七星盤又是一個什麼物件？有什麼作用？這都關係到案件的發展和推演，紛亂的線索需要一條一條的清晰明確。

李艾媛對新來的雪千怡可謂是倍加關照，秦濤這才知道原來公安刑警這個職業是需要師傅帶徒弟的，雪千怡機靈活潑，高軍不修邊幅自然不適合，刑警隊裡面的幾個老油條手裡都有案子，於是雪千怡幸福的成了隊長李艾媛的徒弟。

◊

夜襲牙口村，只有鬼子才悄悄的進村放槍，秦濤沒想到他也有悄悄進村的時候。根據李艾媛的介紹，牙口村原來叫做埡口場，這裡是古代的一處古戰場，下面的古軍堡和古鎮遺址至少有二十多層的堆積層。而且此地民風相當彪悍，全村一百二十九戶人家裡以吳姓占了一百一十家，吳鐵鏟帶領當地村民盜掘古墓儼然成為了發家致富的領頭人，所以想在牙口村抓捕吳鐵鏟非常困難，據說此地村民還有挖掘地道的習慣。

挖掘地道？秦濤想起了一部軍教片名叫《地道戰》，地道戰總好過地雷戰！秦濤一邊自我安慰，一邊跟隨著大隊的公安警察悄悄向村口方向移動。

秦濤非常奇怪為何沒看見高軍和雪千怡等人？李艾媛告訴秦濤村子還有一條路通往後山，高副隊長帶人去後山埋伏了，而自己這些人所要做的就是打草驚蛇。

秦濤還準備繼續詢問，李艾媛略微有些不耐煩道：「秦同志，你現在是配合我行動，你要做的就是一切行動聽指揮，有什麼疑問我們完成了任務回局裡再聊如何？」

秦濤微微一笑，低頭看了一眼草叢中一根細細的金屬絆絲在月光下閃著微小的反射光，金屬絆絲的兩端都連接著土制的絆發系統。秦濤對著李艾媛一笑，李艾媛微微一愣腳已經踩到了絆發系統，連串的小禮花彈升上天空，砰砰炸開，將夜空妝點得五彩繽紛。

所有人都知道現在絕對不是看禮花的時候，李艾媛目瞪口呆的望著秦濤，略微詫異憤怒道：「你發現了陷阱怎麼不提醒我？」

秦濤一臉冤枉道：「李隊長妳讓我聽從指揮，有什麼事回局裡再談，妳的安排就是打草驚蛇，現在目的達到了？」李艾媛從來沒見過有人這麼一本正經的胡說八道，因為在川北地區確實沒有人敢。

村子裡面響起了鑼聲和喊叫聲，看樣子不是第一次應對公安的突襲了。

怒氣衝衝的李艾媛指揮警察迅速進村的同時一回身，發現秦濤不見了蹤影？眼不見心不煩，李艾媛現在有一腳踹死秦濤的衝動。

月夜之下，一叢草微微的抖動了一下，一個小銅喇叭探了出來，過了片刻，留著八字小鬍子，一臉晦氣的吳鐵鏟慢悠悠的從地下坑道爬了出來。

吳鐵鏟一轉身，就發現黑夜中一雙發亮的眼睛的主人正笑咪咪地在盯著他。

有一種害怕叫做毛骨悚然，有一種想逃叫屁滾尿流，有一種疼叫被鐵鉗子捏住，有一種關懷叫做人民公安，有一種親人叫子弟兵，但這種關懷和親人對於吳鐵鏟來說最好是永遠不見。

秦濤在將吳鐵鏟從洞口揪出來的時候刻意的用了用力，吳鐵鏟只忍了兩秒就開始哭爹喊娘，從地道接連湧出來的幾個凶徒被秦濤輕描淡寫的打得骨斷筋折，對犯罪分子秦濤向來從不手下留情。

在村子內尋找地道的李艾媛遭到了村民的故意阻擋，村子裡面一片混亂，大人喊叫，孩子哭，雞飛狗跳。

噗通！幾乎縮成一團的吳鐵鏟被扔在了李艾媛腳下，秦濤微微一笑：「這傢伙油滑的很，窪地裡面還有他的四個同夥和一批文物，麻煩李隊長派人押解過來。」

李艾媛微微皺了皺眉頭，狡兔三窟，吳鐵鏟將地道的出口竟然設在了村頭的窪地，最危險的地方也恰恰是最安全的地方？秦濤是走狗屎運還是真有兩下子？

只要緝捕抓獲了吳鐵鏟，什麼都不是問題，因為吳鐵鏟這種經年的老賊大盜太過油滑，局裡的辦案經費又十分有限，這次跑掉再想抓住不知道要猴年馬月。

眼淚、鼻涕、口水流淌不停的吳鐵鏟用手顫顫巍巍抓住李艾媛的褲腿道：「李隊長，救命啊！我什麼都交待，我坦白、我從寬、我交待啊！我徹底交待啊！」

吳鐵鏟哭得十分傷心，不時擔憂的看秦濤幾眼，彷彿秦濤是一個隨時會吃人嗜血的惡魔一般，悔過的態度也是李艾媛近年來見過最好的，但是身為刑警隊大隊長是不會輕易被表面現象所蒙蔽的。

李艾媛有些好奇詢問秦濤：「你到底把這個傢伙怎麼了？」

秦濤看了一眼吳鐵鏟：「這傢伙不老實，暴力抗拒，我曉之以情，動之以理，勸誡他要坦白從寬，抗拒從嚴，然後還親自給他鬆了鬆骨？」

「親自給犯人鬆骨？」秦濤的這句話在李艾媛的理解應該是與高軍的「好好溝通」有異曲同工之處。李艾媛並不知道，對於很多冥頑不靈的傢伙，高軍的「好好溝通」就是鐮刀加鐵錘，簡單加粗暴，但是這種最直接的審訊方式往往見效最快，吳鐵鏟終於明白什麼是說謊的最高境界，睜眼說瞎話臉不紅心不跳。

經過簡單的初審，讓眾人為之震驚的是吳鐵鏟不僅僅是一個普通的盜墓賊，這傢伙竟然自學了大量關於考古和文物修復方面的知識，還在沿海的臨海市花大價錢請人翻譯歐美關於考古的新技術和大量論文。

吳鐵鏟當之無愧成為了眾人公認最勤奮好學的盜墓賊，關於沈鶴北遇害之事吳鐵鏟知情不多，他之所以返鄉是因為聽說沈鶴北又有了重大發現，想趁機借道發財，另外也是聽說周衛國這小子在老家出現了，準備找周衛國算帳。

高軍狠狠抽了吳鐵鏟幾下：「你把所有人都悶地下了，準備殺人謀財，還要找人家算帳，不要臉的見過，就是沒見過你這麼不要臉的。」

吳鐵鏟一臉委屈道：「炸坑口是周衛國的表弟周大頭，周衛國他們下去後想另闢蹊徑甩掉我們，另外這小子手腳不乾淨，我們這行是有福同享有難同當，手腳不乾淨是大忌，他不仁我自然不義。」挖墳掘墓本來就是斷子絕孫的勾當，黑吃黑自然也算不得什麼要緊的事情，就如同一夥騙子在行騙的時候，最擔心的並不是被騙物件，而是自己身邊的人。

周衛國與吳鐵鏟都不是什麼善男信女，但兩人都清楚坦白從寬，抗拒從嚴的政策，兩人看似都在檢舉揭發爭取寬大處理，看似非常合理，秦濤則微微皺起了眉頭，這會不會是一場精心設計的雙簧？

吳鐵鏟這樣的老油條，周衛國這樣的硬骨頭，他們會如此輕而易舉的坦白？他們還遠沒到崩潰的地步，同樣也意味著這兩個傢伙根本沒說實話，或者他們在按事先制訂的劇本在各司其職表演。

◊

人總有想不開的時候，如同郝簡仁經歷了川北懸崖邊的驚心動魄之後，覺得自己背一袋子饅頭也能慢慢走回去，永無止境的盤山公路讓提心吊膽的郝簡仁不知道什麼時候睡著了？

一車人的性命全部都在一個小小的方向盤上，而握著方向盤的一雙粗糙大手的主人竟然在不時的抿一口烈酒。

「師傅，到了地方我請你喝茅臺，這會天黑坡急路窄的咱少喝一口行不？」郝簡仁細聲慢語的和司機師傅聊天的同時，心有餘悸的看了一眼漆黑只能聽見江水咆哮聲的懸崖。

滿臉大鬍子的司機名叫老耿，老耿並不姓耿，而是因為性格耿直被稱為老耿，每天三斤酒，多一口不喝，少一口不行。

老耿頗為有些不滿的看了郝簡仁一眼，心理合計：我婆娘都不敢管我，你個小年輕的管起我來了？老耿故意灌了一大口酒，腳下一用力，車速瞬間提了起來。

車輛風馳電掣一般行駛在懸崖絕壁邊的盤山公路上，郝簡仁拉低了皮帽子的帽檐假裝看不見，眼不見心不煩，這次為了行動保密，所有人都身穿便裝攜帶軍裝，所以老耿也不知道他拉的這一車專家的價值。

◊

李艾媛發現秦濤獨自一人站在院子中似乎在思考什麼？於是好奇的走了過來，實際上秦濤是在發呆，因為晚飯沒吃飽，連吃了五碗麵條的秦濤已經被眾人視為飯桶一級，實際上秦濤感覺自己吃個十幾、二十碗也不是問題。

李艾媛來到秦濤身旁一伸手大方道：「秦同志，那天的事情不好意思了，我也不是故意的，似乎你身上有一種力量牽引著我。」望著李艾媛伸過來的手，秦濤的手伸到一半突然收了回來，心裡合計著還來啊？上次自己近期的記憶幾乎被人讀了個遍，那種感覺就如同冰天雪地自己在雪地中赤身裸體一般。

秦濤尷尬的一笑道：「給李大隊長節約點精神，用在犯罪分子身上。」

李艾媛也無奈的笑了一下，其實李艾媛最好奇的是秦濤記憶中那些存在的畫面？因為李艾媛十分清楚她在感應記憶的一瞬間很多記憶碎片並不是真實的，因為人的大腦記憶中的幻想、夢境和記憶很多時候是混雜在一起的。那一幕幕震撼人心的畫面讓李艾媛迫切的想知道到底是不是真的？秦濤身上到底藏著多少不為人知的祕密？那些記憶會是真的嗎？

對於李艾媛，秦濤還是非常謹慎，沒想到真的有人能通過相互的接觸感應到對方存在腦海中的記憶？

陳可兒以前曾經提到關於特異功能，陳可兒將其歸納於基因突變的一種存在，比如秦濤屬於肉體強化，而李艾媛則可能是屬於精神強化的一種體現。李艾媛提到自己好像是受到能量牽引不由自主的感應秦濤的記憶，結果差點虛脫，那麼很可能李艾媛與秦濤都在異變進化的能量波動頻率上。在自然人的正常狀態下自我進化的機率要小於一億分之一，甚至更小的概率，在這樣的人面前普通人是沒有祕密存在的，這讓人非常不舒服。

「我去看看犯人！」秦濤的爛藉口還不如不找藉口。

明月當空，望著秦濤走進了審訊室，李艾媛轉身離開，返回文保所繼續整理案情相關檔，尋找突破點，只有找對了突破點，才能有針對性的對看似老實交代的周衛國和吳鐵鏟繼續進行審訊。

臨時審訊室是兩間相通的庫房改造而成的，兩名公安分別在前屋與後屋看守周衛國和吳鐵鏟，主要是防止犯人串供，九道溝的條件有限，當地還沒有通電，文保所的柴油發電機只有在需要的時候才會啟動，而且要經過沈鶴北批准才行，平日大多使用煤油燈。

在柴油機的轟鳴聲中，文保所燈火通明，黃中庭局長為文保所運來了足足一罐車十噸的柴油，並且調集了精幹力量，大有一副案子不破誓不還師的架勢。

秦濤讓兩名公安把周衛國和吳鐵鏟都集中到一起，並且讓兩名公安暫時離開，其中一名公安請示了李艾媛，李艾媛皺著眉頭猶豫片刻，讓雪千怡去陪審，一則是有紀律規定，二則是李艾媛十分好奇秦濤到底想幹什麼？

雪千怡前往臨時審訊室。果然，秦濤同意了雪千怡陪審，作為對秦濤個人懷著萬分好奇的雪千怡幾乎一轉身就忘記了大隊長給自己的暗示。

秦濤將周衛國和吳鐵鏟都集中到了一個房間，可以說這是絕對違反審訊原則的，周衛國悄悄的看了看吳鐵鏟，吳鐵鏟也悄悄看了看周衛國，兩人之間一瞬間似乎交換了一下意見。

解除了手銬與腳鐐，秦濤讓雪千怡給每人又端了一大盤餃子和幾斤燒酒。

高軍望著窗戶後胡吃海塞的周衛國與吳鐵鏟，氣憤的對李艾媛道：「大隊長，秦同志是協助我們的，我們才是公安，哪裡有這樣審訊犯人的？當大爺供著？」

李艾媛瞪了一眼高軍：「黃局長都什麼也沒說，你著什麼急？不就是少吃了幾個餃子嗎？至於嗎？」

高軍撇了下嘴：「那可是豬肉白菜餡的！」高軍見李艾媛眉頭皺起，識相的急忙閉上了嘴巴。

◇

漆黑的夜空中，月亮被一片烏雲遮住，解放牌卡車兩盞微弱的燈光成為了唯一的倚靠。忽然，車前一個黑影閃過，一聲悶響，車輛緊急刹車，坐在後車廂的人猝不及防東倒西歪，慘叫連連。

心有餘悸的老耿和郝簡仁下車查看現場，當手電筒照到車輛保險杠的撞擊部位的時候，兩人目瞪口呆。崎嶇的盤山公路上，郝簡仁的手電筒照射下只見厚厚的圓頭解放卡車的保險杠幾乎被撞出了一個U字型，鋼板斷裂了三分之一，水箱被撞得千瘡百孔，保險杠上有綠糊糊的黏液滴下？

老耿伸手去接黏液，對黏液有心理障礙的郝簡仁緊緊的抓住老耿的手道：「不要碰！」老耿見郝簡仁不像開玩笑就將手收了回來，郝簡仁用手電筒環顧四周的崖壁和前方路段，均沒發現與車輛碰撞的物體？

老耿撓了撓頭疑惑不解道：「五十邁的速度，這是撞上了坦克嗎？」

郝簡仁無奈道：「能修理嗎？」

聽到「能修理嗎」幾個字，老耿似乎又恢復了無師自通，喋喋不休道：「備用水箱，油管後面都有配件，天亮之前保證修好，但是不能跑快，因為四輪肯定移位元了，需要重新校正底盤定位四輪，慢慢挨到川北再大修。」

郝簡仁整理衣服的時候露出了大衣裡面挎著的衝鋒槍，老耿微微皺了皺眉頭假裝沒看見道：「但是必須有個前提，你不許再管我喝酒。」

郝簡仁點了點頭：「沒問題，到了川北請你喝茅臺的條件還有效。」

第二章　堪輿大師

烏雲游走，月光重新普照大地。

李艾媛與高軍站在臨時審訊室的窗戶外，好奇的望著秦濤的一舉一動，李艾媛十分好奇秦濤將如何讓吳鐵鏵這樣的老油條說真話。

望著將兩大盤餃子吃得乾乾淨淨的周衛國和吳鐵鏵，秦濤微微一笑：「兩位，根據給你們預先設計好劇本的幕後黑手的安排，今晚會不會有一場夜襲大戲？」

周衛國與吳鐵鏵對視了一眼，繼續低頭不言語，秦濤來回踱步道：「你們也未免太小看我們了，以為自首進來再交待一些被盜文物就沒問題了？你們應該是還沒找到想要找的東西，所以才做了這場相互檢舉揭發的戲，說吧你們到底要找什麼？」

周衛國突然猛的爆發飛身撲向秦濤，吳鐵鏵則快速的衝向窗戶，兩人的配合相當默契，非常可惜的是他們選錯了對手，秦濤逕自一腳將淩空撲過來的周衛國踹飛砸在了吳鐵鏵身上，兩人摔倒在牆角。

秦濤不慌不忙的掏出手槍，來到吳鐵鏵和周衛國面前將手槍裡面的子彈退出，把空槍扔在周衛國和吳鐵鏵面前：「撿起來！」

吳鐵鏵對周衛國搖了搖頭：「不要拿，我們不是他對手，這傢伙簡直就是一個怪物。」

秦濤看了吳鐵鏵一眼：「還算有點腦子，說吧，你以為不說能蒙混過關？」

吳鐵鏵索性坐在地上盯著秦濤，看了一會才緩緩道：「川北刑警隊的李艾媛人稱神探，感應讀取記憶在普通人看來是很神奇，你的力量和速度反應也超出了正常人的範疇，我之所以不說，是因為我見過比你更強大的存在，他們稱之為神啟進化，落到你們手裡我還能活，落到他們手裡只有死路一條。」

與自己一樣的存在？秦濤聽了吳鐵鏟的話微微一愣：「你們殺害了沈所長卻沒有找到你們要找的東西？告訴我你們在找什麼？」

吳鐵鏟似乎猶豫了一下：「我們沒殺沈鶴北，計畫從他手中偷走那個被他收繳的一個青銅盤，準確的說是一個巴掌大小如同碟狀上面嵌有各種符號，中心有一個直徑十五公分的圓洞。」

秦濤微微皺了皺眉：「讓你們找東西的人有沒有提到過那東西有什麼用途？」

周衛國搖了搖頭：「那些人神祕得很，我們不按他們的安排做事不但自己性命不保，還會連累家人，所以他們讓我們自首我們就得自首，用我們來吸引你們的注意力。」

壞了，秦濤突然意識到對方真正的目標是文保所，因為沈鶴北所有的遺物全部存放在那裡，甚至還有一個尚未找到的沈鶴北收藏文物的密庫。

當秦濤第一個衝進已經被封鎖的案發現場，發現兩名值班的公安已經倒地，一個黑影急速的從陰影中衝出，交手的瞬間秦濤相信之前吳鐵鏟所言不虛，力量、速度幾乎完全可以同自己匹敵。

強行阻攔不成，對手撞破了屋頂的天窗逃之夭夭，匆忙趕來的李艾媛與雪千怡連開數槍毫無收穫。環顧案發現場秦濤眉頭緊鎖。該死，自己中了對方的調虎離山計，對方的目標根本不是找什麼密庫，吳鐵鏟和周衛國才是關鍵。

迅速返回臨時審訊室，果然負責看守的公安倒在地面上，周衛國的脖子幾乎被扭斷，整個身體呈異樣的姿態歪倒在一旁，而吳鐵鏟則蹤跡全無。

秦濤深深的呼了口氣，平復了一下心情：「我就該想到，周衛國可以不惜一切代價掩護吳鐵鏟逃走，吳鐵鏟才是真正的關鍵所在。」

眾目睽睽之下，一死三傷還失蹤一個？臨時審訊室與文保所之間直線距離不足一百公尺，自己太過自信，過於輕敵，沒想到對手竟然也擁有與自己近乎相同的力量和速度，那麼自己所謂的優勢自然就蕩然無存。

黃中庭望著有些垂頭喪氣的眾人鼓勵道：「我們不能被挫折擊倒，現在大家也清楚了我們面對的不是一群普通的犯罪分子，這些傢伙簡直是膽大包天，在我們人民公安的眼皮子底下都敢肆意妄為，這樣的犯罪分子絕對不能姑息，必須採用雷霆手段嚴懲不貸。」

秦濤獨自一人來到文保所的房間，十幾個人找了整整一天都沒能找到任何關於文保所密庫的位置線索，剩下的辦法就是憑春華和羅文旭了，他們兩個是沈鶴北的學生，自始至終都在他的名下實習，對這裡的情況應該很瞭解。

洪裕達的到來讓秦濤微微有些頭疼，這位八處的資深專家實際上是一位正兒八經的「磚家」。因為，洪裕達同志所有的行動都是在書面上完成的計畫，他的全部理論研究依據都來自於秦濤等行動負責人收集的資料和過程。

郝簡仁一臉無奈道：「不是我，和我沒有半毛錢關係，原本我考慮帶新抽調來的方陽和陳家棟過來，咱們洪大專家非要占一個名額，所以只有陳家棟一個人過來了。」

秦濤皺了皺眉頭：「李政委說是一個小分隊為什麼會只有你們三個人？」

郝簡仁掏出了洪裕達制訂的危機應急處理等級標準，神情不滿的看了洪裕達一眼道：「規定上說我們負責的押運任務和搜尋未知金屬蛋體的任務屬於丙級三等，在甲乙丙三級九等危機體系內是排在最後，南海那邊和西部戈壁幾乎同時發生了突發事件，基地的人被抽調一空。」

秦濤不滿的將小冊子往桌子上一摔：「規定、規定，真成了烏龜的腚（註4）了。咱們是來破案子的，不是給他們定標準做龜腚扯淡來的！」

「誰說不是？案子還沒瞭解清楚呢，人是一個個地玩失蹤，抓了一個死一雙，濤子哥，照這麼下去還得了？那兩個頂頭的還不得把咱們給送到軍事法庭呀！」郝簡仁把小冊子抓過來拍打一下上面的細灰：「還有，林子一大什麼鳥都有，公安的、盜墓的、販毒的、銷贓的、文物販子和保護傘，咱名為支援調查破案，一進來兩眼一抹黑，知道無頭蒼蠅亂闖的結果是什麼嗎？」

「革命不許發牢騷！」秦濤在屋裡踱了兩步，佈滿血絲的眼睛看著郝簡仁：「什麼結果？」

郝簡仁把小冊子塞進懷裡，忽然聽到外面傳來急促的腳步聲，但還是嘴角咧開三分之一的弧度：「機毀人亡，死無葬身——來人了！」

「前途是光明的，道路是曲折的，亂闖或許是必然，但未必折戟沉沙。」秦濤歎息一下，轉眼便看到門被推開，雪千怡精神抖擻地出現在門邊，那神色如同在嘲笑一直被牽著鼻子走，誤中調虎離山的秦濤一般。

郝簡仁一看見美女就心猿意馬，雖然家裡頭的已經枕戈待產，但還是眼前一亮：「說曹操曹操就到，該不是請我們去分析案情的吧？告訴妳師父，濤子哥準備雷霆出擊！」

眼睛是心靈之窗，雪千怡一眼就看出郝簡仁心口不一，嘴上雖然說著冠冕堂皇的話心裡說不定在想著什麼齷齪呢，作為在列車上當了三年乘警而心思縝密的女人而言，見多了各色各樣的人，雖然沒有練就火眼金睛，但絕對能判斷出面前這位的小心思。不禁淡然一笑：「案子撲朔迷離而又複雜敏感，我們的壓力很大，現在也很被動，是應該採取些有效的手段破案了。」

什麼撲朔迷離啊複雜敏感啊有效行動啊，這些冠冕堂皇的話秦濤是不屑思考的，地方公安之所以要和軍方聯合破案已經說明了問題。但還沒理清頭緒呢各種複雜情況紛至沓來，壓力的確不小啊！

「妳有什麼見解？可以分享一下嘛！」郝簡仁整理一下風紀扣，挺拔一下腰杆，曾經風流倜儻的勁頭又佔據了自信的制高點，眉頭略皺地暗自看一眼秦濤，發現他對這位美女並不感興趣。

不解風情啊，難怪大美女陳可兒不辭而別呢。

秦濤凝重地看一眼雪千怡：「妳心思細密，幫我捋一下線索，我總感覺對手在玩貓捉老鼠的遊戲呢？」

「那要看誰是貓誰是老鼠，秦連長，您知道我才來幾天，情況跟您一樣，不過這案子與我所接觸的都不太一樣——複雜敏感。」雪千怡從懷裡拿出一個紅色的本子打開：「這幾天我也瞭解了一些情況，師父曾經說過但凡複雜的案子都是簡單案子的組合，環環相扣，之所以複雜是因為對手採取了真假虛實的作案手段，但目的始終不變，只要順藤摸瓜就一定會有突破？」

「藤斷了，瓜被摘走了，怎麼摸？」郝簡仁靠在方桌上揶揄道：「濤子哥還不知道這個道理？還用妳說教？關鍵是對手作案手法俐落，從沒有留下線索！」

和一個才當了三年乘警的女孩探討案情不過是浪費時間，秦濤之所以向雪千怡發問不過是為了避免不必要的尷尬罷了，她的辦案經驗都沒法跟簡仁相比，而簡仁在李艾媛的眼裡跟一個二流的協警差不多。不過他對兄弟的信任也不是一個「地方神探」所能比的。

所以，秦濤只不過當著一個初入警界的花瓶和自己的兄弟自言自語罷了，首先要理清線索，辨明連環殺人作案的兇手目的，才能從中理出線索來。而秦濤的思維雖然比郝簡仁縝密，但經過兩次終極任務之後，神經一鬆懈下來就很難回到那種巔峰狀態。

那是一種能夠激發人的潛能狀態。

關鍵秦濤不是專業破案的，如果不是呂長空和李建業把配合地方公安破案的任務交給他的話，他也不會來到這個兔子不拉屎的地方一頭鑽進迷糊胡同裡面亂闖。簡仁有一點說得很對：自己就像無頭蒼蠅一般，只看到了光明前途而沒注意到透明的玻璃阻擋在眼前。對手如同透明的一般，無時無刻不在卻難以琢磨。

「秦連長，不識廬山真面目，只緣身在此山中。」雪千怡眉頭微蹙地看著秦濤稜角分明俊朗的臉龐，腦海中忽然回想起在火車上的一幕，這位兵哥哥的身手的確了得，只不過沒有想像中的那麼帥氣和陽光而已。

事實上秦濤不過二十多歲的年紀而已，但臉上的風霜和沉穩的性格讓他看上去足足有三十歲開外。他沒想到自己的形象，更沒有深刻地體會到女人大多都是感性動物，偏偏注重男人的形象。那種看男人和女人一樣入木三分的角色除外。比如李神探。

「橫看成嶺側成峰，遠近高低各不同，哈哈。」郝簡仁拍了拍衣襟上不曾存在的灰塵，面紅耳赤地看一眼如花似玉前凸後翹的雪千怡：「我知道妳在提醒濤子哥要跳出案子本身來看案子，但妳想過沒有，對手若即若離卻無處不在，說不定咱們在研究案情的時候他就在旁邊瞅著呢。」

邪惡的傢伙！雪千怡不禁緊張地環顧一下屋中的環境：「難道我說的不對？線索一定要符合邏輯，往往是隱藏在看似不可能的事情上，譬如編號102的玉佛為什麼也丟了？是犯罪分子順手牽羊還是專門為玉佛而來的？」

沈鶴北是這個窮鄉僻壤的文管所唯一一個資深的研究員，他最重要任務是研究編號為700198的金屬蛋，如果不是川北發現古墓群需要搶救性發掘，如果不是吳鐵鏟盜掘並隱藏了那麼多文物，他不會帶著那麼重要的文物來這裡搞研究。雞飛蛋打的結果是誰都不想看到的，現在不僅「蛋」沒研究出來，而且長了翅膀飛了，還有一個天樞七星盤。兩個極其重要的文物不翼而飛，而圍繞這件案子所發現的所有嫌疑人都矢口否認是兇手，不僅如此，嫌疑人周衛國被滅口，吳鐵鏟下落不明，這本身就有點不正常。雖然不是專業搞刑偵的，但秦濤第一反應便感覺蹊蹺得很：吳鐵鏟為什麼沒有被滅口？

「妳說的也許對，跳出案子來看，許多地方存在疑點，解釋不通卻事實發生。」秦濤扣好風紀扣：「妳師父在哪？我去找她商量一下。」

「她在跟局裡研究案情，讓我來找您也過去聽一下。」雪千怡看了一眼腕錶，臉色不禁紅了一層：「呀，快點去吧，估計一會散會了！」

如果是戰時的話鐵定耽誤軍機了！秦濤不看一眼雪千怡便虎虎生風地從她旁邊側身出去，一股淡淡的清香鑽進鼻子裡，不禁有點眩暈，出門便打了兩個噴嚏。

雪千怡如影隨形地跟了出來：「線索有兩條，一條是活人的一條死人的……」

「必須採取有效措施儘快破案，否則活人也變成了死人。」秦濤冷冷地扔下一句話，大步流星地向臨時辦公點而去。如果這事兒放在軍隊的話，免不了被罵一頓，最主要的是貽誤戰機啊。

郝簡仁三步一搖臉部一晃地走出文管所，上下打量著文管所的破爛木門，簡陋的鎖鼻藍漆斑駁，在鎖鼻的旁邊赫然出現了幾道爪痕，不禁一愣：什麼玩意兒抓的？觀察了半天，鎖鼻的位置幾乎是在自己胸前，如果是猛獸的話也足夠一頭毛驢那麼高，難道是土狼或者是熊？奶奶的熊，只有痕跡專家才能判斷是銳器還是動物爪子造成的，不禁搖搖頭，去周邊檢查一下巡邏哨所。

秦濤差點跟洪裕達撞個滿懷，而洪浴達正捧著小冊子一邊低頭看一邊向文管所屋子走，小冊子掉在地上，洪教授「哎呀」一聲，抬頭一看是秦濤不禁有些惱怒，一雙眼睛像看階級敵人似的瞪一眼秦濤：「你知道 700198 號文物有多重要嗎？知道文管所的沈所長有多重要嗎？知道你們的押運任務是危機等級第幾等嗎？」

秦濤什麼都知道，卻故作驚訝地彎腰拾起小冊子吹了吹髒土：「洪老師，你的小冊子裡將押運任務和尋找 700198 號文物的等級列在了丙三，這本身就是一個錯誤——至少在思想上沒有認識到金屬蛋對研究工作的重要性，對了，您是磚家！」

還沒等洪裕達反駁，秦濤把小冊子塞到他的手裡吹著口哨轉身向臨時營地而去了，氣得洪裕達一跺腳，揮舞著小冊子：「雞蛋裡挑骨頭誰都會，我是按照有關方面的規定和危機處置原則編撰的，你一個當兵懂個屁？懂個屁！」

秀才遇到兵有理講不清，洪裕達想要去文管所查看一下老沈留下來的資料，誰料剛剛發生的案子之後管得特別嚴，兩個值班的毫不猶豫地拒絕：想要進去可以，得有秦連長或者是徐副連長的命令。

川北刑警隊陰盛陽衰，隊長李艾媛、法醫姜朝鳳、法醫助理王玉涵都是女流之輩，現在又收了個女徒弟雪千怡，所以秦濤一開門就看到了幾名女刑警圍在簡陋的桌前開分析會，以為是慶祝三八國際婦女節呢。

李艾媛眉頭微蹙明顯不滿：「找你跟抓嫌犯似的，這麼長時間才過來？」

「要是這麼容易還勞駕您出手？」秦濤靠在窗邊努努嘴：「妳們繼續，我理清一下思路。」

李艾媛抱著搪瓷杯子喝一口水，銳利的目光上下打量一下秦濤後面的雪千怡，沒有說話。

雪千怡乖巧地笑了笑跑到師父近前：「秦連長也沒閒著，在文管所和郝同志探討案情呢，我聽入迷了所以耽誤了一點時間。」

作為經驗豐富的刑警隊大隊長，李艾媛其實是很自負的，但自從接受了這個案子之後收斂了不少。如果是在以往，早就大馬金刀地放手大幹一場了，吃了幾個「小虧」之後才發現，這個秦連長並不簡單。

「犯罪分子殘忍狡詐，大家要集思廣益群力群策，秦連長，有什麼可以分享一下？」李艾媛放下搪瓷杯子，發出挺大的動靜，幾個女刑警立即正襟危坐起來。

雪千怡退到一旁望一眼正在沉思中的秦濤，欲言又止。秦濤微微點頭，拔出五四式手槍卸掉子彈，反覆檢查著：「破案我不懂，偵查是老本行，讓我說怕亂了妳的思路。」

「開誠布公吧，接連幾天發生案子鬧得我有點糊塗，哪來的思路？」李艾媛輕歎一下，這次的案子與以往破獲的什麼走私文物、盜掘古墓、搶劫殺人等等案子都不同，複雜不說，許多事情讓人困惑。

本來是尋找丟失的文物，結果血案不斷意外頻仍，有時候感覺就要抓到兇犯了，線索卻表明距離真相還十萬八千里。最關鍵的是現在還沒有定性究竟是什麼類型的案子？入室搶劫？不是；走私販私？不是；陰謀仇殺？好像也不是。李艾媛愈發感到案子有些棘手，之所以連夜研究案情就是想儘快理清頭緒。

「三個問題，李隊長，妳要是能回答我的疑問，這案子估計也就差不多了。」秦濤凝神看一眼臉色有些蒼白的李艾媛苦笑道：「第一個問題，對手的目標是什麼？很顯然，對手不是因為簡單的仇恨就對沈鶴北痛下殺手，他只是一個老老實實搞研究的學者，知識淵博但月薪不高，還沒車站賣茶葉蛋的賺得多呢，但他是此次川北唐墓考古的負責人，是文管所的主任，他一定掌握著很多關於考古發掘的祕密，對了，此次考古發掘出了天樞七星盤……」

「可以更簡單點分析，犯罪分子就是衝著青銅盤來的，丟失的編號 102 的玉佛不過是障眼法，給人的感覺是入室搶劫，實則情況比這複雜得多，是不是？」

「是。」秦濤回答乾脆，但腦子裡想得卻很多：半年前吳鐵鏟和周衛國聯合盜墓，發掘出玉佛等值錢的寶貝，但兩夥盜墓賊見財起意相互黑，結果結下樑子。這次周衛國回來就是要和吳鐵鏟算總帳的，但兩個傢伙先後自首的行為甚是可疑。

人老奸馬老滑，混跡在文物圈的周衛國怎麼可能自投羅網？而更讓秦濤不可思議的是背後有吳姓家族百姓撐腰的吳鐵鏟為什麼沒有遠走高飛？專等周衛國來算帳？還有，兩個傢伙都主動交代了自己的問題，但涉及到沈鶴北被殺案卻都矢口否認。

從側面瞭解到文管所介入之後相繼發掘出了重量級的文物，其中天樞七星盤便是之一，他的兩個學生說他在研究青銅盤，還沒等出結果呢就出事了。所以，秦濤傾向於犯罪分子是為天樞七星盤而來。沈鶴北的死對研究 700198 號文物是重大的損失，不過與祕密庫房被不明攻擊，丟失了金屬蛋比起來小巫見大巫了。

「所以案情並不複雜，找到青銅盤就能抓到犯罪分子。」李艾媛對秦濤這種不合作的態度有點不滿，讓你簡單點介紹就說一個字？軍人難道都這麼難以溝通嗎？

秦濤微微點頭：「李隊，我想說的是抓到犯罪分子就能找到天樞七星盤。」

「廢話。」

「不一樣，如果犯罪分子得到了天樞七星盤會幹什麼？一定會遠走高飛。」秦濤打了個手勢：「舉個不太貼切的例子，魚為什麼會咬鉤？因為有魚餌，現在的形勢是魚既知道有魚餌又知道有鐵鉤，魚餌是青銅盤，鐵鉤就是您，對手玩了一齣漂亮的調虎離山的戲碼，唱給誰的？當然是咱們，他們達到了自己的目的。」

「在沒碰魚鉤的情況下餌被咬走了？」李艾媛瞪一眼秦濤，這傢伙的例子很形象，但話裡話外總覺得哪裡不對味，敢情犯罪分子的智商比自己高出了一大截？長他人威風滅我志氣！

秦濤點點頭：「第二個問題，從現象到本質分析案情大有裨益，吳鐵鏟和周衛國顯然知道內情，他們沒有如實交代，但現在一個被滅口一個人間蒸發，我們錯失了一次破案的良機——當然，責任在我，沒有識破是調虎離山的詭計。」

李艾媛的臉色一紅，喝一口白開水：「你是說川北刑警隊是窩囊廢？我是刑警隊長當然負全責，你只是配合地方公安行動的，不過犯罪分子玩的這齣戲碼好像有點不對味，他壓根就沒把我們當成對手，所以才輕取文管所。」

秦濤尷尬地笑了笑：「您是神探，經驗豐富成績卓著，我的意思是……」

李艾媛面紅耳赤地擺了擺手：「不用解釋，事實就是如此，這件案子是我遇到過最邪門的，發生任何情況都不足為奇。秦連長，你的意思我很明白，關於魚和魚餌的例子，魚餌是青銅盤，犯罪分子之所以沒有遠走甚至在我們的眼皮底下連續作案，意味著東西還沒到手，而我們的意外介入阻礙了他們的計畫？」

事實也是如此。不過秦濤想的跟李艾媛所說的還有些出入，吳鐵鏟和周衛國都矢口否認盜走了青銅盤，更否認了沈鶴北命案，但又心甘情願地投案自首，說明了什麼？兩個狡猾得跟人精似的傢伙為什麼出此下策？人都有趨利避害的本能，如果兩個傢伙沒有權衡利弊的話，絕對不會整齊劃一地投案自首，但縱使如此也沒有躲過血光之災。對手調虎離山殺了周衛國劫走了吳鐵鏟，說明他還沒有得手——所以，才會冒著風險三番兩次地頂風作案！

「李隊長分析得不錯，至於第三個問題，我們的對手是誰？這個問題確實還不好說，至少我們已經有了一個大概的範圍。」秦濤看一眼腕錶：「我和老徐去巡邏一下，妳們先休息，夭拐洞洞準時集合！」

李艾媛的目光盯著推開門已經出去的秦濤的背影，咬著嘴唇：混蛋！

因為發生了連續案子，而且每個案子單獨拿出來都是特重大案件，性質極其惡劣、情節十分詭異、後果十分嚴重，秦濤倍感肩上的壓力巨大。與其跟神探李隊長和一堆女人斤斤計較，不如出去透透氣，順便理清一下思路。

總覺得哪裡出現了問題。最關鍵的是經過白山和雪域高原的戰鬥洗禮過後，秦濤的思維方式發生了很大的變化，並非是不屑與經驗豐富的李艾媛探討案情，只是不習慣用女人的思維思考問題的方式。

山風冷冽，明月高懸。走出臨時營地呼吸一口新鮮空氣，秦濤的腦子清醒了不少，眼前烏漆墨黑的，尤其是文管所那邊更安靜。與臨時營地相距還不到一百二十米，要說周衛國和吳鐵鏟在自己的眼皮底下被黑的也不為過，執行那麼多艱難險重的任務還沒吃這樣的爆虧呢！

平時對自己的槍法極為自信，移動靶基本是九十環以上，夜外拉練訓練的時候打兔子不成問題。白山和雪域戰鬥那麼艱苦、那麼詭異、那麼困難，不也是勝利了嗎？不過光榮的歷史只代表過去，秦濤發現自己現在對這案子竟然束手無策！

總歸不是專業警察的料，涉險突擊戰略戰術之類的不在話下，一旦遇到燒腦的問題還真頭疼。對手似乎透明人一樣，但秦濤真切地看到了那個黑影——一個不尋常的影子。那傢伙動作迅速身手不凡，被堵在四五十多坪的小屋子裡還能全身而退？

老徐的槍法不說百發百中也只是差之毫釐，自己不用說了，李神探的槍法也不俗，但這麼多人亂槍之下都沒把對手打傷？這要是傳到呂長空和李政委的耳朵裡估計又得挨批了，本來是挑選隊裡的精英協助破案的，誰知道在對手面前都成了飯桶！

兩個重要的哨所都設了雙人值班，文管所和臨時營地周圍設置流動哨，這讓本來就緊張的人員顯得很緊張。所以，徐建軍親自負責巡邏哨，走到文管所西側的荒溝邊緣的時候，兩個人便碰到了，一起往回走，邊走邊聊。

「不高興呢？是不是那娘們又嘰嘰歪歪了？」徐建軍一照面就看出來秦濤心事重重，以往即便是遇到困難的時候沒這樣過，俗話說兵來將擋水來土掩，困難是檢驗戰鬥力的唯一標準。不過他的心裡也犯嘀咕：流年不利啊，一步一個坎。

秦濤長出一口氣：「老徐啊，世界上有沒有鬼？我知道你一定說我是假唯物主義者，我對月亮發誓還真不是那意思，我就想知道對手怎麼跟鬼似的呢！」

徐建軍拍了一下秦濤的肩膀：「你是我肚子裡的蛔蟲，哪知道我會這麼說？經過白山和雪域行動之後我還真有點動搖，毛主席說實踐是檢驗真理的唯一標準，但上面那兩位一口咬定沒那麼回事，世界之大無奇不有，你想想看咱可是人民軍隊，為啥集中起來跟一個江湖老騙子紙上談兵？這裡面鐵定有問題！」

「那是科學，李政委的意思是增長科學知識，遇到困難的時候用科學的方法解決問題，而不是迷信。」秦濤踢了一腳地上的一塊小石頭，望一眼文管所方向：「我有一種預感，犯罪分子是絕世高人，總能在咱的前面做出反應，老沈死了，周衛國死了，吳鐵鏟失蹤了，還順帶重創了重案組，一箭三雕啊！」

「甭管是不是高人，我感覺是一個合格對手。」徐建軍摸出酒壺啜了一口烈酒遞給秦濤：「不過事在人為，咱來就是啃硬骨頭的！」

硬骨頭？在此之前秦濤不認為此次支援行動存在多大的困難，不過是協助川北刑警隊破案子罷了，但如果不是祕密倉庫發生盜竊案 700198 號金屬蛋不翼而飛，估計李政委不會點將讓自己來。

秦濤忽然停下腳步，沒來由地說一句：「太巧合了吧？你看我給你捋捋，祕密倉庫失竊金屬蛋不翼而飛，而對那件文物有研究的老沈慘遭殺害，我們既失去了文物又損失了專家，線索完全斷了；700198 號文物是在川北出土的，而沒有編號的青銅盤也出自那裡，青銅盤不翼而飛讓我們的判斷陷入了僵局，川北刑警隊認為是為了天樞七星盤而謀財害命；公安機關當然調查青銅盤的下落抓各種嫌疑人，這時候周衛國和吳鐵鏟跳出來，等於投案自首，但兩個傢伙都說與老沈被害的案子無關——老徐，我總感覺哪裡不對！」

徐建軍思索片刻苦笑：「你再說一遍我怎麼沒聽明白呢？」

「一口貓尿就把你灌糊塗了？我的意思是對手好像在尋找機會專門跟咱們作對！」

「往槍口上撞？」

秦濤狐疑地搖搖頭：「不是，所有與案子有關的人都將會面臨滅口的威脅，老沈、周衛國、吳鐵鏟，一個是文管所主任，川北唐墓發掘的總指揮，其他兩個是盜墓賊文物販子，他們有什麼交集？和犯罪分子有什麼交集？」

「調查背景關係是刑警隊的事情，我們只是協助破案。不過你有一點我有點迷糊，周衛國被滅口和老沈被殺的性質不太一樣，文管所庫房那麼多文物都沒有失竊，偏偏是沒有編號入庫的青銅盤丟了——現在也不能判斷失竊，說不定被他藏在祕密之處了，而且周衛國和吳鐵鏟被關在一起，為什麼沒有一起滅口？」

「諾，這恰恰說明吳鐵鏟對犯罪分子來說還有利用價值，而周衛國沒有。」老徐的判斷是符合事實邏輯的，兩個被關在一起的傢伙明顯達成了攻守同盟，他們應該是一條繩子上的螞蚱，但蹊蹺的是一個被滅口另一個被劫走。

徐建軍微微點頭：「還說明了一個問題，天樞七星盤並不在犯罪分子的手裡，而犯罪分子和吳鐵鏟是一個利益體，審訊的時候吳鐵鏟不也交代了為啥要滅了周衛國嗎？這裡面是狗咬狗一嘴毛的關係。」

「那是什麼關係？」

「投案自首是逼不得已，估計也是讓他們損失最小的辦法，人嘛，都有趨利避害的心理。」徐建軍打開臨時徵用的指揮室，打開電燈的瞬間，便看到桌子上趴著一個人，嚇得差點沒把心吐出來！

洪裕達正趴在桌子上昏昏欲睡，開門聲把他給驚醒，見秦濤和徐建軍回來了才起身點點頭，推了一下卡在鼻樑上的眼鏡尷尬地笑了笑：「回來了？」

徐建軍上下打量著洪裕達，眉頭緊皺成一個疙瘩，有一種想給他「鬆鬆骨」的衝動。不過還是勉強擠出一點笑容：「洪老師，您幹嘛呢？為啥不回屋睡覺？您金貴著呢，感冒了我們可擔待不起！」

「打了個盹，嚇著二位了？」洪裕達手裡還握著小冊子，很顯然在打盹之前仔細研究過。看著徐建軍尷尬地笑了笑，目光卻在秦濤的身上溜了兩眼：「秦連長、徐副連長，我有個小小的要求，想請二位幫個忙。」

秦濤坐在椅子上，抹了一把臉，疲憊道：「是不是想去老沈的庫房看看？現在不行，有明文規定，必須請示刑警隊才可以。」

「不是，我想看看老沈的考古筆記，如果他真的對700198號文物有獨特見解的話一定會有記錄的，還有那個什麼天樞七星盤。」洪裕達說話很客氣笑得很得體，是那種高級知識份子慣有的笑，嘴角微微下彎，眉毛微微揚起，很自信也很迷人，不過那張老臉很顯然有點缺乏自信。

「洪老師，您的要求的確不大，考古筆記不在咱們手裡，真的沒法幫忙。」徐建軍倒了一杯開水遞給洪裕達：「在老沈那呢，您跟他要去吧！」

開什麼玩笑？沈鶴北不是被害了嗎！洪裕達下一秒就明白了徐建軍的話，不禁有些氣惱：「什麼意思？」

「刑警隊都沒找到的玩意兒，咱去哪尋？濤子訊問過他的兩個學生，他們說始終在青銅盤的出土地發掘，老沈的老寒腿病犯了先回來養病，就這樣。」

秦濤面帶微笑地看著洪裕達：「洪老，您是這方面的專家，我想向您請教一個問題，怎麼樣？」

洪裕達本來心裡有氣，以前在教學的時候就被這兩個傢伙奚落過，沒什麼好印象，方才又被秦濤給擺了一道，心裡正不舒服呢，現在又看到那種人畜無害的笑，心裡更有意見。若不是有求於他們，以他的脾性早就訓誡一番了。不過還是隱忍住：「什麼問題？只要是我專業範疇內的，有求必應。」

秦濤略微思索片刻：「我想要一個科學的解釋——世界上有沒有鬼？或者是擁有超級能力的人，譬如能夠讀取別人記憶的人，也就是您所說的特異功能？我們的對手不是一般的犯罪分子，他無處不在卻又捉摸不透。」

洪裕達審慎地看著秦濤和徐建軍，沉思片刻：「有，但科學解釋不了。但你們要相信科學，要從犯罪分子的角度考慮問題，我剛來還不瞭解情況，但我敢篤定沈所長的案子與兩方面原因有關，一個是財，第二個也是才。」

因財起意？秦濤凝重地點點頭，不管怎麼說，從旁觀者的角度來看，所有跡象都表明是因為某種價值連城的寶貝而遭到慘禍的，第二個「才」與自己所判斷的有些相符，沈鶴北是唯一一個對丟失的 700198 號文物有研究的專家。

「有道理，佩服。兩個字就解釋了秦連長心裡的疑問，不過您這話好像似是而非啊！」徐建軍不想直接打擊一個高級知識份子的自信心，方才秦濤問自己這個問題的時候就曾經思考過，對手絕對不會是簡單人物，他們的目的也不可能是簡單的見財起意，而是有計劃、有預謀、有行動的。或者說是一個陰謀。

洪裕達尷尬地笑了笑：「世界之大無奇不有，存在即合理。川北古墓發掘出來的文物與眾不同，第一，年代不好判斷，雖然是出自唐墓，但文物本身不是唐朝的，700198 號文物已經說明了問題，而沈所長所研究的天樞七星盤也是如此，這說明了什麼？說明了這裡存在一個歷史上曾經存在過但卻失落了的古代文明……」

「洪老，時間不早了，您顛簸了一天該好好休息一下。」秦濤最怕他滔滔不絕地講自己的見解，在課堂上已經領教過了，現在不是聽他長篇大論，而是找到最直接的線索。

洪裕達不滿地瞪一眼秦濤：「還有一件事，我想去發掘現場走一走，明天派一個隊員送我過去吧。」還不等秦濤做出決定，洪裕達已經起身進了裡屋，門「砰」一下關上。

徐建軍擠眉弄眼地瞪著木門，低聲：「怕什麼來什麼，現在人員緊張得手夠不著腳，哪兒來的人陪他閒逛？」

秦濤靠在椅子裡歎息一下：「老徐，明天的任務有兩個，一個是配合刑警隊尋找吳鐵鏟，他是唯一一個知道隱情的人；第二個是尋找沈鶴北的考古筆記和天樞七星盤的下落，交給你吧。」

「他怎麼辦？」徐建軍向洪裕達的房門努努嘴。如果不答應他，估計洪裕達一準向呂長空和李建業打小報告，雖然不至於挨訓也難免給老領導添麻煩。如果答應他人手在哪出？總不能賣一個搭一個吧？況且川北的形勢還不明朗，發生問題怎麼辦？

秦濤和徐建軍正在相對無言之際，門忽然打開，郝簡仁提著兩瓶二鍋頭和一袋豬頭肉進來，向兩個人示意，標準的口型：喝——酒！

「心比肝大，都什麼時候了？」秦濤疲憊地靠在椅子裡打了個哈欠：「早點睡覺吧，明天還要與人鬥其樂無窮呢！」

郝簡仁嬉笑：「濤子哥，不符合你性格呀？兵來將擋，水來土掩，甭管他是人還是鬼，你是火眼金睛的孫猴子，不在話下。」

「不是問題的問題才是問題，所有問題都暴露出來之前都不是問題，一旦問題暴露了才是問題，比如鬼一樣的對手，濤子做夢都想抓到他！」徐建軍抓了一塊豬頭肉扔進嘴裡：「簡仁，哪弄的？我們來了好幾天都沒見葷腥了。」

秦濤沒有心思喝酒，心裡面的壓力太大的緣故。700198號文物失竊，沈鶴北意外死亡，光天化日之下嫌疑人竟然在眼皮底下一個被滅口一個被劫走，這是什麼性質？簡直是在挑釁！川北刑警隊看似實力不俗，但也只有李艾媛一個人頂用，其他人都是跑龍套的，想要儘快破案軍方必須得拿出氣勢來。

不過他畢竟不是科班出身，沒有偵破民事案子的經驗，一時間滿頭思緒亂成了一團麻，想要冷靜一下思考都感覺頭疼欲裂。

「簡仁，這裡的情況你也瞭解差不多了，什麼意見？」秦濤勉強喝了一口二鍋頭，佈滿血絲的眼睛看了一下郝簡仁：「從專業角度出發，我是認真的。」

徐建軍也凝重地點點頭，看著郝簡仁。三個人當中他的年齡最大，性格也最實誠，加上三個人都經歷過白山和雪域的行動，彼此建立了比較好的默契，一看郝簡仁思索的模樣，徐建軍就知道他又要發表長篇大論了。不禁苦笑：「長話短說吧，每個人都提出點意見，簡仁先說。」

「濤子哥、老徐，這案子看似錯綜複雜實則很簡單，犯罪分子用了兩個雕蟲小技就把你們給繞迷糊了？」郝簡仁喝了一口：「第一個是障眼法，偷玉佛是假，搶劫天樞七星盤是真，二位想一想，沈所長是一介書生手無縛雞之力，還有老寒腿病，殺這樣的人有什麼用？犯罪分子只跟錢有仇，跟老沈沒仇吧？他也無法威脅到犯罪分子，但為什麼要殺害？滅口，絕對是滅口！」

「為啥滅口？」秦濤凝重地看著郝簡仁問道。

「這個就是局眼，滅口有幾種可能，一是深仇大恨，二是失手誤殺，三是彼此熟悉，四是老沈知道得太多，你懂的，但凡犯罪分子都是窮凶極惡之輩。還有一種可能，老沈不是在主持古墓發掘嗎？他一死估計發掘工作必須得暫停吧？這樣犯罪分子就有了可乘之機！」郝簡仁用手指點著桌子：「障眼法啊，對手下了血本，周衛國和吳鐵鏟不是兇手，但他們為啥要坐以待斃？一個也被滅口了，另一個估計也凶多吉少，這又是一個雕蟲小技，叫李代桃僵，混亂視聽誤導辦案，斷了所有線索讓公安陷入進退兩難。」

秦濤微微點頭：「為什麼要阻礙古墓發掘？天樞七星盤不是已經出土了嗎？」

「我說是可能，這不是他們所期望的結果嘛！」郝簡仁對秦濤這種一根筋的思維方式真的不敢恭維，不過自己也是胡亂判斷的，無憑無據。

「犯罪分子隱藏在暗處陰魂不散地操控著這一切，其目的無非是巨大的利益。」徐建軍打了個哈欠：「川北刑警隊辦這樣的案子多了去了，他們有的是經驗，咱們就不要鹹吃蘿蔔淡操心了吧？」

秦濤起身活動一下腰身：「我跟你們的意見不一樣，總感覺哪裡有些不對。首先，祕密倉庫被盜，那麼多價值連城的文物沒有拿，只拿了編號700198的金屬蛋，說明對手是有備而來；其次，偏偏是對金屬蛋有研究的沈鶴北在最關鍵的時候出事了？不僅如此，在火車上也有人想對我們動手，這說明什麼？玉佛丟失、七星盤失蹤，這些都是對手設置的障礙，轉移視線，想把我們牢牢地拴在無頭公案上面！」

「老秦成熟了許多啊，想的全面周到細緻……」

徐建軍瞪一眼郝簡仁：「馬屁可不是這麼拍的，任何案子都不是孤立存在的，濤子說得對，這不是普通的案件，合併偵破十分關鍵，案子也不是普通的搶劫殺人案——定性很重要，決定我們的行動方向。」

郝簡仁收斂了笑容：「濤子哥，有兩個細節一直沒時間跟您叨咕，我率領小分隊來的路上碰見個蹊蹺事，車在盤山公路正開著呢，迎面便撞上個什麼妖狐鬼魅的玩意兒？把保險杠撞了個大坑，差點沒車毀人亡啊，下車檢查啥也沒看到。」

「撞石頭上了吧？山上經常掉碎石的。」

「石頭是死的，那傢伙是活的！」郝簡仁指了指自己的眼睛：「雖說不是火眼金睛，但自認為兩個眼睛的視力都是1.0以上，比貓頭鷹略遜一籌而已，真看到什麼玩意兒了。」

徐建軍撇了撇嘴：「這個問題你還是請教一下洪老師吧，以為是在白山那？這裡是窮山惡水的川北，鬼都嫌棄的不行！」

「親身經歷僅供參考。」郝簡仁哂笑一下：「第二個細節，文管所的門鼻子旁邊有野獸的抓痕，我想破腦袋都沒想出來是什麼玩意兒抓的，一米五十多高的高度，痕跡很新，不超過一周的時間。」

「那能說明什麼？」徐建軍疑惑道。

「你還記得上次在房間裡刻鬼畫符的爪子印不？跟那個如出一轍，後來證明是異變的人指頭劃的。」郝簡仁不禁哆嗦一下：「不說了不說了，瘆的慌！」

秦濤微微點頭看向徐建軍：「老徐，你注意到沒，沈鶴北的傷是在脖子，周衛國的傷也是在脖子，一個是開放性的撕裂傷，一個是扭傷，簡仁又看到了爪痕，再聯繫到今天跟對手過招，五六支槍幾十發子彈都沒打到他，那傢伙從天窗跑了。」

還有一個細節始終埋藏在秦濤的心裡，沒有公佈於眾。吳鐵鏟曾經交代過，我的對手身手十分了得，只比自己更厲害，絕對不輸於自己。當時還自嘲他們不瞭解自己的真功夫，現在想來這句話似乎另有所指？

他們寧可落在公安的手裡都不願意被對手控制，說明了什麼？兩個傢伙都是犯罪分子，寧可投案自首把牢底坐穿，也不願意跟那個神祕人合作？文物走私是一條龍的買賣，每一道環節都很重要，分工配合是必須的。但是什麼原因讓他們採取看似不合常理的選擇？

「濤子，你的意思是這案子裡面有洞天？」

「我的感覺不是普通犯罪分子所為，現在線索全斷了，刑警隊束手無策，該是我們出手的時候了，怕夜長夢多。」秦濤捏了捏額頭：「到這吧，都睡覺去，明天還有任務，我去巡邏一圈回來就睡。」

夜漆黑，風冰冷。一頭鑽出屋外秦濤才發現天空烏雲密布，這是要下雨的節奏啊！

深一腳淺一腳地挨個哨所巡邏一番，心裡卻仍然在糾結案子。之所以認定並不是普通的入室搶劫殺人案，是因為案件涉及到的文物太過敏感，對手設置的連環計看似很簡單卻十分奏效，既毀了為數不多的線索又達到了阻礙破案的節奏。

對手絕無可能是「獨狼」行動，「調虎離山」這齣戲碼已經說明了一切。從文管所到審訊室不過百十多米，怎麼可能做到？不過聯想到郝簡仁所說的兩個細節，秦濤的心下也一沉，不排除「另類」的犯罪分子？

所謂「另類」，是秦濤的想法。在白山和雪域的行動已經證明了世界上存在異變人類，無論是因為感染了病毒還是基因發生了突變，「另類」的存在是事實，儘管自己是徹底的唯物主義者。

走到文管所門前，秦濤用手電筒照了一下門鎖的位置，果然發現了「抓痕」，仔細看了半天，突然發現痕跡裡面似乎有什麼東西？秦濤拔出匕首小心地摳了一下，那東西掉了出來，竟然是一段角質化的「指甲」。秦濤忽然想起了上次執行任務的時候那五根折斷了的手指甲！

動物都有「指甲」，是皮膚角質化之後的演化。但人的指甲絕對不會嵌入木頭半毫米以上——因為人類的指甲角質化度是最低的，加上平時不怎麼用，柔軟而脆弱。但這塊指甲卻很硬，像崩裂的刀子碎片。

秦濤將指甲片放進紙包裡，轉身返回指揮部。

一夜細雨，臨天亮的時候才駐。空氣中彌漫著草香和泥土的味道，沁人心脾。這裡遠離喧鬧的都市，空氣品質十分清心，氧離子含量應該在三萬以上。李艾媛的手裡拿著兩張紙靠在臨時營地前面的汽車旁，與雪千怡不時地說著話，抬眼看到秦濤和徐建軍走了過來。

「早！」雪千怡理了一下秀髮，面色羞紅地向秦濤點了點頭，臉龐的笑容似乎能凝出蜜汁來，清早的陽光照在白皙的臉上，顯得更加透亮。

秦濤象徵性地點點頭：「不早了，這要是在部隊十公里拉練都回來了。」

雪千怡不好意思地莞爾，徐建軍瞪了一眼秦濤，這麼不解風情？這是城裡人「搭訕」的套路都不懂？難怪蘇楠楠、陳可兒兩個大美女都相不中！

「隊長，今天怎麼安排？」

李艾媛沉吟一下：「昨天我一宿沒睡好，始終在琢磨一件事，犯罪分子為什麼總是在晚上作案？白天會躲到哪兒？」

「黑夜是最好的保護，也是人一天當中的低潮。李大隊長，您該不是發現什麼蛛絲馬跡了吧？分享一下。」秦濤若有所思地望著文管所方向，文管所後面緊挨著荒山，一條毛毛道通向山上，唯一的一條正經的路就是腳下這條，僅能通一輛卡車的土路。

李艾媛狠狠地瞪一眼秦濤：「我的意思是犯罪分子任由咱們白天折騰就是不露面，而咱們休息的時候他們卻頂風作案。所以，從今天開始，咱們兩班倒，日夜不休！」

「李隊長，人是鐵……」當初拉練夜訓的時候都沒這麼艱苦，還兩班倒？拿人當機器呢！徐建軍剛要提意見，看見秦濤沉思的神態卻欲言又止。

「飯管夠吃，餓不著你們，我們也是一樣！」李艾媛陰沉地看一眼徐建軍：「你負責白天搜查，刑警隊裡面女同志比較多，再增派兩名戰士保護安全，秦連長和新來的郝同志負責夜間行動，特殊時期特殊對待。」

秦濤緊了緊鼻子：「也就是說我現在沒事嘍？李隊，您的決定我一百個贊成，但還得提點意見。」

「直說，不要繞圈子。」李艾媛把紙遞給秦濤：「這是法醫報告，你看看吧。」

秦濤接過報告掃了一眼就扔給雪千怡，跟自己猜測的一樣，檢測報告無非是那些常規的資訊，沒有任何參考價值。看一眼李艾媛：「我認為行動之所以被動，是因為我們始終在按照對手的節奏走，而且太常規，人死了才開始調查，沒有做到防患於未然，您的提議不錯。」

「我們是在破案，破案的原則是講究證據，被害者的資訊調取、兇手的身份資訊和相關的證據線索，要形成閉環，符合邏輯的合理線索鏈，而且最主要的是要抓獲兇手——秦連長，你認為這種方式存在問題？」李艾媛以女人慣有的那種傲嬌看一眼秦濤：「如你所說防患於未然的話，下一個被害者是誰？為什麼？」

對刑警破案的原則和程式沒有深入瞭解過，不過自己只提了一點點意見就遭到了李大神探的反脣相譏，秦濤的心裡有點不舒服，但還是淺笑一下：「我昨天也一宿沒睡好，始終在想著對手下一步該怎麼走。」

「所答非所問！」

如果在以往，以秦濤的火爆脾氣而言早就怒懟李艾媛了，但不知道為什麼，今天的心情真不錯，甚至笑容滿面地點了點頭：「聽我把話說完您再下定論，兩種可能，一種是犯罪分子為了天樞七星盤殺了沈所長，並且嫁禍給錢廣聞，從而引出了周衛國和吳鐵鏟，然後玩了一齣調虎離山滅口，但他劫走了吳鐵鏟，無形當中就暴露了他的目的。」

「天樞七星盤沒得手？」

「嗯！」秦濤肯定地點點頭，李艾媛的分析能力真不是蓋的，一點即破，秦濤深呼吸一下：「第二種可能，對手在下一盤很大的棋，從祕密倉庫丟失 700198 號文物到沈所長被殺，天樞七星盤不翼而飛，對手不惜大開殺戒，這不是普通的文物販子或者是盜墓賊所為。」

徐建軍伸出大拇指：「沒錯，所以我們圍繞著那些小角色轉是原則性錯誤，視野應該放寬闊點，再寬闊點！」

李艾媛眉頭微蹙地點點頭：「你的意思是那些人都是棋子？老沈、周衛國、吳鐵鏟？」

「還有我們。」秦濤幽幽地歎息一下苦澀道。

「分析得很到位，行動拖後腿！」李艾媛長出一口氣，傳說當兵的都雷厲風行，而應邀支援的軍方這些人也沒見怎麼雷厲風行啊？不過，她從一些小細節能夠感覺到秦濤他們不是吃素的，戰鬥經驗十分豐富，甩刑警隊幾條街不止。最關鍵的是刑警隊堪用的人太少，這時候案子又太多，若不是被害人與黃局長關係非同一般，也不可能讓自己接手。果然這案子很棘手！

秦濤和徐建軍相視一眼不禁苦笑：「李隊長，既然我是夜班就先回見了？洪老非得去發掘現場看看去，我陪他走一趟。」

「濤子，派一個兄弟去足矣了，你補覺吧。」徐建軍點燃一根煙雲吸一口：「讓簡仁跟去，估計他的三寸不爛之舌能把洪老師給忽悠瘸了，徹底解決東走西逛的問題。」

「有些事情要親力親為，對了，李隊長，文管所後山那邊是什麼地方？」秦濤望著對面光禿禿的山問道。

「還是山。」

雪千怡「撲哧」一笑，卻看見師父嚴肅的目光，立即轉過身繼續記錄。李艾媛看了一下腕錶：「那就開工吧，老徐審訊與吳鐵鏟有瓜葛的人員，排除法。你派兩個人跟我搜尋青銅盤和考古筆記，目前這是唯一的線索，務必要有結果。」秦濤凝重地點點頭：「我們應該也玩一齣陰謀詭計！」

「什麼意思？」李艾媛眉頭微蹙地看著秦濤不斷地思索著，目光忽然湧出了一抹亮色，兀自點點頭：「不管是陰謀還是陽謀，看來得採取有效手段才行。」

兩個人對視了一下，秦濤緊了緊鼻子：「那就這麼決定？」

「你注意安全，專家都是紙糊的！」

「所以才需要保護！」秦濤輕鬆地笑了笑：「刑警隊有沒有畫像專家？科班的那種，後學的不要。」

「幹什麼？後學的只有我！」李艾媛瞪一眼秦濤，地方刑警隊因為資金和編制的原因沒有配備專業的臨摹人員，自己是趕鴨子上架後學的素描，專業水準差點，基本的面貌特徵可以還原出來，但能看懂的也只有自己。

「對手我們都看到了，但因為天黑面貌模糊，我跟他交過手所以有一點印象，可以圖繪一張，然後摸底調查。」

「川北犯罪分子檔案還不健全，臨摹也沒用。」

秦濤淡然一笑：「是給辦案人員看的，找哪門子檔案？」

雪千怡忽然收好紅色筆記本：「師父、秦連長，我學過素描速寫，這活我來做！」

「毛遂自薦？」

「嗯！」

李艾媛不可思議地看一眼雪千怡：「妳？」

「是這樣，在成為鐵路乘警之前我就喜歡畫畫，上過不少補習班，從高一……」

「學那麼長時間？那不成了專業畫家了嘛！」徐建軍想要誇一下小美女，卻被李艾媛「母老虎」一般的眼神給瞪了回去。

「不是，高一之後因為學習的關係而中斷了，大學的時候又參加了高級素描培訓，平時也喜歡寫寫畫畫呢！」雪千怡臉色羞紅一下，打開紅色日記本。

徐建軍的目光掃過日記本，果然是一幅素描，是濤子？還真像！不禁咧嘴：古靈精怪！

「也好，那有時間妳配合秦連長畫一張？」

「嗯！」

李艾媛檢查一下配槍，吩咐雪千怡召開早會，然後就鑽進臨時指揮部，雪千怡如心撞小鹿似的跑開。

徐建軍望著女人曼妙的背影不禁訕笑一下：「濤子，怎麼樣？」

秦濤臉色一紅，什麼怎麼樣？後面看著像西施，前面一看是河東獅！當務之急是找到天樞七星盤和吳鐵鏟，然後線索才能閉環，不然整天這樣沒進度沒效率，估計政委又該下軍令了。

「全力配合刑警隊行動，一切聽從李神探的指揮，我去找洪老。」秦濤拍了拍徐建軍的肩膀，兩人交錯的時候，秦濤低聲道：「從現在開始一級戒備，對手很可能比白山的還厲害！」

徐建軍張大了嘴巴：「不會吧？」

存在即合理，眼見為實有時候也未必正確。但秦濤一聯想起火車上的一幕和昨晚在文管所門上摳下來的指甲，自然而然地便聯想到了白山事件。白山行動就如揮之不去的陰影，始終在自己的腦海裡深刻，有時候還會做噩夢。經過兩次非常規的任務之後，秦濤成熟了許多。這種成熟表現在對事物的分析和判斷上，也表現在思維意識裡，所以在思考案情的時候總會避開那種合乎邏輯和常規的思維，以特有的方式去思考。

這是普通人甚至某些專業人員所無法具備的。

一夜細雨，下的道路泥濘。對於在「大城市」生活的人而言，川北的自然環境和交通環境無法相匹配，美景之下美不勝收，但一灘爛泥就壞了一天的好心情。洪裕達靠在副駕駛上感覺著有節律的顛簸，腫得跟金魚眼泡似的眼睛直勾勾地望著前方。視線盡頭是無盡的群山和一條看似永遠也走不到頭的山路。

「洪老，昨天您還沒回答我的問題呢，今天可奉告一二？」秦濤從後照鏡裡看一眼正在發呆的洪裕達，忽然想起了李艾媛的「專家都是紙糊」的話，不禁苦笑。

洪裕達猛然驚醒一般：「什麼問題？」

「您的忘性和您淵博的知識一樣精深——我想知道世界上究竟是否存在特異功能的人，比如李隊長可以讀取他人的記憶，但我認為那是激發了直覺所致。如果基因發生特殊異變之後會沿著什麼方向進化？是人還是魔鬼？」

洪裕達打了一個哈欠之後終於徹底醒了過來：「好學乃人之本，三人行必有吾師焉，聖人尚在不斷地學習，普通人更應該不恥下問——學問學問，學之問之方成學問，看來小秦還是比較好學的啊！」

顧左右而言他？早知道洪裕達會這樣就不應該有此一問，難怪高級知識份子都一副莫測高深的模樣呢！

「你的問題很高深，我只能略答一二。首先，什麼叫特異功能？人的固定思維往往把會飛的人叫特異功能，而對會飛的鳥卻視而不見，其原因在於思維停留在人不會飛的這個常識上，但我可以負責任地告訴你，人會飛是特異功能的一種。」

「鳥人？」

洪裕達瞪一眼秦濤：「飛機！」

秦濤一副生無可戀的表情，打了一下方向盤想躲避前方的水坑，洪裕達卻哎呦一聲驚呼，另一側可是深不見底的萬丈深淵！

◊

文管所倉庫門前，兩個持槍的戰士面無表情地看守著，而距離一百多米之內有三處哨所和一支兩人組的流動哨，可謂是戒備森嚴。

「這些都是已經編號的文物，檔案齊全，資訊準確無誤，可見當初沈所長嘔心瀝血啊！」高軍站在庫房門口唏噓道：「編號 102 的玉佛是最近發掘的，青銅盤應該是 103 ？沈所長的兩個學生介紹說他正在研究，還沒來得及編號。」

郝簡仁掃視一眼庫房裡的貨架，上面擺滿了盆盆罐罐，還有不少唐三彩的碎瓷片，空氣中有一種葬氣味。這些古董都是從墳墓裡挖出來的，難免會有味道。一眼便看到了編號 101 的「金樽」，不禁眼前一亮：「老高，101 號文物和 102 號的玉佛應該是一起出土的吧？不知道文管所有沒有什麼規定之類的，比如從裡面拿東西要登記？」

「這個一定要有，不過這裡就沈所長一個人，為了工作方便嘛，沒有在登記本上記錄，但有總目錄。」

郝簡仁在倉庫裡尋了一圈，沒有發現什麼值得的線索，等於是提前參觀了一下川北古墓群出土文物展。這裡的每一件文物都價值不菲，一百多件，數量不可謂不多，但犯罪分子卻殺人滅口拿了青銅盤？還需要搭上一個「玉佛」嗎？賊很少有愚蠢的，所謂的「蠢賊」大抵是因為賊太貪心導致因小失大造成不可挽回的敗局。青銅盤會在哪？按照濤子哥分析，犯罪分子因為沒有得到青銅盤才沒有遠走高飛，現在犯下了大案，估計該會「隱」幾天吧？但昨天又玩調虎離山滅口，說明他還在尋找青銅盤！而知道青銅盤下落的，一定是吳鐵鏟嗎？

兩個人出了庫房，郝簡仁凝重地看一眼高軍：「當務之急是找到青銅盤和吳鐵鏟，兩個找到一個，案子就會有進展。」

「大海撈針一樣，李隊說線索全斷了，案子進了死胡同，大力排查周邊也沒發現可疑人等，就怕久拖不決啊！」

其實案子就擺在桌面上，線索很清晰：搶劫天樞七星盤、殺人滅口、順走了玉佛、案發、調虎離山又滅口？郝簡仁在心裡面畫了個問號，先是祕密倉庫失竊、700198 號文物丟失，然後是沈鶴北被害，誠如濤子所言，兩者應該有某種聯繫？

「我去村子走走。」

「該抓來的都關著呢，您想幹什麼？」高軍疑惑地看一眼郝簡仁，軍方派來的高人啊，再高有李隊長高嗎？神探都束手無策！

郝簡仁滿臉堆笑：「隨便遛彎，看看剩下的那些好人，慰問一下金山銀山崩於前而不動的親人老百姓！」

高軍苦笑著揮手道別，心裡卻別有一番滋味。上次去抓吳鐵鏟，全村的吳性族人都包庇他，給破案製造障礙，讓人很是氣憤。他們是不明真相嗎？絕對不是，原因就在於利益牽扯，吳鐵鏟是盜墓頭子，那些人是得了好處嘗到了甜頭而已，豈不知已經觸犯了法律。

李艾媛這邊的審訊並不順利，這些有前科的嫌疑人無一例外地矢口否認與案子有關，這種情況早在她的意料之中。總不能像秦濤那樣挨個給他們「鬆骨」吧？辦案的原則是講究證據，沒有證據的情況下只能放人。而要從這麼多的嫌疑人中找出些蛛絲馬跡來，實在是有些難度。李艾媛最後決定把與吳鐵鏟和周衛國有瓜葛的嫌疑人延長羈押，所有嫌疑人都採取限制措施——除此之外沒有太多的好辦法。

「找遍文管所也沒發現密室之類的，看來必須要尋找正確的突破口才行。」李艾媛略顯疲憊地看一眼高軍：「郝同志那邊怎麼樣？有什麼進展？」

高軍苦笑一下：「在庫房轉一圈就走了，那裡咱們都檢查了三遍了，要是有線索早就該發現了吧？看來這案子還得靠您，他們不過是來打醬油的！」

「去哪了？」

「遛彎！」

就在李艾媛氣得不知道該怎麼發洩的時候，郝簡仁正在被一個瘋瘋癲癲的老頭子追得滿村子跑！

「是不是你？是不是你——是不是你！」骯髒不堪的破爛衣裳露著看不出顏色的肉，光著腳在泥水裡一路狂奔，手裡還抓著兩張皺巴巴的紙，一路咒罵著追趕郝簡仁。

村子裡看熱鬧的人被眼前的一幕逗得前仰後合，郝簡仁氣喘吁吁地跑進一戶人家的院子，把大門「砰」一下關上，上氣不接下氣地：「奶奶的，是你自己說是堪輿大師的！」

殺人償命欠債還錢，自古以來天經地義。郝簡仁犯了一個致命的錯誤，被「堪輿大師」給擺了一道！

進村子的時候便看到了這位衣衫襤褸的老人，頭髮跟雞窩似的，穿得跟要飯似的，盤腿坐在村口的一塊青石上，後面還豎著一根兩米多高的杆子，上面有一面破爛的小黃旗。

郝簡仁沒看清上面寫的是什麼，揣度半天才認出來是「令」字。如果換做秦濤或者是徐建軍，在村子裡橫著走都不會出事，而郝簡仁則不同，直接搭訕大師，要求算一下命，大師自始至終都沒說一句話，郝簡仁還以為是啞巴呢。

就在郝簡仁以為大師是啞巴的時候，大師伸手要錢，錢不多，十元。郝簡仁哪能吃這種虧？在村裡人眾目睽睽之下揚長而去。估計是觸怒了大師的威嚴，被追了半個村子。此時回頭透過破爛的大門向外面看，才發現大師提著「令」字旗殺到了！

「是不是你？是不是……是不是你！」

「是我，怎麼啦！」郝簡仁氣得差點瘋了，一腳踹開大門，從懷裡掏出警棍在他面前一晃：「說你瘋癲還喘上了？知道我是幹什麼的不？警察！」

大師立刻閉嘴了，把「令」字旗扔到地上，直勾勾地看著郝簡仁。

「我也是大師，也會算命，要不咱兩個交流交流？」這個晦氣，沒想到林子大了什麼鳥都有，出門就碰上個瘋的，運氣還能再背一點嗎？

一見郝簡仁亮出了警棍，周圍看熱鬧的立即明白了幾分，三分鐘之內全部消失！

郝簡仁上下打量一下「大師」，心裡也於心不忍，混到這份上的大師也太慘了點吧？伸手從懷裡拿出兩張大團結紙幣：「我給你算一算，能活到死，這錢是給你買午飯的，怎麼樣？」

錢落到地上，老人並沒有撿起，而是伸出手，手裡面皺巴巴的紙已經被撕爛了：「是不是你？是不是你……」

「是我的。」郝簡仁接過來兩張爛紙，把錢撿起來塞到他手裡，回頭張望一下看熱鬧的：「諸位老鄉是見證，咱是正經人吧？不跟他一般見識，兩張大團結就換來這個，他要是不瘋的話我先瘋！」

一陣哄笑，大師抓著錢，撿起「令」字旗一言不發地看著郝簡仁。

「他是哪路神仙啊？」郝簡仁點燃一根煙看一眼旁邊的一個老漢問道。

老漢靦腆地笑了笑：「他真是一個堪輿大師，住在後山神仙洞，但那是以前，三年前盜墓嚇瘋了，而且是間歇式的。」

「神仙洞？」

「空墓。」

「奇葩！」算自己倒楣，郝簡仁掐滅煙蒂一本正經地看一眼大師：「也算緣分？二十塊錢夠你吃一個月的，感謝世上還是好人多吧，我是一個！」

讓郝簡仁沒想到的是，大師直接把兩張大團結塞進了嘴巴裡，旁邊看熱鬧的又是一陣哄笑。

郝簡仁心疼肝疼地瞪一眼大師，轉身離開。奇葩的村子、奇葩的老百姓、奇葩的堪輿大師！沒有膽子就別盜墓，把自己嚇傻了吧？如果讓濤子哥和老徐知道自己的糗事，估計得把牙給笑掉了！

走出了村子郝簡仁的心情才緩過來，還在心疼那兩張大團結鈔票呢。望一眼遠處的群山深呼吸一下，此行毫無收穫，二十塊錢買了兩張擦屁股紙，碰到一個奇葩的「堪輿大師」，夠邪門。

郝簡仁邊走邊掃了一眼皺巴巴的紙，忽然愣了一下，編號：103！

天打雷轟耳邊一陣蜂鳴，郝簡仁把兩張紙小心地舒展開仔細看，上面畫著鬼畫符，竟然看不懂。奶奶的這不是沈所長的考古筆記嗎？郝簡仁反覆看皺巴巴的紙，能看懂的只有「編號 103」，職業敏感讓他一下就聯想到了沈鶴北和文管所，心差點沒吐出來：果然是「大師」！

郝簡仁急匆匆地原路返回，村子裡的人都像看猴子似的看他，問了好幾個人「堪輿大師」跑哪去了，竟然沒有人知道？

找了一圈弄得滿頭大汗，也沒見著那個乞丐一樣的「大師」，想要再找那面標誌性的「令」字旗，卻一無所獲。

先不著急找他，回去彙報情況再說吧。這是一個極其重要的線索，雖然只有兩頁日記，足以說明了三個問題：沈所長是有考古筆記的、考古筆記也被盜走了、嫌疑人就在村子裡！

考古發掘現場在一處山坳裡面，汽車進不去，秦濤和洪裕達走了二十多分鐘才到。跟秦濤預料的一樣，發掘工作陷入停頓，因為沈所長被害，考古隊員們群龍無首，正等待上面下達意見。他們目前的任務是清理已經發掘出來的文物，保護發掘現場。

羅文旭和馮春華負責接待兩人，洪裕達的注意力全在發掘現場上，詢問得很仔細，讓秦濤都插不上話。問的全部都是廢話，諸如青銅盤什麼時候發掘出來的、什麼樣式、鑒定年代之類的，全是考古專業的，秦濤一點也不感興趣。

這次考古發掘是搶救性發掘，也就是說在考古隊進駐之前已經被民間盜挖過，而且出了不少好東西，川北公安局介入案子，追討回來一些，但還是流出去不少文物。兩個主犯還沒等抓捕呢，就被刑警隊給捷足先登了。不過現在是一死一失蹤。

「這地方怎麼會有唐代的古墓？」秦濤仔細觀察一番自然環境，三面環山一面是入口，形成一個倒葫蘆型，但地勢還比較高，出口很遠的地方有一條季節河，豐水期的時候應該是洩洪的。川北的氣候是亞熱帶氣候，氣候濕潤雨量充沛，地表徑流河眾多，其實這樣的環境並不適合古墓保存。

羅文旭推了一下眼鏡：「不僅有唐代的，還有許多不同朝代的古墓，這次發掘也發現了宋朝的墓，沈老師把這個課題交給我來研究，目前還沒有什麼眉目。」

「這並不稀奇，古墓群一般而言有幾種情況，一是帝王陵墓，二是諸侯墓，三是家族墓，還有一種就是戍邊屯兵的墓，從山水氣勢上來判斷，這個不是普通百姓的墓也不是王侯富貴人家的墓，當然，得需要出土的文物佐證才能確定，小羅，老沈確定這是唐墓？」

「因為發現了唐三彩，墓結構也是唐宋時期的，不過破壞得很嚴重。」

「沈所長為什麼不能確定天樞七星盤的年代？一般而言青銅重器都是春秋戰國時期的，那是中國的青銅時代。」洪裕達一副考古老專家的模樣，本身就是考古專家，所以他的話很有權威。尤其是對於兩個跟隨沈鶴北的學生而言，洪裕達就是老前輩。不過，這位前輩的興趣卻不在考古上！

「洪老師說的對，唐墓裡面發現青銅器只有兩種可能，一是墓主人的收藏，二是唐朝時期仿品。」馮春華陰鬱地看著考古筆記：「沈老師曾經猜測墓主人的身份不一般，因為出土的文物比較特別，玉佛之類的都鑒定為唐宋時期的，唯獨青銅盤確定不了，他認為是上古時期。」

「上古？」洪裕達皺著眉頭：「老沈研究出來？」

正在看考古筆記的秦濤也微微一愣，暗自看一眼馮春華，小姑娘說得很認真，看來並不是當初羅文旭所說的因為沒有鑒定出年代而沒有編號？為什麼會有出入？

「老師也只是猜測，因為那件青銅器製造得很繁複，小羅和我都認為應該是青銅鼎盛時期的精品，但老師從形制和銘文上判斷應該是上古重器。」

洪裕達顯然十分震驚，不要說是上古時代，更不要說是帶有銘文，就是春秋戰國帶有銘文的青銅器都價值連城。其原因在於春秋戰國之前的史料沒有自成體系，也沒有具體的史料專門記載。僅有西漢時期的《史記》、《漢書》和經史子集裡面有所記錄。

中國的斷代史上一樁懸案，便是夏朝的歷史分期問題。這裡面有很多原因，其中眾所周知的便是秦始皇「書同文」的法令，焚書坑儒所造成的惡果便是燒了大量的歷史資料，而後項羽火燒阿房宮又毀了一大批史料，以至於關於春秋之前的歷史資料都被付之一炬，流傳下來的鳳毛麟角。

關於春秋之前的歷史資料在歷朝歷代都備受重視，中國人那種渴望傳承和歸屬感的個性從這件小事上表現的淋漓盡致。譬如，在西晉時期一個盜墓賊發現了一座諸侯王墓，墓中儲存大量的竹簡木牘，後來西晉朝廷對古墓進行「搶救性」保護發掘，搶救出來十多車竹簡，被編撰成舉世聞名的《竹書紀年》。

「老沈斷言太不嚴謹，青銅時代的鼎盛時期應該在春秋戰國時期，上古時期乃夏商之前，青銅時代初始之際，怎麼會鑄造出天樞七星盤？」洪裕達苦笑一下：「不幸啊不幸！」

秦濤看一眼洪裕達：「洪老，不幸的是沒看到青銅盤吧？沒關係，案子破了自然能看到，到時候您千萬得給我講一講上古的歷史。不過有一點我不同意，您方才說青銅時代的鼎盛時期是春秋戰國，這一點不可否認，但也要抱著懷疑的態度。」

「懷疑什麼？」

「人類在新石器時代就開始利用金，應該是在西元前一萬年左右，青銅的出現晚於黃金，大概是在西元前五千到六千年前，禹皇鑄九鼎以鎮九州，西元前兩千五百多年前的夏朝就可以制鼎了，商周時期的青銅冶煉達到了鼎盛，而及春秋戰國時期，鐵器盛行，青銅器鑄造便衰落下來。」秦濤淺笑一下：「夏商周三代千餘年，青銅鑄造達到鼎盛時期，這是有史料依據的，所以，沈所長所說的青銅盤乃上古之重器，這話不一定有錯。」秦濤別無他意，腦子裡始終在想著一件事：對丟失的700198號金屬蛋有一定研究的沈鶴北能夠確定天樞七星盤是上古的重器，也一定對那東西有過深入的研究，畢竟金屬蛋是早於青銅盤出土的，但沈鶴北為何沒有確定其年代？另外，按照青銅盤的分期，700198號文物也應該屬於上古的文物！

洪裕達臉紅一陣白一陣，故作思索：「小秦分析得有道理，但據我所知上古青銅重器裡面除了你提到的禹皇九鼎之外，還沒有發現代表性的文物，就連九鼎是否存在還是一個懸而未決的問題，如果天樞青銅盤真的是上古重器的話，將會填補一項這方面研究的空白。」

盜墓賊是不會填補這個空白的！秦濤把考古筆記遞給馮春華：「你見過沈老師的考古筆記嗎？」

馮春華微微點點頭：「但只看過他的研究記錄薄，那是撰寫考古報告和論文的第一手資料，非常詳盡，這是沈老師的一貫作風。」

秦濤長出了一口氣，環顧一下周圍的環境，自己的任務完成了，沈鶴北有研究記錄薄，但也跟著一起不翼而飛。小偷只看中寶貝絕對不會在意記錄薄，除非記錄簿是用人民幣做的！

「洪老，時間不早了，我們應該回去了，路不太好走，估計得一個多小時才能回去。」秦濤笑道。

洪裕達尷尬地點點頭：「回去、回去！不過我還得堪輿一下這裡的環境，看幾眼，就幾眼！」

「您是堪輿大師？」

「古人不僅厚葬，還十分注重風水，這裡雖然不如南京帝王陵，但風水還是不錯的，三山環繞藏風納水，七星拱月蔭澤子孫，應該還能有更好的東西才是！」洪裕達乾笑一下：「小秦，又要說我是老迷信了，這可不是迷信，老祖宗的智慧博大精深，不是吾輩能看透的，對吧？」

秦濤轉身向來時的路而去，洪裕達所說的這些不在自己的思考範圍之內。有古墓的地方當然是好風水，但再好的風水也擋不住盜墓賊，三國的時候就有官盜，曹操還設立了摸金校尉的崗位，隨後的項羽、黃巢都曾經實踐過，民國時候的黨玉琨和孫殿英就是最好的學生。而民盜更是層出不窮，如今都禁而不絕。

確定了沈鶴北有研究記錄薄也是一條不錯的線索，不過對破案幫助不太大，畢竟是學術性的東西，除非能找到其下落，確認是否還有其他情況存在？秦濤回頭看一眼羅文旭和馮春華，想要叮囑他們一句，話到嘴邊又咽了回去。

如果能確定天樞七星盤是上古重器的話，情況將會更為複雜！

臨時指揮部內，徐建軍拍著桌子笑得前仰後合，郝簡仁灰頭土臉地坐在板凳上，一臉的倒楣相，瞪一眼徐建軍：「瞎了老子兩張大團結，讓他去吃飯誰知道會直接把錢給吃了？」

「簡仁，要我看奇葩的是你，不是堪輿大師，我們去村子那麼多次辦案怎麼沒碰見個瘋子？」徐建軍端起碗繼續吃飯。

李艾媛則皺著眉頭看著兩張皺巴巴的紙，上面繪製的圖案很精細，還有許多稀奇古怪的符號，跟郝簡仁一樣，她只認識「編號 103」幾個字。她狐疑地看一眼郝簡仁：「郝同志，你確定那個堪輿大師是瘋子？」

「簡單調查了一下，老百姓說以前他確實是看風水的，一次盜墓的時候給嚇傻了。我發現這兩張紙像沈所長的考古筆記，還回去找了一趟，沒看到人影。」郝簡仁擦了一下一臉臭汗，起身去洗手。

李艾媛立即將兩張圖紙收好：「老高，情況很重要，帶兩個人跟我走一趟，把人帶回來！」

「吃完飯再去也不遲，既然是瘋子就不用擔心他溜掉。」高軍吃一口菜，才發現李艾媛的臉色有些不對，立刻放下筷子：「我這就去找人，兩分鐘準備！」

高軍衝出指揮部，叫了兩個協警，汽車發動，李艾媛鑽進車裡，汽車衝出文管所大院。徐建軍望著車影，收斂了笑容：「簡仁，你確定他是瘋子？」

「抓回來你就知道！」郝簡仁抹了一把鼻子，還在心疼肝疼那二十塊錢呢。其實自己的心裡也沒底，看那傢伙的眼神和舉手投足，不是瘋子也是精神有問題。

同村的說他以前是堪輿大師，但沒看出來，嘴裡始終念叨一句話，還有破爛不堪的「令」字旗。這形象就跟替天行道似的，說他不是精神病也不相信。

尤其是把二十塊錢給直接吞了，正常人誰這麼幹？

「我就納悶了，沈所長的考古筆記怎麼能在一個瘋子的手裡？」郝簡仁沒心思吃飯，啜了一大口二鍋頭，酒太烈，沖得直咳嗽：「難道他是唯一見證？或者說犯罪分子把青銅盤和考古筆記都拿走了，然後把筆記銷贓，而恰好被瘋子得到了？」

「我敢打賭，即使把人抓來也徒勞，怎麼審訊？張嘴閉嘴就吃錢的傢伙！」徐建軍擦了一下笑出來的眼淚一本正經道：「其實這是很重要的線索，濤子不是說線索全斷了嗎？找到青銅盤、考古筆記和吳鐵鏟三者之一，線索就接上撚了，所以這種事還得看濤子怎麼判斷。」

「別忘了大神探能讀取別人的記憶！」郝簡仁掃一眼清湯寡水的飯菜，毫無胃口。

折騰了一天總算從發掘現場回到了指揮部，當秦濤的汽車駛進文管所院子的時候，才發現大院戒備森嚴，好像有些不對勁？所有車輛都在院子裡趴著，李隊長他們沒有採取行動？秦濤望了一眼文管所方向，兩個哨位在把守，院子冷冷清清毫無生氣。

顛簸了一路，洪裕達強行從車裡鑽出來，佝僂著背咳嗽半天，在秦濤的揶揄下獨自回去休息。秦濤則逕自走進指揮部，一進去便聞到一股酸臭味，很熟悉卻說不上在哪兒聞過？好像是白山的地下吧。

「都幹什麼呢？」秦濤掃視一下眾人，幹將全在，刑警隊的幾個女人只有雪千怡在陪著李艾媛，對面的凳子上坐著一個衣衫襤褸的老者，後面還立著一杆「令」字旗，酸臭味就是從他身上發出來的。

話音未落，老者忽然站起來衝向秦濤，含糊不清地亂叫著：「是不是你？是不是你！」

一股濃烈的酸臭味撲鼻而來，秦濤向旁邊一閃身，手指點在老者的胳膊肘上，老者立即哎呦一聲撲倒在地，發出痛苦的呻吟。徐建軍想笑卻憋著：「秦連長，您回來了？」

秦濤微微皺眉蹲在地上看著老者，忍受著幾乎就要把胃吐出來的風險看著老者：「我是我，您有事要說？」

「是不是你……」老者畏縮地向後面移動一下，嘴裡還在嘟囔著，很顯然被秦濤一招給制服了，不敢再發動攻擊。

秦濤把老者攙扶到凳子上，李艾媛示意秦濤坐下：「郝同志發現了重要線索，沈所長的考古筆記在他的手裡，我給帶回來審訊，對了，他的精神有點不正常。」

李艾媛把那兩張皺巴巴的紙遞給秦濤：「郝同志用二十塊錢換來的，編號103，跟你判斷的一樣，沈所長在考古筆記裡已經給編號了，只是沒有登記在總目錄裡。」

秦濤向郝簡仁看去：「簡仁，怎麼發現的？」

都說了八遍了，每說一遍都引來一陣哄笑，郝簡仁現在都懶得說了，不過還是滿臉堆笑：「我去村子裡遛彎，被他追，我善心氾濫給了他二十塊錢讓他吃大餐，他把二十塊錢給吃了然後給我這兩張紙。」

「確定他精神有問題？」秦濤的目光始終在兩張紙上，上面繪製的圖示和古怪的符號，不禁一愣：「是天樞七星盤？他交代什麼沒有？」

李艾媛苦澀地搖搖頭：「就一句話——是不是你。其他什麼都問不出來，還搭了一針鎮靜劑，現在好多了。」

「此人叫秦文鐘，年齡五十八歲，本地人，無業，調查顯示他會堪輿術，之前和吳鐵鏟一起盜過墓，但在一次盜墓的時候受到了驚嚇，患有間歇式精神分裂。」雪千怡捧著紅色日記本看一眼秦濤：「秦連長，這是他的基本資料，除此之外我們沒有更多的資訊。」

秦濤微微點頭，與李艾媛的目光對視一下：「李隊，審訊神經分裂者我還是第一次經歷，他具有很強的攻擊性，相信不會有什麼收穫，可以探查一下他的記憶。」

李艾媛曾經動過這個念頭，但在沒有確定他的背景之前並沒有實施，況且面對一個酸臭難聞的瘋子的時候，那種想要探查的欲望早已經消失了。

李艾媛陰沉地瞪一眼秦濤：「那是最後的手段，我們要儘量遮罩與案子無關人等，免得被誤導。」

「濤子哥，我們審訊了半天什麼也問不出來，您來了正好攻堅。」郝簡仁用手捂著鼻子齉聲齉氣地說道。

一準就知道他這麼說，如果是周衛國、吳鐵鏟那樣的人可以使些手段，鬆鬆骨嚇唬嚇唬，可面前這位是精神分裂患者，怎麼審？秦濤一本正經地點點頭，望向老者：「一家子？我也姓秦，叫秦濤。不管你能不能聽明白，聊一下，怎麼樣？」

「是不是你？」

「是我。」

老者瞪著秦濤忽然詭祕地一笑：「不是你……不是你！」

徐建軍詫異地看一眼秦濤：「怎麼改臺詞了？審了一個小時了都是一句話啊！」

「間歇式精神分裂患者，沒犯病的時候跟好人一樣，剛才又打了一針，思維當然清晰些。」郝簡仁依然捂著鼻子，這輩子幹過最愚蠢的事情就是結交這位「堪輿大師」了，不知道是晦氣還是運氣。

「不是我是誰？」

「三隻眼的馬王爺！」

「馬王爺不姓馬，而且也沒三隻眼睛。」

「三隻眼的馬王爺！」

秦濤皺著眉：「你確定是三隻眼？」

老者用骯髒不堪的手在眉心比劃一下：「三隻眼的馬王爺！」

秦濤疲憊地靠在椅子裡看一眼李艾媛，苦笑一下：「他見過馬王爺，三隻眼的。」

徐建軍和郝簡仁笑得前仰後合，有這麼審問的嗎？不過還是見效果的，至少在秦濤的詢問下說出來不同的臺詞，這也是一個收穫。

「嚴肅點！秦濤，你相信一個精神病患者的話？」李艾媛不滿地瞪了一眼秦濤質問道。

「當然，任何精神疾病患者都是上帝的寵兒，他們能看到普通人看不到的東西，感覺到普通人無法感覺的意識，經歷過普通人從未有過的經歷，他沒有反覆嘮叨一整天，說明神經分裂只是表象，只是被嚇得出現了錯亂而已。」秦濤一本正經地看著李艾媛：「他看到過什麼？經歷過什麼？何至於此？事實上他已經回答了，他看到了三隻眼睛的人。」

無法反駁，李艾媛也不想反駁。辦案無數從來沒有碰到過這麼奇葩的證人，更沒有看見過像秦濤這樣武斷的審訊者！

「人有七情六欲，七情者，喜、怒、哀、樂、悲、恐、驚，任何一種情緒都會導致人精神崩潰，老秦是受到了致命驚嚇所致，是什麼樣的恐怖能把一個堪輿大師盜墓賊嚇成這樣？死人不可怕，可怕的是活人，而且是三隻眼的活人。」

審訊室內所有人都在思索秦濤的話，不能不說很有道理，但世界上存在「三隻眼」的活人嗎？郝簡仁拍了拍臉蛋：「濤子哥，我見過六個手指的，不可怕。」

「如果你看過三隻眼的怪物呢？」秦濤起身從兜裡找出一塊大白兔奶糖扔給秦文鐘：「一家子，配合一下，吃了糖您就不會害怕了，看到那個美女沒？她會算命，你是堪輿大師，是看風水的，她是命相大師！」

李艾媛狠狠地瞪一眼秦濤：「你確定他跟案子有關？」

「探索一下就知道了。」

李艾媛可以為了破案做任何努力，包括探索一個精神病患者的記憶，任何血腥都見識過，他的酸臭味還不至於構成障礙，只是心裡比較著急，一天又白白過去了，案子還是沒有突破口。

秦濤打了個哈哈走出指揮部，郝簡仁也跟了出來，點燃一支香煙遞給秦濤：「今天累完了吧？有什麼收穫？」

秦濤搖搖頭，望一眼黃昏斜陽，有一種恍如隔世的感覺。綿延起伏的群山裡似乎隱藏著無數不為人知的祕密，正虎視眈眈地跟自己對峙呢。不禁歎息一下：「天樞七星盤是上古重器，跟失竊的 700198 號一樣，唯一不同的是金屬蛋無法斷代。明天跟政委溝通一下，看那邊有什麼線索沒。」

兩個人正在閒聊，指揮部的門忽然「匡噹」一聲被衝開，秦文鐘舉著「令」字旗奪路而逃，徐建軍隨即追了出來：「擋住他別讓他跑了！」

郝簡仁的反應快秦濤一步，逕自追了過去。不過以他和徐建軍的速度竟然沒有追上，秦文鐘舉著「令」字旗衝出了文管所大院，撒丫子往山上跑，如履平地。

郝簡仁累得氣喘吁吁：「奶奶的，上午的時候追我怎麼追不上？沒發現這麼強的爆發力啊！」

秦濤跑過來，望著後山上依然健步如飛的黑影：「別追了，先讓他逍遙去！」

「大哥，這可是今天最大的收穫啊！」

「跑得了和尚跑不了廟，懂？」

徐建軍拉起郝簡仁跟在秦濤的後面回到指揮部，李艾媛正出神地思索著，旁邊的雪千怡端著搪瓷杯子：「師父，您先喝點水壓壓驚？」

秦濤打了個手勢，幾個人重新落座，並沒有打擾李艾媛的沉思。幾分鐘之後，李艾媛才幽幽地歎息一下，接過搪瓷杯子喝了幾大口水：「奇怪！奇怪！太奇怪了！」

「李隊，什麼情況？」秦濤皺著眉看一眼李艾媛問道。

李艾媛拿出一張紙低頭畫著：「今晚看來我們沒得時間休息了，秦濤，你的人除了留守文管所的悉數戒備，隨時展開行動。老高，打電話給黃局，申請增派人手，立即啟動緊急預案，把近期所有兇殺案卷宗都借過來，我要全盤分析案情。」高軍凝重地點點頭：「好！」

望一眼匆匆出去的高軍，秦濤和徐建軍也緊張起來，此時李艾媛已經繪製好了一幅速寫，扔給雪千怡：「大家都看看。」

紙上儼然畫的是三隻眼的異形人！

◊

徐建軍背著夜巡裝備和微型衝鋒槍站在院子裡，跟隨而來的兩個班戰士都群情激奮，足足等了一周時間沒有任何行動，幾乎所有人都憋著一股勁，要知道他們可是七九六一部隊，執行特殊任務的特殊部隊，用徐建軍的話說特殊部隊，就連人都要是特殊材料製成的。

「稍息——立正！」徐建軍扯著嗓子吼了一聲，後面正在擺弄警棍的郝簡仁嚇了一跳，徐建軍掃視一下眾人：「同志們，今晚執行夜巡任務，都提高警惕全身心投入，一班的出列！」

隊伍裡走出幾個戰士，腰杆挺直著等待下命令。

「魏解放，你們班負責文管所戒嚴任務，增加兩個哨位，把住進山要道，文管所、指揮部和庫房是重點巡邏區域，不能出事！」

「徐副連長……」

「執行命令！」

「是！」魏解放一下泄了氣，帶著隊員立即執行佈置哨所巡邏任務。

徐建軍凝重地看著剩下的十多個戰士：「今晚的任務比較特殊，每人配備微型衝鋒槍一把，五四手槍一把，彈藥帶充足了，必須服從命令、聽從指揮！下面請秦連長講話！」
這就是軍隊，雷厲風行從不拖泥帶水。服從命令是原則，聽從指揮是紀律，行動迅速是特色，沒有亂七八糟的解釋。郝簡仁小心地看一眼秦濤，也是滿臉肅然，心不由得緊張起來。
「注意安全，出發！」
秦濤向來就話少，說幾個字都嫌多，還指望發表長篇大論？不過今晚的任務的確有點特殊，徐建軍也說不出來哪裡特殊，待秦濤下達了指令之後，便吼了一嗓子：「出發！」
此時，李艾媛、高軍和雪千怡匆匆忙忙地跑過來，徐建軍的隊伍已經出發了，李艾媛不禁滿臉不悅：「秦連長，注意事項還沒有交代呢！」
「交代給我就算全部傳達到位了，什麼注意事項？」
「安全第一……」
秦濤揮了一下手：「老高負責文管所安全，您負責全域指揮，簡仁，走吧！」
「警隊也要派人參加行動，我們三個……」雪千怡捧著紅色日記本爭辯道。
「妳？用日記本跟犯罪分子鬥法啊？」秦濤望一眼已經跑出大門的隊伍：「李隊長可以參加指揮行動，其他人留守。」
沒有任何商量餘地，現在也不是商量的時候。雪千怡一跺腳：「我是第一次嘛！」
「誰都有第一次，但保不准是最後一次，這不是鬧著玩，管好後勤做點宵夜——這是對我們最大的支持。」郝簡仁收斂了平日那種玩世不恭的笑容，一本正經地看一眼雪千怡：「人是鐵……」
「再囉嗦你也別去了！」秦濤背著戰術背包快步而去，郝簡仁急忙收住話頭跟了上去。
李艾媛狠狠地瞪一眼雪千怡：「這裡不是火車站！」
大山裡的天說黑就黑，就在徐建軍訓話的時候還黃昏呢，隊伍衝到了後山入口的時候就天黑了，一百米的距離而已。李艾媛追上秦濤，一邊檢查著自己的裝備一邊凝重道：「秦連長，真的有三隻眼的人？」

秦濤沒有說話，臉色很難看，是那種既緊張又興奮還夾雜著一些顧慮的表情。不要說是三隻眼睛的人，攻擊力彪悍的乾屍都有，白山和雪域行動讓實踐告訴了自己這世界上沒有不可能的事情。

「你探察了秦文鐘的記憶，還問我？」秦濤冷漠地看一眼李艾媛，不想過多透露關於恐怖的一些資訊，以免引起不必要的麻煩。不過跟女人一起執行任務感覺有些彆扭，與前兩次不同的是，這位神探李隊長要比陳可兒、蘇楠楠她們好多了，最關鍵的是不用時時刻刻照顧她的安全。

李艾媛的臉色有些難看：「我剛剛觸碰到他的記憶，只發現了兩個畫面他就掙脫逃跑了，不過……我們前一段真的好像弄錯了方向，案子沒有我們想像的那麼簡單。」

來的時候我就沒把案子想簡單了，在火車上遭到攻擊，高級祕密文物失竊，沈鶴北被殺，天樞七星盤不翼而飛，還有對手的「調虎離山」計。周衛國曾經說過一句話：落在公安的手裡比落在他的手裡好受得多。「他」是誰？為什麼這麼說？

但讓秦濤感覺後悔的是，還沒有來得及進一步審訊，周衛國就被滅口了。誠如吳鐵鏟所言，對手的身手的確不俗，不在自己之下。而今天秦文鐘的線索一暴露，立即讓秦濤緊張起來：難道是第二個白山事件？

「你聽到我說的話沒？」李艾媛瞪一眼秦濤的背影不滿道。

「當然。」

「他的記憶很亂，只看到兩幅畫面，文管所和一處未知洞穴。沈所長在被害之前青銅盤已經失竊了，連同編號 102 的玉佛。」李艾媛幽幽地喘了一口氣：「一個三隻眼的傢伙幹的，拿走了考古筆記。」

秦濤忽然停下：「秦文鐘看到的？」

「他的記憶顯示是這樣的，我可以試著推論一下。」李艾媛下意識地拉一下秦濤的胳膊，但立即放開，理了一下鬢角：「沈所長被害那天下大暴雨，天特別黑，秦文鐘逛游到文管所大院想要弄點吃的，恰好沈所長在搞研究，他看到的那幕是一個三隻眼睛的人正在襲擊被害人，而且拿走了考古筆記。」

「怎麼判斷青銅盤在此前就已經失竊？為什麼不是那人拿走的？秦文鐘是目擊證人那是怎麼躲過犯罪分子的？」

「不知道，這也是我想不明白的地方。」李艾媛瞪一眼秦濤：「沒準那會秦文鐘處於清醒狀態，他是堪輿大師，知道哪個方位是生門死門呢。」

「這妳也信？」

「是你讓我解釋的！」李艾媛停下腳步望一眼前方漆黑的山坡：「調查瞭解到秦文鐘沒有親人也沒有住所，有人看過他從後山的一個旱洞裡出現過，第二幕記憶是他鑽進一個洞裡，很小的洞口，裡面的空間卻很大，村民管那個洞叫神仙洞。」

一個患有神經分裂又無依無靠無人管的老盜墓賊，最好的歸宿不是神仙洞，而是死亡。也許對於秦文鐘而言，只有死亡才能解脫，否則那如夢魘一般的恐怖景象會伴隨他的後半生。不過這樣遭受人生折磨的人往往不會生病，但生命會在折磨中慢慢消磨，最後難逃悲慘的結局。

「那個三眼人的攻擊力很恐怖，行動也很迅速。」李艾媛忽然止住話頭，奇怪地看著秦濤：「昨天？」

「昨天沒看清楚他有幾個眼睛，但攻擊力的確很彪悍，而且善於躲避子彈。」秦濤長出一口氣：「所以要注意點安全，我判斷也只能找到秦文鐘，絕對不會發現那個對手，我們的手裡沒有他要的籌碼。」

唯一的籌碼是那兩頁皺巴巴的考古筆記，可犯罪分子把整個筆記都丟了，還差兩頁紙？犯罪分子不僅狡猾還十分殘忍，攻擊力不是一般的高，但秦濤想的卻不是這個，而是昨天在文管所門上的抓痕裡發現的指甲！

越接近事實真相，人的神經就會愈發緊張，無論是參加過兩次特殊任務的秦濤還是辦案經驗豐富的李艾媛。此次行動的目的無非是想探查一下秦文鐘的蹤跡，而沒有具體目標，如果說在沈鶴北被害之前，天樞七星盤就已經失竊的話，接下來的案情就能得到很好的解釋。
犯罪分子很顯然是衝著青銅盤而來的，因為已經失竊，所以沈鶴北拿不出實物來，犯罪分子殘忍地逼他也沒有用。而後錢廣聞又偷走了編號 102 玉佛，審訊他的時候並沒有交代偷走了青銅盤。
在時間上判斷，錢廣聞趁沈鶴北去庫房的時候就偷走了玉佛，然後就溜掉了，所以有不在案發現場的證據。那時候青銅盤失竊了嗎？沈鶴北的學生羅文旭曾經說過天樞七星盤就放在沈所長的桌子上，錢廣聞如果發現了青銅盤卻沒有順走？這不符合邏輯，俗話說「賊不走空」，文管所裡就兩件寶貝，他能留下一件讓別人偷嗎？
顯然更不可能。所以，只有兩種可能：錢廣聞偷玉佛之前，青銅盤已經失竊；第二種可能，青銅盤被沈鶴北藏起來了。但無論哪種情況，案發當晚出現在文管所的理論上應該有三個人：偷青銅盤的人、錢廣聞和「三隻眼」的殺人兇手，如果是沈所長藏起了青銅盤，那第三個人就是秦文鐘！
「回去再理順一下案情，我們的確被誤導了。」秦濤腳下加快了速度。

山路有些不太好走，而且好像很久沒人走過一樣，遍地荒蕪，一條盤山小路向山陰面延伸，隊伍行進的速度並不快，看似沒有任何危險的小路其實險象環生：怪石嶙峋的崖壁隨處可見，還有山體裂縫也要小心，每條裂縫都是無底深淵，掉下去絕無逃生的可能，更危險的是地裂都被荒草灌木遮掩著，無法預警。
像這樣的荒山在川北到處都是，無處不在的地裂和盜墓賊留下的盜洞成為吞噬人的陷阱，如果不熟悉環境的話，輕易不能在晚上上山行動。
秦濤和李艾媛加快了行進速度，半個小時之後，已經到了山陰面的隊伍忽然停下來，徐建軍氣喘吁吁地從前面跑過來：「前面沒路了，懸崖峭壁！」
「立即警戒！」

「是！」

平時看著不高的山怎麼會出現懸崖？秦濤觀察一下地形才發現山陰側的確與眾不同：怪石逐漸增多，應該是某次地震所致，山陰側的山體呈現出垮塌的態勢，樹木也稀少得多，偶爾還能看到倒塌的碎石。

前方的路的確斷了。

「濤子哥，我敢肯定這突如其來的山體垮塌絕對有問題，而且是近期垮塌的，順著整條山脈與江流的走勢走向，這裡很有可能存在一個溶洞。」郝簡仁舉著手電筒向山頂照了照喃喃自語：「堪輿大師的神仙洞在哪？村民明明說是在後山啊？」

「小心搜索一下，注意安全。」秦濤平復一下心緒，一個瘋瘋癲癲的人何以住在這種環境？而且上下山只一條小路，絕無可能從其他的路徑下山，秦文鐘跑上山之後特意命令封鎖路口，沒看到他下山。

不過，山上的任何一個角落都能藏人，何況一個瘋子？就是一個班的戰士分散到山裡都瞄不到人影。但秦濤篤信秦文鐘絕對不會藏起來，他是神經分裂患者，沒那麼高的智商。一定還隱藏在「神仙洞」裡。

秦濤、郝簡仁和李艾媛繼續向前面走了一段距離，正在觀察地形，忽然不知道從什麼地方傳來一陣令人恐怖的哀嚎，嚇得郝簡仁差點沒把心給吐出來：「什麼玩意兒？」

秦濤立即卸下衝鋒槍打開保險，李艾媛緊張地望向山頂。恐怖的聲音只傳來一聲，然後就悄無聲息了，四周一片死寂沉沉。秦濤凝重地向前搜索著，敏銳的洞察力已經判斷出聲音的方向：地下！

亂石遍布的地下何以會發出恐怖的聲音？而且沒有路徑顯示地下有「神仙洞」啊！不過就在秦濤思索之際，一塊殘斷的青石出現在眼前，青石上有兩灘黑色的黏液。秦濤仔細觀看一下，忽然想起了在火車上的一幕，不禁立即緊張起來。

強光手電筒下，一條殘損的石階出現在眼前。石階延伸到懸崖斷壁之下，很顯然在山體垮塌的時候這是一條人工鋪成的。秦濤警覺地看一眼李艾媛：「我下去看看，所有人都在上面警戒！」

「一定要注意安全！」李艾媛凝重地看著黑漆漆的懸崖說道。

郝簡仁和徐建軍已經準備好了速降繩索，和秦濤碰了一下頭，三個人早有默契。在白山和雪域執行任務的時候比這危險的情況都碰到過，都是秦濤打頭陣，老徐接力，郝簡仁策應。現在多了一個李大神探，一介女子，秦濤剛想下去卻被她攔住。

「下面情況不明，不如等天亮了再說！」李艾媛踟躕地看著秦濤，下面就是懸崖絕壁，不知道深淵有多深，黑漆漆的一片，強光手電筒射下去跟進黑洞一樣，這要是出了什麼意外得不償失。

「救人如救火！」

「你怎麼知道下面的是人？」李艾媛緊張地握著五四手槍，不知道是什麼感覺，眼前這個漢子有一種天不怕地不怕的豪氣，但探險不是只有豪氣才行的，一定要知己知彼心裡才有底。李艾媛一下聯想到了「三隻眼的馬王爺」！

正在這時候，地下又傳來一聲哀嚎，秦濤努努嘴：「不是人是什麼？說不定有重要情況！」還未等李艾媛說話，秦濤的雙腳已經踏在懸崖邊緣，身體向懸崖方向傾斜，雙臂一用力，握著速降繩的扣子向下滑下去，兩道手電筒光在山體上胡亂晃了晃，徐建軍也不禁緊張起來，但還是強作鎮定：「李隊，您放心！」

李艾媛失聲：「小心點！」第一次執行夜間任務，也是第一次遇到這麼困難的情況。環境不熟，下面情況未知，這些並不是最致命的，關鍵是腦子裡始終在想著「三眼怪物」。李艾媛回頭命令郝簡仁：「你斷後，我第二個下去！」

「一般情況都是老徐第二個。」郝簡仁一手抱著微型衝鋒槍一隻手抓著繩索，本來沒打算讓李艾媛下去，一個女人跟著湊什麼熱鬧？但此刻不是糾結這事兒的時候，只好點點頭：「妳千萬小心點，環境太複雜了。」

就在秦濤順著速降繩向下攀援的時候，一條黑影從懸崖側壁悄無聲息地溜下去，如履平地一般！秦濤眼角的餘光只掃見了一個模糊的影子，嘴裡叼著手電筒向懸崖側壁望去的時候，那裡恰好有一叢灌木，在山風的勁吹下左右搖晃。

速降十多米之後，終於有感覺了：一股陰風從下面吹上來，秦濤穩定一下身體，用手電筒向下面照射，才發現一個黑漆漆的洞口，如野獸張開的血盆大口似的，還吐著一股土腥味。估計是昨天下了一夜雨，外面的空氣比較新鮮，而洞裡的空氣污濁所致。

速降繩快速下墜，秦濤跳到洞口外面突出的小平臺上，搖了搖手電筒，示意上方的同志們自己已經抵達目標位元。

簡單地掃一眼黑漆漆的洞口，佔據有利地形立即警戒。這是一種職業習慣，無論裡面有沒有險情都必須做好應對準備。十幾分鐘後，徐建軍速降下來，抬頭望了一眼懸崖，有二十多米高，但中間沒有障礙物。

「怎麼樣？」徐建軍用手電筒照射洞口，不由得緊張起來：「濤子，好像是盜洞啊！」

秦濤深呼吸一下：「不知道，一定有第二條路走，否則秦文鐘下不來。」

其實秦濤更擔心的是李艾媛，雖然是刑警隊大隊長，但畢竟是女人，沒法跟特種兵比。但沒想到的是李艾媛的速降速度比老徐還快？不得不另眼相看，到底是大隊長啊！

當郝簡仁笨手笨腳地速降下來的時候，差點沒對準小平臺，稍微偏差一點就速降到深淵裡去了。

「基本可以肯定這是一個盜洞，山體垮塌之後露出來的，也就是說裡面可能是古墓，大家小心點。」秦濤檢查一下裝備，微型衝鋒槍、彈匣、匕首刀和信號彈、手雷，不知道能不能用上這些東西，有備無患。

「兄弟們在上面警戒，沒問題。」徐建軍向懸崖上方發信號，得到上面的回應才放心地說道。

三個人點點頭，秦濤率先鑽進洞裡。洞口不太大，但在雨水常年的沖刷下明顯擴大了不少，可以容兩個人的樣子。秦濤的嘴裡叼著手電筒，光線在眼前不斷地搖晃著，盜洞石壁鑿得很粗糙，一股股的陰氣迎面吹過來，有一種不寒而慄的感覺。

盜洞是傾斜二十度角向下的，但走了十多米之後忽然豁然開朗，空間大了不少，三支手電筒晃了晃空間，才發現是一個天然的旱洞。

這就是「神仙洞」？秦濤掃射一下地面，碎石遍布，看不出有人為的活動痕跡。

「有些古怪！」李艾媛聲音沙啞道。

這樣的洞穴在川北地區並不少見，大山裡經常會發現天然形成的石洞，也有古代人工開鑿的，大多是旱洞。估計當年住的也不是什麼神仙，而是普通老百姓。秦濤走到洞穴的一角，才發現有燒炭的痕跡，顯然時間很久了。

郝簡仁和徐建軍在後面策應，秦濤走在最前面，李艾媛緊隨其後。漆黑的洞穴空間給人一種無限神祕的感覺，尤其是從裡面吹出來的陰風，似乎還帶著一點溫度。在這樣封閉的環境下，人的神經都緊繃著，尤其是李艾媛，手都攥出了汗，屏住呼吸盯著秦濤的背影。

「是洞中套洞，裡面還有一層！」秦濤忽然停下腳步，手電筒光射向前方，一個更大的空間突然出現，光線如同被黑洞吸引了一般，對面的洞壁上出現了巴掌大的光圈。

明顯是人工洞穴。洞壁的鑿痕十分清晰，平整而有序，腳下是青石板的臺階，殘破而古舊，給人一種滄桑之感。不過現在給人的感覺卻是一種莫名的危險，郝簡仁摸了一下額角的冷汗：「我地乖乖，盜墓這行業敢情這麼刺激？難怪堪輿大師被嚇瘋了！」

古人的墓穴十分講究，不僅僅是風水的問題，墓的形制有著嚴格的等級，普通老百姓的墓制絕對沒有這麼大，也不可能建造的如此複雜。秦濤走下青石臺階，後面的三個人成品字形策應，生怕發生什麼不測。

「可惜的是已經被盜空了，又被地震破壞，能留下主墓室已經不錯了。」秦濤放鬆一下緊張的神經，墓室裡面碎石遍布、狼藉不堪，一塊三米多長的青石板已經被摔得沒了魂，但還是能看出來上面雕刻著的精美紋飾，應該是槨蓋？秦濤不確定。當務之急是確定那個恐怖的叫聲來源，而不是充當臨時考古專家。

郝簡仁嘴裡叼著手電筒，雙手抱著衝鋒槍跟盜墓賊似的向左耳室摸去，距離還有幾步遠的時候，一聲恐怖的叫聲突然傳來，郝簡仁嚇得猛然扣動扳機，一梭子彈打在石壁上，火星亂竄！

幾乎沒有停留，郝簡仁竟然直接衝進了耳室，後面的秦濤和徐建軍還沒等衝過來，郝簡仁如旋風一般地又衝出來，面色蒼白冷汗直流，驚恐地指著耳室裡面，瞪著佈滿血絲的眼睛想要說話卻說不出來，嘴裡還叼著手電筒呢。

「有情況……」

秦濤拉開郝簡仁，矯健地衝進耳室，血腥的一幕立即出現在眼前：一個血淋淋的腦袋正在青石板上，滿臉鮮血，突出的眼珠子瞪得溜圓，嘴裡還吐著血沫子，濃重的血腥味沖鼻而來。秦濤也驚得後退了半步，但下一秒依然衝了進去，徐建軍在後面掩護。

秦文鐘的腦袋放在青石板上，身體被壓在石板下面，估計已經掙扎了半天。秦濤扔下衝鋒槍：「怎麼回事？一家子！」

秦文鐘瞪著眼珠子吐著血，半塊青石板幾乎被染紅了，根本一句話也說不出來。其實他好人一個的時候也說不出來什麼完整的話，現在就更別指望他說什麼了。

秦濤立即扳住青石板，雙臂一用力，青石板便給搬了起來，徐建軍搭上手一起把石板挪開。

身為刑警隊大隊長的李艾媛見多識廣，什麼樣的死人都見過，什麼樣的死法也都見過，什麼樣的血腥也都經歷過，但沒有任何一次能跟眼前的血案現場相比。死人不可怕，可怕的是活著的「死」人！

「李隊，快！」秦濤喊了一嗓子，意思是您別愣著啊，快點探查一下秦文鐘的記憶，這傢伙可能快撐不住了。李艾媛也顧不了那麼多了，抓住秦文鐘的血手，緊張地看著那張滿是血污的臉，緩緩地閉上了眼睛，竭盡全力想要探查他的記憶。

秦濤快速檢查一下秦文鐘的傷勢，胸膛開裂傷，顯然並不是青石板給砸的，應該是某種銳器所致。慌忙抓住他的另一隻手：「你知道些什麼？」

一個瘋子能知道什麼？就他〇的知道怎麼嚇唬人！站在耳室洞口的郝簡仁還沒有緩過來，方才的驚嚇太刺激了，一眼便看到了一個人頭，還以為被割下來的祭品呢。

「沈……沈所長……要我……要我……」秦文鐘吐出一口鮮血，蒼老帶血的面容逐漸變得毫無生命的華彩——儘管是一個精神病患者，也有生命的光華，當生命即將逝去的時候，那種華彩會隨之而去。

人有三魂七魄。魂為精神所依，人死而魂不滅；魄為肉體所依，人死而魄散。

讓所有人震驚的是，秦文鐘沒有說那句標誌性的潛臺詞：「是不是你」，而是說出了「沈所長……要我」！一個精神分裂患者怎麼可能說這種話？明顯有獨立正常的思維！秦濤焦急地看著秦文鐘，額頭青筋暴露出來，冷汗直流：「沈所長是不是要你保護青銅盤和考古筆記？」

血污滿臉的秦文鐘似乎是在笑——一個臨死的人也會笑？而且是通過那雙渾濁、充滿鮮血的眼睛發出來的，看一眼能嚇個半死！

「三眼馬王爺是兇手？青銅盤在哪？你把考古筆記放哪了？」一連串的發問，再也沒有得到秦文鐘的回應，突出來的眼睛望著漆黑的墓穴穹頂，生命的華彩已經離他而去了。

李艾媛面色蒼白，手下意識地鬆開秦文鐘的胳膊，眼睛不再看血腥的一幕，站起來：「他死了。」

「簡仁，他不是瘋子！」秦文鐘不是瘋子，但現在才發現已經為時過晚，秦濤輕輕地放開手，用一張報紙蓋上秦文鐘的臉，走出耳室長出一口氣：「李隊，什麼結果？」

李艾媛神色緊張而古怪地點點頭：「先找青銅盤，一切回去再說！」

「他不是被砸死的，胸口遭到重創，是開裂傷，跟沈所長的如出一轍。」郝簡仁抱著衝鋒槍跟在秦濤的後面：「但為什麼會被石板給砸在下面？這座古墓荒廢已久，絕對不會是什麼機關暗箭，一般的落石機關都是在墓道口或者是墓道裡面。」

秦濤強自平復一下心緒，警覺地觀察著墓室四周：「兇手在我們搜山的時候已經逃脫了，來晚了一步！」

從聽到第一聲慘叫到下到洞穴已經過去近一個小時的時間，兇手有充足的時間逃跑。讓秦濤沒有想到的是秦文鐘竟然在如此重創的情況下堅持了一個小時，難道他預感到有人會來？既然他不是瘋子，何以不在下午的時候就全盤交代？最最關鍵的是，沈所長交代過他什麼？

秦濤站在墓穴入口處望著外面的洞穴漆黑的空間，案情比自己想像的複雜得多。既然秦文鐘是瘋子，沈所長為什麼要委以重任？難道他不知道？問題在於許多老百姓都知道秦文鐘是精神病的患者，沈所長當然也知道。但方才的一幕不得不讓秦濤重新審視秦文鐘，他不是瘋子，而是裝瘋？

「老秦，搜索了三遍，沒發現任何疑點，右耳室和主墓室各有一個盜洞，墓道口那邊有一條路，不知道從哪過來的。兇手狡兔三窟，已經跑沒影了。」徐建軍緊張地彙報道。

秦濤點點頭：「這裡是秦文鐘棲身的地方，而且他以前是堪輿大師，也是盜墓賊，沒有人比他更熟悉這墓穴。沈所長把最重要的文物交給他保管，一定是遇到了極端情況。」

「把寶貝交給一個瘋子來保管，說明兩個問題，第一，沈所長是瘋子，第二，秦文鐘沒瘋！」郝簡仁終於緩過神來，嘴角還流著血，方才嘴裡叼著手電筒情急之下連話都沒說出來，甚至連驚叫都沒機會——虧得沒叫出來，否則又成了笑柄。

「只能是第二種情況，秦文鐘是間歇式精神分裂，沈所長利用的就是這點。另外秦連長所說的那種極端情況也很好理解，沈所長已經意識到有殺身之禍，說不定就在當晚委託給秦文鐘的。」李艾媛小心地看一眼秦濤：「考古筆記在他的手裡已經說明了問題，所以，青銅盤一定被他藏在自認為十分祕密的地方，而兇手知道了這件事。」

案情峰迴路轉，但誰都沒有想到會這樣？從沈鶴北的性格而言，他是考古專家，又是那個不堪回首年代所誕生的知識份子，有著現代人所沒有的堅韌和頑強精神，而且思維縝密辦事講究原則，是什麼原因讓他把一件價值連城的寶貝託付給患有間歇式精神分裂症的秦文鐘？

而從秦文鐘的表現來看，他也的確努力地保護著天樞七星盤——這又說明什麼？誠如簡仁所分析的，秦文鐘不是簡單的「瘋」，而是深藏不露，沈所長知道其中的祕密？無論哪種情況，現在兩個人都已經被害，死人是無法訴說曾經的過往的。

秦濤站在第二層洞口前仔細地思索著，秦文鐘會把青銅盤藏在什麼地方？他不僅僅是一個深藏不露的堪輿大師，還是一個盜墓賊，對墓室的結構十分瞭解，寶貝絕對不會藏在常人能想像的地方。

「當務之急是立即找到青銅盤，我們分頭行動吧。」沉默半天的李艾媛歎息一下：「兩人一組，彼此照應一下。」秦濤淡然地搖搖頭：「這裡十分古怪，先瞭解一下環境。」

秦濤對古墓並不十分瞭解，況且中國各個朝代的墓制變化相當大，等級森嚴，不同等級的墓穴結構也不盡相同。從墓的結構來看應該是唐朝的貴族墓，自己所在的地方是主墓室，東西兩個耳室，而且外層還有一個天然的洞穴，但墓道口卻不在這裡，這有悖常規。想要在這麼大的墓穴裡找到巴掌大的青銅盤而且是被刻意藏起來的，十分不易。還有一點，秦文鐘是否把東西藏在這裡面也未可知。

「濤子哥，這座墓十分簡單，主墓室、兩個耳室和墓道，陪葬的寶貝早就被盜空了，那邊還有一口石棺，蓋子被砸碎了，在墓道裡也發現了爛骨頭！」郝簡仁說話有些不俐落，估計方才驚嚇得不輕所致，目光有些閃爍地東張西望，隨時處於戒備狀態。

秦濤苦澀地看一眼郝簡仁：「看似簡單，實則複雜。外層洞穴顯然在造墓之前就存在，造墓者利用天然旱洞挖掘了這座主墓，外層洞穴臨崖，我們進來的那地方也不是什麼盜洞，而是外層洞的入口，死人的靈魂會從那裡出入。」

「我的乖乖，您打住吧！靈魂還會出去放風嗎——死人有靈魂嗎？」郝簡仁的話剛出口，心裡就開始打鼓，跟盜墓賊似的左顧右盼，最後目光落在了徐建軍的臉上：「老徐，人有靈魂嗎？」

徐建軍翻了一下眼皮：「跟任務無關的不必探討，解放軍戰士是徹底的唯物主義者，不得迷信！」

李艾媛不滿地瞪一眼秦濤：「秦連長，開始行動吧？」

「李隊，妳保證隨便搜一搜就能找到？我們已經來晚了一步，試想犯罪分子找到了秦文鐘為了什麼？不是滅口而是天樞七星盤，最後老秦也沒交代在哪，犯罪分子能不搜查？一個小時的時間足夠找遍整座墓穴，如果有的話只能兩種情況。」

「一種是找到被拿走了，另一種是沒找到，但沒找到的話犯罪分子絕不會善罷甘休，一定會繼續尋找——我說濤子哥，這裡連個鬼影子都沒有，說明他得手了，所以咱們就不用勞心費力地尋找了，收隊吧！」郝簡仁乾笑著看一眼李艾媛：「我分析的靠譜不？李大神探！」

李艾媛瞪了一眼郝簡仁：「靠譜個屁？沒準我們壞了犯罪分子的好事，給嚇跑了，青銅盤還在！」

「金玉其外，敗絮其中！」郝簡仁尷尬地嘟囔一句。

「你什麼意思？」

秦濤擺擺手：「簡仁的意思是說一個知性的女人不應該這麼粗魯，身為刑警隊大隊長應該縝密地分析所有相關的線索和由線索而衍生的所有有價值資訊，而不是魯莽地採取行動，如果犯罪分子沒有找到青銅盤而躲在暗處，受傷的將是我們。」

李艾媛臉色一紅，沒想到這個秦連長說話還文縐縐的，不像一個部隊出身啊，倒是像刑警隊的大隊長！李艾媛無奈地聳聳肩：「我不是著急嗎？你有什麼辦法？難道就這樣空手而歸嗎？」

「對手不是普通的犯罪分子，而是三隻眼的馬王爺！」秦濤從李艾媛的身邊走過去，打了個手勢：「警戒！」

一句話提醒夢中人，方才太過緊張甚至忘了這檔子事。不僅是李艾媛，徐建軍和郝簡仁也立時緊張起來，抱著衝鋒槍緊隨其後，徐建軍打了個哈哈緩解一下氣氛：「注意軍民團結，我們是革命樂觀主義者！」

「樂觀不錯但不能盲目！」李艾媛鬆了一下握了半天手槍的左手，緩解一下疲勞。

墓道裡碎石遍布，斷龍石完好無損，風門依然堵著墓道，說明山體垮塌也沒有完全破壞墓道口。

郝簡仁拍了拍封門：「我敢拿腦袋打賭，外面是一丈厚的磚牆！」

「豈止是一丈厚？我猜想是一山那麼厚——老兄，這個方位是山體，不是懸崖絕壁！」徐建軍揶揄道。

秦濤不言不語地觀察片刻，轉身又回到主墓室，走到石棺附近忽然停下來，盯著黑暗中的石棺。也許堪輿大師秦文鐘也沒有想到這裡將成為他的葬身之地吧？他會把青銅盤藏在什麼地方？

民間有流傳奇門遁甲一說，八門暗應著生死輪回，生、死、杜、景、傷、休、開、驚，各門對應乾、坤、震、巽、坎、離、艮、兌八個天干，還有十二地支，每個時辰所對應的卦象均不同。

之所以想起這些，秦濤的本意是想從秦文鐘的思維方式考慮哪裡是最隱蔽的方位。這裡所說的「隱蔽」並非是犄角旮旯不容易找的地方，而是奇門遁甲所顯示的方位。古代墓穴大多都是經過堪輿的，尤其是貴族墓更講究風水，而奇門遁甲是正宗的堪輿術，代表著周天運行規律。

舉個例子，某人在某個時刻進入墓穴，就算墓穴中的寶貝藏在非常易見的地方（當然不可能一眼就能看到），別以為他就能找到，因為寶貝是在奇門遁甲中的「休門」或者是「死門」方位，即便是經驗豐富的盜墓賊也未必能找到，這就叫「隱」。

所以，但凡被盜的古墓為什麼會遺留下重寶？並非是盜墓賊不想盜走，是他沒有「看」到！

李艾媛看一眼秦濤的背影，遲疑了一下，想要提醒他快點行動，話到嘴邊卻咽了回去。郝簡仁快步走到石棺前面用手電筒向裡面照了一下，枯骨狼藉。不禁拍了拍石棺：「叨擾了您吶，我們也是沒辦法……」

「裝神弄鬼！」李艾媛冷哼一聲。

漆黑的墓穴死寂異常。秦濤突然打了個手勢，郝簡仁撤了回來，剛想發問，卻見秦濤緩步走到棺槨側面，手電筒光在地下照了一下，用手推了推石棺，發出一種瘮人的「咯吱」聲。秦濤把衝鋒槍扔給徐建軍，嘴裡叼著匕首看著石棺端部，端部雕刻著精美的圖飾，而石棺的底部則暗刻著北斗七星？秦濤不確定，有三顆星被爛骨頭碎石頭埋住了。

秦濤抓住石棺，雙腿找好支撐點，雙臂一用力，只見石棺動了一下，郝簡仁和徐建軍並沒有上前幫忙，而是分列在石棺的側面警戒。

果然是活動的？秦濤方才看到地面上有刮擦的痕跡，而且是新的印痕！這裡日久無人，地上積滿了塵土和碎石，但還是能清晰地看出來。雖然不是痕跡專家，但以秦濤心思的縝密一下就想到了石棺有問題！

李艾媛詫異地看著秦濤：「你……你幹什麼？」話音還未落，石棺已經被推動，空間內發出令人驚悚的摩擦聲，一股陰風隨即迎面吹來，秦濤剛喘一口氣，下面的洞口突然衝出一個黑影，一道強勁的罡風迎面襲來！秦濤的身體向後一扭，匕首劃過一道弧線，而身體已經倒飛出去，堪堪躲開致命的一擊！

如果換做老徐或者是郝簡仁，早就廢了，偏偏是秦濤。秦濤的防禦力和他的攻擊力一樣出色，而且在推開石棺的剎那便感覺有些不對勁，聽到裡面有動靜，所以才全身警戒躲過了致命一擊。

五秒鐘的空白期，其他三個人幾乎沒有反應過來，而後便是爆豆似的槍聲，三支槍一起開火，打得火星亂竄，碎石亂飛！

「濤子，躲開！」

郝簡仁抱著微型衝鋒槍猛烈掃射，而那個黑影竟然直接撞到了牆上，跟壁虎似的在洞壁上游走，突然竄到了地上，躲開了子彈對秦濤猛烈進攻。用窮凶極惡來形容他有點太保守，秦濤見過猛人但從來沒見過這樣不要命的玩意兒，連續躲開對手的攻擊，短匕首連續刺出六刀，刀刀入肉！

槍聲戛然而止，怕傷到了秦濤。而黑影突然又從地上彈起來直接飛到了穹頂，在洞頂上跟壁虎似的來回竄！槍聲又大作起來。慌亂之中李艾媛驚叫一聲跌倒在地，但還是打出了兩顆子彈。

突然一道強光射在洞頂的黑影上，隨即匕首脫手，破空的聲音清晰可聞，只聽一聲慘叫，那玩意兒直接墜落下來，一陣塵土飛揚。郝簡仁和徐建軍玩命地爆射，直到把子彈給打沒了才罷手。

秦濤靠在洞壁旁邊大口地喘著粗氣，鮮血從手臂上滴落下來。驚心動魄的大戰，從來沒有遇到過這麼詭異的對手，好在給收拾了！

徐建軍、郝簡仁和李艾媛抱著沒有子彈的衝鋒槍呆若木雞地站在原地，跟被定身法給定住了似的。

一片死寂！

「秦連長你沒事吧？」黑暗中傳來李艾媛的聲音，隨即亮起了手電筒光。

秦濤撕破衣袖纏在傷口上，向前走了兩步，打開手電筒掃射黑影，血肉模糊。另外三個人小心地靠近，四道手電筒光齊刷刷地對準了「犯罪分子」，才發現那傢伙的額頭上插著秦濤的匕首。

「操你大爺！」郝簡仁又扣動扳機，槍栓差點沒打出來，已經沒有子彈了。

徐建軍一屁股坐在地上擦著臉上的冷汗：「秦連長，啥玩意兒？這麼抗揍！」

如果不是秦濤在關鍵時刻用強光手電筒短暫致盲的話，這場惡鬥結果未料。四個人三支衝鋒槍打一個人，而且對方還沒有武器，打了足足有五分鐘，所有子彈都打沒了，才把對手給打死。最關鍵的不是子彈起作用，而是插在他眉心的匕首。

「三隻眼的馬王爺！」秦濤漠然地看著對手，這就是吳鐵鏟所說的那位比自己還厲害的正主，也是秦文鐘嘴裡的「三隻眼的馬王爺」！

郝簡仁用槍管扒拉一下碎肉，可以清楚地看出來是一個「人」——一個長得極為奇怪的人，腦袋不大，身體佝僂，面部皮膚皺巴巴的，看來是年紀大的緣故？槍管忽然觸碰到一件硬物上，發出「喀」的一聲，郝簡仁用槍管一挑，一個圓形的東西滾了出來。
「青銅盤？」
「青銅盤！」
「是青銅盤。」李艾媛本能地戴上白色的手套，小心地拾起鮮血淋淋的青銅盤，用衛生紙擦拭一下放進塑膠袋裡：「終於找到了！」
「李隊長，他就是犯罪分子，不過錄不了口供了！」郝簡仁唏噓著移開目光，看著就讓人毛骨悚然，比白山事件裡面的異類還厲害？
秦濤把匕首拔下來在地上蹭了一下，手電筒光照在對手的臉上，驚得心差點沒吐出來：「三隻眼！」
所有人都後退了兩步，驚訝地看著被打爛了的屍體。

◊

一夜驚魂，行動組回到文管所的時候已經是黎明時分了。好不容易才把秦文鐘和「三眼馬王爺」運回來，暫時停放在文管所裡，法醫介入，所有人都沒有休息，就大眼瞪小眼地陪著。
雪千怡果然不負眾望，熱呼呼的消夜端上來之後，郝簡仁讚不絕口，一邊看著法醫解剖一邊大快朵頤，而其他人基本沒有胃口。面對血淋淋的兩具屍體能吃得倍香的估計除了郝簡仁之外不會有第二個人。
天樞七星盤已經去除了污垢放在桌子上，做工精細讓人歎為觀止。巴掌大的青銅盤上精雕細琢的紋飾古樸而淡雅，透出一股古老滄桑的韻味，而最讓人叫絕的，在青銅盤的底部有鏤空雕刻的北斗星陣，青銅盤的正面雕刻著夔龍紋。
「線索太多了，怎麼捋順一下？」李艾媛移開目光看一眼秦濤，這次真的見識到了他的勇猛無敵，不僅有「急智」，身手也的確了得。在強悍的三眼怪人的攻擊之下並沒有明顯處於下風，而且還捅了對手六刀！

李艾媛忽然發現線索一下子多了不少：犯罪分子三眼怪人、天樞七星盤、秦文鐘的記憶碎片和考古筆記，從哪入手調查是一個很棘手的問題，要想形成閉環的證據鏈還需要仔細分析一下，包括下落不明的吳鐵鏟的作用等等。

洪裕達剛想碰一下天樞七星盤，卻被郝簡仁給打了一下手：「別動，小心感染病毒！」

「啥病毒？」

「貪毒！」郝簡仁翹著二郎腿，摸了一下嘴巴：「洪老師，您知識淵博見多識廣，古董就別研究了，研究一下馬王爺吧！」

洪裕達怒容滿面：「那是法醫的事情，我是考古學家！」

「您的頭銜那麼多，讓我佩服得五體投地啊，難道對於三個眼睛的人不感興趣？」徐建軍湊了過來冷笑：「講課的時候您可說了，人的基因在二十萬年前就停止了進化，如果按照天神大老爺們的設定，基因進化了應該有無限種可能，分析一下三隻眼睛的進化是怎麼弄的？」

秦濤苦笑一下：「老徐，別難為洪老，基因再怎麼進化都不太可能進化出三隻眼睛，兩個眼睛我都嫌多！」

徐建軍打了個哈哈：「秦連長說的對，兩隻眼睛睜一隻閉一隻，睜開眼的時候就是白天，閉上的時候就是黑天，您當是燭九陰呢？」

《山海經》裡面曾經記述過這件事，燭龍體大不知幾千里也，睜眼則為白晝，閉上眼睛為黑夜，但並不是徐建軍所說的「睜一隻眼閉一隻眼」，那是念經打坐的老和尚。

秦濤若有所思地看一眼洪裕達：「洪老，當務之急是確定犯罪分子的身份，徹查還有沒有餘黨，全面部署警戒，而不是研究青銅盤。」

李艾媛微微點頭，不禁多看了一眼秦濤纏著紗布的胳膊，欲言又止。

洪裕達不滿地瞪一眼郝簡仁，眼角的餘光才發現秦濤的目光裡似乎帶著尖刺，只好乾笑兩聲：「我說秦連長，這次可多虧了您，否則老沈蒙冤不知道到什麼時候呢，就算負傷也值得！」

「放屁！」郝簡仁「啪」的一拍桌子：「學問大了都不會說人話了吧？尊敬你叫一聲洪老師，你怎麼為老不尊呢？」

郝簡仁今天的火氣特別大，估計是緊張的戰鬥和不合常理的敵人給刺激的，加上洪裕達說的話的確不中聽。秦濤瞪了一眼郝簡仁：「幹什麼？想吃人呀？當你是三隻眼的馬王爺！洪老研究一下青銅盤有什麼不好？你能的話也研究研究！」

「簡仁，我斷定你一定是猴子進化來的，臉這麼酸呢？」徐建軍哈哈一笑：「好了好了，大家都是為了破案，我就指望著快點破了，好回家享受享受熱呼被窩！」

李艾媛臉色一紅，不由自主地瞄了一眼秦濤。

「李隊，結果出來了！」法醫端著一個鋁盤走了過來，助理捧著屍檢報告站在後面。

李艾媛肅然地點點頭：「怎麼樣？」

所有人都屏住呼吸，這份屍檢報告絕對不尋常，試問世間誰見過「三眼馬王爺」？就連見多識廣的洪裕達都沒看過。

「屍檢結果，被害人秦文鐘，胸部開裂性創傷，經過檢查解剖，並非是銳器損傷，而是抓傷，在他的胸骨上發現了角質化銳器，失血過多而亡。」法醫助理一字一頓地念到。

郝簡仁疑惑地看一眼法醫：「先等等，什麼叫角質化銳器？」

「兇手的指甲非常特別，角質化特別嚴重，跟我們不同，經過長期磨練或刻意加工之後就會形成堅韌的攻擊武器，非常銳利，經過檢查，一段折斷的指甲碎片嵌入被害人的胸骨軟骨上。」法醫凝重地解釋道。

秦濤微微點頭：「與文管所的門上發現的指甲殘片如出一轍，可以認定兇手進入過文管所，而從沈所長的傷口來看，跟秦文鐘的也一模一樣，所以可以確定他就是殺害沈所長的真凶。」

「繼續。」李艾媛若有所思地點點頭。

「我們對兇手進行了屍檢，發現他的手只有四根手指，原生的小手指被人為切掉，留下不規則的傷疤，而指甲異常，形如虎爪，堅韌而鋒利，在與被害人的傷口對比後發現，被害人的傷口就是兇手的指甲利刃攻擊形成的。」法醫把托盤放在桌子上，用鑷子夾起一段指甲：「這就是兇器。」

形如彎月一般的一段黑色透著淡黃的「鉤子」，看一眼不禁頭皮發麻：這傢伙的爪子彷彿就是為了殺人而生的一樣，這要是被抓住一準開膛破肚。事實上也是如此，秦文鐘幾乎被開膛，而沈所長的脖子差點沒斷了。

「經檢查，他是一個畸形人。我們判斷兇手經過特殊訓練，尤其是他的手和眼睛，瞳孔要比普通人的瞳孔大兩倍，正常情況下不可能形成這種狀態，除非是基因發生了異變所致。」

「眉心上的眼睛怎麼回事？」秦濤努力平靜著心緒，還好是經過特殊訓練的人，而不是「異種」，但法醫一提到了「異變」兩個字，心還是提了起來。白山和雪域執行任務的時候發現了「異種」，不是人也不是怪物，是另外一種形式的智慧生命體，無法命名。

所有人的關注焦點都在這上面，當初秦文鐘說「三隻眼的馬王爺」的時候大家都不相信，秦濤也不相信。沒想到兇手真的是個異形怪物！

法醫凝重地看著李艾媛和秦濤：「李隊長、秦連長，經過屍檢我們發現那不是眼睛，也不是任何一種衍生器官，而是人為的創傷。」

「是紋身嗎？」秦濤忽然想起印度人尤其是印度的女人經常在眉心處裝飾一個紅點，如果是黑點或者是眼睛形狀的，離遠看真的像三隻眼的，不禁猜測是否是紋身？

法醫苦笑一下搖搖頭：「不是紋身，而是開裂性創傷，留有疤痕，我們把裡面的東西取出來了，大家可以看一眼。」

法醫帶著膠皮手套從鋁盤裡拿起一個精黑溜圓的東西，在眾人面前展示：「這就是你們所說的第三隻眼，其實不是眼睛，而是墨珠，具體是什麼材料做的還不得而知，我們會送到省裡研究所請求上面協助，後續報告很快會出來。」

原來是這樣！秦濤和郝簡仁、徐建軍終於鬆了一口氣。其他人沒有這種感受，沒有參加過白山和雪域行動的人是不會明白他們心情的，如果這次再遇到什麼「異種」的話，估計就不是兩個班能解決的問題了。

「好好保存證據，折騰了一宿，大家好好休息一下，明天下午案情分析會，不許遲到。」李艾媛疲憊地看一眼秦濤：「秦連長，青銅盤放在你那，一定要注意安全，不確定犯罪分子是獨狼還是團夥，所以要加強戒備。」

「好吧！」秦濤舉了一下受傷的胳膊：「讓您見笑了，今天的行動還算順利，我也該向上面彙報一下了，明天繼續吧。」

郝簡仁和徐建軍兩個人保護著青銅盤走出文管所，洪裕達受驚似的看一眼地上的屍體，嚇得慌忙鑽出來：「等等我！」

經此一戰，人困馬乏。加上受到了過度的驚嚇，郝簡仁和徐建軍一點睏意也沒有，倒是秦濤躺在床上似睡非睡，因為胳膊受傷的原因，也睡不著。而在裡間屋的洪裕達此刻也精神了許多，在秦濤他們執行任務的時候他已經睡飽了。

郝簡仁和徐建軍大眼瞪小眼地盯著桌子上的青銅盤，誰都不說話。但從面目表情上可以看出還是心有餘悸，尤其是郝簡仁，說話的聲音都變味了，進入耳室就被驚嚇一下，搬開棺槨竄出的「馬王爺」差點把他嚇得心吐出來。

激戰過程中的所有細節歷歷在目，這輩子就沒被這麼驚嚇過，現在踏實地坐在椅子裡腿還在發抖呢！

「我說二位，讓我瞧瞧怎麼樣？」洪裕達捧著一瓶二鍋頭從裡間出來，滿臉堆笑：「犒勞一下，我代表沈所長要好好感謝感謝諸位啊，大仇得報，在天之靈應該含笑九泉了。」

徐建軍望一眼躺在床上的秦濤，默不作聲。而郝簡仁翻了一下眼皮：「什麼意思？拿瓶酒搞賄賂是不？小心我報告到李政委那去！」

說歸說，郝簡仁趁著洪裕達不注意一把將酒瓶子搶過來，打開瓶蓋先啜了一大口：「您知道為了個銅盤子死了多少人嗎？這玩意兒就是個凶煞之器，小心您別感染上！」

秦濤靠在軍被上苦笑一下：「洪老是考古專家，研究的領域比較廣泛，沒準能解開天樞七星盤之謎？不如這樣，您先大體掌掌眼，萬一能研究出什麼結果來呢！」

洪裕達喜不自勝地點點頭，一本正經地看著桌子上的青銅盤：「小羅說這是上古重器，我一打眼就看出來了，絕對不是春秋戰國時代的！」

「您怎麼知道？」秦濤若有所思地問道。洪裕達趁機拿起青銅盤：「不是跟您說過了嘛，春秋戰國時期雖然屬於青銅時代，青銅文化達到了頂峰，但你判斷青銅時代的鼎盛時期並不是春秋戰國，而是商周，我可以負責任地告訴你，商周時期並不是上古紀年，既然老沈研究出來是上古時代的，一定有理論依據。」

「洪老師，您是瞎子算命兩頭堵啊，我還說是現代的仿品呢！」徐建軍不屑地看著洪裕達揶揄道。

玩笑歸玩笑，想要弄明白天樞七星盤絕對不是一件容易的事情，這次來的倉促，沒有隨行的專家。因為李政委認為只是配合地方公安機關破案子，卻沒有想到案情這麼複雜，如果要好好研究青銅盤的前世今生還真得依靠洪裕達。

秦濤想及此不禁長出一口氣：「洪老，交給您一個任務，初步研究一下，我們有沈所長的兩頁考古筆記，沒準您能弄出個名堂出來。」

「好啊！」洪裕達擼胳膊挽袖子一副大幹一場的氣勢，不過看了一會才輕歎一下：「小秦，咱們有言在先，研究出成果寫成論文之後只能算我的研究成果，你不要反悔哦！」

應答他的是如雷的鼾聲。

註定是研究不出什麼結果的，像洪裕達這樣的專家在中國多得是，誠如唐代某位清官所言：「補闕如車載，拾遺用鬥量」，說的是武則天當權的時候開放當官途徑，寬進嚴出，一時間遍地是補闕和拾遺等各種官吏，但挨刀子的也一籮筐一籮筐的。

第二天下午近黃昏的時候秦濤才睡醒，而且是在郝簡仁地動山搖的呼叫聲中醒來的：「濤子哥，快起來，上面來電話了！」

「誰啊？」秦濤睜開惺忪的睡眼望一下外面，一縷夕陽的餘韻射進來，愣了一下看一眼腕錶，猛然坐起來：「怎麼不早點叫我？」

郝簡仁一咧嘴：「誰敢叫醒你？李大神探來了看你睡的那熊樣，連案情分析會都給延後了！」

秦濤打了個哈欠，眼淚鼻涕都出來了：「是李政委還是呂長空？」

「有什麼區別嗎？是老呂！」郝簡仁麻利地給秦濤倒洗臉水笑道。

秦濤胡亂地洗了一把臉就連通了總部的電話，恰好是呂長空接的：「怎麼樣小秦？」

「一言難盡！首長，咱們低估了案情，不僅僅是盜竊殺人的事，很複雜。說實話咱們哪裡是破案的料，要不您給我調回來吧，幹什麼都行。」

呂長空沉默了片刻：「小秦，事關重大，否則也不會派你們去，你們走了，困難留給誰？」

秦濤沒辦法，只好深深呼了口氣道：「昨天夜間行動終於有所突破，目前屍檢已經完成，相關證據正在收集，明天就能出結果，但也不一定。」

「不要模稜兩可！咱們只是配合地方公安行動，老李的意思是破案之後立即回來，還有重大任務交給你。」呂長空很急切，不過他很少有這種情況，除非是涉及到極端重要的任務，比如白山事件之類的。

秦濤苦笑：「跟您說實話，沈所長的案子與700198號文物失竊有莫大的聯繫，現在我也說不好，但總感覺有些不對勁啊。懷疑是同一夥人所為，現在正調查取證呢。」

「說明白點！」呂長空詫異道。

「這次比白山事件還嚴重，有過之而無不及！」

呂長空沉默了片刻：「何以見得？川北公安局黃局長不是說是普通的盜竊殺人案嗎？」

「說來話長，昨夜行動打死了一個犯罪分子，您猜怎麼著？似人非人，似獸非獸，攻擊力相當強悍，能在牆壁上像壁虎一樣遊走，四個人三支衝鋒槍子彈都打沒了才降服他，我捅了他六刀還能一下竄到頂棚上去，要不是一刀刺中了他的眉心的話，估計還抓不著他。對了，他三隻眼睛，人稱馬王爺！」秦濤彙報工作井井有條，繪聲繪色，如果不瞭解他的人聽到這種玄而又玄的彙報一定會嗤之以鼻，但呂長空對他是絕對信任。

「有沒有同黨？規模怎樣？用不用增援？」呂長空立即提高嗓門焦急地問道。

一連串的問話把秦濤給弄懵了，有沒有同黨真的不知道，從目前的情況看應該有，因為盜竊祕密庫房的犯罪分子和殺害老沈的「三眼馬王爺」不見得是同一個人。

祕密庫房的防禦不是普通人可以進去的。祕密倉庫的周邊有三道防禦：電網、遠紅外監控和暗哨，而庫房的大門也是高級防盜的，進入裡面需要三把鑰匙。最關鍵的是祕密庫房極為隱密，他們是怎麼找到的？如果不是團夥作案一個人又怎麼能進去？而犯罪分子不僅進去了，還成功地盜走了編號700198的金屬蛋。

不是世外高人就是人間的怪物所為！

「首長，隨著案情的深入一切都會水落石出的，地方刑警隊的辦案效率也挺高，我們兩個班密切配合，相信過幾天就會有結果。還有，700198的案子跟這個案子合併偵查，增援先不需要。」秦濤看了一眼掛鐘：「您還有什麼指示沒？」

「在確保安全的情況下一定要一網打盡，不要留尾巴。洪裕達不是一起跟簡仁去了嗎，讓他參與破案，我們不專業——切記切記，一定要一網打盡！」

「好，一網打盡！」秦濤輕輕地放下電話，一網打盡哪那麼容易？折騰了好幾天才發現一個「馬王爺」，萬一有一群「馬王爺」該怎麼辦？估計五四手槍和微型衝鋒槍都派不上用場，應該使用紅外制導炸彈或者是滾地雷！

秦濤憂心忡忡地踱了兩步，恰好雪千怡端著餐盤走了進來：「秦連長，您的晚餐來了，一天沒吃飯，餓了吧？」聲音甜美，能擰出蜜汁來！

秦濤抬著受傷的胳膊靦腆地笑了笑：「多謝小雪同志，還真餓了啊！」郝簡仁拎著一瓶二鍋頭走過來，滿臉堆笑擠眉弄眼：「濤子哥，您早就應該餓了，雪姑娘正惦記著這事呢！」

雪千怡臉色羞紅一下把餐盤放在桌子上：「我的手藝，將就著吃，師父說吃完了就開會，別耽擱太長的時間。」

「謝謝妳，知道了。」秦濤坐下來拍了怕肚子：「真是及時雨啊，都餓了一天一宿了，再不吃肚子可就要鬧革命了啊！」

雪千怡落落大方地看著秦濤，臉色羞紅面若桃花：「慢點吃，我師父就是急性子，對了，傷口還疼不？一會給你換一下藥吧。」

「不礙事。」秦濤夾了一口菜，一股說不出來的味道，好像是油放少了的焦糊味道，不過還是大快朵頤地吃了起來。

「那我先走了，記得一會找我換藥！」

郝簡仁瞪著眼珠子看著飯菜，口水差點沒流出來，看一眼雪千怡離去的背影，抓了一片肉塞進嘴裡：「濤子哥，秀色可餐啊，人間美味不過如此！」

「你小子是不是相中人家了？小心回去我打小報告！」

「說實話，雪姑娘還真不賴啊，賢慧，大方，有時候還溫柔可人，哪兒像我老婆整天嘰嘰喳喳，頂花帶刺的，簡直就是盜版的河東獅！」郝簡仁喝了一口酒吐出滿嘴酒氣：「說真的，要不給你介紹一下？」

「廢話說多了會爛嘴！」秦濤快速地扒拉飯，風捲殘雲，幾分鐘搞定。然後衝著裡間吼了一嗓子：「洪老，開會去！」

天色黃昏，夕陽正暖。一抹餘韻照在文管所後面的山上，帶著血一樣的亮色。秦濤憂心忡忡地望一眼荒山，不禁又想起了昨天的一幕，自從雪域高原回來養了近四個多月，中間一直在集訓，聽洪裕達的課，但幾乎沒什麼收穫。同時體力也下降了許多，身上長了不少贅肉，看來還得堅持鍛煉啊。

案子破到現在差不多有了一點眉目，但距離水落石出還差得遠。編號 700198 金屬蛋失竊下落不明、犯罪團夥還沒有緝拿歸案、被劫持的吳鐵鏟也沒有音訊，最關鍵的是呂長空要求「一網打盡」，怎麼打？現在是空有蠻力，找不到發洩的物件。

一個「馬王爺」就讓專案組折騰了半個月，要是一群的話不得要了專案組的命？現在還不具備一網打盡的條件，對方深藏在暗處，而且攻擊力和智商很高，怎麼行動？

秦濤邊走邊合計這件事，回頭看一眼洪裕達：「洪老，青銅盤研究怎麼樣了？我還等著您的研究報告呢。」

洪裕達面紅耳赤支支吾吾半天，才乾笑道：「昨天研究到天亮，搞得我老眼昏花，皇天不負有心人啊，我猜測青銅盤絕不是凡間俗品，也不是祭祀的禮器，倒是像魔術方塊一類的玩意兒，知道魔術方塊嗎？六面體，小方塊，一般是六種不同的顏色那種，打亂了以後再拼到一塊，也叫俄羅斯方塊，手機上有那個遊戲，還有貪吃蛇……玩貪吃蛇也累眼睛，老眼昏花……」

驢唇不對馬嘴！秦濤淡然地看一眼洪裕達：「那您的研究報告什麼時候出？大家都等著呢。」

「您是趕鴨子上架不是，我是考古學家，擅長春秋戰國以後的文物鑒定，而不是上古時代，對了，小秦，老沈不是研究出來這玩意兒是上古重器嗎，我猜想是有一定道理的，因為春秋戰國乃至商周時期都沒有發現過同樣類型的器物。」

「有道理。」秦濤推門走進臨時指揮部會議室，應該到的人全部到場了，就等著秦濤呢。

所有人都用不一樣的眼神看著秦濤，尤其是李艾媛。眼睛是心靈之窗，任何心事都隱瞞不了，尤其是豪爽又溫柔不足的李艾媛，看秦濤的眼神裡面夾雜著一絲複雜的情愫。

「秦連長，傷怎麼樣？」李艾媛紅著臉淡然地問道。雖然是不經意地發問，但拿著屍檢報告的手卻下意識地抖動一下，很顯然昨天的行動對她的觸動實在太大了，估計接下來多少天都過不去。

女人就不應該幹這種血淋淋的工作，跟死人和犯罪分子打交道是男人的天職，但李艾媛樂此不疲。最關鍵的是她有超越常人的特殊本領：讀取記憶。

秦濤坐在椅子裡苦笑一下：「皮肉小傷，不礙事了。」

「那我們就先開會？」

「好。」

李艾媛專注地看一眼屍檢報告，揉了一下佈滿血絲的眼睛：「諸位，今天的會很重要。先祝賀專案組取得重大突破，在這裡我要感謝秦連長、徐副連長、簡仁同志和前來支援配合刑警隊工作的解放軍戰士，突破來之不易，我們應該精誠團結一鼓作氣，直到案子水落石出。」

秦濤點點頭，表示同意李艾媛的開場白。到底是科班畢業的刑警隊長，講起話不輸給男人，跟呂長空和李政委有得一拼。

「總結一下前面的行動，簡要分析一下案情，然後部署接下來的行動。」李艾媛端著搪瓷杯子喝了一口水，下意識地看一眼秦濤，目光若即若離，深呼吸一下：「排除干擾來看沈所長被害案，我們會得到截然不同的結論。首先，編號102玉佛丟失是在轉移我們的視線，嫌疑人錢廣聞已經自首，普通的盜竊案，這個插曲基本與本案無關。我們可以重放一下案發的經過，各位也要找出其中邏輯不合理之處，確保證據鏈閉環。」

在座的所有人都屏氣凝神地聽著，這個案子實在太特殊了，以至於許多人還對相關的細節迷迷糊糊，卯足勁想知道其中的來龍去脈。

「被害人遇害的當晚，川北地區下大雨，不具備考古發掘條件，而被害人的腿病犯了，所以獨自一人回到文管所，主要工作是研究天樞七星盤。按照文管所規定，編號之後的文物在補充相關的資訊之後會送到保險庫保存，取出和還回都要登記在案，但被害人顯然沒有執行這項制度。所以，在登記薄上沒有顯示編號102的玉佛是什麼時候拿出來的，被害人為什麼要拿出玉佛不得而知。」

秦濤微微點頭，沈所長拿出玉佛的意義何在？在眾多發掘的文物當中，玉佛顯然要比其他文物貴重，也是許多盜墓賊趨之若鶩想得到的目標。

「大概是晚上八點多鐘的時候，雨開始下大，被害人擔心庫房會漏雨，所以就去了一趟庫房檢查，我們在庫房地上看到的泥腳印與被害人所穿的鞋一致。就在這個時候，第一現場轉移到文管所被害人辦公室，錢廣聞潛入其中盜走玉佛。」李艾媛雙手交叉在腹部，思維清晰，彷彿那一幕就發生在眼前一樣：「被害人從庫房回來繼續工作，八點三十分的時候，秦文鐘出現，他是赴被害人之約的。」

李艾媛停頓一下，會議室寂靜無聲，秦濤詫異地看一眼李艾媛，心裡畫了個問號？

「我們瞭解到一個資訊，秦文鐘是間歇式精神病患者，被村人遺棄，沈所長主政文管所的時候曾經與他有過交集，而且秦文鐘因盜墓進去過兩次，在他患病之前他們就熟識，否則不可能找到文管所的被害人，這點很重要。」李艾媛看一眼秦濤一字一頓地說道：「秦連長，以下是我的判斷，看有沒有邏輯衝突？」

「嗯。」

「被害人沈鶴北因為研究天樞七星盤，雖然是他的專業，但還是遇到了不小的困難，而秦文鐘之前是堪輿大師，又是盜墓團夥裡的掌眼（註5），所以沈所長就想起了他，並且邀請秦文鐘來文管所，諮詢關於青銅盤的問題。這也是秦文鐘冒著大雨來文管所的直接原因。關於這方面的證據，可以從秦文鐘所提供給簡仁同志的兩頁考古筆記得出。」李艾媛頓了一下：「因為秦文鐘認為那兩頁筆記是最重要的，所以才保留這麼多天，而他之所以給了簡仁，並不是因為瘋的緣故，是因為他想與我們聯繫，但卻不敢。」

秦濤頻頻點頭，之所以不敢是因為他看到了那晚最為恐怖的一幕！

「秦文鐘的到來讓被害人十分高興，兩個人開始研究天樞七星盤，並且由秦文鐘繪製了青銅盤的內部結構。這個證據有些出入，我們對比了文物保險庫內的登記本和被害人所遺留下來的文字記錄，秦文鐘所提供的那兩頁紙雖然是被害人的考古筆記，但字跡卻不是被害人的，而是秦文鐘繪製的。」

秦濤詫異地看一眼李艾媛：「秦文鐘？」

「是的，他是堪輿大師，精通繪圖。」李艾媛凝重地看著秦濤：「搜索秦文鐘的記憶碎片的時候有這一幕，而在秦文鐘繪圖的時候，被害人發現玉佛失竊了！」

情景重播是分析案情合理性的有效手段，依據所掌握的證據科學地判斷事發經過，但一定要符合邏輯推理和客觀事實。李艾媛的推理有一定的合理性，證據使用得也恰到好處，但秦濤還是心存疑問：一位是以打擊盜墓犯罪分子的文管所所長，另一個是精於算計患有精神分裂症的堪輿大師盜墓賊，他們之間能否如李艾媛所說的建立某種「合作」關係？

「沈鶴北如果碰到了技術難題可以求教的人很多，圈內不乏專家學者，比如洪老，為什麼不求教他們？」秦濤終於憋不住說出了自己的疑問。

李艾媛謹慎地點點頭：「這個問題我有仔細考慮過，川北的文管所統一由地方文化局管理，人才奇缺，創造性的人才更鮮見，像沈鶴北這樣的專家級別的人才是獨一無二的，所謂獨孤求敗，他向誰求教？這是其一；其二，他所研究的上古青銅重器是國家特級保護文物，說是國寶也不為過，研究資料將是絕密級別的；第三，中國自古以來就有文人相輕的惡習，考古圈裡也不例外吧？」

這句話說到了點子上，秦濤立即就明白了其中的道理，昨天洪裕達信誓旦旦地要研究天樞七星盤，並聲明成功之後撰寫的論文只能署他自己的名字，由此可見一斑！

「李隊，您繼續，我不過是小疑問罷了。」秦濤微笑一下，繼續專注地思索。

李艾媛喝了一口水，沙啞道：「被害人發現玉佛失蹤之後第一反應並不是報案，而是重新返回倉庫查看，確認是否把玉佛拿出來了？這個情節我有必要解釋一下，我們普通人也經常犯這種錯誤，往往有的時候明明知道門鎖上了，卻總是不放心，無論走多遠都要回家檢查一下，在醫學上叫強迫症。大家都有經歷過吧？」

「嗯，我剛才還犯這樣的錯誤呢，拿著筷子找筷子，這叫騎驢找驢！」郝簡仁一本正經地說道。

眾人也紛紛點頭表示同意。

「被害人最初是不知道玉佛在八點鐘的時候已經被盜，第二次回庫房確認之後才發現問題十分嚴重，而就在這個時候，發生了一件不可思議的事情，犯罪分子出現了，秦文鐘稱之為馬王爺。」李艾媛凝重地看著秦濤：「秦連長，如果是您第一次看到三眼的怪物會怎麼反應？」

「恐懼。」

「是的，被害人十分恐懼，他從來沒有見過似人非人、似獸非獸的怪物，所以非常恐懼，慌亂之中逃回了辦公室，被害人感覺有莫大的危險，秦文鐘也非常恐懼，但他畢竟是堪輿大師，是盜墓賊，經歷過比這恐怖得多的事情。」

「所以沈鶴北把青銅盤交給秦文鐘保管？」秦濤疑惑道。

李艾媛淡然地點點頭：「三眼怪物在外面砸門，並且留下了兩道抓痕，指甲的碎片留在抓痕裡，就是你所得到的那個證據。情急之下，被害人只能委託秦文鐘保護青銅盤，秦文鐘帶著青銅盤並且把自己畫的兩頁紙撕了下來一併帶走，他是從辦公室的後窗子逃走的，所以我們抵達第一現場的時候窗子是虛掩的。」

「馬王爺就是衝著天樞七星盤而來的，但註定沒有得到，被害人也不可能告訴他，情急之下便殺害了被害人，並且拿走了考古筆記。」李艾媛點指一下桌子上的屍檢報告：「這就是案子的來龍去脈。」

「有一點我有不同的看法，馬王爺不見得是專門為青銅盤而來，而是沈鶴北。」秦濤凝重地看一眼徐建軍：「老徐，我們為何而來？接到任務啟程的時候首長說得很明白，700198 號文物失竊，我們配合地方公安部門破案，之後得到沈鶴北遇害的消息，所以行動目標發生了改變。」

徐建軍點點頭：「的確如此，700198 號失竊在前，沈鶴北被害在後，而且沈鶴北是專門研究 700198 號文物的專家，但並不排除是為了青銅盤而來，兩者都有可能。」

「周衛國和吳鐵鏟那條線索怎麼解釋？他們總不會是跑龍套的吧？」高軍擺弄著鋼筆問道。

秦濤淡然一笑：「身負命案的馬王爺沒有找到青銅盤鐵定不會善罷甘休，所以才找到了吳鐵鏟和周衛國，這裡我說一個小細節，雖然不太重要但能幫助各位理解他們的行為。我在審訊兩個人的時候，他們非常配合，全盤承認自己的犯罪事實，與一般的犯罪分子抵賴逃脫有些不太符合。而且兩個人的配合很密切，吳鐵鏟知道有馬王爺這號人，並說他的功夫比我要高強，從這點來看，他們遭到了人身威脅，寧可坐牢也不跟馬王爺合作。」

「合作成功與否最終都會死，所以他們的選擇是明智的。」

郝簡仁伸出大拇指：「同意李隊的判斷，所以兩個混蛋玩意兒想逃跑但又不敢，因為馬王爺無處不在啊，要是有一堆馬王爺的話他們更是插翅難飛，所以情願投案自首。還有，吳鐵鏟的利用價值比周衛國大得多，他是川北這片盜墓界的老大，人脈廣路子深，所以能夠得以苟活！」

「簡仁說得對，所以我們當務之急是找到吳鐵鏟和背後綁架他的人。我有一個預感，盜竊 700198 號文物和殺害沈鶴北的不會是一人所為，馬王爺還有同夥。」

李艾媛的臉色十分難看，一個「馬王爺」就讓專案組疲於應對了，如果是一個團夥的話，怎麼對付得了？

「首長已經部署下來，接下來的行動由軍方主導，務必要一網打盡！」秦濤看出來李艾媛似乎有些為難，但不管什麼樣的困難都要去面對，不能草草收兵，否則後患無窮。

吳鐵鏟會被藏在哪？關鍵是現在是死還是活著？秦濤相信只要對手一天得不到青銅盤，吳鐵鏟的安全就會有保障。所以，己方的手裡掌握了一個很好的籌碼，充分利用這個優勢就能達到殲敵的目的。

「接下來的任務有兩個，繼續深挖犯罪團夥，刑警隊配合軍方的行動；第二，找到吳鐵鏟，順藤摸瓜。」李艾媛看一眼秦濤：「秦連長，如果沒有異議的話，我就命人草擬案情分析報告，另外我也希望你們能增派更多的人手，配備更先進的武器，以免被動。」

「我會向上面反應，我想應該在天樞七星盤上做做文章，這是我們最好的籌碼。」秦濤苦笑一下，這次所攜帶的裝備是大隊的標配，五四手槍、微型衝鋒槍、手雷等等武器彈藥十分充足，還需要什麼更先進的武器？武器決定不了戰爭的結果，左右戰爭勝敗的始終是人。

徐建軍詫異地看一眼秦濤：「李代桃僵？瞞天過海？甕中捉鱉？」

秦濤搖搖頭：「我的意思是首先要弄明白犯罪分子為什麼對 700198 號文物和天樞七星盤這麼感興趣？祕密倉庫和文管所庫房裡值錢的文物比比皆是，為什麼沒有多拿一件？所以要先研究一下青銅盤，然後……嗯，你懂的。」徐建軍拍了拍腦袋：「明白了！一定抓個活口，然後才能順藤摸瓜找到 700198 號文物？」

「你明白什麼了？」李艾媛不明所以地看一眼徐建軍問道。

「情景再現啊！」

「情景再現？」

郝簡仁的眼珠子轉了兩下，臉色肅然地點點頭：「打蛇要打七寸，弄死個馬王爺不痛不癢的有啥意思？這個任務交給我和洪老，一準沒有問題！」

李艾媛恍然所悟，不禁皺眉：「不靠譜！」

「李隊，您有靠譜的辦法嗎？犯罪分子詭計多端、殘忍狡詐，絕對不是省油的燈，所以我提一個建議，用一招明修棧道，暗度陳倉的計謀！」郝簡仁搖頭晃腦，以為自己是運籌帷幄的諸葛亮呢？

「我想提醒各位一句，我們是在破案不是紙上談兵，就不要賣弄《孫子兵法》了好吧？」李艾媛不滿地看一眼秦濤：「秦連長，我想聽一聽可行的辦法。」

難道刑警隊的人都這麼現實嗎？孫子兵法怎麼了？犯罪分子玩的詭計幾乎都出於《孫子兵法》，李代桃僵、調虎離山等等。

「抓捕吳鐵鏟的行動是明修棧道，一定要搞得聲勢大一些，最好讓川北的盜墓賊們風聲鶴唳，草木皆兵；軍方的行動是暗度陳倉，目標不僅僅是研究青銅盤，而是馬王爺們。」

李艾媛思考片刻，終於明白了秦濤的用意，示意散會，但秦濤、徐建軍、郝簡仁和洪裕達留下來。非常明顯，專案組核心骨幹要商量重要事情。這也是李艾媛所期望的，她總感覺這位年輕的連長身上有一種特別的「吸引力」！

女人吸引男人靠的是貌美如花，男人吸引女人分很多種：帥氣多金、才華橫溢、風流倜儻等等。但吸引李艾媛的是秦濤嚴密的思維邏輯和不按常理出牌的足智多謀。這件案子之複雜敏感不是刑警隊可以單獨破得了的，更何況刑警隊目前人員緊張，能上陣的除了李艾媛之外，沒有能拿得出手的。

昨天向黃局長彙報案情進展的時候已經得到指令：刑警隊之後的重點是配合軍方的行動，這種轉換是李艾媛始料未及的，但也明白案子牽扯到方方面面，尤其是在讀取秦文鐘的記憶之後，更讓她感到不安。

「李隊，上面指示要一網打盡這個犯罪團夥，但有些話我們要單獨跟妳說。」秦濤的神色十分嚴肅，會議室內的其他人也都緊張起來，徐建軍和郝簡仁當然知道意味著什麼，唯獨洪裕達心不在焉，估計還在思考青銅盤的事情。

秦濤一本正經地看著李艾媛：「案子進行到現在已經有了一些眉目，這不是一起簡單的入室搶劫殺人案，而是另藏玄機。玄機就在於祕密倉庫 700198 號文物失竊和沈鶴北被殺是相互關聯的，700198 號文物非常特別，從目前我所知道的情況是它不屬於我們人類認知範疇內的文物，沈鶴北是研究該文物的權威，所以我們的損失很大。這點我想大家都心知肚明，兩位首長都重申一點，一定要查個水落石出。」

「所以轉換角色十分重要，軍方認為這起案件有可能涉及到絕密，接下來的行動由我方負責，還請李隊長能夠理解。」徐建軍解釋道。李艾媛微微點頭，果然如自己所猜測的那樣！

「接下來的行動有兩個重點，一是刑警隊加大排查力度，尋找吳鐵鏟，我猜測他一定在犯罪分子的手中，是死是活不敢確定，但這件事要敞開了做，一方面是打擊猖獗的盜墓犯罪分子，一方面是給犯罪分子假象。」秦濤凝重地看一眼洪裕達：「第二個任務，洪老責任重大，繼續研究青銅盤的祕密，我和簡仁負責洪老的安全，老徐負責周邊安全警戒。」

「為什麼是我？」洪裕達詫異地問道。

郝簡仁翻了一下眼皮：「您是考古學家、神祕世界研究者，難道讓我研究青銅盤，您去研究馬王爺？」

「你還真說對了，我真想研究研究，看他的第三隻眼是怎麼弄上去的！」洪裕達氣呼呼地瞪一眼郝簡仁：「我鄭重提醒各位一下，也算我的個人意見，三眼怪物絕對值得研究，我猜想他不是個例，很有可能其他犯罪分子也是三隻眼的——真的，我不是在聳人聽聞！」

李艾媛若有所思地點點頭：「洪老師，您對這個有研究？」

「不過是查查資料之類的，難道他還能讓死人張嘴說話啊？」郝簡仁揶揄道：「不過我十分欽佩洪老師的研究精神，決定一起參與研究，有一個小小的要求，論文上必須署鄙人的大名，否則恕不伺候！」

秦濤擺了擺手：「洪老的意見很重要，三眼怪人和青銅盤一併考慮，大家一起努力研究，如果需要專業人士的話儘管提出來，我好提前打個招呼。李隊，糾察吳鐵鏟的行動您全權負責，我調配人手給您，重在製造聲勢，明白嗎？」

「但如果犯罪分子喪心病狂提前出手怎麼辦？」

「求之不得！」秦濤起身踱步，只要一周時間內不發動攻擊，待自己的傷養好了就不怕他們了，這段時間是低谷期，也是準備期。料想對手發現自己的同夥失手之後絕對不會坐以待斃，也許現在正醞釀著行動也未可知。

第四章　願者上鉤

天樞七星盤做得十分精巧，在幾千年前沒有現代化精密機床的情況下是怎麼做出來的？古代的工藝用現在人的眼光就是「驚為天人」！青銅盤外觀分上下兩層，上層有一個雞蛋大小的洞，表面雕刻著夔龍紋，邊緣雕刻著兩條張牙舞爪的龍，但形象顯然是藝術加工的，跟平常龍的形象相去甚遠。底層則雕刻著北斗星陣，內部似乎有九隻看似能活動的拐臂。

「老洪，研究明白沒？斷代？工藝？作用？還有當初你說這玩意兒不是祭祀的冥器也不是禮器，是什麼俄羅斯方塊？」郝簡仁百無聊賴地看著兩頁鬼畫符的考古筆記，翻一下眼皮問道。要是俄羅斯方塊那麼簡單的話郝簡仁能一口把天樞七星盤給吃了！

洪裕達還在研究青銅盤的結構，從下方和側面的鏤空之處可以看到青銅盤的裡面還有一層結構，而且上面繪製著十分奇怪的符號，以洪裕達的見識都沒見過是什麼文字。甲骨文還是金文？或者是小篆？

不可能是金文和篆書，因為年代不對。按照沈鶴北研究的成果，青銅盤是「上古重器」，已經說明這是上古時代的。一般而言，上古時代是從西元前兩千五百年前夏朝建立之前的斷代分期，之後有了文字的記錄，中國就進入文明時期。而那時候只有甲骨文，沒有金文和小篆。

所以，刻在銅盤內部的一定是甲骨文或者是比甲骨文還要古老的文字。

洪裕達瞪了一眼郝簡仁：「尊老愛幼是基本的社會美德，我比你大兩輪，怎麼說話呢？」

「洪老是尊稱，老洪是暱稱，表示我對您的敬仰如滔滔之江水啊，不要顧左右而言他，到底弄明白沒？」

「老沈研究了那麼長時間也僅僅是畫了兩頁圖紙，而且據李隊長判斷還是秦文鐘畫的，能那麼快？」

「您是考古專家，而且有圖繪，別鑽牛角尖了吧？」郝簡仁把兩頁圖紙推到洪裕達面前：「我去研究研究馬王爺吧，沒準能自己寫一篇論文，題目我都取好了，就叫論馬王爺的三隻眼！」

「去吧去吧，別在這煩我！」洪裕達不耐煩地揮了揮手，繼續觀察青銅盤。

郝簡仁走出臨時辦公室才發現天氣晴好，憋悶了好幾天的心情也放鬆了許多，拍了拍門口兩位站崗的戰士：「我去遛彎，精神著點！」

文管所辦公室內，秦濤和徐建軍正在審訊禿頭錢廣聞，旁邊就放著「馬王爺」的屍體，只不過是蓋了一張白色的被單，免得看見了噁心。

秦濤扔給錢廣聞一根「三五」香煙，親自給點著：「老錢，知道盜竊國寶多大的罪名不？」

錢廣聞吊兒郎當地吸了一口煙，微眯著眼睛看著秦濤：「大不了蹲笆籬子（註6），也不是沒蹲過？」

「你想得太簡單了，這案子還沒定性，但基本上水落石出了，想知道是怎麼破的不？」秦濤冷笑著看一眼錢廣聞：「下大雨那天你潛入了文管所，不僅偷走了玉佛，還搶走了天樞七星盤、殺害了沈鶴北，是蹲笆籬子那麼簡單嗎？偷盜國寶、入室搶劫殺人、畏罪潛逃拒不交代，性質十分惡劣，情節非常嚴重，手段極其殘忍——要我是法官的話，至少賞你兩顆花生米，都不帶緩刑法的！」

「你……你血口噴人！老子進屋的時候裡面沒人，光禿禿的辦公室只有玉佛！」錢廣聞一著急就結巴，估計兩粒「花生米」起了很大的作用，坐牢不用掉腦袋，吃「花生米」可不是鬧著玩的。

秦濤嚴肅地打了一下錢廣聞的光頭：「跟誰老子呢？口供是你交代的，你有作案時間，現在老實交代還為時不晚，要是真叫我抓住小辮子的話立刻提起公訴！現在是什麼時期？你知道發生了幾個案子？沈鶴北被殺，天樞七星盤被盜，周衛國被殺，秦文鐘被殺，吳鐵鏟生死不明，估計也完蛋了，這些案子都跟你有關，知道不？」

「鐵證如山！」徐建軍把屍檢報告摔在桌子上：「我問你錢廣聞，知道馬王爺是誰不？」

「你們不能誣賴好人，我只偷了玉佛，其他的一概不知！」錢廣聞殺豬一般地嚎叫著想要掙扎，但還帶著手銬和腳鐐，註定沒什麼結果。

秦濤上去就是一腳，正中錢廣聞的膝蓋，這傢伙一下就跪在地上。秦濤一把抓住他的脖領子：「蹬鼻子上臉？知道刑警隊是怎麼辦案的？你是最大的嫌疑人，只偷了玉佛就有理啦？老徐問你看過馬王爺沒？」

「誰是馬王爺？」錢廣聞雖然很踐，但眼前這兩個當兵的一看就知道不是善茬，雖然心裡憋氣，但不敢太撒野，跟當兵的較勁沒有好果子吃。

「三隻眼的馬王爺！」秦濤的話剛說完，錢廣聞立刻一哆嗦，臉色蒼白，腦袋搖得像撥浪鼓似的：「沒……沒見過，也不認識。」

秦濤冷哼一聲，抓住他的脖領子就給拽到三眼怪物的屍體旁邊，掀開了白被單，裡面是被打成了篩子的三眼怪人，兩支爪子放在胸前，額角上還有匕首造成的創傷，「第三隻眼睛」已經被法醫解剖給拿走了，鮮血凝成了紫黑色，看一眼都讓人毛骨悚然！

果然，錢廣聞嚇得魂飛魄散，雙腿顫抖著幾乎站立不住，褲襠立刻就濕了一大片。竟然嚇尿了？秦濤冷漠地看一眼屍體：「他就是馬王爺，見過沒？」

「沒……真的沒有！」

「吳鐵鏟交代上半年有幾個港商來收唐三彩？你踩的盤子，周衛國帶人盜的墓，吳鐵鏟負責銷贓，有這回事沒？」錢廣聞嚇得直往後撤，秦濤鬆開他，這傢伙一屁股坐在地上，連滾帶爬地滾到了方才審訊的地方，嚇得毫無人色。

「何苦來哉呢？人不是你殺的我們也知道，但刑警隊辦案子你又不是不知道，你有在場的時間和證據，拍到你身上你跟誰辯解去？」徐建軍少有語重心長的時候，此刻卻耐心地勸慰道：「見過這樣的人沒？那幾個港商還能找到不？吳鐵鏟是你和周衛國的上線，現在能證明你清白的只有他。」

「吳鐵鏟？」

秦濤冷哼一聲：「吳鐵鏟和馬王爺是一夥的，不然能殺了周衛國而把他給救走了？我們的目的很簡單，找到吳鐵鏟證明你的清白，說實在的，人心都是肉長的，知道你是被誣陷的，但證據呢？我們只有你入室盜竊殺人的證據，沒有你沒殺人的，怎麼斷案？」

「還能怎麼斷？按照李大神探的意思，坐實了就結案，誰願意在這個兔子不拉屎的地方遭罪！」徐建軍點燃一根煙，若有所思地看著錢廣聞：「是戴罪立功還是背黑鍋？自己選，我們只是協助辦案，用不著苦口婆心！」

現在怎麼爭辯都沒有用，誰讓當初自己喝多酒了犯傻？閒晃哪不好非得來文管所？來文管所也無可厚非為啥入室盜竊？最關鍵的是自己真沒殺人啊！錢廣聞驚懼地看一眼徐建軍和秦濤，進退兩難。

「要不把你關在這思考一下？考慮成熟了再做決定。」秦濤一臉壞笑地看著錢廣聞：「死人不可怕，可怕的是活人。這你比我們還清楚，對不？」

錢廣聞實在沒轍了，咬了咬牙：「行！」

秦濤和徐建軍對視了一眼：「老錢，你的任務是找吳鐵鏟，確認馬王爺背後的勢力，這就叫戴罪立功。人生如戲全憑演技啊，相信你在川北混了這麼多年也積攢了不少人脈，該用這些辦點正經事兒的時候了吧？」

「我關在刑警隊怎麼利用人脈？」

「逃跑啊！」徐建軍低聲笑道：「不用我教你了吧？」

錢廣聞眨巴一下眼睛，腦子裡轉了八百道彎：逃跑？去你○的吧，我這邊撒丫子跑，後面給我來兩槍？死無對證，主犯畏罪潛逃被擊斃，這邊宣佈案子破了，跟我玩這種套路？

「不相信我們是不？」

「逃跑罪加一等！」

「狗屁啊？你他○的是榆木腦袋啊？」

秦濤拍了拍錢廣聞的肩膀：「我們是為了你好，如果可行的話就唱一齣好戲，你的罪責會減輕一半，待真正的兇犯抓住了你又有立功表現，罪責還會減一半，估計也就兩年勞動教養就出來了，比吃花生米好多了吧？」錢廣聞咬了咬牙：「行！」

文管所院子裡，郝簡仁正在和雪千怡閒聊，或者說叫「撩閑」，李艾媛從臨時指揮部裡匆匆走出來，本來想要去文管所辦公室，卻看到兩個人正在說笑，不禁繃緊了臉：「你們幹什麼呢？簡仁，青銅盤研究怎麼樣了？上面還在等洪老師的報告呢！」

「我們分工合作，分工合作！他研究他的青銅盤，我研究我的馬王爺——李隊，您今天真精神，走到大街上回頭率百分之一百二十！」郝簡仁嬉笑道：「我和小雪同志在探討三隻眼馬王爺的事情，一致認為他還有同夥，對了，當時在火車上碰到的那傢伙中了幾槍跟沒事人一樣，就差第三隻眼了！」

李艾媛滿面羞紅，這傢伙怎麼這麼貧嘴呢？不過郝簡仁的話是一半貧嘴一半是正題，火車上發生的事情雪千怡已經跟她彙報了，因為太忙所以沒有時間去思考，這會郝簡仁提起來也不禁皺眉：「千怡說那也是個怪人，渾身上下有黑色的黏液，是長瘡還是其他原因？」

「我懷疑是屍液，您可能不知道，那傢伙有一股葬氣味，知道什麼是葬氣味不？就是死人味道——一般古墓裡面的棺槨裡都有屍液，黑色的，黏糊糊的……」

郝簡仁以為能胡扯幾句把李艾媛給唬弄走，沒想到她竟然很感興趣？

李艾媛怔了一下：「你懷疑攻擊我們的是殭屍？」雪千怡的臉色大變，驚訝地看著郝簡仁，火車上的一幕彷彿就發生在昨天，此刻又歷歷在目。

郝簡仁一撇嘴：「您的判斷真是奇葩，我懷疑是盜墓賊，您整個僵屍出來，哈哈！」

誘導我！李艾媛不滿地瞪一眼郝簡仁：「你的研究報告什麼時候出來？」

「隨時隨地！」郝簡仁也不甘示弱，一般而言他就是那種煮熟的鴨子——嘴硬那種，在女人面前，尤其還是漂亮女人面前，從不服軟，當然老婆大人除外。

「晚上開案情分析會，你第一個發言！」李艾媛轉身向文管所走去。

雪千怡楞了一下：「郝哥，火車上的那個真的是盜墓賊？我師父判斷的好像有些道理啊！」

「你看過殭屍嗎？」

雪千怡拿出紅色日記本打開師父畫的嫌疑人頭像：「馬王爺？那傢伙也是馬王爺！」

「什麼馬王爺牛王爺的，就是盜墓賊！」郝簡仁也有點心虛，正想解釋之際，雪千怡招呼不打就追李艾媛去了。郝簡仁兀自嘟囔一句：殭屍？盜墓賊？馬王爺？

洪裕達註定不會研究出什麼結果，不過秦文鐘所繪製的草圖讓他如醍醐灌頂一般，本來認為那種奇怪的文字不像甲骨文，但那兩頁紙上的符號讓他來了感覺。不得不佩服堪輿大師的能耐，身為考古學家的洪裕達自愧弗如，因為讓他畫出青銅盤的構造來幾乎不可能，而一個精神病患者竟然在短時間內給畫出來了。但也不是說洪裕達一無是處，只要把青銅盤給拆開，鐵定能畫出圖紙來！

洪裕達拿著兩張紙興致沖沖地走出房間，差點和秦濤撞個滿懷：「洪老，什麼意思？研究出成果了？」

「憋了一天，終於……哈哈，出來透口氣！」

「下次出來記住一定要拿著青銅盤，這要是丟了可說不清道不明了！」秦濤快步走到桌前，把青銅盤小心地放在黑色的保險箱裡：「一會開會，簡仁第一個發言，您第二個，怎麼樣？」

洪裕達不僅老眼昏花，耳朵也不太好用，秦濤的話壓根沒聽到。

天色又黃昏，一天沒幹什麼卻很累，秦濤提著保險箱走出指揮部：好戲就要開始了嗎？

一如既往地案情分析會，一如既往地黃昏時候召開。不過不同的是今天的會議氣氛比往常好了不少，大概是因為案子有了突破性進展所致，無論是刑警隊的高軍和李艾媛還是秦濤、徐建軍等人，都興致勃勃。

還有一個原因，洪裕達和郝簡仁經過一天的「研究」，分別研究出成果了，不過都在保密狀態。對於高級知識份子洪老師而言，一支天樞青銅盤能寫八篇論文，都不帶重樣的。而郝簡仁就說不準了，一周能憋出六個字就算是文豪了！

秦濤逛到關押錢廣聞的臨時拘押所，跟手下交代了幾句，然後才去開會。到會議室的時候才發現大家都在等他，跟徐建軍目光交流了一下，徐建軍點了點頭，已經布控完了。至於怎麼布控的，只有秦濤和徐建軍兩個人知道。

「秦連長，您在軍隊也經常遲到嗎？」李艾媛似笑非笑地看著秦濤問道。

「不經常。」秦濤臉色一紅，坐在老位置上，雙手交叉在胸前：「我們部隊很少開會，佈置任務喊哩喀喳，兩句話妥當！」

屋中的氣氛活躍起來，雪千怡打開紅色日記本，正襟危坐，漂亮的警服映襯著火辣的身材，白皙姣好的面龐帶著微微紅暈，勾魂的眼睛看著秦濤：「秦連長，我師父說今天是您主持會議？」

秦濤猛然想起昨天已經確定了軍方在破案中的地位，忙了一天差點給忘了。剛要說話，李艾媛卻淺笑道：「今天有三個議題，一是搜尋吳鐵鏟情況彙報，第二是簡仁同志和洪老介紹研究任務完成情況，還有安排明天的行動。那我先彙報一下今天的行動情況？」

「李隊請！」秦濤大度地笑了笑，看一眼腕錶，心安理得地靠在椅子裡。

李艾媛一如既往地先喝了一口水：「黃局長增派的協警今天已經到位，一共是四位同志，考慮到初次參與破案，情況還不熟，先讓他們熟悉一下環境，摸底調查周圍村子裡的閒雜人等。今天我和老高去下面走訪，吳家村就不用說了，基本都是依靠盜墓為生的，這也是川北地區屢次打擊違法盜墓而不止的原因。」

跟老百姓打成一片是工作原則，但在這種環境下能奏效嗎？那些靠山吃山的老百姓對刑警隊很仇視，原因很簡單：打破了他們的飯碗。在吳鐵鏟的蠱惑下，不少老百姓都參與盜墓和文物走私的犯罪活動中，而且這裡山高皇帝遠，文管所的管理職能受到很大的限制，公安機關也束手無策。

還有一個更重要的原因：文物走私的暴利吸引著鋌而走險者，而且愈演愈烈！

「我們基本理清了吳鐵鏟犯罪團夥的組織體系，盜墓、銷贓、分贓一條龍，已經形成了很完善的體系，並且因此也產生了極大的不安定因素。在川北他是最大的文物走私頭目，下線很多，周衛國、錢廣聞、秦文鐘等人都是他的下線，銷贓獲利之後層層刮分，把文物走私做得風生水起。」李艾媛凝重道：「政府部門雖然重拳打擊盜墓和文物走私活動，但收效甚微，沈所長採取了很多辦法，抓了一批犯罪分子，收繳了一批贓物，搗毀了不少小團夥，但吳鐵鏟團夥並沒有傷筋動骨。」

這就是現狀，短時間是無法解決的。以前不知道川北的文物走私這麼猖獗，經歷過後才相信，如果允許吳鐵鏟上市融資的話，他能把秦始皇的驪山陵給挖開！

「我們調查有兩個目的，一是尋找吳鐵鏟的蛛絲馬跡，第二個挖出他的上線究竟是誰。據我推測，吳鐵鏟和周衛國一起逃回來不僅僅是為了半年前的那批貨，還有一個更深層次的原因，就是比他還厲害的人在控制著他們。」

「會是誰？」秦濤皺著眉問道。李艾媛不假思索道：「三隻眼怪人背後的勢力，所以，要想取得更大的突破，必須找到吳鐵鏟。我就說到這裡吧？」

「嗯，簡仁？」秦濤微微點頭，其實李艾媛的判斷跟自己如出一轍，都知道三眼怪物背後一定有神祕的勢力，但怎麼去找？如果吳鐵鏟沒有了利用價值被殺了呢？這條線索恐怕又斷了。所以，找吳鐵鏟雖然重要，更重要的是天樞七星盤，對手一天沒有得手就絕對不會放棄，否則為什麼要殺那麼多人？

郝簡仁的面前放著一張紙，空白的紙，正眼觀鼻、鼻觀口、口觀心地思索呢，聽到秦濤點名才恍然：「真讓我透露研究成果呀？」

「小郝，我正想洗耳恭聽呢！」洪裕達老奸巨猾地笑了笑：「如果能研究出三眼馬王爺的身份資訊，那將是對案子的最大貢獻，他是殺人兇手，也是個怪物，大家都想知道怪物是怎麼練成的吧？」

眾人哄笑一下，知道郝簡仁註定不會研究出什麼結果來。

郝簡仁窘迫地看一眼秦濤：「那……那我就當仁不讓了？」

「快點，沒人跟你爭！」徐建軍憋不住笑了一下：「簡仁是著名的預言家，大家好好聽他是怎麼研究的，如果寫出論文來一定要請我們喝酒好好慶祝一下！」

「那先請你們喝酒吧？」郝簡仁收斂了笑容，一本正經地掃視一下周圍人等：「開講之前我必須先說明一下我的思路，以便諸位判斷是否符合邏輯。首先我要說的是三個詭異的事情，第一個是小雪同志說的，秦連長他們在來川北的火車上經歷的事情，被一個奇怪詭異的人攻擊，最後那人的屍體不翼而飛，而留下了黑色的液體；第二個是我的親身經歷，我和老洪，哦不，是洪老，和洪老帶著戰士來這裡的路上，就在懸崖盤山道，半夜的時候以五十邁的速度撞到了一個什麼東西，把汽車的保險杠給撞了個U形的坑。」

洪裕達凝重地點點頭：「這個我可以作證。」

「在車上的時候模糊地看到一個黑影從懸崖下面跑上來的，但絕對不是野豬，因為野豬被撞了會嗷嗷嚎叫，而且我下車檢查的時候並沒有發現那東西——事先聲明，道路上沒有任何石頭等障礙，我想請各位思考一下，那是什麼東西？」郝簡仁說得一本正經，其實這件事裝在心裡好長時間了，如果不是那天在古墓裡遭到驚嚇的話，能回憶半輩子。

李艾媛猶疑地看一眼秦濤，發現秦濤正在看時間，不禁眉頭微蹙，目光望向郝簡仁：「簡仁同志，你認為那是什麼東西？」

「您先別著急，我還要引經據典。」郝簡仁喝了一口茶水，拍了拍腮幫子，很少有機會說這麼多話，腮幫子怎麼不配合呢？咳嗽一聲：「套用秦文鐘的話，犯罪分子是三隻眼的馬王爺，大家知道誰是馬王爺不？」

郝簡仁環視四周，幾個小刑警都憋不住笑，不禁臉色一紅，李艾媛不屑地看著郝簡仁：「長話短說吧，簡仁同志？」徐建軍也尷尬地笑了笑：「洪老都快等不及了！」

「這事得好好講講，誰急都沒有用，不弄明白馬王爺是誰怎麼知道犯罪分子的背景？我要求大家認真聽，做好記錄，我的論文報告就靠你們了！」郝簡仁收斂了笑容：「馬王爺的確不姓馬，但他的確是三隻眼。在《封神榜》裡，他是殷紂王之子，名叫殷郊，大家記好了是商朝的人。他也是道家的神明，又叫三眼靈曜、水草靈官馬明王。但不管叫啥，他有三隻眼是板上釘釘的。」

真是長了見識了！秦濤想笑卻不好意思，簡仁什麼時候這麼不靠譜了？從犯罪分子聊到了馬王爺！李艾媛的臉色也不太好看，這哪裡是在分析案情？簡直是在擺龍門陣扯淡呢！

郝簡仁依然十分嚴肅地看著手中的白紙：「第二位也出自《封神榜》，聞仲聞太師，也是三隻眼，他是商朝帝乙的托孤大臣，孤是誰呢？是商紂王。傳說聞太師有三隻眼，眉心的第三隻眼通天徹地通曉神靈，記住了他也是商朝的人！」

雪千怡終於憋不住「撲哧」笑出聲：「第三個不用你介紹了，是楊戬楊二郎，也是三隻眼——這跟咱們的案子有什麼關聯？跟犯罪分子有啥關係！」

「小雪姑娘厲害，也想到了楊戬？這個我就不多說了，楊二郎是人和仙結合體，也有第三隻眼，作用是辨別妖魔鬼怪，也請大家注意，楊戬在神話傳說裡也是商朝人。」郝簡仁屏息思索片刻，敲著桌子：「不知道大家注意到沒有，三隻眼的名人都是商朝人，為什麼？而且三個人都是神人，通天徹地無所不知，難道這是巧合嗎？」

「不是巧合，是你郝簡仁同志胡說八道！」洪裕達終於忍不住斥責道：「大家都在聽你的最新研究成果呢，明顯是跑題了。」

「老洪，您是考古學家、神祕主義學者、科班的傑出代表，我是野路子，不過等我說完再下定論可否？」郝簡仁並不生氣，滿臉堆笑道：「我之所以找出這三個三隻眼的名人，是在說明一個問題，三隻眼的人是存在的，而且只在商周時期存在，大家知道，商周之前屬於上古時代，而沈所長研究出來 700198 號文物和天樞七星盤都屬於上古時代的。」

李艾媛忽然盯著郝簡仁，認真地思索道：「你的意思是三眼怪物與上古時代有關聯？但他的第三隻眼睛不過是假的，是墨珠嵌入裡面，而不是真的眼睛。」

「這個問題請無所不知的老洪解答吧？人的基因是會發生改變的，這裡的改變包括進化和退化兩種選擇，也許在商周之前真的有三隻眼的人，經過幾千年的進化給進化沒了也說不定。」郝簡仁慢條斯理地說道：「但這個古老的民族卻記住了祖先是三隻眼睛的，就在小的時候做了個小手術，把墨珠放裡面，久而久之就長到肉裡了，看著像眼睛，實際上是一種信仰，一種對祖先通天徹地的一種崇拜。」

洪裕達詫異地看一眼郝簡仁，沒有說話，而是陷入了沉思。所有人都笑不出來了，方才還以為郝簡仁胡謅呢，可人家分析的很有道理，幾乎無可挑剔。秦濤微微點頭：「簡仁，你的意思是三眼怪人之所以對 700198 號文物和天樞青銅盤感興趣，是因為與他們的祖先有關？」

「是這個意思。不過我事先聲明一點，從三眼怪人的攻擊力和靈活程度來看，真他○的有祖先的遺風啊，長上翅膀都能飛天遁地，這點大家不可否認吧？」

李艾媛、徐建軍和秦濤不由自主地點點頭，上次捕殺三眼怪人的行動已經讓他們見識到了他的厲害。秦濤心事重重地點點頭，心裡卻想著是不是應該給呂長空和政委打個電話請求增援？

「經過我的觀察，三眼怪人善於夜間行動，這是他最主要的特點，法醫說他的瞳孔比我們大兩倍不止，是因為要適應夜視的環境，他的手掌是四個手指頭，大家知道黑猩猩是幾個不？五個，人也是五個，但三眼怪人為啥是四個？小時候砍下去一個小手指，為啥？我認為是身份的象徵，他是專門馴養的殺手，因為小手指在殺人的似乎沒有大用？」

李艾媛微微頷首：「小手指和無名指的筋是聯動的，往往在攻擊的時候小手指會影響無名指的發揮。」

郝簡仁一邊折疊著白紙一邊謹慎地看一眼秦濤：「這些都不是重點，秦連長，如果我們面對的是一個團隊甚至是一個團以上規模的話，我看要比白山事件嚴重得多！」

徐建軍也凝重起來，這件事並非沒有想過，但還是抱著僥倖的心理，認為三眼怪物不過是個例，但經過郝簡仁的煽風點火之後才感覺問題有點嚴重。

就在老徐想要發問之際，忽然傳來兩聲槍響，徐建軍第一個衝出了會議室。

漆黑的夜，冷冷的風，幾條黑影已經跑出了文管所院子，徐建軍和秦濤拔出手槍向出事地點跑去，李艾媛、郝簡仁、高軍等人都湧出了會議室。

一名戰士氣喘吁吁地跑過來：「連長不好啦，錢廣聞逃跑了！」李艾媛急得一跺腳，拔出手槍衝進黑夜之中，沒想到會發生這種事情？好不容易才抓到錢廣聞，雖然與案子沒有多大關係，但他是吳鐵鏟的下線，也是川北盜墓圈裡的重要人物，怎麼說跑就跑了？

砰！砰！砰！連續傳來三聲槍響，嚇得錢廣聞一頭鑽進了樹林裡，狗刨兔子喘地拼命地跑，腦袋好像隨時隨地都要被打爆似的！

錢廣聞對附近的地形太熟悉了，趁著夜色的掩護幾分鐘就消失無影無蹤，巡邏的戰士們找了一個多小時也沒有發現蹤跡，只好回來彙報。李艾媛狐疑地看一眼秦濤和徐建軍，兩個人的臉色沒有多大的變化，也沒有多說一句話。

「秦連長，別肉包子打狗。」李艾媛打破了沉默，昨天開會的時候就隱隱地感覺到他們要玩什麼花樣，今天就開始實施了？太草率了吧！錢廣聞大小也是個一級犯罪分子，重點監控對象，怎麼說放就放了？怎麼跟黃局長交代？

秦濤和徐建軍對視一眼，轉頭看著李艾媛：「目前這是唯一可行的辦法，川北實行打擊盜墓和文物走私活動已經有一段時間了，犯罪分子們風聲鶴唳，他們藏在暗處跟咱們較勁，怎麼一網打盡？」

「當然是引蛇出洞！」徐建軍低聲笑道：「李隊，黃局長那邊我去解釋，這也是行動需要嘛。」

李艾媛聳聳肩：「那只能內緊外鬆了，給那些傢伙們造成假象。我擔心錢廣聞溜了之後會潛逃，他敢頂風作案？」

這種情況秦濤早就考慮過，他還沒有單純到相信一個犯罪分子的地步。錢廣聞的名號在川北並不像吳鐵鏟那麼響亮，但手下的團夥並不小，而且盜墓圈裡藏汙納垢，魚龍混雜，他一出去用不著出門就會有人找到他。

「實際上錢廣聞沒想明白，他不應該出去，試問周衛國、吳鐵鏟那樣的人物為何主動投案？寧可在坐牢也不想在外面混？是因為背後的那股勢力已經控制了川北文物走私上下游，而且他們的目標很明確，只要商周之前的文物。」徐建軍冷肅地望一眼漆黑的荒山，心裡七上八下的，所謂兵行險招，孤注一擲，秦濤的判斷一般情況是不會錯的。

「文物的價值在他們的眼裡就是錢，但在三眼馬王爺的眼裡也許不是。簡仁的分析倒是提醒了我，他們是為了上古文物而來的，不是錢，也不是利益。」秦濤拍了拍身上的灰塵：「走吧，召開緊急會議，佈置一下抓捕錢廣聞的行動計畫，一定要全面。」李艾媛無奈地苦笑一下：「網越收應該越緊？」

郝簡仁微瞇著眼睛靠在椅子裡，外面發生的事情好像跟他無關似的。一個帶著手銬腳鐐的犯罪分子能夠從那麼多人的眼皮底下逃跑了，只能說明兩個問題：一是錢廣聞的確是個狠角色；二是欲擒故縱？秦濤帶來的這兩個班的人馬基本是白山和雪域行動的原班班底，綜合素質是最高的，甭說是一個普通逃犯，就是鬼都無法逃脫！

案情本來柳暗花明，但因為錢廣聞突然逃脫，讓眾人高漲的熱情被兜頭澆了一盆冷水，都蔫了。

高軍憂心忡忡地看一眼秦濤和徐建軍：「怎麼辦？已經打草驚蛇了，再抓是難若登天啊！」

「再難都要給抓回來，明天行動！」李艾媛氣得臉色煞白：「刑警隊的同志立即做準備，五分鐘之後出發。」包括新增援的四個人，刑警隊不過十幾個人而已，但這件事非同小可，既然想要造出聲勢來就必須假戲真做，李艾媛逕自給各派出所打電話，連夜實施抓捕行動。公安部門的搜捕命令要直接下到各村，嚴密搜捕逃犯！

李艾媛雷厲風行，安排了下級的抓捕行動之後便和高軍等人連夜開始搜捕，警笛聲頓時響徹了山村小鎮。一般而言，刑警隊執行任務的時候很少有這種氣勢，他們往往喜歡悄無聲息地鎖定目標，然後一擊命中。警笛是對犯罪分子的心裡威懾，但也堂而皇之地透露了刑警隊的行蹤。

會議室內只剩下秦濤幾個人，徐建軍去外面巡查去了，而郝簡仁則昏昏欲睡。只有洪裕達倍加精神，看似全神貫注，實則早已神遊天外了。

「洪老，從現在開始，青銅盤不能離開您的視線！」秦濤把黑色的保險箱遞給洪裕達，心事重重地說道：「您的任務是仔細研究一下天樞青銅盤，斷代之類的略去不考慮，只研究有什麼作用。我想沈鶴北和秦文鐘之所以要繪製構造圖，並不是想要把銅盤拆解了，而是在分析它的使用原理和具體作用。」

洪裕達凝重地點點頭：「我初步判斷這是一個九宮格的密碼器，不知道沈所長當時研究出什麼結果來，遺憾得很啊！」

郝簡仁一聽到「密碼器」三個字，睜開眼睛狐疑地看著洪裕達：「上古時期的密碼器？九宮格？」

「從天樞七星盤的構造來看，絕對不是禮器冥器，更不是實用器，那麼在上古時期製造如此精密的東西幹嘛？內膽外層的奇怪符號對應的是乾、坤、震、巽、坎、離、艮、兌，明顯是上古的伏羲八卦圖，分別代表了天、地、雷、風、水、火、山、澤，這是洞悉天地之變化預知萬物之變化規律的先天八卦。」洪裕達自信滿滿地指點著圖紙：「但奇怪的是這些符文代表什麼意思？絕對不是甲骨文，我對古文字還是頗有研究的，但這種文字從來沒有見過。」

「您怎麼確定不是禮器或冥器？如果真的是先天八卦冥器呢？一般而言古人都有鎮墓重器，比如鎮墓獸，而這個墓主人不喜歡鎮墓獸，而用的是青銅八卦避邪。」郝簡仁此時全無戲謔的意思，而是一本正經地問道。

洪裕達微笑著點點頭：「周禮時代，最講究祭祀，對禮器的要求甚為嚴格，都有一定之規，並不是什麼都可以做禮器的，中國古代也對喪葬極為重視，形成了厚葬之風，但同樣對冥器的要求更為嚴格。玉禮器有璧、琮、圭。璋之分，青銅禮器有食器、酒器、水器、樂器和雜器，這件天樞七星盤不是上述任何一種，所以不是禮器。」

「為什麼不是冥器？」

「我沒說不是冥器！」

郝簡仁瞪了一眼洪裕達，才說完的話就自己否認，打臉也不要這樣打吧？不禁冷哼一聲：「就算是鎮墓器吧，沈鶴北為啥給起了個這麼好聽的名字？天樞七星盤——老洪，重點在天樞和七星上，而不是什麼八卦吧？」七星陣的鏤空雕刻在青銅盤底部的，沈鶴北難道研究出了其中的奧妙嗎？

「沒文化真可怕，天樞乃北斗星陣第一顆星，青銅盤上最明顯的就是鏤空雕刻的星陣圖，當然叫天樞七星盤。《晉書．天文志》曰，樞為天，璿為地，璣為人，權為時，衡為音，開陽為律，搖光為星。」

郝簡仁臉色一紅：「原來如此，受教了！知之為知之，不知為不知，我不知道當然問您嘍，不過您說這是密碼器，怎麼解碼？」

洪裕達翻了一下眼皮沒有說話，而是直勾勾地看著圖繪。別說是解碼，上面的鬼畫符還沒研究出來呢，到底是不是先天八卦都未可知，而且就算是先天八卦圖，怎麼拆解其中的意思？研究上古時代的文物基本沒有任何史料可借鑒，只能憑學識和經驗來判斷。

不過洪裕達的修為顯然沒有沈鶴北高深，在借助圖繪的情況下也是一頭霧水，莫衷一是。

正在此時，徐建軍巡邏回來，滿臉肅然地看一眼秦濤：「濤子，下一步怎麼安排？你的傷還沒好呢，萬一找上門來呢！」

「讓兄弟們謹慎點，巡邏哨定點巡邏，外鬆內緊。我的傷不礙事了，不必擔心。」秦濤起身在屋裡踱了幾步：「目前最要緊的是保護好青銅盤，洪老，您的責任重大，如果發生什麼意外的話一定要以安全為重，不要過於計較青銅盤。」

洪裕達哆嗦一下：「什麼意思？」

「就是說有人要是脅迫您搶青銅盤，您必須誓死保護，盤在人在，人在盤在，明白不！」郝簡仁一臉壞笑地解釋道。

秦濤狠狠地瞪一眼郝簡仁：「別誤導洪老，正好相反。」

「哦！」洪裕達眨了眨眼睛，想要打開保險箱卻發現上了密碼鎖，不禁看一眼秦濤。

「如果您要研究青銅盤必須通過我，只有我和老徐知道密碼，而且天黑之後就不要研究了，規避不必要的風險。」

想的這麼周全？洪裕達臉色一紅，凝重地點點頭，打了個哈哈：「那你們先忙？累了一天了，疲倦的很，我去休息了。」洪裕達提著保險箱走出會議室，秦濤和徐建軍望著他的背影不禁長出一口氣。

「人老屁股鬆，幹啥啥不中！」郝簡仁翹著二郎腿哈哈一笑：「我說二位首長，富貴險中求不假，但洪老頭真要是發生點啥事可就完蛋了，能不能換個法子？比如在路上解決？」

「怎麼在路上解決？我們的任務是一網打盡犯罪分子，儘快找到 700198 號金屬蛋。」

郝簡仁的眼珠子一轉就一個心眼，他的意思是護送青銅盤回總部基地，那裡更安全。如果對手在半路上打劫的話，趁機消滅掉，兩全其美的事情。但這種事做起來風險更大，萬一失手了可就賠了夫人又折兵了。

錢廣聞出去究竟能起多大作用還不知道，但有一點是肯定的：神通廣大的吳鐵鏟一定會主動找上門去，而背後控制的勢力也會浮出水面，現在最危險的不是錢廣聞和刑警隊，而是他們。

尤其是今晚！

◊

好久沒有黏到肉腥了，一見到細皮嫩肉的老相好，錢廣聞就跟憋了三十年的老光棍一樣，一招「餓虎撲食」鎖定了床上脫得一絲不掛的女人，臭嘴在女人的身上來回游走，一陣不堪入耳的聲音隨即傳來。

「死樣！」

「妳他〇的巴不得我死是不？就是死也得帶上妳！」

「那邊怎麼樣了？你是怎麼出來的？」

「老子是馬王爺，誰敢留！」

「屁話，這要是叫吳鐵鏟知道了還不得扒了你的皮？快別提馬王爺了！」女人嬌喘吁吁地嗔怒道。

管不了那麼多了，別說是吳鐵鏟他不來，來了正好，老子要好好開開葷，欠老子的錢一個都不能少！錢廣聞對吳鐵鏟是恨之入骨，他就是「吳扒皮」！

兩個黑影出現在院子裡，悄無聲息地走到了窗前，側耳傾聽片刻，敲了敲窗子，屋子裡的燈立刻熄滅。

錢廣聞嚇得提著褲子抓起匕首跳下床，還沒等繫好褲子，門已經打開。

床上傳來一聲尖叫，女人嚇得屁滾尿流，裹在被子裡瑟瑟發抖。記得把門都落栓了啊，他們是怎麼進來的？

「出來了？」聲音冷漠，跟好幾千年也沒有說過話從古墓裡爬出來的殭屍聲音一樣，黑暗之中閃過兩道淡淡的綠光，盯著手執匕首的錢廣聞。

褲襠立刻一瀉千里，不是精液而是尿。

「老錢，三爺問你話呢。」吳鐵鏟的聲音十分蒼老而且沙啞，夾雜著一種難以言喻的惶恐。錢廣聞是自己的下線，眾多下線之一，如果沒有文管所盜玉佛的案子，吳鐵鏟幾乎忘記了川北還有這麼一號人物。當然，更忘了自己還欠他錢。

道高一尺，魔高一丈。吳鐵鏟是盜墓賊頭子，而錢廣聞只能算作小混混小嘍囉而已。此刻卻硬著頭皮把匕首扔在地上，繫好褲子：「三爺，咱們外間聊聊？」

兩個人誰都沒說話，也沒動。錢廣聞一下就毛了，慌忙點頭哈腰：「晚上他們開慶功會，我捅開手銬就跑了，差點沒被打死。」

「開什麼慶功會？」

「據說前天晚上行動成果不小，還找到了一個什麼青銅盤……」

冒綠光的兩雙眼睛忽然收縮一下：「你確定？一個兄弟失蹤了，是不是他們打死的？」

錢廣聞忽然想起了在文管所看見三眼怪物的一幕，不禁瑟瑟發抖，只顧著點頭。

鮮血悄無聲息地從錢廣聞的脖子上流下來，他甚至還在點頭，那個黑影已經飄到了門外，吳鐵鏟拍了拍錢廣聞的肩膀，卻黏了一手的鮮血，嚇得慌忙抬腿就跑，後面傳來一聲屍體倒地的聲音。

殺人於無形？其實就在錢廣聞點頭哈腰支支吾吾的時候，吳鐵鏟感到面前一股陰風掃過，差點沒把自己的鼻子掃掉！他不應該出來的，在牢房裡待著該有多好？一日三餐不用愁，還有人把門，現在倒好，吃飯的傢伙混丟了！一分鐘之前還活蹦亂跳地玩女人，一分鐘之後就血濺五步。

「三爺，我沒說錯吧？天樞青銅盤在秦文鐘老鬼那！」吳鐵鏟似乎在討好前面的人，兩腿卻抖得不聽使喚，好不容易才出了院子來到街道上，摩托車的馬達聲陡然響起。

「去拿。」依然是冷漠的聲音，吳鐵鏟的心立刻冰涼。

「三爺，文管所有兩個班的正規軍把守，還有川北刑警隊的李神探……哦不，是李大老娘們，人手不少，咱們不能掉以輕心。」吳鐵鏟支支吾吾地說道，心裡卻轉了八道彎，希望秦濤他們能做好萬全的準備，今天沒準又要大開殺戒了。

◊

指揮部內少有熄燈這麼早，外面的流動哨也偃旗息鼓了，因為是定點巡邏，魏解放抽調了四名身手好的，由他率領已經埋伏在指揮部後面，堵住了通向後山的去路。而徐建軍則帶領二班的五個小夥子在文管所庫房和臨時指揮部的房頂上架上火力。

兩個班的兵力的確不多，但他們都參加過白山和雪域行動，身經百戰反應敏捷，擒拿格鬥樣樣精通，而且其中不乏高手：遠程狙擊、地雷鋪設、近身格鬥無一不精。只是平時他們的任務是站崗放哨，沒有引起外界的關注罷了。

而秦濤此刻就如同少林寺裡的掃地僧似的，坐在文管所沈鶴北的辦公桌前，屋內還擺放著三眼怪物的屍體，一盞油燈忽明忽滅，更增添了詭異的氣氛。郝簡仁站在秦濤後面畏畏縮縮地擺弄著彈夾：「濤子哥，能來嗎？錢廣聞才逃走不一定能聯繫到吳鐵鏟。」

「吳鐵鏟是對手的狗頭軍師，錢廣聞逃脫的消息早就知悉了，再加上李隊長造的聲勢很大，地球人都知道，他沒有理由不知道。」秦濤的左右腿旁都插著鋒刃匕首，腳下放著微型衝鋒槍，腰裡別著兩把五四手槍，看著忽閃的油燈淡然道：「李大隊長想得可真周全，把整個刑警隊都調出去了？」

「他們在這也無濟於事，一群吃乾飯的——我說濤子哥，吳鐵鏟好對付，要是來一群三眼怪物怎麼辦？別像白山行動似的打得咱措手不及！」

「你害怕了？」

「球！」郝簡仁把匕首插在桌子上：「老子除了怕過老婆這輩子就沒怕過第二個人……關鍵是那傢伙人不人鬼不鬼的，攻擊力與您相當，一個兩個能收拾得了，要是來百八十個的話我看要團滅啊！」

秦濤凝重地搖搖頭：「料想沒有那麼多，這裡是川北不是白山，除了古墓以外沒有可以吸引他們的東西。如果人多的話也只有拼命一條，現在請求增援還來得及嗎？」

「趕鴨子上架？」

「差不多！」

郝簡仁的下巴壓在桌子上看著油燈，明明是有電非得點油燈，為國家節省能源嗎？濤子哥的心思不過是給對手一個措手不及罷了，但事情有利也有弊，對手致盲的同時自己也逃不了。實際上有時候拼命也無濟於事，如果一對一的話，讓我兩條命估計也打不過「三眼馬王爺」！

徐建軍老老實實地趴在房頂上，不時向瞄準鏡裡掃兩眼。

「我說副連長，這麼折騰該不是演習吧？」旁邊的一名戰士不安地問道。

「有這麼演習的嗎？小輝同志，你要端正作戰的思想，在骨子裡樹立舍我其誰的霸氣作風，拿出白山和雪域行動的勇氣，把敵人一舉全殲——你是班裡第一狙擊手，千萬別掉鏈子！」徐建軍拍了拍下屬的肩膀，自己的心裡卻一陣狂跳，每次大戰來臨之前都如此，今天也不例外。

夜色如墨，文管所大院一片死寂。

遠處傳來尖銳的警笛聲，秦濤看了一眼時間不禁皺緊眉頭，李艾媛怎麼回來了？上午商定刑警隊的任務是連夜排查嫌疑人，特意把他們給派出去的，難道發生了什麼意外？這段時間跟李艾媛配合得還算默契，所有行動都有計劃，今天怎麼沒按計劃行事！

「李大神探？」郝簡仁百無聊賴地打了個哈欠：「濤子哥，這娘們這幾天心神不定的，是不是被你給迷住了？不回來看你一眼不舒服！」

「別亂說話，人家是神探，刑警隊大隊長，咱是當兵的！」秦濤警覺地起身，緩步走到窗前，玻璃上映著屋內的景物，但努力向外面看還是能模糊地看到外面的情況。警笛聲越來越近，而秦濤卻有些不安，能發生什麼事？抓到吳鐵鏟了？不太可能，以刑警隊的能力想要抓吳鐵鏟基本沒可能。

一輛警車呼嘯著闖進文管所的院子，幾乎沒有在院門前面停留，秦濤不由得一愣，一般情況下刑警隊在門前都會停留片刻，哨兵要詢問一下，確認之後才能進來。尤其是昨天晚上放走了錢廣聞，哨位加強了警戒等級，而今晚更是與眾不同，戰士們的警惕心會很高的！

「簡仁，有點不對勁！」

「什麼意思？」

警車逕自停在文管所庫房門前，而秦濤在心裡數著秒，近一分鐘時間上面沒下來人，駕駛位的車門打開一條縫？秦濤立即抓起對講機：「各部注意，警車有問題！」

「收到！」

郝簡仁一巴掌打滅煤油燈，轉身衝到門前佔據有利位置，抱著衝鋒槍全力戒備：「誰？」

「不是刑警隊的！」秦濤拔出五四手槍盯著庫房門前的警車，那裡的哨位已經撤了，因為人手太少的緣故，只能留守一名戰士在庫房內警戒。

秦濤裝上信號彈，推開虛掩的窗子，毫不猶豫地發信。紅色的信號彈沖天而起，照亮了半面天空，一陣猛烈的槍聲隨即響起。車門打開，下來一個精瘦的影子，順勢倒在地上，然後以不可思議的速度衝到了屋簷下，此時又從車裡鑽出來三條黑影，分三個方向撲向文管所。

猛烈的火力直接把警車給打報廢了，卻沒有傷到一個人！瞬間便交織成火力網，對手所處的位置正好在火力中心。不過他們的速度實在太快了，一分鐘的時間便到了文管所近十米的地方，其中兩個就地開始還擊，目標竟然是房頂？判斷之精準不像是盜墓賊，倒是像訓練有素的傭兵！

秦濤冷漠地按下遙控器，瞬間一道白光閃過，震耳欲聾的爆炸聲席捲而來，地動山搖一般，所有的玻璃全部被震碎，院子裡立即一片火海。三顆地雷迎接，好大的排場！

停在庫房前面的警車被掀翻在地，密集的子彈在空中呼嘯而過，從車裡面爬出一個肥胖的影子，滿臉鮮血淋漓，跟從血池地獄裡爬出來的小鬼似的，竟然是吳鐵鏟？還沒等他穩住身體，碎石塵土如雨傾瀉下來，一塊石頭砸在他的大腿上，直接把腿給砸斷了，疼得吳鐵鏟「嗷嗷」叫了兩聲，隨即暈死過去。

房頂上的槍聲戛然而止，徐建軍死死地盯著爆炸現場：「小輝，準備狙擊！」

「我說副隊長，三顆地雷，每個相當於半噸炸藥，骨頭渣子都剩不下了。」

「少廢話！」徐建軍緊張地看著濃煙滾滾的院子，好好的地面被炸得面目全非。

這種戰鬥毫無懸念，不要說是三顆地雷，房頂上的三角攻擊齊射的威力就能消滅所有進入院子裡的對手。但秦濤並不這麼想，從方才對手的反應來看，絕非等閒之輩，其攻擊力甚至比「三眼馬王爺」還要厲害，他們竟然可以在牆壁上自由遊走！

爆炸之後陷入一片死寂之中。

「濤子哥？」郝簡仁戰戰兢兢地抱著衝鋒槍正對著一扇窗子向外面張望，忽然迎面一股陰風突然而至，嚇得郝簡仁「哎呦」一聲後退半步，一道寒光貼著鼻尖飛了過去，「砰」的一聲插在對面的檔櫃上。

如果反應慢一點，郝簡仁這下真就光榮了！

三顆地雷竟然沒有炸死對手？對手才四個人啊！郝簡仁驚得目瞪口呆，但在下一秒就聽到狙擊步槍單射的聲音，外面傳來一聲慘叫。郝簡仁端起微型衝鋒槍一通掃射，也不知道射中沒有，不過以他的射擊精準度而言，基本沒有射中的可能，讓子彈碰運氣去吧。

秦濤緊貼在門口的牆壁上，一手握著五四手槍，一手是匕首，如果對手破門而入的話就雙管齊下，一律不留活口。對手的野戰生存能力超出了自己的想像，在如此猛烈的攻擊下還能反攻？也許這是碰到的最強大的對手！

徐建軍狠勁地揮了一下拳頭，想要看清爆炸中心敵人的傷亡情況，濃煙還沒有散盡，根本看不清楚，下意識地扔出去一顆照明彈，一股刺眼的強光登時在院子上空爆裂，亮如白晝，一時之間三條影子分成三個方向已經衝到了文管所的門前，還沒來得及下命令，狙擊步槍已經擊發了，但沒有打中。

「給我打，狠狠地打！」徐建軍抓起對講機虎吼一聲，手中的衝鋒槍噴出火舌，子彈交織成火力網撲向文管所門前。

新一輪的火力壓制一響，秦濤就判斷出敵人並沒有被消滅，心裡不禁一陣驚懼，從來沒有過的驚懼！

正當兩個人的注意力都集中在門和破爛不堪的窗子的時候，房頂陡然傾瀉下來大量的灰塵，一團黑影竟然從天而降！

「老子拼了！」郝簡仁抱著衝鋒槍一通掃射，秦濤的手槍也連續擊發，但兩個人的身體並沒有離開牆壁，只要給對手足夠的空間就會遭到對手的反擊，這在古墓的時候已經領教過了。

果然，黑影還沒等落地，一分為三，向三個方向散去，速度奇快，但一個黑影慘叫一聲，被子彈立時打成了篩子。

秦濤的雙腿一用力，身體直接撲向距離自己最近的一條黑影，就在此時所有電燈突然全部亮起，眼前一黑，模糊地看到了對手的模樣，與「三眼馬王爺」如出一轍，佝僂著腰身衝向牆角，卻沒有想到秦濤的爆發力實在驚人，先於對手到了牆角，雙匕首在空中劃過一道弧線，只聽「砰砰」兩聲，一支匕首直接沒入了對手的前胸，另一支匕首則插在了他的眉心。速度之快不能用時間來形容，只一瞬，三秒不到的時間！

果然是三隻眼！秦濤一腳把對手的屍體踢飛，一個魚躍衝向另一個受傷的對手，帶血的匕首在強力的爆發力下幽靈一般飆射而出，一道寒光沒入了對手的小腹。

秦濤的身體還沒有站穩，從棚頂上突然速降下來一條影子，一股陰風迎面襲來，秦濤順勢一個側翻摔了出去，對手詫異一下，如鬼魅一般追了過來。

黑色的爪子抓在牆壁上，磚石橫飛塵土飛揚，卻沒有傷到秦濤。對手顯然一愣，秦濤竟然沿著牆壁上了窗臺，然後一個腰子翻身魚躍衝到對面，後面響起爆豆似的槍聲。郝簡仁拼命地射擊，手指都快抽筋了，子彈在屋子裡亂飛，卻沒有打中對手。

受傷的對手逕自撲向郝簡仁，黑色的爪子帶著罡風迎面襲來，郝簡仁躲無可躲，肥胖的身體撞在了門上，好端端的木門應聲而碎，郝簡仁直接摔了出去，一梭子彈全部打在對手的身上，那傢伙跟斷線的風箏一般也跟著摔了出來，壓在了郝簡仁的身上。

衝擊力該有多大？身中數發子彈，竟然抱住了郝簡仁，黑色的爪子直取郝簡仁的咽喉，就在千鈞一髮之際，一把匕首直接命中對手的面門，爪子停在空中，身體壓在郝簡仁的身上。

「王八蛋！」郝簡仁雙手抓住對手的脖子，翻身把對手壓在了下面，一通老拳砸了下去。

三招之內解決戰鬥！秦濤的雷霆攻擊終於顯示出強大的威力，讓遊走於牆壁上的對手不禁一愣，就在這一瞬間秦濤已經衝到了辦公桌前，大起一腳將辦公桌踢飛，只聽「喀嚓」一聲炸響，一隻爪子洞穿了桌面——是金屬的爪子！

秦濤微微詫異之際，子彈瞬間傾瀉在辦公桌上，郝簡仁抱著衝鋒槍站在門口，滿臉鮮血，嗷嗷嚎叫著拼命扣動扳機，桌子登時被打得稀巴爛，火星四濺，都打冒煙了。以為下一秒就能看到對手被打成血篩子的慘樣，槍聲戛然而止。黑色黏稠的液體從對手的身上流下來，那傢伙不可思議地看一眼門口的郝簡仁，臉色痛苦異常。此時秦濤才看出來他不是三隻眼？扭曲變形的臉猙獰可怖，似乎下一秒就要把對手生吞活剝了。

「繳槍不殺！」哪來的槍？對手根本沒使用槍，而是赤手空拳！郝簡仁也發現了對手不過是普通人而已，哪有三隻眼？不禁怒吼一嗓子，在房頂上的徐建軍都聽到了。

秦濤盯著對手，視線落在他的眉心，的確沒有第三隻假眼，不過他的攻擊力要比打死的那兩個大得多。尤其是他的武器——爪子，據說這種奇怪的武器有一個很邪門的名字，叫「鬼爪」，是套在手上使用的，五根鋒利的帶倒刃的爪只要命中對手就能開膛破肚！

他已經受傷了？秦濤和郝簡仁相視一眼，漠然地看著對手：「還打嗎？」

「打！」話音未落，只見對手全身向後面倒飛出去，身體撞在了牆上並且在牆上翻滾一下就上了頂棚，速度之快前所未見，還沒等秦濤做出應對的動作，那傢伙如同蝙蝠一般撲向秦濤，兩道寒光憑空閃過。

秦濤側身躲過爪子的致命一擊，匕首在手掌裡形成扇面的光芒，在十秒鐘刺出十一刀，刀刀入肉，刀刀見血，刀刀致命！對手看似非常快，但在秦濤的攻擊下顯得力不從心，十一刀刺出之後，他的動作慢了許多，而秦濤的攻擊如同陀螺一般圍著對手，只見寒光閃閃，不見動作有絲毫的停頓。

這是秦濤奮力一擊的威力！

對手被秦濤一腳蹬飛，如同踢在了鐵板上一般，疼得秦濤不禁冷汗直流。那傢伙慘叫一聲撞到了牆上，摔落在地。郝簡仁抱著衝鋒槍就要衝上去一頓老拳，卻被秦濤一把拽住。而就在剎那間，對手的鬼爪竟然飆射出來，直擊秦濤的面門，秦濤一個「鐵板橋」，身體後仰，鬼爪「砰」的一聲打爛了窗子。

秦濤手裡的匕首已經飛了出去，正中對手的眉心。

臨時指揮部裡間內一片漆黑，滿臉鮮血的洪裕達蜷縮在角落裡傾聽外面的聲音，急促的喘息聲讓他幾乎無法自持，方才的大爆炸差點沒把老命給搭上！就在他觀察著院子裡形勢的時候，一條黑影出現在屋中，陰森地看一眼角落裡的人，悄無聲息地拎起黑色的保險箱轉身消失不見。

「鬼手」終於沒有收回去，對手已經無力收回自己的武器，事實上他已經失去了攻擊能力。秦濤的身體如同被掏空一般，所有體力都耗盡，搖晃著摔倒在地，受傷的左臂包裹的紗布透出大片的鮮血。

「濤子哥，怎麼樣？」郝簡仁衝到前面想要扶起秦濤。

秦濤搖搖頭：「他不能死……」

「早死早超生，留著也是禍害！」郝簡仁抱著衝鋒槍衝到對手面前，槍管頂在他的腦袋上，兇神惡煞一般地看著對手，他的眉心還插著匕首呢，看著都疼。

秦濤強行爬起來，擦了一把嘴角的鮮血：「很厲害，還差點！」

沉重的喘息如同拉風箱一般，對手吐出血沫子，眼中閃過一絲悔意。如果策劃得再周密一些也許就不是這種結果，如果聽信吳鐵鏟的勸告也不會是這種結果，但現在一切都晚了。中了他們的圈套，悔之晚矣。

「想要天樞青銅盤？可以讓你看一眼。」秦濤發現對手的眼中閃過一抹痛苦的光亮，說明自己的話對他起了作用。這時候問他是誰、目的是什麼、青銅盤隱藏著什麼祕密之類的全是廢話，他不會說。

郝簡仁移開了槍管：「我老大問你話呢，放個屁出來！」

此時徐建軍率人也衝了進來，站在秦濤後面，眼前的場面讓所有人都震驚不已，秦濤他們兩個人竟然把三個對手給做掉了？好像是！

秦濤擺了擺手，所有人都後退幾步。幽幽的燈光照在對手的臉上，那種對生的渴望突然強烈起來，秦濤能夠感覺得到，不禁心生憐憫。對窮凶極惡的犯罪分子憐憫就是對自己的殘忍，秦濤還不至於善心氾濫，不過面對已經喪失攻擊力的對手，他霸氣側漏。

秦濤從懷裡拿出天樞七星盤在他的眼前晃了晃：「上古重器，價值不菲，有什麼祕密？我們沒有深仇大恨，你也可以不必死。」

「氐族……」只說了兩個字，一口鮮血噴了出來，生命的色彩已經消失不見。在臨死之前他終於看到了青銅盤，看到了對一個神祕民族至關重要的希望，但那抹希望還沒有來得及指引他走向終極的光明未來便夭折了。

他只說了兩個字，其實有更多的時間說出祕密，但他沒有。秦濤盯著屍體頹然地坐在地上，大口地喘著粗氣：「快……快看看洪老去。」

不用人去看，洪裕達已經跌跌撞撞地闖了進來：「不好了秦連長……」

眼前的一幕讓洪裕達震驚萬分，滿屋子血跡斑斑，三具屍體橫陳當下，秦濤痛苦地躺在地上。徐建軍抱著秦濤：「立即封鎖現場，任何人都不得入內！」

「不好了秦連長，保險箱丟了！」洪裕達依然硬著頭皮戰戰兢兢地彙報著，卻沒有人搭理他。

郝簡仁扔了衝鋒槍靠在牆上，體力完全透支，就跟「一夜七郎」似的感覺，生無可戀地看一眼洪裕達：「老洪，這下你可闖下大禍了，濤子哥醒來非得掐死你不可，那可是用命換來的！」

「保險箱必須有秦連長的密碼才能打開……」

郝簡仁在魏解放的攙扶下走出文管所，回頭還不忘揶揄一句：「滿腦子漿糊！」

此戰大獲全勝，不過卻是慘勝。秦濤的本意就是不留活口，但條件允許的話也可以考慮，但最終還是全部殲滅。不過意外收穫是抓住了吳鐵鏟，那傢伙的腿被石頭給砸斷了，想跑都沒機會，更何況他是心甘情願地想坐牢。

◊

黎明時分，三輛警車呼嘯著回來，卻被門口的哨兵給攔住。當李艾媛、高軍等人下車之後看到眼前的景象，不禁都傻了眼：院子到處狼藉不堪，斷壁殘垣遍布，中間有兩個兩米多深的彈坑，所有房間的玻璃全部震碎，一輛警車已經燒得只剩下了骨架，還在冒著黑煙！

「天啊！究竟發生了什麼？」雪千怡轉向高軍，高軍不可思議地看一眼李艾媛，天才知道發生了什麼，戰鬥打得太慘烈了吧？

「秦連長怎麼樣？」李艾媛的聲音有些顫抖，這種規模的戰鬥從警以來就沒有經歷過，這樣的畫面僅在電視劇裡看過，難道秦濤他們動用了爆破彈嗎？對軍事不甚瞭解的李艾媛也只能想到爆破彈，但其實是三枚地雷的功勞。

「在指揮部療傷呢。」

李艾媛、雪千怡和高軍逕自向臨時指揮部跑去。

臨時指揮部是唯一沒有被殃及到的地方，主戰場在文管所院子和沈鶴北的辦公室，不過劇烈的衝擊波還是把所有的玻璃全部被震碎，進入裡面如同四面漏風的掩體一般。

「秦濤，你怎麼樣？」李艾媛一腳踹開指揮部的木門闖了進去。

秦濤的傷並不重，右胳膊被鬼爪抓了一下，右腳腫得跟棒槌似的，郝簡仁正在給熱敷。秦濤一腳踢到了對手的前胸上就跟踢到鐵板上似的，以至於差點把腳趾給踢斷。

李艾媛闖進來竟然嚇了一跳，郝簡仁不滿地看一眼李艾媛：「李隊長這麼早就回來了？」李艾媛神色緊張地看著秦濤，一種難以表達的情愫似乎油然而生：「沒事吧？你們。」

「能有啥事？打了一場漂亮仗，生擒吳鐵鏟！」郝簡仁甕聲甕氣地應道。

秦濤苦澀地看一眼李艾媛：「很激烈，贏了。」

「我以為遭到恐怖襲擊了呢，對手究竟是什麼人？昨晚丟了一輛警車，錢廣聞被殺了。」李艾媛面紅耳赤地坐在床邊查看傷口，滿臉關心之色。

秦濤苦笑一下：「那輛警車沒丟，在院子裡呢，犯罪分子偽裝成刑警隊員被我識破了。」

「然後呢？」

郝簡仁努努嘴：「然後院子就變成這樣了，打死了四個，濤子哥說還有一個在逃。」

很明顯，偷走保險箱的也是他們的同夥，就在這邊力戰之際他們終於得手了。不過那箱子裡面只是一塊石頭而已，真正的天樞七星盤在秦濤身上，所以洪裕達知道事實真相之後，在慶幸之餘也不禁怒對秦濤，只不過發發牢騷而已。

「在逃？他們是什麼人？難道都是三隻眼的怪物？」李艾媛不禁緊張起來，看一眼秦濤：「留沒留活口？這是最重要的人證呀！」

秦濤搖搖頭。本來想留活口，但很有可能死的就是自己，在你死我活的戰鬥中不可能想那麼多，能慘勝已經實屬不易了。如果沒有提前設好圈套的話，兩個班的兵力絕對不足以對付他們。對手不僅僅是窮凶極惡，而是神鬼莫測！

「秦連長辛苦了，戰士們也受累了，我去準備早飯，大家稍事休息一下。」高軍向秦濤點點頭，此時他們最需要的是吃飯和休息，刑警隊員也是一樣。

昨晚接到報警，發生了一樁殺人案，待去了之後才發現死者竟然是錢廣聞！

果然如秦濤所料想的那樣，錢廣聞逃出去之後沒有過夜就被人給殺了，而兇手的手法與殺害沈鶴北的如出一轍。本來想回來報告給秦濤，卻發現又弄丟了一輛警車，折騰了一夜，又是摸底調查又是撒網，沒想到文管所竟然發生了驚天大戰。

這種結果還是可以接受的？李艾媛沉思片刻，才發現郝簡仁的目光似乎有些不對，不禁臉色一紅：「我先去瞭解一下情況，一會還得向黃局長彙報工作呢。」

李艾媛尷尬地走出指揮部，雪千怡想要說些什麼卻欲言又止，只說了一句：「等會我再來看您」，就緊跟著師父出去。

秦濤終於長出了一口氣。雖然沒有一網打盡，但這次行動對對手而言是不小的打擊，那四個傢伙的攻擊力要比在古墓裡打死的「三眼馬王爺」高出許多，如果不是地雷和狙擊步槍起到了作用，估計昨晚真的凶多吉少了。

「簡仁，昨天那傢伙說的兩個字聽清楚沒？」秦濤拍了拍右臂的傷，活動一下，感覺關節斷了一般地疼痛，不禁咧嘴。

郝簡仁的確聽到了那傢伙在臨死之前說話了，但模糊得很，回憶了一下凝重道：「什麼足？您不是讓他在臨死前看一眼青銅盤嗎，他感恩戴德良心發現，死了也知足了！」

「很有見地，胡說八道！」秦濤苦笑一下：「我問他的問題是青銅盤究竟藏著什麼祕密，他如果聽明白了應該選擇回答或者是拒絕，知足什麼？所答非所問。」

郝簡仁嘿嘿一笑：「濤子哥，他額頭上還插著匕首呢，能說兩個字已經給你好大面子了，法醫屍檢結果都出來了，中了十一刀，不算插在額頭上那一刀——不過那傢伙可真猛，手都飛出去了，鬼一樣厲害！」

「是精鋼鬼手，古代的一種武器，沒文化真可怕！」滿腦袋包紮著紗布的洪裕達喝了一口茶水諷刺道。

「還沒追究你的責任呢！老洪，弄丟了保險箱還成了有功之臣了？」

哪壺不開提哪壺？洪裕達一聽到這話就氣得發火：「老頭子不才，若不是秦連長用了掉包計吸引犯罪分子，老子差點成了肉包子！」

夜審吳鐵鏟是重頭戲，目前他是唯一的線索，如果這根線斷了案子將會徹底陷入僵局。呂長空和李政委下了死命令：一個月內必須找到失竊的 700198 號文物，所以秦濤的壓力很大。儘管案子取得了突破性進展，但實則越來越撲朔迷離，神祕的犯罪團夥不過是露出了冰山一角而已。

審訊任務落在了徐建軍和郝簡仁的身上，昨天的大戰只有他們兩位沒有掛彩，尤其是郝簡仁，運氣好到爆表，只受了一點輕傷。一通老拳打犯罪分子的時候竟然砸在了石頭上，手背破了一大片皮，好在沒有傷筋動骨。

秦濤和李艾媛、高軍陪審，雪千怡做記錄。吳鐵鏟躺在擔架上不斷地呻吟著，被郝簡仁一聲呵斥給嚇沒了聲音。這傢伙似乎很是享受躺在擔架上的待遇，蒼白的臉色沒有了那種狡猾的意味，但身體還在哆嗦著，估計是昨天的大戰給嚇的。

見過玩命的，比如三爺，但沒見過這麼玩命的！跟上戰場似的，自己成了唯一的倖存者，不知道是應該感謝三爺還是秦濤他們。幸運的是現在終於可以心安理得地坐牢了：坐牢的滋味該多好？總比跟著那些殺人不眨眼的魔頭強多了。

「吳鐵鏟，沒想到吧？」徐建軍點燃一根煙，瞪一眼擔架上的吳鐵鏟：「我們的原則你是清楚的，坦白從寬，抗拒從嚴，說吧！」吳鐵鏟緊閉著嘴巴，目光始終望著棚頂，跟沒聽到徐建軍的話似的。

說什麼？有什麼好說的？成王敗寇！老子這輩子進去無數次的笆籬子，掐頭去尾也有十幾年了吧？他們什麼手段我還不清楚！只要堅持住，一口咬定自己是被綁架的，他們有招想去沒招死去。

吳鐵鏟無動於衷，徐建軍吐出一口煙：「拘押過程中逃跑，罪加一等；販賣走私銷贓文物，罪加一等；跟犯罪分子同流合污，罪加一等；拒不交代犯罪事實，罪加一等！」

「可以認定他就是同案犯，與罪犯同等罪名，最高死刑。」李艾媛面無表情地看一眼吳鐵鏟：「昨天夜裡二十二點鐘你在哪？是不是和錢廣聞在一起？錢廣聞被殺，現場留下了兩個人腳印，其中一個是你——不必抵賴，痕跡專家已經確認了，又增加一條罪狀，入室殺人。」

吳鐵鏟痛苦地搖搖頭：「我沒有殺人。」

「人證物證都在，我一向用證據說話，而不是你說沒殺人就沒殺。」李艾媛憤怒地拍了一下桌子：「跟你一起去殺錢廣聞的同夥是不是叫三爺？」

是能怎樣？不是又能怎樣？三爺已經死了，死無對證！

「吳鐵鏟，你不知道李隊長可以讀取你的記憶嗎？讓你坦白是給你機會，不要蹬鼻子上臉！」徐建軍氣急敗壞地怒道。

秦濤就知道老徐是個急性子，審問是一項技術活，很有技術含量，不是嚇唬就能奏效的，尤其是對於老奸巨猾的吳鐵鏟，一定要他心服口服才行。他不禁皺緊了眉頭：「老吳，昨天是被脅迫來的吧？那四個殺手的確很厲害，不要說是你，我們也勉強收拾了他們——畢竟給收拾了，你還心存僥倖嗎？」

不是心存僥倖，而是無力回天。錢廣聞之死跟自己有點關係，一聽到他出來了立刻慫恿三爺去訊問，誰知道那傢伙殺人不眨眼，直接把老錢給做掉了？但自己真的沒動手殺人啊！動沒動手不重要，關鍵是人死了，自己是同案犯無疑，如果不弄明白又是罪加一等。但現在還不到火候！

郝簡仁抱著受傷的手東張西望了一下，不禁慢條斯理地站起來：「老徐，這麼審能審出個球毛啊？看我的！」郝簡仁是警察出身，沒有幹過刑警，但手段還是蠻多的。秦濤最瞭解他，往往是虛張聲勢而已，辦明白事情的時候很少。不過現在是非常時期，也許他有辦法？

郝簡仁搖晃到擔架前面，手裡握著高能電擊手電筒，低眉看一眼吳鐵鏟：「三個問題，回答上來減輕你一份罪責，怎麼樣？」

吳鐵鏟的眼睛一亮，轉瞬又黯淡下來，這種伎倆就不要在老子面前耍了吧？周衛國厲害不，還不得甘拜下風！頭扭過去乾脆不看郝簡仁。

「很簡單的問題，關於盜墓的。」郝簡仁用手電筒輕輕地敲了敲吳鐵鏟的斷腿傷口處的紗布，吳鐵鏟立即殺豬似的嚎叫起來，郝簡仁並沒有停下來：「你他〇的拿我當空氣呢是不？這是給你機會，最後一次機會，坦白從嚴回家過年，抗拒從寬牢底坐穿！」

秦濤不禁苦笑，簡仁的嘴都瓢了？還坦白從嚴！郝簡仁也發現自己說走嘴了，但還是滿臉堆笑地看著吳鐵鏟：「昨晚秦連長打趴下那個什麼三爺在看到了天樞青銅盤之後說了兩個字，知道說的是什麼不？」

「拜託……疼死老子了！」

郝簡仁加重了力道敲了一下：「還自以為是老子呢？回答我的問題，不然給你敲折了重接，接完了再敲折了！」

這招夠損！吳鐵鏟疼得滿頭冷汗直流，咬緊牙關：「你問的什麼？」

「好話不說兩遍，回答吧。」郝簡仁繼續敲打傷腿，一副心安理得的模樣。

李艾媛苦著臉瞪一眼郝簡仁，轉頭看向秦濤：「刑警辦案原則，不得刑訊逼供，這個是違法的。」

「他沒有逼供，只是讓吳鐵鏟回答問題。」秦濤淡然地靠在椅子裡，不刑訊逼供你能讓他開口嗎？不過簡仁的問話比較不靠譜，那會吳鐵鏟在外面被打掃戰場的發現了，哪裡知道屋裡發生的事情。

「給你提個醒吧，看到青銅盤之後他說了一句什麼足？」

「氏——族……他是氏族人。」

「還他〇的家族呢？到底是什麼足？讓你選擇吧，知足？滿足？不足？十足還是什麼足？」郝簡仁放慢了敲擊頻率，望一眼秦濤：「濤子哥，是氏族！」

「你怎麼知道是氏族人？是哪個氏族人？張、王、李、趙？」

「族徽上就這麼寫的……別敲了疼死我了——我告你虐待俘虜，哦不，是刑訊逼供！」吳鐵鏟殺豬一般嚎叫起來，很誇張，估計真的很疼。

郝簡仁並沒有停下來：「第二個問題，給你多少好處跟他賣命？我們哥幾個可都是窮光蛋，發小財就指望你了——少他〇的說我索賄，說個數看我能瞧得上眼不！」

吳鐵鏟疼得齜牙咧嘴，眼中閃過一道狡猾的光亮：「高抬貴手高抬貴手，我的全都是你的，怎麼樣？」

「多少？」

「身家性命啊兄弟，不跟他們合作就得挨刀子，您說我的命值錢還是錢值錢？」

「當然是錢值錢了，賤命一條喂狗都不吃的玩意兒，秦文鐘可全交代了，他們只要上古青銅器？」

「算不算第二個問題？」吳鐵鏟都疼出眼淚來了，祈求郝簡仁別再折磨了，但郝簡仁依然沒有停下，並聲稱這是為他好，促進血液迴圈。氣得吳鐵鏟直哆嗦。

郝簡仁停止了敲打：「當然算，不過這道題你回答仔細點，秦文鐘比你識趣多了，還沒等審問就全部交代了，他可是你的學習榜樣啊！」

秦文鐘是他○的瘋子，能交代什麼？據三爺說那傢伙被殺了啊，我比他好太多了，吃飯的傢伙都還在呢。吳鐵鏟痛苦地呻吟一聲：「他們說是要重金收購上古青銅器……」

「他們是誰？」

「氏族啊！」

「然後呢？」

「用了不到一個月的時間，他們殺了好幾個盜墓賊頭兒，為的是讓我跟他們合作，當然必須得合作，不合作就殺人……」

「沈鶴北不是第一個？」

「第一個是朱老六，勢力僅次於我，被殺之後他的業務我全盤接過來……」

郝簡仁盯著吳鐵鏟：「他們是什麼性質的勢力？選擇題，盜墓團夥？文物走私販子？黑幫團夥還是江洋大盜？」

「這個真不知道啊……半年前我和周衛國合作得手了一批寶貝，沒想到他們突然聞風而來，沈鶴北出面打擊文物走私和盜墓，那批寶貝被文管所沒收了，他們說只要天樞青銅盤。」

「天樞青銅盤是你起的名字？」

「是三爺？」

「是三隻眼的三爺？」

「不是！」

「那三隻眼的誰？」

「那是老馬。」

郝簡仁長出了一口氣：「也就是說當初你們盜了一大批寶貝，大部分被收繳，其中包括天樞青銅盤，而他們點名道姓地只要天樞青銅盤——我就納悶了，他們怎麼知道古墓裡埋了這麼一件玩意兒？老吳啊，你是不是瞎編呢！」

電擊手電筒冒著藍光，霹靂火花「劈啪」亂響，一道藍色的電弧閃過。嚇得吳鐵鏟一閉眼：「我說的都是真的——我也納悶他們怎麼知道有青銅盤，三爺說那是老祖宗留下來的寶器，上知三界神靈……」

「上知三界，下肢癱瘓？」郝簡仁沒心沒肺地大笑：「對了，老吳，聽說你還搞了個金屬蛋出來？蛋呢？」

「我沒蛋……」

「知道你沒蛋——這樣吧，我不為難你，三爺他們最近是不是得到了那個金屬蛋？他已經死了，你也別害怕，秦連長會拿項上人頭打包票，你的確沒有蛋，但蛋丟了，找誰要去？」

郝簡仁的思維邏輯似乎有點混亂？怎麼從青銅盤上跑到金屬蛋了？不過他的心裡自然有數，呂長空和李政委已經下了死命令，一個月內破案，找到金屬蛋，這個問題基本很困難啊。

見過各種各樣的審問，但從來沒見過郝簡仁這樣的，東一句西一句，不成邏輯，思維紊亂，把李艾媛都繞懵了。秦濤卻泰然以對，臉色越來越舒展，似乎很享受的樣子。

「秦連長，就別耽誤寶貴的時間了吧？」李艾媛憂心忡忡地問道。

秦濤點點頭：「簡仁，完事沒？」

郝簡仁收斂了笑容：「還有一個問題沒問呢，老吳，你想死還是想活？」話一出口，眾人哄堂大笑：有這麼審問的嗎？秦濤和徐建軍卻沒有笑，這是最根本的問題，郝簡仁問到了點子上！

「也不需要你回答了，我直接點兒吧，想活呢就給你扔到三院去，像秦文鐘似的裝瘋賣傻逍遙下半生；想死的話就把你放了，跟錢廣聞那樣，昨天打架的時候裝青銅盤的保險箱又失竊了，我就納悶了他們的心得有多大？這邊打得要死要活的，那邊還偷破箱子幹嘛！」

吳鐵鏟現在算發現了，在這個死胖子面前自己就是替罪羊，就是背黑鍋的，就是活受罪的。不過郝簡仁的話倒是提醒了他，裝瘋賣傻的確是個不錯的主意，不過現在好像有點晚。秦文鐘才是高人啊！

「想活想死由不得我，牢房裡面也不安全，氏族的人無處不在，他們就是魔鬼！」

嗚呼哀哉。郝簡仁收起高能電擊手電筒，打了個手勢：「好了，今天就到這，表現的不錯，明天繼續。秦連長、李隊長，殺害沈鶴北的是氏族人，他們是無處不在的魔鬼，目的是想要天樞青銅盤，隱藏著驚天的大祕密，另外老吳生無可戀，還是放了吧！」

李艾媛無奈地搖搖頭，這樣審訊簡直是無厘頭，毫無頭緒章法可言，而且漏洞百出。如果讓自己審訊絕對不會這樣，實在不行就探探他的記憶？李艾媛向秦濤徵求意見，秦濤沉默片刻：「還是讓簡仁陳述一下吧，理清一下線索。」

「小秦，說句不中聽的話，簡仁同志應該去三院診查一下。」洪裕達幸災樂禍地笑道：「審訊犯人就應該有板有眼，跟我們考古一樣，證據要充足，邏輯要嚴謹，思維要清晰，斷代有根有據，資訊要詳實有效。這叫什麼？胡鬧！」秦濤的臉也掛不住了，看向郝簡仁。

郝簡仁撫摸一下受傷的手，疲憊地坐在辦公桌前，盯著洪裕達看了半天，臉色從來沒有過的嚴肅：「你是考古，我是拷問，知道為什麼這麼問嗎？你是只知其一不知其二，吳鐵鏟所掌握的資訊就這麼多，你問出花來能怎麼著？瞎編幾句倒誤導了我們。這就是我審訊嫌犯的特點！」

「簡仁，總結一下吧？」徐建軍也對洪裕達的說辭感到不滿，方才怎麼不見你提意見呢？人家審問完了才振振有詞，難道墨水喝多的人都這個熊樣！

郝簡仁理清一下思路：「犯罪分子是氏族，這點很重要，請問洪老師氏族是什麼民族？或者是什麼家族？您學問精深無所不通，這個問題就交給您了；第二點，氏族只要天樞七星盤，吳鐵鏟說青銅盤是氏族的寶器，上通三界下曉陰陽，可見這東西並不是簡單的文物，而是法器。洪老師，您是考古學家，請問世界上有沒有這種寶物？這個問題也交給您了，研究出成果來別忘了署我的大名！」

思路清晰，有根有據，證據閉環，重點突出，不錯！秦濤暗自點點頭：「補充一句，關於天樞青銅盤的研究要從實用的角度考慮，斷代、真偽、工藝統統不用考慮，只考慮他的作用。」

「小秦啊，文物研究有兩個重要的原則，一是其歷史文化價值，從一件文物上能看出許多東西，比如當時的歷史、風俗、文化、經濟發展等等，這個是研究重點；第二個是經濟價值，一件文物的歷史文化價值決定其經濟價值，愈古老的文物就越值錢。」

「用不著那麼複雜，只要研究出青銅盤是幹嘛的就行了，對了，結合氏族的研究一起進行。」郝簡仁喝了一口茶水潤潤嗓子，方才問話問得口乾舌燥，現在才反應過來：「第三點，為了得到青銅盤他們不擇手段，殺人是家常便飯，這說明青銅盤對他們極為重要，並不是為了經濟利益，而是有不可告人的目的。結合700198號文物失竊的案子，可以斷定也是他們所為。」

拉網捕魚這麼多天，一點關於「氏族」的資訊也沒有，更沒有發現有「三隻眼」的特殊人物存在，他們的活動範圍究竟在哪兒？有多少人？目的究竟是什麼？一系列的問題堵在心裡，李艾媛不禁歎息一下：「簡仁同志說的對，上級領導對這個案子極為重視，我們連續取得了不俗的成果也是可喜可賀，但我感覺任重道遠啊。」

「所以接下來的行動很重要。」秦濤憂心忡忡地歎息一下：「較量才剛剛開始，我們的實力明顯不足，但我預判對手會暫時偃旗息鼓，他們損兵折將，又偷回去一個假青銅盤，不會善罷甘休。這幾天大家好好休息一下，養傷為要。」

「下一步怎麼行動？」李艾媛凝重地看一眼秦濤：「你傷的不輕，需要好好調養一下，才能全力以赴投入行動。」

女人的心思很縝密，她們往往只看到了表面，而無法洞察秦濤內心真實的想法。這次行動總體來說是失敗的，兩次較大規模的行動並沒有讓對手傷筋動骨，更別說是一網打盡。所以秦濤感覺到此次比白山事件還邪門，很有必要重視起來。

「下一步主動出擊，刑警隊依然做調查工作，但要更細緻。」作為此次任務的負責人，秦濤比李艾媛的壓力大得多，當務之急不是草率地結案，而是深挖「氏族」團夥一網打盡。但事實是這個組織相當神祕，兩戰打死了五個人，竟然沒有一個活口？昨天那個「三爺」最後確認是毒發自殺的。

滿目狼藉的文管所大院寂靜無聲，戒備森嚴，各個哨位都緊張以待，生怕再發生什麼問題。這裡的情況已經向呂長空和李政委彙報過，秦濤道出了自己的擔憂。從案件的發展來看，越來越往「白山事件」的方向發展。而徐建軍和郝簡仁也同意秦濤的判斷，一致認為 700198 號文物就是「氏族」所為，這點毫無異議。

黃昏時分，秦濤、徐建軍和郝簡仁三個人吃完飯在院子裡遛彎，案子雖然取得了一定突破，但卻高興不起來，甚至感到愈加撲朔迷離。如果不及早把犯罪分子緝拿歸案，700198 號文物很有可能成為絕響。誰都不想看到那一幕，無論是上面的兩位首長還是秦濤，尤其是秦濤，有一種不詳的預感：也許明天就是決一死戰的時刻。希望那一天快點到來！

「天樞七星盤惹起江湖血雨腥風，氏族兩戰皆敗損兵折將啊！」郝簡仁搖頭晃腦地望著文管所庫房方向：「濤子哥，不知道你注意沒有，那幫傢伙跟訓練有素的傭兵似的，但武器並不先進，甚至很原始，這對我們而言是個不小的優勢。」

「你以為他們的武器落後嗎？近戰無人能敵，無論是速度、爆發力和攻擊力都在我們之上，的確是訓練有素，在有限的空間內我們處於絕對的劣勢，昨天之戰不過是取巧罷了。」如果真槍實彈地對戰的話，勝負難料。但己方近三十多人，所有武器都是最先進的，而對手只有四個，武器還是冷兵器時代的，付出了慘重的代價才將他們擊斃。所以說有時候優勢也是劣勢。再比如在黑暗空間裡作戰，氏族人顯然有更大的優勢，能很輕鬆地殺人於無形。

「目前最大的任務是療傷，傷病好了立即展開行動，濤子不是說要主動出擊嗎？我們要儘快做好準備，防患於未然。」徐建軍不無擔憂地看一眼秦濤，他是戰鬥的核心，無可替代。這支隊伍如果沒有秦濤，以自己的力量是無法和敵人較量的，兩次大戰都說明了這點。

郝簡仁嬉皮笑臉道：「那我回家療傷好吧？都想老婆了！」

「你小子想得倒美，飽漢不知餓漢饑，濤子還沒女朋友呢！」徐建軍咧嘴笑道：「關鍵你是秦連長的左膀右臂，幸運星下凡有如神助，足智多謀文武雙全，怎麼能讓你走？」

郝簡仁尷尬地看著秦濤：「曾經有一份最美好的姻緣送到了你的身邊，就在月老給你們牽紅線的時候老糊塗錯把紅線綁了粽子，從此後天各一方，一個追求自己的自由而去，另一個卻隨遇而安——如果……」

「別發神經了，回去看看洪老師研究出來沒吧。」秦濤苦笑一下，腦海中又回想起了陳可兒的形象，不禁苦楚難耐，錯過了就錯過了，比過錯要好得多，至少在心裡曾經還有一個女人？

「他能研究出什麼玩意兒來？我說正經的呢，濤子哥，你看李大神探怎麼樣？」

「還是饒了我吧，行家一伸手就知有沒有，她一伸手我就跟脫光了似的毫無祕密可言，人生的痛苦莫過於此！」

「嘖嘖，還沒等怎樣呢就想跟人家牽手了，還說你心無旁鶩呢，是無旁鶩，有個大美妞……我是認真的呢，李隊長長得多精彩？怎麼就不合你胃口啦！」郝簡仁的話音未落，忽然閉緊嘴巴，臉漲得通紅，李艾媛不知什麼時候抄了他們的後路，就站在距離不到五米的地方瞪著自己呢。

尷尬亦從容，郝簡仁的臉皮夠厚，滿臉堆笑：「說曹操到曹操就真的到了，李隊，您有事？」

「我長得精彩嗎？」李艾媛的臉都是綠的！

秦濤尷尬地笑了笑：「簡仁誇妳作風硬朗，前途不可限量。李隊，有什麼情況嗎？對了，我請示首長撥一批先進點的武器，什麼單兵主動作戰單元啊、三維視覺隱身戰衣啊，也想給妳弄兩套……」徐建軍想笑，小秦子編瞎話都不會編，武器裝備是隨便送人的嗎？怎麼不送給她兩顆紅外制導的炸彈呢！

「謝謝，找你來是換藥的，免得感染。」李艾媛臉色一紅，瞪了一眼郝簡仁：「還有你，簡仁同志，不是想回家看老婆嗎？我大力支持！」

郝簡仁好不尷尬：「輕傷不下火線，這是軍人的作風，李隊長我想向首長推薦您加入我們，估計他們得雙手贊同，您真是不可多得的人才啊……兩位老首長現在是求才若渴，在基層刑警隊有啥意思？」

「謝謝你的美意，在哪兒都是為人民服務。」李艾媛冷漠地轉身而去。

三個人大眼瞪小眼，徐建軍想憋著不笑，卻「撲哧」一聲樂出聲來。

最鬱悶的應該是洪裕達，連番被郝簡仁折騰，昨天又派下兩個任務：研究氏族是什麼民族、研究天樞七星盤是幹什麼的。這對考古學家、神祕世界的研究者洪裕達而言無疑是趕鴨子上架。當秦濤和郝簡仁從臨時指揮部回來的時候，他還在奮筆疾書呢，見兩個人終於回來，直接把筆扔在桌子上，長吁短歎。

「碰到難題了吧，洪老？」郝簡仁掃視一眼桌子上的草紙，上面寫的全是「氏族」兩個字，不禁苦笑，

「畫個圈圈詛咒他，話說我小學的時候學過上古歷史，裡面有母系氏族、父系氏族，對了，還有氏族公社呢，洪老，您可以參考一下。」

「沒文化真可怕！」洪裕達把紙揉成一團扔在地上：「知道一整天浪費我多少腦細胞嗎？我可是專家，論秒賺錢的！」

秦濤拾起紙團打開，也不禁苦笑一下，坐在洪裕達的對面：「這個問題的確很難，吳鐵鏟說犯罪分子的族徽上寫著氏族這兩個字，他不會看錯，但我有一個疑問，什麼樣的人有族徽？簡仁，你有嗎？」

「當然有，龍啊！」

「那是圖騰。」

洪裕達凝重地點點頭：「族徽並不是新鮮事物，在古代宗族制下許多大家族都有族徽，尤其是少數民族，譬如三苗、西戎等等，越是遠古的時代越重視家族的觀念，倒是禮崩樂壞的現在已經越來越淡了，但江南一帶的世家大族和西北邊疆一帶還保留著這種宗族制度。」

郝簡仁不禁伸出大拇指：「還是老學究學識淵博！」

「大的宗族或者是少數民族都有自己的圖騰，漢族的圖騰是龍，西南少數民族因為信仰風俗等原因，圖騰多樣化，苗族、黎族、壯族、瑤族等等，他們的圖騰繁雜，有日月星辰風雨雷電，有動物也有植物。」洪裕達沉思道：「如果能確認氏族的圖騰，就差不多能確認他們來自何處！」

秦濤恍然所悟：「這個好辦，問一問吳鐵鏟不就知道了嗎？」

吳鐵鏟兩天能瘦十斤體重，都是郝簡仁的功勞，被手電筒敲打的傷腿疼得不要不要的，就在他詛咒的時候，郝簡仁不請自到，恨得吳鐵鏟牙根直癢癢：老子要是能出去的話，第一個想收拾你個王八蛋！

「老吳啊，我來看你了！」郝簡仁一本正經地看著吳鐵鏟，扔給他一支小藥瓶：「這是跌打損傷的良藥，吃一粒神清氣爽，用一瓶精神百倍。」郝簡仁從來不按常理出牌，即便是來訊問也讓人琢磨不透。

吳鐵鏟一看小藥瓶，不禁惱怒：「這是周衛國裝大煙的！」

「對，你目光如炬啊！昨天你說三爺的族徽上寫著氏族兩個字？」郝簡仁麻利地收起了小藥瓶：「我想知道他的族徽是啥模樣的？說出來就賞給您兩丸不老丹，怎麼樣？」

吳鐵鏟不禁陷入沉思之中：「是很古老的青銅器，上面雕刻著三隻眼的神……對了，那個字是篆書——氏！」

族徽是青銅器？三眼神靈？篆字？洪裕達的腦袋大了三圈半，在紙上又畫了個似是而非的「族徽」，篆字「氏」寫得倒是蠻漂亮的，讓秦濤讚不絕口。洪裕達卻愁眉苦臉地看了一眼郝簡仁和秦濤：「如果老沈在的話一定能知道，他是研究上古文化的權威。」

「老沈來了！」郝簡仁驚呼一聲，隨著話音門被推開，驚得洪裕達一聲白毛汗，抬眼一看竟然是徐建軍，不禁氣得發火，狠狠地瞪一眼郝簡仁，這傢伙就是個害人精，無惡不作！

「秦連長，藥換得怎麼樣？看來李隊長對你還是蠻有意思的哈！」徐建軍一屁股坐在椅子裡，順便拿起洪裕達畫的圖畫，認真地辨認。

秦濤尷尬地笑了笑並不言語，藥當然不是李艾媛換的，而是雪千怡。不過李隊長的確很關心自己，似乎超出了某種界線。想入非非不是君子之道，但願月老拿紅線去綁粽子了！不禁苦笑一下：「我們在研究氏族呢，這是洪老畫的族徽。」

「這個是什麼字？梅花篆字？寫得蠻漂亮的，就是不認識。」徐建軍也不避諱，當兵的出身沒什麼文化，別說是篆字，就是新華字典裡的字都認不全，寫一封信能錯八九成字，甚至提筆忘字。

「中國的漢字文化博大精深，從甲骨文到金文，再到石鼓文，真、草、隸、篆、行、楷，一路發展下來就是一部中國發展史。篆書形成於商周時期，在秦朝的時候定型，傳說在商周時期的青銅器上刻有銘文，一般是鐘鼎之上，是一種象形文字，叫鐘鼎文，也就是大篆。秦始皇統一六國之後實行書同文，車同軌制度，大篆便逐漸演化成小篆，也叫秦篆。秦篆也不是後來發明的，在春秋戰國時期的秦國已經開始流傳了。」洪裕達推了推鼻樑上的眼鏡解釋道。

郝簡仁聽得很入迷，不禁嘖嘖：「聽君一席話勝讀十年書啊，洪老師，您這個是小篆的氏字？」

「嗯。」

「你怎麼知道氏族的族徽上刻的是秦篆而不是鐘鼎文呢？當然，我沒別的意思，只是忽然想到的，氏族人的族徽一定跟現代的工藝不一樣！」郝簡仁一本正經地看一眼秦濤：「青銅器的族徽留到現在至少兩千多年的歷史，如果族徽上的氏字是鐘鼎文的話，那歷史就會更早。我的意思有兩點，第一點，族徽為我們提供了搜查物件的標誌；第二點，氏族是一個相當古老的民族，而不是家族。」

洪裕達皺著眉頭微微頷首：「有道理，可我不會寫大篆。」

「洪老師，您的腦袋怎麼一根筋呢？我的意思是要您放開思想開動腦筋，氏族既然是古老的民族，依您的見識聽說過沒？還有您說天樞七星盤上的文字看不懂，是不是鐘鼎文啊？」

「有道理！」洪裕達忽然起身，左顧右盼幾眼又坐下來，拿出那兩張皺巴巴的考古筆記展開，用放大鏡仔細觀看上面的「鬼畫符」。不得不說秦文鐘夠厲害，短時間內就把天樞七星盤上面的文字全部給畫了下來，而且非常形象。

鐘鼎文是甲骨文之後發展比較完善的應用性文字，是一種原始象形文字，所以看起來像「符」，其實是真而且真的文字。經過洪裕達的仔細辨認之後才確定，九個字元真的是大篆，只是一個也不認識。他不是古文字專家，不過這個工作完全可以放心了，請教一下相關專家就能搞定。

秦濤始終在思索著，對郝簡仁和洪裕達的判斷沒有異議，但兩三千年之前的民族能傳承到現在，恐怕只有漢族了。「三苗」雖然也是古老民族，但在漢朝之前並沒有「三苗」，而苗族、壯族、黎族、瑤族、侗族等等少數民族也是在三國時期之後才逐漸演變而來的。他們的祖先是九黎部落，是西南諸少數民族的始祖。

「族徽？」徐建軍嘟囔一句：「秦連長，我去文管所看看三眼馬王爺那幾個死鬼，看看他們帶沒帶族徽！」

「嗯，有道理，簡仁，你陪老徐去看看。」秦濤擺了擺手，兩個人快步走出房間。

族徽是一個民族的標誌，誠如洪老師所言，古今中外任何一個民族都有自己的信仰，都有圖騰，那是民族的精神支柱。比如中國人的圖騰是龍，印度人的圖騰是大象等等。而川北地區屬於大西南的腹地，少數民族眾多，「氐族」是不是某個少數民族的古稱？如果是，應該是哪個民族？

頭疼欲裂，這種燒腦的思考讓人抓狂。秦濤喜歡執行客觀的任務，對那些燒腦太厲害的分析計畫之類的完全沒有興趣。不過白山事件和雪域行動大多都是燒腦過甚的困難，即便用超強的大腦也無法在一時揭開全部的謎底。

揭祕的過程就是行動的過程，這點無可諱言。所以，最好的辦法是行動，而不是坐而論道紙上談兵。秦濤輕歎一聲：「洪老師，您認為天樞青銅盤上的古篆是什麼意思？」

「目前還不確定，這兩張紙也是似是而非，小秦啊，我發現一個祕密，千萬別跟別人說。」洪裕達神神祕祕地低聲道：「七星盤中間鏤空雕刻的文字和周邊的九個圓環一一對應，圓環製作得相當精巧，似乎可以轉動，我懷疑之所以看不懂文字是因為原本正確的組合被打亂了，現在的狀態是亂碼狀態？」

「什麼意思？」

「就是古人為了隱藏某種祕密，故意設置的障礙，比如把一句話裡面的文字偏旁部首都打亂，然後通過某種方法再重新組合，形成正確的文字，就這個意思！」

秦濤思考片刻，伸出大拇指：「有道理，還是您厲害。」

「厲害吧！腦洞需要開大點，包括氐族的氐字，我還懷疑一個整天遊手好閒的盜墓賊頭目怎麼會認得古篆？沒有深厚的文化底蘊是認不出來的，別說是古篆，張旭的狂草有幾個人能認得？我說的有道理沒？」

吳鐵鏟沒有文化，斗大的字認不出一籮筐，怎麼會認出「氏」字？洪裕達說得的確有些道理，那不是「氏」字會是什麼？文字遊戲啊，太燒腦！

就在這時候，郝簡仁跌跌撞撞地闖了進來，臉色蒼白：「不好啦……不好啦，濤子哥出大事了！」

「怎麼了？」秦濤騰地站起來。

郝簡仁拉住秦濤的胳膊：「三眼馬王爺那幾具屍體丟了！」秦濤嚇了一跳，和郝簡仁一起衝了出去。本來明天就要送到鎮殯儀館冰櫃裡作為證據保護起來，沒想到竟然不翼而飛？

「通知李隊長，立即警戒！」

文管所外五六名戰士肅然而立，看秦濤匆忙跑過來慌忙敬禮，徐建軍站在門口正在發怒：「怎麼搞的？活人看不住也就罷了怎麼死人也看不住？乾飯吃多了撐著了吧！」

「老徐，怎麼回事？」秦濤望向停放屍體的地方，果然空空如也，四具屍體竟然全沒了？

徐建軍急得一跺腳：「上午法醫解剖的時候還在呢……」

「你這話說的，昨天他們還是活的呢，現在說這個有用嗎？」郝簡仁不禁也氣得發火，本來想看看他們的身上是不是有什麼族徽標誌之類的，沒想到這下倒好，人間蒸發了。而且更讓人不能接受的是站崗放哨和巡邏的都沒有發現，究竟是什麼時候、怎麼把屍體弄走的，一無所知。

亡羊補牢，為時已晚。秦濤仔細觀察一番才發現，後窗窗臺上有血跡，想立即下達指令搜山，卻遲疑了一下。能把四具屍體悄無聲息地偷走的人，絕非等閒之輩，萬一遭到埋伏可就得不償失了。越是著急就要越冷靜，絕對不能犯低級錯誤！

「不是他們的錯，我有責任。」秦濤凝重地看一眼徐建軍：「這裡不是我們的地盤，立即通知文管部門轉運文物，後天我們開拔！」

「怎麼？案子還沒破咱們就開溜？」徐建軍的老臉氣得鐵青，真的不甘心就這麼灰溜溜地走，秦濤的葫蘆裡究竟是賣的什麼藥？

「誰說溜？我們必須主動出擊，打擊氏族的囂張氣焰！」秦濤轉身走出文管所，望一眼漆黑的天空，滿頭亂緒不理還亂。案子的複雜程度超出了自己的想像，當初真的有點輕敵了，以為不過是普通的盜竊案呢，沒想到會牽出這麼多的事情。四具屍體少說也有三五百斤，說丟就丟了。這幫傢伙賊膽包天！

就在秦濤他們舉棋不定的時候，後山的小路上出現了幾條人影，行走速度奇快，片刻之間便到了懸崖邊上停下來。細看才發現只有兩個是活人，其餘幾個全是死屍，不過兩個傢伙用竹竿子駕著屍體罷了。

跟湘西趕屍人如出一轍，如果有人看到的話一定會嚇得魂飛魄散！更讓人不可思議的是，人影並沒有停下來，而是直接跳下了懸崖，整個過程不過是幾分鐘，就算秦濤派人搜山，也註定一無所獲。

煮熟的鴨子飛了，真的飛了？李艾媛神色凝重地勘查著現場，簡單地瞭解一下事情發生過程，這種事情該如何向黃局長彙報？都說生要見人死要見屍，現在屍體活生生地被偷走了！

「我立即向上面彙報！」李艾媛真的動怒了，犯罪分子的囂張程度超乎想像，還有王法嗎？王法在紙上呢，這夥犯罪分子哪裡知道王法，殺人不眨眼，什麼事情都做得出來。一樁盜竊案牽扯出這麼多命案，先後已經發生了四起命案！李艾媛氣衝衝地走出文管所：「秦連長，你怎麼認為這件事？我有一種預感，犯罪分子快到瘋狂的時候了！」

「恰恰相反，我認為他們這段時間絕對不會捲土重來。」秦濤沉重地思索道：「氏族跟普通的犯罪團夥不一樣，不能用常規思維思考這件事。」

徐建軍是又急又氣：「秦連長，我帶人去追！」還沒等秦濤應答，徐建軍已經和門口五名戰士衝進了黑暗之中。

「注意安全！」秦濤面色凝重地吼了一嗓子，心裡不禁油然而生一種不好的預感，立即轉身吩咐郝簡仁把二班的人馬都準備好，以便支援。

臨時指揮部燈火通明，李艾媛正在和黃局長通電話，彙報屍體被偷走的事情。

黃中庭顯然十分詫異：「他們偷屍體幹嘛？這件事十分嚴重，一定要徹查，順藤摸瓜一網打盡！」說的倒容易，李艾媛也想一網打盡，可從前天發生的戰鬥情況來看，這種級別的對抗不是刑警隊能承受的，若不是軍方的話，估計一網被打盡的是刑警隊。不禁歎息一下：「黃局長，案子複雜敏感，我的力量明顯不足，而且……而且還涉及到軍方的祕密，我打算正式提出申請，把案子交由軍方督辦，刑警隊抽調三名有經驗的人員協助調查，其他人員全部撤離。」

黃中庭顯然有些為難，發生在自己管轄區內的案子怎麼能甩給軍方呢？以前從來沒有這個先例，不禁踟躕一下：「我跟兩位首長商量商量，兩個原則，案子必須得破，警力不能撤！」

李艾媛放下電話，望一眼漆黑的夜，第一次感到有一種無助的感覺。

荒山坡上，徐建軍帶著全副武裝的戰士們疾行在巴掌寬的山路上，已經發現了血跡，說明犯罪分子的確是從這裡撤退的。四具屍體不算少，對手是怎麼弄出去的？山高坡陡，又是怎樣給運上來的？如果是一兩個人作案的話難度不小，但人如果很多的話放哨的為什麼一點也沒發現？

對手的實力不容小覷，這點徐進軍比誰都清楚。兩次大戰己方已經盡了全力，而對手似乎僅僅出動了五個人？這麼少的人員就把整個川北鬧得天翻地覆。

在某處懸崖邊上，搜尋小分隊終於停下來。岩石上有大量的血跡，灌木叢上也沾了血，再往前面搜查幾乎沒有發現血跡。徐建軍用強光手電筒向懸崖下面掃射，腦門不禁直冒冷汗：跳崖了？目光收回來之際，突然發現地上竟然有一枚銅錢大小的玩意兒！

第五章　獨闖蹊徑

踏破鐵鞋無覓處，得來全不費工夫。

古樸的如銅錢大小的族徽放在桌子上，秦濤和郝簡仁辨認了半天才發現果然如吳鐵鏟所說的，中間是一隻三眼怪物的形象，下面刻著一個模糊的梅花篆字。但兩個人誰都不認識篆字，只當是「氏」字吧。

「他們跳崖了？」秦濤對族徽沒有太大的興趣，即便證明這就是「氏族」的又能怎樣？活人帶著死人跳崖的場面該有多詭異！

徐建軍凝重地點點頭：「山路中斷，跳崖的地方有灘血跡，前面沒有，所以我只能判斷是跳下去了。」

「天亮了再確認一下。對了，把李隊長喊來，安排一下明天的行動方案。」從與對手交戰的情況看，他們的確十分詭異而瘋狂，地雷都炸不死，子彈對他們沒有威懾力，跳崖也不靠譜，也許會有祕密通道也說不定。

洪裕達仔細觀察著族徽，臉色不禁凝重起來：「我說小秦啊，這個字不是氏啊？氏字加一點兒——是氐！」

「底？什麼底？俺不認識呢！」郝簡仁遊手好閒地把族徽拿過來仔細看了一眼，才發現這個梅花篆字與洪裕達在紙上寫的那個有些不同，看似都左扭右彎的，但大為不同。

「氐族？」

「氐族！」

「氐族是什麼族？」

「不知道！」洪裕達瞪一眼郝簡仁：「跟什麼都知道似的，我不扶牆就服你，到底的底下面的那個部首，氐——氐族。」

洪裕達在紙上照著族徽上的形狀又寫了一個篆字「氐」，遞給秦濤：「小秦，你看看，吳鐵鏟是二百五，看錯字了，說不定他不認識這個氐字，胡亂地念成了氐族。」

有道理，如果不是洪裕達對古文字有些研究，秦濤哪裡能認出氏和氐來？更不要說是吳鐵鏟了。也就是說那個犯罪分子在臨死前看到天樞青銅盤後最後說的兩個字是「氐族」，他究竟想說什麼？秦濤陷入深深的回憶之中。

李艾媛和雪千怡、高軍匆匆走進來，打了一聲招呼坐在秦濤的對面：「秦連長，已經佈置好了，啟動川北各縣、鄉、村三級緊急危機處理機制，動員地方公安力量全力參與犯罪分子的抓捕當中，發揮老百姓的力量，這才是破案之道。」

僅僅依靠幾個人是無法在短時間內找到犯罪分子的，秦濤比誰都明白。但依靠手無寸鐵的老百姓也不可能抓到窮凶極惡的逃犯——他們把屍體偷走會採取怎樣的行動？總不能帶著屍體招搖過市吧？所以一定會躲避追查，目前也只能依靠發動全民力量實施搜捕了。

秦濤心事重重地點點頭：「兩件事，第一件確定犯罪分子的逃跑路線，老徐說他們帶著屍體跳崖了，我表示懷疑，那裡我們去過，發生過山體崩塌，下面有古墓，天亮我帶人徹底搜查；第二件事，儘快確定犯罪分子的老巢，我們必須採取斷然行動主動出擊，才能打擊囂張氣焰，這件事只有您才能做到。」

「探查吳鐵鏟的記憶？」

「嗯。目前他是唯一與犯罪分子有交集的人，在川北找不出第二個。」秦濤歎息一下，最好的辦法其實是抓一個氐族的活口，總會有辦法發現真相的。而現在對行動組而言最緊張的是時間，要想在一個月的時間內把對手一網打盡，找到失竊的 700198 號文物，難若登天。

軍人就是為困難而生的，再難也要堅決完成任務！

李艾媛立即起身：「我這就去！」

「讓簡仁陪妳去吧，吳鐵鏟就是一個滾刀肉。」秦濤關心地看一眼李艾媛，兩者的目光一接觸，李艾媛的臉「騰」的紅了一層，轉身走出房間，郝簡仁也跟了出去。

發現族徽是一個不小的收穫，這是來自犯罪分子最直接的資訊。秦濤現在有點後悔，為什麼當初不好好研究一下四具屍體？雖然都進行了屍檢，但那種常規的屍檢只能確定犯罪分子的有限資訊，有一些需要判斷的資訊是無法屍檢出來的。比如族徽。

「老徐，目前我們只能有兩個選擇，一是守株待兔，等待對手找上門來，我們的手裡有足夠的籌碼；二是主動出擊，氐族人既然冒著危險把屍體給偷走了，是不是有我們不瞭解的原因？比如要落葉歸根之類的，發現並跟蹤就能奏效，你有什麼意見？」

「當然是主動出擊，掌握主動權！」徐建軍不假思索地應道：「按照輕重緩急，分成三個小組，我和簡仁負責追蹤，你負責斷後，發現之後我立即聯繫你，然後一網打盡！」

沒那麼簡單吧？從對手的行事風格判斷，對手不僅攻擊力彪悍，而且足智多謀，哪那麼容易就一網打盡的？老徐把這件事想得太簡單了。秦濤漠然地搖搖頭：「組成四人小組，我、簡仁、李艾媛和洪老師，你負責斷後接應。」

「什麼？我斷後？」徐建軍有些不可思議地看著秦濤：「你過分了啊，我衝鋒才合適。」

這點小傷對秦濤而言不足掛齒，一般的皮外傷只需要三天就會痊癒，秦濤強大的免疫系統異於常人，除非是傷筋動骨的重傷，不然是沒有任何問題的。索性把兩隻胳膊上的紗布給卸掉了，露出血紅色的傷痕來，自如地活動了幾下：「哪裡還有傷？唯一的傷在腳上，攻擊氐族人跟踢到鐵板上似的，明天也快好了。案情複雜時間緊迫，你我還有什麼選擇嗎？」

沒有任何選擇餘地？

「兵馬未動糧草先行，以為後勤不重要？雪域行動已經說明了問題，老徐，我們必須得轉換思路，否則這次兩位首長鐵定又笑話我們沒有深度沒有思想沒有謀略了。」秦濤乾笑兩聲：「我秦濤不怕流血流汗，就怕兩樣！」

徐建軍不甘心地看一眼秦濤：「一個是別人笑話，另一個是女人的眼淚，我知道了，濤子。我斷後，但你們一定要注意安全，資訊隨時送達，兄弟們隨時頂上去！」

四人小組的組合很耐人尋味：秦濤、李艾媛、郝簡仁和洪裕達。可以說這是經過深思熟慮才決定的，秦濤冒著很大的風險。李艾媛是刑警隊的代表，秦濤所看中的是她的特殊能力，探知別人的記憶！而洪裕達之所以參加先遣組是因為他的學識，說句實話，他在這樣的行動中只能是累贅的角色。

但秦濤的想法是一定要解開天樞七星盤的祕密，並且猜測與氏族有莫大的關係。

拘押室內，吳鐵鏟拒不配合，理由是被李大神探探測過的人基本都死了，不想當冤死鬼。任憑郝簡仁用手電筒敲傷腿也無濟於事，最後只好給他打了一針鎮靜劑。只見李艾媛握著吳鐵鏟的手，陷入冥思狀態，郝簡仁在旁邊仔細觀察著，沒有發現什麼特別之處。

很難用科學來解釋李艾媛為什麼能探測到別人的記憶，用她自己的話說，就是人體是一個變化著的能量場，記憶儲存在能量場中，而人的大腦對記憶的處理是分區塊的，有的區塊負責記憶，有的負責畫面整合，有的負責存儲分析等等，只有強大的能量場才能感應到不同區塊的細微變化。當觸碰到某些變化的區塊時，那種變化就會在自己的能量場中反應過來。這叫「能量潛入」或者是「替代思維」——很玄乎，也很邪門。

「李隊，怎麼個情況？」當李艾媛把吳鐵鏟的手鬆開之後，郝簡仁終於憋不住了問道。

李艾媛深呼吸一下，起身走出拘押室，郝簡仁屁顛屁顛地跟了出來：「這傢伙藏著不少祕密，包括半年前藏在深山老林子裡的那批寶貝，這要是給探查出來可就發大財了！」

「他的記憶很雜，陰暗而可怖，精神也備受折磨。」
「這您都能感覺出來？」
李艾媛瞪了一眼郝簡仁：「不信？」
「我是徹底的唯物主義者，信天信地信科學，只相信客觀事實！」
「要不做個試驗？」李艾媛冷笑一下就要抓郝簡仁的手，嚇得郝簡仁嗷的一聲躲開。

◊

入夜，一輛警車悄無聲息地從文管所大院裡駛了出來，燈光片刻之間便消失在夜色之中。大院裡，兩個班的兵力整裝待發，徐建軍凝重地掃視著眾人：「都準備好了嗎？」
「準備好了！」
「出發！」
文管所的事物交給刑警隊全權處理，上級文管部門已經組織人力開始轉運文物。這裡已經成為死地，無論以後還是將來。
一個小時之後，警車在一個偏僻的村口停下來，車燈熄滅。李艾媛望一眼外面燈火稀疏的荒村：「就這裡了。」
「確定？」秦濤狐疑地看著李艾媛，村子就在山腳下，而這裡距離古墓發掘地不遠，前段時間還和洪裕達去過發掘現場，曾經路過這個村子。
「吳鐵鏟的記憶顯示，他在這裡有落腳點，也是他進行盜墓的中轉站。如果探查沒錯的話，氏族人在這裡坐鎮指揮。」李艾媛拔出兩把五四手槍，仔細地檢查一番：「院子很大，後面是大山，前後兩進院子，刑警隊曾來過這裡排查，但沒有發現任何可疑。」

郝簡仁擦了一下額角的冷汗：「我說李隊，這麼高危險的行動就咱們三個怎麼行？怎麼也得調來一個班的兵力啊！」

洪裕達狠狠地瞪一眼郝簡仁：「什麼三個，還有我呢！」

「你連半個都算不上！」

「好啦，別打嘴仗了，白天我已經派人來偵查過，就一個望門打更的老頭，否則能冒險來？」李艾媛準備好了槍支回頭看一眼秦濤：「行動要迅速，遇到狙擊立即撤回，不能硬拼，知道嗎？」

秦濤微微點頭，率先下車，打量一下荒村。可真夠荒涼的，三面環山一面臨水，一條不大不小的溪水穿過荒村而過，河對岸是綿延起伏的群山，而荒村裡只有十多戶人家，目標院落在山腳下，獨門獨院。

俗話說大隱隱於市，小隱隱於野。吳鐵鏟在川北有許多落腳點，狡兔三窟，這種荒僻之地鮮有人至，的確是一個不錯的隱居的地方。有山有水有風光，估計村子裡的人世代都過著兩朝黃土背朝天的生活，不知道自己的身邊還藏著邪惡！

四個人深一腳淺一腳地向目標位元摸去。洪裕達是第一次執行這種任務，不免緊張得有點過度，腿肚子直轉筋，不是嚇的而是緊張的，緊張過度就會忘記害怕。嘴裡不時還嘟囔著什麼壯膽，氣得郝簡仁不知道該怎麼發火：「洪老，您是走夜路吹口哨上墳燒報紙吧？」

「什麼意思？」

「壯膽唄！李隊不是交代明白了嘛，裡面只有一個看門的老頭，交給您處理了，不謝！」郝簡仁快步追上秦濤，幾個人已經到了院子外面。

院子裡一片漆黑，死寂無聲。秦濤推了推院門，「吱呀」一聲打開，竟然是虛掩著的？郝簡仁和李艾媛慌忙閃到一旁，而秦濤定定地站在門口，任由木門打開，才發現院子裡一片荒蕪。

蒿草半人多高，破東爛西狼藉一片，可以看到前後兩幢房屋，對面黑黝黝的大山如同張開大嘴的怪獸一般，整座院子顯得陰森詭異。秦濤立即警覺起來，拔出五四手槍打開保險，沉穩地走進院子。

沒有人的氣息，就像進入一座千年古墓一樣。這種感覺很不好，如果身子骨弱的人是無法在這裡生活的，陰氣太重。秦濤雖然不迷信，但卻相信某些坊間的說法。自己現在就有一種毛骨悚然的感覺，大概是大病初愈所致？

秦濤緩步走進院子，甬路卻是上好的古墓磚鋪的，走在上面有一種怪異的感覺。就在即將走到房檐下的時候，屋內卻亮起了燈光！

敲門聲很沉悶，在寂靜的山村荒野中迴蕩著，郝簡仁額角的冷汗幾乎流成了小溪，總感覺全村子的人都能聽見似的。站在秦濤的後面全神戒備，只要裡面有任何異動，立即把他打成篩子！

李艾媛第三次舉手敲門，裡面傳來蒼老的聲音：「這麼晚了是誰啊？」

「三爺的人，開門！」郝簡仁從喉嚨裡擠出幾個字，沙啞沉悶，跟屁憋的似的，手中的微型衝鋒槍已經打開了保險，身體微側盯著木門。

李艾媛後退了半步，面朝空曠的院子，蒿草被山風吹得來回擺動著，握槍的手也不禁汗津津的。這是第三次跟秦濤一起執行任務，目前的身份已經不是刑警隊大隊長了，而是先遣組成員，心裡有一種莫名的緊張和興奮。

門「吱呀」一聲打開，還沒等裡面的人反應過來，秦濤鐵鉗子一般的大手已經抓住裡面人的衣領，稍微一用力就給提了起來，然後給摔到了外面。郝簡仁麻利地一個擒拿，把對手給放倒，手指粗細的束線帶直接把他的雙手給扣起來，後面的洪裕達上去一腳踩住。秦濤和郝簡仁直接闖入屋內，衝鋒槍罩住殺傷方位，秦濤狸貓一般衝進裡間，握著手槍掃視著裡面的情況。沒有人？

一股禪香的味道撲鼻而來，目光射在北牆的神龕上，秦濤快步走到近前看一眼香爐，裡面的香灰都外溢出來，三根禪香好像剛剛點燃，神龕裡面供奉的是一個青銅的圓盤，竟然是氐族的族徽？

秦濤毫不猶豫地把香給掐滅，然後粗略檢查一番：「把人帶進來！」

是一個灰頭土臉的老者，此刻臉已經被磕破了，鮮血淋淋，雙手捆在後面，嚇得已經尿褲子了。洪裕達煞有介事地把人給推到了屋子裡，李艾媛虛掩上門，就在門口警戒。

「你們是誰？這是幹什麼？深更半夜的想打劫？」老人顯然十分憤怒。

上下打量幾眼老者，秦濤心裡苦楚一下：跟自己的老父親差不多年紀，方才用力有點太猛了，多虧還留點力氣，不然得把他給弄散架了。

「奎叔？」秦濤漠然地看著老者，臉上露出一抹詭異的笑容：「黃樹奎，諢號奎叔，吳鐵鏟的幕僚軍師，拿手好戲是分金點穴，望聞問切的手段在川北是第一流的，鞍前馬後地伺候氐族半年有餘，他們走了為啥沒把你帶走？」

老者驚懼地瞥一眼北牆下面的香爐，禪香已經被掐滅了，不禁心中叫苦，但臉上仍然面無表情：「你認錯人了吧？我在這裡待了一輩子……」

冰涼的槍管懟在他的後腦上，郝簡仁沙啞道：「說話小心點，我的槍可容易走火。」

「撒謊也要靠譜些，這個院落的主人姓陳，陳鐵橋，吳鐵鏟手下一個小盜墓賊，半年前在盜掘唐墓的時候發生了火拼，周衛國的人被你們給埋下面了，其中還有你們的兩個人，其中一個就是陳鐵橋。」秦濤掃一眼黃樹奎那張鮮血淋淋的老臉：「吳鐵鏟做人太不厚道，人死了不撫恤一下也就算了，還把陳家大院給霸佔了，讓三爺的人馬入駐進來，你負責內引外聯吧？」黃樹奎陰鷙地看著秦濤，半天沒說話。

「三爺他們呢？對了，前天鎮上文管所發生了驚天大戰，他們都被打死了。」秦濤把香爐裡的禪香給拔了下來在黃樹奎的眼前晃了晃：「你的手段也不過如此，迷魂香也只能對付小毛賊，對我們不起作用。」

「兄弟你們是哪個部分的？」黃樹奎終於有點撐不住了，但還是想抱著僥倖心理緩和氣氛，隨機應變。

秦濤坐在神龕旁邊的椅子裡，示意郝簡仁把槍管挪開：「我們是誰不重要，你一輩子害得人太多估計也早就忘了吧？這次回來主要是來看看你，順便瞭解點情況。」

「我不認識你……」

「三爺他們有多少人手？」

「不知道。」

「他們是從哪來的？川北本地的還是外省的？」

「不知道。」

「半個月前的雨夜，他們是不是進山了？得到了一個烏金色的金屬蛋狀的東西？」

「不知道！」

「砰！」一聲槍響，子彈擦著黃樹奎的頭皮飛過去，鮮血立刻飛濺下來，疼得黃樹奎一屁股坐在地上，雙手被綁著任由鮮血流了一臉，像血池地獄裡逃出來的老鬼一樣。

郝簡仁吹了吹槍管：「沒騙你吧？我的槍經常走火！」

這招很損，估計也就簡仁能幹得出來。秦濤緊皺眉頭看著黃樹奎：「想明白了再回答，如果和吳鐵鏟說的有出入的話，你這輩子就別混了。」

好漢不吃眼前虧，但估計不吃也得吃，這次算是認栽了！黃樹奎痛苦地呻吟著：「是老吳讓你們來的？」真是樹倒猢猻散啊，當初是多麼風光？

「是能怎樣？不是又能怎樣？您是明白人，我們也不糊塗，吳鐵鏟把事情做絕了，然後把鍋甩給你，三爺他們厲害不？還不是一樣一命歸西？所以——有話要趁早說，不要追悔莫及。」秦濤少有苦口婆心的時候，今天有點特殊，不能把動靜搞得太大，但也不能讓黃樹奎認為只是敲詐那麼簡單，一定要揪出來最緊要資訊。

黃樹奎有些動搖了，這幾天就感覺心神不寧，自從前天文管所發生驚天大戰之後，那幫人就沒有回來，敢情是被做掉了？也就是說老吳也成了肉包子！自己的資訊太不靈通了，本來想趁早收手，但還是沒有逃過此劫。

「他們是什麼人？」秦濤把神龕裡供奉的青銅器拿出來欣賞著，果然在三眼怪物的下面有一個梅花篆字「氐」字，吳鐵鏟果然也是個二百五，竟然看錯了，一致認為是「氐族」呢。

黃樹奎堆坐在地上，痛苦地搖搖頭：「這個我真不知道，說是老吳的上線，三個多月前從西北那邊過來的，老吳把為首的叫三爺，一共六個人……」

從西北過來的？秦濤的腦子轉的飛快，從面相上看他們就不是中原人，也不是漢族人，此刻才反應過來真的有點西北人的特徵，西北大多都是回族居多，也有其他的少數民族，但在自己的印象中沒有「氐族」這個民族。

「半個月前進山你跟去沒？」

黃樹奎痛苦地點點頭：「去了。」

「老吳也去了？」

「是他派我去的，不然我早就溜之大吉了。老吳說給我二十萬讓我帶路，進山之後才知道他們不是盜墓，而是……而是……」黃樹奎的三角眼看一眼秦濤，囁嚅半天才沙啞道：「而是偷一個祕密倉庫，那裡有軍方重兵把守，比盜墓難多了。」

原來如此！秦濤想一巴掌把黃樹奎給拍扁了，祕密倉庫十分隱蔽，利用七十年代的防空洞改造的，而且早已經廢棄了多年，一般只有當地老人才知道大山裡的祕密。被稱之為「二一一」工程的防空洞是那個特殊年代的特殊產物，遍及全國各地，大部分都是把山給掏空，儲存軍用物資。

上次去東北的時候就聽說有一家電廠是建在山裡面的，把山掏空之後安裝發電設備，外面只有鐵道線、輸電線和一根煙囪，非常隱蔽，據說前幾年還在運行發電呢。

「你是怎麼找到祕密倉庫的？」

黃樹奎苦楚地看著秦濤：「川北所有地方我都走遍了，而且當初沈鶴北打擊盜墓和文物走私的時候把老吳的那批貨給收繳了，他安插了眼線，所以……」

「你他○的就是那個眼線吧？」郝簡仁粗魯地罵道。

「嗯嗯……不過我可沒賊膽去盜啊！」這個不是真心話，如果沒有一個排的駐軍的話，黃樹奎早就慫恿吳鐵鏟把那批貨給「拿」回來了，還沒等籌劃呢，三爺他們提前動手，正合了自己的心意。

秦濤輕歎一下，如果老首長知道是這麼丟的 700198 號文物，肺都得氣炸了，一個排的兵力都沒守住一個防空洞？但若是瞭解事實之後就會理解了，對手的實力太強大了，不要說是一個排，兩個連都不見得能防住。尤其那天的天氣環境非常惡劣，他們占了天時地利人和的優勢，還有這個「二鬼子」當嚮導，無往而不利。

「他們把贓物帶走了？」

黃樹奎一愣：「沒有什麼贓物啊，沒看見他們拿什麼出來，踩盤子（註7）之後我們就撤了，前後不到十分鐘的時間，還以為近期要幹一票大買賣呢。他們說還要找天樞青銅盤，也是上次一起摸出來的玩意兒，被沈鶴北給收繳了。」

秦濤狠狠地瞪一眼黃樹奎，還他○的幹票大買賣？是不是想打劫祕密倉庫啊？這幫盜墓賊利慾薰心，不知道什麼叫王法？丟了一件金屬蛋都讓兄弟們折騰得死去活來的，這要是把祕密倉庫給打劫了，呂長空能派一個師團來剿滅他們。

不幸中的萬幸啊！

「他們是什麼人？是走私團夥還是盜墓團夥？有沒有外線？」秦濤把族徽遞給洪裕達，眼珠直盯著黃樹奎：「知不知道他們盜竊那個金屬蛋有什麼目的？還有，為什麼偏偏要天樞青銅盤？」

「兄弟，把扣子鬆開吧，我一把老骨頭還怕跑了不成？我擦擦血，疼死！」黃樹奎可憐巴巴地祈求道。

郝簡仁和秦濤對視一眼，拔出匕首把塑膠的束線帶給挑斷，衝鋒槍槍管在黃樹奎的腦袋左右晃了晃，「別耍心眼，三爺他們厲害不？被他幾下給捶吧死了，知道不！」

黃樹奎驚得目瞪口呆，第一眼便看出來此人絕非等閒之輩，但沒想到這麼厲害？不禁瑟瑟縮縮地看著秦濤：「您……您是公安？」

「回答問題吧。」

黃樹奎用衣袖胡亂地擦了一下臉上的血跡：「我真的不知道他們的真實身份，老吳只說是他的上線，但我比較懷疑，跟他幹這麼多年也沒聽說過有上線，後來才知道他們是從西北來的老客，就是衝著紫薇混元珠和天樞七星盤來的，幹我們這行就在刀口舔血啊，早抽身早太平，誰料會捅出這麼大的婁子？」

「紫薇混元珠？」這個資訊太重要了，好長時間以來連呂長空和李政委都叫 700198 號文物金屬蛋，沈鶴北雖然有過研究，但不知道叫什麼名字，不知道是用什麼材料製成的，也不知道是什麼年代的文物，只知道金屬蛋有放射性。

「就是您說的金屬蛋，當時我不知道在那麼短的時間內會得手，而且他們很謹慎——幹我們這行的都十分謹慎，後來才聽說得手了，他們回來還慶祝一番，賞給我一枚青銅小玩意兒。」黃樹奎說完從懷裡掏出一個黑不溜丟的布包，一層一層地打開，最後露出兩根成色比較老的金條和一枚銅錢大小的族徽。

秦濤一眼便認出來是氐族的族徽，黃樹奎卻暗自把金條向前推了推，三角眼露出一抹詭異之色：「兄弟，三十年河東三十年河西，這兩個小玩意兒不成敬意，只要你放我一馬，比這值錢的文玩古董有的是。」

不怕狐狸狡猾就怕狐狸成精，老傢伙還想賄賂我？秦濤饒有興致地看著黃樹奎：「紫薇混元珠是不是被帶走了？他們留話沒？」

「收下我就告訴您。」

秦濤抓起兩根金條掂了掂：「說吧？」黃樹奎心安理得地笑了笑，俗話說有錢能使鬼推磨，此話不假！黃樹奎是老狐狸，但再狡猾的狐狸在獵人面前都會露出尾巴！他以為用兩根「小黃魚」就能收買秦濤？算盤打得不錯，但搞錯了對象，革命軍人豈容侮辱？秦濤這招叫欲擒故縱。但郝簡仁的眼睛卻直勾勾地看著秦濤手裡的金條，吧嗒吧嗒嘴，口水差點沒流出來。

祖上曾經當過遼東衛的千總，什麼好玩意兒沒見過？只不過家道中落，不爭氣的爺爺那輩就把萬貫家財給敗光了，到了郝簡仁這代更是平庸得徹底，矬子裡拔大個，他是郝氏家族裡最出息的，當過警察和派出所所長。這點浮財並不入郝簡仁的法眼，之所以兩眼冒光是因為秦濤的小伎倆玩得很溜，跟以前判若兩人。當初他可是梗著脖子一根筋，腦袋不會拐彎，如果誰賄賂他能把他腦袋打放屁了！

黃樹奎眨巴眨巴眼睛，臉色變了變：「我說兄弟，這話從我嘴裡說出來，從你耳朵冒出去，就當我沒說你也沒聽見，好吧？我的身家性命可都攥在你的手心裡呢。」

「廢話這麼多？」郝簡仁呵斥一聲：「再囉嗦把你腦袋打放屁了！」

嚇得黃樹奎一哆嗦，才想起後面還站著一個殺神呢，慌忙滿臉堆笑：「我這個人沒啥優點，喜歡抽煙喝酒，不近女色也不貪不占，所以三爺送給我一個這東西，說能在外面橫晃，我哪兒相信他？一次被老吳發現了，差點跟我急眼，非要占為己有，我拗不過他就給他了，結果您猜怎麼著？」

秦濤瞪一眼黃樹奎：「所答非所問？」

「坦白從寬抗拒從嚴，你他〇的是不是拖延時間呢？」郝簡仁又把槍管對準了黃樹奎的腦袋呵斥道。

黃樹奎不慌不忙地回頭一笑，滿臉的血跡跟小鬼似的，嚇得郝簡仁麻溜看了一眼地面，黃樹奎露出大黃牙：「兄弟，你們一進屋我就知道是衙門口當差的，門口那位原是川北地區有名的神探，刑警隊李隊長，要我說實話沒問題，我還得感謝你們呢。」

李艾媛驚愕一下，沒想到在窮鄉僻壤的地方也有人認出自己？人的名樹的影，李大神探的威名早就遠播了，只是她平時很低調而已。尤其是自從開展打擊盜墓和文物走私活動以來，一個沈鶴北一個李艾媛，成了盜墓賊的眼中釘肉中刺。

所謂人老精馬老滑，老狐狸的確狡猾到了骨子裡。秦濤微微點頭：「既然知道我們是誰，就坦白吧？」

「有道是人算不如天算，老吳千算萬算沒算到會引狼入室，那幫人不人鬼不鬼的傢伙們終於得到報應了，這也算是老天爺長眼了。兄弟，我會把我所知道都告訴你們，絕對沒有拖延時間的意思。」黃樹奎痛苦地呻吟一聲：「說他們是人，思維邏輯方式卻跟正常人不同，看見神龕沒？裡面供著的是他們的神，說什麼是諸神的後裔，每天午夜的時候還得三拜九叩招魂引鬼，弄得我都不敢睡覺。」

外面傳來跑步的聲音，李艾媛仔細辨認一下，發現是徐建軍帶著人已經趕來，這個接應做得太及時了。徐建軍推門進來：「李隊，後院已經控制，沒發現嫌疑人。」

此時李艾媛才放鬆一下繃緊了半天的神經：「警戒！」

「是！」

黃樹奎的心一翻個：完蛋了，人家帶著軍隊來的！

氏族是諸神的後裔？這條資訊很重要！秦濤淡然地點點頭：「為什麼說他們人不人鬼不鬼？」

「說他們是鬼我是有一定根據的，他們總是神龍見首不見尾啊，來去無蹤，半夜拜完之後也不睡覺，就在地上打坐，天一亮就全走了，也不知道在忙乎什麼，更不知道去哪，不是鬼是什麼？這輩子我就沒怕過鬼怪之類的，但他們來之後真的害怕，但沒辦法，老吳讓我伺候好他們，說是給我二十萬塊。」

李艾媛走進來：「黃樹奎，別胡謅扯些沒用的，紫薇混元珠到底在哪兒？」

「李隊，馬上說、馬上說！」黃樹奎猥瑣地看一眼前凸後翹的李艾媛，苦楚地笑了笑：「之所以說這些，我的意思是你們一定要相信我，因為接下來說的有點不靠譜，用咱們正常人的思維考慮的話可能會認為我在說瞎話。」秦濤點燃一根煙扔給黃樹奎：「慢慢說，夜很長，這裡現在也足夠安全。」

「給我族徽之後，他們讓我也參加拜神儀式，我哪知道他們拜的是何方神聖啊？又一次我問三爺這事兒，他說是諸神，諸神是哪尊神？大小我是盜墓的軍師，還看過《封神演義》，當初姜子牙封神的時候也沒有封這尊神啊，我的心裡直犯嘀咕，三爺給我簡單地解釋了一下，大概的意思就是他們的老祖宗，不是姜子牙封的，是幾千年積累下來的信奉，跟咱們說的祖宗牌位一樣。」

你他〇的就編吧！郝簡仁緊皺著眉頭看一眼秦濤，沒有說話，如果編不下去了老子打斷你的腿！

「我這個人比較固執，我可是有老祖宗的，三皇五帝炎黃子孫，能隨便拜別人的老祖宗嗎？心裡就特別反感，但沒辦法，人在屋簷下不得不低頭，又一次半夜三更拜神，那天還下著大雨——對了，那天來了五個人，有一個沒來——拜神的時候拿出來一個這麼大的玩意兒，長得像鵝蛋，上面雕著九條蟲子。」黃樹奎用手比劃著，跟一個足球大小。

「是龍吧？」秦濤凝重地看著黃樹奎，700198 號金屬蛋自己沒親眼見過，只聽說是比較神祕的文物，無法斷代，不知道什麼材料，更不知道有什麼作用，只知道有放射性。

黃樹奎的腦袋搖得跟撥浪鼓似的：「不是不是，龍我見過多了，各種各樣的龍形圖案都見過，青銅器上面很少雕龍，一般都是螭龍紋，龍的造型很古拙，那上面雕的是九條張牙舞爪三隻眼的蟲子，您要說是龍也不一定，畢竟老祖宗們創造的圖騰嘛。他們把那玩意兒放在了神龕裡，然後都發狂似的參拜，我也參加了，折騰了一宿，後來他們說那個東西叫紫薇混元珠，終於找到了啊，三爺很高興，一高興就要我準備酒菜，他〇的那天的雨下得老大了，忙活了一天，後來他們都走了，也沒喝酒就都急匆匆地走了。」

李艾媛狐疑地看一眼秦濤：「最近一次暴雨是十天前，沈鶴北被殺那天。」

「對，李隊您的記性真好——後來聽老吳說出事了，我才知道那天他們去文管所了，而且還殺了人？」黃樹奎擦了一下臉上的血跡：「從那時候起我才知道他們是什麼人，殺人不眨眼啊，當初朱老六被殺我就懷疑是老吳幹的，沒想到也是他們殺的，天啊，我黃樹奎雖然是一個盜墓賊，但絕對沒幹過傷天害理的事情！」

「盜墓不是傷天害理？這要是在古時候抓住了就斬立決！」郝簡仁揶揄道。

「生活不易啊兄弟，盜墓大小算個營生，靠山吃山靠水吃水，祖輩傳下來的手藝……」

「後來呢？」

「後來老吳說他們去找天樞七星盤，結果沒找到，還殺了沈所長，我感覺事情鬧得有點大，想辦法脫身吧。從那時候我就開始準備脫身，但那幫玩意兒還是一如既往地拜神，而且還有兩個好像有病了，身上掉黑色的黏液，腥臭，我沒敢問。」黃樹奎驚悸地看一眼秦濤：「連長同志，昨天三爺沒回來，老客兒出去找，也沒回來。對了，我得跟你介紹一下，他們的組織很奇特，外人管頭兒叫三爺，自己人則稱呼其長老，其他人不知道名姓，我一律稱呼他們為老客兒。」

秦濤低頭沉思片刻，黃樹奎說得很詳細，對「氐族」相關的資訊有了一些瞭解，但還是不完全。比如他們到底來自什麼地方？因為西北的疆域很大，包括新疆、西藏、青海、甘肅、陝西等等。不過這已經不錯了，畢竟他不是組織裡的人，而且還混得不錯，提供的資訊很有價值。

「昨天最後走的是誰？他說了些什麼？」

黃樹奎認真回憶了一下：「跟我年紀差不多的一個老客兒，是他們當中年紀最大的，負責拜神念經的，平時跟他接觸不多，只跟我交代了幾句話，大概意思是記著半夜上香拜神，對了，還神神叨叨地說神怒了！」

神怒了？最後一個走的就是偷走文管所裡面屍體的人，一個老人何以神不知鬼不覺地偷走了四具屍體？而且還跳了懸崖。難道「老客兒」萬念俱灰自殺了嗎？白天的時候去山上搜索了大半天，也沒發現懸崖下有屍體！秦濤陰沉地看著黃樹奎：「黃樹奎，知道說謊是什麼後果嗎？」

「我沒說謊啊連長同志，天地良心，他只說了一句神怒了，然後就走了，到現在也沒回來。」黃樹奎戰戰兢兢地看著秦濤，眨巴一下眼睛：「對了，還有一句，諸神就要降臨。」

秦濤擺擺手，黃樹奎被郝簡仁一把揪起來：「說謊的後果就是吃花生米，走！」褲襠濕了一大片！黃樹奎嚇得慘嚎連連：「連長同志……李隊長……你們這是草菅人命啊！」徐建軍衝進來把準備好的黑頭套直接罩在黃樹奎的腦袋上，兩名戰士把人帶了出去。

秦濤理清了一下思路，掃視眾人：「現在已經明確了兩條線索，第一、700198號文物下落，氐族在風雨夜偷走了金屬蛋並已經帶走，我們來晚了一步；第二、他們來自西北，是少數民族，有自己獨立的信仰和風俗，拜神祭祀，可以從這點入手查到一些蛛絲馬跡。」

徐建軍是半路過來的，對方才的審訊具體內容不知情，目光看向李艾媛。李艾媛平靜地點點頭：「從黃樹奎的供述可以分析出來，他不僅是吳鐵鏟的幕後軍師，與氐族的關係非比尋常，他們給了他一枚族徽，一般而言這是承認他身份的標誌，所以，黃樹奎的價值要大於吳鐵鏟，我想儘量收買他，提供更多的線索。」

「黃樹奎還有許多值得挖掘的資訊，今天來不及了，洪老，關於氐族的問題研究怎麼樣了？結合上述特點能不能確定到底是什麼民族？我們要劍指西北，但必須確定具體的地點。」秦濤看一眼正在研究族徽的洪裕達問道。

洪裕達輕輕地放下青銅族徽，沉吟片刻：「這件東西是贋品，但透露的資訊卻是真實的，據黃樹奎的供述判斷，來自西北地方是確鑿的。所以，我認為先用排除法鎖定他們到底是哪個民族。」

「不是已經確定是氐族了嗎？」郝簡仁翻了一下眼皮疑惑道。

「中國五十六個少數民族裡有氐族嗎？沒文化真可怕！很明顯，這個氐族是一個相當古老的民族，至少跟漢族存在的時間比肩，比三苗還要早，我懷疑這個民族在商周時期就已經存在，但隨著民族的不斷融合，古老的民族會在幾百年後消亡，從而產生新的民族，中國民族變遷的歷史已經無數次證明了這點，到目前為止只有漢族、朝鮮族在繼承著古老民族的頭銜，但朝鮮族在漢朝之前也不叫朝鮮族，他們是高句麗族的後裔。」

這麼複雜？理論性太強，不是郝簡仁的長項，不禁閉了嘴巴。洪裕達拿出考古日記本和鋼筆，推了一下鼻樑上的眼鏡，看架勢是要長篇大論了。

「西北最主要的少數民族，有蒙古族、回族、藏族、維吾爾族、滿族、哈薩克族、東鄉族、土族、達斡爾族、撒拉族、錫伯族、塔吉克族、烏孜別克族、俄羅斯族、鄂溫克族、保安族、裕固族、塔塔爾族、鄂倫春族等十九個少數民族，從相貌上簡單地分辨，他們絕對不是蒙古族、回族、藏族以及俄羅斯族系，那麼還剩下幾個？」

郝簡仁滿頭熱汗地掰著手指算了半天，苦澀道：「您再說一遍，我沒記住啊！」

「只剩下了滿族、東鄉族、土族、達斡爾族、撒拉族、錫伯族、鄂溫克族、保安族等十個少數民族，其中信奉拜神教的民族並不多，滿族、鄂溫克族、鄂倫春族、達斡爾族信奉薩滿教，東鄉族、保安族、撒拉族、塔塔爾族、塔吉克族、烏孜別克族和俄羅斯族信奉的都是伊斯蘭教；裕固族信奉喇嘛教。」

不得不佩服洪裕達的記憶力，憑著一張白紙就能侃侃而談，紙上寫滿了字跡。秦濤忽然想起了高中時候的數學老師，在草紙上不斷地計算著，最後得出了答案。這是一個複雜的推理過程，沒有深厚的文化修為是達不到的！

喇嘛教屬於藏傳佛教，裕固族排除在外。伊斯蘭教信奉的是「真主」，有真正的教義和教規，圖騰也絕對不是族徽上雕刻的三眼怪蟲，所以信奉伊斯蘭教的民族也剔除掉。只剩下了信奉薩滿教的幾個民族。

洪裕達皺著眉頭苦苦地思索片刻：「薩滿教沒有特定的教義和教規，與其說是一種宗教不如說是獨特的信仰，依靠薩滿師傳播和主持相關儀式，而且薩滿教信奉的是萬物有靈。薩滿教是最古老的宗教，其歷史將追溯到史前漁獵文明時代，薩滿是通古斯語的漢譯發音，se 在通古斯語系中的意思是知者，也可以理解為智者、傳播知識的人，也就是舉行儀式時候的薩滿師。」

秦濤嘆服地點點頭：「也就是說他們有可能是滿族、鄂溫克族、鄂倫春族和達斡爾族？」

「還有最後一道關，宗教信仰和圖騰信仰要分開來看，黃樹奎說他們在午夜時分舉行拜神儀式，從這個贗品青銅器來看，他們所信奉的神靈是具體而抽象的，像龍蛇也像怪物，因為有三隻眼，簡仁當初的判斷有一定道理，這個民族在商周時期就存在了，而且相信他們的祖先是三隻眼的神靈。」洪裕達輕歎一下：「滿族人來源於女真族，女真族是比較古老的民族之一，活躍在東北一帶，而西北地方的滿族人則是遷徙所致，所以不是滿族。鄂溫克和鄂倫春民族是解放後才定下來的民族，可以剔除。」

郝簡仁拍了一下手：「那就剩下一個了，達斡爾！」

通過民族、宗教信仰、圖騰信仰和風俗習慣等資訊來確定他們的身份何其難也？輕易下判斷會誤導行動的，而且不利於鎖定犯罪分子。達斡爾族是契丹族的後裔，在明朝的時候主要生活在內蒙古、黑龍江一帶，在清朝的時候因為日俄戰爭，達斡爾民族不得不遷徙，大部分遷徙到了嫩江流域，還有一部分到了新疆塔城。

洪裕達搖搖頭：「都不是。」

「怎麼？」

「不怎麼樣，判斷他們的族性是一項浩大的工程，如此簡單地判斷是有失公允的，經過推斷，他們不屬於任何一個已知的少數民族。」洪裕達瞪一眼郝簡仁：「學術的問題就要用證據和事實說話，而不是武斷魯莽地猜測。」秦濤不禁微微點頭：「那這與我們已知的資訊矛盾啊！」

「我猜想是不是黃樹奎說謊？他們根本就不是從西北來的，或者說氏族是商周時代曾經出現過的一個民族，是他們的信仰，而他們就隱藏在少數民族之中，甚至有可能隱藏在漢族裡，但其信仰是氏族。」

秦濤焦急地來回踱步，確定不了犯罪分子的真實身份資訊，就無從抓捕，倘若採取追蹤的方式無疑是大海撈針，還有二十天的期限，怎麼採取有效行動？唯一的辦法就是利用天樞七星盤進行誘捕了，但這是傷敵一千自損八百的辦法，而且對手吃了一次大虧之後，絕對不會再上當。

李艾媛幽幽地歎息一下：「洪老師分析得有道理，也許氏族不是一個民族，而是犯罪團夥，或者是一個神祕的民間組織，黃樹奎交代他們來自西北，應該是準確的，除非從一開始他們就欺騙了所有人。」

眾人都沉默起來，案子調查到現在終於碰到了一個極端困難的問題。黃樹奎說對方只有六個人，前後兩次行動消滅了五個，還有一個跟黃樹奎一樣年紀的人沒有露面，也就是前晚偷屍體那個。

秦濤有些後悔，當時莫不如立即帶人去追殺對手，至少能確定到底是幾個人，或許還能抓到一個活口呢，一切問題都將迎刃而解。

「必須儘快確定目標位元，我想可以採取主動西進的方式追蹤，對手沒有得到天樞七星盤絕不會善罷甘休，而且我有一種預感。」秦濤凝重地看著眾人：「這次行動的難度絕對不會比白山行動簡單，甚至更難。」

這是兩位元老首長最不願意看到的情況，白山事件和雪域行動對隊伍造成很大的損失，尤其是在和平年代，這種因為執行特殊任務的流血犧牲究竟值不值得？秦濤是抱著否定的態度。但世界不是平的，任何一個弧度都埋藏著未知的祕密，探索相關的祕密可以解開很多科學無法解釋的謎團，為科學研究提供第一手資料。從這個意義上而言，還是很有價值的。

「這次行動的目標並非是簡單地追回 700198 號文物，也許我們還將經歷一場浴火重生！」秦濤的話很輕，但對郝簡仁和徐建軍而言卻分量極重，只有李艾媛沒有理解其中的含義，行動過後就知道了。

收兵是不得已的事情，行動最大的收穫就是抓住了與犯罪分子朝夕相處了三個多月的黃樹奎，讓他跟吳鐵鏟一起去交流心得體會吧。

秦濤把行動情況彙報給呂長空，並提出了目前存在的最大難題：700198號文物失落不明，所有線索全部中斷，一周的時間對手沒有任何行動，好在天樞青銅盤這個籌碼握在手裡。

「首長，我懷疑遇到了第二個白山事件，犯罪分子的身份成謎，我請求去西北溜達一圈，看看有沒有線索。」最後秦濤只能自告奮勇。

呂長空和李建業兩人研究了半天，最後決定答應秦濤的請求，不過要求一定要注意政治影響和軍人的形象，不能損害少數民族的感情。這個要求不高，但真的很難做。秦濤的政治敏感性是極高的，想要完成任務就必須獨闢蹊徑。

「怎麼獨闢蹊徑？人溜了，蛋蛋下落不明，現在為止都無法確定犯罪分子究竟是什麼身份，如果隱藏起來這輩子都抓不到呢。」徐建軍不禁洩氣，半個多月過去了，案子沒有一點進展，都不如刑警隊那邊，李艾媛在一周時間內打掉了兩個文物走私團夥！

一周的時間匆匆而過，洪裕達專心研究天樞七星盤和氐族的問題，卻沒有任何結果，人都累得瘦了一圈，最後終於崩潰：「我要找沈鶴北去問問！」

郝簡仁幸災樂禍地哈哈大笑，衝著正在整理戰術背包的秦濤耍了個怪臉：「濤子哥，洪老要去找沈鶴北，我舉雙腳支持！」

「你的嘴和你的腳一樣臭！」洪裕達不滿地瞪一眼郝簡仁：「小心沈所長給你托夢讓你去陪他下去研究！」

惡毒！郝簡仁收斂了笑容，吊兒郎當地正坐在桌前，拿起兩張考古筆記翻來覆去地看著：「我的意思是您應該學學濤子哥，獨闢蹊徑，曲線救國，整天盯著也不是辦法，我給您提個建議怎麼樣？」

「我建議洪老應該休息一下，中國上下五千年的人文歷史，曾經存在的瑰寶無數，天樞青銅盤的工藝複雜，是那個時代最具代表性的寶貝，而且歷史資訊又中斷千年，最早的史書裡面連夏商周三代的歷史資料都絕無僅有，別說一個青銅盤了。我想，要解開這個謎團必須有其他輔助的歷史資料，比如出土同一時期帶有銘文的青銅重器，或者發現如《竹書紀年》那樣的竹簡木牘才行。」秦濤一本正經地說道：「中國文化歷史多災多難，始皇帝焚書，項羽火燒阿房宮，董仲舒獨尊儒術，歷代戰亂不休，導致了珍貴的歷史文獻都失落了，民族的一大損失啊。」

洪裕達也歎息一聲：「小秦說的對，最早的史書並不是司馬遷的《史記》，比如《竹書紀年》裡就有《魏書》，戰國時期的楚國大夫屈原的《離騷》、孔聖人的《春秋》裡面都有相關的歷史記憶，中國的歷史滲透到文化當中，而文化的傳承融入了民族的基因中，不管青銅時代有多麼輝煌，都只存留在記憶裡。所以，考古事業是追尋民族歷史文化的偉大事業，但現在卻被那些盜墓分子給毀於一旦了！」

洪裕達的話頗有道理，其實歷朝歷代都有盜墓的，歷經千年之後便形成了一門行當，經久不衰。更讓人痛惜的是解放前外國人對中國文物的掠奪，造成了無法挽回的文化災難。流沙墜簡、敦煌遺書等等文化寶庫都遭到了洗劫。就連明朝萬曆皇帝編撰的《永樂大典》的珍本都消失於世。所以，能夠流傳到今天而且保存完好的文化遺產不僅少之又少，而且任何一件文物都彌足珍貴，包括天樞七星盤。

一聊到這個沉重的話題郝簡仁就不淡定了，表面上看他是那種放蕩不羈的人，實則骨子裡的傳統觀念與秦濤不相上下，唯一的缺點就是讀書少，但心卻是「紅」的。此刻兩腳搭在桌子上捧著一張舊報紙百無聊賴地看著：「天樞青銅盤很可能與700198號文物息息相關，吳鐵鏟當初盜墓的時候應該是一起到手的吧？蛋蛋是第一批被繳獲的，而青銅盤則是近期才被起獲，這說明什麼？」

「說明什麼？沈所長打擊文物走私和盜墓的力度很大，成了盜墓賊的眼中釘肉中刺。」

郝簡仁的腦袋搖得像撥浪鼓似的：「不對不對，我的意思是說當初在古墓裡兩件東西是什麼狀態？一個是紫薇混元珠，另一個是天樞七星盤——名字確實很好聽，天生一對似的？」

洪裕達微微一愣：「天生一對？」

「哈哈，洪老愛聽這話？還有一句，叫地設一雙！」

「從發掘現場瞭解到這次大規模發掘只起獲了兩件商周時期的文物，但那可是唐墓。」洪裕達非但沒生氣，還湊到郝簡仁近前：「我有一個大膽的猜想，這兩件文物是不是成雙成對的啊？你看，天樞七星盤的中間恰好有鏤空的空間哦！」

秦濤微微一愣，三個臭皮匠賽過諸葛亮，這種猜測有其合理性。第一，兩件文物是一起被偷盜出來的，而且是在同一座古墓裡；第二，犯罪分子只要這兩件文物，他們一定知道其中的祕密；第三，誠如簡仁所說，天樞七星盤和紫薇混元珠的確像是雌雄一體的東西！

郝簡仁撇嘴：「您的腦洞開得太大了吧？天樞七星盤可是商周時候的青銅器，蛋蛋是什麼？不知道年代的玩意兒，也不知道是什麼材料做的，像是天外來物似的，頂天是墓主人喜歡的兩件小玩意兒，放在一起陪葬了。」

的確如此，秦濤沒想到郝簡仁的腦瓜反應這麼快，不禁苦笑著搖搖頭：「不要糾結這件事了，好好準備一下去西北逛逛吧，這裡的氛圍太壓抑，洪老都快受不了吧？」

幾乎所有人都快挺不住了，這種「摸著石頭過河」的任務讓人抓狂，要不就快刀斬亂麻要不就等待時機，犯罪分子遲早要露出狐狸尾巴的。不過時間不等人啊，一晃又過去了一周，都糾結在氏族和青銅盤的問題上，什麼時候能有結果？

文物研究工作不是你孜孜不倦就能行的，也不是依靠靈感就能取得突破的，需要大量的實物證據才行。所以，秦濤建議去西北走走，第一站是陝西西安，那裡是六朝古都，人文歷史底蘊深厚，說不定能找到一些線索。而洪裕達卻想打道回府，去故宮博物院請教高人，不過直接被郝簡仁給否決了，理由是：這是絕密任務，不能透露半點消息。洪裕達只好客隨主便，免費去西北逛逛也未嘗不可。

徐建軍率領先頭部隊已經開拔，狼藉不堪的文管所院子裡文管部門正在清點文物，而刑警隊接管了這裡的安全保護工作，一切都在緊鑼密鼓地進行著。刑警隊增派李艾媛和雪千怡協助軍方破案，黃局長堅決要求徹查，直到把犯罪分子一網打盡為止。

李艾媛和雪千怡師徒兩個也成為免費西北遊的受益者。

◊

一行七個人坐上了西行的列車，黃樹奎作為「特邀嘉賓」被「邀請」去西北逛逛，而吳鐵鏟轉移了關押地點，成了一枚棄子，等待案子公訴之後一起判決。

每個人的心情都很複雜，尤其是李艾媛和秦濤。

700198 號文物失竊的來龍去脈已經彙報給兩人首長，呂長空下了死命令，聲色俱厲地要求在一個月內把犯罪分子一網打盡，而李政委過後悄悄告訴秦濤：給你三個月的時間，把 700198 號文物囫圇的給我帶回來，有沒有信心？

有？還是沒有？秦濤也不知道。

李艾媛的心情更是沉重，沈鶴北案子是自從當上刑警隊長之後所經歷的最複雜的刑事案件。前前後後死傷多人，在進行到最關鍵的時候卻裹足不前，黃局長要求徹查此案，但她一點頭緒也沒有。怎麼徹查？從哪查起？犯罪分子現在在哪？

秦濤發現李艾媛的氣色有些不對，始終心事重重的樣子，知道她心裡還在窩火。如此重大的案件遇到了瓶頸，身為刑警隊大隊長壓力不小，但自己的壓力何嘗不是如此？犯罪分子不是普通人，很可能與白山事件或者雪域行動所遭遇到的對手一樣。所以，不能用平常的眼光去看待這件事情。

「怎麼？不喜歡西遊啊？」秦濤剝開一個橘子遞給李艾媛：「山窮水盡疑無路，柳暗花明又一村，事情總是向前發展的，也許我們此行會有更大的收穫。」

李艾媛臉色一滯：「你怎麼知道？目前我們兩眼一抹黑，對手的資訊基本一片空白，一切都未知。」

「嗯，這才是真正的考驗，如果人擺在那讓妳去抓還有什麼意思？偵查、判斷、推理，證據、資訊、線索，這些我們都具備，人證、物證齊全，現在只是隔著一層窗戶紙，只要找到契機給捅破了，一切都將大白於天下。」秦濤的心裡也沒有底，說歸說做歸做，往往說很容易，但想要做到是難若登天。

李艾媛苦澀地搖搖頭：「跟我的感覺一樣，真相也許只是一層窗戶紙，但現在我們如何也看不透，更無法捅破。線索在我心裡面理順了好幾遍，不知道從哪入手，你說我這個刑警隊長是不是有點窩囊？」

「革命樂觀主義不能丟，堅持勝利的自信心不能丟，我們要敢想敢做敢於勝利，不要碰到困難就畏手畏腳……」

「我畏手畏腳？」李艾媛皺著眉頭臉色一陣紅一陣白，不滿地瞪一眼秦濤：「第二戰雖然取得了絕對勝利，但你把案子推到了絕地，如果抓到一個活口的話我們就可以取得突破性進展，而你呢？全給弄死了！」

秦濤啞然，當初是想著要抓個活口，但當時的情況不允許啊，戰鬥打得你死我活，總不能讓兄弟們犧牲吧？況且老首長曾經說過，面對敵人要像秋風掃落葉一般無情，那幫犯罪分子窮凶極惡，稍有不慎就有可能更加被動。

「活口不是還有一個嘛，只是沒有抓住呢！」秦濤尷尬地活動一下胳膊，傷雖然好了些，但行動還是有點受限，忽然想起了黃樹奎所說的那個五十多歲的犯罪分子，秦濤無論如何也不相信一個人就能把四具屍體神不知鬼不覺地給弄走，但事實很打臉，不僅給弄走了，連續在山下搜尋了幾天都沒有發現任何痕跡，人哪去了？

「他會如何處理那幾具屍體？」李艾媛不安地望一眼車窗外面，火車的速度並不快，耳邊傳來令人心煩氣躁的「匡噹」聲。

秦濤思考一下：「老徐說跳崖了，但生不見人死不見屍，以我對這夥人的瞭解，兩條途徑，一是深藏起來，二是火葬。川北地區多山多溝壑，藏幾個人很容易，火葬也很容易，一把火連骨頭渣子都不剩。」

李艾媛搖搖頭：「沒那麼簡單，我在想為什麼要偷走屍體？死人是不會開口說話的。況且我們已經進行了屍檢，相關的資訊全部掌握，他是出於何種目的？」

這個問題只有靠猜測，一般而言有兩種可能：一種是毀屍滅跡，不留任何資訊；第二種是銷毀證據，防止洩密。死人的確不會開口說話，但許多資訊已經暴露出來。秦濤凝重地點點頭：「屍檢只能掌握醫學方面的資訊，但其他資訊是檢查不出來的，比如人的職業、習慣、性格、信仰等等。」

「身份資訊當然無法檢查出來，但我們也發現了第三隻眼的祕密，從而知道氐族很可能有開第三隻眼的風俗習慣，我查證相關資料，沒發現哪個少數民族有這種嗜好。」

「那是古老民族遺留下來的傳統，而且許多少數民族的傳統都是保密的，他們不喜歡外人知道那些關於本民族的具體祕密，雖然現在是資訊化時代，但相當一部分民族還生活在閉塞之中。」秦濤看一眼旁邊正在研究兩頁考古筆記的洪裕達：「洪老，你知識淵博見多識廣，中國最古老的民族是哪個民族？漢族不算，您說說看！」

洪裕達苦笑一下：「小秦，你是在難為我？民族是隨著時代發展而不斷變化的，民族也是隨著社會的進步而不斷融合的，我所知道最早的民族是商，就是商周的商，商是北方的一個古老民族，後來統治了中原，建立了商朝。當然還有許多古老的民族，譬如羌、吐谷渾、鮮卑、契丹等等。在古代，促進少數民族不斷遷徙、融合的最直接因素就是戰爭，這些古老的民族在戰爭中被迫遷徙融合，形成了新的民族，許多少數民族都是古老民族的後裔，但已經不可考據了。」

李艾媛不禁聳聳肩：「所以這條路是走不通的，我們已經詳細論證過了，必須獨闢蹊徑才行。」

秦濤當然知道其中的道理，但這幾天想破腦袋了也沒有什麼結果，浪費了好多腦細胞倒是真的。黃樹奎所供述的有一定的參考價值，但不足以形成鮮明的線索，因為「拜神」活動本身是一種宗教信仰，是人的精神寄託，幾乎所有民族都有這種信仰，漢族也不例外。通過信仰確定犯罪分子的身份不太靠譜。

除非能確定他們拜的具體神明，然後按圖索驥鎖定特定的人群。還有一點，一些邪教組織也會以精神信仰束縛教眾，都隱藏在陰暗的社會角落，不太好發現。秦濤不禁輕歎一下：「有個問題想請教，世界上有沒有神？」

李艾媛眉頭微蹙地看一眼秦濤：「那是精神信仰問題，我相信科學，所以沒有神。但拜物教者認為有，犯罪分子搞得就是拜物活動，在他們的心裡當然有神。」

「我也是唯物主義者，但卻相信有。我所說的神不是虛無縹緲的精神幻想，而是擁有超級能力創造出超級文明的人。比如紫薇混元珠和天樞七星盤的製造者，高超的工藝讓人歎為觀止，繁複的設計超出了現代人的想像，更有可能具有特殊的作用，可以用驚為神人來形容。」秦濤臉色一紅：「再比如妳，可以探測人的記憶，也驚為神人，所以，妳是神。」

李艾媛苦笑一下：「第一次有人這麼恭維我，我是女神？」

「女神！」

「按照你的解釋，這世界上存在許多神，幻想家可以把上一季文明的創造者稱為神，文學家可以杜撰出封神演義裡的諸神，而科學家卻無法證明。所以造神的人才是神的始作俑者，他們才是神，不過得加一個雙引號！」

洪裕達微微點頭：「李隊說的有道理，無論是《封神演義》還是《西遊記》，裡面的神都是小說家臆造出來的，哪裡有什麼神？」

秦濤並不同意兩個人的說法，關於「神」的討論應該上升到哲學的高度，因為科學也是哲學的一種。愛因斯坦和牛頓是世界上著名的大科學家，他們在老年的時候驚人地認為：科學的最終境界是「神學」，為什麼那麼徹底的科學巨匠會有這種選擇？

「關於這個我有不同的看法。孔夫子是聖人，其徒弟有七十二賢人，賢人下面還有智者，智者之下是凡人，這是中國文化把人分成的等級，毫無例外我們都是凡人，但聖人之上還有沒有等級之分？」秦濤淡然地看著洪裕達問道。

洪裕達的思維停頓一下，然後凝重地點點頭：「有道行道才為賢人，德才兼備謂之聖人，擁有通天化境者為神人，至善至美者為至人。但莊子在《逍遙遊》裡開宗明義地把人生的境界分成三種，至人、神人和聖人，聖人乃人生的最高境界，而不是神人。」有理有據，引經據典，不得不佩服洪裕達的學識。

「洪老，史前時代是什麼時代？如果能證明史前還擁有文明時代的話，就可以找出紫薇混元珠和天樞七星盤來自何處，就知道氏族究竟是什麼樣的民族。」

洪裕達四平八穩地靠在椅子上：「這個我已經有過猜測，天樞七星盤被沈所長鑒定為上古時代的文物，其根據無非是上面的古文字，鐘鼎文是現代歷史考古學家和文化學者根據商周時期的實物證據而發現並命名的，但我判斷這件器物最遲不過春秋戰國，畢竟那時候的人也會用鐘鼎文，所以說這東西應該是春秋戰國之前製造的。你問夏商周之前有沒有文明時代，這個問題實在很尖銳也很難以證明，但我猜測是有的，唐堯虞舜，至少有兩代一千五百年的文明歷史。」

李艾媛不禁皺眉：「夏商與西周，東周分兩段，春秋和戰國，一統秦兩漢，洪老，夏朝前面是空白呢。」

「你是被誤導了，夏朝是第一個家天下的王朝，也是文明紀念開始的朝代，以前怎麼可能空白？傳說夏朝之前是禪讓制，堯、舜兩代分別主政了唐和虞兩個時期的朝代，中國上下五千年是怎麼分期的？就是從這裡，夏朝是西元前二十一世紀，據考證是四百七十一年的歷史，還有一千多年的歷史沒計算在內，所以並不是上下五千年，而是六千年。」洪裕達如數家珍地笑道：「不過這是我在家裡沒事琢磨出來的理論，沒有實物證明唐堯虞舜的時代存在過。」

「如果天樞七星盤被證明是夏朝甚至之前的文物呢？」

「那歷史就會被改寫，這可是震動世界考古界的大事件！」洪裕達忽然來了精神，如果真的能夠證實這件事，中國的歷史將至少提高一千多年，讓國外那些狗屁專家學者立即閉嘴！

秦濤淡然苦笑一下：「洪老，還是研究一下七星盤裡面的文字究竟代表什麼吧，西安博物館有古文字專家，一定有認識大篆的人，可以請教一下。」

這也是秦濤之所以請示「西遊」的主要原因，一方面是去碰運氣，一方面是研究七星盤。自己雖然有許多想法，但都不成熟，也不靠譜。沒有歷史文化依據的猜測，不過是主觀臆斷而已，沒有任何參考價值。

坐在秦濤對面的郝簡仁聽得入神，一本正經地看了一眼黃樹奎：「戴罪立功的機會來了，你是狗頭軍師，一輩子就研究這個了，有沒有不同的看法？」

黃樹奎一咧嘴：「我是民間野路子，不登大雅之堂啊！」

「戴罪立功，將功贖罪！」

黃樹奎眨巴一下眼睛：「真的？」

「我對車燈發誓，只要提出有價值的意見就行！」

秦濤皺著眉頭看著黃樹奎：「歡迎你加入討論，野路子也許是對路也說不定呢。」

「天樞七星盤我只看過幾眼，現在還真有些印象，當初一出土的時候我就判斷至少是春秋戰國之前的玩意兒，有三個證據在裡面，你們所說的都有一定道理，但沒說到點子上。」黃樹奎胸有成足地低聲道：「天機不可洩露啊，幹我們這行的必須得有點真本領，否則吃不開。」

「別瞎掰，有理有據，引經據典，像洪老似的推斷論證！」

黃樹奎啞然：「好吧，第一點看器物外形，據我所知青銅盤一般都是祭祀禮器，也有實用物，但凡這些都是春秋戰國時期的玩意兒，但七星盤明顯不同，它不是酒器也不是食器，只能算作雜器，但出土了那麼多雜器裡面沒有這個造型的，比如當年在陝西鳳翔周幽王大墓裡出土的青銅酒禁，是酒器，那是周朝的老玩意兒，春秋戰國之後就沒有那東西了，所以是寶貝，七星盤跟這個如出一轍，所以可以判斷七星盤是春秋戰國之前的，這是斷代。」

秦濤和洪裕達都凝重地點點頭，周幽王大墓是在民國時期軍閥黨玉琨盜掘的，出土的青銅重器數不勝數，最具代表性。黃樹奎的判斷有理有據，可以一聽。

「連長同志，你說話算話不？我要是真說出來不同意見真的將功贖罪？」黃樹奎不安地看著秦濤，眼中露出一抹狡猾的光亮。郝簡仁一瞪眼：「再說廢話把你腦袋打放屁了！」

秦濤漠然地點點頭：「算話！」

「好！有你這句話我就心安啊。」黃樹奎翻了一下眼皮：「第二點，沈所長為什麼會判斷出來是上古重器？這個要歸功於我，當初我根據七星盤上的古篆判斷出來的，告訴了秦文鐘。九個古篆字，對應輪盤上的九孔，用無影燈照射就會發現在下方的投影上顯示出一幅圖案，北斗星陣，知道為什麼是九孔不？因為北斗星陣是九顆星，而不是七顆。」

眾人都十分震驚地看著黃樹奎，原來天樞七星盤裡蘊含著這麼大的祕密？如果他不說，這輩子也甭想研究出來，但他是怎麼知道的呢？畢竟是春秋戰國時期的文物啊，難道老傢伙成精了不成！

一般而言，盜墓這個行當是有傳承的，但大多都是關於尋龍點穴、判斷古墓的技藝，而不是鑒寶。很多盜墓賊能盜寶不一定識寶，所以許多寶貝都被暴殄天物了，而黃樹奎卻不一樣，他最大的能耐是摸金點穴和掌眼，祖傳的手藝。

郝簡仁不可思議地看一眼黃樹奎：「用的是做手術的無影燈？你去醫院鑒定的？」

「手電筒。」黃樹奎呲牙一笑：「用什麼不重要，重要的是投影之後所呈現的內容，七星盤九環呈現的是空白，中間是北斗星陣，我做了一個大膽的猜測，其實九孔之中是有文字的，為啥沒有呢？因為每個孔旁邊都有拐臂，拐臂上有文字，但那是部首，而不是囫圇的篆字，所以我猜測在之前故意被人打亂了，已經無法呈現原貌，甚至墓主人都無法還原，留下一個千古謎題。」

的確如他所言，九孔旁邊都有拐臂，應該可以移動，但文字是刻在青銅盤上的，無論拐臂怎麼移動內盤是不會動的。但這只是猜測，因為拐臂已經被鏽住了，誰都不敢動，怕損壞器物。

黃樹奎的猜測引起了洪裕達的極大興趣，極力地回憶著青銅盤的構造和可能出現的各種情況，不斷地點頭：「有道理，很有道理！我猜測當時秦文鐘給老沈所繪製的圖繪就是這麼來的，難怪咱們看不懂？」

高手在民間啊！如果他不說怎麼能想得到？

「第三點是判斷青銅盤準確年代的重要依據，你們關於神的討論我很感興趣，原因是這玩意兒很有可能是神造的，連長同志說的有道理，上古時代的人已經掌握了我們無法企及的科學技術，他們的文明已經超越了現代文明，對我而言就是神一般的存在。比如青銅盤，現代的工藝是無法複製的，其中隱藏的祕密也是無法獲知的。」黃樹奎吧嗒一下嘴：「氏族所崇拜的諸神很可能是上古時代的老祖宗，擁有超級智慧和超級文明的人。我是篤信鬼神存在的，不好意思哈，這點跟諸位無法同步，我崇拜的神就是老祖宗，咱都是炎黃子孫嘛！」郝簡仁撲哧一笑：「套近乎也沒這麼套的吧？我老祖宗是猴子，達爾文說的。」

「達爾文是誰？」

「是進化論的創造者，一個外國科學家。」洪裕達凝重地思索道。

「他一定沒見過七星盤，否則就不會說人是猴子變的了。猴子已經存在幾十萬年了，現在還是猴子，人呢？老祖宗在幾十萬年前還是老祖宗。」黃樹奎煞有介事地反駁道。

郝簡仁忽然發現這傢伙的邏輯很有意思，解釋得很完美，不禁瞪一眼黃樹奎：「都死了百十年了，他們的老祖宗是猴子變的，我們的不是。」

「書歸正傳、書歸正傳，第三點裡面還有一個重要的資訊，投影所顯示的圖案應該是星陣圖和文字組成的，因為文字組合的原因，我們無法知道其本意，權當組合正確吧，姑且不論是什麼意思，我們可以看出來這個圖形實際上呈現的是河洛之象。」

「河洛之象？」洪裕達失聲，這是他猜測已久的問題，本來認為是伏羲的先天八卦，但缺失信息。

黃樹奎一本正經地點點頭：「洪專家一點就透，其實你們研究到了真相的邊緣，但還隔著一層窗戶紙，對不？」

不得不佩服黃樹奎的判斷力，洪裕達凝重地歎息一下：「是的，經過你的提醒我終於明白了老沈為什麼可以斷定是上古重器了。」郝簡仁疑惑地看著洪裕達：「解釋一二？」

「河洛乃是華夏文化的源頭，這個說起來大有講究，我們現世的一切哲學、政治、經濟、倫理、科學的源流都來於此，所謂河出圖洛出書，聖人則之。這是華夏文明最具代表意義的神祕現象。這裡面有一個傳說，這裡的聖人就是華夏文化始祖伏羲氏，他在黃河見一龍馬拖著河圖而現，又在洛水遇到神龜拖著洛書，以此創造了先天八卦，是中國東方哲學和五行文化的濫觴。」洪裕達不禁感歎：「漢朝儒士認為河圖是八卦，洛書是《尚書》裡的《洪範九疇》，這是最早記載河洛文化的歷史資料，以至於後來的太極、八卦、周易、六甲、九星、堪輿等等都來源於此。」

黃樹奎微微點頭：「天樞七星盤就是九星之說，祕密就隱藏在這裡面，但最大祕密就是奇門遁甲。陰陽順逆妙難窮，二至還歸一九宮。若能了達陰陽裡，天地都來一掌中。」

「啥意思？」郝簡仁見黃樹奎搖頭晃腦的勁，就莫名覺得火大，估計他知道其中的奧妙，但始終不肯說明白？

黃樹奎神祕地笑了笑：「這是《煙波釣叟歌》的開篇，我懷疑天樞七星盤裡隱藏著驚天的祕密，但不知道如何開解。」

「是隱藏著奇門遁甲？」洪裕達凝重地問道。

黃樹奎微微點頭：「奇門遁甲在春秋戰國的時候叫陰符，在漢唐時代叫遁甲，明朝的時候才叫奇門遁甲，而最初研究奇門遁甲的人大家可以猜猜是誰？」

「周文王？」

「比文王早得多，是軒轅黃帝！」黃樹奎神祕地看著眾人：「沈所長是聽信了秦文鐘的意見才判定七星盤是上古重器的，而秦文鐘則採用了我的看法，不過他到底是高人啊，裝瘋賣傻了大半年，以為能逃過血光之災？他不應該跟沈所長接觸，也不應該破了天機，所以氏族人說神怒了。」

軒轅黃帝距今大概有四千六百多年的歷史，那時候就有「河洛」文化，由此可見上下五千年並不虛。黃樹奎的意見相當重要，如果他不捅破這層窗戶紙，任憑洪裕達怎麼研究都不會有成果。原因很簡單：思路決定出路，思路錯了就沒有出路。

秦濤微微點頭：「你的意見很重要，我會向上級領導彙報這件事，也請你放心，只要配合我們的工作，就是立功的表現，在法律上會考慮減輕刑責的。」

黃樹奎苦澀地點點頭：「以為我很想減刑嗎？我道破了天機啊。不過我還是再透露一點，天樞七星盤的河洛之象與紫薇混元珠的是相配合的，也許是一起組成了奇門遁甲的局，原因是紫薇混元珠上有九條三眼蟲子，恰好對著七星盤的九孔，會否出現變局也說不定。」

黃樹奎說完之後就閉嘴不言，過了幾分鐘舉起被扣住的右手，秦濤示意郝簡仁給打開。黃樹奎感激地看一眼秦濤：「人雖老了但愛面子，多謝連長同志。我去撒泡尿？」

「想尿遁？」郝簡仁立刻警覺地抓住了黃樹奎的胳膊，

「尿尿，不是尿遁。以為我敢遁鐵軌上去？」黃樹奎苦笑一下：「還想多活幾天呢！」

郝簡仁現在成了驚弓之鳥，神經綳得太緊張的緣故。

「洪老、李隊，你們認為黃樹奎說的怎麼樣？」秦濤凝眉看著李艾媛問道。

李艾媛臉色一紅：「我的意見是沒有意見，知之為知之，不知為不知，是知也。」

「他為研究天樞七星盤提供了最重要的思路，但沒有紫薇混元珠我們無法驗證是否準確。」洪裕達歎了口氣：「奇門遁甲四千多局，簡化之後是一千零八十局，我們都是凡人，對河洛之術一知半解，怎麼才能開解？」

當務之急是奪回 700198 號文物，至於如何開解其中的祕密就不是自己的任務了吧？如果上面兩位首長感興趣的話可以找此中的高人開解。劍指西北的最大目的，是確定犯罪分子的行蹤，天樞七星盤在自己的手裡，是最重要的籌碼。如果可以的話，不介意玩一齣「李代桃僵」的好戲。這是唯一可行的辦法。

列車在漆黑的夜裡疾馳，幾乎所有旅客都漸入了夢鄉。郝簡仁繼續和黃樹奎扣在一起，睡得鼻涕冒泡，鼾聲如雷。唯有秦濤和李艾媛毫無睡意。秦濤的傷雖然好了一些，但還是不時感覺疼，如果時間不緊迫應該好好療養才是，好在此次西行比較放鬆，調查的任務也不重，否則得打封閉針了。

李艾媛泡了一碗泡麵，裡面放了一顆滷蛋，推到秦濤的面前：「吃吧，加點營養。」

秦濤苦笑一下：「我哪兒那麼金貴？這蛋要是 700198 號文物就好了。我猜測犯罪分子不會放棄青銅盤，一路要小心些，免得被算計了。」

李艾媛拿起報紙一邊瀏覽一邊冷哼一聲：「我倒是希望他們自己送上門來，這種情況我見得多了，比我們還能隱忍，時機不成熟是不會下手的，沒有個把月看不到希望。不過此次西遊也不錯，長長見識，以前沒時間出差，出差也是過客匆匆走馬觀花。」

秦濤也不客氣，開始大口吃麵：「這次行動不比尋常，妳要做好心理準備，很可能艱巨的考驗還在後面。」

「你執行過這樣的任務？」

「嗯，兩次，運氣好，沒有掛掉。」秦濤對白山事件和雪域任務記憶猶新，甚至多少年之後都不會忘記，那種困難和危險超出了所有人的想像，現在想起來還有些驚悸。這次任務也不簡單，從對手的身手和神祕程度來看，很可能是一場你死我活的較量。

李艾媛十分驚奇地看一眼秦濤：「你的運氣始終不錯，古墓一戰讓我大開眼界，很不一般，也讓我重新認識了軍人，很鐵血。」

鐵血？很熟悉的感覺，不過秦濤認為自己距離「鐵血」差了十萬八千里，對方是犯罪分子，將其制服才是目的，萬不得已下才將其擊斃。並非是對生命的尊重，而是任務需要。但遭到窮凶極惡的敵人威脅的時候，第一時間想到的不是鐵血，而是反擊，強力的反擊！

「和平年代沒有那麼多的鐵血故事，而且我沒時間跟他柔情。」秦濤咧嘴笑了笑：「不過妳有時候倒是有些情懷，跟狡猾的犯罪分子鬥智鬥勇，將之繩之以法，維護公平正義，我是臨淵羨魚啊！」

「我長得像魚嗎？你們做過這份工作不知道有多危險，打黑槍的、求人情的、暗中使絆子的比比皆是，你這性格幹不了兩天半就得瘋掉！」李艾媛忽然盯著報紙，臉色有些異樣，拿出近視鏡又仔細看著新聞。

「妳也近視？」

李艾媛點點頭：「秦連長，雪千怡說你們在火車上遇襲的時候那具屍體不翼而飛？」

「嗯，怎麼了？」

「黃樹奎說過犯罪分子裡有人得一種怪病？掉黑色的黏液？」

秦濤放下叉子：「火車上襲擊我們的那個怪人也是，所以懷疑他們是一夥的。」

「你看看這條新聞！」李艾媛緊張地把報紙遞給秦濤：「甘肅隴南發現中毒感染事件，症狀有些相似！」

是一種未知的病毒感染事件，感染者怕光、怕水，身體皮膚組織潰爛，有黑色黏稠狀液體流出，目前發生了三起病例，全部死亡。報紙上沒有透露究竟是感染了什麼病毒，院方沒有給出具體說法。新聞的下面是一則治療皮膚感染的廣告。

秦濤不禁苦笑一下：「軟文寫得觸目驚心的，廣告罷了。」

「不要看廣告，看新聞！」

這樣的小報的花邊新聞基本都是捕風捉影，廣告軟文寫得毫無底線，幾乎沒有參考價值。不過其描寫的症狀跟火車上那個襲擊者倒有幾分相似。也不禁又看了一遍，輕輕地放下報紙，如果把新聞和廣告分開來看，的確可以認為是一條很明顯的線索：那裡發生疫情了嗎？

看一眼報紙的時間，竟然是半個月前出版的。由此推測病毒感染時間至少發生在一個月之前，或者更早的時間。屍檢的時候對五具屍體進行了仔細檢查，的確發現有個人患有皮膚類疾病，有黑色的液體流出，但因為與案子無關而沒有被重視，難道真的與此相關？

第六章　隴上江南

甘肅隴南乃關中鎖匙，兵家必經之地，其歷史之久遠恐怕要追溯到春秋戰國之前。是秦人和秦文化的發祥地，其地理位置在魏蜀邊境，諸葛亮六出祁山就是在這裡。

秦濤對小報上的新聞不太感興趣，但提起隴南卻不禁眉頭緊皺，腦子裡立即閃現出一張地圖來。隴南的位置太重要了，毗鄰四川盆地和陝西西部，地處大巴山區，有「隴上江南」之稱，扼守甘肅、四川、陝西三省的咽喉要衝，乃「秦隴鎖匙，巴蜀咽喉」。

秦濤之所以清楚隴南的歷史，是因為讀過《三國演義》，而且在歷史上這裡久經戰亂，出了許多重要人物。晉朝的司馬家族發生了「八王之亂」，北胡和西戎等邊陲少數民族趁機作亂，侵佔中原北方領土，司馬家族諸王非但沒有屏邊，還拉攏外族彼此對抗，淝水之戰之後，邊陲少數民族取得了極大的發展，最後形成「五胡亂華」的局面。

隴南距離川北並不遠，氐族難道來自隴南嗎？以一則小報的新聞就判斷犯罪分子來自隴南是不是有些太武斷？

此時洪裕達迷迷糊糊地醒來，見兩個人還沒有睡，不禁苦笑：「我做了個夢，夢見天樞七星盤和紫薇混元珠合體了，然後顯示出一副奇門遁甲的局，抓耳撓腮地看了半天也解不開！」

「洪老，您真的不知道氐族這個民族？」

洪裕達愣了一下，隨即指了指自己的腦袋：「小秦，人的記憶力是有限的，如果以前聽說過的話能不記得嗎？再者說我是研究考古的而不是民族學，在我的記憶裡只與少數幾個民族接觸過，三苗、犬戎、匈奴、羌、鮮卑、柔然等等，大多數少數民族都在戰爭中不斷地被融合，古老的民族不過是曇花一現罷了。」

「氐羌！」

「氐羌？」洪裕達臉色凝重地點點頭：「這個我沒想過，只知道有西戎，是對西部少數民族的統稱，氐羌的確是古老的民族，但是兩個民族，氐族和羌族！」

洪裕達拍了一下大腿：「好像記起來了，氐羌就是西戎，在商周時期就有，但早已融進了漢民族裡，他們的活動範圍大概在隴南地區，氐族和羌族雜居，所以分辨不出來誰是氐族誰是羌族，久而久之就消失了。」

「隴南？」李艾媛不禁驚呼一聲，凝神看著秦濤：「也就是說氐族來自隴南！」

「發現什麼不對了嗎？」洪裕達見秦濤的臉色不太好看，臉色不禁一陣紅一陣白：「小秦啊，如果你不提什麼羌族的話我真的記不起有氐羌這回事，應該是在年前的時候去隴南溜達過，那裡是大巴山，崇山峻嶺連綿起伏，屬於亞熱帶氣候，與四川一樣，被稱作隴上江南。」

秦濤不是在怨洪裕達，誰都不是電腦，不可能知道那麼多。但心裡總有點異樣的感覺，洪老是否在隱瞞著什麼？他是主動要求進入重案組的，上面兩位首長首肯的，本身是考古學家和未來神祕主義者，學識淵博涉獵頗多。但為什麼在「氐族」這個問題上遮遮掩掩？

如果當初確定氐族是來自隴南的話，就不可能有西安之行。

知識份子難道都這麼保守嗎？秦濤的心裡有些不舒服，李艾媛也看出來一些端倪，不禁苦笑：「洪老終於想起了氐羌族，實在不容易，麻煩您給介紹一下？」

其實不用介紹了，他所說的「氐族」是一個古老的民族，而犯罪分子所說的「氐族」未必是那個民族，很可能是一個組織的名稱。一直以來秦濤都渴望瞭解關於「氐族」的一切，但現在卻不想聽了。

劍指隴南！

洪裕達尷尬地看一眼秦濤：「據《山海經・大荒西經》記載，有互人之國，炎帝之孫名曰靈，靈生互人，是能上下於天，互人就是氐人國，在《海內南經》裡有注疏，互人乃氐族人，又有《竹書紀年》中記載，成湯十九年氐羌賓賀，說的是武丁討伐鬼方國勝利，氐羌來朝祝賀的意思。所以說，氐羌至少是在商周時期就有的民族。」

李艾媛微微點頭，難怪秦濤臉色這麼難看，老學究沒有和盤托出自己所知，耽誤了行動策劃！而秦濤卻沒有過多地斤斤計較此事，他篤信犯罪分子所說的「氐族」與洪裕達講述的「氐族」完全是兩個概念。現代人有幾個能說出自己民族遷徙歷史的？漢民族也不盡明瞭吧？

「羌笛何須怨楊柳，春風不度玉門關。去不成西安了，我們打道回府去隴南吧。」秦濤黯然地思忖一下：「洪老，您確定氐族是在隴南一帶？」

「據我所知應該是在甘肅、陝西、四川三省範圍內，五胡亂華的時候西北少數民族大遷徙，氐族大多融入了漢民族，但也有部分氐族依然會保持著原貌，尤其是居住在大巴山裡的原住民。」洪裕達歎息一下：「真的沒有想到是氐羌？太古老了，太不可思議了，如果真的存在那麼古老的民族為什麼沒有普查到？」

不是沒有普查到，而是早已經改頭換面了。洪裕達之所以這麼說不過是在推脫自己的責任罷了，他的身上有中國知識份子優秀的一面，學識淵博善於鑽研，但也有不好的一面：思維比較保守，雜念太多！所以，中國的知識份子雖然善於鑽研但成就大業的少之又少。

秦濤拍了拍睡得一塌糊塗的郝簡仁：「醒醒吧，睡過站了！」

◊

南轅北轍的滋味的確有點不好受，本來一行人等卯足了勁「西遊」，因為一張小報的新聞而改變了行程，而且洪裕達也突然「研究」出神祕的「氏族」歷史。雖然他的發現不是秦濤決定去隴南的原因，但心裡還是有所期望。

從黃樹奎的供述裡可以得出一個結論：犯罪分子最主要的習俗是進行「拜神」活動，「神」是三眼怪物，估計是源於祖先崇拜。這些資訊也不足以找到犯罪分子，人海茫茫，大海撈針，當前唯一的線索就是隴南突發的病毒感染事件，而且是小報的花邊新聞。

到了隴南市安頓下來，一個小賓館，立即給徐建軍打電話說明情況，徐建軍那邊已經抵達西安了，正在待命。秦濤的意思是讓他按兵不動，一有消息立即通知他。然後郝簡仁去當地衛生防疫部門拿著小報去諮詢，結果人家就回應了兩個字：扯淡！如果爆發疫情的話他們早就上報給國家衛生部門了，還等到小報去散佈謠言？

「我說濤子哥，一張小報就把咱調來了，是不是有點不靠譜啊？」郝簡仁牢騷滿腹，之所以一路上沒有發表任何意見，就是因為怕誤導了行動，結果一語成讖，捕風捉影的資訊、不靠譜的小報、扯淡一樣的廣告行銷，最終的結果是讓他們白跑了一趟。行動真的陷入了兩難境地，郝簡仁現在開始想念那幾個被擊斃的犯罪分子了，那幫傢伙神出鬼沒的不太好找啊，就算身上有天樞七星盤也未必能引來吧？俗話說不怕賊偷就怕賊惦記，最好他們還在惦記著青銅盤，來個守株待兔也好啊！

「我出去一趟。」秦濤背起戰術背包出門。

「去哪？」李艾媛追了出去問道。

秦濤苦澀地笑了笑：「溜達一圈，釣魚去。」

「李隊，濤子哥是想學姜太公呢！」郝簡仁呲牙道：「您留在賓館看人，我跟去，沒準會有新發現！」

華燈初上，人頭攢動。背著戰術背包的秦濤快步走在一條偏僻的小胡同裡，後面的郝簡仁緊跟其後，東張西望了一下：「你對這裡這麼熟？以前來過這地方？」

「沒有。」秦濤漠然地掃視一眼胡同裡瑟瑟縮縮的人影，這裡沒有市裡那麼繁華，住的都是普通老百姓，可能隱藏犯罪分子嗎？

郝簡仁乾笑兩聲：「我知道了，您是想找打廣告的小診所吧？讓您失望了，那種小報是人工印刷的，新聞也成了舊聞，掛羊頭賣狗肉的居多，小心碰到騙子！」

秦濤忽然在一處小門市前面停下，上下打量片刻，心裡不禁一陣激動。

皮膚病專治，祖傳祕方，藥到病除！按照小報上的地點果然找到了那家小店，但不免讓人有點失望，沒有廣告裡吹噓的那麼排場，簡仁不幸言重了：掛羊頭賣狗肉的。

秦濤舉步走進診所，一股刺鼻的藥水味道撲面而來。一個戴眼鏡的中年人正在低頭看書，發覺有人進來才驚訝地站起來：「看病？」

秦濤搖搖頭，把報紙扔在桌子上：「這是你打的廣告？」

中年人盯著秦濤的胸口看了片刻，臉漲紅了一層，微微點頭：「找人？」

「是。」

「你找的人不在這裡。」

很奇怪的回答，警察出身的郝簡仁立即意識到有問題，掃一眼秦濤的胸口才發現上面掛著一枚銅錢大小的「族徽」，立刻明白了怎麼回事。

「大夫，你怎麼知道我們要找的人不在這？」郝簡仁陰陽怪氣地打量著小店內的陳設，對面掛著一張人體解剖圖，一人多高，旁邊是一張甘肅省地圖和中國地圖，看皮膚病的都開始研究起地圖來了？不過是個人愛好而已，沒有什麼可懷疑的。

中年人似笑非笑地點點頭：「我的確不知道你們要找誰，來這裡多是看病的，這裡只有我一個醫生，不是找我的一定是找別人的。」

郝簡仁嘿嘿一笑，隨意地坐在破爛的沙發上：「開門見山吧，我們是看到了廣告才來的，想瞭解一下那篇軟文是誰寫的？是不是給你診所打的廣告？中了啥毒那麼狠？」

「不好意思，這是商業祕密，也是個人隱私，不便透露。」中年人似乎很不滿：「你不看病的話恐怕是來錯地方了，不好意思。」

最會聊天的郝簡仁被噎得說不出話來。秦濤點燃一根煙看一眼中年人：「你好像知道我的身份？實話實說，我們的確不是看病的，但有人委託我們來這裡取藥。」

「誰？」

秦濤不慌不忙地摘下「族徽」放在桌子上：「我只負責取藥，其他的一概不管。另外，我住在仁和旅館，現在拿藥或者想明白了給送去也成。」

很霸氣，沒有商量餘地。甭管他知道不知道「氏族」的祕密，但鐵定接收過感染奇怪病毒的病人，而那個病人也一定帶著「族徽」，所以他的臉色才微微變化，注意力全在那枚「族徽」上。

秦濤說完便轉身出門，郝簡仁滿頭霧水地跟了出去，好不容易才找到這裡，怎麼沒說兩句話就走了？又在玩欲擒故縱的小伎倆呢！

「等一等，您從哪來？」大夫急切地追出門問道。

「川北。」

「的確看過幾個特殊的病人，幾個月之前。」大夫輕歎一下：「但很久沒來了，病現在怎麼樣了？」

秦濤回頭看了一眼大夫：「人死了，病沒好。我拿藥不過是其他人感染了病毒，醫者仁心，如果你認為能治病救人的話就把藥給我，不能的話就算了。」

「你知道他們得的是什麼病嗎？」大夫的聲音明顯感到不滿，不是因為秦濤看輕了他的醫術和醫德，而是其他的原因，緩步走到秦濤近前：「那是一種未知的病毒感染，沒有有效的治療手段，染病的人組織器官會逐漸衰竭，流下的黏稠黑色液體具有強烈傳染性，我曾經建議他們去大醫院看看，但他們篤信神靈，只拿了幾帖皮膚藥就走了。」

「所以你以為治好了他們的病？沒想到給治死了？」郝簡仁陰陽怪氣道。

「胡說！氐族人以此為榮，視死如歸！」

秦濤的心一沉，但臉上並沒有表現得太激動，淡然地點點頭：「既然治不了，藥也不必拿了，我們打道回府吧。」

醫生望著兩個人的背影消失在胡同的盡頭，臉上起了一層冰霜。

街邊行人匆匆，秦濤和郝簡仁片刻便融入人流之中。

「濤子哥，那傢伙一看就不是好人，怎麼隨便走了？」郝簡仁疑惑地問道：「他對青銅族徽很感興趣，難道你沒看出來？」

眾生百面，怎麼能以貌取人？秦濤的洞察力是一流的，早已經看出了端倪，之所以沒有強行詢問是因為擔心打草驚蛇。剛來到隴南，對這裡的情況兩眼一抹黑，李艾媛建議尋求當地警方的支持，但被秦濤給否決了。這次行動是保密的，不能引起任何風吹草動，這也是兩位首長三令五申的要求。他交給李艾媛和洪裕達一個任務：調查一下隴南的民族民俗，查實究竟有沒有氐族部落。這種調查註定是沒有結果的，拿出五十六個民族的對照表一看便知。

秦濤鎮定地搖搖頭：「我們已經洩露行蹤了，如果對方上心的話，不用找就會自動上門。所以，今晚最為關鍵。」

「你還真學姜太公啊？人海茫茫，犯罪分子的嗅覺再靈敏也不會知道咱們虛晃一槍來了隴南，除非那傢伙就是幫兇！」郝簡仁是警察出身，辦案的經驗倒是有一些，只不過刑事案件的經驗特別少，以前處理過鄰里糾紛之類的。不過跟著秦濤混了這麼長時間，也漲了點見識，願者上鉤的把戲是不錯，但風險很大，容易被包餃子。

兩個人走進飯館，屁股還沒有坐穩，外面進來一個計程車司機，縮頭縮腦地觀察片刻才來到桌前，把一個牛皮紙的信封放在桌子上：「二位，你們是看病的吧？有人雇我送個信，二十塊錢的活，回見了！」

郝簡仁冷冷地盯著信封，眼皮一跳一跳的：「不會吧？我有一種不詳的預感，魚上鉤了！」

「未必，他們把我們當成魚了也說不定。」打開信封看了一眼收了起來：「有人請客，天香樓酒店八八八房間。」

天香樓酒店在鬧市區，十分鐘的路程走了快二十分鐘，左拐右拐地從天香樓的胡同出來的時候已經晚上九點多鐘了。秦濤看一眼閃爍的霓虹和匆匆而行的路人：「給李隊打電話，注意安全，別中招了。」

郝簡仁拿出手機聯繫李艾媛，打了半天卻沒有人接聽，只好打給洪裕達，模模糊糊地交代了一番注意安全才作罷。

天香樓酒店一共就三層樓，何來的「八八八」房間？秦濤走進酒店，迎賓員立即熱情地迎上來：「歡迎光臨，您是預訂的房間還是？」

「八八八房間，預訂的。」

「請跟我來。」

秦濤觀察了一下酒店環境，裝修得十分考究，是川味食府，但客人很稀少。一般情況下這個時間正是城市夜生活的黃金時段，但在這裡卻鮮有喧囂，估計是經濟不景氣所致。三樓的一個房間門楣上寫著「八八八」，旁邊的房間是「六六六」，秦濤心裡不禁苦笑：障眼法？

果然不出秦濤所料，那位皮膚病醫生正泰然自若地坐在東道的位置上喝茶，見秦濤兩人進來，慌忙起身：「二位，請坐！」

郝簡仁把門悄悄地關上，站在門口警戒，屋中的環境一目了然，進攻和退守的路線清楚，之後才暗自鬆了一口氣：這傢伙是條大魚？看著像！

秦濤坦然地走了兩步：「我是來取藥的。」

「已經準備好了，在小店裡，一會就去拿。二位隨便坐，先喝茶聊聊天，長夜漫漫也不急於一時吧？」中年人淺笑一下：「我叫雲中旭，隴南仇池山人，祖傳中醫世家，在市裡開了一家小診所，混口飯吃。敢問您尊姓大名？」

「姓秦，單字韜，韜略的韜。」秦濤淡然地嚇了一下：「受人之托忠人之事，我是奉命前來取藥的，雲醫生，方才還說沒有藥，現在為何又有藥了？」

濤子哥現在撒謊都不帶臉紅的，不過也說的沒錯，「秦濤」與「秦韜」一個讀音，沒毛病。雲中旭恭謹地看一眼郝簡仁：「這位呢？」

「我是跟班的，叫郝人。」郝簡仁咧嘴一笑：「姓郝的郝，好人的人。」

雲中旭憋不住想笑，卻一本正經地點點頭：「中華文化博大精深，一位是秦先生，一位是郝先生。今天請二位來此小酌不過是消遣一二，還請二位不要帶著有色眼鏡看待。我就是一個普通的醫生，不是不三不四的壞人，也不是稀奇古怪的怪人，是普通人。」

秦濤坐在椅子裡，凝眉看著雲中旭：「雲醫生這話說的好奇怪，大家都是普通人。」

「你們不是普通人，一進店門我就看出來了，行走如風，坐臥如鐘，聲音飽滿，沒有邪陰，不是軍中棟樑就是衙門口的人才。」雲中旭恭謹地給秦濤和郝簡仁斟茶：「先喝一杯茶潤潤嗓子，我有兩件事想跟二位探討一二，還請你們坦誠相待。」

秦濤忽然產生一種感覺：這個雲醫生不簡單！方才見面的時候還以為他不過是江湖的庸醫，但幾句話就聽出來很有「學問」，俗話說「知書者識禮，問道者恭謙」，他的話中有話！

秦濤淡然地點點頭：「我們也不過是路人甲乙丙，多謝雲醫生的信任。」

「隴南自古是秦人的誕生地，也是秦文化的發源地，這裡是隴上江南，人文歷史十分深厚。秦先生又姓秦，祖上或許也是出自秦地？」雲中旭端起茶喝了一口：「之所以要找二位酌酒詳談，是因為氏族族徽的緣故，據我所知這種青銅族徽存世極少，如果不是特殊人物是不會有的。當然，二位不是普通人，我這話說的有點多餘，二位見諒。」

「你見過氏族族徽？」秦濤眉頭緊皺地看著雲中旭，他的臉色沒有任何變化，似乎對自己的問話沒有太多的敏感一樣。

雲中旭微微點頭：「三個多月前來我這看病的兩個人都帶著這種標誌，所以我記住了他們。而後中間回了一趟老家，碰巧家裡也藏著一枚這樣的小玩意兒。」雲中旭從懷裡掏出一個紙包，打開後裡面是一個上了銅鏽的青銅族徽，與秦濤的一般無二，只是鏽跡比較重一些。秦濤的族徽是徐建軍在懸崖上撿回來的，應該是那幾具屍體其中一個帶著的，但不知道是哪一個。

「這是父親在三十年前得到的饋贈，對了，他老人家也是一名中醫，老了（死了）好幾年了。當日看到那兩個人戴這玩意兒的時候就感覺有些奇怪？回家問老太太，老太太給我講了一個奇怪的故事，關於這枚族徽的故事。」雲中旭淡然地看著秦濤：「然後我就想辦法聯繫三個月之前來看病的病人，但沒有聯繫上，所以才自掏腰包打廣告，想以此引來他們。」

這個故事本來是講給那兩個患者聽的，而不是秦濤。但秦濤擁有同樣的族徽，所以也就成了雲中旭的目標。其實這是無可厚非的事情，雲中旭想要找那兩個「氐族」人，但他只記住了青銅族徽的標誌，所以就認為秦濤是氐族人？這個判斷有點不靠譜。

秦濤微笑著點點頭：「您要講的故事跟氐族有關還是跟那種未知的病毒有關？」

「我是醫生，當然跟病人有關。說出來也許你們不相信，三十年前上山下鄉那會，我父親是遠近聞名的赤腳醫生，專門在山裡給人看病，那時候的藥品十分匱乏，西藥基本沒有，全仰仗著中醫中藥。久而久之我父親的名聲就出來了，加上他遇到醫患事必躬親，口碑不錯。」

雲中旭的年紀有五十多歲，比秦濤大了二十多歲，但看著很年輕，口齒十分清晰，臉上有一種飽經風霜的感覺，看著比較滄桑。此時臉上沒有任何表情。秦濤微微點頭：「那個年代的赤腳醫生是為人民服務的。」

「是的，您說的不錯。一次我父親被邀請去給人看病，走了大半宿，終於到了病人的家裡，是他從來沒有到過的一個地方——我父親幾乎走遍了西合縣的山山水水，所有地方都去過，但那地方從來沒去過，後來回來他說那是一個世外桃源之地，雄偉的大殿高聳入雲，六級金字塔恢弘壯觀，一百零八級的臺階讓人望而生畏，還有純淨的星空觸手可及，但父親只會看病。」雲中旭淡然地喝一口香茶：「患者是一個老態龍鍾的長者，患的是癘。渾身上下散發出腥臭，開口很大，根底很深，流著黑色的血和膿液，我父親判斷是惡瘡，濕毒感染所致。」

郝簡仁看一眼秦濤，兩人不約而同地點點頭。就是在火車上攻擊他們和在臨時營地遇到的那個犯罪分子，他們身上流的是黑色黏液，原來是惡瘡？惡癘古已有之，最早出現在《山海經》中，被宋朝郭璞解讀為「惡瘡」，很難治癒的皮膚類疾病。

「我父親看過之後認為十分嚴重，需要儘快治療，當時開的方子已經不知道了，老太太說用的是苗家五毒散，父親也說不清是怎麼給治療的，只記得回家的時候已經天大亮，卻不知道已經是三天后了。」雲中旭皺著眉頭：「那時候不講究報酬，父親也沒有提報酬，但臨走的時候對方給了兩根金條和一個銅，就是這個東西，氐族族徽。」

「老頭的病治好了？」郝簡仁奇異至極地問道。

「當然，這個不是重點，重點是我父親去的那個地方。」雲中旭緊皺眉頭看一眼秦濤：「父親臨走的時候跟我提起這件事，告訴我那地方叫仇池國。秦先生，您現在明白這個族徽的來歷了吧？」

秦濤凝重地點點頭：「這是您父親的親身經歷？」

「我母親說父親給人看病回來大病三個月，高燒四十多度，遲遲不退，後來說那個地方是極陰之地，不利於凡人往來，總之他比較迷信。」雲中旭深邃的目光看著秦濤：「但金條是真的，族徽也是真的，父親看病也是真的，一切歷歷在目。」

郝簡仁和秦濤交流一下目光，不禁疑惑地看著雲中旭：「誰請你父親看病的？又是怎麼回來的？後來呢？」

「這個我在三十多年前就問過，父親沒有說，只說有人趕著牛車給送回來的，風塵僕僕到了家，倒頭睡了三天三夜，後來就病了，再後來就不再出遠門給人看病。」雲中旭拿起青銅族徽沉默了片刻：「後來發生的點點滴滴讓我想到了這件事的不同尋常，一次父親偶爾透露回村子的時候在老牛巢睡了一覺。老牛巢是村子裡的亂葬崗，父親說他走到一個高墳前面，看著跟自己家一樣，就倒在旁邊睡了半宿，醒來才發現是靠著墳睡的。」

郝簡仁打了個哆嗦：「這麼邪性？老先生該不是給鬼看病了吧？」

「絕對不是，父親雖然迷信但也是赤腳醫生，而且報酬都是真的，當然這件事情隱瞞了後半生，都沒有跟外人提起過，直到他去世。」

「這件事對你的影響很大？」秦濤沉默片刻看著雲中旭問道。

雲中旭點點頭：「是的，影響很大。因為老家是仇池山人，關於那地方的傳說有很多，尤其是關於氐族的傳說。我曾經按著父親所走過的路徑尋找過，但一無所獲，後來跟著他學中醫，也僅僅學了一點皮毛，靠著幾帖祖傳的皮膚病方子看病維持生活。直到三個月前碰到了兩個奇怪的病人。」

「他們都患有惡瘡？」

「是青銅族徽。」雲中旭起身來回踱步：「所以我又回家一趟，找到了這玩意兒，並且又走了一趟仇池山，想碰碰運氣，或許是一種心結在裡面吧，總想知道其中的祕密。」

秦濤冷靜地看著雲中旭，他的話有幾分真實？三十年前的事情早已經物是人非，上哪去找那個神祕之地？但他的青銅族徽的確是真的，如果真如他所言，其中必定隱藏著古怪。人心是最難測的，他父親回來後靠著墳睡了半宿可能是真的，因為人在疲勞的時候會產生幻覺和錯覺。

世外桃源？這世界在倒退幾百年應該存在「不與秦塞通人煙」的桃源之境，但現代社會還存在嗎？高清衛星雲圖讓地表上一切都暴露無遺，現代科技的觸角延長了人的視覺、聽覺和感覺，所謂的世外桃源始終是在人的精神世界或者心裡罷了。不過，這個故事的確很有意思，包括雲中旭。

「您找我們來就是為了講這個故事？」秦濤喝了一口茶水，目光逼視著雲醫生，想要看穿他的心思一般。

雲中旭苦笑著搖搖頭：「當然不是，幾十年來我始終在研究這件事，終於有了一些眉目。」

獵奇一向是國人茶餘飯後的愛好之一，愈是古怪的故事愈加有市場，回味起來也愈加有味道。神仙傳奇、妖魔志怪、稀奇見聞等等都是其中的主要內容，或許《聊齋志異》就是這麼寫出來的。

小時候秦濤也聽過爺爺講過這些，聽的時候覺得新鮮，之後就忘記了。雲中旭所述他父親的親身經歷卻大不同：說得有板有眼，有根有據，何況還有氐族的族徽佐證，更增加了真實性。聯想到在火車上攻擊自己的怪人和川北發生的一系列大案，似乎洞察到那些犯罪分子真的與這件事有些聯繫，但到底是怎樣的關係還不太清楚，因為雲中旭的故事有點太玄乎。

「有了些眉目？難道你真的找到了你父親去過的地方？」郝簡仁比秦濤還喜歡獵奇，直呼不可思議，按照他所說的，他父親是真的碰到了「神仙鬼怪」，但邏輯有點不通，神仙鬼怪都有通天的本領，為何一個小小的「癘」都看不好呢？

雲中旭指了指桌子：「二位如不嫌棄咱們先喝酒可好？菜快涼了。咱們邊喝邊聊？」

「好！」秦濤也不客氣，端起酒杯先乾為敬。

「我所發現的也許你們不會相信，第一不是杜撰出來的，第二也不是道聽塗說的，而是我潛心發現的。父親留給我一帖藥方，專治頑癘，五味中藥，其中有三味是草藥、一味蛇毒、一味是地龍，必須是仇池山的蛇毒才能奏效。」雲中旭凝神看一眼秦濤：「這藥就是當年父親看病的時候開出的方子，是密而不傳的。在家裡閒來無事的時候我便上山尋藥，順便尋找我父親去過的那個地方。」

註定是找不到的，這種事情聽過許多，最後都不了了之。

郝簡仁聽到這裡的時候已經猜到了結果，不管三七二十一開始吃菜，大快朵頤。耳朵卻沒閒著，聽著雲中旭講故事。其實，聽陌生人講故事總是懷著戒備心理的，他一定是有目的，不到最後是不會亮出來的。只有濤子哥這種腦袋一根筋的人才會樂此不疲並相信呢。

「有一次去深山裡面采藥，誤入了一個天坑似的地方，在進入山洞後發現裡面有五彩飛天蜈蚣，抓了幾條之後才發現闖入了一個禁地。現在來看只能說是禁地，被兩個三隻眼的山民給抓住——三隻眼的山民，知道嗎？」雲中旭觀察一下秦濤的臉色，發現並沒有多大驚訝，不禁苦笑一下：「秦先生好像對這個不感興趣？如果真的汙了您的耳朵的話我就不講了，大家喝酒。」

秦濤真誠地搖搖頭：「我在聽，三隻眼的人我見過，所以不覺驚訝。」

「仇池山是氐族人的發祥地，那是一個古老的民族，距今恐怕有五千年以上的歷史了。他們有一種奇怪的風俗，在孩子小的時候把額頭割開一道口子，然後植入墨珠，人長大以後墨珠就嵌在額頭上，看起來像三隻眼一樣。」

「你碰到的是真正的氐族？」

「是的，這是一個致命的線索，因為父親提起過那個得了頑疾的老者就是三隻眼，服侍他的人都是三隻眼——父親說他們是居住在大山裡的氏族部落。」

「所以你認為找到了你父親當年到過的地方？」

雲中旭漠然地點點頭：「但沒有看到宏偉的聖殿和六級金字塔建築，也沒有看到關於仇池國的任何遺跡。他們是普通的山民，生活在大山深處的氏族。吸引我去探究真相的動力還不是這個，而是他們佩戴的族徽，跟我父親得到的一模一樣！」

這種青銅族徽很少見，不可能是現代製品。當初秦濤就和洪裕達研究過，族徽是古董無疑，如果根據氏族存在的時間來判斷，自從他們確立族徽之後就已經存在了，甚至要早於春秋戰國。

「我曾經詢問過他們族徽的來歷，他們說是祖傳的。」雲中旭喝了一口酒：「從此之後我再也沒有上山采藥，也沒有去過那個天坑，直到三個月前碰見兩個患病的病人，他們佩戴著同樣的族徽，而患的病與我父親當年所看過的一模一樣。」

「你懷疑他們是氐族人？」

「是勾起了我心裡的欲望，我給他們講了我父親的故事，並且給他們開了和我父親開過的一樣的藥方，但沒想到他們會那麼快就死了。」雲中旭淡然一笑：「世間事說也說不清道也道不明，三十年的時間不算長但也不算短，兩代人的生命春秋相序，大山裡的祕密始終隱藏，作為一個苟且在世間幾十年的普通人而言，我最大的心願就是想解開氐族之謎。」

秦濤也不禁感慨地點點頭，此前以為這位醫生是氐族的一分子呢，現在看來只不過是一個擁有特殊經歷的普通人。故事的確讓人感到新奇，但劇情比較老套，跟自己經歷過的一樣。但他篤信雲中旭所知道的絕不只這些，現在不過是開場白而已。

「也許聽完我要給你講的之後，就會打消這種念頭。」秦濤理清一下思路：「我不是氐族，也沒有三隻眼，我不想欺騙你，也希望你不要欺騙我，這是合作的第一步。你的洞察力說明你是一個比較善於觀察的人，我是軍人，在執行一項特殊的任務，如果你認為可以幫助我執行任務的話，我們可以合作，如果你不想參與到其中，我也感謝你所提供的資訊。」

雲中旭略顯詫異地上下打量幾眼秦濤和郝簡仁，微微點頭：「我是守法公民，有良心的老百姓。」

郝簡仁凝重地看一眼秦濤，這是要攤牌的節奏嗎？按照上面的規定是不被允許的，但特殊情況特殊對待，有時候是十分必要的。他立即起身站在門口警戒，以防萬一。

「川北發生了一系列連環兇殺案，經過調查取證，犯罪分子與氐族有關，這枚族徽是在犯罪分子身上找到的。」秦濤捏著青銅族徽嚴肅地說道：「他們不是普通人，三隻眼的有兩個，而且都患有你說的那種頑疾，他們的手只有四個變了形的手指，角質化特別嚴重而且十分鋒利，可以當成殺人工具，他們的攻擊力相當強悍，身手靈活至極，可以躲開子彈射擊。」

雲中旭的臉色變了變：「你們便是根據我打的廣告按圖索驥找到這裡的？」

「所有的線索都已經中斷，來這裡不過是碰碰運氣。犯罪分子控制了川北文物走私團夥，並盜走了一件十分神祕的文物，我只能說是十分神祕，因為那件文物無法斷代，無法確定材質，也無法研究其作用。」秦濤緊皺著眉頭看著雲中旭：「知情人交代文物上面可能有氐族的圖騰，或許是一種祖先崇拜形式。方才你說在三個月前看到了那兩個患者，就是已經被擊斃的犯罪分子，我們的目的是找到他們的同夥，追回文物。」

如此坦誠是不是有點太輕信他了？秦濤也不確定自己的選擇是否正確，在沒有完全瞭解一個人的時候就合盤托出自己的底牌，的確不太明智。但不管怎樣，要讓他明白自己的目的，如果合作最好，不能合作的話只有把他關起來等到行動結束之後再放人了。

「這樣？」雲中旭難以置信地看一眼秦濤：「我能提供什麼幫助？我是一介老百姓呀！不過我可以對自己說的話負責，如果真的是氐族人做的我會儘量提供線索，但我也是三個月前接觸到的他們，只是一面之緣。」

「方才我說過，信任是合作的基礎，只有彼此信任才能達到你我的目的。」秦濤說的很真誠也很實在，這是一條很重要的線索，對他父親的故事倒沒有什麼興趣，但對雲中旭的經歷要引起足夠的重視，族徽、三隻眼的氏族人是最有力的證據。

雲中旭似乎是在權衡利弊，其實他心裡很明白：無法拒絕這種合作，並非事關利益，而是法律所至。任何一個公民都有義務維護公平正義和法律之規定，應毫無條件地協助有關部門維護法律的尊嚴。但自己的「患者」竟然成為犯罪分子，這種轉變讓他有點無法接受，如果按照法律相關規定，自己的行為有可能觸犯了法律？幫助犯罪分子治病，不知道有沒有相關的條文規定？

「也許我的幫助不是很大，您別抱太大的期望。」雲中旭長出一口氣：「其實那些山民淳樸善良，絕對不會有作奸犯科之輩，但也不排除例外。也希望你們儘快破案，盡我綿薄之力而已。」

秦濤起身爽朗地笑道：「明天我們就啟程，仁和旅館不見不散！」

◊

夜已深，風正涼。李艾媛打開刑警辦公室的窗子呼吸一口新鮮空氣，回頭看一眼正在忙碌的一位老刑警，不禁歉然：「王師傅，川北的案子影響很大，案情複雜性質惡劣，黃局長下了死命令，一定要一網打盡犯罪分子，但現在所有線索都中斷了，案子卡在瓶頸上，進退兩難騎虎難下，來隴南也沒有什麼實質性線索，我是病急亂投醫啊！」

王興是隴南市刑警支隊的支隊長，李艾媛的同行。本來按照秦濤的意思不必驚動地方公安機關，但李艾媛根本就守不住自己的焦慮，趁著秦濤和郝簡仁出去「釣魚」的功夫找到了刑警支隊，說明情況之後想請求王興提供一些支援。

「案子早就聽說了，一位專家被害？這案子比較複雜，壓力不小啊！」頭髮花白的王隊長凝重地看一眼李艾媛：「小李，妳認為是氏族人作案的可能性有多大？這個案子的最關鍵所在是氏族是怎麼理解，是氏族部落還是一個叫氏族的犯罪團夥？」

李艾媛思索一下：「我判斷應該是一個團夥，但說不準，他們盜竊很有目標性，文管所那麼多文物都沒有動，只偷了一件，而且殺人滅口，不太符合常理啊。」

「我這累積的資料就這麼多，沒有叫氏族的犯罪團夥檔案，要不明天去總局調檔？」

李艾媛搖搖頭，這種事情還是不要牽扯太多的關係，萬一引來麻煩得不償失，便笑道：「多謝王隊，不用了，這次來也是想跟您探討一下案情，轉換一下思路，需要的時候我再來麻煩您？」

「也好，穩定的社會局面來之不易，一定要抓住犯罪分子，清除那些害群之馬！有需要儘管來找我，相信妳的實力一定會破案的！」王興歉然地笑道。

◊

街上行人稀疏，街角不時閃過幾個人影鑽進了附近的網吧，街邊的小吃攤已經打烊了，看一眼時間才發現近午夜時分。秦濤警覺地望一眼前面：「簡仁，對雲中旭什麼看法？」

「小市民一枚，有想法肯鑽研，膽子不小，心眼不大。」郝簡仁叼著煙思索一下：「有幾個疑點我沒想明白，第一，三十多年前的經歷，傳到現在成了故事，誰能證明真假？第二，他怎麼知道咱們不是氏族的人？可是有族徽的，一般人不會反應過來；第三，他為什麼要找父親去過的那個地方？第四，他進山采藥碰到氏族部落的人有點不太現實，還在天坑的底部？如果是我的話第一反應就是找對地方了，打死我也得進去看個究竟，他怎麼沒那樣做？三十年的祕密就要解開了他卻放棄了？」

這是從刑警的角度考慮的問題，不得不說簡仁的分析很到位，找到的疑點不少。但秦濤只有一個疑點：當初雲中旭看到那兩個患者的氏族族徽的時候，為什麼沒有追問其來源？而後來卻刊登小廣告找人？他應該是隱瞞了一些事情才對。

信任是合作的基礎，今天的談話氣氛不錯，能夠看出來雲中旭的合作誠意。可以說是各取所需：我要找犯罪分子，他要揭開氏族的祕密，看似道不同卻殊途同歸。從雲中旭的言談舉止來看，他是一個很保守的人，目光裡隱含著一種被社會打磨過的滄桑痕跡。

「他母親可以證明這件事，我們第一站是他的老家。第二點我也曾經懷疑過，但如果那兩個患者真的是我們所知道的那兩個犯罪分子的話，試想一個普通老百姓有幾個敢於接觸的？所以他沒有問，而我們雖然有族徽但沒有那種病，所以他才懷疑。至於為什麼要尋找他父親去過的那地方，我懷疑是一種獵奇心理或者是戀父情節，畢竟他父親是間接的受害者。」秦濤淡然地回應道：「第四點，每個人的性格不同，雲中旭的性格是穩健，能夠壓抑內心的想法，另外也可能遭到了某種警告之後才罷手的。」

郝簡仁微微點頭：「所以嘛，他沒有說實話，許多細節都沒有透露，說不定是包藏禍心呢。不過咱們終於釣到魚了，有目標總比無頭蒼蠅強得多……」

正在此時，後面傳來一陣劇烈的馬達聲，兩道車燈光陡然乍現，刺得秦濤雙眼立即致盲，立即轉身，一個側翻魚躍著滾出去，汽車呼嘯著從兩個人中間衝了過去，平地卷起漫天煙塵。汽車原地一百八十度調頭，馬達轟鳴，燈光閃爍，逕自衝了回來！

「砰、砰！」兩槍就爆掉了車燈，秦濤迎著汽車舉著槍盯著駕駛座裡的人。

突如其來的車禍讓秦濤和郝簡仁都猝不及防，但並沒有亂了方寸，當汽車一百八十度旋回來的時候，才明白是專門來「搞事」的！秦濤一躍而起跳到了機蓋上，汽車瘋狂地把他從機蓋上掀了下去，轟鳴的馬達和拼命的身影交織在一起，又是兩聲槍響，輪胎被打爆，汽車就像醉鬼似的側翻過去。

擦了一下額角的鮮血，秦濤拔出匕首衝到翻倒的汽車近前，一腳踢碎了駕駛座的玻璃，郝簡仁的手槍對準駕駛座裡的司機：「你他〇的找死！」

司機滿臉鮮血直流，被卡在駕駛座裡動彈不得，瞪著驚恐的眼睛看著兩個人：「兄弟饒命、兄弟饒命！」

一腳揣在司機的臉上，兩顆門牙立即光榮下崗，郝簡仁氣得七竅生煙：「瞎了還是誠心找死？說！」

「有人……有人給我兩百塊……」

又是一腳，立即沒了聲音，把司機給踹暈死過去。為了兩百塊錢就敢製造車禍草菅人命？現代人這是怎麼了？

秦濤擦了一下嘴角的鮮血：「沒事，告訴我們是誰給你的錢，長什麼樣？」

「一個老頭……」

「人在哪？」郝簡仁不依不饒地問道。

秦濤忽然有一種不詳的預感，立即阻止郝簡仁：「我們走，去找雲中旭！」

「濤子哥，你的意思是那傢伙有問題？」

「到那就知道了！」

兩個人急匆匆地離開車禍現場，路邊圍觀看熱鬧的人才想起來打電話報警。

偏僻的胡同內死寂異常，與平常沒有什麼兩樣。皮膚診所內亮著昏黃的燈光，雲中旭在品茶，手裡還捏著那枚鏽蝕了的青銅族徽，茶几上放著一本破了邊的《奇門遁甲解盤》舊書，正在此時，診所的門忽然打開，一個蒼老的身影出現在門口。

「您看病？」雲中旭將族徽收進口袋，還未等起身，老頭已經到了近前，不禁一愣。那是一張極為可怖而令人噁心的面孔，黑漆漆的老臉上褶皺縱橫，混沌的眼睛瞇成一條縫，說他是瞎子也不為過，額頭中間還有一個眼睛！

「我來取藥，三個月前訂的。」聲音蒼老，喉嚨裡似乎堵著一團棉絮一般，模糊而詭異。

雲中旭一聲不響地起身緩步走到藥架子前面，雙腿有點發抖，儘量平靜地回頭看一眼老者：「早就準備好了，就等人來取——患者的病怎麼樣了？」

「人死了。」

死人不會用藥，也沒有必要用。雲中旭詫異地盯著老者的時候，一雙雞爪子似的手已經到了胸前，本能地驚叫一聲，掄起架子上裝藥的匣子砸在那雙爪子上，木頭匣子立即粉碎，裡面的滑石粉灑落在空中，一團白霧，撲了老者一臉。

一聲怒吼，跟地獄裡的小鬼嚎叫一般，爪子在空中亂抓著，雲中旭嚇得往裡面逃，後面的藥架子紛紛碎裂。老者跟幽靈似的追了上去，一雙爪子憑空砸下，雲中旭一下摔倒在地，爪子砸在瓷磚上，地面立即砸出了一個坑！

「救命啊……」

爪子掃在了雲中旭的腿上，立即鮮血四濺。老傢伙也不問青紅皂白，餓狼似的發起了攻擊，就在這時候，店門忽然飛了過來，以泰山壓頂的氣勢砸在了老者的後背上，發出一聲脆響，隨即一個身影憑空衝了進來，匕首劃過一道弧線精準地刺中老者的肩膀上，隨後老者便被踢飛！

「雲醫生！」秦濤一把將雲中旭抓住給扔了出去，身體原地打了個轉，鬼魅一般衝到了老者近前，又是一腳飛踹，踢到老傢伙的軟肋上，只聽兩聲「喀嚓」的碎響，人就跟斷了線的風箏一般被踢飛，摔到對面的牆上。

郝簡仁跟瘋了似的衝到牆角，抓起老傢伙就給扔了出去，人撞碎了門框被拋到了外面，秦濤緊接著衝出去，一股陰風襲來，不禁嚇得慌忙躲避，乾癟的爪子貼著臉掃了過去。

對手的實力的確十分強悍，比起曾經碰到的幾個對手強得太多了，秦濤眼睜睜地看著爪子砸在磚牆上，磚牆立即被砸踏了半面！

一道刺眼的手電筒光突然乍現，郝簡仁強壯的身體已經衝了出去，手電筒光裡還夾雜著藍色的火花，一下正戳到老者的前胸上：「你他〇的王八蛋！」

十萬伏特的暫態電流足矣讓一頭大象立即倒地，何況是人？一股腥臭的焦糊肉皮味沖鼻而來，老者跟被抽了筋似的仰面倒在地上。而郝簡仁也同時虛脫一般一屁股坐在地上，大口地喘著粗氣：「濤子哥……你神機妙算啊！」

雲中旭已經被嚇得魂不附體了，癱軟在地上不斷地哆嗦著，一句話也說不出來。秦濤反握著匕首盯著外面昏迷過去的一團影子：「第六個？」

「應該是，黃樹奎認識他！」郝簡仁起身拎著電擊手電筒走出去，手電筒的光柱不斷移動，地面上只有一只破舊開線的鞋。

秦濤顯然發現了蹊蹺，衝出去才發現只剩下了一堆破爛的衣裳，人竟然消失得無影無蹤，這是讓秦濤始料未及的。本以為郝簡仁這招一擊致命，任何人都無法逃脫，但事實是在不到一分鐘的時間裡，對手竟然詭異地「金蟬脫殼」了，而且都沒有發現是怎麼逃掉的！

兩個人在胡同裡搜查了半天也沒看到人影，郝簡仁不禁如泄了氣的皮球一樣：「該不是遇到鬼了吧？明明手電筒擊中了他啊，怎麼回事？」

秦濤也不言語，回到店裡看一眼雲中旭：「方才的人是犯罪分子之一，你必須立即離開這裡，跟我們回仁和旅館吧。」

店鋪幾乎被拆了，雲中旭驚懼地望著遍地狼藉：「他是氐族人……說是來取藥的。」

「不是取藥，而是取你的命的。」郝簡仁揉了揉受傷的肩膀，方才抓老傢伙的時候被他的爪子傷到了，雖然沒有見血，但著實疼得要命。如果真的一下給刺中的話，估計半條胳膊都會沒了。

「我們往日無冤近日無仇，殺我幹什麼？」雲中旭戰戰兢兢地看著郝簡仁，臉上毫無血色，辛辛苦苦經營了兩年的店面被幾分鐘就給拆了，而且差點搭上一條命！

秦濤冷靜地看著雲中旭：「你知道得太多，走吧。」

「稍微要收拾一下……」

「收拾個屁？再不走就來不及了！」郝簡仁踢了一腳爛門，外面還有一層防盜格柵，把格柵拉了一下：「把你的寶貝帶上，跟我們回旅館先。」

事已至此，沒有任何選擇餘地。雲中旭從來沒碰到過這麼野蠻的人，也沒有經歷過這麼蹊蹺的事，那個老者是氐族人無疑，野蠻的犯罪分子！

店面本來就小而且偏僻，最值錢的就是藥架子，那是老父親留下的唯一念想，但被拆得徹底。各種中藥灑落一地，無法收拾。雲中旭歎息一下，只拿了一個藥箱子，然後把鐵格柵上鎖。

仁和旅館，睡了一天的洪裕達正在精神抖擻地研究那兩頁考古筆記，時而蹙眉時而歎息，被扣在沙發上一天的黃樹奎沉默不語地看著他：「洪專家，您研究的路子有問題，當初秦文鐘繪製這玩意兒的時候腦袋沒有轉筋，七星盤內部是上下兩個輪盤，每個輪盤上都刻著符號，我猜想只有兩個輪盤在正確的位置才會顯示正確的文字。」

九個字，字元卻有二十多個，怎麼組合？按照排列組合計算，估計有成百上千個組合方案，而且還不一定準確，最關鍵的是洪裕達不認識鐘鼎文，怎麼組合？不禁瞪一眼黃樹奎：「你要是能研究出來我可以打包票，戴罪立功，論文上也署你的大名！」

黃樹奎詭笑一下：「我命如草芥，名利如浮雲，想戴罪立功卻沒有那個水準。但我猜想應該是一個局兒，奇門遁甲一千零八十局之一，但也說不定。」

「為什麼？」

「七星盤是商周時期的玩意兒，誰知道那時候奇門遁甲簡化沒？姜子牙簡化的一千零八十局是哪年的事情？萬一七星盤的局是商周之前的呢？四千多局，怎麼解？」黃樹奎不屑地看一眼洪裕達：「最穩妥的辦法是找到準確的解密方法，而不是對著幾個乾巴巴的符號抓耳撓腮。」

坐在對面沙發裡的李艾媛不禁皺眉，黃樹奎的話不無道理，但當務之急不是解什麼局，而是抓到犯罪分子。隱藏在七星盤裡的祕密是幾千年前的事，與現在的案子沒有關係。之所以要研究七星盤是因為想找到其與氏族之間的聯繫，但這也是一廂情願的事。

正在此時，門被推開，秦濤、郝簡仁和雲中旭回來了，李艾媛不由得一愣：「這麼晚了怎麼才回來？」

「李隊，差點見不著您了，猜猜怎麼回事？」郝簡仁把手電筒扔在沙發裡一屁股坐下，渾身上下都是一股中藥味，跟在藥罐子裡滾了一圈似的。

李艾媛狐疑地看著秦濤和他身後的陌生人，遲疑了一下。秦濤輕歎了一下：「這位是打廣告的雲醫生，今晚收穫不小，犯罪分子就在隴南，準備一下，明早出發。」

職業的敏感讓李艾媛不禁上下打量幾眼雲中旭：「他發現了線索？」

「那兩個犯罪分子曾經在他的診所裡看過病，故事有點長，有時間再聊。」秦濤疲憊地坐在椅子裡，示意一下雲中旭：「這位是川北刑警隊大隊長李艾媛同志，現在你應該相信我們是為了犯罪分子而來的吧？」

雲中旭謙恭地點點頭：「我……我始終信任你們。」

「為什麼要殺你？」

沉默片刻，雲中旭終於歎了一口氣：「做好人很難，因為世間的惡人太多的緣故。跟你們說過三個月前那兩個患者來我這看病，我一看到青銅族徽便認定一定跟我父親有關係，給他們開的藥方裡少了一味，病是好不了的。」

「仇池山蛇毒？」

「嗯，是的。這種頑疾很少見，至少我從醫這麼多年來從來沒碰到過，但心裡有底，因為我父親看好過這種病。」雲中旭苦楚地看一眼秦濤和李艾媛：「店裡沒有蛇毒，我就要他們帶我去仇池山找，他們沒答應，事情不了了之。後來我回了一趟家，進山找毒蛇，又去了一趟天坑。」

雲中旭沉默了片刻：「天坑出現了很大的變化，那個洞坍塌了，碰到了一個三隻眼的老者，就是今晚的那個，我說明了來意，他給了我兩條毒蛇，說是過後來取藥。」

「你認識他？」

「一面之緣。」

秦濤凝重地點點頭：「為什麼要殺你？」

「這個真不知道，進店後第一句話是說來取藥，我問他病人怎麼樣了？他說死了，然後就動手了。」雲中旭還在打著哆嗦：「我對天發誓，沒有進入坍塌的洞穴裡去，更不會洩露那個神祕的地點，為什麼要殺我？我是唯一能治好他們病的醫生！」

李艾媛滿臉疑慮地看一眼雲中旭：「我們也想知道事情真相，也許你不是在幫助我們，而是在幫你自己。犯罪分子窮凶極惡，他們是不分是非的，不要以善良人的思維去考慮他們的所作所為，你的善良最終會被葬送。」

「是的，您這話說得沒錯！」雲中旭的情緒有些激動：「在此之前我翻遍了醫書，想要知道那種病究竟是怎麼得的，但沒有確切答案，一般說來是因為感染了濕毒或者是病菌感染所致，但我不死心，就去市里自己花錢找專業機構化驗，最後的結論是一種未知的病毒。那種病毒從來沒有過記載，也不知道其特性，感染之後全身潰爛，體液變黑，就是頑癘。」

郝簡仁微微點頭：「後來你跟那老頭說了這事兒？」

「是的，我建議他帶我去看看他們居住的環境……我的想法很單純，只是想看看那裡是不是我父親以前去過的地方，但他沒有同意。」雲中旭苦楚地看一眼秦濤說道。

經歷過生死才不怕生死，感受過恐懼才明白什麼是恐懼。雲中旭的恐懼來自於三十年前父親的親身經歷，當他一步步地揭開那恐懼的時候，事實的真相遠比他想像中的要詭祕。三個月前的頑疾患者，一則普通的小廣告，窮凶極惡的犯罪分子和幾位素不相識卻在危急關頭救命的陌生人——這一切都鮮活在眼前，他似乎想要忘卻這一切，但徒勞無功。

秦濤拍了一下雲中旭的肩膀：「邪不壓正，記住我的話。」

◊

一輛破舊的警車行駛在山道上，馬達的聲音跟得了重感冒的喉嚨一般，喘著粗氣冒著黑煙的同時車體不斷地抖動著。車是隴南刑警支隊提供的，李艾媛打了個電話，王興派來一個小司機和這輛破車，說這是支隊裡唯一的一輛警車——警燈壞掉無法點亮，警笛沙啞不堪入耳。偏遠山區的基層刑警隊的條件可見一斑。

李艾媛坐在副駕駛上緊皺著眉頭，從反光鏡裡看一眼坐在後面的秦濤和郝簡仁，那位雲醫生抱著醫藥箱坐在兩人中間，眉頭鎖成一個疙瘩。最好的線索又被錯過了，如果昨晚她在現場的話，一定會把那個肇事的司機扭送到派出所，也一定找到那個氏族的犯罪分子。

秦濤分析那個老者就是川北六名犯罪分子之一，也是把四具屍體偷走的飛賊。以兩個人的功夫打翻他絕對沒有問題，問題是已經打翻了並且用十萬伏特的高壓擊昏了的人，怎麼就「金蟬脫殼」了？不合常理也不合乎邏輯。但李艾媛並沒有深追此事，畢竟犯罪分子的功夫高深莫測，不要說是秦濤和郝簡仁兩個人，當初在古墓的時候他們三個對付一個都差點失手！

「還有多久到家？」秦濤望一眼外面綿延起伏的大山，感受著在川北的時候一樣的顛簸，心裡不禁焦急起來。

雲中旭推了一下眼鏡：「要三個多小時的山路，然後是一個小時步行，翻過兩座山才能到，汽車進不去。」

「我地乖乖，現在不都已經村村通了嗎？怎麼還有山路？」郝簡仁針紮地一般詫異道。

「我家在深山裡頭，沒有路。讓我母親來市里住，嫌太吵鬧，住了兩天就回去了。現在山村裡也基本沒什麼人，除了留守的老人和孩子以外全出去打工了。」雲中旭尷尬地看一眼秦濤：「我家還不算遠，大山裡面的村民一年到頭不出一趟門的比比皆是，沒有路不通車是軟肋啊。」

大隱隱於市，小隱隱於野。犯罪分子為什麼會去川北犯案？從案情來看，他們的目標十分明顯，就是700198號文物和天樞七星盤，而且這個團夥有很強的組織性，每個人的身手都極端厲害。如果不是千錘百鍊的特種兵坐鎮的話，分分鐘鐘就能滅掉整個刑警隊。

昨天的交手再次證明了這點，自己和簡仁輪番攻擊都沒有有效殺傷那傢伙，在自己的眼皮底下逃走了，而且逃的方式太讓人驚訝，眼睜睜看著簡仁擊暈了他，轉眼間就只剩下了鞋子和衣服，難道土遁了嗎？

其實秦濤的心裡憋著一股邪火，這次任務困難重重，各種稀奇古怪的事情層出不窮。並非是懼怕對手的實力，而是擔心700198號文物，當務之急是找到文物，比抓到一百個犯罪分子要重要得多。但隨著案情的深入，愈發感到這案子的不可思議：一個消失了近三千年的古老民族，兩件稀奇古怪、神祕莫測的上古重器，六個身手不凡、窮凶極惡的犯罪分子，現在又多了一段鮮為人知的古怪故事——究竟裡面隱藏著怎樣的祕密？

如果六名犯罪分子與古老的氐族有關係甚至就是遠古民族的後裔，何以歷經三千多年的時間還能出現在現實社會？難道莽莽深山之中真的有這樣的遠古部落而沒有被發現嗎？或者只是一個借「氐族」之名而行惡的犯罪團夥？他們的犯罪動機是什麼？

可以肯定的是，絕非是為了牟利而盜竊文物，更不是文物走私。他們選擇與吳鐵鏟合作不過是為了兩件上古重器，從某種角度而言，吳鐵鏟和周衛國不過是犯罪分子的工具而已，用過了也就成了棄子。因為七星盤沒有得到，所以才讓吳鐵鏟苟延殘喘。秦濤相信如果他們得到了天樞七星盤，所有與之有關的人將都被滅口，最終的結果是兩件上古重器在人間消失。

這段時間以來曾經多次跟李艾媛探討案情捋順線索，腦子裡充滿各種邏輯推理和演繹，但都沒有找到符合犯罪分子的合理邏輯。按照犯罪心理學而言，有組織的犯罪勢必為了共同的利益目標——金錢利益或是物質利益，但到目前為止還沒有發現這夥犯罪分子的真正動機是什麼，何其古怪？

秦濤輕歎一下，思路又回到了雲中旭事件上面，也許這是發現犯罪分子動機的唯一線索，儘管雲中旭所講述的故事有點不太靠譜。畢竟三十多年前所發生的事情，真實性有多大？他父親的經歷有點太玄乎，難道深山裡面真的隱藏著什麼驚世駭俗的祕密？

「發現未知病毒應該舉報，政府衛生防疫部門會無償檢測，這是常識。」秦濤看一眼緊張地抱著醫藥箱子的雲中旭：「你為什麼不向上面彙報？」

「我彙報了，防疫站以我的檢驗報告單不正規為由拒絕受理，我也認為是小題大做，就沒有較真，現在想起來挺後怕，我接觸過病毒樣本，後來被我冷凍了。」一聲歎息，雲中旭兀自看了一眼窗外：「那種頑疾很少見，但大多數皮膚病都是真菌感染所致，感染之後不及時醫治就變嚴重，深山裡面的醫療條件很差，這種情況很正常。」

秦濤微微點頭：「天坑距離你家有多遠？周邊有人居住沒有？」

「很遠，沒有路，不知道有沒有村子。小時候聽說有氐族人生活在裡面，後面都搬走了，裡面生活條件很艱苦的。」雲中旭平復一下心神：「不過空氣特別新鮮，氧離子含量在三萬以上，是天然的氧吧。不過這些並不重要，重要的是這裡的人文歷史非常久遠，久遠到你無法想像。」

郝簡仁斜著眼看著雲中旭：「什麼叫久遠到無法想像？我知道諸葛亮六出祁山就是在這地方，那是三國時期。」

三國時期距今也有一千八百年的歷史，難道不算久遠？洪裕達微微搖頭：「雲醫生的意思是這裡的歷史超出了我們的認知範圍，據我所知在商周時期這裡就是西戎少數民族的天下，昨天去了一趟書店，查了一下，才知道隴南是氐羌的發源地，而這兩個古老的民族都與三苗息息相關，三苗在商周時期就已經在西南地區建立政權了。」

洪老又把話題給聊跑題了，秦濤不禁苦笑一下：「探討民族融合的問題一定要與地域掛鉤，遠古先民們都是逐水草而居的，隴南地區是嘉陵江的支脈，仇池山緊鄰漢水，這裡的地理位置很重要，兵家必爭之地，戰亂從未停息過，遠古的氐族人怎麼可能生活到現在？」

「濤子哥，所以你認為氐族只是一個犯罪團夥的名字？我有不同的看法，雲醫生說他父親三十多年前被請去看病，那個病人就是正宗的氐族人，可是三隻眼的，犯罪分子裡面也有三隻眼的，由此可見氐族並不是犯罪團夥，而是一個古老民族，犯罪分子就是氐族人，而且還有族徽可以證明。」

這些秦濤都想過，昨天半夜交手的那個老者也是「三隻眼」的氐族，但他寧願認為是一個犯罪團夥也不願意相信是古老的部落。在深山裡居住的山民何以會去川北犯案？沒有邏輯根據。

雲中旭沉默片刻道：「那些人的確很兇狠，有一種原始的野蠻。前段時間碰到那個老者的時候，我提出要去他們居住地看看，險些被他扔到懸崖裡，並警告我打消這種念頭，老老實實地配藥。很明顯他們不是山民。」

「不是山民？」

「山民一般對待外人都很友善，我是醫生，懂得治病，很受尊重，不會對我那麼凶。」雲中旭臉色困惑地看著秦濤：「你沒接觸過山民，他們要比普通老百姓老實得多，也不可能成為犯罪分子。說實話，也許你們此行會很失望。」

失望與否秦濤的心裡早有準備。昨晚發生的事情已經證明了一切：最後一名犯罪分子的出現讓他篤定這裡就是他們的老巢，之所以沒有在市里撒網捕魚並非是放棄，而是在引蛇出洞。他的身上沒有帶700198號文物，也就是說文物已經被轉移，而對手已經發現了他們的行蹤，買通計程車司機製造事端不過是想渾水摸魚罷了。

用「貓鼠」遊戲來形容目前的情況十分恰當。神出鬼沒的犯罪分子露出馬腳並非是偶然，秦濤問過李艾媛那張印有小廣告的報紙是從哪來的，李艾媛回憶說是有人專門發的。普通人看到那張小廣告也許會一眼帶過，偏偏被李艾媛看到了，尤其是那則精心編排的廣告，才改變了行動方向。這一切似乎早有人安排好似的？如果真的如此的話，對手的心思之縝密絕無僅有，而且從那時候就已經盯梢了！對手也似乎猜到了自己一定會去找皮膚病診所，一定會認識雲中旭，所以他一邊安排製造「交通事故」，一邊回診所去滅口？

製造「交通事故」的動機是什麼？無非是引起自己的注意，當時第一時間想到的便是犯罪分子所為，因為天樞七星盤帶在身邊呢，所謂「匹夫無罪，懷璧其罪」。但他滅雲中旭的口動機是什麼？僅僅是因為他想知道氏族的祕密？如果雲中旭不說出來自己的祕密誰能知道？

犯罪分子在三個多月前便與雲中旭相識，這點尤為重要，所以他才在後來回了一趟家，又去了一次天坑，而且碰到了昨天那個氏族老者，並且遭到了他的威脅。按照常理，如果雲中旭的存在已經威脅到犯罪分子的某些祕密的話，那時候他就已經死定了，為什麼會是昨天晚上？

一系列的問題在秦濤的腦子裡盤繞著，頭疼欲裂。犯罪分子的殺人動機或許是很簡單：雲中旭知道氏族的祕密。但他並沒有合盤托出來，在酒桌上講述的他父親的故事和自己的經歷前後的邏輯似乎隱藏著什麼！

一路沉默，一路顛簸。當汽車終於停下來的時候，天已近中午時分，李艾媛看了一眼時間，路上恰好用了兩個半小時，和小司機客套一番，汽車調轉車頭回去。眾人下車之後才發現置身於大山之中，遠山青黛，綿延起伏，滿眼綠色，美不勝收，如果不是來辦案的真以為是一次不錯的山水旅行呢。

郝簡仁不禁深呼吸一下，打開了黃樹奎的手銬哈哈一笑：「老黃，這裡你自由了！」

自由個屁？以為我是傻子呢！這地方比川北還荒涼，一頭鑽進去就成了野人了。不禁慘笑一下：「兄弟，我已經金盆洗手，棄暗投明了，往哪跑？如果不是幫助你們破案我現在或許在笆籬子裡享福呢。」

「操，還算你有良心！」郝簡仁打了個哈哈活動一下筋骨：「我說雲醫生，咱們開走吧？一個半小時的山路，該有多遠？天黑到家都不錯了。」

雲中旭苦笑一下抖擻精神：「郝人說的對，山路不好走，我走一個半小時，你們估計得兩個多小時，山裡天黑得快，上路吧。」

李艾媛看一眼秦濤，秦濤微微點頭，望一眼走上山路的雲中旭和洪裕達的影子：「注意安全。」

爬上一段山梁累得郝簡仁滿頭大汗，一屁股坐在地上望一眼山梁對面，不禁被眼前的景象驚得目瞪口呆：蒼翠的群山鋪在眼前，雲霧繚繞在山間，蒼松翠柏掩映其中，在山風的吹拂下飄飄蕩蕩，如墜人間仙境。遠處一彎碧綠的溪水淙淙而來，聽得見瀑布的聲音和空幽的鳥鳴。

黃樹奎望著遠處雲霧繚繞的群山不禁皺眉：「這地方有意思！」

「這裡是鎖雲嶺，風景不錯吧？」雲中旭背著醫藥箱介紹到。

秦濤站在嶺上凝重地望著飄飄蕩蕩的雲霧，心裡說不上是激動還是疑惑，有一種難以置信的感覺，此次與白山之行何其相似！不禁和郝簡仁交流一下眼神，郝簡仁心知肚明。臨行前已經聯繫徐建軍了，他帶著兩個班的兵力正在往隴南趕，但至少也得兩天的時間才能到這。

從某種角度而言，這次行動的困難超過了白山行動，最讓秦濤難以置信的不是犯罪分子有多麼狡猾，而是案情太複雜。對於一個沒有從警經歷的戰士而言，已經超出了他的能力。他敢於面對手拿兇器的歹徒並且自信取得勝利，但卻無法直面人的內心陰暗所編織的陷阱，最直接最粗暴的方式就是徹底摧毀它，以正義的名義。

「過了鎖雲嶺還要翻一座山就到家了，走吧，趕時間！」在前面開路的雲中旭背著藥箱子喊道。

秦濤緩步走到李艾媛身邊：「照顧好自己，安全第一，走吧。」

一股暖流油然而生，李艾媛微微點點頭深呼吸一下：「生活是如此美好，自然美景就在身邊。有時候享受工作的快節奏，真要是慢下來還不太適應。秦連長，這樣的環境不會產生犯罪分子，直覺告訴我這裡的一切都是那麼美。」

「妳太感性，環境是犯罪的外在因素，所謂近朱者赤，近墨者黑。但這次不一樣，有時間我給妳講兩個故事，我親身經歷的。」秦濤接過李艾媛的背包笑道：「我來吧，山路不太好走，注意腳下，別掉到陷阱裡！」這是雙關語，李艾媛當然會心地一笑，與秦濤並肩而行。

郝簡仁皺著眉頭看一眼黃樹奎：「老黃，你剛才的話是啥意思？」

「我是說這裡的風水不錯，有帝王之氣。」黃樹奎收回目光咧嘴笑了笑：「職業敏感，走到哪都愛琢磨琢磨，鎖雲嶺，名字不錯，現在可是下午兩點鐘，滿山雲霧還散不掉說明這裡藏風納水，氣象非凡。」

洪裕達拄著木棍也微微頷首：「說的不錯，你的造詣堪比風水大師了，仇池山也許不太出名，但在中國歷史上乃是獨一無二的，雲醫生方才說這裡久遠到讓人無法想像，知道是什麼意思嗎？」

「洪老，您是此中的專家，我只是個盜墓的，現在從良了，看見這樣的山勢地形也沒有什麼欲望，不過還想聽聽您的高見？」黃樹奎拿出一個精緻的黃銅羅盤定位：「這裡是神仙洞府，堪比崑崙墟！」

「你剛才說的沒錯，這裡有帝王之氣，也真確地出了很多王，而第一位就是華夏之祖，這裡是三皇的誕生地，想不到吧？隴南自古人傑地靈，而其龍脈之首當屬仇池山，《山海經．大荒西經》中曾經記載過常羊之山，隸屬於華陽國，這裡也是古仇池國的所在地，所以自從有了伏羲聖皇這裡就已經成為神仙的故鄉了。」

兩個人一唱一和，鬧得郝簡仁一頭霧水，知道三皇五帝，但僅限於傳說，沒想到這次竟然真的來到了他們的誕生地，有一點莫名的小激動。三皇者伏羲、神農、軒轅也，是華夏人文始祖，難怪一進入仇池山就感覺與眾不同！

雲中旭忽然放慢了腳步：「洪老說的不錯，仇池山久負盛名，這裡遍地是傳說到處是古跡，山裡有仇池八景，仙洞、仙潭、仙谷不勝枚數，再配上上古的神話傳說，讓人立即感到撲面而來的遠古風情。《河圖》曰，大跡在雷澤，華胥履之而生伏羲。什麼意思呢？就是說伏羲氏的父親雷澤和母親華胥在仇池山誕下的伏羲，還有仇池金母的傳說，仇池金母是伏羲的祖母啊！」

傳說不可信，但也不可全否。關於仇池山的傳說還有很多，還有一則是軒轅黃帝與刑天大戰於仇池山，刑天的腦袋被砍掉後還「大動干戈」呢，這也是這個成語的來歷。秦濤不禁凝重地點點頭，這裡的確有些不同，不僅是風景，更有深厚的文化底蘊。可以毫不誇張地說，這裡是中國人文歷史的發源地。

「我曾經研究過，氐族在商周之前就生活在這裡，先後誕生了七八個國家，最久遠的是華陽國，商周時期的仇池國，乃至後來的五都國、宕昌國、武興國、陰平國，所以洪老師所說這裡出了不少人皇王侯是對的，而且隴南還是秦人的發源地，孕育了統一中國的秦始皇。」雲中旭如數家珍地說道：「山路難行，一邊走一邊給大家當導遊吧，不過我對風景不太感興趣哦！」

李艾媛展顏一笑：「雲醫生涉獵廣泛，估計也是這種人文氛圍浸染的吧？」

雲中旭尷尬地點點頭：「其實也不儘然，我沒見過大世面也沒讀過幾年書，這些歷史知識都是後來知道的，因為氐族的緣故，我查了許多歷史資料，也聽過不少傳說，借來解悶罷了。」

山路只有一人多寬，兩邊一人多高的蒿草遍布，雜樹灌木橫生，走起來相當費力。而腳下碎石遍布，李艾媛一個不留神差點沒摔倒在地，幸虧秦濤一把抓住了她的手才穩住身體，不禁滿臉羞紅：「謝謝。」

秦濤不以為然地笑了笑：「雲醫生的故事一定很精彩吧？沒想到這裡有這麼大的講究，不過我只想聽關於氐族的傳說，探討一下為何會有犯罪分子敢冒天下之大不韙？」秦濤回頭看一下後面的三個人：「注意一下腳下，路不好走。」

路的確不好走。秦濤低眉看一眼前面的雲中旭，他似乎加快了步伐，如履平地。倒是山裡出來的人，體力充沛興致勃勃，走慣了城市柏油路的人無法與之相比，只有黃樹奎這樣整天鑽山的盜墓賊倒沒什麼難度。

雲中旭回頭看一眼秦濤和李艾媛，臉上露出一抹難得一見的笑——很古怪的笑。

「要想說氐族人就必須從仇池國說起，想要說仇池國也必須從仇池山講起。我說的歷史久遠就是這個原因，三皇誕生地絕非普通人想像的那麼簡單，也許是傳說，也許是杜撰，但在我看來無比的真實。」雲中旭抱著醫藥箱小心地在前面開路：「大家都知道遠古神話吧？比如神農嘗百草、伏羲創造先天八卦、軒轅黃帝大戰刑天，從古代就知道是神話，我對神話卻有不同的理解，什麼叫神話？我認為是關於神的故事，神是主人公，故事是歷史。故事傳說久了就成了神話，而後人們就忘了那是歷史——是關於遠古的歷史。」

秦濤不禁點點頭：「你的理論改變了我對神話的定義，以前認為神話就是故事，故事就是編故事的人杜撰的。」

「那是後人們已經忘記了前朝歷史的緣故，仇池山的故事遠遠比神話要精彩得多！軒轅黃帝大戰蚩尤的故事聽說過吧？戰爭持續了三年而不分勝負，後來有神人指點軒轅帝，最終斬殺蚩尤滅掉了九黎部落，這是之後的戰爭，之前還有一場大戰被湮滅在歷史之中。而那場大戰從來沒有寫入歷史，卻真實地存在。」雲中旭頓了一下：「傳說炎黃二帝與天人作戰，有赤髮巨人相助，後作九宮八卦陣將天人封禁。」

「天人？」

「天上之人，或者說不是地上的人，但我理解是天外之人——因為古人的思想太保守，感覺一切都很神祕，尤其是對天和地很是敬畏。他們是來搞侵略的，所以炎黃二帝才奮起反抗，而且得到了外援，最後取勝。」雲中旭神祕地一笑：「天外之人，可能是人也可能是智慧生物，這也是我的理解，關鍵在於協助炎黃二帝招來的強力外援起到了很大的作用，他們是巨人，傳說是高達十二丈，赤髮——這是兩個很明顯的特點。」

郝簡仁最喜歡的就是獵奇，不過雲中旭說得也太離譜了吧？之前講他父親到了「仇池國」的事情，有可能是誤入了深山古部落，但現在講的故事有點天馬行空，解悶還湊合，聽著有點玄。不禁冷哼一聲：「雲醫生，你的腦洞開起來比倭瓜還大！」

「這是鋪墊嘛，不然你們哪有興趣呢？」

洪裕達拄著拐棍停下來大口地喘息著：「他說的故事有根有據，《拾遺記》裡面有過記載，不過不是關於軒轅皇帝，而是秦始皇。有宛渠之民，乘螺旋舟而至，舟形似螺，沉行海底，而水不侵入，曰輪波舟，其國人長十丈——宛渠人高十丈，現在看來也堪稱巨人，最關鍵的是始皇帝與宛渠人建立了良好的關係，由此可見雲醫生所說的幫助軒轅帝打仗的高十二丈的人也不是不存在的。」

有了洪裕達的「理論」支持，不得不相信雲中旭所說的傳說還真有點歷史的韻味。秦濤不禁苦笑：「傳說秦始皇還開山趕石造通天橋呢，據說他想去海中仙山拜訪仙人，但走了一半就不走了。傳說只是傳說，還是回到現實中吧，雲醫生，氐族人的祖先神叫什麼？」

「是三眼龍神。」

三眼龍神？秦濤不禁看了一眼雲中旭，據黃樹奎說失竊的 700198 號金屬蛋上雕刻的是九條三隻眼的蟲子，原來是「龍」？

「這與仇池山也有關係，仇池嬌氏女感應神龍而誕伏羲，氐族人認為他們祖居之地乃龍神之地，龍神就是他們的祖先，這是祖先崇拜。但我有不同的看法，他們的祖先的確是三隻眼的神。」雲中旭望一眼雲霧繚繞的鎖雲嶺：「每個人的心裡都有自己的神，每個古老民族的心裡亦然，我判斷這是對祖先的記憶，嵌入骨子裡的一種記憶。如果沒有那場曠世大戰的話，也許不存在氐族，《山海經》裡說氐族人是炎帝之子靈的後裔，不無道理。」

秦濤和李艾媛對視一眼，彼此心照不宣。雲中旭所知道的「故事」實在不少，一點一滴都引起了兩個人的興趣，因為洪裕達找遍了歷史資料也沒有證據表明氐族人的祖先是三眼神靈。但話又說回來，祖先崇拜本來就是無法考據的，就像三苗為什麼有自然崇拜一樣，那是對自然的一種敬畏。

景色至美，走起來就不覺得累，尤其還有雲中旭的故事。但對於秦濤和李艾媛而言，他的故事有意思之處並非是獵奇，而是其本身：他是怎麼知道氐族人的祖先神是三隻眼的神龍？700198號文物是佐證，但見過其真面目的人不超過五個，其中包括秦濤都沒有見過。

「最關鍵的是軒轅皇帝打敗了入侵者之後，佈設九宮八卦陣把他們永遠封禁起來。你們不覺得很奇怪嗎？」雲中旭停下來擦了一下額角的細汗：「傳說裡沒有殺死他們、沒有趕走他們，而是封禁，用的是九宮八卦陣。我曾經找過歷史資料，都記載著是伏羲氏發明了先天八卦，但我卻又有不同的意見。」

「跑題了跑題了，咱們說的是氐族人，你又扯到八卦上面了，一個醫生怎麼這麼喜歡八卦呢？」郝簡仁把戰術背包放下，自己一屁股坐在地上，打開一瓶礦泉水咕咚了兩口，汗水滴落下來。

雲中旭乾笑一下：「沒有跑題，講故事嘛，就要天馬行空，我是在跟諸位推理呢，關於氐族的推理。伏羲是根據《河圖》、《洛書》發明的八卦，並推演了四千多局，我的疑問是歷史資料說的有些不對，不是伏羲發明的八卦，而是在久遠之前就有八卦，伏羲是最早應用的八卦，用於封禁。」

「按照科學發現的解釋，河圖洛書是古代人運用自然規律掌握自然規律的智慧結晶，是最古老的科學體系，以至於後來衍生出了後天八卦、周易、奇門遁甲等等，也不是用來什麼封禁，而是古老的東方哲學，是對自然規律的運用。」洪裕達一本正經地看著雲中旭：「科學也是哲學，哲學是更高深的科學，就這樣子。」

郝簡仁把礦泉水扔給秦濤：「要我看雲醫生應該改行當導遊，雲導遊，給我解釋解釋什麼叫封禁？我知道辟谷閉關不吃飯，怎麼還封禁了？對了，還有多遠到家啊，餓死我了！」

「翻過前面的山就到，還有一個小時的路程。」雲中旭摘下眼睛擦了擦汗：「自從我父親遇到那檔事之後，我也懷疑深山裡面是不是藏著什麼祕密？所以才尋找各種各樣的資料，最後竟然在神話裡發現了這個祕密，也許你們感到很奇怪，但每每理順這些零散的線索之後，我都異常激動，因為我發現了神話的祕密。」

之前聽到這些話秦濤會反駁得體無完膚，但經過白山事件和雪域行動之後改變了很多。世界之大無奇不有，神話故事也有其合理性，難得的是雲中旭竟然是樂此不疲地去研究？

山中無甲子，寒盡不知年。仇池山就是這樣的山，倘若真的隱居在此割斷與俗世的一切聯繫的話，時間就會慢下來，與愛人靜待歲月老去，青春芳華便成了虛空和曾經。但現實未必如此美好，撲面而來的原始風讓人心曠神怡的時候，壓在心頭的疑問卻揮之不去。秦濤總有一種脫離現實的感覺，而正當好好回憶一下心裡的線索的時候，那種感覺非但沒有消散，倒是更加沉重了。

他們不是來遊山玩水的，而是帶著任務。雲中旭的目標是想揭開三十年前他父親遭遇的祕密，而他們則是抓捕犯罪分子——兩者風馬牛不相及。秦濤站在嶺上欣賞著美景，腦子裡卻還在思索著雲中旭講的「故事」。氐族的確不尋常，而這位講故事的「雲醫生」也不尋常！

「鎖雲嶺最有意思的是雲霧整天不散，很難見到他的真容。離這還有一個鎖雲洞，以前有修道修仙的人住過，大家要不要去看看？」雲中旭抱著醫藥箱望著雲霧縹緲的山間：「遠離都市繁華，看盡世間美景，最好的便是故鄉的，小時候常嚮往走出大山見世面，長大了出去闖蕩了幾十年之後才明白這個道理。所以我現在對這裡的一草一木都有很深的感情，有幾年沒去鎖雲洞了吧？」

李艾媛凝眉看一眼秦濤，秦濤微微點頭：「去看看也不錯，有雲醫生當導遊呢！」

雲中旭顯得十分興奮，立即起身指著雲霧繚繞的山裡：「看著很近走起來卻很遠，不過那可是一條捷徑，可以穿過鎖雲嶺呢！」

一行人等在雲中旭的帶領下深一腳淺一腳地向嶺的深處走去。

郝簡仁與秦濤、李艾媛交流了一下，彼此也都心照不宣。對雲中旭的信任是有限度的，不管他是真醫生還是假李逵，既來之則安之。臨行前大家已經有了默契，現在每行一步都在秦濤的判斷之中：剛才經過地勢險要的鎖雲嶺的時候秦濤就格外小心，生怕中招，好在無驚無險。但對雲中旭的表現產生了深度懷疑！信任是彼此合作的基礎，但信任是有限度的，比如現在。

黃樹奎遲疑了一下：「秦連長，忠言逆耳，有句話我想說。」秦濤點點頭：「說。」

「單人不進洞，兩人不看井，三人不抱樹，老道理放在現在也實用，明白我的意思吧？」黃樹奎也拄著一根棍子，望一眼在前面帶路的雲中旭的背影：「意思是說人心難測。」

秦濤苦笑著拍了拍黃樹奎的肩膀：「咱們這麼多人怕啥？只是看看。」

「鑽山多了怕鑽山，就跟夜路走多了怕鬼一樣，其實心裡有鬼！」洪裕達上氣不接下氣地喘息著，還不忘「補刀」：「不過老黃說的有些道理，人心不可測，前車之鑒爾。」

鑽進深山之後才發現根本無路可走，灌木荒草遮掩著視線，荊條藤蔓羈絆著腳步，偶爾飛來的蟲子撲到臉上，不時傳來郝簡仁「啪啪」的打嘴巴的聲音。這裡是隴南山區，與四川一樣是亞熱帶氣候，現在又是午後最熱的時候，紫外線照射強烈，山間一點風都沒有。在這樣的環境裡爬山實在沒有看上去那麼美好。

秦濤拉著李艾媛的手，正好被前面的郝簡仁回頭看見，不禁咧嘴，誰說濤子沒有情懷？老徐還說他不解風情呢，這不也敢拉女人的手了嘛！正想著怎麼調笑一下秦濤，一抬頭卻發現雲中旭不見了，滿眼全是濃霧，飄飄蕩蕩迷迷茫茫，能見度甚至不到五米遠，所有人都置身霧中，不禁大驚，喊了一嗓子：「雲醫生？你上天了還是入地了？人哪去了！」山谷裡傳來郝簡仁的回音，綿長而悠遠。

人間蒸發一般，方才還看到雲中旭的影子了呢，現在跑哪去了？郝簡仁慌忙停下來：「濤子，有情況，我上前面看看去！」

秦濤等人立即停下來，看了一眼腕錶，走了差不多有半個小時了，估計至少有十里路，已經置身於大山深處了。李艾媛不禁抓緊了秦濤的手：「大家注意安全！」

就在這時候，前面的濃霧之中傳來雲中旭的回應：「我已經看到鎖雲洞了，加快速度啊！」

郝簡仁奮力地爬上一塊長著青苔的巨石，恍惚中看到了前面晃動的人影，不禁咬了咬牙：「走那麼快幹嘛？以為被老鷹給叼走了呢，等一等！」

雲中旭並沒有停下來，而是加快了步伐，片刻之間就又消失不見，但卻傳來了山歌的聲音：「這是一座神仙山，有神有仙有洞天；這是一座神仙山，十坡八景步青天；這是一座神仙山，雲起雲落九連環……咿呀咿呀……嘿嘿……雲起雲落步青天！」

聽見聲音卻看不到人。郝簡仁的身手雖然俐落，爬山也夠速度，但就是追不上雲中旭，聲音似乎就在耳邊迴蕩，仔細辨認才發現是山谷的回音。

這次郝簡仁終於毛了，回頭尋找秦濤他們，卻發現滿眼的雲霧，什麼也看不到。

「濤子，速度跟上！」

「快了，我在你後面……」

郝簡仁喘著粗氣仔細辨認方向，從來沒有過這種經歷，倘若是在長白山那種地方的話還情有可原，天地一體一片雪白，而這裡山清水秀霧氣濛濛，怎麼還能迷路？不是迷路，是有點恍惚。

郝簡仁擦了一下臉上的臭汗：「雲醫生——等一等！」

「這是一座神仙山，有神有仙有洞天；這是一座神仙山，十坡八景步青天；這是一座神仙山，雲起雲落九連環……咿呀咿呀……嘿嘿……雲起雲落步青天！」

秦濤等人終於趕了上來，但洪裕達卻落在了後面，幾個人只好決定休息一下。郝簡仁衝著山上啐了一口：「等會我就讓你步青天！濤子哥，這傢伙是不是玩咱們呢？講了一路故事，現在又開始玩失蹤？」

「不要急，他是山裡人，自然走路快一些，看不到是因為地理環境使然，山谷裡的氣壓比較低，樹木植被繁茂，加上土壤含水量大，雲霧重一些而已。」秦濤警覺地辨認著雲中旭的歌聲：「大家小心點，不要自亂陣腳。」

郝簡仁皺著眉頭：「千萬別上了賊船，那傢伙沒安好良心，等一會看我怎麼對付他！」這種預感從一進山就產生了，只是憋在心裡沒有說出來，現在真的一語成讖，雲中旭果然包藏禍心？看不出來啊！郝簡仁仔細想了半天，從第一次見面到酒店喝酒再到半夜救他，所有事情歷歷在目，沒看出半點破綻來。

是不是自己想多了？事實也是如此：借尿遁跑了不成？有什麼理由甩掉隊伍？天樞七星盤在濤子手裡，想要搶也沒那麼容易。郝簡仁望了一眼天空，長出一口氣：「濤子哥，咱們是不是入了魔道了？」

太陽偏斜，再有一個小時就是黃昏時分了，秦濤也有點焦急起來：「你們在後面趕，我去追一下，記住腳下的路，我走過你們才能走！」

秦濤背緊了戰術背包，抽出狗腿刀貓腰鑽進了灌木叢裡，左突右擋行動迅疾，如果沒有牽絆的話，秦濤在十五分鐘之內就能突擊到山頂。以前在西南原始森林野訓的時候比這個困難得多，秦濤也都基本無視，更不要說小小的鎖雲嶺了。

雲中旭的歌聲戛然而止，不知道什麼時候停止的。滿山雨霧飄飄，山谷裡似乎還迴蕩著他的歌聲，側耳傾聽才發現是山風呼嘯。秦濤擦了一下臉上的汗水，抬頭望向對面長著青苔的巨石。

碩大的巨石被茂密的灌木所遮掩，足足有三層樓房那麼高，而巨石下卻跪著一個人影，正是雲中旭。

秦濤一腳踩在石頭上，冷眼看著他：「雲醫生，你在幹什麼？」

雲中旭漠然回頭看了一眼秦濤，臉上露出一抹詫異的表情，但在瞬間恢復正常：「秦連長，我的歌聽到了吧？這是一座神仙山，鎖雲洞是神仙洞，想要穿過去當然得拜拜山神，免得失禮——對了，我說過這是一條捷徑，穿過鎖雲洞下山就是我家，洞並不深，卻很險，不知道您有沒有興趣？」

三塊巨石相互犄角鼎力，形成一個三角形的洞口，一股陰風從裡面吹出來，透著絲絲寒意。秦濤緩步走下來，觀察著洞口，長滿青苔的巨石上雕刻著模糊不清的篆字，揣度一下便知是「鎖雲洞」三個字。

「雲醫生，這個洞很古老啊！」

「自從有氏族就有這個洞，小的時候進去過，我也很久沒來了。」雲中旭起身背著醫藥箱望一眼山下繚繞的雲霧：「因雲霧得名，名副其實，仇池山這樣的洞府很多，每一個都有生動的故事，有得道修仙的也有苦練的。」

秦濤凝眉看著雲中旭：「為什麼要走這條路？按照正常速度我們應該可以在天黑之前抵達你家，我想知道為什麼。」

雲中旭聳聳肩：「仇池美景，霧鎖神山，這裡是第一個，沒什麼理由，我徵求過你們的意見的，如果感覺危險不走也可以，返回去走山梁，還要翻一座大山才能到呢，來看洞耽誤了時間。」

很充足的理由，也是一個讓秦濤想一拳把他揍扁的理由！秦濤微微點頭：「好吧，穿洞。」

「進去撒泡尿，不然沒機會了。」

秦濤擺了擺手，把戰術背包卸下來靠在石頭上，看著雲中旭背著藥箱子畏畏縮縮地鑽進洞裡。現在沒有選擇餘地，唯一的辦法就是相信雲中旭的話，但入洞需要十二分的小心，因為對這裡的環境沒有底。這種小困難難不倒一名出類拔萃的特種兵，倒要看看他究竟要玩什麼花樣！

打開戰術背包，檢查一下隨身攜帶的裝備：高能電擊手電筒、兩枚手雷、三顆信號彈、五四手槍和幾個彈夾，拿出兩把匕首刀插在戰靴側畔，把槍別在腰間，看一眼黑色的旅行箱，秦濤深呼吸了幾口新鮮空氣，一種前所未有的危機感突然油然而生。

幾天來的經歷告訴自己，這是一場精心鋪設的陰謀！火車上的小廣告——治療頑疾的雲中旭——酒店喝酒講故事——襲擊自己的計程車——殺人滅口的犯罪分子——與雲中旭合作來仇池山。

小廣告的作用無非是引專案組來到隴南，而第一個見到的就是雲中旭，他打廣告的理由似乎很充分，但有兩個疑點：第一，他有氐族的族徽，並與犯罪分子接觸過。那枚族徽的來歷似乎很傳奇，引出了他父親的奇怪經歷，而在雲中旭的心裡始終有一個「想揭開氐族祕密」的執念，其實想要揭開氐族的祕密，無須等專案組，這一切都似乎有刻意的痕跡；第二點，放著陽光大道不走，偏偏走這條「捷徑」？包藏什麼禍心？

最大的疑慮就是昨天半夜發生的「滅口」事件。和簡仁從酒店回旅館的路上遭遇的「車禍」，並非是真正想要撞死他們，而是想把他們調回診所？現代社會還有人為了兩百塊錢去「交通肇事」嗎？不符合正常人的邏輯，當時因為太匆忙也是因為太擔心雲中旭發生意外，所以沒有來得及處置，而兩個人抵達診所的時候恰好碰到犯罪分子「滅口」。

是巧合還是演戲？按照自己的經驗，如果犯罪分子想要滅口的話其實非常簡單，尤其是對付手無縛雞之力的雲中旭，只一招便會將其置於死地，譬如他們殺害沈所長、錢廣聞和秦文鐘，只用一招。而弄死一個雲中旭需要那麼激烈的打鬥嗎？

現場來看打得非常激烈，而在與自己對陣的時候犯罪分子表現出極強的逃跑欲望，自己和簡仁兩個根本攔不住。兩名強壯的特種兵都攔不住的犯罪分子何以在那麼長時間殺不死雲中旭？有兩種可能：一是雲中旭身手不錯，二是根本就是一場苦肉計！

秦濤想到這點不禁心裡一震，望一眼黑漆漆的洞口，抓起背包走進去，一股潮濕的陰風撲面而來，洞內十分陰暗，只能看到十幾米的距離，卻沒有發現雲中旭的影子。

「濤子哥，幹嘛呢？」外面傳來郝簡仁的聲音，秦濤平靜地望著深邃的洞穴：「雲醫生？」

沒有人回答，似乎那個背著藥箱子的雲醫生就不曾進來過一樣。

◊

山洞的洞口極為隱蔽，如果不是本地人根本看不出來雲霧繚繞的山上還有這麼一個「鎖雲洞」，即便是鑽山也未必能找到洞口。秦濤等人觀察了片刻都退了出來，郝簡仁擦著脖子上的熱汗一腳把腳下的石頭給踢飛：「早知道他包藏禍心老子打斷他的狗腿！」

「現在不是發牢騷的時候，雲中旭早已露出馬腳了，你們還相信他的鬼話？」李艾媛嚴肅地看一眼秦濤：「秦連長，我們必須做出一個決定，進還是不進？從犯罪心理學上而言，雲中旭似乎早有準備，並且制定了很嚴密的計畫，汽車肇事事件和他被滅口兩者存在很大的關聯性，這是苦肉計，不高明，但你被他麻痹了，他的目的就是加入我們的隊伍。」

秦濤苦澀地點點頭：「方才我捋順一下，的確如此。他有氐族的族徽，且和犯罪分子接觸過，不得不防！」洪裕達立即緊張起來：「要我看咱們還是原路返回，寧可貪黑走山路也不能鑽洞，咱們不熟悉情況！」

昨天和那個老犯罪分子演的雙簧的確跟真的一樣，現在秦濤都不相信兩個久經沙場的特種兵竟然被一個賣狗皮膏藥的給騙了？但事實的確如此。秦濤微微搖頭：「我倒想看看他葫蘆裡賣的是什麼藥，簡仁，通知老徐加快行軍速度，明天務必趕到仇池山。」郝簡仁拿出手機打電話，卻發現沒有信號，不禁苦悶地把手機摔在石頭上，好好的手機立即成了一堆零件。

黃樹奎緊皺眉頭歎息一下：「我說諸位，兵來將擋水來土掩，鑽洞子有啥可怕的？一年三百六十五天我能鑽三百天，只要不是水洞子、火洞子就行！」

「裡面要是有埋伏呢？比如乾屍殭屍三眼怪物！」郝簡仁恨鐵不成鋼地瞪一眼黃樹奎：「你帶糯米粉了嗎？帶陰陽鏡了嗎？帶黑驢蹄子了嗎？帶的話你在前面開路，我斷後！」

黃樹奎乾笑著搖搖頭：「郝哥，咱們是穿洞而過又不是盜墓？再者您說的那些玩意兒不過是上墳燒報紙糊弄鬼的，想要過洞我還真得看看風水，斷一下吉凶！」郝簡仁不耐煩地擺了擺手，黃樹奎又獨自鑽進洞裡。

「犯罪分子玩起了陰謀詭計，雲中旭是第七個，坐鎮隴南指揮控制，一切策劃行動都在他的掌控之中。」李艾媛不安地思索道：「一路上抱著藥箱子顯得十分緊張，而鑽進山裡性格大變，講故事分散我們的注意力，真正的目的是想請君入甕。秦連長，我判斷返回去也會遇到不小的麻煩！」

這些細節秦濤全都思考過，的確有些麻痹大意了，尤其是方才看到雲中旭的時候就應該控制住，免得現在進退維谷。不過車到山前必有路，管他洞裡面有什麼埋伏？如果他真的是幕後的策劃者，案子會柳暗花明，即便不是也註定與犯罪分子有很深的淵源。

「機不可失，也許案子會出現決定性的轉機。我探路，李隊保護洪老，簡仁斷後！」秦濤檢查一下周身裝備凝重地掃視一眼眾人：「無論發生什麼情況，不能亂也不要怕，如果真的有危險我們就主動後撤，不要硬闖。」李艾媛不安地點點頭，現在只好這樣，任何不理智的行為都將會釀成大錯。但不管怎樣都不能放棄線索，如果雲中旭真的是犯罪分子的話、如果這個洞裡真的有埋伏的話，李艾媛相信將會是一場惡戰！

正在此時，黃樹奎從洞裡晃悠出來，手裡還拿著青銅羅盤，走到秦濤近前：「秦連長，可以走，是生門。」

「你開路，我斷後？」郝簡仁把手銬扔給黃樹奎：「關鍵時候可以防身，要是想跑的話小心花生米，老子可是隊裡的射擊狀元！」

黃樹奎尷尬地接過手銬：「咱是一條繩上的螞蚱，我往哪跑？再者說現在已經從良了，我一門心思戴罪立功。」

「少囉嗦，走吧。」郝簡仁用狗腿刀在旁邊的巨石上打了個記號，然後便一頭鑽進洞裡。

讓黃樹奎開路簡直是趕鴨子上架，有一種落井下石的感覺。但這是最優的選擇，老盜墓賊有豐富的鑽山盜墓經驗，川北與隴南山區地形地貌差不多，山洞的結構也差不多。黃樹奎走起來有一種輕車熟路的感覺，在前面晃動著手電筒邊走邊提醒注意腳下，儼然是不錯的嚮導。

深入洞內二十多米遠之後視距降為零，裡面一片漆黑，伸手不見五指。兩道手電筒光在黑暗之中來回晃了晃，只看見腳下碎石遍布，洞壁犬牙交錯，地勢開始向下面延伸。路況顯然不太好走，但能看得出來有人為活動的跡象，洞壁上有煙薰火燎的痕跡。

行走的速度跟蝸牛似的，因為完全對洞內情況不瞭解的緣故，黃樹奎沒敢加快速度，後面的郝簡仁好幾次差點撞到他的身上，不禁惱怒不已：「抓住那個王八蛋把他○的蛋砸碎了！」

「我說老郝您就別賭咒發誓了吧？鑽洞子最基本的原則是靜默，專注走路和發現躲避風險，有的野獸對聲音敏感，有的對光線敏感，萬一撞到怎麼辦？」黃樹奎用木棍敲了敲地面：「山裡面最多的毒蛇、野豬和土狼，而毒蛇最喜歡貓在洞裡，那玩意兒最邪性，是熱敏感應的，稍不留神就中招！」

「好啦好啦，再不念兩句我都快氣爆炸了！」郝簡仁正說著，忽然從洞的深處傳來一種奇怪的聲音，好像「鬼息」之音。

什麼是「鬼息」？鬼的呼吸。此「鬼」非彼「鬼」，一般隱藏在絕對安靜之中的人呼吸會被無限放大，多人的呼吸會讓洞內相對靜止的空氣產生流動，就會產生「鬼息」。往往是說明裡面潛伏著敵人的徵兆。

黃樹奎立即收緊了腳步，熄滅手電筒回頭看一眼郝簡仁：「聽到沒？」郝簡仁正在火頭上，氣得兩耳蜂鳴不止，啥也沒聽到：「啥？」

「鬼息！」

「再嚇唬老子把你腦袋打放屁了！」

李艾媛不禁拉住了秦濤，眾人屏息靜聽。聲音似乎是從地底下傳來的一般，斷斷續續時有時無。秦濤走到郝簡仁身邊：「斷後，注意保護策應。老黃，距離多遠？」

郝簡仁的汗毛都豎起來了，冷汗直流，反握著匕首刀後退兩步，瞪著眼珠子盯著漆黑的遠處，神經繃得緊緊的，腿差點沒抽筋。而黃樹奎鎮定一下情緒，趴在洞壁上仔細傾聽片刻，指了指地面：「下面傳來的，這洞有點古怪！」

「要不我們撤出去吧？」李艾媛拔出五四手槍，打開保險，第一次深入這種洞穴環境探險，感覺有點毛骨悚然。作為刑警隊的大隊長，什麼樣的血腥都見過，什麼樣的犯罪分子也都對陣過，但這次真的不一樣。

每個人都有恐懼的情緒，只是承受力不一樣。女人對恐懼天生敏感，儘管李艾媛是經驗豐富的刑警隊長，也概莫能外。秦濤沉默片刻搖搖頭：「大家注意安全，做好自我防護，我和老黃第一梯隊，距離五米，留緩衝區。走吧！」

前進了十幾米，洞穴忽然變得狹窄起來，而且拐了一道彎，幾塊犬牙交錯的巨石擋在面前，洞穴在巨石處拐了個彎，分為兩個支洞。黃樹奎用手電筒照了照前面的路況，指了指其中較寬闊的支洞，秦濤點點頭。

黃樹奎剛邁一步，只感覺眼前一花，一道黑影從裡面飛掠出來，驚得「啊」的一聲坐在地上，手電筒光亂晃。那條黑影直接射向秦濤的面門，秦濤慌忙側身，手中的狗腿刀劃過一道弧線，正砍到黑影上，一股腥臭的味道隨即傳來，黑影砸在洞壁上！

「啥玩意兒？五彩蜈蚣！」郝簡仁用手電筒一照，驚得渾身雞皮疙瘩掉了一地，一隻被差點砍斷了的蜈蚣。一般的蜈蚣幾寸長也就已經了不得了，而這個卻有一尺多長，軀體足有手腕粗細，鋒刃的腳張牙舞爪地揮舞著，螯撞斷了一支，體表五彩斑斕，跟蜈蚣精似的。秦濤的臉都綠了，方才要不是反應超快，估計那兩支鳌就得定在自己的臉上。同時心裡也翻了個白眼：雲中旭夠狠！

「秦連長，我們上當了！」李艾媛不安地看一眼秦濤：「雲中旭說他去抓毒蛇的時候進入天坑洞穴，洞穴裡面有這種五彩蜈蚣，這就是他所說的那個洞穴，但鎖雲洞不在天坑，所以他說謊！」

終於有證據證明雲中旭說謊，但有什麼用？既來之則安之吧！

秦濤微微點頭，不禁看了一眼黃樹奎：「動作挺快，不愧是盜墓的出身。」

黃樹奎啞然苦笑：「這是人的本能，下面得注意點了，估計有不少這玩意兒。」

郝簡仁二話不說把五彩蜈蚣給收進方便袋裡，掖在後腰上：「這玩意兒看著雖然嚇人，但的確是好東西，回去泡藥酒應該不錯！」

拐過一道彎，地勢陡然下降，犬牙交錯的石頭石階始終向下延伸，黃樹奎把耳朵貼在洞壁上又傾聽了一會，緊張道：「不少人！」

「鬼息」之音斷斷續續地傳來，秦濤望一眼黑暗的洞穴盡頭，空氣中還殘留著一股中藥味道，雲中旭沒有走多遠？不禁暗自咬牙，不管多少人，也不管是什麼人，只要發動攻擊就殺無赦！

秦濤拍了拍黃樹奎的肩膀，黃樹奎後撤一步，秦濤率先向下面攀爬，黃樹奎打著手電筒照亮：「小心點，雖說是生門也不敢大意啊，不知道裡面有啥妖魔鬼怪呢！」

垂直距離有近十多米的陡坡，秦濤三步兩步就到了洞底，單膝跪地反握著狗腿刀，另一隻手扣在腰間的槍把上，全神戒備，手電筒光一寸寸地掃射著洞裡的情況，才發現竟然是一個極為寬闊的空間。

就在此時從黑暗中忽然傳來一聲呼嘯，一道黑影向秦濤飆射而來。黃樹奎正在費力地向下面爬，驚得一腳踏空，整個人從三米多高的地方摔了下來，正砸在那個黑影上，強光和電擊的霹靂火花瞬間打開，瞬間一股焦臭的味道。

黃樹奎的反應超出了秦濤的想像，剛刺出去的刀強行收回，人已經到了黃樹奎的身邊，探手把黃樹奎拎起來，抬起一腳正中下面的人身上，那傢伙「嗷」的一聲慘叫，人直接飛了出去，比攻擊的時候還快，摔到了空曠的洞裡面。

「怎麼回事？」郝簡仁舉著手槍衝了下來，衝著空曠的洞穴裡那個黑影就是兩槍，也不知道打中沒有：「真他〇的有埋伏？光天化日之下這是要造反的節奏……」

話音未落，從洞頂上「飄落」下兩滴水，滴在郝簡仁的臉上，擦了一下感覺黏糊糊的，借著手電筒光一看竟然是黑色的。郝簡仁轉身微蹲舉手便是一槍，頓時碎石紛飛，一道黑影如鬼魅一般從黑暗中竄了出來，槍聲瞬間如爆豆一般炸響。李艾媛抱著微型衝鋒槍一通掃射，火星亂竄，洞頂上的人卻消失了蹤跡。

從對手的身法上看，一定是氐族人無疑。秦濤、郝簡仁和李艾媛已經領教過他們的身手，在這種環境裡，他們占盡了優勢，而且動作靈活攻擊狠辣，稍微疏忽就有可能被重創。

眾人圍成一圈站在黑暗之中，周圍靜得跟進入古墓一樣。敵明我暗，沒有任何優勢，如果再多的話恐怕就有危險了。秦濤的神經繃緊，微閉著眼睛仔細傾聽著黑暗中的動靜，對手似乎對子彈很敬畏，竟然沒有主動攻擊？

「節省子彈，以防萬一。」秦濤穩定一下心神盯著黑暗之處：「信號彈，三秒計時，三……二……砰！」

紅色的信號彈劃過一道拋物線衝進寬闊的空間，不斷變換著的顏色把空間照得通明，李艾媛向前一步舉槍便射，一槍正中在石筍上隱藏著的對手，那傢伙應聲掉了下來，砸在犬牙交錯的石階上，幾乎沒有來得及驚叫就死了過去。

秦濤的動作更快，就在一片紅光之中已經衝進了空曠的空地上，郝簡仁緊隨其後，兩個人背靠背呈防禦態勢，在信號彈的餘燼當中，終於看清了洞內的情況：四周地上矗立著巨型石筍，穹頂上吊掛著錐形的巨石，空間的北側則是一個高臺，檯子上面站著十多個黑影，在紅色的光暈下如同鬼魅一般一動不動。

在最後一絲紅暈即將消失的時候，秦濤扣動了扳機。

一連串的火星過後碎石紛飛，四道手電筒光同時射向北側的目標，李艾媛舉著衝鋒槍瞄準，不由自主地又打出一梭子彈，視線之內的黑影巋然不動！秦濤慌忙把槍管壓下：「別動，是石像！」

信號彈的光亮湮滅在黑暗之中，空間內仍然在迴蕩著槍聲，震得李艾媛的耳中一陣蜂鳴。就在這時候，黃樹奎從一個石筍上竟然找到了火把點燃，而郝簡仁則衝到了方才墜落的屍體面前，看了一眼不禁驚呼一聲：「濤子哥，是氐族人！」

那傢伙已經被子彈打成了篩子，渾身鮮血淋淋，一股濃重的血腥味撲鼻而來。秦濤看一眼屍體，與在川北古墓裡被打死的基本一樣，手掌只有四根角質化的手指，跟爪子似的鋒利異常。不禁警覺地掃視一眼昏暗的洞穴，秦濤拿過黃樹奎手裡的火把緩步向北側的雕像走去。

高臺之上矗立著兩排四尊雕像，可能是因為年代久遠已經風化不堪。秦濤看一眼高臺下的石階，一行清晰的腳印印在上面，雲中旭已經過去了。可以肯定的是他與攻擊的氐族人是一丘之貉！

「什麼人什麼年代弄的這些玩意兒？」郝簡仁拍打著石像，發出「砰砰」的聲音。

洪裕達仔細觀察著雕像：「恐怕很古老啊，一通掃射基本都損壞了，這些可都是文物，可惜了！」

「從風化程度和形制來看應該是漢魏時期的，雕得有點寫意，不過還是能看出來是三隻眼睛。」黃樹奎皺著眉頭掃一眼石像不禁驚訝：「這玩意兒應該叫翁仲，只有帝王墓才會有，但時間有點不對，最早的翁仲也不過是從南北朝的時候傳下來的，到了唐宋時期才形成墓葬的規制，一般的古墓都有鎮墓獸……」

郝簡仁冷哼一聲：「不過是個山洞，哪來的古墓？」

「老黃說的對，這裡以前一定是一座古墓，不是普通的山洞！」洪裕達還在磨蹭的時候，秦濤已經穿過高臺下了臺階，李艾媛喊了一嗓子，洪裕達才戰戰兢兢地跟上。

過了高臺，山洞陡然變窄，如同進入了古代大戶人家的迴廊一般，洞壁變得光滑了許多，而且腳下都是用青石鋪成的路，滿是灰塵的甬道上雲中旭的腳印十分清晰。依然是秦濤和黃樹奎在前面開路，因為方才遭到了攻擊，行進的速度慢了許多。

正行進之際，秦濤忽然停下，舉著火把盯著對面的洞壁，方才太緊張幾乎沒有注意洞壁上的雕刻。打磨光滑的洞壁上竟然雕刻著壁畫？昏暗的光線下，壁畫一寸寸地顯露出來，對於秦濤和郝簡仁而言，這些壁畫就是天書一般的存在。

借著微弱的光亮洪裕達仔細觀察著壁畫，額角不禁透出冷汗來，從來沒見過這麼大面積的壁畫，雖然刻得十分粗礦，但還是能看出上古時代的滄桑韻味。有戰爭的場面也有生活的場景，內容十分龐雜，洪裕達不禁嘖嘖稱奇：「諸位，知道這是什麼？岩畫！老祖宗在洪荒時代留下的傑作，是無盡的寶藏！」

秦濤透過火把光凝神看著岩畫，腦子飛速旋轉，不禁一愣：「是雲中旭講的故事？仇池金母、嬌氏龍神、伏羲戰刑天！」

傳說刑天沒有頭，兩隻眼睛長在胸前乳頭上，而岩畫上的畫像真實地反映了傳說。秦濤向前緊走幾步，看到岩畫上的「刑天」揮舞著戈的形象，誠如雲中旭所講的故事那樣。這證明了「鎖雲洞」並非普通的洞穴，也不是什麼神仙洞，而是一處古墓？

秦濤不確定自己的猜測，回頭看一眼洪裕達：「洪老，您不幸言中了，這裡是一座盜空的古墓，岩畫表現的是上古的歷史，也就是雲中旭所說的氐族傳說。」

「原來他是從這學來的？」郝簡仁詫異地看一眼秦濤：「這麼說這裡也是氐族人的古墓了？門口那四個雕像可都是三隻眼呢！」

黃樹奎也不禁詫異，其實從一進入洞穴他就有「感覺」，這個洞不同尋常。從風水角度而言，此處藏風納水是一處上佳的吉穴。但從洞內的佈置而言又不太像古墓，譬如比較早的春秋戰國墓很少有依山建陵的，第一個開先河的帝王是朱元璋，建在南京紫金山。而春秋戰國墓一般都在平原丘陵地區的「龍脈」上，譬如陝西鳳翔縣的周幽王大墓。而在春秋戰國時期及以後的墓葬制度十分嚴謹，而且都是厚葬，一般都有黃腸題湊（註8），很顯然這裡不是春秋戰國墓。而春秋戰國之後的墓葬形制發生了很大的變化，等級制度也更森嚴，墓內更為講究，所以也不可能是漢唐之後的墓穴。

岩畫的內容已經透露了洞穴的年代資訊——上古時代。而且不一定是古墓，但不是古墓是什麼？

對於秦濤而言，發現岩畫最大的意義是證明了雲中旭與氐族有著千絲萬縷的聯繫。加上他曾經說過去天坑內的洞穴發現了五彩蜈蚣，而在這裡也發現了，說明他移花接木胡編亂造，而所講述的故事就來自這些岩畫，也說明了他的確對氐族有更深入的瞭解。

這些已經足夠證明雲中旭的神祕身份，當務之急是抓住他，一切都會真相大白。秦濤舉著火把繼續向前走，甬道裡出現了大面積的碎石，洞頂似乎發生了坍塌，洞壁的岩畫被破壞殆盡。洪裕達邊走邊扼腕歎息，這種自然的破壞力顯然對一位專業的考古學者有很大的打擊。

從上古時代留下來的歷史資訊並不多，甚至可以說絕無僅有。一部《山海經》囊括了神奇而靈幻的上古時代風貌，而從《華陽國志》裡也可以窺見西北「華陽郡」的歷史人文精彩片段，可惜的是《華陽國志》只是一部地方誌，而《山海經》裡的奇幻密碼又無法徹底解讀出來。

洪裕達曾經去過西部荒漠考察上古的岩畫，譬如喀什（古代疏勒國）石頭城的紅砂岩畫，真實地再現了上古時代的生活場景和祖先的文化修養。但與「鎖雲洞」裡的岩畫比起來都簡單得多。

甬道內充滿了灰塵和古老的味道，似乎有好幾千年未曾有人進入過一樣，他們是第一批造訪者。但秦濤相信專案組只是一個訪客，除了看到不可思議的地下景觀和上古的痕跡之外，只能留下雜亂的腳印，或許一段時間之後就會淹沒在灰塵之下。而那些如鬼魅一般的氐族才是這裡真正的主人！

「從法醫學角度而言，是什麼原因造成氐族人的那種狀態？」秦濤想到這裡忽然停下來：「很明顯，方才被射殺的氐族人也患有古怪的頑疾，他們的手角質化得厲害，但顯然身手不如那幾個犯罪分子。」

雲中旭說那種頑疾是感染了一種未知的病毒所致，他父親曾經治癒過。但他父親的經歷是真是假都存疑，他的話有幾成是真的？

李艾媛皺著眉頭看一眼秦濤：「角質化是皮膚鈣化的結果，一般情況是缺乏營養所致，尤其是維生素C、D，屍檢報告顯示氏族人的瞳孔要比正常人大，但視力並不好，是為了適應黑暗環境，進化的結果。」

普通人長時間在黑暗的空間內會有一段適應期，在適應期期間瞳孔會開放到最大，增加光線攝入量，以適應黑暗環境。而在強光下會收縮瞳孔，以保護眼睛。

「進化的結果？」也就是說氏族人長期生活在暗無天日的環境？難怪犯罪分子只在夜間活動，以前都是從犯罪心理學角度考慮的，沒想到真實的情況是他們對黑暗的適應要比白天強大得多。秦濤深呼吸一下：「我懷疑犯罪分子是特殊的群體，比如穴居人。」

「人類進化到現代社會基本不存在穴居情況，據調查只有西部荒漠、雪域和東北的深山老林裡存在這種居住習慣，但也都是生活習慣所致，半穴居居住方式。在雪域和東北是為了躲避風沙和寒冷。」李艾媛凝神望著黑暗的盡頭，一抹綠光忽然乍現，不禁驚得一把抓住了秦濤的胳膊，聲音都變形了：「那是什麼？」

所有人立即進入緊張狀態，郝簡仁抱著衝鋒槍擋在秦濤前面，瞪大了眼珠子使勁看了半天：「李隊，什麼也沒有，是不是眼花了？」話音未落，又一道綠光一閃即逝，這次終於看到了，郝簡仁不禁後退兩步到了秦濤的後面：「鬼火？大白天的哪來的鬼火！」

嘴都嚇瓢了，可以肯定的是現在不是白天，走到這用了近一個半小時，黃昏已過。

秦濤舉著火把向前走了兩步，距離甬道盡頭不過十幾米遠，但在絕對的黑暗之中感覺十分遙遠，他也看到了那抹綠色的光亮，但辨認不出是什麼東西，好像是某種獸類的眼睛？一想到這層，秦濤的脖子直發涼！

「簡仁，斷後！」秦濤拔出狗腿刀棲身向黑暗中小心地摸去，隨著火把光一寸寸地照亮甬道，地面的碎石驟然多了起來，洞穴顯然在自然力的破壞下坍塌得厲害，以至於走到最後甬道生生地被截斷，無數塊碎石將洞口封堵，只露出一人的身位。

秦濤和郝簡仁觀察了一下周圍情況，身體探如縫隙之中，視線突然豁然開朗，一股冷風迎面撲來，裡面夾雜著草木香味，而空間內充滿了綠色的星光，美輪美奐——如移動的星光，似乎很遙遠，但又是那麼近！

「哇！這麼多螢火蟲？」郝簡仁望著眼前的奇景不禁驚得目瞪口呆，癡癡地望著若即若離的藍綠色的螢光，竟然忘記了身處洞穴之中，肥胖的身體直接鑽了過去。

「濤子哥，是螢火蟲舞會啊，浪漫得不要不要的！」

剛要向前邁步，卻被秦濤一把給拽住：「等一等！」

「看看腳下！」秦濤鑽過來擋在郝簡仁的前面，火把光所及之處，一片亂石狼藉不堪，山風吹來讓人不禁打了個冷顫，仰頭望向洞穴頂端才發現似乎已經出了洞穴，可以看到低矮的灌木和野草，而一條綠色螢光的河流竟然是直上直下地流動著，如漫天的星光一般。

郝簡仁用手電筒照射一下前面長滿了蒿草的地方，拿起一塊石頭扔了下去，石頭沒有落地，而是從荒草裡直接墜落下去，清晰地聽到石頭碰撞石壁的聲音。嚇得郝簡仁不禁退了兩步：駭然不已：「我地乖乖，這他〇的是地縫啊，一腳踏進了鬼門關還不知道呢！」

洞穴在這裡斷了，一條直上直下的裂隙憑空而生，而這些閃動的精靈們形成了星河一般。如果魯莽的人一定會被眼前的景象所迷惑，一步天堂，一步地獄。眾人都鑽了過來，美輪美奐的「星河」讓所有人不禁驚歎莫名。

「現在是螢火蟲繁殖的季節，我在山裡面經常遇到，但這麼大規模的也是第一次看到！」黃樹奎也不禁讚歎。李艾媛凝重地點點頭：「是最美麗的陷阱，掉下去就粉身碎骨，雲中旭是想置我們於死地啊。」

「那個畜生，一會抓到他給扔下去！」郝簡仁用手電筒四處胡亂地照射著，才發現草叢中有一條「繩橋」，說是「橋」，不過是上下兩根繩子，三四米的裂隙看著不太寬，但一上去可就懸空了，上不著天下不著地，掉下去必死無疑。

秦濤拉了一下上面的繩索，感覺一下是否結實，看樣子繩子已經存在很長時間了，風吹日曬雨淋之後會發生老化，所以每次只能過一個人。這對秦濤、郝簡仁和黃樹奎而言沒有什麼難度，夜訓的時候經常練習這個，只不過那是繩梯而已。而對洪裕達而言則有點吃不消，看著就眼暈，腿沒上去就開始發抖，怎麼過去？

「大家都小心點，我先過去系好安全繩，然後再過。」秦濤抓住繩子，一隻腳踏出一步，稍微用力，繩子立即下沉繃緊，另一隻腳移動了一步，四步就到了對面，看似輕鬆自如，實則在過繩橋的時候秦濤幾乎沒有喘氣！

到了對面，秦濤全神戒備，生怕此刻發生意外，在確定沒有異常之後，才從背包裡拿出專業登山安全繩，固定在一塊石頭上，把繩索拋到了對面：「艾媛同志，妳先過來！」

李艾媛望一眼美輪美奐的螢火星河，淡然地抓住繩子，神經立即繃緊起來，腳下的山風不斷吹上來，螢光弄得眼花繚亂，如墜入了星辰大海裡一般。女人都喜歡浪漫，尤其是在漫天飛舞的螢火之中，有一種眩暈的感覺。

「穩一些，不要晃動！」秦濤伸出手握住李艾媛柔軟的手臂，就在即將過來之際，李艾媛的身體忽然晃動得厲害，不禁驚呼一聲。卻被秦濤用力拉了過來，一頭紮在了秦濤的懷中。

螢火蟲是生活在亞熱帶的鱗殼目昆蟲，一般只在繁殖季節才會聚在一起，並以螢光吸引交配夥伴，也用螢光吸引獵物。成千上萬的螢火蟲形成了一條美輪美奐的彩帶，縱觀地縫上下，相當有誘惑力，如果一不小心必然墜下深淵粉身碎骨。

當洪裕達癱軟著爬過來的時候，渾身已經濕透，躺在地上大口地喘著粗氣，大自然充滿神奇，這種暗無天日之地竟然天造地設的出現了這種景觀，不得不讓人拍案叫絕。

眾人整理裝備補充一點食物和水，本來沒有攜帶太多的給養，一心指望著雲中旭，現在看來竟然上了賊船？

秦濤不斷地思索著，雲中旭的行為極為古怪，究竟隱藏著怎樣的動機？犯罪分子盜走 700198 號文物，殺害沈所長，控制了川北文物走私團夥，但他們顯然不是為了攫取更大的經濟利益，只想要兩樣東西：紫薇混元珠和天樞七星盤。

一切跡象表明雲中旭就是盜竊殺人案的始作俑者，躲在隴南坐鎮指揮犯罪行動。而專案組發現蛛絲馬跡之後他竟然敢主動要求合作？合作什麼？當然不是投案自首！雲中旭的智商很高，連續使用詭計誘騙專案組，專案組也一步一步走進了他所鋪設的圈套，而沒有選擇。

「出發吧，如果還來得及的話，雲中旭會在這前面等我們。」秦濤背起戰術背包舉著火把凝重道。

郝簡仁義憤填膺，恨不得把雲中旭給撕了：「他就是包藏禍心，看到他第一秒就打斷他的腿！」

「700198 號文物還沒有下落，我懷疑他是始作俑者，目的動機未知，所以在案情沒有明朗之前不要衝動。」秦濤舉著火把向前摸去。

李艾媛也不禁點頭，跟在秦濤的後面：「說的有道理，他費這麼大的力氣不是為了困住我們，而是在圖謀天樞七星盤，洪老判斷紫薇混元珠和天樞七星盤是子母雙璧，很可能藏著氐族的祕密。」

就在專案組進入洞穴之際，徐建軍率領兩個班的戰士還在西行的火車上呢，老徐拿著手機打了快一百遍電話了，卻無人接聽。這種情況十分少見，臨行前接到秦濤的指令立即開拔，目標是隴南仇池山，隨時保持聯絡，但現在為什麼聯絡不上？徐建軍看一眼車窗外漆黑的夜景，不禁焦急起來。

洞穴蜿蜒曲折，洞內異常潮濕。手電筒光照射在洞壁上才發現犬牙交錯的石壁上在滴水，隴南山區本來就地處亞熱帶，氣候溫潤水量充沛。而過了裂隙之後的洞穴很顯然與先前的洞穴不太一樣，那個洞穴封閉得比較好，鮮有滴水的想像。由此可見前半段的確曾經是一座古墓，比較封閉。
「濤子哥，沒準還能發現上古的寶貝呢，我想要小哪吒的風火輪！」郝簡仁沒心沒肺地哈哈大笑，洞裡面傳來一陣陣回音。秦濤苦笑一下不語，沒有人知道前方等待他們的將是什麼。
此處的洞穴顯然要比方才走過的要複雜得多，純天然的洞穴，沒有經過任何加工。火把的光亮忽然閃幾下，拐過一道彎之後，眼前突然一片開闊，四道手電筒光照射過去，眾人不禁驚呼一聲！
這是一個務必闊達的洞穴空間，無數奇形怪狀的石筍、石柱、巨石撲面而來，撞擊著視野，震撼著人心，猶如置身於原始森林之中。穹頂上吊墜著圓錐形的石筍，長短參差不齊，一上一下遙相呼應，視線盡頭出現了一道熹微的光線，不知道從哪裡射進來了。
第一次看到這種地貌景觀實在太震撼，所有人幾乎都張大了嘴巴，陷入沉默之中。
「地下森林？」
「是石林。」
「那道光是什麼？」郝簡仁瞪大了眼睛極力望著視線盡頭的熹微光線，卻看不清楚，剛想走進石林，卻被秦濤一把拉住，回頭呲牙一笑：「濤子哥，我猜咱們的苦難到頭了吧？前面是出口！」
秦濤凝重地搖搖頭，看一眼洪裕達和黃樹奎：「二位，怎麼看？」
「從來沒見過這麼壯觀的洞穴！」洪裕達咂咂嘴：「從地質科學角度來講，這是喀斯特地貌，西南地區的廣西、貴州、四川等地便是這樣的地貌，但出現在西北，有些不靠譜。大自然鬼斧神工啊！」
李艾媛微微點頭：「隴南接近四川，地質地貌當然有些雷同，這種景觀是水侵蝕的結果，但需要億萬年的時間，可以肯定的是這裡是最原始的喀斯特地貌群落。」
話音方落，對面的光線突然像爆炸一般竟然膨脹起來，如同從地下爆射出來的一般，然後便聽到一陣「轟隆隆」的聲音，好像是水在撞擊著岩壁，又好似萬馬奔騰的呼嘯，嚇得郝簡仁一屁股坐在地上，眼前立即漆黑一片。膨脹的光線忽然又收縮，逐漸恢復了原狀，依然如初，安靜而祥和。眾人不禁驚訝萬端，黃樹奎把耳朵貼在岩壁上仔細傾聽著，臉色不禁難看起來：「前面是地下河！」

「地下河？」秦濤詫異地掃視一眼石筍矩陣，似乎明白了什麼，如果沒有大量的水沖刷是難以形成如此大規模的地貌的。

黃樹奎凝重地點點頭：「這是最要命的，在川北鑽山的時候最怕的是火洞子和水洞子，尤其是水洞子，地下暗河環境複雜，必須得瞭解水系走向，還得有專業的設備，一般的古墓是以水來保護的，很難得手。」

郝簡仁好不容易爬起來瞪一眼黃樹奎：「這是職業病，得治！」

「就事論事，不過是提醒各位小心一些。」

「走吧，大家注意腳下。」秦濤率先走進石筍矩陣，一行人等跟小螞蟻似的在裡面穿梭而行。

總感覺頭頂上的圓錐石筍搖搖欲墜，周圍無邊的黑暗在吞噬著視線盡頭熹微的光線，而進入石筍矩陣之後，那抹光線也消失殆盡。人是自然界裡最卑微的動物，視覺很差，幾乎沒有夜視能力；聽覺也不靈敏，不能像狗那樣能聽到超聲波；嗅覺更無法跟狗相比，沒有超強的預感，更無法像蝙蝠那樣回聲定位——但資質平平的人類竟然成為地球的統治者，不能不說是莫大的諷刺。

穿行在石筍矩陣裡如同在地獄裡行走一般，黑暗隨時隨地都會把前面的人影給淹沒。李艾媛緊張地拽著秦濤的胳膊，戰戰兢兢磕磕絆絆，而洪裕達更是狼狽，後面雖然有郝簡仁斷後，但總感覺腳下沒底，心裡更沒底，一路不是摔跟頭就是撞到石壁上，好在郝簡仁想出了一個法子：讓洪裕達斷後，用手電筒照著自己的腳後跟，亦步亦趨地向前面移動。

眾人「龜速」前進讓秦濤焦急不已，但不管怎麼著急都無濟於事，這種環境只能以安全為要，否則很有可能發生意外。但行進到一半的時候還是發生了意外：一陣震耳欲聾的轟鳴突然來襲，嚇得洪裕達一頭撞在了石筍上，立刻暈了過去！

濃重的水霧迎面飄散過來，附近的石筍和腳下的路變得濕滑起來。郝簡仁拍著洪裕達的臉蛋：「沒事您跟石頭較什麼勁？瞪著眼睛往上撞！快醒醒，快點！」

秦濤慌忙走過來，掐了一下洪裕達的人中，感覺一下呼吸：「洪老的體力有限，一路而來又擔驚受怕，這下撞得不輕，快包紮一下。」

李艾媛慌忙拿出急救包處置，秦濤回頭看一眼前方熹微的光線，判斷還有三百多米的距離。誠如黃樹奎所言那是一條地下暗河，水量氣勢相當龐大。光線應該是河水反射所致，同時也說明暗河距離洞口應該不遠了，隱隱地聽到了瀑布的聲音，心裡不禁緊張起來。

按照雲中旭所說，這條路是一條捷徑，但十分危險。沒想到會是這個樣子？秦濤咬了咬牙：「大家先歇一會，老黃，跟我去探一探！」

「小心點啊！」李艾媛關心地看一眼秦濤。

兩個人棲身鑽進黑暗之中。

對於秦濤而言什麼複雜的環境都遇到過，石筍矩陣和地下暗河並不是最困難的，但第一次置身在這種環境下，多少心裡沒底。最好的辦法就是探明情況再展開行動。兩個人深一腳淺一腳地迎著水霧向前面摸去，所過之處看到的石筍、巨石和地面全部濕滑難行，跟水沖過一般，可見地下河水量之大難以想像。

距離一百多米的時候，黃樹奎突然拉住秦濤躲到一個碩大的石筍後面：「不好，水來了！」

眼見著對面泛著熹微光線的河水突然膨脹起來，轟鳴之聲隨即而至，兩個人立即蹲下來屏住呼吸。咆哮的聲音似乎從後面傳來一般，地面為之顫動不已，秦濤的後背一陣冰涼，百米之外一道白光沖天而起，滔天的巨浪排山倒海一般沖了出來。

氣勢逼人，恢弘壯觀，難以形容！黃樹奎幾乎趴在地上，秦濤想看個明白，浪頭已經沖了過去，巨大的水流盤旋著沖向下游，秦濤立即從石筍後面衝了出去，腳下卻一滑摔倒在地，直接向對面的河道滾了過去。

「秦連長——小秦！」黃樹奎旋即衝出來一個魚躍飛身衝了出去，速度之快令人咂舌，轉瞬之間便衝到了秦濤的後面，死死地抓住了秦濤的腳脖子，巨大的慣性力把兩個人都摔出了十多米遠才停下。

距離暗河只有三米之遙！抬頭望向下游，巴掌大的光線出現在視線的盡頭，秦濤起身扶起黃樹奎，擦了一把臉上的泥水，不禁百感交集：「謝謝。」

「陰冷潮濕，整個地方給人一種毛骨悚然的感覺，間歇噴湧暗河差不多十五分鐘噴一次！」黃樹奎劇烈地咳嗽著，方才看到的時候心裡面已經意識到了，或許這裡就是通路，當時還懷疑自己的判斷，現在經過驗證，證實了他的猜測。

目測距離暗河的盡頭有幾百米，而且周圍沒有其他的出口。也就是說只有利用兩次噴湧之間的間隙時間才能衝到出口處。兩人退了回來躲在石筍後面，冷風吹來黃樹奎瑟瑟發抖：「最關鍵的是下游情況不清楚，看樣子是出口，有瀑布聲音，一條絕路啊秦連長。」

跟自己判斷的一樣，暗河下游四百米的地方就是出口，想要出去比登天還難。但現在已經沒有回頭路，只能繼續冒險。秦濤低頭思索片刻：「老黃，給我掐著點時間，我去探探路，十五分鐘完全可以跑一個來回。」

「這是玩命！知道瀑布下面是什麼不？一般情況都是萬丈深淵，哪來的路？」

「玩命也得走！」秦濤的話音還沒有落下，轟鳴聲從遠處滾滾而來，巨大的水流橫衝直撞地沖了出來，如脫韁的野馬一般奔騰過來，強烈的冷風掀起大片的水霧，如同下了一場暴雨一般。

秦濤閃身衝了出去，跟著水浪拼命向下游跑去。四百多米的河道，碎石遍布根本無路可走，但秦濤是何等靈活？奔跑起來像一隻豹子，追趕著水頭一路飛奔！巨浪過後暗河的水少了許多，露出卵石的河道，感覺差不多到盡頭的時候才放慢了速度，終於看到了光線——昏暗的月光。

瀑布的轟鳴聲震盪著耳膜，借著氤氳的月光才發現暗河真的在此處斷了去，秦濤快速掃視著眼前的環境，暗河出口的河道很寬闊，水流的威力在此處得到了很好的釋放，衝擊在巨石上飛濺起十幾米高的水霧，然後才向下方墜落，形成了瀑布。

見過各種姿態各異的瀑布，但大多數都是地上河形成的，比如黃河的壺口瀑布、貴州的黃果樹瀑布等等，但都沒有這條瀑布來得詭異：竟然是由地下暗河形成的？秦濤的目光忽然望向右側出口的位置，灌木和荒草的暗影在不斷地搖曳著，山風吹來一陣水霧，身上立即全部濕透，不禁打了個寒戰。

灌木旁邊有一條精黑的鐵索，沿著出口的懸崖峭壁攀援而下，秦濤興奮地跑了過去，打開手電筒仔細照了照，才發現是一條僅能容一個人彎腰而行如同「織」路一般的通道，通道就「掛」在懸崖絕壁上，看著觸目驚心！

秦濤看了一眼手錶，發現已經過去十分鐘了，或許下一次噴湧隨時都會到來，不禁抓住鐵索，身體靠在絕壁上，仰望著星空深呼吸一下新鮮的空氣。觀察著上方的星空，才發現視線所及竟然全部是懸崖絕壁，星空也僅僅是天坑開口那麼大，自己就如井底之蛙一般！

明明知道上了雲中旭的當，但現在卻無法改變這個事實。當初他說去天坑抓仇池毒蛇，誤入了一個洞穴，被氐族人所阻擋，那個洞穴就是鎖雲洞嗎？現在還不能確定，因為只碰到了兩個氐族人的攻擊，全程沒有看到第三個。但這個天坑應該就是雲中旭所說的那個無疑，這傢伙直接把人帶到了天坑，而他卻隱藏起來，到底包藏什麼禍心？

雖然心中怨恨，但還是想跟雲中旭多多交流一下，這是秦濤的真實想法。現在也不用懷疑他是否是犯罪分子，事實勝於雄辯，不用太費腦分析這個。作為盜竊殺人案的始作俑者，雲中旭把專案組帶到這地方一定有他自己的目的，如果言語無法交流的話，只好用子彈了！

正思考著，劇烈的轟鳴聲震耳欲聾一般地傳來，想要躲避已經來不及了，秦濤死死地抓住鐵索，身體緊貼著岩壁，眼見著一條「水龍」噴湧而出，撞在出口的巨石上，咆哮著沖下深淵。讓人不禁驚心動魄、蕩氣迴腸，秦濤驚歎了一聲，慌忙轉身拼命衝進洞口，逆流向回跑，四分多鐘的時間就跑了回來，被黃樹奎一把給拉住：「還活著？有路沒？」

「有一條路，但很危險。」秦濤幾乎虛脫了一般爬上石筍矩陣，郝簡仁、李艾媛等人已經趕到了，都提心吊膽地看著秦濤，秦濤把情況說明了一下，最後看一眼李艾媛和洪裕達：「只要在十五分鐘之內衝到出口就行，但河道裡不太好走，洪老怎麼樣？」

洪裕達愁眉不展：「不怎麼樣，我不怕天不怕地就怕兩樣，暈高暈水！」

「真新鮮，還有暈水的？」郝簡仁咧嘴哈哈大笑：「我看您福大命大造化大，沒準能成。」

秦濤微微點頭：「分兩撥行動，我和洪老一起，你們先行動，安全了打燈光彙報一下——記住了，出口右側是鐵索暗道，很安全，但不能耽擱時間，明白嗎？」

李艾媛本來想跟秦濤在一起，但礙於面子沒有開口，問題是秦濤要照顧洪裕達，萬一關鍵時候洪老掉鏈子怎麼辦？不能拖秦濤的後腿，便斷然地點點頭：「也好，三人一組，下次噴湧開始。」

下一次噴湧很快就來了，氣勢所向披靡，即便站在二十多米之外都感到強大的威力像是要撕裂洞穴一般。浪頭過去之後，郝簡仁、黃樹奎和李艾媛便衝向黑暗之中。洪裕達戰戰兢兢地望著消失的人影不禁瞠目結舌，縮了一下脖子，漫天的水霧兜頭蓋臉地落下來，渾身立即濕透。

七、八分鐘的時間之後，洞穴的盡頭發來兩道手電筒光信號，秦濤興奮地搖晃著手電筒：「他們安全了！洪老，該咱們衝了，記住了，摔倒不可怕，馬上爬起來繼續衝！」

好吧，只要能逃出生天就成。洪裕達從來沒有冒過這麼大的危險，現在也是豁出去了，在精準計算著下一次噴湧的時間之後，兩個人追著巨浪衝進了河道。秦濤是輕車熟路，當然為照顧好洪裕達，速度慢了許多。好在洪裕達還算爭氣，中間只摔倒了三次，爬起來再跑一段距離就安全了，誰知道鞋子卻跑丟了！

洪裕達哇哇怪叫一聲返回身四處摸鞋子，這時候眼鏡又掉了下來。秦濤好不容易找到了鞋子，拉著洪裕達拼命向出口跑，後面傳來震耳欲聾的轟鳴，地面都在顫動著，第二次噴湧馬上就要到了。

兩道手電筒光在不遠處晃動著，郝簡仁聲嘶力竭的叫喊聲在瀑布的轟鳴中根本不值一提。兩個人跑到了出口，秦濤一把抓住洪裕達的胳膊，用力拉到了右側，然後緊緊地抓住鐵索。就在刹那間，水流撞擊在黑暗的石頭上，天女散花一般地飛落下懸崖。

洪裕達大口地喘著粗氣：「我還……我還可以吧？」

「十多分鐘跑四五百米，您真夠可以的！」郝簡仁還不忘揶揄一句，不過這對於一個老學究而言的確不太容易，能跑出來就已經阿彌陀佛了。

蜀道難，難於上青天——鐵索岩壁通道堪比蜀道，在朦朧的月色之下如同一條盤在懸崖絕壁上的一條蟒蛇，好在能匍匐前進，休息的時候可以坐著。眾人經過驚險刺激的地下暗河之後，體力都已經透支，遠離了暗河出口二十多米之後毫不猶豫地選擇原地休息。

懸崖絕壁上方的星空和孤月似乎觸手可及，清透的夜色和懸崖的暗影相互交織，視線盡頭微亮的燈光閃爍不定，崖下灌木樹林黑黝黝的影子如安靜匍匐的怪獸，而黑夜正在吞噬著步步驚心的人們的目光。

曬了一天的崖壁似乎還保留著陽光的溫度，但冷冽的山風吹來不禁凍得李艾媛打了個寒戰，攥緊了秦濤的手：「我們必須儘快下到底部，低溫很危險。」

「李隊，底下才危險呢，那個王八蛋早準備好了陷阱讓我們跳！」郝簡仁打了個噴嚏，抓緊鎖鏈開始向下方攀爬。黃樹奎、洪裕達緊隨其後。

雲中旭曾經說穿過鎖雲洞是去他家唯一的捷徑，現在看來是真的上了賊船，天坑下面只有一處亮燈的人家，難道是他家？他可說過天坑在深山裡面呢，距離他家很遠的距離。秦濤不得不承認雲中旭說謊編故事的能力舉世無雙，移花接木混淆視聽，不僅把自己給騙了，連專門防騙的簡仁和李隊長都給騙得心服口服。

俗話說上山容易下山難，的確不假。掛在崖壁上的「路」看著觸目驚心，走起來更是心驚肉跳，分分秒秒有一種要掉下去的感覺，隊伍只能龜速前進。曾經看過長江三峽拉縴的縴夫，光著屁股艱難地拉著縴繩匍匐在崖壁上的鏡頭，這個跟拉縴差不多，人必須爬著才能走。可見當初修建這條掛壁通道的人克服了多大的困難？

耳邊傳來瀑布的轟鳴聲，彷彿水流就在腳下衝突一樣，回頭便能看到天坑底部若隱若現的燈光。燈光很溫暖，讓秦濤忽的想起了二十年前的老家。

老家在農村，那時候經常停電——當然最盼望停電，可以不寫作業，因為父親怕浪費燈油。這裡也是一樣，深山老林裡不會通電的，生活在裡面的山民世代都會與油燈相伴。更有一輩子都沒見過點燈的山民，他們無法感受到現代社會的發展與進步。也許生活在大山的人是最後的日出而作，日落而息的部落，祖祖輩輩過著祖先流傳下來的生活。這裡是三皇五帝的故鄉，這裡是西北邊地，這裡也很可能是最後的氐族部落。

人有的時候很戀舊，看到別家的燈光就可以聯想到與之相關的點點滴滴。但畢竟是來抓犯罪分子的，而不是遊山玩水或者是戶外探險考古。秦濤身負重要的使命任務，如果不能在限期內找到 700198 號文物，不能把犯罪分子緝拿歸案，面臨的形勢將會更加複雜。

雲中旭是犯罪分子已經是板上釘釘的事情，無論從證據、線索還是判斷、推理上，他都是此次大案的始作俑者。但從外表和言談舉止竟然看不出他是一個罪犯——犯罪分子的臉上往往沒刻著「我是罪犯」！

郝簡仁的一隻腳終於落到了地上，身體不禁一下跌倒在地，大口地喘著粗氣望著井口大的夜空，一輪圓月掛在懸崖邊上，飛瀑的轟鳴在耳邊炸響，溫暖的山風拂面，感覺十分愜意。實在累得不行，腰差點累折了！

十分鐘之後，所有人都安全地撤下來，但無一例外地體力消耗巨大，只有秦濤和黃樹奎不以為然，這種強度對於特種兵和老盜墓賊而言沒有太大的難度。

李艾媛擦了一下額角的細汗，才發現衣裳不知道什麼時候被暖風給吹乾了，感覺舒爽了許多：「休息十分鐘，做好警戒，雲中旭絕對不是簡單的犯罪分子，說不定還玩什麼花樣。」

「甭管啥花樣，老子就一陣突突！」郝簡仁整理著隨身裝備，這次被害得不輕，差點沒交代了。做夢也想不到這個「鎖雲洞」竟然如此驚險，用步步驚心來形容絕對不為過。

「他的目的不是置我們於死地，其實有很多機會可以動手，比如在石像洞裡、在螢火蟲山澗、在石筍矩陣、在間歇地下暗河等等，但他沒有。」秦濤喝了一口礦泉水望向那抹燈光，心中的溫暖蕩然無存：「李隊，妳是這方面的專家，分析一下他是什麼心理？」

李艾媛思索著點點頭：「你說的對，他想要動手可以隨時隨地，第一次碰到的攻擊只是點到而止，如果真的打起來，我們六個人恐怕對付不了那些犯罪分子，他們的攻擊力有目共睹，而且非常狠毒。可以肯定的是這一切都是雲中旭安排好了的，他要的是天樞七星盤，而我們現在已經入甕了。」

所以一場惡戰在所難免！秦濤不懼怕跟犯罪分子較量，但己方的實力實在太弱，洪老和黃樹奎幾乎就是個累贅，李艾媛和簡仁的能耐也就那麼大，而對手呢？如果再出現六個在川北遇到的窮凶極惡的犯罪瘋子的話，可真的就凶多吉少了。

十分鐘之後隊伍開拔，沿著一條荒草不是很盛的路向燈光處緩緩而行。天坑內的環境與白天看到的大相徑庭，視線所及之處全被低矮的灌木、藤蔓植物和荒草所覆蓋，沒有一寸裸露的土地。這也是天坑小環境所致，一般而言，天坑因為比較封閉，接受的陽光有限，因此裡面的植被基本是以低矮的喬木、灌木為主，也有最原始的裸子植物，比如桫欏。

距離瀑布尚有五六百米遠，鋪天蓋地的水霧便籠罩過來，打在臉上濕濕滑滑的，還帶著一種山野的土腥味。難怪這座大山被稱作鎖雲嶺，「雲」就是這麼產生的。

秦濤率先開路，衝過水霧區域，眼睛不停地盯著遠處閃亮的微光，思考著該如何展開抓捕行動。

有光說明有人，偌大的山谷中不可能住人家，當然是氐族人！而雲中旭曾經透露過在天坑裡面探索的時候碰到過氐族，還有那個老犯罪分子，所以面對的敵人絕對不是一個雲中旭。想到這裡，秦濤不禁放慢了腳步，不管怎麼說，對於生活在這裡的氐族人而言，專案組才是外人，而他們才是這裡的主人，總不能把所有罪責都安到山民的身上吧？

犯罪分子雖然罪大惡極，但老百姓是無辜的，所以不能衝動，更不能隨便展開行動。白山行動之前，老首長曾經反覆強調一件事：就是儘量減少不必要的傷亡，不能因為行動而破壞軍人的榮譽。

對於軍人而言，榮譽高於一切！

「濤子哥，想什麼呢？是不是想怎麼對付那個王八蛋？」郝簡仁背著戰術背包走過來嬉笑道：「我都想好了，滿清十大酷刑我一一給他用，不怕他不招！」

李艾媛瞪一眼郝簡仁：「一定要有證據，沒有證據我們就無法動他。」

「我的李大隊長，咱們的遭遇就是證據，那個王八蛋腳下抹油溜之乎也，把咱們扔進鎖雲洞不管不問，不是陷害是什麼？他有青銅族徽，跟犯罪分子接觸過，而且還整天抱個破箱子，沒準裡面放的就是紫薇混元珠呢！」

秦濤的心裡一震，有這種可能！

「無論發生什麼事，都不要急也不要慌，這裡是天坑的底部，相信懸崖上的路是唯一通往外界的通道，絕對沒有捷徑可走。所以，第一，要聽指揮，第二要聽指揮，第三還是要聽從指揮！」秦濤望一眼百米之外的燈光，看了一眼腕錶：「大家對一下時間。」

第七章　封禁傳說

百米高的瀑布之下是一泓深潭，河水汪洋恣意奔流而下，形成了開闊的衝擊面，中間被一個巨岩小島切割開來，兩條河道幽幽地流淌著。秦濤站在岩石上凝重地望著漆黑的中心島，心中不禁直犯嘀咕：這種地形始料未及啊！

十幾米寬的河水不知道有多深，黑黝黝的看一眼比較瘆人，河邊長滿了茂密的蒿草灌木，郝簡仁圍著島轉了半圈也沒有發現能過去的地方，更別說是人工橋了。用手電筒照射一下中心島，卻被秦濤喝止，按照戰術而言，簡直是在給敵人發信號嘛。不過阻止已經來不及了，黑黝黝的中心島上突然閃過一排火把光，也聽到了雜亂的人聲，驚得李艾媛和洪裕達不禁後退了幾步：「有不少人！」

雜亂的火把逐漸增多，幾乎佔據了整個中心島，最後所有的火把都分散開，每隔兩米便點燃一枝，把整個中心島給包圍起來。跟古代打仗一樣列開了陣勢。

秦濤不禁心中叫苦：原來人家早有準備！

「秦連長，你們走得很快嘛，我也是才到這裡。」火把光下，雲中旭換了一身古怪的裝束，但後面依然背著藥箱子，旁邊有兩個黑黝黝的人影陪著，正微笑著站在對岸的岩石上。

郝簡仁的性格比較烈性，現在正憋著一肚子氣，看到雲中旭後恨不得飛過去踹斷他的腿，跳起來扯著嗓子怒吼一聲「王八蛋」，就端起衝鋒槍瞄準。秦濤強自壓住心裡的火氣，用手把槍管壓下，如果用暴力的話吃虧的是自己，說不定對手早已埋伏好了，就等著這一刻呢。

現在是最考驗人的謀略和定力的時候，簡仁有點毛躁，恰恰中了雲中旭的詭計。

秦濤淡然地站在一塊巨石上，望一眼對面抱著藥箱子的雲中旭：「雲醫生，這裡就是你的家吧？」

雲中旭向前走了兩步，漠然地點點頭：「秦連長聰明，不過確切地說我沒有家，母親早亡，父親也走了，很久之前我就把這裡當成了家。他們都是氐族人，純正的山民，普通老百姓，中國最後的氐族部落。你一定很意外吧？」

「氐族部落早已經湮滅在歷史當中，三千年的古老民族不會生存到現在。據我所知，隴南乃兵家必爭之地，從三國兩晉南北朝的時候就開始了戰亂，五胡亂華達到了頂峰，而唐宋時期這裡設置了郡縣，但那時候的氐族人與羌族漢族人雜居通婚，所以氐族已經被融合了。」

「秦連長的歷史底蘊很是深厚，但我想告訴你他們是三千年前的氐族一脈，絕對無錯。我想說的是，歷史是詭異的，許多歷史故事和傳說都是有根據的。當然，歷史是當權者寫就的，尤其是古代封建社會的歷史，當權者隱瞞了歷史的真實，但並不代表這種真實會永遠地消亡。」雲中旭坦然地一笑：「我的故事還沒講完，不過現在好像不是講故事的時候，秦連長對我一定十分不滿，認為我欺騙了你們，你們也一定把我當成了十惡不赦的犯罪分子吧？」

郝簡仁終於憋不住：「王八蛋，不是犯罪分子是什麼？小心老子一槍崩了你！」

「郝人同志，你沒有證據隨便殺人難道不是犯罪？我知道這麼做也許傷了你們的自尊心，但我也是被逼無奈。」雲中旭不氣反笑：「但你們來到隴南的時候，的確是中了我的計策，那則小廣告起到了很微妙的作用，作為一名郎中，我深表歉意。也許那是你們註定有隴南之行的開始，但在酒桌上我說的話全部是真的，沒有一句假話，包括我父親在三十年前的經歷。」

「但你透露天坑是深山裡面，距離你家很遠，天坑裡有氐族人的洞穴，事實卻不是如此。」秦濤很少有這樣的耐心去聽雲中旭辯解，但今天卻出奇的冷靜，既然他想質證，就讓他好好質證，從中也能發現雲中旭陰謀的蛛絲馬跡。

雲中旭坐在岩石上：「這裡就是仇池山的深處，我的家的確距此很遠，但那裡已經荒廢了，這裡才是我的家。我跟你說過要翻過大山才能到家，但走鎖雲洞是一條捷徑，而且我也告訴你鎖雲洞比較險，一切都交代給你們了，現在卻反誣我？」

「為什麼不跟我們一起走？你是嚮導！」

「這是我的計畫，一切都是按照計畫執行的。」

郝簡仁跳腳罵道：「什麼計畫？是不是想殺人越貨？早就知道你是川北盜竊殺人案的始作俑者，王八蛋！」

「粗魯！郝人同志，說話要經過大腦，不要隨意栽贓，現代社會講究證據，小心我告你誹謗罪。」雲中旭慢條斯理地望一眼對面的瀑布：「我的計畫很宏大，需要足夠勇氣和膽識的人才能執行，你們能夠穿過鎖雲洞著實不簡單，為此氏族人還犧牲了兩位村民，我想這是必要的代價。秦連長，在酒桌上曾經跟二位談過合作的事情，你們也答應了，對吧？」

郝簡仁氣得乾瞪眼，秦濤卻微微點頭：「沒錯，我答應你要合作，但之前不知道你的底細！」

「現在知道了？」

秦濤強行壓住火氣：「你與川北的案子有莫大的關聯，從某種程度而言應該算作從犯。」

「證據呢？青銅族徽是家傳的，因為父親的經歷非同一般，與氏族的犯罪分子接觸並非我願，在我眼裡他們是病人，況且我也不知道他們是犯罪分子。」雲中旭提高聲音：「我是最後的氏族部落尊貴的客人，因為父輩就治好了他們的頑疾，現在這個任務落在了我的肩上，所以很受尊重，把我當成了他們中的一員。」

雲中旭望一眼對岸的眾人：「川北的案子不是我做的，也不能算在我的頭上，現代法律有明文規定，講究證據要充足、事實要清楚對吧？你們弄清楚事實了嗎？作為一名醫生尚且知道這個道理，你們該不會不知道吧？」

「川北案子有六個犯罪分子，其中有三個是氐族人，所以我們判定此案與氐族有關。他們不僅盜取了紫薇混元珠，還在入室搶劫的時候殺害了沈所長，而後為了掩蓋罪證連續殺害周衛國、錢廣聞等人，試圖滅口。」李艾媛爭辯道：「而且你和其中一個犯罪分子演了一齣苦肉計，目的是取得我們的信任，我說得沒錯吧？」

雲中旭微微點頭，把藥箱子放在石頭上，歎息一下：「不愧是刑警隊長，分析得絲絲入扣，你們已經掌握了足夠的證據在證明他們是犯罪分子，但犯罪分子也是人，在法律上是有人權的，我想問問各位，犯罪分子呢？」

氣氛有些壓抑，秦濤敞開懷望著對面的雲中旭，他不僅反偵察的能力超強，狡辯的技巧也很高明，犯罪分子全部被打死了，所以線索才中斷了，否則至於到現在這個地步嗎？

李艾媛沉默不語，暗中看了一眼秦濤，心裡卻忐忑不安起來。

「都被你們打死了吧？我想問一問李隊長，川北的文物走私活動有多猖獗您比我清楚，打掉了多少走私團夥？又有多少文物被走私出去了？你們抓了多少走私分子？」雲中旭提高了聲音：「老黃是川北吳鐵鏟麾下的師爺，每年要鑽多少洞禍害多少古墓？你們說的紫薇混元珠不過是其中之一，大多數文物都被走私出境，國外那些頂級拍賣場上的中國文物有多少是走私出去的？沒有拍賣的被外國人私藏的又有多少？我想拿了一件文物還罪不至死吧，各位？」

李艾媛臉色難看地看一眼秦濤，黑暗中那張棱角分明的臉顯然非常痛苦。犯罪分子之強大超出了想像，如果單憑地方公安刑警根本無法對付，加之失竊的文物是軍事機密，所以黃中庭局長才請求軍方支援。犯罪分子窮凶極惡，罪大惡極，與之鬥爭付出流血的代價太正常不過了，雲中旭的辯解顯然有些強詞奪理。

「盜竊文物罪不至死，但入室搶劫殺人罪大惡極，對待攻擊辦案人員威脅他們的人身安全的亡命之徒，拒捕抵抗死硬到底的犯罪分子，法律賦予權利將其制服，甚至擊斃。」李艾媛擲地有聲地怒道：「妨礙警務人員正常工作、威脅專案組的人身安全，雲醫生，你不知道自己的行為已經觸犯法律了嗎？」

秦濤緊皺眉頭盯著雲中旭：「法律面前人人平等，天子犯法與庶民同罪，你也不會例外。」

「原以為刑警隊的李隊長是明白人，原來把案子辦得稀裡糊塗，還信誓旦旦地用法律來說服我？簡直是滑天下之大稽！」雲中旭擺了擺手，後面鬼魅一樣走過來一個老者。正是昨晚刺殺雲中旭那名犯罪分子，此時雙手交叉在胸前：「雲醫生。」

「烏族長，請把您所知道的事實告訴他們，以洗脫身上的罪名。」雲中旭恭謹地看一眼老者，然後回頭望向河對岸：「秦連長、李隊長，故事有點長，你們要耐著性子聽完，然後再判斷孰是孰非，怎麼樣？這位就是你們始終在抓捕的所謂的犯罪分子，最後一支氐族部落的族長，烏墨。」

秦濤凝重地看著老者，他是黃樹奎所說的那位拜神的主持者，也是六名犯罪分子中的最後一名。既然敢面對專案組，估計早做好了準備，但不管發生什麼意外，第一目標是700198號文物，至於犯罪分子更要繩之以法。不過現在不急於一時，掃視一眼後面的人：「都把槍放下吧，李隊，您做決定。」

李艾媛此時也心亂如麻，案子十分簡單明瞭，只要抓到犯罪分子找到贓物就算告破，而現在犯罪分子就在眼前，是抓還是聽他編故事？

「好吧，任何犯罪分子也逃不過法律的追究！」

老者微微點頭，站在雲中旭前面的岩石上，深邃的目光死死地盯著秦濤，其他人如無視一般：「我是證人，不是犯罪分子，我想你們不要犯先入為主的錯誤。方才雲醫生說我們是最後一支氐族部落，可以毫無保留地告訴你們，他說得很正確。歷史上氐族是從三千多年前的商周時期形成的，與古羌族一脈相承，可以追溯到上古的三皇五帝時期，的確經過一千多年的融合，氐族與羌族共同生活在這片土地上，外族人叫我們為氐羌，但並不是一個民族，氐族是氐族，羌族是羌族，氐族的始祖是伏羲聖皇，祖先是聖皇之子靈。之所以要說這些，是因為與這件案子有關。」

洪裕達專注地看著老者，眼中露出不可思議之色。史書上傳說裡都曾經有氐族的發源，但沒有實物證據證明，現在竟然發現了一支最純正的氐族部落，這要是公佈於眾的話將會轟動全世界！

「在上古時代，伏羲聖皇在這片土地上開創了華夏文明，其功績千秋永照，被公認為華夏文明的人文始祖，氐族的傳說裡伏羲與外族展開了驚天動地的大戰，在神的指引幫助下擊敗了外族，並將其封禁。我想你們一定沒有聽過這段歷史，在穿越鎖雲洞的時候應該能看到那場戰爭的岩畫，也就是你們所說的伏羲大戰刑天的故事。」老者淡然地看著秦濤：「此外族並非是上古時代的任何一個少數民族，而是天外之族，伏羲根據《河圖》、《洛書》神諭，以九宮八卦將外族封禁，至今也有近四千五百多年的歷史了。」

「這與案子有什麼關係？」這段歷史在來的時候雲中旭就講過，洪老也信誓旦旦地篤信，但究竟與案子有什麼關聯？秦濤思考許久也沒有得出合理的答案。

老者面無表情地搖搖頭，不回答秦濤的問題，而是繼續自說自話：「氐族先祖靈負責看管封禁，當時還沒有氐族，而只有互人，互者，護也，保護之意，互人之後則有氐族，一千年後氐族成為守護封禁的人，他們建立了古仇池國，歷代王公都將保護封禁作為重中之重，熟料歷史風雲變幻，鬼方古國伐仇池國，商紂派武丁伐鬼方，三分鬼方與漠北，仇池也式微，但氐族並沒有放棄保護封禁的責任，從那時起，氐族進入地下成為真正的穴居族。」

李艾媛看一眼秦濤，這故事也太離譜了吧？當初還分析氐族人是穴居人呢，沒想到真是！秦濤面無表情地點點頭。

「也是從那個時候開始，這一脈的氐族人就沒有參與過任何一場戰爭，千年過去，世人都已經忘記了世界上還存在著這樣的一個民族。他們唯一的家園便是這天坑和莽莽的深山，他們唯一的信念就是守護著祖先的承諾，為伏羲聖皇看管著地下封禁。」老者歎息一下：「但情況在武丁時期出現了巨變，武丁二十九年鬼方國聯絡土方國叛亂，鬼方人在仇池山發現了鎖雲洞，繼而發現了氐族的祕密，他們搶走了用於封禁的寶物，那一戰氐族人十戶九亡，遭到滅頂之災。」

所有人都沉默了，如果選擇不信任的話，他說的話不過是傳說故事而已，但他是氐族族長，現身說法增加了很大的真實性，不得不相信。而且安史之亂對大唐的衝擊涉及到方方面面，史料上也是這麼記載的。天寶年間這裡應該屬於隴右都護府吧？秦濤不太確定，但他所說的應該不是故事，而是一段血腥的歷史。

「也就是從那時候開始，氐族徹底改變了生活方式，成為最徹底的穴居族，我們生活在地下，過著地獄一般的生活。雖然封禁的寶物被搶走，但封禁始終還有效，外族並沒有翻身。也是從那個時候開始，氐族人訓練自己的武士，開始遍訪民間尋找寶物，一千多年來始終沒有放棄。」老者的臉上充滿了痛苦，那是一段不堪回首的經歷，也是一段令人匪夷所思的歷史，現在回憶起來還相當的震撼，相當的悲慘，也相當的痛苦。

老者深呼吸著調解一下情緒：「三十年前，久居地下的氐族部落發生了一場大瘟疫，有人說是尋訪寶物的武士從外界帶回來的，也有人說是外族發現小冰河期將至，被壓制了三千多年的他們開始蠢蠢欲動了，最關鍵的是封禁的寶物還沒有找到的緣故。當年是雲醫生的父親出手相救，才抑制了那場瘟疫，但只是抑制，而沒有徹底根治，氐族人直到現在還生活在瘟疫當中。」

雲中旭抱著藥箱子痛苦地點點頭。沒有真正的藥物可以根治那種頑疾，三十年前父親被請去看病的時候也僅僅只能抑制病毒的發展，三十年後的雲中旭也是一樣。現代科學可以發展到漫遊太空，但更多的時候連最基本的病毒性疾病都無法治癒，不能不說是一件憾事。

秦濤凝重地看一眼雲中旭，他父親被請去看病是真實的，而且是被「古仇池國」請去的——三十年前還存在仇池國嗎？如果沒有聽到過氐族族長所說的故事，當然沒有人相信，仇池古國存在於兩漢時期，距今已經有兩千多年的歷史了。生活在天坑地下的氐族部落不過是曾經的仇池古國的子民而已。

但正如許多中國人稱自己為「華」人一樣，不是華族的人，而是華夏的人。

「我想知道你說的這些與連環殺人案有什麼關係？你們的歷史無論怎樣悲戚，都不能掩蓋殺人的犯罪事實。」秦濤的聲音很冷，還有一點他沒有說，任何人都不能淩駕於法律之上，不能因為你們是氐族人就可以盜竊國寶，就可以濫殺無辜。

老者面帶不悅地瞪一眼秦濤：「你們看見氐族人殺人了嗎？氐族的武士只殺邪惡之輩，從不濫殺無辜，這次也是一樣。」

「沈鶴北是邪惡之輩嗎？他是川北文管所所長，是考古學家，是真正的知識份子！」李艾媛憤怒地逼視著老者，透過中心島上空閃動著好像鬼火一般的火把光，可以看到李艾媛的臉極為難看。

「斷案者要有理有據，請你聽完我的質證再進行判斷。」老者漫不經心地望著流動的河水，似乎在回憶著往事：「三個月前，一天夜晚天象突變，地宮封禁發生了震動，經過全面調查才得知這是封禁之寶紫薇混元珠出世的徵兆，方位西南，丑時現身，據此數百公里之遙，我便親率五位武士去尋找異象的源頭，並在川北發現了寶物蹤跡。我不會隱瞞這些，你身後的黃樹奎應該十分清楚。」

黃樹奎嚇得一縮脖子，當日的確是丑時左右得到了那批寶貝，但後來發生的事情太怪誕，沒有理由解釋，直到現在還是自己的夢魘呢。秦濤回頭看一眼黃樹奎，黃樹奎慌忙點頭：「那天很邪性，子夜剛過我們就進入了古墓裡面，裡面有不少貨，紫薇混元珠被吳鐵鏟拿出去了，但盜洞發生了坍塌……」

「不是坍塌吧？吳鐵鏟想要獨吞那批貨，用炸藥轟塌了盜洞，把周衛國的人給埋在了地下，而且是你指揮的吧？陳鐵橋就是那天死的對不對？」秦濤瞪一眼黃樹奎：「然後呢？」

黃樹奎眨巴一下眼睛：「然後天下大雨，盜洞就給淹了，我們都逃了回來。吳鐵鏟以為悶死了周衛國，本來想著儘快轉手那批貨，沒想到文管所聯合公安開始聯合打擊文物走私，貨一時半會脫不了手，就埋在了深山老林裡。」

「朱老六是怎麼死的？按照你的說法是氐族人為了控制川北的文物走私給鏟平的。」

河對岸的老者不禁冷笑：「我們只想得到紫薇混元珠和天樞七星盤，與吳鐵鏟合作也是為了這個，但吳鐵鏟陷害周衛國的事情被朱老六知道了，他派錢廣聞把他給殺了，他是陰謀的設計者，是吳鐵鏟的軍師，這點你毋庸置疑吧？」

李艾媛狠狠地瞪一眼黃樹奎：「實話實說吧？坦白從寬，抗拒從嚴，功不抵過！」

冷汗從黃樹奎的腦門沁了出來，眼睛閃爍地看著對面的老者，咬了咬牙：「我對天發誓，那是最後一次給吳鐵鏟出主意，吳鐵鏟讓我照顧你們，是因為他不信任你，但我良心發現還是帶你們去二一一倉庫拿混元珠，而且那天也下著大暴雨，你都忘了嗎？」

「當然沒有忘記，紫薇混元珠是伏羲封禁外族的重寶之一，失蹤千年之後終於有了下落，得到混元珠之後我火速送回地宮，封禁得到了強化，但同時氐族的厄運也真正地來臨——瘟疫再一次爆發，卻抑制不住。」

秦濤淡然地點點頭，700198 號文物果然在他的手裡，但事情絕對沒有想像那麼簡單。如果老首長聽到這個故事該作何感想？總不能不分青紅皂白地一棒子把氐族全部打死吧！看來這案子夠奇特的，到現在才理清一個基本事實，但這個事實有些太不可思議了。不禁看一眼李艾媛：「案情複雜，應該聽他說完。」

李艾媛也不禁點點頭，這是自己從警這麼多年來第一次碰到這麼複雜的案子。

「所以你們再次找到了雲醫生，卻發現雲中旭的父親已經病故了？」

老者微微搖頭：「其實雲醫生對氐族的瞭解也很少，這麼多年來氐族始終承蒙他父親留下的藥方才得以抑制瘟疫蔓延，這次麻煩他實在是出於無奈。繼續我們的案情分析吧。黃樹奎，吳鐵鏟得到了天樞七星盤之後並沒有立即轉手，而是埋在了山裡，就是怕事情敗露之後殃及池魚，果然半年後周衛國殺了回來，而那批文物則被文管所收繳，而此間你做了什麼？」

黃樹奎痛苦地搖搖頭：「什麼也沒做，一直伺候你們了啊！」

「做人要君子，做事要坦然，這是為人之道。」老者冷哼一聲：「得到紫薇混元珠之後你的確始終在我們的身邊，但時常跑到山裡面的藏寶地去研究天樞七星盤，試圖解開七星盤的祕密？可以說如果沒有氐族人，任何人也無法解開七星盤的，這點你不知道吧？」

黃樹奎的老臉成了豬肝色，畏畏縮縮地看一眼秦濤：「我……我只去過兩回，後來感覺天樞七星盤太邪性，就沒敢再去，我對天發誓！」

「然後你把七星盤的祕密告訴了秦文鐘？這件事應該發生在沈鶴北被殺之前吧？」沈鶴北聯合公安部門打擊盜墓和文物走私，起獲了那批藏在深山裡的文物，其中就包括天樞七星盤。但調查顯示那時候秦文鐘就已經患病了，難道這裡還隱藏著什麼祕密嗎？

黃樹奎擦了一下額角的冷汗，慌忙點頭唏噓道：「秦文鐘是遠近聞名的堪輿大師，我的能耐就是跟他學來的，後來他和吳鐵鏟鬧崩了，最後一次盜墓的時候發生了意外——就是起獲紫薇混元珠那天，老秦被埋在地下，不知道是怎麼逃出來的，反正逃出來之後就瘋掉了。但其實他並沒有瘋，是裝瘋！」

「然後你把自己研究七星盤的看法跟他說了？」

「嗯，他是堪輿大師，明白奇門遁甲，而我研究七星盤的時候就發現裡面存在異象。究竟是什麼異象我就不說了，說也說不明白，就是隱藏著一個天大的祕密。」黃樹奎猥瑣地望一眼河對面，低聲道：「就是他說的那個大祕密，封禁。但當時我並不知道是封禁奇門，秦文鐘如獲至寶，後來沈鶴北得到天樞七星盤之後，也開始研究，但沒有什麼成果。」

秦濤看了一眼李艾媛：「李隊，到關鍵時候了！」

李艾媛凝重地點點頭，到現在為止跟自己的推斷沒有區別，關鍵在於誰殺了沈鶴北。

「濤子哥，難道咱分析錯了？人不是氐族殺的？」郝簡仁終於沉不住氣，把手銬直接套在黃樹奎的手腕上：「人老奸馬老滑，這麼多沒交代的，今天都說了吧，算你戴罪立功！」

「之後的事情就不是我能控制的了啊，我在吳鐵鏟家裡陪他們，哪有時間作案？再者我只是個小蝦米，一切都有吳鐵鏟在控制著。」黃樹奎一臉的哭喪相，好像受了天大的委屈似的。

老者展顏一笑：「事情到這裡才是最關鍵的時候，那天下大雨我去了文管所，你們猜我看到了什麼？」

「看到沈鶴北已經被殺了？」

「是的！我到文管所的時候，人已經被殺了，天樞七星盤不翼而飛，我立即離開現場開始調查究竟是誰拿走了寶物，最後確定是被那個裝瘋賣傻的人拿走的。而這個時候你們開始介入了案子，並且抓住了吳鐵鏟和周衛國——說一句公道話，你們的辦案速度十分驚人，但基本都在走冤枉路。」

走冤枉路？李艾媛陷入沉思之中，因為之前不瞭解內情，調查當然從盜墓者和文物走私方面入手，這是正常人的思維邏輯。而隨著案子的深入，越來越多的人都涉及其中，包括吳鐵鏟、周衛國、錢廣聞等等，但這些解釋不了後來發生的一切。

「天樞七星盤被秦文鐘藏在後山的古墓地宮之中，本來不會有人知道，是他自己露出了馬腳。你們深入調查案子牽扯出很多人，不少小盜墓賊都被殃及，早晚會殃及到他，所以他做了一件看似很聰明實則卻極其愚蠢的事情。」老者戲謔一般地望著對岸的黃樹奎：「秦文鐘去殺黃樹奎滅口，他擔心早晚有一天會查到他，所以要斷了這條線索，沒想到那天看到了氐族武士，著實被嚇得不輕，回去就大病了一場，而我將計就計，派我的武士去跟蹤他，才摸清了他的底細。」

黃樹奎拍了拍老臉：「李隊，這件事我證明是真的，絕對是真的！」

「然後秦文鐘就採取主動出擊？想利用專案組保護自己，所以才主動跟簡仁暴露兩頁考古筆記？但他為什麼沒有拿出天樞七星盤？」李艾媛狐疑地看一眼黃樹奎：「是因為……他才是真正的殺人兇犯？」

黃樹奎伸出大拇指：「您終於說對了，烏族長回來就問我秦文鐘的事情，我說他瘋了，烏族長說沒有瘋，而且還殺了人，我當然不相信他的話，秦文鐘最怕的是殺人見血，但後來一分析，就是那麼回事！」

秦濤拍了拍腦袋：「所以你的手下去古墓殺了秦文鐘想要奪走七星盤？」

「您又說錯了，秦文鐘不是我的武士殺的，我的人追蹤秦文鐘到達古墓的時候，秦文鐘失魂落魄地推石棺，武士出現在他的面前，他做賊心虛逃到了耳室裡面，觸發了自己設置的機關，被青石板給砸死，而我的人進入古墓地宮取天樞七星盤，出來的時候遭到了你們的圍攻，七星盤被你們搶去，人也被你們殺死！」

老者情緒激動地揮舞著雙手：「你們殺死了我的武士，還把他解剖，士可殺不可辱，此不是君子所為！」

李艾媛詫異地看一眼秦濤，秦濤的臉上充滿憤怒之色，三個人圍攻氐族殺手的一幕彷彿在眼前：「怎麼證明秦文鐘不是他殺的？」

無法證明，因為老者不在現場。

「氐族人殺人一定要有神的旨意，無論在什麼情況沒有神的允許是不會殺人的，他只能逃走，你們應該比我清楚，他沒有任何武器，實在難逃的情況下……唯有一死。」老者痛苦地仰望著星空：「當夜武士沒有回來，我便知道出事了，超度了他的亡靈，而神那個時候就已經憤怒了，氐族人可以用任何手段去奪回屬於神的法器。」

「所以第二天就派出了四個人去文管所搶奪七星盤？」

「但他們同樣都沒有回來。在現代化武器面前，氐族人是無比卑微的存在，儘管他們曾經是氐族最具實力的武士，他們盡力了。」

黃樹奎唏噓不已地點點頭：「他最後一夜超度了亡靈之後就再也沒有回來。」

餘下的情節已經無須贅述，老者潛入了文管所偷走了四具屍體，線索全部中斷。秦濤怔怔地看著河水中倒映著的點點火把光，身體有一種被掏空的感覺：「李隊，您是刑警專業出身，從專業的角度判斷一下他所說的話是否符合邏輯？」

李艾媛久久沒有說話。他的話沒有任何邏輯衝突，也符合案件的所有線索。當初曾經懷疑秦文鐘是兇手，但卻做出了秦文鐘和沈鶴北是相互幫助的判斷，想到了秦文鐘是裝瘋賣傻，卻沒有判斷出來他會是兇手？

秦文鐘有作案的時間，有行兇的理由，有逃脫罪責的嫌疑，也有人證和物證——但他死了。沈鶴北屍檢結果顯示其致命傷是頸動脈被割斷失血過多所致，而其頸部的抓傷是他自己所傷，雖然有悖於常理，但法醫是根據事實所得出的結論。

「李隊，如果您信守承諾的話，我們可以化干戈為玉帛，一起探討這件案子的諸多細節，烏族長也可以協助你們的調查，但前提是彼此要精誠合作，怎麼樣？」雲中旭凝神望一眼對面的李艾媛和秦濤：「這是氏族部落與外界的第一次合作，我不想讓最後的氏族部落背負千年以來最大的恥辱，當然我也不想讓案子進入無解狀態，還有最重要的一點，合作很重要。」

撲朔迷離的案子終於有了實質性的突破，但李艾媛的心裡還是疑慮重重。案情之複雜、線索之繁複、破案之曲折，聞所未聞見所未見，當「犯罪分子」根據線索分析出來龍去脈的時候，沒有如釋重負的感覺，倒是心頭壓了一塊千斤重的石頭：即便犯罪事實是這樣的，氏族也逃脫不了犯罪的事實——盜竊 700198 號文物，搶奪天樞七星盤，殺人滅口！

「這麼說你全盤否定了犯罪事實？」絕對不會放過一個犯罪分子，但也絕不冤枉一個好人，他信誓旦旦地說自己不是犯罪分子，周衛國是誰殺的？錢廣聞是誰殺的？李艾媛根本不理雲中旭的提議，而是單刀直入地質問對面的烏族長，他是「污點證人」，在沒有證明自己的清白之前，他是嫌疑人。

老者沉吟片刻：「不是否定犯罪事實，氏族只是取回從前屬於自己的寶物罷了，寶物不屬於你們，不屬於現實世界的任何人，他是伏羲聖皇封禁外族人的法器，在沒有達成合作意向之前，我不是嫌疑人，也不是罪犯。」

「周衛國和錢廣聞被殺你能解釋嗎？」李艾媛逼問道。

秦濤微微點頭，這也是自己心中最大的疑問。周衛國和吳鐵鏟被關在一起，發現的時候已經被殺死，而吳鐵鏟被劫走，錢廣聞被「放」出去當天晚上就被殺了——一切跡象表明殺死他們的人就是氐族人。

「李隊長，您號稱神探，據傳擁有探查人的記憶超凡能力，難道沒有探查一下吳鐵鏟的記憶嗎？」雲中旭皺著眉頭望一眼天邊的一抹魚肚白，黎明即將到來，新的一天就要開始了，不過案子還在猜謎解謎的過程中。

當然已經探過，但沒有發現吳鐵鏟殺害周衛國的證據。探查別人的記憶需要消耗大量的能量，也不是人的所有記憶都能夠被探查的，如果當事人刻意隱藏的話，記憶的能量就會被極度削弱，探查將是不可能完成的任務。

「可以直言，吳鐵鏟是被一個老謀深算的傢伙設計救走的。」老者淡然地望著迷蒙的山色：「有一個細節你們忽略了，吳鐵鏟有一個能掐會算的軍師啊！」

秦濤猛然看向黃樹奎，黃樹奎正窘迫地瞪著對面的老者：「你血口噴人！老子始終伺候你們，哪有時間去救吳鐵鏟？」

「我說是你了嗎？」

李艾媛冷漠地看著黃樹奎，郝簡仁一腳踹在他的膝蓋上：「看在一起冒險的份上先不給你吃花生米，不想戴罪立功就麻溜地放個屁，李隊和秦連長沒工夫跟你猜謎！」

黃樹奎「哎呦」一聲慘叫，三角眼裡浮上一抹狠色：「我坦白從寬，我抗拒從嚴，我全說，全說。」

「有屁快放！」

「李隊啊您真的小看了吳鐵鏟，就在吳家莊被抓的前一天晚上他去了我那，烏族長可以作證，他說很有可能這次要來真的，想跑卻不敢，因為烏族長的手下把他看得很嚴，他們只想拿回七星盤，而老吳也是做事不知輕重，告訴烏族長七星盤丟了，愣是沒說在秦文鐘那，其實他還惦記著呢，要我想辦法脫困。我給他出了個主意，現在人殺的太多了，咱脫不了關係，當著真人不說假話，氐族武士太嚇人了，落在他們的手裡還不得死無葬身之地？莫不如自首吧！」

秦濤終於長出了一口氣：「但他還是抱著僥倖心理沒有自首，直到把他捉拿歸案？黃樹奎，我想知道你是怎麼救的人？」

「秦連長您還沒看出來我是哪號人？別人打架我都遠遠地看熱鬧，怕血濺到身上，我就給他出了個主意，準備了一把萬能鑰匙，在鞋底裡面夾了一個刀片，他一聽就明白了。」黃樹奎疼得直咧嘴：「萬能鑰匙是開手銬的，刀片是準備自殺的，誰知道他會殺了周衛國滅口？」

周衛國的屍檢表明其死於失血過多，同樣是頸動脈被割斷，而且還被莫名的銳器把皮肉給撓爛了，當初判斷應該是被氐族人所為，但黃樹奎所供述的事實有些離譜得很！李艾媛瞪著黃樹奎：「現在說實話還不晚！」

「句句實話，有半點虛言以前的戴罪立功全不算數！」

「吳鐵鏟為什麼殺周衛國滅口？」

「周衛國這次回來可謂是氣勢洶洶，兩個傢伙是天生的冤家，老吳把周衛國給坑慘了，他的兄弟大部分都被埋在盜洞裡面，貨一點都沒得到。這些是前因，之所以在投案自首這個問題上能達成一致，完全是因為氐族的緣故。」黃樹奎咧嘴幹嚎一聲：「我的責任不過是給老吳出了個餿主意，但他是完全行為能力的人，殺人放火跟我沒關係啊！」

秦濤微微點頭，案子真相大白，沒想到這麼離奇複雜，完全超出了自己的想像。不禁望向河對岸的老者：「你盜竊了 700198 號文物，並因此引發了一場連環血案，你不否認吧？」

老者望向懸崖絕壁方向的瀑布，漫天的水霧隨風飛揚，劇烈的轟鳴攝人心魄。收回視線，老者凝神看一眼秦濤：「這點我已經解釋過，拿回屬於氐族的寶物天經地義，何來盜竊一說？至於為什麼，那是另外一個故事。」

盜竊是事實，不是故事。但他把故事當成盜竊的理由，實在有些滑稽！

秦濤沒有說話，而是望向雲中旭，雲中旭依舊抱著藥箱子似有所思，而老者卻長歎一聲：「千載悲歌猶在耳，一曲國殤尚留痕。留給氐族的時間已經不多了，三十年後就是小冰河期，春秋相序的世界即將天翻地覆，諸神的憤怒將會重現人間！」

老者轉身而去，舉著火把的氐族人熄滅了火把，跟隨著族長默默而行。

此時，溫暖的陽光正冉冉升起，徐徐的山風飄飄而過，遠處連綿起伏的群山已經不見，取而代之的是黝黑的懸崖絕壁和繁茂的樹木，一派原始森林的景象。秦濤疲憊地坐在岩石上，後面傳來如雷的鼾聲，郝簡仁和洪裕達已經睡著了，唯有李艾媛正在身旁，久久無語。

「秦連長、李隊長，氐族盜竊紫薇混元珠是不爭的事實，也是引發一系列殺人案件的元兇，這點我不否認，但你們知道是為什麼嗎？」雲中旭放下藥箱，從懷中拿出一本書：「這是《中國簡史》簡裝本，前面無頭後面無尾，我已經看了十年，從中發現了一個祕密。這個祕密是與氐族的傳說有關，希望您能聽得進去，而後才會明白氐族傳說的真正意義。」

一個郎中不好好研究中醫中藥而研究歷史？秦濤豁達地笑了笑：「我對傳說故事不感冒，只要他交出紫薇混元珠，我回去請示首長酌情處理案子。」

「您聽完我發現的祕密再做打算吧。」雲中旭咳嗽一聲：「夏、商、周三朝共二千零三十年，其中包括大秦帝國兩代十四年，西漢二百二十三年，其中包括王莽的二十三年，東漢一百九十五年，兩晉一百五十四年，大唐帝國兩百八十九年，兩宋三百一十九年，大明兩百七十六年，大清兩百六十七年，其他少於兩百年的非統一的朝代不計入在內，比如元朝是九十七年，我統計過這些王朝的興衰之後發現一個祕密，大多數王朝都沒有超過三百年。」秦濤想笑，只有瘋子才會統計這些沒用的歷史！

「秦連長，您先別笑，我還發現為什麼沒有超過三百年的原因，跟政治無關，跟天氣息息相關。方才烏族長說小冰河期就要來了，不知道你明白什麼意思沒有？歷史上而言，殷商末期到西周初年為有歷史記錄以來的第一次小冰河期，東漢末年、三國兩晉是第二次，唐末五代、北宋初期是第三次，明末清初是第四次小冰河期。您知道這意味著什麼嗎？」

秦濤收斂了笑容：「意味著天氣轉冷？」

「是的，天氣氣溫驟降，糧食大幅度減產，生活在北方的老百姓苦不堪言，社會就會陷入動盪期，譬如西晉八王之亂後期、大唐五代十國時期、明末清初時期，都發生了朝代更替現象，中原富庶之地成為解決北方流民的希望，政權更迭頻繁，但您知道是什麼影響了小冰河期和政權更迭嗎？社會動盪是一方面，太陽的黑子運動週期決定了小冰河期的週期，也影響了人的思想和行為。」雲中旭如數家珍地說道：「最近科學家研究表明，從二〇一二年開始，太陽黑子運動發生了異變，地球變暖的趨勢收窄，第五次小冰河期已經來臨。」

李艾媛不屑地瞪一眼雲中旭，想要反駁卻被秦濤阻止：「他說的有些道理，我們拭目以待，看他還能編出什麼花樣來。」

「科學家都解釋不了的問題一個皮膚病的郎中能解決嗎？」

雲中旭苦笑著點點頭：「李隊長說的對，我解釋不了朝代更替的現象，但可以解釋氐族人為什麼這麼著急要拿回紫薇混元珠，跟想得到天樞七星盤。我曾經說過，氐族的傳說裡伏羲大戰刑天之戰就是發生在仇池山，《山海經・海外西經》記載，刑天與黃帝爭奪神位，黃帝斷其首，葬之於常羊之山，乃以乳為目，以臍為口，操干戚以舞。常羊之山就是仇池山，自此之後這裡陰雲鬱結碧天不開，雲鎖高嶺霧掩群山，谷中經常有雷電交加，那就是刑天在跟敵人戰鬥。」

「這是神話傳說吧？」

「是的，無知的後人把刑天比作英雄，就如楚霸王那樣的英雄，但我卻有不同的意見，刑天不是一人亦非戰神，而是外族的代表——天外之族。黃帝大戰刑天之後，將外族以九宮八卦陣封禁，並派炎帝之子靈鎮守仇池山，也就是後來的氐族人。」雲中旭把書收起來：「說了這麼多也許你也不會相信，如果能夠合作的話，烏族長會把所有的祕密都告訴你們，他只求合作，而非與現代文明作對。」

李艾媛看一眼秦濤，如釋重負地歎息一下：「秦連長，你是行動總指揮，一切都以拿回700198號文物為目標，我聽你的。」

這種事的真實程度有多大？秦濤並不是不相信雲中旭的話，白山事件和雪域行動已經證明了這點：世界之大無奇不有，任何存在都有其合理性。不要說是一下冒出來一個三千多年前的氐族部落，就是外星人被伏羲壓制在地宮裡面他也相信——上古時代的人都是「神」！

什麼叫做「神」？仁者見仁智者見智，在秦濤的眼中，擁有超凡能力的人就是「神人」，比如李艾媛，擁有常人所不具備的「探查記憶」能力，所以稱之為「神探」，但她還不能跳脫俗人的範疇，只是能力超常而已。而在神話傳說之中，通天遁地知曉往生未來者才是「神人」，封神榜上的「神」與現實世界裡的「神」是兩個概念。

經過白山事件和雪域行動之後，秦濤對現實世界產生了一種說不出來的懷疑：神，也許存在。但這種存在的意義在於，他們很可能是超越常人的人——或者說是不同於現實世界而真實存在於現實世界或者曾經存在於現實世界的人，他們擁有高度發達的文明，擁有高度發達的文化和高度發達的智慧。三皇五帝當然是「神」一般的存在，他們是華夏的人文始祖。而在神話傳說中，諸神之戰就從未停息過，譬如黃帝大戰蚩尤，黃帝大戰炎帝，黃帝大戰刑天——而恰恰刑天是炎帝手下的戰神，而不是雲中旭所說的天外之族。

秦濤收回了思緒，本來想打電話請示首長該如何採取行動，但這地方沒有信號，唯一一部手機被簡仁給摔了。不禁凝眉注視著雲中旭：「合作可以，但我有一個條件，必須把紫薇混元珠給我，我才能向上面交差。」

「文物屬於國家的，任何人都沒有權利據為己有。我相信它是氐族的無疑，完璧歸趙，物歸原主，天經地義，但我也知道秦連長和李隊長的難處，這個可以談。」雲中旭歎息一下：「在精誠合作的前提下，任何事情都可以談，包括連環殺人案和天樞七星盤的問題。也許當你們知道氐族所面臨的災難的時候才會真正明白，所謂的寶物就如你們手裡的槍一樣，一種工具而已，而不是價值連城的財富。」

秦濤點頭表示同意，李艾媛也聳聳肩：「那我們有沒有合作協定？」

「一切都可以談，不過你們當務之急是吃飯和休息！」雲中旭終於露出了笑容：「最後一關，如何渡過這條河？秦連長，你們能在那麼短的時間內穿過鎖雲洞，已經證實了你們超凡的能力，烏族長也認可你們能夠幫助他們，但這最後一關必須自己想辦法。」

河面七八米寬，沒有任何人工橋，怎麼過去？秦濤放眼四望天坑，鬱鬱蔥蔥的樹木遮天蔽日，黑漆漆的懸崖絕壁壁立千仞，遠處的瀑布騰起壯觀的水霧，在陽光下形成七彩斑斕的虹！而水霧沿著崖壁逐漸擴散，在山風的吹拂下浩浩蕩蕩地升上天坑上空，形成了厚重的水雲。

「秦連長，我們怎麼過去？」李艾媛不滿地瞪一眼河對岸的雲中旭，收回疲憊的目光看著秦濤，一天一夜的奔波跋涉可謂是步步驚心，而直到現在還水米未進，談判進行了兩個多小時，案子的真相終於水落石出，但心裡有一種被掏空的感覺。

秦濤也是如此，他不懼怕任何慘烈的戰鬥，也不懼流血甚至犧牲，只怕無法完成兩位首長交付的任務。700198號文物不屬於任何個人，而是屬於國家，屬於民族，那是老祖宗留下來的寶貴財富。但事情遠沒有自己想像的那麼簡單，天坑裡竟然生活著最後一支氐族部落，他們世代守護著祖先的承諾，不離不棄無始無終，總不能把整個部落的人都抓走吧？

盜竊是罪，毋庸置疑。但在一千多年前大唐王朝動亂時期，聖皇封禁千年的寶物被劫掠，氐族部落也慘遭塗炭，這段歷史被塵封了千年，故事也流傳了千年。氐族的所作所為只是為了取回封禁寶物，取回屬於自己的東西，而那不是無盡的寶藏，而是守護的歷史，是千年的承諾！

「把人都叫起來，更嚴重的挑戰還沒開始。」

郝簡仁第一個被弄醒，剛要起來卻聽到黃樹奎「嗷」的一聲慘叫，兩個人用手銬連在一起，郝簡仁幾乎忘了這事，手銬勒進了皮肉裡疼得直咧嘴，把手銬打開一邊活動著手腕一邊詫異：「濤子哥，咱們打道回府？」

「大家醒來一起商量一下，然後再做決定。」

黃樹奎可憐巴巴地擦了一下疼出來的眼淚：「秦連長、李隊長，咱們是一條繩上的螞蚱，生死與共，有難同當，把這個摘了吧，我能跑哪去？再者說我寧可蹲笆籬子也不能落在氐族人的手裡，還想戴罪立功呢！」

「你的問題很嚴重，不要耍心眼！」李艾媛冷哼一聲，把手銬給打開摘下來。

黃樹奎唏噓了半天才湊到秦濤近前，眼珠子一轉：「答應跟他們合作了？這事兒我看挺靠譜，現在案子已經真相大白，該死的死該亡的亡，追回贓物才是當務之急，紫薇混元珠就在氐族人那，要我看應該唱一齣大戲才好。」

不愧是吳鐵鏟麾下的軍師，滿肚子裡裝的都是陰謀詭計！秦濤和李艾媛對視一眼，苦澀地點點頭：「怎麼唱？你有更好的辦法嗎？」

黃樹奎滿臉堆笑：「秦連長，您殺伐果斷足智多謀，這種事情還用問我嗎？我的都是野路子，登不上大雅之堂。」

「說說看。」

「嗯，他不是跟咱合作嗎？咱們就將計就計，摸清虛實之後再下手，咱有槍還怕誰？不過人有人道鬼有鬼道，這事得辦得地道點，畢竟他們是老古董，沒準比紫薇混元珠還金貴呢！」黃樹奎望一眼中心島上的巨樹和周邊覆蓋的大片黑漆漆的木板房：「我的意思是先取得他們的信任，這叫先禮後兵，您覺著怎麼樣？」

秦濤微微頷首，當務之急是儘快取得一致意見，至於700198號文物怎麼拿回來並不是最主要的。這裡的發現很有可能再次震動高層，或許填補一下歷史空白也未可知，但這些不是自己所關注的，既然合作就要拿出合作的姿態來，黃樹奎的鬼點子是餿主意，好使但為人所唾棄。

「簡仁，你什麼想法？」秦濤靠在岩石上看著郝簡仁問道。

「我聽你的，濤子哥！」

「能不能拿出一點誠意來？秦連長在徵求大家的意見，是合作還是怎麼著都發表一下自己的看法，說明一下理由。」李艾媛終於沉不住氣：「我先說。」

郝簡仁面紅耳赤地嬉笑一下：「妳的意見很重要，領導先說！」

貧嘴！李艾媛早就領教過郝簡仁的嘴皮子，也不在意，沉思一下：「案子看似已經水落石出，但很多疑點還有待進一步解釋，比如氐族盜竊700198號文物的動機是什麼？文物被藏在哪兒了？怎麼才能說服他們投案自首？這些需要更細緻的工作。目前的案情是，秦文鐘殺害了沈鶴北已經確定，吳鐵鏟殺周衛國滅口存疑，還需要探查一下他的記憶。案子的情況先說到這，重點是合作的問題，很顯然氐族急需要合作的理由並非是我們的實力有多強悍，而是因為天樞七星盤。」

秦濤微微點頭：「說得對。」

「如果七星盤不在我們的手裡，他們肯與我們合作嗎？我想不太可能。所以，合作的原則一定要明確，第一，不能為了合作而損害國家的利益；第二，合作是有限度的，我們只能提供技術上的支援，比如控制瘟疫蔓延等等，可以通過相關國家職能部門去解決，而不意味著我們親自去處理；第三，無論最終合作的怎麼樣，兩件文物必須上交國家。」李艾媛皺著眉頭看一眼秦濤：「這是我們的任務，也是底線。」

洪裕達睡眼惺忪地點點頭：「李隊長說的不錯，我雙手贊同！」

「您老聽明白了嗎就贊同？」郝簡仁收斂了笑容，喝一口礦泉水，捏著塑膠瓶子看一眼秦濤和李艾媛：「這件事不同尋常，不能用平常的思維去考慮問題，昨天氐族族長分析的案子和雲醫生所講的故事也許你們都聽懂了，但心思還在川北的案子上，任務重心還在失竊的700198號文物上，這是最要不得的。」

「為什麼？」李艾媛不滿地瞪著郝簡仁：「我們的任務就是追繳被盜的文物，把犯罪分子繩之以法！」

「李隊，如果妳參與了白山和雪域的行動之後，就不會問為什麼了。」郝簡仁臉色複雜地看一眼秦濤，輕歎一下：「妳認真思考氐族的傳說了嗎？可以肯定地告訴各位，那不是傳說而是歷史，如果烏族長在川北說這番話的話，老子把他腦袋給打放屁了，那是胡扯瞎說，這裡是什麼地方？是仇池山，是《山海經》裡面說的常羊之山，是黃帝大戰刑天的地方，刑天是炎帝手下的戰神，要與黃帝爭奪神位，知道這個故事意味著什麼嗎？」

秦濤看著郝簡仁默默點頭，其他人是不會從簡仁這個角度考慮問題的，尤其是李艾媛和洪裕達。他們是體制內人士，習慣於執行上級的命令和任務，但這也是執行特殊行動最要不得的積習，因為很多時候機會就在層層的報送和研究之中喪失的。而且，簡仁的分析對路，現在已經不是破案追討文物那麼簡單了，而是另一起「白山事件」！

「意味著中國的歷史從來沒有斷過層，從西元前二〇三〇夏朝建立之前就存在唐堯和虞舜兩個上古朝代……」洪裕達推了一下鼻樑上的眼鏡小心地看一眼郝簡仁推測道。

「恰恰相反，上古的歷史出現了非常嚴重的斷層，以至於後世的人們都忘記了那段波瀾壯闊的歷史，洪老，我有一種預感，如果您全程參與到這次行動之中，就會從學術上更上一層樓，上古斷代史的謎團就會解開。」郝簡仁搖頭苦笑一下：「《山海經》裡記載的刑天究竟是什麼樣子我想大家比我清楚，腦袋被黃帝砍掉了，然後就雙乳為目，肚臍為口，各位想一下那是什麼人？不要跟我說是神仙鬼怪。」

黃樹奎揉著手腕看著郝簡仁一驚一乍地：「是外族？」

「你他○的是人精啊？猜對了，我認為那就是烏族長所說的天外之族，刑天被黃帝封禁在仇池山，氐族人看守者封禁——濤子哥，我說的靠譜不？」郝簡仁嬉笑道。

「聽起來就像是被雲中旭給洗腦了，狗屁不通！」李艾媛不悅地瞪一眼郝簡仁：「不要把神話故事和現實事件混為一談，一切都要以科學為準則，這是我們行動的出發點和落腳點，明白嗎？」

眾人陷入沉思之中，郝簡仁一縮脖子：「李隊長也會爆粗口？今天真長見識了！」

「我怎麼？」

「濤子哥說您不食人間煙火，現在才發現您是不一樣的煙火啊！」郝簡仁口無遮攔習慣了，其實秦濤壓根就沒說過這話，不過是嘴砲罷了。李艾媛窘迫地面紅耳赤地嗔怒：「我就是不一樣的煙火，怎麼啦？」

「簡仁繼續分析一下？」秦濤的心思根本沒在這上面，與氐族合作一定要找一個恰當的理由，過後好向兩位首長交差啊。

「分析完了，同意合作！」郝簡仁收斂了笑容，眨巴一下眼睛望著河對岸的雲中旭，低聲道：「我們得等老徐的人馬來了再展開行動，現在咱們人單勢孤，那幫妖怪每人撓咱們一爪子夠喝一壺的！」

秦濤點點頭：「既然大家全部同意合作，那就精誠團結起來，我倒要看看他們的葫蘆裡賣的是什麼藥。當務之急是過河，怎麼過？都想想辦法。」

河七八米寬，水流湍急，深不可測，怎麼過？郝簡仁把外衣脫下來綁在腰間，戰靴也脫下來搭在胸前，擼胳膊挽袖子哈哈大笑：「忘了小時候在河裡抓魚的事了吧？我會狗刨，瞧我的！」

郝簡仁挽起褲管一腳踩進河水裡，還沒等邁步呢卻被黃樹奎一把給拽住：「小心！沒看到有機關啊？」機關？哪來的機關？郝簡仁仔細看著河底，才發現河底遍布著密密麻麻的竹刀，鋒利的尖刃沖上，竹子已經被河水浸泡成黑色，與河底的淤泥和河水渾然一體，如果不仔細看根本看不出來。

郝簡仁嚇得一縮脖子：「差點沒掛了！老黃，你真是人精！」

黃樹奎陰沉地看著河水：「秦連長，雲中旭要我們闖關過河，這裡不簡單！我觀察過多時了，整個天坑的佈局是按照九宮八卦陣佈設的，兩條河環繞著中心島形成天然的屏障，我們所處的位置是北側，北乃坤，五行為土，玄冥之地，現在是辰時，死門已開，此處不宜過河！」

這麼多講究？秦濤凝重地看著河底遍布的竹刀心裡也不禁咯噔一下，烏族長曾不止一次提及過九宮八卦陣，難道指的就是這個？雖然從來不相信這些，但黃樹奎說得頭頭是道，而且看地形地勢的確有些怪異，不禁點點頭：「怎麼破？」

黃樹奎拿出羅盤定方位，沉默無語地算計了半天：「跟我來！」

眾人沿著河邊向對側的方向迂回，讓人驚異的是河水的寬度始終是七八米，沒有相對較窄的地方，深不可測，而且沿途觀察河底都插著竹刀，可謂是戒備森嚴。

走到西南角的開闊地上，黃樹奎停下來仔細觀察一番才笑道：「這裡才是進入中心島的正道，您看見河邊的腳印沒？雲醫生就是從這地方上岸的。」

秦濤的洞察力超強，早就看到了那個足印。但可以肯定雲中旭絕對不是遊過去的，因為河裡仍然遍布著竹刀。此處的環境與對側沒有什麼不同，只是樹木生長得比較高大，因為向陽的緣故。碎石遍布荒草橫生的天坑底部，最稀缺的就是陽光，能夠爭搶到陽光就意味著爭得了生存的權利。

中心島裡面有一株參天巨樹，氐族的木板房屋層層疊疊地圍著巨樹而建。同樣，在開闊地的邊緣地帶也有一棵大樹，估計這兩棵大樹是天坑裡面最大的，因為所處的位置比較好，恰好在天坑的中心地帶，兩株大樹的中間便是遍布竹刀的河。

秦濤凝神思索片刻，雖然對九宮八卦沒有太深的研究，但的確如黃樹奎所言，以小島為中心，河水把天坑一分為二，兩個部分的形狀相差不大，唯一不同的是中心島是孤島，與周圍的陸地被河水隔開，兩株巨樹就如陣眼一般。

秦濤緩步走到巨樹前面上下打量著，才發現上面有一方陰陽鏡，旁邊的樹皮上還隱隱地刻著一行字，當然不是「到此一遊」，辨認一下才看出來，是「雲頂洞天」四個字。秦濤搖頭苦笑一下，陰陽鏡並不是掛在樹上的，而是鑲嵌的。手輕輕地按住陰陽鏡，稍微用力向下一按，陰陽鏡竟然陷入其中，只聽樹內「喀喀」的機關動作的聲音忽然傳來！

平靜的河面突然微微震動起來，中心處的河水打著渦旋湧向兩側，浪花飛濺波濤洶湧，一塊碩大的魚嘴形狀的青石緩緩從河底冒了出來，魚嘴巨石兩側連接著的鉸鏈發出一陣尖銳的鏽澀聲音，一排七塊魚嘴青石逐次露出水面，一座過水石橋幾分鐘後成型，激起無數的水霧飛四處飄散，一陣冷風迎面撲來，眾人不禁驚得目瞪口呆！

李艾媛收回視線詫異地看一眼秦濤：「太不可思議了！」

秦濤凝重地點點頭：「這是中國最古老的機關術，利用水作為動力，機關雖然在巨樹上，但鎖鏈所連接的地方才是真正開啟機關之處，我懷疑是在飛瀑之下。」

正在此時，中心島上忽然人聲喧騰起來，黑壓壓的一片人群湧出居住區，赤膊的男人、衣衫不整的女人和光屁股的孩子們，足有百十號人，圍在中心島巨樹周圍。二十名披頭散髮的「野人」分列兩排，手中握著鏽蝕的青銅戈大吼大叫地衝到了河邊。

低沉的號角聲驟然響起，悠長而婉轉，淒涼而陰鬱。秦濤望向巨樹方向，烏族長正手裡握著黑陶古塤，邊走邊吹著，後面是兩名「三眼」氏族武士，而雲中旭抱著藥箱緊隨其後。

「他們在喊什麼？」郝簡仁不禁後退兩步，昨天黑燈瞎火的沒看清楚，現在終於近距離看清了氏族人的模樣，披頭散髮臉色黑漆，雙目無神動作誇張，尤其是每個人的腦門上都有標誌性的「第三隻眼睛」，一笑露出一排白牙，大白天猛一看就跟地獄裡跑出來的小鬼似的！

如果不是每個人都拿著青銅戈，如果不是他們在做誇張的動作，如果沒有雲中旭「像人」似的混在裡面的話，真以為是從幾千年前穿越而來的原始部落呢。李艾媛鎮定一下心緒：「在歡迎我們。」

悠遠而低沉的塤聲戛然而止，烏族長站在一塊青石上，雙手交叉放在胸前，老態龍鍾地注視著秦濤：「是神靈賜予你的力量，是上天讓你幫助氐族，過了這條河我們就是兄弟，不分彼此的兄弟。我們可以共同享受諸神賜予氐族的輝煌，他們的思想他們的文化和他們所創造的奇跡。我們也可以並肩作戰，在黑暗的地下森林，在波濤洶湧的無妄之海，在壁立千仞的離魂之淵，去剷除那些從上古而來的外族妖魔。如果你們想好了，現在就可以走過來，如果不願意，就請留下你們的一縷頭髮，無聲無息地離開這裡。」

秦濤皺著眉頭：「烏族長，我們初步達成了共識，可以與你合作，但有一個前提條件，無論是紫薇混元珠還是天樞七星盤，都屬於國家的，屬於民族的，屬於中國人的，我會盡所能地去保護好它，也請烏族長三思，但我們的幫助也是有限的，如果可能的話我們會向國家請求支援。」

國家？民族？中國人？傳承了三千多年的氐族只有一個「國家」——曾經的仇池古國，也只有一個民族——氐族，但他們也是中國人！

烏族長淡然地點點頭：「還有嗎？」

「一支增援部隊正在來的路上，雲醫生，請您想辦法接應，需要的給養和裝備請徐建軍同志協調。」秦濤複雜地看一眼雲中旭：「我想氐族所遇到的困難是超乎想像的，必要的話可以讓醫療隊進駐這裡，他們再也不能生活在暗無天日的地下了。雲醫生，您是現代社會的人，應該瞭解國家對少數民族的政策，我想氐族現在這種狀況應該得到改變。」

烏族長看了一眼雲中旭，雲中旭苦澀地點點頭：「烏族長，他的建議跟我以前一樣，是因為不瞭解氐族的緣故。」

雲中旭坦然地看著秦濤，目光有些複雜：「秦連長，您的建議烏族長知道了。其實氐族人有自己的生存空間，有自己的文化，也有自己的責任，他們刀耕火種了幾千年，但並不意味著他們落後。因為自從唐代開始就有氐族人在社會上生活，與普通人沒有兩樣，他們的責任是尋找失落的封禁法器。」

眾人皆震驚不已：竟然是這樣！

「但這並不意味著他們被同化，而是保持著氐族的傳統，誠如史料所記載的，氐族、羌族和漢族曾經生活在一起，但氐族依然是獨立的民族。就如你我兩個人，你是軍人，我是郎中，軍人有軍人的責任，郎中有郎中的操守，但我們都是普通人，就這樣。」雲中旭淡泊地笑了笑：「烏族長之所以要跟您合作，不單單是為了天樞七星盤，在氐族的歷史上有記載的在沒有嚮導的引領下能夠穿過鎖雲洞的人，不超過十個，所以，你不只是幸運，而是實力的象徵。」

鎖雲洞的確很難穿越，現在回想起來還心有餘悸。不過秦濤也苦笑一下：「雲醫生，你不是嚮導嗎？」

「我不算，烏族長才是你的嚮導。選擇與你合作他是經過深思熟慮的，可以開誠布公地跟你說，這一切都是神的意旨，用普通人的話而言，就是——命中註定。」雲中旭做了一個邀請的手勢：「氐族人相當熱情，他們載歌載舞地歡迎遠道而來的客人，這是他們的誠意。」

「好吧。」秦濤鎮定自若地邁上了過水橋，回頭看一眼李艾媛，烏黑而深邃的目光正在注視著自己，眉宇間似乎鬱結著一種難以明說的惆悵和不安。秦濤淡然地笑了笑，穩穩地踏著青石走了過去。

郝簡仁是第二個過來的，李艾媛和洪裕達緊隨其後，岸上只剩下黃樹奎，陰沉著老臉踟躕不定。不時還瞄一眼對面的「野人」們，頭皮不禁發麻。按照常理而言，黃樹奎應該與烏族長是最熟悉的，曾經伺候過他們三個多月，但現在卻感到極為陌生！因為他親眼見過烏族長主持的拜神儀式，感覺有點邪性，也見過其他幾名氐族的武士，個個跟鬼似的，手掌像爪子，殺人不眨眼。也聽吳鐵鏟說過「三爺」是如何的狠辣，一雙鬼手「唰」的一下就能把人給劈了，錢廣聞就是被那麼殺的。

「黃先生，您不想參與合作嗎？」雲中旭微微皺眉看著黃樹奎問道。

「我也有一個條件！」黃樹奎一腳踏上過水橋的青石，看著對面的烏族長，臉不禁火辣辣地：「不知道該不該跟族長提。」

「您說吧，烏族長自有決定。」

黃樹奎咳嗽了一聲：「接受了氐族族徽，我就是氐族的一分子，但曾經做錯了事情，想請烏族長原諒，我不想死。」

「知道你為什麼沒有死嗎？」

「因為我發現了封禁法器。」

「此乃天意，你是氐族的榮耀，圓了氐族尋找千年而未得的心願。」烏族長雙手交叉在胸前，身體微傾：「你是氐族的一員，與雲醫生一樣，氐族不會忘記你。」

黃樹奎展顏一笑，緩步走過過水橋，一隻腳剛剛踏在地上，只聽後面「轟隆」一聲炸響，過水橋碩大的魚嘴青石緩緩地沒入水中，賤了黃樹奎一身水。

塤聲再度響起，依舊深沉。圍繞著巨樹的男女老少都匍匐在地上，雙手交叉在胸前，仰望著巨樹和天坑上面的藍天。也許在大多數氐族人的心裡，天只有那麼大，不知有外面的世界，這是一種悲哀，但瞭解了氐族的歷史之後你會被他們的虔誠所折服！

木板屋很原始，僅能遮風避雨，裡面的裝飾更顯露出原始的狀態，甚至沒有任何現代的痕跡。秦濤等人坐在粗糙的長條桌後面，烏族長和雲中旭坐在對面，門口有人擊掌三聲，十多個披頭散髮的女人抱著黑色的陶罐魚貫而入，每個人的面前都放著同樣的陶罐，一股誘人的肉香撲鼻而來。

郝簡仁吧嗒一下嘴，眼珠子差點沒掉到陶罐裡，心裡在琢磨著什麼山珍美味這麼香？

「秦連長、李隊長、郝人同志、洪老、黃師傅，這是烏族長特意為大家準備的豐盛午宴，酒是自釀的果子酒，比較簡單。罐子裡的肉有野豬肉、穿山甲肉、野雞肉和蛇肉，已經燉了兩天了，只等諸位的光臨。」雲中旭感慨萬分地看著秦濤：「烏族長要給各位簡要講述氐族的歷史，關於諸神的傳說，關於封禁的故事，當然還有合作的目的。」

郝簡仁皺著眉頭，有一種想吐的感覺：這麼多種肉都放在一起燉？

「好。」秦濤沉穩地點點頭看一眼烏族長，飽經風霜的臉上褶皺縱橫，黑漆漆的臉上似乎有揮之不去的惆悵，無神的雙眼漠然一切一般，而中間的那隻「假眼」如真的一樣，很擔心會在某一刻動一下。

烏族長忽然舉起雙手，仰望著漏天的棚頂，嘴裡嘀嘀咕咕，似乎是在拜神一般。

眾人都沉默以待，以前在影視裡看過非洲原始部落的風俗習慣，沒想到在中國也有這樣的部落——而且這個部落更為久遠，可以上溯到五千年前！

「大家先吃飯吧，這是氐族人賴以生存的食物，大自然最無私的饋贈，天坑裡也出產穀物，但產量極低，受日光照射的原因。」雲中旭從陶罐裡用筷子夾出一塊蛇肉：「這種蛇是仇池山的特產，蛇膽入藥，是治療頑疾必不可少的一味中藥，但現在也不多了。」

秦濤喝了一口果子酒，香甜而醇厚，簡直堪比玉液瓊漿，不禁讚歎一聲：「好酒！」

雲中旭展顏一笑：「果子是野雜果，水是山泉水，發酵之後放在地宮中至少十年以上，秦連長如果喜歡可以盡情喝，不過容易醉人。」

「還是請烏族長講故事吧？」李艾媛眉頭微蹙看一眼雲中旭：「我最想瞭解一下瘟疫發展到了什麼程度，更想為他們做點什麼。現代的醫學這麼發達，一定能治癒這種疾病的。」

烏族長感激地看一眼李艾媛：「謝謝李隊長，我想這是氐族之幸。這種頑疾因病毒而起，每三百年爆發一次，這次是第三次爆發了。三十年前上一任族長便罹患頑疾，按照氐族人發明的治療方法已經不管用，便請來雲醫生的父親來治療，開出了五毒散劑，並把藥方留給了我們，萬分感謝。」

「三百年爆發一次？」李艾媛不禁一愣，狐疑地看一眼雲中旭：「難道瘟疫也有爆發週期嗎？為什麼不能根除？我所知道最厲害的幾種傳染病，霍亂、天花、鼠疫和黑死病現在都可以防治，難道要比這些傳染病還厲害嗎？」

雲中旭點點頭：「這與聖皇封禁有關，也與小冰河期有關。如果我現在解釋的話也許諸位會糊塗，因為涉及到氏族的歷史和諸神的傳說故事。但我曾經說過去專業機構化驗，化驗的結果是未知病毒。可以這麼說，這種病毒不屬於現實世界，其恐怖程度超過了現實世界裡一切生物性病毒，比如霍亂或者是非洲伊波拉病毒。」

「這麼厲害？」郝簡仁吐出一塊骨頭，抹了一把嘴巴上的肥油：「不就是皮膚病嗎？真菌感染，氏族人常年待在地下不接受陽光照射，沒有紫外線殺菌導致的，只要都出來多曬太陽就沒事了吧？」

「哪有那麼簡單？患上傳染病都曬太陽去？沒文化真可怕！」洪裕達喝了一口果子酒，凝重地放下陶碗：「皮膚病只是症狀，我說的對吧雲醫生？」

雲中旭與烏族長目光交流一下，得到了首肯才黯然地點點頭：「洪老說的對，感染病毒之後皮膚潰爛，而人是不能見光的，病毒將會控制人的意識和行為，人會出現幻覺，失去自我判斷能力，所有行為都是病毒所控制，也就是說人會成為病毒的奴隸。」

「成為病毒的奴隸？這麼邪惡！你說的基因病毒？DNA或者是RNA病毒？」

雲中旭漠然地搖搖頭。一個專業皮膚病的郎中是不可能看好致命性的傳染病，因為不是皮膚病，因為那是一種讓人談之變色的瘟疫，幾千年來都沒有根治過，伴隨著氏族人世世代代。

「我就從頑疾開始講起吧。」烏族長渾濁的老眼看著秦濤——他只看秦濤，似乎對秦濤情有獨鍾？沒有人知道原因。老者漠然地看著粗木桌子：「這種頑疾是從大唐天寶十五年的時候開始出現的，三百年一輪回，先祖曾預測與伏羲聖皇封禁法器丟失有關，我就從這開始講。」

竟然跟「封禁法器」丟失有關？

烏族長漠然沉思半晌，起身面向東方將陶杯裡的酒灑在地上，悲慟之情溢於言表。懸崖飛瀑的聲音穿過簡陋的木窗傳來，如萬馬奔騰。而又有氐族人歡快地載歌載舞，伴隨著亙古不變的古塤沉鳴，似乎在演奏著一曲催人淚下的悲歌。

「《詩經．商頌》曰，昔有成湯，自彼氐羌，莫敢不來享，莫敢不來王。更久遠的故事已經成為天上的星辰，閃耀在歷史的天空，我從武丁伐鬼方開始講起吧。」烏族長重新落座，注視著秦濤：「三千多年前，有歷史記錄的第一次小冰河期不知不覺地降臨大地。天氣寒嚴而不能受其苦；自然殘酷則難於生存，北方動盪社會遂亂。而國之西北邊地有五方諸國，土方、氐方、羌方、周方和鬼方，以鬼方與羌方國為盛，鬼方聯絡土方南下侵中原，以圖謀略中原。時商武丁時期，武丁遂派三萬之眾征伐鬼方部，先行肢解了土方國，又伐鬼方，鬼方敗。武丁三分鬼方，鬼方貴族遠遁漠北，一部流徙於列姑射群島，一部融於氐羌。」

秦濤看一眼旁邊的洪裕達，洪老正凝重地思索著，見秦濤似乎在徵求自己的意見，便微微點頭：「烏族長所說的真實歷史，史料有過相關的記載，但不完善。武丁時期在西元前一千三百年左右，武丁二十九年，派大將望乘征討鬼方叛亂，征戰三年才平息叛亂。叛亂平息後，氐族派使者前往殷墟祝賀，就是我前面說的『氐族來賀』那段歷史。」秦濤微微點頭。

「氐方、周方乃至鬼方、土方和羌方諸國皆為商之方國，此滅土方、鬼方之後亦是大快人心，因此前氐方國之重器被鬼方所劫掠，故有來朝拜賀一段，但寶物依舊下落不明。我所說的寶物，就是仇池山封禁的法器，紫薇混元珠和天樞七星盤。」烏族長漠然地看著秦濤：「這是封禁法器丟失的前因。武丁討伐鬼方之後，氐族人就開始了漫長的尋寶之旅，但過了千年也沒有找到。東漢末年，氐方人楊騰建立前仇池國，後歸屬於西晉朝廷，曾經向司馬氏尋求幫助，未果。五胡之亂後，氐方國寶的傳說曾經甚囂塵上，有記載顯示兩件法器被鬼方貴族帶到了漠北，但而後的歷史發生了天翻地覆的變化，仇池國滅，氐族人三分流徙，尋找法器的希望逐漸湮滅。」

烏族長面色悲戚：「這些不是傳說也不是故事，而是歷史，是氐族人口耳相傳的歷史，正史並無記載。法器雖然有了線索，但氐族卻無力去追尋，此乃歷史的悲劇。」

「氐族三分也有歷史記載。」洪裕達推了一下眼鏡看著秦濤和李艾媛：「你們也許不瞭解歷史，我解釋一下氐族三分的情況吧。這種分野不是某個歷史事件促成的，其主要原因是小冰河期所致，古時候的西北邊陲天氣嚴冷，生存條件十分艱苦，部分氐族人生活在現在陝西河套的隴北地區，那裡的情況比較好，後來融入了漢民族；另一支氐族沿著青藏高原流徙，並與當地少數民族融合，形成了今天的藏族；那麼第三部分氐族人，沿著秦嶺繼續向西南羌族的領地流徙，最終進入甘肅、四川和陝西交接處，也就是隴南地區，並與羌族融合，此所謂氐羌，但氐族是氐族，羌族是羌族。烏族長的這一支與三分的氐族不類同，他們是自古以來就在仇池山地區的，對吧？」

烏族長熱切地看一眼洪裕達：「您說的很對，這一支氐族自從武丁時期就在仇池山，幾千年來也未曾遷移流徙過，白馬河的氐羌是真正流徙而來的。但也是從那時候起，尋找氐方國之重器的希望就更渺茫了。為了躲避戰亂，我們的祖先開始了半穴居的生活，不與外界產生任何來往。但歷代的族長都沒有放棄過追尋寶物下落的努力，直到現在。」

李艾媛輕歎一聲：「秦連長，我的歷史知識太匱乏了，這些都不知道呢。」

「許多歷史都沒有記載，所見的資料幾乎也都不存在了，洪老是術業有專攻，比我們瞭解得更多些。」

秦濤面色凝重地看一眼烏族長：「既然知道法器流落到漠北，為什麼不去漠北尋找？」

烏族長漠然地點點頭：「漠北去過，但空手而回。鬼方滅族之後，留在漠北的只是普通的老百姓，他們甚至不知道有這件事，後來才知道鬼方大部分貴族逃到了雪域高原的貝加爾湖一帶，以氐族卑微的力量無論如何也走不了那麼遠，遙遙萬里啊，只能不斷地派出武士去做無謂的尋找，百年剎那而過，就在氐族要放棄的時候，歷史跟氐族開了一個不大不小的玩笑，法器終於有了下落，歷史已經進入了大唐帝國時代。」

「莫非是找到法器了？」嚼著野豬肉的郝簡仁忽然對烏族長講的故事感起興趣來：「盛世大唐萬國來朝，說不定鬼方人把法器給朝廷納貢了呢，烏族長，有句話估計您沒聽說過，有福不用忙，無福跑斷腸，是不是該說到唐王恭迎法器回長安啊？估計又沒你們什麼事了！」

洪裕達瞪一眼郝簡仁：「你知道這段歷史？」

「當然……不知道。」郝簡仁沒心沒肺地笑道：「但我知道大唐天寶年間，鬼方族所居住的貝加爾湖隸屬於安西軍鎮，節度使高仙芝權傾朝野，不比安祿山官小，但可惜的是還是間接地死在安祿山之手。」

西元七五五年安史之亂爆發，大唐朝廷內武備廢弛外各鎮擁兵自重，安祿山趁機發難，大舉向長安進犯。國無良將必危，唐玄宗倉促出逃，後朝廷想起了曾經黨國安西節度使的高仙芝，彼時高仙芝因怛羅斯之戰失敗而被削官，關鍵之際啟用高仙芝。安祿山的叛軍進犯潼關，高仙芝據守潼關而不出，後監軍邊令城以十二道金牌命令高仙芝出城攻敵，結果臨時拚湊的十萬大唐軍隊全軍覆滅，高仙芝悲壯自殺。

所以，郝簡仁說高仙芝是間接死在安祿山手裡的，卻是大唐內憂外患的真實寫照。

「大家所說的都對，那是一個萬國來朝的時代，是一個屬於大唐帝國的盛世，承蒙大唐的威儀，氐族國之重器確實出現了轉機。天寶十年秋，氐族的武士終於得到確切的消息，一支驃騎軍西出恭迎聖物法器，我們也做好了上報朝廷的奏章，把法器的來龍去脈講的清清楚楚，並呈送了華陽郡郡守，也做好了迎接法器的各種準備。」烏族長說到這裡不禁興奮起來：「那是所有氐族人最值得驕傲的事情，氐族終於可以向伏羲聖皇有了一個完滿的交代，終於可以卸下壓在心裡兩千多年的重負了，也終於要實現世世代代的夢想，感謝諸神的恩賜啊！」

「但法器並沒有恭迎回來？」秦濤皺著眉頭看著烏族長問道。從他所講的故事裡可以聽出端倪，如果成功恭迎回來的話就不會有後來的這麼多事情，氐族人也不會再次遭到沉重的打擊，就此沉淪到現在。

烏族長沉默了，舉起陶杯一飲而盡。

「大漠飛沙，疾風席捲著黃沙在沙丘的頂端形成了一道遮天蔽日的沙幕，黃沙中枯骨和不斷倒下的屍體成為了前進的路標。一支衣衫襤褸的隊伍緩慢的行進在沙暴之中，隊伍的中央似乎在護送著什麼，不斷有士兵丟棄鎧甲，一把上了鏽的唐刀被丟在沙中，刀的主人逕自栽倒，沒人過問，後人麻木不仁的經過，甚至連多看一眼都不願意。」烏族長悲涼地笑了笑：「遠處天空中出現了一座金光閃閃的城市，城市的中央有一座金色的寶塔，眾人跪地祈禱不止。這一幕大家覺得非常奇怪吧？恭迎聖物法器的驃騎軍遭到了西域多國盟軍的合擊，幾乎全軍覆滅。」

洪裕達不斷地沉思著，似乎想要回憶起關於那段歷史的資料，秦濤和李艾媛緊張地相互對視一眼，彼此都明白烏族長所說的也許有歷史記載，也許是傳說故事。天寶年間的西北狼煙四起，戰亂不斷，大唐帝國已經是風雨飄搖，空有盛世的架子而已。但這些也只是秦濤搜腸刮肚所知道的資訊而已，對於具體的歷史並不瞭解。

洪裕達喝了一口酒，醉意微醺地看著眾人：「天寶十年的確發生了一場舉世震驚的戰爭，烏族長所說的只是那場戰爭的冰山一角而已。玄宗皇帝接受萬國來朝的場面空前絕後，但精彩也不過是轉瞬即逝。西元七五一年，阿拔斯帝國迅速崛起，聯合西域多國進犯大唐邊境，阻礙絲綢之路的貿易，濫殺無辜挑起爭端。那場戰爭很有名，就是恒羅斯之戰，此戰也是大唐由盛轉衰的導火索，而西元七五五年爆發的安史之亂，是壓垮盛世帝國的最後一棵稻草。」

「您說的對，氐族武士只有一個活著回來，他說看到了諸神的聖殿，也看到了一個帝國的沒落，發著金光的寶塔在天宇下搖搖欲墜，滴著血的唐刀被黃沙掩埋，枯骨遍地血染邊關，聖物法器下落不明，武士只活了幾個小時之後就死了。」

「後來沒派人調查嗎？」李艾媛不無遺憾地問道。

「後來？」烏族長慘然一笑：「後來是八年的安史之亂，這片土地陷於戰亂，沒有人知道那支驃騎軍最後的命運怎樣，也沒有人再見過那支驃騎軍，而當第二季小冰河期到來的時候，一個王朝徹底沒落了，一切都淹沒在歷史的塵埃當中，大唐王朝的毀滅把氐族人最後的希望給無情地扼殺了，此後百年沒有再尋找聖物法器，因為……」

烏族長聲音沙啞臉色悲戚地看一眼秦濤，秦濤也不禁心有觸動唏噓地歎息一下：「是因為發生了瘟疫？」

終於說到了瘟疫。烏族長說過瘟疫每三百年爆發一次，這次是第三次，是在三十年前開始爆發的，一直持續到現在。如果按照他的說法，第一次就是唐末宋初的時候，那時候封禁法器已經丟失了近兩千多年了。秦濤只是隱隱地猜測到了這點，但想不明白為什麼追尋了兩千多年的氐族為什麼突然終止了追尋？能夠讓一個民族終止夢想基本是不可能的事情，除非滅族！

眾人都看向烏族長，他所講的故事的確曲折離奇，讓人唏噓不已。跳出歷史看歷史的細節無疑是最直觀而且真實的，史料上所記載的不過是那場恢弘的框架，而真正值得人們記憶的歷史細節從來都是被掩埋在歷史的最底層。

「瘟疫蔓延沒有得到重視，始終認為是長久居於地下而染上的病毒，很多氐族人一旦染上瘟疫之後，怕光、怕水，只能穴居於地下，具有極強的攻擊性，從而也失去了人的意識和判斷力。」烏族長兩眼通紅地看著秦濤：「所以歷代族長對待罹患瘟疫的同胞只能採取極端的措施。」

「自相殘殺？」

「不，是自生自滅。」

比自相殘殺還要殘酷！眾人不禁緊張地看著烏族長，很難想像那是何等殘酷的經歷？只要患病就只能在暗無天日的地下自生自滅！意味著所有染上瘟疫的人最後都會被餓死，而其他人無法施救。

「這種情況三十年前得到了改觀，因為雲醫生的父親到來，為氏族人帶來了一線希望。那時候老族長也罹患了瘟疫，被隔離在玄冥宮裡，後來也沒有治癒，因年紀過大不堪折磨而自殺。」那是一段不堪回首的歷史，烏族長的悲憤寫在臉上，痛徹心扉的感覺能夠清晰地感覺到。他漠然地看著秦濤：「瘟疫被控制了三十年，每年都有因此而自生自滅的氏族人，而今年的瘟疫不知為什麼大爆發了，至今為止已經有三人患病，他們是氏族的武士，負責把守地宮的武士。」

雲中旭掃視著眾人：「就是你們所看到那兩位，已經死了，但不是死於瘟疫。」

「我知道。」秦濤痛苦地點點頭沙啞道：「烏族長，我們能提供什麼幫助？如果可能的話，我想彙報政府相關部門，組成醫療專家組研究這種病毒瘟疫，或許這是唯一的辦法。」

「秦連長，如果這個方案可行的話我早就去做了，烏族長不肯。」雲中旭苦楚地看一眼烏族長，欲言又止。

「為什麼？」

「因為小冰河期將至，封禁內的外族勢力蠢蠢欲動，瘟疫只是他們向外滲透的一種策略而已，他們只是想把氏族的力量全部消磨殆盡，只想借著小冰河期的來臨重新復活，只想破除伏羲聖皇的封禁。」烏族長從懷中拿出一張羊皮古卷輕輕地放在桌子上：「如果封禁被破，外族人將會再次復活，世界將會重蹈五千年前的覆轍，將會是一場更大的人類浩劫。」

犧牲是氏族的命運，無論何時何地；堅守是氏族的責任，無關生死無常。

秦濤的喉嚨裡似乎堵著一塊棉絮，最擔心的事情還是發生了。曾經認為 700198 號失竊不過是一樁簡單的案子，但在川北古墓裡看到那個氏族武士的瞬間，他便感到是白山事件的翻版！

眾人面面相覷，尤其是洪裕達和李艾媛，幾乎不相信自己的耳朵。「封禁」本身就已經超出了人的認知，何況還有「外族」入侵？什麼叫封禁？外族怎麼入侵？關鍵是「外族」究竟是什麼人？五千年前的人文始祖伏羲是怎麼封禁的？當烏族長的話剛說完，問題就一股腦地困擾著兩人。

洪裕達陷入沉思之中，從科學的角度出發，有未知病毒侵入是常識，世界上每年都會發現各種各樣的病毒，但大多是生物性病毒，並非是「新」物種，而是人類對自然界的認知存在盲區造成的。應該說是「新發現」的病毒，比如肆虐全球的ＨＩＶ病毒等等，但其早已在大猩猩之間傳染，只是最近十年感染了人類而已。

「洪老，依您的經驗而言，烏族長所說的情況是否符合科學？」李艾媛沉默片刻，一定要確認氏族所經歷是真實的，然後才能想辦法幫助他們，而且最關鍵的是瞭解關於未知病毒的來源和控制方法，絕對不能讓病毒擴散。

洪裕達凝重地搖搖頭：「我是考古工作者，不是醫學專家。但有兩點我比較懷疑，第一，烏族長說那種病毒可以控制人的意識行為，感覺有點科幻了。自然界的病毒大多都是生物性病毒，不排除這種恐怖的情況，但病毒破壞人體的原理是這樣的，一種新型病毒侵入人體後就會尋找相應的細胞，並且麻痹該細胞成為細胞的一部分，這叫附著效應，病毒細胞所需的能量全部來自人體細胞。當人的細胞被感染之後就成為病毒細胞的宿主，病毒再以同樣的方式侵入其他細胞，也就是複製這一過程。」

李艾媛微微點頭：「病毒細胞不能控制人的意識行為？」

「不是控制，而是破壞人體組織細胞，從而破壞組織器官，引起器官的病變，當有病毒細胞侵入時，首先要突破人體的免疫系統，但許多病毒都善於隱藏偽裝，讓免疫系統失去作用，等發現的時候已經為時已晚。所以，傳染病都會有一個潛伏期，並非是沒有感染病毒，而是免疫系統正在清剿或者沒有發現病毒。」

洪裕達困惑地看著烏族長：「我不知道你所說的控制人的意識行為是什麼意思，科學而言，人的意識行為是依靠大腦的分析解構形成的，比如我要分析問題，首先通過外部觀感的刺激，會在大腦皮層功能區裡形成同意的處理資訊，然後根據這些資訊進行分類，記憶儲存細胞就會參與到其中，調取記憶資訊——這是非常複雜的高級行為，低級的病毒是無法代替大腦細胞的。」

烏族長苦楚地點點頭：「凡是罹患瘟疫的人，在半年內勢必會爆發，會產生致命的幻覺，具有很強的攻擊性，無法抑制他們的行為。也許是因為他們的大腦被病毒所控制的結果，幾百年來都是如此，概莫能外。」

洪裕達凝重地看向秦濤：「我建議還是請相關的專家來解決這個問題，我們並不專業，恐怕會產生不可挽回的後果。」

秦濤和郝簡仁兩人的目光交流一下，兩個人心照不宣。這種情況曾經在白山事件中遇到過，專家來了也會束手無策，因為病毒研究的週期很長，從各種臨床試驗到藥物的研製，週期最少得三年，甚至十年以上。氏族能等待那麼長的時間嗎？

尤其還涉及到「封禁」的問題，涉及到上下五千年的歷史問題，並不是僅僅是瘟疫的問題。秦濤想到此處不禁壓力倍增，思索再三才無奈地苦笑一下：「烏族長，感謝您坦誠以待，這份信任十分難得。我認為你們所遇到的困難和所處的困境就是我們的，只要能夠幫上忙一定會盡綿薄之力，我們的能力有限，如果需要的話背後還有經驗豐富的科學家們，還有我們的國家鼎力支援。」

雲中旭的眼圈有些泛紅，咬著嘴唇點點頭。

「目前有三個問題您一定要給我們講清楚，第一，什麼是封禁？伏羲封禁的外族是什麼人？第二，小冰河期與瘟疫爆發究竟是什麼關係？是否是外族滲透的結果？第三個問題很簡單，您希望我們提供什麼樣的幫助？」這些是最基本的問題，一定要先解決了才能與之合作，否則就是自欺欺人。

現代科學已經發達到令人難以置信的程度，上天入地無所不能，人類的太空船已經遨遊太空了，醫學上達到可以做頭顱移植手術的先進程度，但監獄還是老樣子，只是在安全監控系統上採取了科技手段而已，還沒有達到「封禁」的地步。如果「封禁」的確存在的話，犯罪分子恐怕是第一個被「封禁」的群體！

烏族長凝神看著秦濤，老眼裡似乎閃過一道睿智的光芒：「你們一定認為五千年前的文明會落後於現代社會，但我告訴諸位這是錯誤的認知。在諸神的世紀曾經有過高度發達的人類文明，但那個文明不是科技的文明，而是光的文明，是自然的文明，是神的文明。神也不是你們所認為的翻手為雲，覆手為雨的存在，而是自然宇宙秩序的維護者，天地清明春秋相序，這是自然的力量，神即自然。所謂封印是後世的杜撰，而在上古至明清時期叫做封禁，以五行八卦奇門之局封禁奸逆，這是神的仁道。」

解釋半天，郝簡仁根本沒聽懂：敢情神就是自然，自然就是神，那我豈不是時時刻刻都生活在「神」裡面？不禁疑惑地看一眼洪裕達：「洪老，封印我倒是聽說過，利用神乎其神的符咒啊法器達到控制或者抑制對手的目的，封禁不就是封閉起來幽禁嗎？其實就是蹲笆籬子吧？」

「封者，從土從寸，古義是指培植草木之意，我認為應該生命萬物。禁者，止也。此為會意字，『示』字乃神龕供桌之意，與神鬼有關，而從木從林，則意味著林乃神之居所，人勿進。古人認為只能供奉神明而不能褻瀆神靈，周朝時期有青銅禁，則為一種酒器，是因為吸取了夏商滅亡之教訓，禁止酗酒，在《酒誥》中曾有過記載，王公貴族只允許在祭祀的時候才能飲酒。」洪裕達蘸著果子酒在桌子上寫了兩個梅花篆字：「所以他所說的封禁的意思是困之於器，禁之於行。」

「有文化真可怕，您的世界我不懂，就知道是伏羲老祖宗用奇門遁甲把外族人給收了，是這意思吧？」

烏族長凝重地點點頭：「是這樣，但要比您想像的要神祕得多，因為封禁幾千年來外族人都破不了，氐族守護了幾千年也沒有發現封禁之物。傳到現在已經神話了，我只能這樣解釋。關於小冰河期與瘟疫的關係問題，也是很難解釋的，自從丟失封禁法器之後的千年來，每當小冰河期的到來，仇池山的地象都會發生異常事件，最代表的有兩個，第一是瘟疫突然爆發，第二個鎖雲瀑斷流。你們所看到的瀑布早已經沒有了百年前的那樣壯觀，近三十年來更是頻繁發生間歇噴湧現象，這與封禁有莫大的關聯。我不知道地宮中發生了什麼事，但可以肯定的是外族已經預測到了冰河期將至。」

「您說過小冰河期在二〇一二年就已經來臨了？」秦濤狐疑地看著烏族長問道。

「那只是開始，按照氐族人的傳說推算，真正的小冰河期在二〇三〇年才會正式開始，留給我的時間不多了。」烏族長臉色難看地看著秦濤：「氐族的傳說裡有對外族的記述，大意是那些外族人對極寒、極熱都有天然的敏感，他們喜歡寒冷，不適應溫潤的氣候，所以每當小冰河期到來的時候就會興風作浪，但他們衝不破伏羲聖皇的封禁，千年來他們都在嘗試著破掉，但都沒能如願。」

外面傳來滾滾雷聲，不知道什麼時候天已經陰沉下來，瓢潑大雨立即下來，那些載歌載舞的氐族人紛紛鑽進木板屋內躲避。秦濤沉思半刻：「所以您認為封禁法器的丟失減弱了封禁的力量，外族人想趁著小冰河期衝破封禁？而利用未知病毒的滲透從而控制氐族，在冰河期到來之前未雨綢繆？」

「是這樣。」

「那我們怎麼幫助你們？」這是最核心的問題，秦濤對這件事心裡根本沒有底，世界之大無奇不有，破獲一樁盜竊案竟然能引出這麼離奇的故事——不應該說是故事，而是真實存在的，無論烏族長所講述的歷史和他所遇到的困境是否真實存在，也無論伏羲以八卦封禁「外族」是否有其事，更無論「外族」到底是妖魔鬼怪哪怕是外星人，氐族的瘟疫是真實的。他們所丟失的「氐方國重器」是真的，紫薇混元珠和天樞七星盤是真實存在的——如果把這些都綜合在一起彙報給老首長的話，恐怕又得地動山搖了，非得增派軍隊來「攻堅克難」不可。不過，現在似乎還沒有到那個地步。

所有人都看向烏族長，而烏族長卻窘迫地搖搖頭，老態龍鍾的身體駝下去半截：「我不知道，真的不知道。我能做的是將法器歸位，但現在卻做不到。」

「為什麼？」秦濤很詫異，其實這件事很好辦，只要把封禁法器歸位不就完事了嗎？但那樣會是什麼結果？肉包子打狗，兩件文物都拿不回來了！

烏族長起身踱到窗前，望著窗外酣暢淋漓的大雨：「傳說九重地宮藏在奇門之中，氐族現在只能生活在鎖雲洞裡，無法找到也無法進入地宮裡。上一任族長說千年來有許多患病的氐族人被困在九重宮裡，即便找到了也會冒很大的危險才能抵達封禁，我沒有足夠的能力啊。」

郝簡仁看了一眼烏族長的背影：「我知道怎麼回事了，即使有封禁法器你也無法阻止外族的滲透，法器無法歸位，封禁日漸薄弱，只要真正的冰河期一來，外族人就會衝破封禁製造浩劫，是吧？」

「正是。」

「很好解決，我說雲醫生、烏族長，說句不好聽的話，最直接的辦法就是把封禁法器讓我們帶走，好好研究研究，讓科學家來歸位。這樣我們既能交差，又滿足了烏族長的心願，豈不是兩全其美？」郝簡仁晃著腦袋笑道：「除此之外沒有第二條途徑，是不是濤子哥？」

烏族長的臉色極為難看，激動地瞪著郝簡仁：「那是不可能的，封禁法器必須歸位！」

眾人都沒有說話，不知道說什麼。如果選擇相信烏族長的話，就意味著永遠也別想完成任務；但如果否定他說的故事，也不太現實，因為他所講述的都有根據，符合歷史。唯獨伏羲封禁外族和外族人與小冰河期之間關係這兩件事，讓人匪夷所思。

「當務之急是睡覺，真的……」郝簡仁前一秒還在智辯，下一秒倒在桌子上就開始打呼嚕，片刻之後就鼾聲如雷。

已經兩天兩夜沒有睡覺了，如果再熬下去的話誰都受不了。秦濤歉然地看一眼烏族長和雲中旭：「事關重大，細節問題不可不察。我是徹底的唯物主義者，相信科學，也請烏族長見諒，但對於您所講述的歷史和現在的處境我十分理解，也相信伏羲封禁是真實的歷史，只是在久遠的流傳之中逐漸神話了。我們之間的合作開誠佈公，能盡一份力量絕不會保留，關於具體行動計畫還要務實落實。」

「秦連長，既然您相信科學，為什麼還相信有伏羲封禁之類的神話傳說？」李艾媛不禁疑惑地看一眼秦濤：「科學就是科學，歷史就是歷史，歷史所發生的事情都是真實的，我不相信存在諸神，更不會存在諸神的世紀。在我的認知裡，五千年前的上古時代是新石器、舊石器時代，三皇五帝是中華文明的始祖，他們以智慧創造了中華文明，但不應該以神話傳說牽強附會。」

「李隊長說的有道理，但秦連長說的也有道理。」洪裕達尷尬地笑了笑：「李隊長是從科學的角度考慮問題的，我認為科學所解釋不了的問題完全不是該問題不合乎科學的邏輯，而是人們的認知沒有達到認知的境界而已。以伏羲封禁為例考察上古斷代史，就會發現很多問題，比如女媧造人、后羿射日、黃帝大戰蚩尤等等神話傳說，不難發現是有歷史依據的。」

李艾媛眉頭微蹙：「我知道您的意思，大多數史料在秦朝的時候還有，焚書坑儒燒了一大批，董仲舒罷黜百家，獨尊儒術又偏廢了一批，以至於大量的歷史都成了過往雲煙。但我想說的是，以奇門遁甲封禁外族之事有幾成是真的？您能證明給我奇門遁甲真的能封禁嗎？」

烏族長看一眼李艾媛，沉默地搖搖頭。黃樹奎苦笑一下：「李隊，河洛之術是上古時代最先進的科學，不輸於現代任何科學，這已經得到了證明。」

雲中旭派人帶著秦濤的信去接應徐建軍，要求老徐務必準備充足的給養，尤其是消殺藥品和食物一定要齊備，氐族人的食譜太過奇葩，基本難以下嚥。唯獨郝簡仁很享受雜肉亂燉的美食，大快朵頤地吃完就昏天黑地大睡。

雨後初晴的時候已至黃昏十分，夕陽的餘韻給人一種無限的溫暖，透過破爛的窗子可以望見懸崖絕壁上飛流的瀑布，萬道霞光之中似乎隱藏著驚天的祕密一般。中心島上看不見一個氐族人，不知道此刻他們都在幹什麼？

秦濤信步走出木板房活動一下四肢，感覺有些酸痛。連日來緊張的行動讓神經不得放鬆，睡覺也不得安穩，滿腦子都是氐族人載歌載舞的形象，還有烏族長所講的神乎其神的故事。從某種角度而言，他所說的是口耳相傳的歷史，不是杜撰出來的傳說，但無論如何也無法讓自己相信那是真實的。

真實的歷史經常會變成傳說故事。這是後人對歷史的誤解，也是對歷史選擇性的遺忘。這種遺忘是傳承發生斷續存留的結果，民族的文化基因和人的記憶基因會有意把歷史進行精心地剪裁，美好的希望更美好，醜陋的希望其更醜陋。久而久之就形成了完美的「故事」，而真正的歷史卻沒有得以傳承。

所以，氐族守護羲皇封禁對於秦濤而言只是一個故事，而不能上升為歷史。腦子裡始終在不斷判斷著這故事的真實性，而不是內窺這段歷史的來龍去脈，更不可能審視其中的每一個細節。

「秦連長，您醒了？」忽然傳來一聲蒼老的沙啞聲音，烏族長不知道什麼時候出現的，手裡握著一卷古書正面帶威嚴地看著秦濤：「這裡的環境異常艱苦，入夜之後溫度會驟降，也是我最緊張的時候。」

秦濤淺笑一下：「但這裡是世外桃源，很靜，很美。」

「那只是表象，實際要比你想像中的更殘酷。氐族不僅要和艱苦的環境與瘟疫鬥爭，還要時時刻刻照看好封禁情況，千年來從不敢怠慢。」烏族長心事重重地看一眼秦濤，臉上略顯沉重：「自從封禁法器丟失之後，氐族人如履薄冰，尤其是瘟疫期間更提心吊膽，傳說每爆發一次瘟疫，就會退守一重地宮，而今已經是第四次了。但我們卻找不到地宮入口了。」

「您的意思是自從商周時期以來每次瘟疫爆發都會以犧牲感染的病人為代價？」如果沒有理解錯的話，就是在瘟疫流行期間氐族人會把患病的族人困在地宮裡，任其自生自滅，這是最有效的隔離手段，也是最殘忍的方法，困在裡面的人會被活活地餓死！

烏族長痛苦地點點頭，這是無法改變的事實。現代社會科學已經發展到了令人神異的地步，但他們還是在用最原始的辦法堅守著這塊土地，初心不改，從不懈怠。當外界試圖瞭解他們時，也只是懷著一種好奇和神祕的心理去旁觀罷了，而沒有人相信他們，也不可能有人相信。

雲中旭是一個例外，現在又多了個秦濤。

「您說的羲皇封禁是在九重禁宮裡？」秦濤四處張望著，寥廓的天坑內除了繁茂的樹木和破爛的木板房以外，沒有任何像樣的人工建築，更別說是宮殿了。這種環境一目了然，無可隱藏。但秦濤不過是下意識的動作，心裡卻思考著禁宮是否在地下？

「嗯。」烏族長手扶著木柵欄望著空中騰起的水霧，臉色平靜了許多，似乎是陷入了某種回憶：「禁宮九重，隱於八卦。金木水火，玄冥五行。依山造勢，借水禁封。想要將封禁法器歸位必須先破解奇門才能進入一重玄宮，乃至九重之後才會抵達封禁。傳說唐末宋初年間有奇人進入過，但不見其出來，從那以後就沒有人嘗試了。」

莫非是被困在禁宮了？秦濤的脖子直發涼，對於陰陽五行八卦周易之類瞭解太少，不知道羲皇封禁這麼厲害？以前讀過《封神演義》，各路神仙們都有通天的本領，精於幻化，智慧卓著，而且還有許多上古神兵利器，看過之後不禁讓人心馳神往。但也不過是神話傳說而已，不可當真。

秦濤苦笑一下：「烏族長，連您都進入不了地宮嗎？」

「氐族只是守護者，沒有權利進入地宮，千年來只能伴其左右，唯解神意者才能破解羲皇法禁，當年鬼方族有高道者侵入其中，也僅僅入地宮第六層而已，以千人之死傷才盜走了封禁法器。」一縷悲傷襲上烏族長的心頭，彷彿千年前的歷史又重回到眼前，犧牲氐族以確保禁宮之安全，背負羲皇聖命以盡庶民之責。封禁法器終於重見天日，但卻無法將其歸位，何其不堪？

夕陽漸落，山風清冷。木板房內燃起了昏暗的油燈，眾人晚飯過後開始討論如何進入地宮等事宜。但涉及到「羲皇封禁」，秦濤、李艾媛和郝簡仁只有洗耳恭聽的份，他們對玄而又玄的五行八卦之類瞭解得很膚淺，只知道「一元生兩儀，兩儀生四象，四象生八卦」，除此之外一無所知。

「一元者，道也。」洪裕達喝了一口果子酒神色嚴肅地掃視著眾人：「羲皇的先天八卦是對天地自然宇宙萬物存在的規律的總結，何為道？法自然也。混沌初開，天地始分陰陽兩儀，兩儀生四象，四象生八卦，以奇門乙、丙、丁和天干地支相合，雜糅時空經緯，從中可窺天地陰陽，可占卜過去未來，但最初的先天八卦是用來用兵的。」

黃樹奎不禁點頭：「羲皇的先天八卦有四千三百二十局，後來因有四時之局完全吻合，周文王改為一千零八十局，此為後天八卦。姜子牙又根據二十四節氣之數，將每月分成三局便形成了七十二局，而漢朝留侯張良只得其中十八局，叫九宮八卦，亦即九陰九陽局。」

郝簡仁聽得暈頭漲腦的，想了半天也沒有弄明白兩個人說的是什麼，不禁苦惱地看一眼秦濤：「濤子哥，咱別在八卦九宮上面費神了吧？找到地宮的入口之後不就激活了？」

秦濤也是這麼想的，不過看樣子入口十分難找，否則烏族長估計早就開始行動了。不禁苦笑一下：「哪那麼容易找？氐族守護禁宮幾千年了，烏族長說從來沒有進去過，這麼長時間地貌發生了很大變化，上古時代的入口說不定已經改變了方位。」

「秦連長說的很有道理，山無常形，水無定勢，地貌變化會影響地宮入口的方位，天坑這麼大怎麼找？況且入口在不在天坑都未可知，所以一定要從氐族的傳說中尋找線索。」黃樹奎不禁皺著眉說道：「方才和烏族長探討的時候也談到了這個問題，上古時代還沒有九宮八卦和奇門遁甲的稱呼，羲皇封禁是先天八卦的佈局，這就好比是用後世的思維去思考前人的歷史是一樣的，一定要先弄明白古人是怎麼想的才行。」

尋找地宮入口談何容易？誠如黃樹奎所說的，以凡人思維考慮羲皇的智慧無疑是癡人說夢，但從氐族留下來的千年傳說中尋找線索是個不錯的思路。秦濤也不禁點點頭，看向正在沉思的李艾媛：「李隊，您有什麼意見？」

李艾媛眉頭微蹙地搖搖頭：「我在想徒弟是不是跟徐連長匯合一處了？這麼重要的行動一定要向黃局長彙報，而且一定要有專業人士參與。我的意見是等待增援，不可輕舉妄動。」

女人一般都是感情思維，既然選擇了合作就應該拿出合作的態度，不要畏手畏腳。也許她還沉浸在案子裡而沒有走出來？秦濤不置可否地點點頭：「雪千怡辦事謹慎不必擔心，老徐他們至少還有一天的時間抵達隴南，估計現在已經見面了。還有，行動之後我會向上級彙報此事，將在外君命有所不受，當務之急是進入羲皇封禁，因為……」秦濤遲疑地看一眼烏族長，欲言又止。

「因為什麼？」最不喜歡吞吞吐吐地說話，很明顯是沒有底氣的表現嘛，李艾媛追根問底地問道。

郝簡仁正擺弄著羅盤，眼角的餘光掃了一眼李艾媛：「因為這次行動很特殊，濤子哥執行任務的原則是天馬行空，或者叫隨機應變，但有時候是迫不得已，就拿白山事件來說吧……」

「我的原則就是實際行動。」秦濤打斷了郝簡仁的話：「循規蹈矩會減少出錯誤的機率，但也意味著喪失了成功的機會，烏族長，帶我們去你們守護之地看看吧，也許會發現些端倪。」

千年以來，氐族人都生活在半穴居的狀態，秦濤只想知道他們到底生活在什麼樣的環境裡，既然是鎮守羲皇封禁上千年了，沒有理由不知道地宮的入口。而且在千年之前便有道行高深之輩潛入地宮盜走了封禁法器，難道就沒有留下一點痕跡嗎？另外，與其在這裡冥思苦想，莫不如四處轉一轉。

烏族長微微點頭，率先向瀑布方向走去：「三十年前的氐族人還是半穴居狀態，大部分人住在鎖雲洞裡。鎖雲洞分九重，第一層雲頂，第二層門旋，第三層石人，第四層壁廊，第五層螢淵，第六層塚陣，第七層是暗河，第八層幽簾，第九層洞明。」

「這麼多講究？」郝簡仁緊跟在烏族長的後面驚詫莫名。

雲中旭苦笑一下：「就是昨天夜裡你們所走過的地方啊，現在知道烏族長為什麼要與你們合作了吧？每一層洞穴都有氐族人把守，其中在進入門旋的時候會遭到攻擊，如果打敗了就能順利通過，而其他各處的人就會接到命令不會再攻擊你們。」

冷汗從秦濤的脖子裡冒出來，原來每處都設了埋伏，但為什麼沒有發現他們？連續穿越了七個洞，沿途雖然步步驚心但有驚無險，但若是氐族發起攻擊的話，他們絕對走不出第三關。

「是因為烏族長手下留情了？」

「不是，是你們有合作的潛力和價值。」雲中旭淡然一笑：「羲皇封禁兩件法器都與你們有關，烏族長認為這是天意。今天是月圓之夜，氐族將舉行盛大的祭祀儀式，屆時兩件法器會在消失千年之後重新回到這裡。」

李艾媛與秦濤並肩而行，聽到雲中旭的話不禁皺眉，低眉看了一眼秦濤：「知道他們是怎麼盜取700198號文物的嗎？」

「妳還在關注案子？」

李艾媛點點頭：「始終在關注，這是我的職責。希望你的判斷是準確的，但證據和線索有不符合邏輯的地方。」

「比如？」

「零七祕密倉庫的通訊鐵塔不是被雷電擊倒的，而是一種高端爆破裝置，通訊中斷之後無法恢復，說明整個線路完全被破壞了。既然氐族生活在這麼落後的地方，為什麼會有那麼高級的爆破手段？」李艾媛望一眼在前面行走的黃樹奎：「我認為現在的形勢十分複雜，所以才建議等待徐副連長他們到了再採取行動。」

這個細節秦濤的確忽略了，一方面是因為他始終認為這次行動就是白山事件的翻版，存在諸多不確定性，確定真凶固然是任務目標，但更深層次的原因一定要查清楚，然後才能向兩位老首長交待；另一方面，所有相關的線索和推理都符合邏輯，烏族長所講述的隱藏了千年的故事也的確具有「唯一」性，這對七九六一部隊而言絕對是一次值得冒險的行動。

所以，秦濤篤信烏族長所說的話——儘管聽起來像一個不禁推敲的故事。

這個細節已經調查過了，排除盜墓分子所為，也不可能是氐族人幹的。當時的結論是應該有隱藏得更深的對手，比如境外的間諜組織，但沒有確鑿的證據。後來發生的一系列案情把注意力轉到了兇殺案上，零七祕密倉庫失竊的調查移交給當地公安部門，現在還沒有具體的報告。

「妳的懷疑很有道理，過後一定要調查烏族長派出去的幾個手下，他們的身份是否存在疑問。」

李艾媛微微點頭，信任是一件極其困難的事情，尤其是與曾經的對手合作，一時半會還轉不過彎來。她相信秦濤的實力和行動力，但更對自己的判斷力和邏輯分析能力自信，烏族長或者是氐族並不簡單。

眾人在飛瀑下面的水潭邊停下來，冰涼的水霧迎面吹來，壯觀的瀑布發出陣陣低吼的聲音，幽幽的水潭泛著粼粼波光。烏族長揚起雙臂，發出一聲詭異的長嘯。

流雲飛瀑，岸芷汀蘭。水碧山青，霧氣茫茫。在大自然面前，人渺小如草芥，或者說人與草芥是平等的生命體。但許多時候人總是喜歡淩駕於其他生命體之上，才造成了與自然規律相悖的局面。就如同現在，擎著雙臂發出長嘯的烏族長似乎用最原始的方式來表達對自然、對神明的敬拜。

烏族長的眼中看到的是神明，而其他人看到的則是美景。

秦濤和李艾媛站在後面的岩石上淡然地看著烏族長蒼老而淒涼的背影，洪裕達和郝簡仁兩個人似乎在爭執什麼，而雲中旭站在黃樹奎的旁邊漠然地注視著瀑布，沒有人說話，唯有瀑布的轟鳴始終在耳邊迴蕩。

「烏族長，你們平時就守在鎖雲洞嗎？當初雲醫生可說過他老父親是進入了一個玄宮的，宏偉的古塔大殿，還有六級金字塔建築等等，在哪兒？」郝簡仁四處張望一番，沒有看到任何人工建築的痕跡，而且在白天的時候也觀察了很長時間，天坑內除了幾座破爛的木板房之外再也沒有什麼像樣的建築。

烏族長回頭看一眼眾人，目光在雲中旭的臉上停下，微微點頭：「的確如此，三十年前上一任族長患病時的確住在聖殿之中，但時過境遷了，我已經有三十年沒有進去過了。」

三十年的時間對於自然界而言一瞬都算不上，但對於一個人而言應是三分之一的旅程，不可謂不短。秦濤皺著眉頭，三十年前雲中旭的父親所去過的神祕地方應該是地宮第一層嗎？想必是瘟疫雖然有所控制，但並未得到有效的治療，所以一部分患病的氐族人應該是被關在那裡「自生自滅」了吧？

雲中旭抱著藥箱子漠然地望著瀑布，似乎陷入了某種回憶：「我父親說那裡有恢弘壯觀的殿宇，有神祕發光的寶塔，有堪比仇池山那樣大的地下空間——族長，可是傳說中的一重玄宮所在？」

尋找了三十年，但直到父親去世也沒有肯定自己所見的是真實的還是虛幻的，但雲中旭篤信氐族族徽是真實的，父親回家病重是真實的，後來死於這件事也是毋庸置疑。父親回來的時候渾身濕透，還遇到了鬼打牆，在老牛巢把墳塚當成了家裡的大門，在那裡睡到天亮。

「傳說這裡是鎖雲洞第八層，幽簾洞。」烏族長並沒有直面回答雲中旭的話，而是望著百米飛瀑幽幽地歎息一下：「地下暗河於百年前便出現了間歇噴湧的情況，第七層洞穴才顯露出來，族中有年長者說唯有三千年才可出現這種情況，也唯有這時候才會出現第八層洞穴，就是大家看到的鐵索雲梯盡頭的洞穴。」

那是洞穴的出口，暗河經過第八層洞穴之後就噴薄而出，如雙龍出水一般，從百米高的懸崖絕壁跌落下來，注入寒潭。秦濤看一眼烏族長：「第九層洞明在哪裡？莫非是在水裡面？」

「在天上。」烏族長轉身望著北方的天空，皓月青光，星河燦爛，天坑之夜已經來臨，不禁激動地點點頭：「我等凡人也許真的無法理解也理解不了神意，但氐族有一個傳說，三千年之後會出現第八層洞穴，而後便會開啟九重洞明玄宮——我參悟了三十年，最後才得出這個結論。」

眾人也不禁抬頭仰望北方的天空，秦濤苦笑：「我看到的是星陣，莫非古人的心思是讓靈魂遨遊嗎？」

「秦連長的想法不錯，古人的思想要比現代人開闊的多，他們以天地自然為本，守自然之道，道者為天，所以稱之為一也。」洪裕達沉思一下：「烏族長說第九層洞明月洞明，大家應該知道北斗星陣中有九顆星，天樞、天璿、天機、天權、玉衡、開陽、搖光，另外還有兩顆星，左輔右弼，隱元洞明者也！」

黃樹奎眨巴一下眼睛點點頭，目光卻看向雲中旭，雲中旭神色古怪地點點頭：「也就是說古人所說的第九層洞穴並不存在，只是在思維上把洞穴分成了九重而已，並隱晦地將其稱作洞明？」

「也未見得，左輔隱元五行屬土，洞明屬水。」黃樹奎煞有介事地笑了笑：「你不是說仇池山是神仙山嗎？」

這是一座神仙山，有神有仙有洞天；這是一座神仙山，十坡八景步青天；這是一座神仙山，雲起雲落九連環！秦濤忽然想起了雲中旭在山裡唱的這首稀奇古怪的腔調，不禁暗中看一眼雲中旭，才發現他的臉色有些詭異，似乎是在考慮什麼卻欲言又止的樣子。

郝簡仁焦急地一跺腳：「烏族長，您可是氐族的族長，應該對這些更瞭解啊？洪老精通易經八卦，老黃是堪輿高手，雲醫生研究了三十年的仇池山，難道你們三個臭皮匠還抵不上一個諸葛亮嗎？」

洪裕達尷尬地搖搖頭：「我不過是粗通而已，《易》之高深莫測不是凡人能揣度的，所謂一著不慎滿盤皆輸，還是老黃說的有些道理，洞明五行屬水，我也懷疑第九重洞穴並非是不存在，而是刻意地被隱藏起來——當然，也不可能是烏族長所說的隱藏在天上，我想是不是水裡？」

所有人的目光都望向了深潭，這是本能的反應。如果有第九重洞穴的話，按照猜測也應該在水裡，而不會是烏族長所說的那樣。秦濤看一眼烏族長的背影：「烏族長，您意下如何？」

「裡面早已經探過了，沒有機關。」聲音很落寞，似乎有無限的心事，緩緩地轉過身：「十名武士探寒潭，全部慘死。」

「沒有機關怎麼會慘死？」郝簡仁詫異地看著烏族長問道。

秦濤和李艾媛也不禁對視一眼：「死於失溫？」

「那是神的懲罰，我們無能為力。氐族的傳說裡有關於九重禁宮的傳說，但年代已經久遠，事實早已經被淹沒在歷史之中了。」烏族長苦楚地看一眼秦濤漠然道：「自從兩件封禁法器現身以來我始終在思考一個問題，神，是否真的存在。」如果真的存在諸神，氐族人千年的守候難道沒有感動他們嗎？為什麼瘟疫還在蔓延？為什麼氐族人還是無法擺脫厄運的魔咒？為什麼面對兩件封禁法器的回歸一點也沒有神的旨意？如果神真的存在，他們在哪兒？

李艾媛不禁苦笑一下，連信奉諸神的氏族也開始動搖了，不知道這是不是一種諷刺？不禁看一眼秦濤：「烏族長，如果真的如氏族傳說那樣真的存在九重禁宮，如果您所講述的歷史是真實存在的話，我想應該仔細排查各處角落，找到地宮入口的蛛絲馬跡，而不是妄加揣測。」

「所以我建議大家四處找找，萬一成功了呢？」郝簡仁如泄了氣的皮球一般，一屁股坐在岩石上：「找不到的話就打道回府，把金屬蛋給我拿回去交差，烏族長也跟著我們回去說明情況，我保准政府不會袖手旁觀，說不定能申請個世界非物質文化遺產什麼的。」

洪裕達瞪一眼郝簡仁：「歷史不能妄加揣測，要有根有據，即便找不到地宮的入口我們的收穫也是很大的，畢竟發現了三千多年前的那段歷史，有人證有物證，可以解釋唐堯虞舜那段歷史斷代的原因！」

「千萬別重蹈你老師的覆轍，切記切記！」郝簡仁皮笑肉不笑地看著洪裕達，他老師沈翰文在白山行動裡喪心病狂的一幕讓郝簡仁記憶猶新，當初也是極力主張尋找什麼不老神仙，結果呢？結果差點葬送了七九六一部隊的所有精英，部隊的實力到現在還沒有恢復元氣。

洪裕達的老臉火辣辣的，推了推金絲邊眼鏡想要辯駁，卻被秦濤的話給打斷：「可以確定的是鎖雲洞應該真的存在第九重，大家可以觀察一下天坑的地形地貌，從烏族長所說的歷史中可以揣測，三十年前暗河還沒有間歇式噴湧，也不存在第八層洞穴，這說明第八層洞穴並非不存在，而是存在卻無法抵達，是被水封住的，而從第五層螢淵之命便可看出來，那裡在千年前就已經存在了，而第九重洞穴或許就是我們所在的位置，只是由於地質運動改變了地貌，造成洞穴坍塌，第九重洞穴也就真的名存實亡了。」

這是最合理的分析，也是最貼近歷史的一種判斷。地質運動的時間很長，往往不是以「年」為單位的，而是「萬年」。其實，天坑應該是在幾萬年甚至幾十萬年前形成的，三五千年的地貌改變並不會太大，而且因為有水的存在，地貌的改變將會變得十分緩慢。地表水的侵蝕雖然可以改變某些地貌，但對地貌影響最大的是地質運動，而不是地表水。

烏族長深深地看一眼秦濤：「您認為第九重洞穴被毀掉了？」

「我在想當年雲醫生的父親所到的那個地方是不是洞穴第九重？您應該有所記憶。」秦濤看一眼腕錶，長出一口氣：「所以，您應該拿出合作的誠意來，而不是大家在這裡胡亂猜疑，我們回去準備一下，聽從烏族長的調配。」

秦濤轉身向木板房的方向緩步而去，李艾媛、郝簡仁和洪裕達緊隨其後。黃樹奎手裡拿著羅盤邊走邊嘟囔著什麼，拌蒜（註9）一般地也跟在後面。

一陣冷風吹來，飄散的水霧早已經打濕了衣服，雲中旭死死地盯著秦濤等人離去的背影：「烏族長，你還在猶豫？機不可失，失不再來，如果讓他們發現玄宮入口的話，會惹來一堆麻煩，而且他們的增援很快就會到。」

「你想怎麼做？」

「很簡單，告訴他們玄宮的入口在寒潭裡面。您想要的是天樞七星盤，而不是真正的合作者。氏族不需要真正的合作者。」雲中旭抱著藥箱子緩步而行：「今晚是月圓之夜，也是最好的時機，只要進入玄宮，一切都將結束。」

烏族長不安地搖了搖頭：「我有一種不詳的預感……」

「放心好了，吳鐵鏟絕對活不過今晚，死人的嘴最嚴實。而他們的增援就像當年的諸神一般迷茫，或許會消失在莽莽的原始森林裡。」風中傳來雲中旭的冷笑。

人心是最難測的，無論何時何地。任何美好的期望在虛偽狡詐的包裝下都會變得不堪，所以自古以來就有一句名言：害人之心不可有，防人之心不可無。以秦濤的心性而言應該更深沉一些，他與郝簡仁最大的區別就是很少做出輕率的決定，但一旦要做出決定就會全力以赴。

開弓沒有回頭箭，這枝利箭已經在弦上，發出去就會要人命！

李艾媛不禁眉頭緊皺：「秦連長、簡仁，你們怎麼看？」

「華山一條路，還能怎麼看？我的意見是等老徐來，人多力量大，沒準會出現轉機。」

郝簡仁回頭看一眼正在拌蒜似的黃樹奎，這傢伙還在測算呢，不禁呵斥一聲：「老黃，算一下生死門，別到時候手忙腳亂的——記住了，你可是戴罪立功！」

「已經測算好了，我發現了一個驚天祕密！」黃樹奎屁顛屁顛地跑到秦濤等人前面，神神祕祕地低聲道：「秦連長，按照奇門遁甲排局，今日是仲春上元，子時天干，恰好是凶星入宮，右弼洞明遁隱，天坑之內兇險萬端……」

「屁放的不響也不臭！」郝簡仁粗魯地呵斥道：「你就測算一下能不能找到玄宮就行了，啥兇險萬端？」

「我是說凶星入宮，秦連長有血光之災！」

「放屁！」

「不信的話就當我是放屁好了。」黃樹奎收起羅盤：「不過我還是提醒各位要注意點，咱們可是一條繩上的螞蚱，我說的凶星可是大耗，過了子時也許有所轉變，所以咱們要推遲一下行動時間。另外還有發現一個祕密，這個天坑就是一個大局，天坑在鎖雲嶺之北，北乃坤位，玄陰暗煞，乃是死門！好在有水加持，可以化險為夷……」

秦濤忽然停下來，凝重地望著河對岸中心島上閃爍著的火把光：「身為氐族族長，他為什麼不肯說出玄門的位置？三十年前雲中旭的父親曾經進入其中，說明那裡曾經是氐族人生活的地方，現在為何不知道？他說氐族人生活在鎖雲洞裡，為何看不見任何生活的痕跡？」

「還有一點，篤信神明的烏族長竟然開始懷疑神是否存在，難道不覺得有些蹊蹺嗎？」李艾媛深深地看一眼秦濤：「所以最好小心一些，免得被算計！」

◊

窗外到處跳動著火把光，怪異的歡聲笑語不時傳來，是那種沒有混雜任何雜念的笑聲，在清冷而寂靜的夜空不斷地迴蕩著，可以想像得出氐族人對今天的祭祀活動十分興奮。烏族長手持古卷坐在凳子上：「很久沒有舉行這麼盛大的祭祀儀式了，可能是三十年也可能是五十年，在我的記憶裡好像只有過一次。」

雲中旭謙卑地笑了笑：「今天是氐族歷史上最值得慶賀的一天，丟失千餘年的羲皇封禁重器重新回歸，相信諸神已經準備好打開玄門的入口了。」

不過對於李艾媛而言，這裡的歡聲笑語似乎與自己無關。如果如烏族長所言兩件文物真的是羲皇封禁法器，註定無法順利地收繳，但追繳文物緝拿犯罪分子是自己的職責所在。不知道秦濤是怎麼想的？如果讓上級知道與犯罪分子合作，該是怎樣的雷霆震怒？

烏族長小心地把竹簡古卷打開，黑漆的老臉上露出一種怪異的笑容，掃視眾人之後目光落在秦濤身上：「秦連長，這古卷是氐族千年流傳下來最直接的歷史證據，也是記載氐族守護羲皇封禁的唯一信物，它的歷史與青銅族徽同樣久遠，每到盛大祭祀的時候就會請出來。」

洪裕達的目光早就定在了竹簡上，沒想到在窮鄉僻壤的仇池山會發現這麼高級的文物？一般而言，年代久遠的歷史之所以斷代，是因為沒有相關的歷史文獻，而至商周時期之前的歷史必須依靠出土的文物，比如青銅重器上的銘文或者是春秋戰國時期的竹簡木牘，但數量極其稀少。所以商周青銅器以銘文為最大的考古價值。比如偶然發現的四千多枚銀雀山春秋戰國竹簡，裡面的史料相當豐富，並且證明了一個爭論了千年的歷史謎團。裡面記載了中國的兩部兵書《孫子兵法》和《孫臏兵法》，說明孫武和孫臏都曾經著過兵書，而並非一些學者們所猜測的兩部兵書是同一本書或者兩個人是同一個人等歷史謬誤。而最早的簡牘在商周時期已經出現，春秋戰國的時候被廣泛應用，從氐族歷史來看，該竹簡應該是商周末期或是春秋戰國時期的，其考古價值無法估量。

洪裕達有些氣短：「烏族長，裡面記述的是什麼內容？年代有多遠？」

「記述的是神祈祭祀之事，不知道年代。」烏族長淡然地看著竹簡：「這裡面還有一個傳說，是關於氐族奉命鎮守羲皇封禁的，武丁時期周滅西北鬼方、土方之後，氐方特使拜賀，王敕祭祀禮器並藏於九重禁宮之中。之所以讓諸位知道祭祀諸事，是因為按照氐族的習慣，只有氐族人才有資格進入一重玄宮，而諸位是外族人，我擔心違背諸神的旨意會降罪於氐族，因此要舉行祭祀儀式，詢問天意。」

雲中旭斜眼看一下烏族長手中發黑油亮的竹簡古卷，不禁微微頷首。烏族長擊掌三下，幾名三隻眼的氐族武士舉著火把走進來，每個人的手裡都端著一只陶盤，裡面盛放著青銅族徽，放在眾人面前的桌子上。

唯獨黃樹奎的前面是空的，他已經獲得了烏族長的認可，並且獲贈了一枚族徽。此刻黃樹奎才感覺終於有了一點優越感，表情怪異地看一眼郝簡仁。郝簡仁看一眼族徽：「您的意思是要我們加入氐族？」

「族徽有兩個含義，一是身份的象徵，二是忠心的象徵。氐族的族徽沒有多餘的，你們面前每一個族徽代表著逝去的一個家族武士——也只有武士才有資格佩戴祖先的族徽，我希望你們都是氐族的武士，戴上它就意味著你們的靈魂皈依了神明，你們的心與氐族人在一起。」

每個族徽都代表著一個死去的人，這點毋庸置疑，因為族徽只能傳承，而無法重鑄。從某種角度而言，每個族徽都是一件價值連城的古董。

秦濤微微點頭，拿起青銅族徽看了看：「既然如此，行動之後我們會把族徽完璧歸趙。」這種行為就相當於契約，很古老的契約，而族徽便是契約的信物。這種古老的約定方式的確有些奇葩，如果接受了這個契約而後毀約呢？估計「諸神」會毫不猶豫地給予懲罰。

秦濤皺著眉頭：「烏族長，我希望從現在開始的合作應該是最真誠的，所以請您開誠佈公。」

雲中旭略顯緊張地點點頭，陰沉地看一眼烏族長：「秦連長說的對，只有進入玄宮才有可能讓封禁法器歸位，但也只有您才知道如何開啟。我想我們的時間不多了，子時一過就要再等待一年，明年的今日或許早已物是人非。」

「雲醫生，我真的不知道玄宮入口到底在什麼地方，口耳相傳的歷史中並沒有相關的記載，但歷代族長都知道一個祕密。」烏族長注視著秦濤：「九重禁宮與天地陰陽北斗星陣息息相關，每座禁宮之內都有尊神駐守，所以說羲皇封禁是由九皇星君鎮守的，一重禁宮曰天樞宮，由陽明貪狼星君駐守；二重禁宮曰天璿宮，有陰精祿存星君鎮守……」

郝簡仁拍了拍腦袋，打斷了烏族長的話：「您這話聽得我摸不著頭腦啊，既然每個禁宮都有神仙把守，兩千多年前怎麼還把封禁的法器給弄丟了？是不是神仙也怠忽職守了！」

「頭上三尺有神明，小心點！」洪裕達瞪一眼郝簡仁：「烏族長的意思是每道禁宮都與星君息息相關，想要進入其中必須得敬神，明白不？」

「不明白……」郝簡仁無可奈何地搖搖頭，看一眼秦濤，發現他正在低頭沉默不語。

「九皇星君是道家的尊神，是對北斗星崇拜的結果，郝人同志不要上綱上線，知道每重禁宮的名字當然有很大的作用，比如依據時辰推算生死吉凶，少不了會求助九皇星君的。」黃樹奎看一眼郝簡仁神祕地一笑：「所謂道法自然的最高境界是天人合一，人要與自然宇宙合一而觀，而不能分開斷章取義地看。」

秦濤深呼吸一下，烏族長說出花兒來也不過是九重禁宮很玄妙而已，如果找不到入口皆等於零。但他有一種被脅迫的感覺，這種感覺很不好，很難受，很不舒服。如果不是想要弄清楚氏族到底是怎麼回事的話，估計早就打道回府了。

烏族長漠然地收起竹簡古卷，外面忽然傳來悠長的古塤的聲音，低沉而回轉，深邃而幽情。烏族長立即起身，將古卷放進漆木匣內，然後匆匆望一眼窗外，火把光如一條燃燒的河流，吵鬧聲立即戛然而止，不禁做了一個古怪的動作，然後匆匆走出木板房。

「諸位，祭祀開始了。」雲中旭抱著藥箱子起身看著秦濤：「我只想見識一下父親當年去過的地方，真的是三生有幸。」

秦濤淡然地起身，用青銅族徽在桌子上敲了一下，發出砰砰的聲音，卻看向雲中旭：「但願你美夢成真，不過我也希望這次合作讓你永生難忘。」

眾人陸續走出木板房，一到外面才發現一切美不勝收，如夢如幻。跳躍的火光如落到人間的星子，在黑色的幕布上劃過一縷溫柔的流光；低沉的古塤聲音似乎從久遠低徊而來，撞在所有人的心上勾起無盡的古韻滄桑。匍匐在參天大樹下的黑影，一如千年之前在這裡盛裝參加祭祀一般，虔誠地仰望著星空，仰望著樹冠，仰望著那條飛流了千年的飛瀑。

祭祀的細節無法清晰地解讀，在李艾媛的眼中這一切就如同參加一場原始的派對，一方是虔誠的氏族，另一方則是他們心中的「神」。不禁拉了一下秦濤的手，指尖相碰的瞬間，才發現那手冰涼，毫無溫度。

「按照時間估算，徐副連長應該抵達了隴南，為什麼還沒有到？」李艾媛漠然地望著簡陋的祭台：「三個小時的路程，兩個小時的山路，如果穿鎖雲洞的話……也需要兩個多小時。」

他們不會穿鎖雲洞，雲中旭也不可能讓老徐穿鎖雲洞。合作不過是一個很恰當的藉口，如果沒有這個藉口也許早就刀兵相見了，雲中旭難道僅僅是為了尋找三十年前父親所去過的神祕之所嗎？如果是那樣的話，其實他已經實現了初衷。但從他與烏族長的交流來看，並非如此。

雲中旭沒有進入過一重玄關，當然也沒去過父親曾經去過的地方。恢弘壯觀的大殿、發出金色光芒的寶塔和寥廓無邊的地下森林。地下真的有森林嗎？秦濤不確定那是什麼地方，是大山深處的原始森林，或是氏族人心裡存在的聖地——沒有人能夠抵達那裡。

古塤的聲音戛然而止，所有的喧嘩瞬間歸於平靜。

烏族長登上簡陋的祭台，雙臂伸向空中，蒼老的面容在黑夜裡只能看到模糊的輪廓。如鬼魅一般的影子向四方敬拜著，灑果子酒，誦祭祀辭，場面肅穆，聲音滄桑。

黃樹奎碰了一下郝簡仁：「告訴秦連長，我盤算過了，這地方無論是什麼方位都是死門，再說一遍，是死門！」

「屁話，那其他門呢？」

「天坑是玄陰之地，四方被禁錮，唯一的出路是寒潭，烏族長說洞穴第九重是洞明，洞明屬水，或可救咱們一命。」

郝簡仁胡亂地摸了一下黃樹奎的腦門：「你沒發燒吧？合作找玄關入口而已，怎麼還有性命之憂了！」

黃樹奎賊眉鼠眼地望著周圍的火光：「不跟你廢話，看看我們所處的位置你就知道了，中心島相對於天坑而言是陣眼，我們在北側坤位，五行為土，子時玄陰，前無進處後無退路，土克水，不能走河。」

什麼亂七八糟的？郝簡仁後退了兩步來到秦濤近前：「老黃告訴我們要小心點，不知道會發生什麼事。」話音未落，遠處傳來低沉的雷聲。抬頭看一眼天空，巴掌大的天空不知何時烏雲密佈了，而在祭壇上做著古怪動作的烏族長忽然停下來，雙手捧著裝著竹簡古卷的漆木盒子，仰望著天空，一道閃電從天空劃過，氣氛顯得有些詭異異常。

天地周裂，宇闕八荒。祭古于仇池，日月兮知吾懷愓；萬物初蒙，圓缺陰陽。負命於鎖雲，忍辱兮神木羲皇；自商周而禮崩樂壞，吾氏族疲靭於艱難困苦；始漢唐而盛事不周，吾氏族求索兮上下。千年百轉，萬事輪回。獨不能歸紫薇天樞于禁宮法地；諸神震怒，英靈惶惶。感上蒼之眷顧魂兮尚否歸來？

歸來！歸來！歸來！

擎著火把的氐族勇士、匍匐在巨樹下祈禱的黑影連同在祭壇上誦讀著祭辭的烏族長，都聲嘶力竭起來。聲音震撼心魄，場面神祕莫測。秦濤不知不覺緊緊地握著李艾媛冰涼的手，感覺她的手在顫抖，眼角的餘光掃視一下李艾媛：「不要怕，祭祀而已。」

李艾媛咬著嘴唇，另一隻手按在腰間手槍槍把上，一種不詳的預感油然而生。這是平生所參與的最詭異的活動！形勢波詭雲譎，不知道下一秒會發生什麼狀況，儘管他們已經「成為」氐族的一員，儘管合作從穿越鎖雲洞就已經開始，但還是覺得與這些如同妖魔鬼怪一樣的人有些格格不入。

就在李艾媛擔心之際，滾滾的雷聲從天而降，一道閃電刺破了漆黑的天空。而地面上祭祀的人影沒有一個動的，火把光在雨中逐漸暗淡，直到熄滅。祭壇忽然震顫起來，隨著鐵索攪動的聲音，本就簡陋不堪的祭壇竟然寸寸碎裂，煙塵四散飛揚，籠罩著整個祭壇。

機關動處，從祭壇所在的地面緩緩地升起了一座漆黑的高臺，高臺四周雕刻著古樸的紋飾，在昏黃的火光下顯得古韻滄桑，彷彿是在地下埋藏了千年一般，一股濃烈的腥風迎面撲來，秦濤不禁後退了一步，感覺背後戰術背包裡的天樞七星盤似乎異常沉重，而腦中電光石火一般閃過奇怪的想法：玄關入口即將打開！

高臺在鎖鏈機關作用下不斷地抬升，升到足有十米多高之後才緩緩地停下來，一座九層高臺出現在眼前。高臺之下的氐族人發出怪異的祈禱聲音。

雲中旭抱著藥箱子癡癡地望著高臺：「這就是玄關之門？」

烏族長撫摸著高臺古老的紋飾，仰望著高臺的頂端，不禁老淚縱橫。三十年未曾開啟過，到底是什麼力量讓機關再次啟動？正在此時，雷聲未至，突然一道閃電刺破夜空，只聽「喀嚓」一聲巨響，高臺頂端放置的盒子被閃電擊得粉碎，隨即萬道金光驟然爆射而出！

如噴薄而出的太陽，似光耀夜空的紫薇！

第八章　血祭玄關

一切都是天意，而有人卻不信天意。當烏族長、雲中旭和氐族人正在癡望著九尺高臺上的紫薇混元珠散發出萬道金光之際，黃樹奎拿起羅盤卻驚呼了一聲，只見羅盤上的指針正在瘋狂地旋轉著，在某個時刻卻「喀」的一聲折斷！黃樹奎拌蒜一般地跑到秦濤近前：「秦……秦連長，快……快撤，子時馬上到了！」

為什麼撤？往哪撤？秦濤匪夷所思地望著高臺上逐漸黯淡下來的光束，心在狂跳著。金屬蛋是最詭異的文物之一，不知道是什麼材料、不知道是什麼年代，也不知道有什麼作用，更不知道是何人所制。但現在看來有點像電燈？光源是從哪裡來的？這不符合科學啊！

「老黃……」話音未落，地面忽然一陣顫動，高臺上的紫薇混元珠如同有靈性感應一般，竟然懸空起來，蛋體還散發著皎潔如月的光芒。

洪裕達張大了嘴巴瞪圓了眼珠子，神志似乎有些不清：「紫薇……紫薇……紫薇……混元珠！」

雷聲滾滾而來，又一道閃電在天坑的上空劃過——在一瞬間便擊中了十米高臺上的紫薇混元珠，萬道金光突然爆射而出，所有人的視力瞬間致盲！耳畔忽然響起金屬寸寸碎裂的聲音，秦濤睜開眼睛，只見古老的祭台已經寸寸碎裂，碎片呼嘯著四處迸濺，如利刃如飛蝗如箭簇如彈雨！

「快，隱蔽！」秦濤虎吼一聲抱住李艾媛，一腳踹翻了旁邊的黃樹奎和雲中旭，把李艾媛壓在身下。

巨樹周圍的氐族人發出陣陣的慘嚎聲，鮮血迸濺，碎肉如雨，但狂暴的力量似乎才剛剛迸發，更多的碎片籠罩住中心島，猶如一張箭網無情地在血肉之軀上肆虐踐踏。秦濤等人是在北側靠近巨樹的邊緣，因此並非是第一波的受害者，但祭台爆裂之際已經轉移到了巨樹後面。

郝簡仁連滾帶爬地拉著洪裕達堪堪躲過了第二波攻擊，耳邊是碎片插入巨樹「砰砰」的聲音，鮮血從額頭上流下來，仍然在聲嘶力竭地喊叫著：「都過來——快，濤子哥！爆炸了！李隊長！」

一塊西瓜大的石頭從天而降，正好砸在翻滾過來的一個氏族武士的腦袋上，頓時腦漿迸裂。嚇得郝簡仁抱頭竄到了秦濤旁邊。

「怎麼回事！」洪裕達一把抓住雲中旭的脖領子，這傢伙滿臉鮮血淋淋，但懷裡還抱著藥箱，被洪裕達一腳把藥箱子給踢飛出去，憤怒地吼道。

雲中旭喘著粗氣抹了一把臉上的血：「我怎麼知道？諸神發怒了！發怒了！」

「你他〇的放屁……」地面忽然要炸裂一般一陣劇烈的晃動，郝簡仁抬眼看到了巨大的陰影籠罩過來，嚇得屁都涼了，抓住秦濤的胳膊：「不好，快跑！」

秦濤晃了晃腦袋從地上一下彈了起來，拉住李艾媛剛想跑，朔風已至，無數的樹枝樹葉風捲殘雲一般從頭頂飛過，數聲「喀嚓」的斷裂聲音憑空響起，巨樹搖搖欲墜著砸向眾人，秦濤抱起李艾媛便向祭台的方向竄去：「跟我來！」

一波未平一波又起，十多秒鐘的地震直接將巨樹連根拔起，躲在巨樹之下的氏族人成了最直接的受難者——當他們在祈禱諸神恩賜的時候，親人們已經付出了生命的代價，而他們也不能倖免。

郝簡仁拉著洪裕達好不容易跑出了巨樹籠罩的範圍，好在逃的方向正確，幾個人竟然毫髮無損？秦濤躺在祭壇之下大口地喘著粗氣，握著李艾媛的手如同抽筋了一般，看一眼斷壁殘垣的祭壇，一陣熱浪襲來，才發現方才還古樸滄桑的高臺已經被融化成了銅水。

中心島一片狼藉，淒慘之狀目不忍睹。

「秦……秦連長……快……進入玄關……」一個血人正在土坑裡掙扎著，烏族長是第一波被攻擊的對象，但竟然沒有被重創而死，不能不說是一個奇跡。

秦濤活動一下身體，發出「喀喀」的關節錯位的聲音，這種極限逃亡對特種兵而言並不會傷筋動骨，若不是保護李艾媛而受了輕傷，幾乎可以全身而退。把烏族長從土坑裡拉出來：「怎麼樣？哪受傷了？」

「不要管我，還有十分鐘時間……玄關會自動關閉！」烏族長喘著粗氣，吐出一口血沫子，顯然遭到了重創。

秦濤抱著烏族長，按住他的左臂動脈：「不要動！李隊快點緊急搶救！」烏族長的左臂斷了，鮮血不斷地湧出來。

秦濤強有力的大手按住了他的動脈，這時候李艾媛拿出急救包開始為他止血，打破傷風針，固定受傷的胳膊。烏族長不禁慘然一笑：「還有十分鐘……玄關就在巨樹之下，快啊……」

秦濤跳上殘破不堪的祭台，紫薇混元珠還在散發著微光，在閃電強烈的激發下竟然沒有太大的變化。借著微光終於看清楚了它的真容，只有橄欖球大小，表面雕刻著栩栩如生的「三眼」圖騰。黃樹奎稱之為三眼怪蟲，洪裕達則猜測應該是氐族祖先的圖騰，現在看來竟然是九條金龍！

也不是什麼三隻眼的龍，而是每條龍的腦袋上都對應著梅花篆字，秦濤來不及思考抱起紫薇混元珠跑回來：「帶烏族長進入玄關！」

世間最不可信的便是偶然巧合，但蹊蹺的偶然卻會時常發生在你的身邊。比如你想要去見一個最好的朋友，當你收拾一切行李就要出門的時候，你的朋友會「偶然」地出現在你的面前。所以，偶然在某種程度上也是必然，其原因在於不可言說的「心靈契合」。

烏族長將紫薇混元珠收藏在密室地宮的九層祭台之上，在開啟真正的祭台機關的時候，恰巧趕上雷雨天氣，而兩次遭遇閃電雷擊的紫薇混元珠並沒有被擊碎，反把祭台給震碎融消，更讓人驚異的是就在此刻卻產生了「地震」！

用洪裕達的話來解釋，方才所遭遇的一切就是一場不大不小的地震，最直接的後果就是把中心島上的巨樹給連根拔起，而令氏族朝思暮想的九重禁宮玄關就在巨樹之下。

這不是巧合，而是天意。用烏族長的話而言，是「神」的旨意。九層祭台是進行真正的祭祀大典的時候才會啟動，而烏族長並沒有啟動機關，但為什麼在關鍵的時刻機關被啟動了？是誰啟動了機關？

這些細節已經無足輕重，就在氏族人在互相自救、祈禱神明寬恕之際，秦濤、李艾媛、洪裕達、郝簡仁、黃樹奎和雲中旭已經進入了巨樹之下已經打開了的玄關地宮之中。郝簡仁抱著散發著微光的紫薇混元珠衝在最前面，腦袋上還裹著一層帶血的紗布，恐懼地看著周遭環境，不禁驚得目瞪口呆。

入口是一扇掛滿了巨樹根須的青銅大門，足有三四米高，氣勢恢宏壯觀，四條繃得緊緊的鎖鏈拉著青銅門，偶爾發出陣陣「喀喀」的聲音。空間並不大，周遭粗糙的石壁上掛滿了根鬚，而腳下的青石甬道在黑暗中延伸，不知道通向那裡。

四名氏族武士舉著火把惶恐地照著路，陣陣的陰風從對面襲來，跳動的火把光發出霹靂的聲音。烏族長強行抬頭望向甬道的門楣，古樸滄桑的青石上雕刻著精美的紋飾，不禁老淚縱橫，「撲通」一下就跪在了滿是塵土的地上不斷地磕頭，嘴裡不知道嘟囔著什麼。

洪裕達推了推碎裂了的金絲眼鏡辨認著青石上的古篆，臉色不禁變得異常興奮起來：「望古冥墟？」能夠認識字算是文化人，能認出古篆來堪稱文化學者，而洪裕達作為考古學家和神祕學者能看出來這四個比秦篆還古老的字體，實在難能可貴。

「羲皇封禁，望古冥墟！」烏族長終於說出了一句完整的話，大口地喘著粗氣，顫抖著拿出被砸爛了的漆木盒子，已經無法打開了，裡面的竹簡古卷已然成了殘片，不禁悲傷落淚：「這是祭辭中的兩句話，望古墟冥九重幽，雲頂洞天任遨遊。紫薇混元驚雷引，羲皇故里幾春秋。秦連長，這裡就是禁宮玄關，願諸神保佑法器歸元！」

一條黑影迅疾地衝進了甬道，地上瞬間騰起灰塵，嗆得李艾媛劇烈的咳嗽起來，秦濤捂住嘴巴跟著衝進甬道，厚重的灰塵登時四散飛揚：「雲中旭，你幹什麼？快回來！」

「秦連長，這裡就是我父親說過的地方，快跟我來！」黑暗之中傳來雲中旭的聲音。

郝簡仁的注意力並不是在古篆上，而是宏偉壯觀的銅門和那兩條鎖鏈，觀察了半天不禁驚歎不已，原來中心島就是一個機關城啊！回頭才發現秦濤衝進了漆黑的甬道，四個氏族武士也攙扶著烏族長向甬道裡走去。

「你們真要進去？」黃樹奎的手裡還拖著指針折斷了的羅盤，灰頭土臉地看一眼抱著紫薇混元珠的郝簡仁問道。

「你又算出什麼來了？不是神神叨叨走水路才是生門嗎？沒想到這麼快就打臉了吧！」郝簡仁快步走進甬道。黃樹奎屁顛屁顛地跟著：「誰知道生門隱藏在大樹底下？土木相生，所以樹下是最好的隱藏玄關之處；但金木相克，我懷疑裡面有暗箭傷人，快擋住他們！」

「屁啊！」

借著幽暗的火把光，秦濤只能看到前面雲中旭疾馳的影子，馬上要追上的時候，卻忽然不見。幾步便衝到了甬道的盡頭，才發現甬道拐了個直角彎，一條青石臺階出現在眼前，李艾媛和洪裕達也衝了過來，卻被秦濤攔住：「等一等吧。」

正在此時，裡面忽然傳來數聲慘叫，驚得秦濤一把抓過火把衝下了臺階：「大家小心點！」

「秦連長……小心！」烏族長在後面沙啞地低吼著。

空間內一片死寂，彷彿方才的慘叫從來沒有發生過一樣。眾人下了臺階又前進了百十多米，才發現秦濤正站在臺階之上望著正前方十米開外的一道通天銅門。銅門之下，雲中旭痛苦地呻吟著，鮮血正在咕咕地流出，眼睛突兀地瞪著一線之隔的銅門，卻沒有觸摸到。

他已經成了刺蝟！

就在所有人都驚恐地看著眼前的一幕的時候，一陣機關動作的聲音從門裡面傳來，地面在輕微的震動著，灰塵不時颯颯而落，形成一層薄霧遮擋住了視線。地面上鋪了一層黑色的弩箭，寸許長的箭簇如新！

秦濤側臉看一眼定在洞壁上的箭簇，一滴鮮血滴落下去，悄無聲息。

又是一陣劇烈的震動，似乎是從入口方向發出來的，秦濤看了一眼腕錶，子時已過。十分鐘的時間，玄關入口竟然自動閉合了。

郝簡仁驚懼地望一眼如同刺蝟一般的雲中旭，回頭又看一眼黃樹奎：「金能克肉。」

黃樹奎痛楚地點點頭：「有機關的古墓並不多，這個……比較罕見。」

郝簡仁看著烏族長：「這裡就是一重禁宮？天樞宮？」

「是玄關。」烏族長漠然地看一眼雲中旭的屍體和滿眼觸目驚心的箭簇輕歎一聲：「雲醫生應該能安心了，三十年前他父親的確進入過裡面，但不代表他可以進去，因為……玄關關閉之後就啟動了防禦機關，沒有人能躲過去。」

熊熊燃燒的火把下，十幾米高的青銅巨門恢弘壯觀，銅門之上雕刻著夔龍雲紋，一步天堂一步地獄，雲中旭止於一步之內。

「還有沒有機關弩？」秦濤舉著火把看著門下的影子逐漸失去了掙扎的跡象，不禁歎息一下問道。

烏族長微微搖頭：「不知道，也許有，也許沒有。」

「裡面封著多少人？」

「很多。」跪在地上的烏族長虔誠地望著大門，聲音滄桑而沙啞：「沒有想到會有一天還能進入玄關，諸神保佑把兩件封禁法器歸元。秦連長，諸位，我懇請你們一件事，替我把紫薇天樞送到第六層禁宮。」

秦濤緊皺眉頭：「這是合作的目的，如果真的可以的話，我們會儘量完成任務。」

人算不如天算。一心想要進入玄關的雲中旭距離成功只有一步之遙，但卻永遠也實現不了自己平生所願了。一時的魯莽不僅葬送了他的希望，也埋葬了他的肉體。

血濺五步的感覺讓所有人都駭然地面對血腥與殘忍，面對最原始也最恐怖的獵殺。

四名彪壯的氐族武士攙扶著烏族長向巨門走去，洪裕達和郝簡仁緊隨其後，黃樹奎遲疑一下看一眼秦濤：「秦連長，入口已經被機關封死，很危險的。」

在機關動作的那一瞬間，秦濤就已經意識到了這點，但第一時間想到的並不是退卻，而是如何全力協助氐族進入神祕的九重禁宮，驗證氐族羲皇封禁的傳說是否是真正的歷史。誠如簡仁所判斷的，這次行動又是白山事件的翻版，而且比白山事件和雪域行動更為蹊蹺。

世界上是否存在「神」？一切已知的神話傳說和故事是否是「神」的歷史？追根溯源，上古時代的文明是否是「神」所創造的？按照洪裕達當初講課時候所描述的，一切證明「神」的存在一定要有確鑿的「神跡」，否則就可能陷入誤區得出謬論。

秦濤微微點頭：「事已至此，我們沒有退路。」

「穿過鎖雲嶺就是天坑，徐副連長會知道我們的目標位元，不用擔心出不去，我倒是擔心無法進入一重禁宮。」李艾媛望一眼巨門之下閃動的火把光，在昏暗的火光下，恢弘的巨門如同地獄的入口一般，有一種難以抗拒的魔力。

李艾媛凝重地看一眼秦濤：「這裡有機關弩箭，烏族長為什麼沒有提醒？難道身為氐族族長他不知道？」

「但凡古墓都會有防盜措施，這個也不例外。」黃樹奎向前走了幾步，拾起一枝鋒銳的弩箭仔細觀察。「這裡不是古墓，而是遠古地牢。」按照正常的思維理解，所謂的「羲皇封禁」與現代的牢房無疑，只不過名稱不同罷了。但一進入其中便給人感覺如同進入古墓一般，充滿神祕氣息。尤其是機關觸動的方式，並非是普通的精巧機關，而是大型的連鎖式機關。

機關被觸發之後，九層高臺從地面升起來，在紫薇混元珠引雷擊毀了九層高臺之後第二道機關觸發，引發的小型地震打開玄關的入口，人進入玄關之後觸發了第三道機關，入口銅門強行關閉，同時觸發了第四道機關——機關弩。

連續發生的機關觸發事件看似一氣呵成，但其中一定有某種聯繫：機關觸發的原理是什麼？

秦濤不是這方面的專家，也沒有時間思考這些，一切都在腦海中閃念而過。踩著遍布弩箭的甬道緩步向銅門走去。李艾媛牽著秦濤的手，不禁眉頭緊皺：「秦連長，你沒有算進時間的概念，九層高臺在子時觸發的，而恰巧那時紫薇混元珠引雷成功，第二重機關被觸發，是自然的力量開啟了玄關入口，而依然是時間的原因，在一刻鐘內入口將會恢復原狀。機關弩的觸發與時間無關，是即時觸發的，雲中旭貪心不足誤碰機關，最後一級臺階便是觸發器。」

秦濤慌忙縮回了手，尷尬地看一眼李艾媛：「妳厲害，探測出我在想什麼？」

「不是……我也不知道。」李艾媛窘迫地紅著臉，方才碰觸秦濤的手的時候，不自覺地就感覺到他在想什麼了，真的是無意為之——以前也沒有這種感覺的，除非刻意集中精力去探查。

秦濤嘿嘿一笑：「職業病！」

「才不是！」

黃樹奎拌蒜一般跟在秦濤的後面，沒注意兩個人尷尬地交談，不明所以地讚歎：「弩箭的歷史不算短，幾百年了還保存如新，真不可思議。秦連長，這玩意兒至少是明末清初的時候就有了。」

明末清初？秦濤狐疑地看一眼黃樹奎並沒有回話，而是快步走到雲中旭近前，渾身血肉模糊的雲中旭已經斷氣了，懷裡還抱著藥箱子，箱子上插著幾枝弩箭，慘不忍睹。如果他不衝動跑進來，說不定所有人都步他的後塵了。

秦濤歎息一下：「烏族長，怎麼進去？」
烏族長甚至沒有對雲中旭多看一眼，只癡癡地望著十級青石階上矗立的巨門，匍匐在青石之上不斷地嘟囔著。而洪裕達正在用強光手電筒照射著銅門，老臉興奮得像一個孩子，不時還撫摸一下古樸的紋飾驚歎不已：「從紋飾裝飾來看應該是春秋戰國時期的，這是迄今為止發現最大的銅門，堪比阿房宮的宮門……」
「你看過阿房宮的大門？」郝簡仁抱著紫薇混元珠瞪一眼洪裕達揶揄道。
洪裕達也不生氣，依舊撫摸著銅門：「傳說始皇帝所建造的阿房宮規模宏大富麗堂皇，正門高達數十丈，護城河寬達數十丈，有神鳥馱華蓋香車淩空飛入，猶如淩空虛度一般，我當然沒看過阿房宮的盛景，但可以想像那是何種的壯觀！但羲皇封禁的地下宮殿要比阿房宮還要恢弘，這是上古文明所創造的奇跡！」
項羽火燒阿房宮，大火燒了三天三夜方熄滅，由此可見的確很恢弘。不過洪老所說的都是傳說，沒人看見過真實的阿房宮，但眼前的銅門卻是歷歷在目，高山仰止的感覺。一種無形的威壓壓迫著心神，甚至思想都被其俘獲了一般。
「玄關之門高達十三丈，有機關可以打開。」烏族長沉重地喘息著爬上第一級臺階，跪倒在地匍匐著向上爬，最終在最上面的緩步台停下，不斷地撫摸著地面。
火把燃燒發出劈啪的聲音，四周陷入一片死寂。眾人緩步走上臺階，才發現緩步台竟然是由整塊青石鋪成的，青石中間雕刻著一張太極圖案，兩顆拳頭大的石球鑲嵌其中，周遭雕刻著八個古篆，秦濤只看了一眼不由得心提到了嗓子眼：篆字跟天樞七星盤上的如出一轍！
郝簡仁用力拍打著銅門，發出「砰砰」的聲音，撞了幾下，銅門紋絲不動：「濤子哥，估計得用炸藥炸開！」
這麼龐大的銅門怎麼炸開？粗略估算一下也得有幾十噸重，就算有炸藥也不可能真的炸開，這可是舉世無雙的文物！秦濤微微搖頭：「烏族長，這就是開門的機關？」

烏族長淡然地點點頭：「需要諸神的旨意才能打開。」

「好吧，三個臭皮匠賽過諸葛亮，老黃、老洪過來研究研究這玩意兒。沒準諸神已經同意咱們進去了！」

眾人圍著太極圖看了半天，所有人的目光都看向洪裕達。洪裕達撫摸了一下兩個石球：「這是伏羲的先天八卦，周遭的篆字代表著奇門方位，老黃，該怎麼理解？」

黃樹奎將羅盤放在太極圖上，折斷的指標不停地旋轉著，半天都沒有停下來。黃樹奎翻了一下眼皮，看一眼洪裕達：「無法定位啊洪老，現在是子時三刻，遁甲隱於奇門之中，既然無法定奇門方位，自然就無法判定是何格局。」

「而且先天八卦有四千零八十局，無論怎麼推演都缺乏依據。」洪裕達看一眼烏族長：「就算推演出來估計我們也錯過了吉位，烏族長，還有什麼辦法沒有？」

嘰嘰歪歪！郝簡仁抱著紫薇混元珠盯著青石板上的太極圖案：「都閃開，我看看吧，你們的學問太膚淺了，羲皇不喜歡！張良十八局奇門遁甲知天下，還用得著推演四千多局？現在是仲春中元子時三刻，方位正北，老黃說是坤位，死門。」

話音未落，紫薇混元珠卻從郝簡仁的手裡墜落下去，嚇得郝簡仁「啊」的一聲驚叫，想要搶救已經來不及了，眼睜睜地看著混元珠墜落，就在距離太極圖寸許之遙的時候，紫薇混元珠竟然懸停下來！

眾人瞠目結舌地看著冒著微光的紫薇混元珠，十幾秒之後，只見青石上的太極圖似乎動了起來——仔細看去並非是太極圖在動，而是其周遭的古篆發生了變化，潛入青石的古篆紛紛下陷，重新組合的篆字片刻之間從裡面重新出現，形成了一個完整的盤局！

冷汗從郝簡仁的脖子上滴落下來，一把將紫薇混元珠抱在了懷裡，同時眼前發黑，竟然一屁股坐在地上，大口地喘著粗氣。

死寂，無聲。都在等待機關動作的信號，五分鐘之後沒有發生任何變化。

秦濤盯著太極圖上的兩個石球，機關並沒有觸發，但現在處於一個很微妙的狀態，就如五四手槍在激發前的瞬間，打開了保險就差扣動扳機的一環。石球的位置已經發生了改變，方才眾人的精力都專注於紫薇混元珠和古篆的變化，沒有人注意到陣眼的石球變化。秦濤按住兩個石球，稍稍用力按了下去。只聽一陣機關「喀喀」的動作聲音，巨門震動一下，地面的青石也隨之震動起來！

「動了？」

「動了！」郝簡仁嚇得趴在地上，只覺得眼前一片塵土飛揚。

巨門以可見的速度打開了一道縫隙，一道幽幽的藍光如刀鋒一般從裡面射了出來，穿透了薄薄的塵霧射在地上，把石階、甬道均分成兩個部分。地面依舊震顫著，機關的喀喀聲音持續了十幾分鐘後才停下來。

幽藍的光暈如瀑布一般傾瀉而出，陰冷的風從裡面吹了出來，寥廓的空間內出現了大殿的影子，一條筆直的甬道向幽藍之處延伸。望著無邊的幽藍幾乎無法呼吸，因為秦濤真正地看見了遠處的宮殿——縹緲得如在雲霧之中，虛幻得以為在自己的夢境裡！

李艾媛震驚地看著眼前的一幕，幾乎不相信自己的眼睛：「秦……秦連長，小心！」

是什麼人能建造如此恢弘的地下宮殿？這樣浩大的工程放在現代都是不可能完成的任務！藍色的光來自穹頂，但穹頂卻淹沒在黑暗之中，那些是寶石嗎？顯然不是！因為即便是寶石也要有光源才能發光。

秦濤站在原地仰望著穹頂，仰望著無處不在的藍光，如置身於星辰大海，又好像是面對著星空巨幕。烏族長已經癱軟在地上，四名氏族武士早已扔了火把跪拜在他的後面。這就是九重禁宮的入口玄關，曾經的氏族守護的地方，不過是明末清初的時候就已經封禁了！

「老黃……咱們發大財了！」郝簡仁抱著紫薇混元珠癡癡地望著穹頂上的藍色光暈，不禁眼神迷離起來。黃樹奎捧著羅盤忽然晃了晃腦袋：「我要戴罪立功，而不是來發財的。」

「狗屁啊？去把上面的寶石給我摘下來就算你戴罪立功！」

「我們在寒潭的底部，藍色的光是水的顏色，不是什麼寶石。」烏族長漠然道。

所有人都詫異地注視著美輪美奐的幽光，根本不相信自己的眼睛。在久遠的古代竟然能建造出如此精美而大氣磅礴的地宮？

「秦連長說得對，這裡就是九層洞明所在地！」黃樹奎看一眼羅盤，中心島玄關入口是在天坑的北側，拐了兩道彎，行進估計有五百多米遠，按照測算這個方位恰好是在瀑布下方！

的確存在第九重鎖雲洞，只是隱藏在寒潭之下。卻沒有想到其入口竟然是中心島上的巨樹？秦濤現在才明白河對岸的巨樹上刻著的「雲頂洞天」真正的含義：雲頂在寒潭之中，寒潭之下別有洞天。

地下的空間之大讓人無法想像，在幽藍的光暈下透出無限的神祕之感。不過秦濤的心頭卻始終在緊張的狀態：烏族長始終在說謊！

郝簡仁緩步走到秦濤近前：「濤子哥，這裡是神仙住的地方啊，這輩子從來沒見過！」

「小心點，有問題。」秦濤收回視線向郝簡仁使了個眼色：「這裡密閉僅僅三十多年，但機關弩箭顯示的卻是三百年前的，而且烏族長說前一任族長和許多氏族人都封閉在這裡，但人呢？」

李艾媛不禁點點頭，回頭卻發現黃樹奎躲在一邊正撬開雲中旭的藥箱子，而烏族長和四名氏族的武士正一步一叩首地向甬道的盡頭蝸行著，可以清晰地聽到磕頭的聲音和古怪的祈禱。

「賊不走空，你小子連死人的玩意兒都不放過？又犯了職業病了吧！」郝簡仁不屑地看一眼正在費力撬箱子的黃樹奎揶揄道。

斯人已逝，這是雲中旭留下的唯一遺物。

秦濤掃一眼正在撬箱子的黃樹奎不禁輕歎一下，轉身緩步而去：「大家小心點，這裡不尋常。」

「最不尋常的是他早已知道玄關有暗弩機關卻沒有阻止雲中旭。」李艾媛跟在秦濤的後面，左手始終按在腰間的槍把上，生怕發生什麼不測。

秦濤緊皺眉頭微微放慢了腳步，李艾媛分析得有一定道理。雲中旭與氐族的關係匪淺，兩代人至少有三十年的交集，而且只有他才能幫助氐族控制瘟疫病毒，從某種角度而言雲中旭是氐族人的恩人。但烏族長似乎對雲中旭有某種抵觸情緒？說不好是什麼樣的感覺，彷彿是相互利用的關係。

秦濤渾身都處於緊張狀態，這種感覺已經很長時間沒有了，當初在雪域執行任務的時候曾經有過，今天又陷入了那種狀態。那是一種無法言說的感覺：恐懼中帶著一絲興奮，刺激中夾雜著一些緊張，沉穩而從容灑脫而謹慎。這是秦濤的特點，特種兵天然的素質讓他一進入這種狀態便變得異常敏感起來，「覺識頓開」的感覺。

何謂「覺識」？就是人的感官靈敏度。包括聽覺、視覺、嗅覺、觸覺、味覺和直覺，尤其是經過兩次生死任務的秦濤，覺識本就十分出色，置身於神異莫測的環境之中後，覺識變得靈敏異常，任何風吹草動都逃不過他的感覺。

尤其是對身邊的李艾媛十分敏感，兩人若即若離，而且再也不敢碰觸她冰涼的指尖！

藥箱子已經被幾枝弩箭給洞穿了，露出不少黑色的液體。方才從雲中旭的懷中拿過來的時候那種液體流了他一身。黃樹奎打開藥箱子，一股濃烈的藥味撲鼻而來，才發現裡面有三個瓶子，兩個已經被打碎了，還有一個完整的。

對於老盜墓賊而言，任何東西都不會放過。黃樹奎把藥瓶子揣在懷中，一股腦把裡面雜七雜八的東西都倒了出來，一陣稀裡嘩啦的聲音響起來，從裡面滾出一個包裹著黃綾的物件。黃樹奎一把抓住打開，不禁驚得倒吸一口冷氣！

是一個鏽跡斑斑古樸滄桑的陰陽鏡，跟銅鏡大小差不多，上面雕刻著古篆，兩面一模一樣。刁鑽的眼光讓黃樹奎不由得大喜過望，掃一眼已經走遠了的人影，慌忙把陰陽鏡包裹起來塞進懷裡，慌慌張張地離開。

就在眾人跟在烏族長蝸行之際，誰也沒注意到巨門臺階下幽幽的藍光之中，匍匐在石階上渾身鮮血的雲中旭卻「動」了一下，藥箱子裡漏出來的黑色液體一點點地侵入了他的傷口，而傷口中的血也在一點點地凝固，變成了黑色。

空間內，雄偉的大殿的影子浸在幽藍的光暈之中，寥廓的空間讓人無法想像千年之前在沒有現代化的建築機器的情況下，是如何建起如此恢弘的殿宇。而這裡還只是玄關——氐族人保護羲皇封禁所生活的地方。

烏族長和四名氐族武士一步一叩首，如虔誠的清教徒一般。而甬道便是通向神邸之路，那裡曾經是氐族的祖先棲身的地方，曾經是讓氐族付出了幾千年的時光守護的地方，那裡有他們最崇高的精神信仰，也有氐族刻骨銘心的族殤。

秦濤忽然停下了腳步，視線的盡頭出現了人影！在藍色的光暈裡，距離眾人位置三十多米的甬道兩側，出現了高大的影子——足足有四米多高。影子巋然不動，如巨石雕像一般矗立在宏偉的聖殿前面，而聖殿只能仰望，一種莫名的威壓忽然油然而生。

秦濤冷冷地盯著前面的影子不禁緊張起來，看一眼抱著紫薇混元珠的郝簡仁：「小心點，很蹊蹺。」

郝簡仁望了片刻，一咧嘴：「是石像，在鎖雲洞見過這玩意兒。」

秦濤微微搖頭，有一種不真實感。敏銳的覺識已經看到了那些影子手裡的武器全部是真實的，長達兩丈有餘的青銅戈，而且他們的身上還穿著盔甲，身材也不盡相同。難道是翁仲？這裡不是陵墓，不可能設置石像——那些影子絕不是雕像。

郝簡仁也發現了有些不同，不禁驚得目瞪口呆，攔住正在磕頭的烏族長和四名氐族武士：「別裝神弄鬼了，前面有攔路的！」

烏族長起身望著恢弘的聖殿和聖殿之下排列兩排的影子：「那是氐族聖殿的八大守護神，守護八方，據傳已經存在三千多年了，有了他們氐族人才會安然度過任何災難和生死的考驗。」

聖殿守護者，大多數都是石雕或者是銅柱的雕像，被賦予了更多的人為因素。秦濤狐疑地看著烏族長，心裡忽然有一種悲天憫人的感覺。作為一名軍人，他不相信毫無生命的雕像可以護佑安危，卻不得不對其肅然起敬，尤其是一些不朽的英雄。石像是無生命的，但卻又是有生命的——因為被賦予了人的精魂。

「你們一定認為他們是石頭的，但在氐族傳說裡他們曾經真正存在過。他們是鎮守仇池山羲皇封禁之神，擁有無上崇高的地位。」烏族長虔誠地望著遠處詭異的影子：「不是雕像，他們從來都不是雕像，那是氐族祖先的靈魂！」一聲悲鳴從烏族長的喉嚨裡吼出來，在一片死寂的空間內久久迴蕩。

秦濤和李艾媛都沉默地點點頭，無論他怎麼說都不會反駁，這是對一個古老民族最基本的尊重。尤其是在聽過他所講述關於氐族人世代守護羲皇封禁的傳說，似乎自己距離「諸神世紀」更近了些許——雖然不明白為何氐族人將上古的歷史尊為是「神話」，大概這就是中華民族血脈裡存在的遺傳基因所致，任何一個民族（漢族以及所有少數民族）都會將自己的祖先神話。

我的祖先是神仙。這種看起來有些怪誕的祖先崇拜似乎看起來有其合理之處，譬如華夏民族的人文始祖「三皇五帝」，比如用五色石補天的女媧娘娘。而這裡是三皇的故里，古老的常羊之山，神祕的羲皇禁宮！

在此之前秦濤不相信有神的存在，作為一名「生在新時代，長在紅旗下」的軍人，他是絕對的唯物主義者。但先後兩次執行非同尋常任務之後，他的認知發生了某些微妙的變化。不相信神的存在卻篤信有超自然的力量，那種說不清的力量在控制著世界，或者是曾經控制過世界。

尤其是在九層高臺升起之後，紫薇混元珠遭遇雷擊並沒有被毀掉，而是打開了九重封禁玄關的入口。如果說這是巧合莫不如說是自然的力量開啟了一個神祕的空間，一個隱藏著遠古歷史和諸神傳說的空間。而置身於這個空間裡，如同走進了久遠的歷史，到處都充滿著古韻滄桑。

很顯然這裡並不是古墓，但卻充斥著死亡的氣息，雲中旭是第一個死於機關弩箭的人。在此之前已經經歷了生死的考驗，而氐族人更是傷亡慘重。黃樹奎用奇門遁甲預測出來的結果就是：整個天坑便是一個巨型的「死門」，註定所有與之相關的人都會葬身其中。

但秦濤不相信這些，只相信自己手裡的武器。

「烏族長，我們應該加快速度，這裡封閉日久氧氣恐怕不多了。」秦濤凝重地看一眼正在癡迷地望著聖殿的烏族長，對於考古學者洪裕達和老盜墓賊黃樹奎而言，這裡的一切都是價值連城的寶貝：恢弘的聖殿，雕刻著古樸裝飾的地磚，甚至三十米之外佇立的巨石雕像。

古樸紋飾雕琢的青石地磚覆蓋了薄薄一層細灰，一如不久之前經過細心打掃一般，實則這裡至少有三十多年沒有人的氣息了。烏族長顯然要比秦濤著急，但再著急也不能少了禮數，一步一叩首變成了五步，行進速度加快了不少。

郝簡仁背著戰術背包東張西望著，幽藍的光暈空間裡給人一種如夢如幻的感覺，尤其是盡頭恢弘雄偉的大殿，不敢相信是在地下的空間裡。洪裕達不停地讚歎著，這樣的地下建築群簡直堪比故宮——甚至比故宮更讓人不可思議。

「為什麼不見骸骨屍體？」李艾媛感覺手汗津津的，觀察了半天沒有看見一具骸骨，所經過的空間內也沒有發現任何認為的痕跡。烏族長曾經說過在三十年前瘟疫爆發的時候這裡被強制封閉，裡面關了許多患病的人，他們在哪兒？

這也是秦濤所疑惑不解的，按照經驗而言，那些患病的氐族人會「自生自滅」，他們會餓死在沒有任何資源的玄關裡，而且根據人的本性而言，或許會出現「人吃人」的現象——這是有過先例的。在絕對饑餓面前，人性會發生扭曲，以滿足最基本的生存必須。

在一片死寂之中，只能聽到眾人的腳步聲和人的喘息，所有人都沉默著走近了八座神像，烏族長和四名氏族武士長跪不起，似乎想把骨子裡的虔誠和信仰都凝聚在對祖先的尊崇之中，不禁讓人動容。

烏族長做了一個極為奇怪的動作，四名武士彼此跪拜片刻，紛紛舉著火把通過了神道，他們的影子消失在聖殿前面的廣場上。秦濤凝重地望著，在廣場中心四枝火把突然分開，向東南西北的四個角落跳躍而去，然後完全熄滅。

「他們幹什麼？」秦濤皺著眉看一眼跪在地上的烏族長，才發現他的臉在藍色幽光中痛苦得扭曲變形，似乎在這一瞬間蒼老了幾十歲的模樣，從來沒有見過如此悲傷的人，以前沒有，未來也不會有。

「這是氏族人最虔誠的儀式，只有氏族武士才有資格去完成。」蒼老的面容望著雄偉的聖殿：「善良和勇敢是氏族的信仰，就如同我們信仰光明和諸神一般，雖然氏族在暗無天日的地下棲息了幾千年，但從來沒有改變過。貪婪與邪惡永遠不是氏族人，每一個氏族人都是諸神的勇士。」

秦濤微微點頭：「我相信您所說的。」

「你的心裡還有諸多疑慮，我已經感知到了。千年以來進入玄關的人都有這種疑慮，那是因為他們的心裡有著世俗的羈絆，喜、怒、哀、樂、悲、恐、驚，謂之七情，氏族人唯有虔誠和勇敢。有件事我不得不現在跟您說，三十年前我奉命邀請雲醫生看病，那時候氏族是生活在鎖雲洞裡，而不是這裡。」

秦濤和李艾媛不禁詫異地看著烏族長：「雲中旭的父親看到的難道不是這裡？」

「當然不是。老族長為了迷惑外人不得已施展了幻術，那是一種古老的技藝，現在已經無人會用了，在鎖雲石人洞裡。所以，他看到了輝煌的聖殿和六級寶塔，看到了藍色的幽光和寥廓的地下森林都是幻象，那是洞穴第六層石筍塚陣。是氏族人的墳塚所在，每一塊石筍之下都葬著不死的靈魂，那是諸神賜予氏族最好的歸宿。」冷汗從李艾媛的額角沁了出來，下意識地握住秦濤的手。

「不要害怕，也不必害怕，氏族人是最善良的。雲醫生的父親給氏族的幫助是前所未有的，他留下了五毒散配方成功地抑制了瘟疫的蔓延，但老族長還是把患病的族人都葬在了螢淵，他也縱身跳了下去。」

「不是氐族人死後都葬在塚陣裡嗎？」李艾媛的反應極為敏銳。

烏族長淡漠地搖搖頭：「他們是活著跳下去的，沒有死，按照氐族的信仰是不可以自殺的，如若自殺是不可以葬在塚陣裡面的。」

所以，在螢淵所看到的流螢很多並非是螢火蟲，而是磷火！秦濤凝重的點點頭：「雲醫生的父親獲贈了青銅族徽之後就成為氐族的一員，而後卻發生了幾次不愉快的事情？」

「按照氐族的傳統，這裡不能讓外人所知道，儘管氐族派了許多武士出去，但很少有人能活著回來，歷史上只有唐末的時候回來一人，傳回來了關於封禁法器的消息。雲醫生的父親的確因此而死，也許這是神的意旨。」

「所以說任何知道氐族的人都必須死？包括雲中旭和我們？」郝簡仁瞪著眼睛憤怒地質問道：「一個絲毫不知感恩卻自詡善良的民族是何其悲哀？在老子的眼中就是一個笑話！」

這是神的意旨。

「您理解錯了，後來發生的事情你們並不瞭解。」烏族長黯然地看一眼郝簡仁輕歎道。

執長戈傲世蒼穹的八位佇立著的武士，都是曾經存在過的氐族英雄，他們死後被供奉在恢弘的氐族聖殿前，守護著羲皇封禁地宮，千年以來不曾離開過。他們不是石質的雕像，從披掛的鎧甲和漆黑乾癟的臉可以看出來，他們曾經是鮮活的人！

人和曾經的歷史流傳千年之後，成了後世眼中的神和神話，這是何等的怪異？當秦濤的目光一接觸到如雕像一般的骸骨之際，才明白烏族長所說的話：他們是神。

每尊肉身如雕像一般被固定在高臺之上，寂寞千年。

「三十年來，氐族始終在生死線上苟延殘喘，雖然雲醫生的父親留下了五毒散配方，但也只能抑制瘟疫而無法根除，隨著小冰河期的日益臨近，那種病毒愈發肆虐，越來愈多的族人因感染病毒而不得不面臨死亡的威脅。」烏族長沉重地喘息著：「後來派人去請老郎中，才發現他二十年前就已經病逝了，最後一線希望破滅，這是神的懲罰，對千年前丟失封禁法器的懲罰。」

「後來雲中旭為了探尋他父親曾經去過的地方找到了你們？」秦濤微微皺眉問道。

烏族長痛苦地點點頭：「人心是最不可測的，因為貪婪之故。」

「雲中旭配置了有效的藥方嗎？」

「他的藥方很奇特，比五毒散更有效。」

「那豈不是更好？」郝簡仁把戰術背包放在地上：「所以你們對他感恩戴德，雲中旭也成為氏族的一員？」

「事情沒有那麼簡單，他知道許多氏族的祕密之後便想方設法要進入玄關，並以藥方相威脅，但我只帶他去了石人洞，並一五一十地告訴他當年的情況，但他不相信。」烏族長漠然地望著雄偉的聖殿：「三百年來氏族不曾進入過這裡，我想神的意旨是讓這個祕密永遠埋葬在地下，但他一定要揭開這個祕密，而且不擇手段。」

雲中旭是心思縝密的人，他想要做到的事情一定不會輕易放棄。他以藥物威脅氏族人開放禁宮是一個不錯的辦法，但以秦濤對氏族人的性格瞭解是不可能的。為了不使病毒擴散而敢於縱身跳下萬丈深淵的氏族豈會被雲中旭威脅？

「你可以除掉他不留後患。」

「但他掌握著藥方可以驅除族人的病痛，雲家兩代對氏族有恩，怎麼可以那樣做？我給了他一面武丁青銅鑒作為謝禮，那是武丁伐鬼方之後商庭賜予氏族使者的信物，價值不菲。我想以此斷了他的欲望，但卻不想惹火燒身。」烏族長幽幽地歎息一下：「三個多月前地象有異動，我預感到有大事發生，占卜之後確定在西南方向，但並不知道是封禁法器重現人間。雲中旭經過多方探尋後確定是紫薇混元珠出世了，便與我商量如何拿回法器。」

黃樹奎下意識地摸了一下懷中的圓盤，老臉不禁緊張起來：武丁青銅鑒？盤子上可是有八個字的銘文的，以為是陰陽鏡呢？竟然看走眼了！

烏族長虔誠地望著幽藍光暈中威武卻詭異的人像：「諸神保佑氐族取回上古法器，終於等到了這一天，但那時我才知道雲中旭利用手中的藥已經控制了許多氐族武士。也許這是天意，千年之後的氐族人已經失去了祖先的信仰，他們視自己的性命比諸神更寶貴，竟然委身於一個郎中。」

原來是這樣？秦濤略顯驚訝地看著烏族長：「這麼說在川北行動裡的五個氐族人都是雲中旭的黨羽？而您也是委曲求全了？」

「與找回封禁法器相比這些都是小事，我親自率領兩名氐族武士——現在看來他們是為雲中旭出生入死的——去川北尋找法器的蹤跡，當然他也去了，而且籠絡住吳鐵鏟、周衛國、朱老六等人，讓他們互相殘殺，最終的結果就是你們所看到的。」

李艾媛緊張地看一眼秦濤，連環殺人案中有兩個無法解釋的謎題：一是盜竊零七祕密倉庫的時候犯罪分子以最先進的爆破裝置炸毀了通信塔，懷疑有外籍間諜所為，現在看來竟然是雲中旭？第二個謎題，吳鐵鏟、周衛國、錢廣聞等犯罪分子主動投案的原因並非是減輕自己的罪責，而是不願意落入雲中旭之手，可見他的控制手段是何其殘忍！

「烏族長，雲中旭收買控制了多少氐族武士？是否成立了犯罪團夥？他們不受你的控制嗎？」

在憤怒和痛苦的雙重打擊下，烏族長絕望地看一眼李艾媛和秦濤，生無可戀地搖搖頭：「氐族武士只剩下了二十多名，僅有我身邊的四名沒有被控制，因為他們沒有感染病毒。」烏族長掃一眼黃樹奎：「在川北的時候每天我都在拜神祭祀，想要以此挽回他們的心，畢竟是氐族人，他們也向神懺悔了，但已經沒有改正的機會了。我把他們的屍體偷走運了回來，葬在螢淵。」

「也就是說雲中旭還控制著不少氏族武士？」秦濤的神經高度緊張，腦子裡不斷分析判斷著烏族長所說的話是否真實。一切都出乎意料，本以為雲中旭不過只是一名醫生而已，沒想到他以藥物控制了氏族人，而且製造了連環殺人案。

「他的下一個目標是吳鐵鏟，只要吳鐵鏟一死，世間就不會有人知道這個祕密了。」不僅如此，進入禁宮的這些人有多大的機率可以逃出生天？如果秦濤他們再一死，所有關於氏族的祕密、關於連環殺人案的細節都將成為祕密，而永遠被埋葬。

秦濤沉默地看一眼李艾媛，忽然苦笑一下：「我又助紂為虐了，到現在案子才水落石出。」

「遺憾的是雲中旭不能得到正義的審判。」李艾媛歎息一下：「但我還是不能完全相信烏族長的話，進入地宮就意味著死亡，烏族長大可以放心了，這裡的祕密永遠可以隱藏了。」

老淚縱橫的烏族長痛苦地搖搖頭：「這不是我的初衷……所以我才沒有告訴雲中旭玄關之門有機關弩，那是神對他最好的懲罰。沒有人能夠闖入九重禁宮，你們也無法闖入其中，神的意旨是要把兩件封禁法器歸元，這也是氏族最後的心願，但無法做到。如果你們能保守這裡的祕密，神自然會助你們逃出生天，而我和最後的氏族武士將會殉葬於此。」

「陰陽相序，生閉環。佛曰生即是死，死即是生。」洪裕達唏噓不已道。

郝簡仁憤怒地瞪著洪裕達嘟囔一句，放你〇的狗臭屁，老子不想死在這鬼地方，我老婆快生了啊！誰都不想死在這，除了烏族長。

「烏族長已經言明了我們會逃出生天，諸位還猶豫什麼？」黃樹奎狡黠地看一眼秦濤和李艾媛，見兩人默不作聲，忽的詭笑道。

地宮的環境十分複雜，雖然看似只有一條通路但這不是最終的目的地。既然千年之前鬼方一族能夠盜走封禁法器並全身而退，沒有理由不能逃出生天。秦濤凝重地點點頭，跟隨烏族長向大殿前面的廣場走去。

「濤子哥，你還真一條道跑到黑啊？現在回頭還來得及！」

沒人搭理郝簡仁，都默默地行進在陰森森的甬路上。兩側魁偉高大的武士乾屍的影子如同鬼魅一般，在幽藍的光暈下顯得鬼氣森然，有一種說不出的恐怖之感。李艾媛緊張地望一眼聖殿的暗影，這種環境也許只能在噩夢之中會出現過，現在真實地置身其中才感到有些不可思議。

李艾媛看一眼旁邊的秦濤：「這裡許多細節不符合常識，上古時代不可能有這麼高超的技術建造如此龐大的地下建築群，那是新石器中晚期，真正的洪荒時代。玄關的銅門不可能造得那麼高大，銅礦的開採和冶煉技術是在商周時期才開始的，到了春秋戰國時期才日臻成熟。第三，千年不腐的乾屍不符合科學常識，這裡有氧氣就會發生氧化反應，乾屍不會長期存在。還有最關鍵的一點，玄關建在水下，如何確保絕對的密封？地面沒有任何滲透現象，這種技術在現在也是獨一無二的。」

「李隊說的有道理，我關心的是機關傳輸的動力來自什麼？銅門有幾十噸重，需要多大的馬力才能開啟？如果說這裡是墨家的機關城，顯然不符合歷史，諸子百家是春秋時期才湧現出來的學術流派，而按照氏族的傳說，這裡是在上古時期建造的，豈不是矛盾？」郝簡仁背著戰術背包，手裡反握著匕首快步走到秦濤近前：「濤子哥，千萬別被迷惑了，這裡的一切好像都不太真實！」

秦濤漠然地望著跪在廣場中心區域的烏族長的影子，沒有說話。

「簡仁的問題我可以回答。這裡與墨家的機關城有幾分相似，其運行原理也相差不多，機關的動力來自於水，而且與中心島的過水橋的機關是一個動力源。」黃樹奎小心地看一眼秦濤：「諸子百家是不是春秋時期產生的沒有定論，只是在春秋戰國時期達到了百家爭鳴的高峰時期。任何一種學術要想達到登峰造極的境界非歷經百年千年不可，比如現代科學，發展到今天只有兩百年的歷史，若千年以後是何種發達無可想像。因此，在上古時代的文明之下，完全有能力建造這樣規模宏大的地下建築群。」

「你的意思是上古新石器時代的文明要比現代的文明還要發達？」郝簡仁嗤之以鼻地駁斥道。

秦濤微微搖頭，簡仁犯了先入為主的錯誤：新、舊石器時代是現代人文科學對歷史的分期，與社會的分期一樣，均是現代科學家對人類文明發展的簡單推測。但上古時代的文明究竟達到了什麼樣的狀態，沒有強有力的根據。因為所有關於那個久遠時代的資訊都已經消弭在歷史長河之中。

如果此處是上古時代的遺跡，說明了什麼？至少說明了在商周時代之前就曾經存在過輝煌的青銅文明，而不是什麼石器時代（或者說石器時代是在上古時代的後期，因為某種原因，比如大戰導致了文明的衰落）。當然這些都是秦濤的推測而已，他對烏族長所說的「神」也持有懷疑態度。

「金礦的開採和利用有七千多年的歷史，銅礦早於金礦，根據相關史料記載，商周和春秋戰國時期的銅冶煉技術已經成熟，進入了鐵器時代。我在想為什麼要造這麼高大的銅門？我想並非是因為僅僅是氣勢上的要求，而是實用上的考量。」洪裕達沉思道：「氏族武士乾屍有五米多高，去除底座的兩米多也有近兩米多高，可以想像他們活著的時候有多高？第二點，地宮建在寒潭的底部，密封問題當然很重要，但我發現光線是禁止的，因此認定穹頂之上還有我們不瞭解的構造，也說明當初的建造者已經考慮到了這個問題，並且完美地解決掉了，這也說明那是一個相當發達的文明。」

這裡的一切都是那麼不可思議，如果沒有真實看到一定不會相信。任何一個方面都可以寫成洋洋灑灑的論文去深挖研究，但秦濤關注的焦點並非是這些，而是烏族長奇怪的動作。似乎是在祈禱，跟黃樹奎當初所說的「拜神」一模一樣，不時發出令人驚悚的叫喊聲。

就在眾人爭論之際，地面微微震顫了一下，地底瞬間傳來機關動作的聲音，「喀嚓」一聲巨響，地面竟然在緩緩地開裂！一座烏黑色的平臺從地面緩緩升起，整個廣場的地面彷彿是機關翻版一般寸寸炸裂，十幾分鐘之後地面上竟然出現了一座七層金字塔形狀的高臺，而烏族長就坐在高臺的最頂端。

郝簡仁驚得張大了嘴巴望著眼前的七層寶塔，戰術背包兀自落在了地上，紫薇混元珠滾落出來，神奇地懸浮在一米多高的地方，散發著詭異的毫光。在毫無徵兆的情況下，紫薇混元珠像是獲得了生命一般不斷地上升，似乎有一種神祕的力量牽引著他，從地面飛升到了足有十幾米高的寶塔之上。

紫薇混元珠散發出皎潔的光芒，光芒中似乎帶著血色，四道紅線突然爆射而出，向著廣場的四個角落，猶如凌空打了個霹靂一般，隱隱的雷聲響起，幾滴鮮血忽然飄落下來。此時秦濤才發現廣場四角的氐族武士渾身鮮血淋淋，地面上也出現了對角相交的纖細血槽，血槽裡的鮮血還在流動，不斷地湧向七重寶塔。

烏族長的影子淹沒在皎潔如月的光暈裡，低吼的聲音如同受傷的野獸一般。白色的光芒似乎有某種殺傷力一般，一點一點地吞噬著他的血肉！

眾人驚得目瞪口呆，從來沒有見過這種血腥的場面，更沒有想到會產生這種詭異的景象。郝簡仁退出兩三步，眼角的餘光掃見後面似乎有什麼東西在動。

所有人的注意力都集中在七級寶塔上面，神經緊張到了極點。

秦濤盯著七重寶塔上的紫薇混元珠足足有十秒鐘，毫不猶豫地跳上了高臺，卻驟然感到一種無形的威壓迎面包裹而來，呼吸幾乎停滯了一般，血液流動也紊亂起來。這種情況絕無僅有，在白山事件的時候也不曾有過，秦濤不禁加快了腳步，一線鮮血滴落在塔臺之上。

「秦濤，不要過去！」凄厲的吼叫令人毛骨悚然，李艾媛反應過來之後第一個動作便是衝向寶塔，卻被一股強勁的罡風給撞倒在地。

郝簡仁發瘋了一般衝到李艾媛跟前把她給拉了回來，有一股罡風掃在郝簡仁的身上，堅韌厚實的戰衣立即被刺破數道口子，人直接飛了出去：「濤子哥，回來！」聲音淹沒在皎潔的光芒之中。

秦濤站在一層寶塔平臺上回頭看一眼下面的幾位戰友，漠然笑了笑。這一切都是幻覺嗎？絕對不是！因為他感覺到了全身被那種神祕力量在牽引著、刺痛著、控制著，身不由己地向上面攀登。

每走一步，鮮血便滴下數滴，淹沒在白色的光裡。

風在吹，哪裡來的罡風？血在飛，又是誰的鮮血？

李艾媛痛苦地望著邁著堅定步伐的秦濤，沙啞的聲音依然在嗚咽著，淚流滿面。比戰鬥更加殘酷，比流血更加恐怖，沒有刀光劍影也看不到生死搏鬥，甚至不知道對手隱藏在哪？傷人於無形的不是利刃，而是紫薇混元珠所爆發出來的「光」！

其實不是「光」，而是一種能量，人類自身無法探測出來的能量。這種能量也並非是無法探測，但要借助相關的工具，比如萬能表。地球是一個磁場，無形的磁力線無處不在，所有動物會感知到磁力線的存在，包括人類。當磁力線發生改變的時候，人本身的磁場會受到干擾，腦電波就會發生變化，相應的器官就會發出預警信號。

紫薇混元珠具有強磁性也具有放射性，目前還不知道是用何種材料製成的。具有很高的強度、韌性和耐熱性，可以承受住雷擊閃電，而現在它所表現出來的特性更讓人震動不已：沒有電源可以發光，而且這種光具有很高的穿透性，給人極大的「壓力」——這種壓力來自於其快速旋轉所形成的「能量場」。

不要試圖用科學解釋這種現象，因為人類所掌握的科學不及宇宙的億萬分之一！如同一個最簡單的命題：人類可以乘坐太空船遨遊太空，卻對自己生活的地球懵懂無知。

塔下的眾人都匍匐在地上，感受著體內經久不息的震顫。震顫來自於腦電波，來自於心感應，來自於人本身的磁場週期變化。洪裕達頭暈目眩痛苦不堪，拼命地撕扯著自己的頭髮，本來斑禿的腦袋被抓得鮮血淋淋，卻不知道疼痛。而郝簡仁在地上翻滾著，手裡還握著匕首，在地面上劃出一道淺痕，終於滾出了光所籠罩的範圍，身體突然輕鬆了許多，抬頭一看竟然趴在一座乾屍武士下面，不禁嘔吐起來。

「快撤吧……受不了……」黃樹奎翻滾到李艾媛的身邊，手裡捧著斷了指針的羅盤，指針在飛速旋轉著，黃樹奎也頭暈目眩地向周邊滾出去。

李艾媛單腿跪在原地，一動不動地盯著寶塔上面正在行進的影子，頭疼欲裂。方才接近了寶塔三米之內便遭到了莫名的攻擊，那是一種奇怪的能量攻擊，以前從來沒有遇到過。奇怪的是自己並沒有其他人反應那麼強烈，只不過血液流動的速度加快，感覺血壓有些紊亂。若不是方才魯莽地穿過去，不會遭到重創。

最後三級臺階，秦濤已經無力邁上去！滿臉鮮血淋淋，雙臂的傷口隱隱作痛，不過體力似乎比以前好了許多，意識也清醒了許多，方才登臺的時候還頭疼欲裂，那種無形的威壓似乎要將自己壓制卻沒有成功。

紫薇混元珠旋轉的速度慢了許多，白色的光芒也暗淡了許多。

一股熱浪撲面而來，第一眼便看到亮銀色的金屬球下面被燒得赤紅，如同鋼爐一般，又好似火山口，其下的臺階也被燒得通紅——但很顯然沒有融化掉——竟然沒有融化？不知幾千度的高溫炙烤著一切，但秦濤卻只感覺到熱浪撲面，並沒有任何灼痛感。

揉了揉眼睛，滿手鮮血。

紫薇混元珠所發出的光芒將燒紅了的兩層塔體包裹著，似乎是在遮罩著熱量。四顧周圍，卻沒有發現烏族長的影子，早已經在高溫之下被蒸發了。

遠遠望去，秦濤就如站在噴發的火山口上，下一秒就要被融化掉一般。

「砰！」一聲異響憑空傳來，震得耳膜幾乎被擊穿一般，天樞七星盤不知什麼時候滾落下來，砸在腳下滾落下去。秦濤微微一愣，慌忙後退半步，低頭才發現七星盤上的九柱雕鏤的龍正在飛速地旋轉！

紫薇混元珠顯然感知到了什麼，內部好像有光源被啟動一般閃爍起來？兩者的感應讓秦濤驚駭不已，剛要拾起天樞青銅盤，一口鮮血竟然噴射出來，無形的威壓此起彼伏地傳來，猶如汪洋大海中的浪湧，一波強似一波，最終癱倒在臺階上。

目光仍然停留在天樞七星盤上，九條龍柱仍然在不停地旋轉，發出了「喀喀」的爆裂聲音，在某個瞬間，七星盤的龍柱終於停了下來，九條龍珠的圓盤也停住，圓盤上的古篆正在歸位——對於秦濤而言，只知道是歸位，卻不知那些古篆代表著什麼意思，當他要搬動七星盤的時候，強勁的罡風橫掃過來，一道黑影掠過七重寶塔，而秦濤卻如同樹葉一般被擊飛。從十幾米高的塔上掉落下來，任何人都會被摔得粉身碎骨！

黑影旋轉回來，擦著秦濤的頭皮飛旋而去。

鮮血從嘴裡大口地噴出來，秦濤強自抬頭望著黑影去處，一個高大的影子正站在甬道的盡頭，「砰」的一聲接住了輪盤一樣的武器，隨即便發出鬼嚎一般的聲音，黑影旋風一般地衝了過來。

所有人都沒有料到空間內會出現這個黑影，也不知道是人還是鬼神——如果真的有鬼神的話！

郝簡仁抱著衝鋒槍歪歪斜斜地站起來，暈頭脹腦地扣動了扳機，劇烈的槍聲響起，槍口噴著火，憤怒的子彈射向瘋狂而來的影子。

李艾媛手持雙槍已經衝到了郝簡仁的後面，連續激發，子彈呼嘯著向影子傾瀉，幾乎全部命中。不過還是沒有阻擋住影子，轉瞬之間便衝到了八座神像附近，人卻戛然而止。

一個渾身滴著黑色液體的「怪物」出現在眼前，身上像刺蝟一般插著黑色的弩箭，鮮血淋淋的臉已經變形，空洞無物的眼睛突兀出來，怒視著郝簡仁和李艾媛。

「鬼呀！」郝簡仁轉身就跑，卻一頭撞在黃樹奎的身上，兩個人一起摔倒在地。

李艾媛什麼樣的血腥場面都見過，但還是第一次見識能跑的死人！雲中旭確死無疑，萬箭穿身還能活嗎？身為刑警隊大隊長的李艾媛判斷死人有足夠的經驗，即便當時的假死，這麼長時間失血過多也會讓他死十遍了！但的確是雲中旭。扣動扳機的手指已經僵硬，大腦一片空白，沒有退卻也沒有扣動扳機，下意識地看著雲中旭：「你……你沒死？」

喉嚨裡發出一種低沉的吼叫，如同山裡的野豬遭遇了群狼一般的吼叫。雲中旭死死地盯著甬道盡頭的七重寶塔，忽然長嘯一聲，被打得跟篩子似的身體不斷滴落著黑色的液體。正在李艾媛下意識地後退之際，雲中旭已經衝到了近前，還沒等站穩，胸口就挨了一擊重擊！

秦濤以全身之力凌空的攻擊力道相當威猛，如果這一腳揣在野豬身上估計能把野豬給踹吐一盆血出來。

但雲中旭的身體只是向後面退了幾步，沒有受到任何傷害。

秦濤拉住李艾媛怒吼一聲：「撤！」

幾個人慌忙撤向廣場邊緣地帶，郝簡仁一邊掩護一邊大叫：「老黃快測一下生死門！」

「測個屁？羅盤壞了！」黃樹奎跑得更賣力，有常年鑽山的經驗絕對是個優勢，儘管體力有限但耐力十分出眾，竟然追過了郝簡仁，大口地喘著粗氣：「老子這輩子就沒見過這麼新鮮的血粽子……沒帶黑驢蹄子啊！」

人剛死還不到一個時辰，當然很新鮮，但死人何以復活？黃樹奎正在拼命地跑著，一個跟頭摔倒在地，郝簡仁也絆倒摔了個鼻青臉腫，衝鋒槍甩出老遠。不禁怒吼一聲：「你他○的成事不足敗事有餘——死人怎麼能活？」

「沒死乾淨？」黃樹奎從懷裡拿出懷錶看了一下時間，丑時三刻，手指在不停地算計著，嘴裡也嘰哩咕嚕地叨咕著。

郝簡仁抱著衝鋒槍趴在地上擦了一把臉上的血污：「濤子哥，死人怎麼能復活？這鬼地方真他○的邪門！」

秦濤的意識還在方才從七重寶塔上滾落的那一瞬間，激烈的槍聲把他喚醒，死死地盯著三十米開外，幾乎被打成篩子的雲中旭，拔出腰間的五四手槍瞄準。

死人為什麼會復活？復活的死人還是不是人？如果不是人他是什麼？

忽然想起了白山事件的一幕。陳可兒說那種外來的叫「伊澤爾」的怪物會潛伏在人體之中，佔據宿主的身體，控制他的思維和意識，並且有超乎尋常的潛能。

雲中旭確死無疑，難道他的身體裡隱藏著「伊澤爾」怪物？難道所有罹患病毒的氏族人都是「伊澤爾」怪物的宿主？

這是不可能的！不符合科學常識，也與白山事件有所差別。氐族人罹患的是一種未知的病毒，根據烏族長透露的資訊，這種病毒來自於羲皇封禁的「外族」。那些「外族」最大的特點是耐寒而不耐熱，隨著小冰河期的到來，他們更趨於活躍，並釋放一種可以控制氐族人的病毒……

兩者最大的相同之處是都以控制宿主寄生的方式，而且都是喜歡高寒。唯一的不同就是「伊澤爾」是外星怪物，而這裡是恐怖的病毒。兩種不同的存在形式，究竟有沒有聯繫？

「你怎麼樣？我們該怎麼辦？」李艾媛撤到秦濤旁邊驚懼地看著他，顫抖的手擦去秦濤嘴角的血跡，蒼白的臉上浮現一抹絕望之色。

秦濤依舊盯著幽藍深邃盡頭的黑影，沉默片刻：「有一種寄生怪物，名字叫伊澤爾，以人體為宿主，控制人的思想意識和行為，可兒說他們是外星的入侵者，在地球上已經生活了億萬年……他們在等待一個時機，就是冰河期的到來。」

「秦濤，不可能有這樣的生物——也不可能有什麼外星生物，那些都是杜撰出來的！」李艾媛忽然變得歇斯底里起來。

「世界上沒有不可能的事情，白山行動我們面對的就是這樣的敵人。」

李艾媛駭然地後退了兩步，撞在後面的洪裕達身上，洪裕達望向秦濤：「小秦說的是事實，那種生命體需要以人類為宿主才能生存，他們在等待冰河世紀的到來就會全面復甦。這也符合氐族人的歷史經歷，在數萬年前的冰河世紀他們統治著地球，當時冰河期結束的時候他們隱藏在地下，七千多年前與人類發生了大規模的戰爭，結果是人類取得最終的勝利。」

「這不是歷史，是神話！」

「不是神話，是被塵封的歷史。我們必須面對事實，這裡是羲皇封禁之地，實則是囚禁那些怪物的牢籠，隨著小冰河期的到來，他們開始活躍起來，並釋放病毒以控制氐族甚至控制整個人類社會——也許就隱藏在雲中旭的體內，外界也許有許多個雲中旭，所謂瘟疫並不是病毒，而是即將復蘇的外星生物！」

沉默，死寂。

冷汗從郝簡仁的脖子上流下來，駭然地看一眼秦濤：「意思這傢伙是個伊澤爾？」

秦濤凝重地點點頭：「七重寶塔是唯一的退路，不要離開它的周圍。大家都準備好，簡仁負責後撤安全，老黃測算一下奇門，快！」

「我們同進共退……」

「服從命令！」秦濤一聲怒吼，隨即扣動扳機，激烈的槍聲驟然響起。

◊

川北，山路。

兩道車燈光線穿透黑暗的夜，馬達的轟鳴打破了寂靜的山路。望一眼黑黝黝的老林子，高軍吐出一口煙，回頭看一眼後面鐵格柵裡猥瑣的影子，吳鐵鏟正直勾勾地看著自己，不禁皺眉。轉移嫌犯是一項很重要的任務，怎奈隊裡車輛和人手都不夠，只能親自送他去市局。

「高局，給根煙過過癮？」吳鐵鏟伸出手乞求道。

高軍拿出一根煙點著遞給吳鐵鏟：「還有什麼沒交代的趁早，過了這個村就沒了這個店了，如果李隊有新發現的話你罪加一等！」

吳鐵鏟貪婪地吮吸一口，嗆得劇烈咳嗽起來：「我對老天爺發誓，我要是有隱瞞讓山上的石頭砸死我，該交代的全交代了，我雙手贊成李隊把殺人兇手一舉消滅！」

「真全交代了？李隊回來估計有你好受的！」

話音未落，汽車劇烈地顛簸起來，還沒等高軍反應過來，司機慌忙打方向盤躲避，堪堪躲過兩塊石頭，車尾向臨深淵的方向甩了一下，速度立即減下來，嚇得司機驚呼一聲：好險！

正在此時，只聽「轟隆」一聲炸響，高軍眼角的餘光掃見一塊巨石黑影砸中了汽車，同時汽車猛然撞在了山體岩壁上，劇烈的衝擊力把高軍和司機都甩向了擋風玻璃，「砰」的一聲撞在了玻璃上，眼前一黑便暈死過去。

汽車馬達依然在轟鳴，碩大的石塊把車後面幾乎砸扁了，後排座位上的吳鐵鏟腦袋撞在鐵格柵上滿臉鮮血，整個身體被夾在了座位上，嘴裡還叼著煙，眼皮翻了翻，看了一眼最後的一抹燈光之後就徹底陷入了黑暗之中。兩個人影在半山腰注視著土路上的汽車，轉瞬逃離了案發現場。

不知道過了多長時間，高軍終於甦醒過來，額頭的鮮血已然凝固，艱難地回頭，吳鐵鏟的腦袋正夾在兩個鐵條中間，人已經死了。高軍踹開車門滾了出去，黑暗之中摸出手機，卻又暈死過去。

此時此刻，鎖雲洞第三層石人洞內，一顆照明彈在穹頂上突然炸開，刺眼的白光把整個洞穴照得亮如白晝，徐建軍抱著微型衝鋒槍怒吼著從一塊石筍後面衝出來：「打！」

密集的槍聲驟然響徹古洞，子彈呼嘯著飛向北側洞壁隱藏的黑影，傳來一陣慘嚎，四名鬼魅一般的氐族武士瞬間被打成了篩子。後面的戰士們瘋了一般衝進空曠地帶，衝鋒槍噴著火蛇，子彈所過之處亂石紛飛，火星亂竄，十幾條黑影在照明彈熄滅的一瞬間退進了甬道。

徐建軍跳上高臺追著對手一通猛烈地掃射，後面的戰友立即跟進，幾乎沒有遇到像樣的抵抗，對手扔下了三具屍體之後落荒而逃。

「奶奶的熊！拿木棍來參加槍戰？」徐建軍靠在洞口石壁上大口地喘著粗氣：「不要盲目追擊，以靜制動！」

「連長，咱們在明處他們在暗處怎麼以靜制動？」

「放屁，服從命令，點射狙擊！」

「是！」

四名戰士貓著腰鑽進了壁廊匍匐前進，空氣中充滿灰塵和硝煙的味道，幾乎無法呼吸。徐建軍掃一眼後面的戰友：「誰掛彩了？」

「小雷子、李軍和江寶河被抓傷了，雷子的傷有點重，好像不行了！」警衛員氣喘吁吁地跑過來彙報：「他們是在入口被突襲的，傷得挺重。」

「盡最大努力救人！」徐建軍一拳砸在石壁上，執行過許多特殊的任務，白山事件、雪域行動也遇到過不少勁敵，但沒有一次打得這麼窩囊。

氐族派出了三名嚮導說是來接應的，抄近路走什麼鎖雲洞，結果被突襲了？這要是傳到老首長那非得挨頓狠批不可。

警衛員擦了一下臉上的血跡：「我們中了圈套了，秦連長他們恐怕凶多吉少，當務之急是快點下到天坑救人。」徐建軍凝重地點點頭，摸了一下懷裡的爛手機，手機是郝簡仁的無疑，難怪聯繫不上他，這裡沒有信號，簡仁才把手機給摔了。

一失足成千古恨啊，若非沒發現秦濤留下的暗號，絕對不會相信氐族人的話，更不可能如此魯莽地鑽山鑽洞，結果被埋伏在裡面的敵人給偷襲了。

這兩個班的兵力是七九六一部隊的戰鬥力最彪悍的，設備是最先進的，單兵戰力也是最強的，而且都是參加過雪域行動的老兵，但在對手詭異的突襲下還是被打了個措手不及。徐建軍咬了咬牙，秦濤的戰力和經驗雖然是最優秀的，但小組的整體實力太弱，如果跟這幫玩意兒開戰的話，恐怕難有勝算。

本來是協助破盜竊案，結果變成了一場倉促的特殊行動，雖然心裡早有準備，但打得太窩囊。徐建軍望一眼漆黑死寂的甬道，低吼一聲：「我們四個清掃障礙，給養的兄弟跟進，其餘的斷後，走！」

陰風陣陣，鬼氣森森，徐建軍貓著腰衝進了甬道之中。

◊

秦濤死地盯著二十米開外的黑影，冷汗不斷地滴答下來。被打成了篩子一般的雲中旭站在氐族乾屍武士雕像的陰影裡，方才三槍皆命中了他的胸膛，但僅僅是被打後退了三步，而人並沒有倒下。是病毒在控制著他嗎？或者說是「伊澤爾」？陳可兒的話在耳邊閃過。以前曾經懷疑過她的判斷，秦濤根本不相信有什麼外星生物，但事實擺在面前，一個已經被萬箭穿身的死人何以會復活？而且方才的狙擊幾乎把他給打爛，但他還是沒有死，甚至都沒有倒下！

「濤子哥，等他變形了再收拾嗎？」郝簡仁站在秦濤的旁邊冷然地問道。

秦濤緊皺眉頭：「保護李隊長和洪老，不要管我。」

「兩個人的勝算更大些，你忘了白山行動了？」

秦濤沒有說話，那是一次刻骨銘心的戰鬥，也是一場無比血腥的廝殺，但最終的結果讓他難以接受。本來可以徹底消滅那個怪物，卻在最關鍵的時候喪失了機會，這次絕不可以重蹈覆轍！

秦濤緩慢地向前移動著，感覺陣陣冷風從後面襲來，不禁心裡咯噔一下，空間的溫度以可感知的速度下降著，不禁下意識地回頭望向七重寶塔。寶塔周圍繚繞著白色的霧氣，飄飄渺渺，在如夢如幻的藍色光暈中，有一種錯覺一般。

雲中旭沒有倒下，但並不意味著他是活著的。一枝弩箭完全可以要了他的命，但現在卻如活死人一般佇立在那裡。黑色的黏液在不斷地滴落，被打爛了的身體幾乎承受不住他的重量——他的皮肉在寸寸綻裂，從血肉模糊的胸膛裡忽然探出無數的觸手，如章魚的觸手一般悄悄地環繞著雲中旭的身體。

「殺！」一聲低吼，秦濤的手裡瞬間冒出一道火線，震爆彈的導火線燃燒時間只有零點幾秒，就在吼聲爆發之際震爆彈出手，劃過一條完美的拋物線，秦濤的身體反向摔倒在地，郝簡仁也順勢臥倒。

「轟隆——！」五秒鐘之內便爆出劇烈的爆炸，而且是凌空引爆的。

雲中旭的腦袋淹沒在觸手之中，在爆炸的瞬間，整個身體已經消失，呈現出來的完全是一個醜陋至極的黑色怪物，沒有腦袋分不清手腳的怪物。秦濤算準了時間才投出去的震爆彈，只能用震爆彈進行攻擊，衝鋒槍子彈對怪物而言基本沒有作用。

席捲一切的爆炸衝擊波橫掃過來，地面為之震顫著，狂暴的超聲波似乎刺穿了耳膜一般，只看到那個怪物凌空飛了出去，劃過一道暗影飛向了幽藍的穹頂。震爆彈在有限的空間內能夠發揮出巨大的威力，但這個空間有點太大，雖然爆炸的威力不小，但很顯然沒有發揮到極致。

耳中一陣劇烈的蜂鳴，秦濤虎吼一聲從地上彈起來，握著狗腿刀向異變怪物衝了過去，郝簡仁跟在後面，兩個人瘋了一般發起了全力攻擊。爆炸的回聲在空間內不斷的震盪著，兩側氐族武士的盔甲紛紛脫落，甲片四處飛濺，如弩箭飛刀一般，漫天飛舞。

爆炸之後的數秒之內，青石的底座紛紛碎裂，高大的骸骨被摧枯拉朽一般地化為齏粉！

震盪波的破壞力是相當驚人的，如果物體的頻率與震盪波的頻率成整數倍，震盪波就會被無限放大，其足以破壞任何高強度的金屬材料，包括氐族武士下面的青石底座。

沒有想到會產生這樣的效果，漫天飛舞的碎屑紛落，秦濤和郝簡仁站在灰塵之中，屏息仰望著高大的穹頂。如同黑色鬼魅的影子快速從上空砸了下來，帶著一股腥臭的陰風，穿過漫天灰塵，竟然發動了攻擊！

「濤子哥小心！」

話音未落，罡風四起，灰塵、碎石和黑色的甲片如同被控制了一般，形成了一道黑色的漩渦，橫貫著向秦濤和郝簡仁襲擊而來。數十條黑色的觸手如同鋼鞭一般砸在堅壁的地面，發出震耳欲聾的爆裂聲。

郝簡仁被罡風掀翻在地，眼前一道寒光閃過，秦濤似乎早已預料到對手的招數一樣，團身衝進了漩渦之中，鋒刃的狗腿刀砍在觸手上，一股黑色的液體噴濺出來，觸手掉落在地上。

秦濤的覺識已經超過了常人，身體靈活得堪比靈猴一般，電光火石之間已經攻擊出了十多刀，觸手和黑色的黏液漫天飛舞！

那怪物似乎對此並不以為然，更多的觸手發起了瘋狂的進攻。其速度更快，力度更猛，幾乎是無法戰勝一般。秦濤連續砍斷十多條觸手之後，卻被一條粗壯的觸手砸中了肩膀，跟鋼鞭抽的一般，直接飛了出去，砸在了地上滾出十多米遠，一口鮮血噴了出來。

「老子拼了！」郝簡仁抱著青銅戈從後面衝了上來，青銅戈足有五米多長，重量在一百多斤以上，一股激勁之下竟然被郝簡仁掄了起來，帶著冷風砸在了怪物的身體上，發出「砰」的一聲炸響。

第一次見識過這種戰鬥，李艾媛和洪裕達已經嚇得說不出話來，只模糊地看到遠處兩個人與黑色的怪物纏鬥，殺得難分難解。

黃樹奎冷眼看著前面的戰鬥，悄悄地從懷中掏出黑色液體的瓶子，漠然地看一眼裡面的液體，直接全部喝了下去。

「快撤——撤！」秦濤翻身起來，卻看到怪物用觸手抓住了郝簡仁的青銅戈，郝簡仁立時被甩了出去，就跟扔沙包一般飛了出去。

秦濤拔下兩顆手雷的保險銷，狠命擲了出去。現在已經沒有其他有效的殺傷武器，唯一的只有手雷。也不知道怪物的命門在哪兒，從來沒有見過這樣的不死怪物，斬斷它的觸手根本不能傷害其根本。比白山行動中發生異變的沈瀚文攻擊力高出數倍，對付它只能用最暴力的手段。

秦濤電光石火一般地後撤，拼命跑到郝簡仁旁邊抱起昏迷不醒的郝簡仁後撤，劇烈的爆炸驟然響起，頓時濃煙滾滾，火光沖天，劇烈的衝擊波瞬間襲來，把兩個人拋出去二十多米遠，翻滾著逃出了爆炸殺傷方位，李艾媛聲嘶力竭地叫喊著衝過來，用身體壓在了秦濤的身上。

慘烈的戰鬥只持續了十幾分鐘，但已經耗盡了秦濤所有的體力，想要掙扎著爬起來，渾身劇痛無比，噴出一口鮮血來差點沒暈死過去。望著甬道盡頭的爆炸燃燒的火光和濃煙，不敢相信在轉瞬之間竟然逃出了死亡之地。

怪物被炸成了碎片，兩顆高爆手雷的威力不亞於幾十公斤的炸藥，在有限的空間內更能發揮出極致殺傷力。但這也是殺敵一千自損八百的瘋狂攻擊，秦濤和郝簡仁差點被淹沒在爆炸之中。

「秦濤，醒醒！秦濤——！」李艾媛用急救包給秦濤包紮傷口，不停地呼喊著秦濤的名字，聲淚俱下。

從來沒有經歷過這樣殘酷的戰鬥，也從來沒有領教過鋼鐵一般的戰士風采。一個平時不苟言笑的解放軍戰士、一個看似性格孤傲的冷漠男人，在最關鍵的時候顯示了真正軍人的風采。

永不畏戰，無視對手多麼強大！永不退縮，坦然面對死亡的威脅！

第九章　望古虛空

秦濤躺在冰冷的地上吐出一口鮮血，方才與怪物纏鬥的時候用盡全力應戰，但還是被暴擊了幾下，五臟六腑猶如被油錘猛砸了一般難受。如果不是憑藉超強的覺識和彪悍的體格，估計早就命喪當下了。

「秦濤，現在怎麼樣？」李艾媛欲哭無淚地握著秦濤的手，傷痛欲絕。女人的手很溫暖，是因為自己渾身冰冷的緣故。秦濤苦笑一下搖搖頭：「不礙事，簡仁怎麼樣？」郝簡仁傷得不輕，抱著青銅戈攻擊怪物的時候竟然被怪物摔到了空中，實打實地栽了個大跟頭，換做任何一個人的話早就找閻王爺報到去了。此刻卻齜牙咧嘴痛苦地看著秦濤：「沒事……就是有點冷。」

「我也冷。」洪裕達抱著郝簡仁打了個哆嗦：「我發現自從那怪物出來之後整個空間溫度下降了好幾度，是不是跟他有關係？」

秦濤凝重地搖搖頭：「它只是一個怪物，沒有那麼強大的能力。洪老，您見多識廣，以前聽說過這種怪物沒？」

洪裕達搖搖頭，方才大戰的時候屁都嚇涼了，哪有心情去合計到底是什麼類型的怪物？現在想起來還心有餘悸呢。想要瞭解怪物的性質必須取樣做分析試驗，但眼前不具備條件。洪裕達思索片刻：「小秦，你曾經說過在白山事件的時候遇到過這種情況，相關的細節我並不瞭解，但可以肯定的是任何有機體生物都不能與人共用一個身體，這個不用解釋了吧？但為什麼那種怪物會寄居在雲中旭的體內？」

這是一個難以解釋的問題。白山事件之後陳可兒曾經推測過，有很多的證據表明在幾萬年前的冰河時代人類與進犯的地外生物進行過一場激烈的戰爭，結果是人類文明遭到重創。當冰河時期結束之後發生了萬年大洪水，徹底將人類文明在地球上抹去。史料記載在西元前二十一世紀的時候，全球氾濫的大洪水進入末期，從而為倖存的人類重續文明提供了機會。從上古的神話傳說中可以印證這一過程，無論是西方的諾亞方舟傳說還是東方大禹治水的故事，都說明了的確存在大洪水時期。

西元前二〇五〇年左右，中國歷史上第一個統一的王朝夏朝建立，大禹結束了持續了千年的禪讓制，開創了家天下的時代。據傳唐堯和虞舜兩個時期傳國一千五百多年，由此上溯到三皇五帝的上古時代則距今應該有五千多年的歷史。之所以想到這些，是因為羲皇大戰刑天的傳說。

《山海經》中記載了這個傳說，「刑天舞干戚」由此而來。後世有許多記錄此事的詩詞，但無一例外地將本是炎帝手下的戰神「刑天」寫成了英雄。譬如東晉陶淵明在《讀山海經》中寫到：「精衛銜微木，將以填滄海。刑天舞干戚，猛志固常在。同物既無慮，化去不復悔。徒設在昔心，良辰詎可待。」

「洪老，氐族鎮守仇池山的初衷是什麼？是因為這裡有羲皇封禁，按照氐族傳說，仇池禁宮中封的應該是刑天之類的異族，《山海經》中曾經記載這個傳說，但現在看來並不是傳說，而是真實的歷史。」秦濤坐起來活動一下筋骨，感覺並無大礙才凝重道：「傳說刑天是炎帝手下的重臣，脾氣暴躁好勇鬥狠，黃帝戰勝蚩尤部落和夸父部落之後，消息傳到了炎帝那裡，刑天興奮地要求請戰，但無人與之並肩戰鬥，所以才獨闖崑崙墟，與黃帝大戰。傳說有諸多不合理之處，我說的是不符合常人的思維邏輯。」

洪裕達微微點頭：「你的意思是不符合歷史？」

「是的，黃帝大戰蚩尤部落、夸父部落等傳說都有主人公，為何敢與天帝爭奪神位的刑天卻只說是一個無名的巨人？刑者是砍伐的意思，天指的是腦袋，刑天戰敗之後才被稱之為刑神——是神而不是人。」

李艾媛苦澀地看一眼秦濤：「那是神話故事，不可以相信。」

「也許沒有人知道那段久遠的歷史，在中華文明誕生之前曾經存在更久遠的歷史文明。那個文明在唐堯虞舜時期之前，這裡有幾點不合理之處，第一，無名的刑天與天地爭神位，試問一個無名小卒僅憑藉猛志能挑戰帝位嗎？不符合常理；第二，黃帝與刑天大戰於常羊之山，山海經裡寫道刑天殺進了崑崙宮，是黃帝將刑天引到常羊山的，為什麼要引到這裡誅殺？這裡曾經是三皇的誕生地，也不符合邏輯；第三，刑天被砍掉了腦袋，為何還能以雙乳為目，以肚臍為口，持盾執斧欲報仇？陶淵明的詩裡曾經說過化去不復悔，『化去』的意思是化為異物，我理解就是怪物。」

洪裕達沉沉地思考著，黃樹奎瞪著猩紅的眼睛看一眼秦濤：「秦連長，神話都是杜撰的，不可相信。當務之急是理清線索，決定是否繼續冒險深入羲皇封禁，是否還把封禁法器歸元。」

郝簡仁撫著腦袋上的紗布瞪一眼黃樹奎：「濤子哥是在分析那怪物的來歷，你沒聽明白？氐族鎮守羲皇封禁是真實的吧？這裡的一切是真的吧？雲中旭被亂箭射死了又復生是真的吧？從死而復生的雲中旭身體裡冒出來的怪物也是真的吧？你怎麼解釋？追根溯源必須從羲皇封禁追溯開始。」

秦濤微微點頭：「今天所發生的一切都是真實的，反證了那段曾經存在過的歷史也是真實存在的，但歷史過於久遠以訛傳訛成了神話故事。《山海經》是誰寫的呢？前人傳說是禹、伯夷、夷堅所著，後人說是劉向修編的，無論著作者是誰，都是在傳遞一種怪誕的歷史資訊——那段歷史無疑是曾經存在過，卻被後世給忘卻了，為什麼會忘卻了？是因為發生了文明斷裂現象。」

何為「文明斷裂」現象？就是高度發達的文明突然中斷了。其原因就是在小冰河期之後發生了大規模的全地域戰爭和而後發生的大洪水。司馬遷在《史記．五帝本紀》之中提到了這場戰爭，黃帝力擒蚩尤，北征涿鹿，殺伐天下並取代炎帝統一了國家。而《山海經》中所記述的「常羊戰役」就是這個時期的一場惡鬥。

郝簡仁好不容易才緩過來，吐出一口血沫子之後無力地躺在地上喘著粗氣。方才是一股激勁才抱起青銅戈跟怪物玩命，沒想到遭到重創，此時五臟六腑挪位還沒整過來呢。望著幽藍略顯深邃的穹頂：「研究歷史基本沒用，當務之急是進禁宮還是逃出生天，要不咱們腳下抹油吧。」

「簡仁，白山事件不了了之留下很大遺憾，怪物是如何與人體共生的？他來自何方？有什麼樣的歷史？

現在只能從歷史當中尋找答案。」秦濤強自起身，活動一下僵硬的身體：「打敗一個怪物純屬僥倖，如果出現更多的怪物呢？如果大量的怪物隱藏在現實世界尋找機會發動進攻呢？很顯然，現代的人類並沒有做好與之對抗的準備。儘管科學已經發達到上天入地，以一國之力便可以摧毀地球無數次，但若遭到這種攻擊的話，恐怕是最致命的！」

敵人不可怕，可怕的是以人體為宿主，無處不在，無孔不入，無所防範——機會來臨之際便是人類毀滅之時。從白山事件中的沈瀚文到羲皇封禁的雲中旭，他們共同的特點便是成了異變怪物的宿主，人的肉體毀滅竟然是怪物的重生。多麼恐怖的手段！

秦濤拉起郝簡仁，望向高高的塔臺，紫薇混元珠披著微光在緩慢地旋轉著，而天樞七星盤被扔在第三級臺階上。忽然想起了天樞七星盤遇到紫薇混元珠的瞬間發生奇怪的變化組合的畫面，秦濤不禁暗自驚歎：在上古時代就能創造出如此詭異的「封禁法器」，實在讓人匪夷所思。

天樞七星盤是青銅所制無疑，而紫薇混元珠的材料和功用始終是一個謎。現在看來紫薇混元珠擁有聚合能量的能力，可以發光也可以旋轉，還能讓天樞七星盤進行重組。重組什麼？當然是七星盤九柱神龍所對應的古篆文字！也就是說，在紫薇混元珠的能量影響下，天樞七星盤可以任意組合不同的奇門之局。

秦濤對奇門遁甲一知半解，但一下便想到了這點。

正在此時，李艾媛忽然環抱著雙臂蹲在地上，直勾勾地盯著地面：「好冷，為什麼這麼冷？」

空間溫度始終在下降，秦濤早已經注意到了這點。人體對溫度的變化十分敏感，但外界溫度下降的時候，人體會發生自調解以適應外界溫度，而當達到某個臨界點的時候就會發出預警信號，大腦接到警告之後會連續發出調配指令：身體的組織、器官、血液進行適應新調整，並想方設法逃離不利的環境。

這種「冷」是具有穿透性的，是從裡面往外冷！秦濤發現自己的血液流動速度、呼吸、心跳在不知不覺中放慢了速度，甚至有一種被窒息的感覺。不禁臉色驚變，慌忙握住李艾媛的手：「快撤！」

洪裕達和郝簡仁也被凍得直哆嗦，慌忙跟隨氣溫趨向入口方向。

行進十幾米之後，秦濤忽然停下來，狐疑地望著身後，正看見黃樹奎正癡癡地站在原地，不禁焦急：「老黃，快撤回來！」

黃樹奎如同未聞，也沒有移動。秦濤想要衝過去卻被洪裕達拉住：「小秦，沒發現這裡的溫度與方才那地方不一樣嗎？冷的感覺減輕了不少，我懷疑有問題！」

秦濤凝重地點點頭，同一空間的環境溫度應該是相同的，即便是不同也會在能量傳導之下趨同，最終變成同樣的溫度，只是時間問題。洪裕達繼續快步往回走了三米多遠停下：「這裡冷！」

「是感覺？」

「不是，空間的溫度被某種神祕力量控制了，形成了不同層次——老黃那地方應該是最冷的！」洪裕達焦急地望向距離塔臺只有三米多遠的黃樹奎：「老黃？老黃！」

黃樹奎依然沒有動。

「保持警戒，我看看去！」秦濤感覺有些不對勁，沒來得及多想便向黃樹奎的位置衝去，明顯感到溫度在發生著劇烈的變化，到了距離黃樹奎只有一步之遙的時候，秦濤忽然停下，驚然地看著黃樹奎，他的臉上已經結了一層冰霜，幾乎看不清五官樣貌。

秦濤渾身顫抖一下，比方才還冷十倍！從心裡往外冷是什麼感覺？如同人掉進了冰窟一般，完全沒有反抗能力。滿臉冰霜的黃樹奎看不出面部表情，但可以感覺到莫大的痛苦迎面襲來，秦濤剛想邁出一步，腳卻停在半空，只感覺腳趾間如同被針紮了一般疼痛，然後是渾身刺骨地冷！

「老黃！」秦濤虎吼一聲，空間的回音在震盪，黃樹奎臉上的冰花悄然震落。皮膚的光澤寸寸消失不見，七孔流出紫黑色的「血」——似乎不是血，而是一種黏液，因為人被凍成這樣已經完全沒有了體溫，眼前活生生的人已經早就凍死了，血液已經凝固了。

秦濤後退兩步，眼角的餘光掃見地上的一個瓶子，瓶子裡還有少許黑色的液體，忽然感到一陣恐懼：黃樹奎喝了雲中旭藥箱子裡的神祕液體！在大門前雲中旭倒斃的時候便發現弩箭洞穿的藥箱子裡流出了這種液體，而且流在了他的傷口上。

電光石火之間，秦濤的思維似乎出現了凝滯，連後面傳來李艾媛的呼喊聲都變得虛無縹緲起來。秦濤緩慢地後退著，感覺身體的溫度在發生著微妙的變化，直到退到眾人近前才停下來。

「秦濤，怎麼了？」李艾媛抓住秦濤的手，手冰涼。

秦濤盯著遠處佇立的黃樹奎：「準備……戰鬥！」

眾人面面相覷，郝簡仁抱著衝鋒槍擋在秦濤面前：「濤子哥，是不是？」秦濤點點頭。

空氣幾乎凝滯，呼吸聲變得急促異常。李艾媛拔出手槍，默默地換彈夾，還有兩個彈夾——子彈對於怪物毫無用處，但還有其他有效的武器嗎？

黃樹奎並沒有發生異變，或者說他是因為飲用了那種神祕的液體之後才發生的不明狀況。很顯然，那種液體並非是什麼「飲料」，而是病毒樣本。一種可以讓人「起死回生」的液體，當然並非是真正的「起死回生」，而是神祕的病毒侵入了人體，並且將人體當成了宿主！

這就是氐族的瘟疫之祕，也是烏族長所說被感染的氐族人大多都自生自滅的原因。如果從殷商時期第一次有歷史記錄以來的小冰河期算起，至今已經爆發了四次大規模的瘟疫，這種變態的病毒侵蝕了多少氐族人？在羲皇封禁的禁宮中又有多少氐族人自生自滅？

那些被認為「自生自滅」的氐族人無疑都成了異變病毒的宿主，是不會自生自滅的。因為烏族長曾經說過，那些異族通過病毒的滲透行動從兩件封禁法器被盜便已經開始了，至今已經經歷了近三千年！而異族人所等待的，就是幾百年一遇的小冰河期。由此可見，這種異族病毒跟他的始作俑者一樣不懼寒冷，甚至對寒冷有著極度變態的偏好——愈冷就會愈趨於活躍。

郝简仁也意識到了問題的嚴重性，不禁打了個寒戰：「必須找到變冷的原因，否則咱們都得交代到這！」李艾媛面色蒼白地點點頭，看一眼站在前面的秦濤：「怎麼辦？」

「咱們好像捅了馬蜂窩了！」秦濤漠然地望著塔臺上緩速旋轉的紫薇混元珠和台下已經被冰封的黃樹奎：「洪老，什麼原因能引起這種情況？第一，外界溫度發生了變化，但這是不可能的，隴南地區地處北緯三十四度左右，屬於亞熱帶氣候，外界環境不會發生轉冷變化；第二，小環境發生變化，天坑內的小環境發生異變，但地底空間與外界空間是隔絕的，不會受到影響；第三點，封禁空間發生異變所致。」

洪裕達瑟瑟縮縮地看一眼秦濤：「我想起了微波效應，電磁波轉化成熱能，其穿透力跟這種冷差不多。當然，電磁波只能轉化為熱能，不能製冷，製冷需要二氧化碳或者液氨等媒介，可以速凍。」

「能不能是我們呼出的二氧化碳變成了乾冰形成的製冷效應？」郝简仁終於動了一次腦子，但說完就尷尬了，空間這麼大這幾個人呼出的二氧化碳微不足道，即便是變成了乾冰也不會影響整個空間溫度，況且乾冰在哪？

秦濤搖搖頭，看一眼洪裕達：「奇門遁甲對環境溫度有沒有影響？天樞七星盤在遇到紫薇混元珠的時候發生了某種變化，空間內環境或許發生了變化？比如陽局變成了陰局。」

「有這個可能，但我不能給出科學的解釋。奇門遁甲是順應自然規律而不是改變自然規律。比如天地週期時空轉換在奇門遁甲裡可以表現出來，但奇門遁甲不能改變天地週期。就這個樣子，因地制宜因人而異，這是規律所致。」洪裕達搓著手：「天樞七星盤發生改變意味著空間內週期運行的規律發生了改變，七星盤無法改變空間變化，至於空間變化為何改變我不敢揣測。」

「是不敢揣測還是揣測不到？」秦濤步步緊逼，只想瞭解空間變冷的原因，然後才能做出準確的判斷。洪裕達窘迫地看一眼秦濤和李艾媛：「有一種極端的情況可以導致空間溫度的變化，就是磁極互換。」

「磁極互換？」李艾媛驚呼道：「您的意思是地球的南北極發生了調換嗎？」

洪裕達點點頭：「有一種科學理論認為在地球的一百四十六億年的歷史上，南北極轉換發生了兩次，每次都會引發大冰河期的到來和全球物種的大滅絕。」

磁極轉換會形成冰河期？這個以前聽說過，但總認為是不可能的事情，因為科學無法解釋。但秦濤並不認為科學解釋不了的事情就不存在，科學是人類對自然的認知，對於一百四十六億年的地球歷史，人類的存在不過是一瞬間，科學認知少得可憐！

是什麼原因導致天樞七星盤發生局數的變化？洪裕達的解釋是因為外部空間環境變化所致，還有沒有其他原因？比如紫薇混元珠的影響。秦濤死死地盯著遠處還在緩慢旋轉的影子才發現其中的奧妙：紫薇混元珠的旋轉方向似乎有些不對？方才在第三級臺階近距離觀察混元珠的時候轉速極快，而且會發出耀眼的白光，兩層塔臺都被燒得通紅，說明產生了熱量。

熱量是怎麼產生的？當然是混元珠旋轉切割磁力線所致，也就是洪裕達方才所說的磁場能量轉化為熱能。那低溫是如何產生的？真的是磁極發生了轉換嗎？紫薇混元珠旋轉方向改變影響了空間內的磁場變化？

秦濤一陣悸動：「洪老，回答我幾個問題。」

「好。」洪裕達戰戰兢兢地看一眼滿臉嚴肅的秦濤：「我知無不言，言無不盡。」

「磁極轉換需要什麼條件？」

「這涉及到地球物理知識，一般而言，地球處於太陽系當中，太陽系存在九大行星，太陽與行星和行星之間都會存在相互作用，這種作用便會產生磁場，磁場是由無數的磁力線構成的，太陽對行星的作用對於地球磁場起到決定性作用。」

「如果把地球縮小到我們所在的這麼大的空間，影響磁力線也來自太陽？」

「是。」

「如果空間可以遮罩磁力線呢？」

「磁力線具有穿透一切的性質，不能遮罩。」

「我說的是如果，比如以另外一種可以產生強大的磁力線對空間的磁場進行干擾性遮罩。」

洪裕達奇怪地看一眼秦濤，略微思索片刻：「那將會是一個完全不同於外界的能量場空間，但以現代的科學無法達到。真空狀態下也會有磁場，磁場是地球物理性質，只有強弱之分，而不會發生改變，除非是太陽的影響。」

「我說諸位，咱們別上物理課了好吧？濤子哥的意思是羲皇封禁的空間是完全獨立的空間，連空間內的磁場都是獨立的——太陽都影響不了，如果是那樣的話就簡單得多了，金屬蛋相對於這空間就是太陽，它是罪魁禍首！」郝簡仁換了個姿勢警戒，抹了一把額角的血污：「現代科學達不到不意味著上古的時候達不到，烏族長說了那是諸神的世紀，滿天飛的不是鳥，而是神仙！」

「你說的對！」秦濤從懷中掏出手錶放在地上仔細觀察，才發現手錶的指標一動不動，還指在兩點鐘的位置，不禁驚訝：「我們進入這個空間的時間是丑時一刻，而現在是丑時！」

「時光倒流了？」郝簡仁詫異地驚呼道。

秦濤凝重地搖搖頭：「兩個原因，一是錶壞了，我這個錶是機械錶，不太可能壞；第二，空間內的磁場的確與外面的不一樣，甚至是相反。」

正在此時，郝簡仁忽然低吼一聲：「老黃動了！」聲音都變形了，可見嚇得不輕。

長時間盯著一個固定的目標會產生錯覺，如果目標突然動的話，估計誰都會本能地做出反應，尤其是那個目標還是個死人，會動的「死人」。

「李隊、簡仁掩護！」秦濤一個箭步衝了出去，摘下腰間剩下的唯一一顆手雷，望向塔臺前面的影子，臉色不禁難看起來。黃樹奎所在的位置溫度極低，方才邁步的時候差點沒把腳趾頭給凍掉了，只是一瞬間的感覺。這裡不僅僅是空間意義上的封閉，而是連磁場都被擾亂了，其中的道理也許極其複雜，但現在不是追究其原理的時候。在完全封閉的狀態下，影響空間磁場唯一的原因就是紫薇混元珠——因為紫薇混元珠旋轉的方向反了。但有沒有可能是因為空間磁場突然發生了變化造成紫薇混元珠旋轉變向了呢？非常有可能。

兩者孰輕孰重不用思考就能想像出來：當然是空間的磁場發生了變化所致，也就是說完全封閉的空間磁場因為某種原因發生了變化，但又是什麼影響的？

天樞七星盤！因為秦濤想像不出其他的影響因素。如果整個密閉空間是一個超級機關城的話，影響空間磁場變化的無疑是機關觸發所致，但現在找不到機關中樞在哪裡。

「秦濤，別魯莽！」後面傳來李艾媛的聲音，眼角的餘光才發現三個人緊隨其後追了上來，秦濤不禁著急萬分：「掩護——不要過來！」

這種命令基本不會起到作用，三個人都不可能看著秦濤一個人去拼命。這就是團隊的力量，四個人一路闖來步步驚心同生共死，歷盡多少危險多少磨難數不清，可謂是生死與共的戰友！

黃樹奎的確在「動」，並不是人在動，而是衣服。他的身體收縮了足足有一圈，顯得脖子很細，腦袋很大，眼睛被擠出來掛著霜，跟兩粒凍葡萄似的，寬大的衣服被陣陣陰風吹動著，離老遠一看就像人在動一樣。

「喀！」死寂的空間只有四個人沉重的喘息聲，忽然傳來一聲異動，驚得秦濤立即停下腳步，盯著黃樹奎的屍體。不成比例的身體似乎被真空給裹挾抽癟了一般，在某個瞬間，腦袋爆裂成碎塊紛落下來。

「啊！」李艾媛驚叫一聲。

從碎掉的半個腦袋裡探出三條黑色的觸手，冒著幽光的觸手。估計是黃樹奎這個宿主營養不太「豐富」的緣故，三條觸手比從雲中旭身體裡鑽出來的那個怪物觸手細小得很多。秦濤的腦子快速思索著，張開雙臂示意眾人後退，握著手雷的手不禁顫抖一下。

大戰一觸即發！

見識過從雲中旭體內鑽出來的怪物的威力，即便這隻怪物很瘦小，但也絕對是個難纏的角色。打是一定的，要看怎麼打！秦濤渾身的肌肉都處於緊繃狀態，覺識敏銳地洞察著一切危險的因素。

從自己的位置到塔臺第四級臺階有十五米左右的距離，以全速衝到那至少需要五秒的時間，其中還不包括因為穿透性的冷對身體造成的遲滯傷害。但現在別無選擇！秦濤儘量保持著冷靜，喊道：「大家後撤二十米，五秒鐘引爆，簡仁正面迎敵，李隊策應，洪老斷後，倒計時開始——三、二、一、撤！」

秦濤如一發炮彈一般衝向塔臺，而後面的三名隊友立即後撤。衝到黃樹奎近前的時候，渾身立即被刺骨的冷給洞穿，但卻沒有停下來，速度依舊迅疾，手雷冒著一線白煙飄過，秦濤一個箭步便上了塔臺，眼角的餘光發現三條觸手從背後襲來，一股刺骨的冷風側面而過，秦濤一個魚躍衝頂便上了第二層塔臺。

速度之快，電光石火！只有在絕對實力之下才會產生絕對速度，自從白山事件和雪域行動之後，秦濤的覺識得到了質的飛升，而身體素質也提高了很多。

三條觸手擦著秦濤的後背掃空，手雷在空中劃過一道拋物線，燃燒的速度似乎也發生了阻滯。

秦濤一把抓住天樞七星盤，身體在慣性力之下竟然衝上了第三層塔臺，雙手忽然像被砍了一刀一般，鮮血竟然噴射而出，一條血線濺在緩緩轉動的紫薇混元珠上，天樞七星盤似乎被某種巨大的吸引力吸引一般，砰的一聲砸在了混元珠下面的塔臺上。

「轟！」劇烈的爆炸隨即響起，濃煙伴著火光連同爆炸波立即沖天而起，塔臺前方頓時升起一團白霧。白霧之中無數條黑色的觸手在張牙舞爪著。

已經撤出爆炸殺傷範圍的郝簡仁氣喘吁吁地匍匐在地上，一段黑色的觸手從天而降，落在前面，無數的碎肉漫天紛落，卻沒有看到秦濤的影子。

塔臺上，天樞七星盤恰好嵌入了一個正方形的凹槽內，九條龍柱在發生著劇烈的變化，活動的圓盤也在不斷地旋轉，古篆正在重新組合，而七星盤上方的紫薇混元珠卻停止了轉動。

躺在冰涼的地上望著幽藍而寥廓的穹廬，有一種如星空一般的深邃和寧靜。

深邃的是人的思想，可以穿透時空，可以縱橫天地，可以馳騁寰宇！

寧靜的是人的心境，沒有任何紛擾，沒有任何欲求，沒有任何希望！

人的思想有多深邃，完全取決於他的主觀意識，而主觀意識是脫離於人體所存在的。而人的心境是否開闊取決於他的心智是否成熟。當秦濤躺在地上的時候並沒有被爆炸餘波所攻擊，沒有被那種奇詭的酷冷所馴服，也沒有被空間內古怪的能量場所影響到，但由於衝力太猛，整個人翻到了塔臺的另一側。

從來沒有過的舒適襲遍全身，是因為空間的能量場發生了變化嗎？秦濤不得而知。宇宙的周天運行是有規律的，白晝夜晚，陰陽轉換，時空交錯，地球的自轉和公轉——這一切都在「道」中。所以，古人們才將宇宙初開自己稱為「道」，道化兩儀，兩儀生四象。同樣，人體也有周天運行，並被稱之為「小周天」。人體的小周天與宇宙的大周天是息息相關的，小周天可以調解人體自身的內環境，但無法左右大周天的宇宙大環境。所以這種感覺是因為空間環境發生了變化所產生的？秦濤望向對面的氏族聖殿，不禁驚得目瞪口呆，似乎很近，可以觸手可及；又似乎很遠，縹緲而虛幻。

「秦濤——快醒醒！」耳邊傳來清晰而焦急的呼喚聲，李艾媛正捂著秦濤的頭部聲嘶力竭地喊著，郝簡仁和洪裕達手忙腳亂地給秦濤包紮傷口，秦濤滿臉鮮血，迷蒙了視線。原來不是周天運行所致？躺在女人的懷裡感覺不錯！

秦濤痛苦地呻吟一聲：「能量場又發生了改變……洪老……我有一個重要的發現。」

李艾媛失態一般地抱著秦濤痛哭：「以為你死了呢，先別說話，感覺一下哪裡不對勁？」

睜開眼睛第一眼便看到了那張不甚標緻但還算看著順眼的臉，女人的臉。秦濤一咧嘴：「哪那麼容易死？我是鐵打的金剛，玻璃做的心，身體沒事心容易碎。」

「濤子哥，被女人抱著的感覺不錯吧？以前就跟你說過，沒錯的！」郝簡仁抹了一把臉上的血污哈哈大笑：「李隊，妳把他鼻子捂著呢，呼吸不暢了。」

李艾媛慌亂地把手挪開，卻情不自禁地抱著秦濤的脖子，梨花帶雨，嗔怒地瞪一眼郝簡仁，然後用手帕擦著秦濤臉上的鮮血。

「做沒做人工呼吸啊？」

「做沒做不知道，反正李隊是第一個衝過來的，我們到的時候她正傷心欲絕呢！」郝簡仁長出了一口氣，收斂了笑容：「我感覺有點不對勁啊，我和洪老的速度也不慢，十幾米的距離跑了大概十多秒鐘，但怎麼感覺像是過了一年呢？」

李艾媛輕輕地將秦濤扶著坐起來：「我也有那種感覺，爆炸的瞬間我就衝了過來，但並沒有傷到分毫，手雷的爆炸殺傷半徑有二十多米，我發現好像在眼皮底下爆炸的，但感覺卻很遙遠，就跟看那座大殿一樣。」

眾人都望向雄渾的建築，不禁驚得目瞪口呆：大殿正在變得縹緲虛幻，而且正在坍塌，穹拱正在墜落，飛簷正在分崩，磚瓦正在碎裂，柱子正在傾倒，殿宇正在崩潰！

洪裕達摘下鏡片碎裂的眼鏡使勁擦一下眼睛，不可思議地望著眼前發生的一切，真真切切地，沒有半點虛幻。恢弘的大殿在十幾秒鐘內便完全崩塌，煙塵如彌漫在鎖雲嶺上的雲霧一般沖天而起，遲遲不散。

「空間坍塌？爆炸造成了時空坍塌？一定是這樣！」洪裕達凝重地望著滿地的廢墟，這是用科學所無法解釋的現象，儘管極力搜索相關的資訊，但沒有任何發現。如果能解釋的話，只能說是時空發生了坍塌，這是當下世界科學界最時髦的理論。

「時空坍塌會造成蟲洞，那是另一種時空存在的形式——一枚小小的手雷爆炸威力還不至於導致這個。」秦濤收回視線冷靜地看一眼李艾媛，感覺臉火辣辣的，心也不由得顫動一下，女人溫軟的手似乎顫抖一下，卻被握得更緊，秦濤泰然地一笑：「李隊，我想聽一聽妳的意見，妳跟我們最大的不同是具有超強的能量場，意見絕對是最權威的！」

郝簡仁瞠目結舌地看一眼兩人握著的手，濤子哥什麼時候變得這麼大膽了？不過也是，都三十而立了也應該找個女朋友了，不然不符合自然規律啊！不禁一本正經地笑了笑：「李隊號稱神探，可以刺透人心探索別人的記憶，妳千萬別客氣，我家濤子從不花心也不沾花惹草，鐵膽豪情，義薄雲天——現在還是處男呢！」

「別扯沒用的，我是認真的！」秦濤瞪一眼郝簡仁呵斥道：「只有弄明白究竟發生了什麼事情才有可能逃出生天，否則我們這輩子就得困在這，永不見天日。」

沒那麼嚴重吧？郝簡仁下意識地哆嗦一下，欲言又止。

「也許我說的不一定對，只是感覺。」李艾媛輕輕地放開秦濤的手，起身望向大殿的廢墟：「每個人都有自己的能量場，有的很強也有的很弱，有的自己能夠感知到，有的卻無法感知。但在外界能量場發生變化的時候，無一例外地都能感知出來。能夠探尋別人的記憶是偶然間發現的，我也不知道為什麼，大概是因為我的能量場比較強，可以穿透別人的能量場。記憶是人的一種潛意識存在，只有當人把這種潛意識存在激發出來的時候，才會影響其自身的能量場，所以我才能感知得到。」

洪裕達凝重地點點頭：「李隊分析得有道理。」

「這些不是最關鍵的，關鍵的是當我感知到別人能量場的變化，可以將那種變化還原，也就是你們所說的探索別人記憶的功能。」李艾媛凝神看著秦濤：「不過需要消耗大量的精力做這件事，方才在爆炸的瞬間我有一種奇怪的感覺，我預感到你一定會受傷，而且是頭部，就……就提前衝過來了，所以比簡仁和洪老提前到達。」

秦濤微微點頭，也就是說自己判斷的沒錯：在爆炸的瞬間已經衝上了塔臺，而且天樞七星盤被歸位，紫薇混元珠停止了旋轉——也就在這個時候，空間能量場發生了徹底改變，所以才能夠影響到李艾媛，李艾媛自身強大的能量場感知到了這一變化，從而形成了「預感」，也就說是「直覺」，並付諸了行動。

這一過程很奇妙！

「洪老，我有一個大膽的猜測！」秦濤不禁興奮起地望著幽藍深邃的穹拱，宛如星空一般的穹頂上隱約可見北斗星陣的暗影，秦濤幽幽地深呼吸一下：「這裡是獨一無二的空間，這個空間與我們所生活的現實空間完全不一樣，我想說的是先前我們的判斷是沒有錯誤的，這裡的能量場與地球磁場不是同一個——我不想用神祕主義思維去解讀這種現象，只能這樣解釋，這裡的空間是人為創造出來的，以超強的能量場遮罩了地球磁場，從而形成了一個獨立的空間，或者說是一個牢不可破的區域空間，這就是羲皇封禁的祕密。」

洪裕達凝重地點點頭：「地球磁場具有穿透一切的性質，是無法遮罩的，甚至在整個太陽系都存在這種能量場，除非有一天太陽死了變成了白矮星之後，其能量的影響將會衰變，地球的磁場乃至太陽系的磁場才會發生改變。」

「可以不用思考那麼複雜，只當這個空間是一個電容器，是在磁場真空情況下形成的——我說的磁場真空。」

「誰能創造磁場真空？」

「諸神！」

「諸神？」李艾媛詫異地看一眼秦濤：「又回歸了神學，別忘了你是一個完全的唯物主義者，哪裡有什麼諸神？」

秦濤望一眼不遠處的聖殿廢墟：「試驗一下大家就明白了，簡仁，去看看廢墟的情況，順便撿回來一塊磚塊瓦礫，萬一是比青磚漢瓦還珍貴的呢？比如唐堯虞舜時期的老古董！」

「好哩！」郝簡仁背好衝鋒槍向聖殿廢墟方向跑去。

望一眼塔臺上已經停止轉動的紫薇混元珠，秦濤一本正經地看一眼洪裕達：「我們已經經過了三重禁宮，只是完全沒有感覺而已。按照正常思維理解，烏族長所說的羲皇封禁九重禁宮是空間的概念，在仇池山地下數百米甚至數千米深的地方，以人工建築形式的鐵壁囚籠——其實我們犯了先入為主的錯誤，羲皇封禁甚至不是時空的概念，而是以能量場形成的完全封閉的空間。這個空間應該是九重結構，每一重都具有不同的能量場波段，比如第一重玄關，就是我們進來時候的情境——但那個情境也不是殷商之前的情境，因為在武丁時期這個能量場空間遭到了破壞，兩件封禁的法器丟失，從而改變了能量場。」

洪裕達怔怔地看一眼秦濤，指了指自己的腦袋：「小秦，我的腦袋鏽掉了！你說的有道理，有理有據，只是用科學無法解釋如何創造這種能量場空間，技術上無法突破。」

「不要用現有的科學認知試圖解釋這裡發生的一切，就像不能用現代人的常規思維考慮上古時期古人的智慧一樣。」李艾媛不禁歎息一下：「上古的神話傳說不僅僅是傳說，而是真實發生的歷史，只是那段歷史距離我們太過遙遠，而且還被人刻意地隱瞞，所以後世根本無法看清歷史的本源。」

這是最貼切的一種解釋。關於上古的歷史，只能從現有的史料和文物上進行考證，比如《山海經》、《史記》等一些古籍。司馬遷在《史記．五帝本紀》裡曾經試圖進行歷史還原，他沒有採用民間相關的一些傳說，也沒有捕風捉影地把不靠譜的故事寫進去，只根據相關有限的史料整理成史。但在兩千多年前司馬遷撰寫《史記》的時候，史料就少的極為可憐，甚至只有一些隻言片語。

關於上古的歷史或者說是殷商之前的很長一段時期的歷史，在中國人的記憶中是十分模糊的，連諸子百家都對那段歷史諱莫如深，究竟是什麼原因？

大概有兩個原因。

第一，那段歷史被刻意掩蓋。比如儒家自古就有「儒不傳道」的「習慣」，此「道」並非是「道家」的道，而是遠古之初的意思。也就是「道生兩儀」中的「道」！不知道儒家為何對那段歷史那麼諱莫如深？而後秦始皇焚書，焚的什麼「書」？現在揣測絕對不是普通的「書」，而是關於「史」的書；再後是漢朝董仲舒罷黜百家獨尊儒術，「道」在兩千多年前就已經絕跡於世間。而西晉發現的《竹書紀年》是一個特例。

第二個原因，那段歷史以一種特殊的形式流傳於世間，但沒有人相信那是真實發生的歷史——就是上古神話。歷史不是神話，神話卻是歷史。文明的弔詭就在於此。為何世人不相信神話就是歷史呢？因為思想早已經被固有的思維所禁錮，因為歷史的真實被所謂的「科學」裝在了囚籠裡。

曾經有過一個輝煌而燦爛的文明時期出現，歷史追蹤到唐堯虞舜之前，那是諸神的世紀！秦濤一想到這點不禁渾身顫抖一下：「神」在哪裡？很顯然是在歷史當中，隱藏在人的記憶深處，就在我們的身邊！

「只有證明這個獨一無二的空間是真實存在的，才能證明我所做的猜測。」秦濤緩步踏上七重塔臺臺階：「洪老，初進來所呈現出來的景象應該是武丁時期紫薇混元珠和天樞七星盤被盜之後所形成的，氐族人所守護的不過是羲皇封禁的第一重玄關，他們不知道羲皇封禁的祕密，也就不知道始終守護著的是九重禁宮這個事實。如果我所猜測不錯的話，三千多年來氐族人所居住的恢弘大殿應該是虛幻的，我們所看到的也是虛幻的，該怎麼解釋？」

洪裕達擦了一下冷汗：「奇門遁甲可以達到這種效果。」

「但在上古時代沒有奇門遁甲，只有河洛之法。如果您自信奇門遁甲使然，就證明我們現在正處在一個奇妙的河洛法陣當中，也就是說羲皇封禁要比後世的九宮八卦、奇門遁甲玄妙得多，因為這是真實存在的虛幻。」李艾媛跟在秦濤的後面：「邏輯錯誤，既然是真實的何來虛幻？」

正在此時，郝簡仁聲嘶力竭地嗷嗷怪叫著從後面瘋狂跑回來，拌蒜一般摔倒在地，趴在塔臺第一級臺階上：「濤子哥……啥也沒有啊，甭說是秦磚連他〇的渣滓都沒有！」

洪裕達和李艾媛驚得張大了嘴巴，情形與秦濤所分析得一般無二！這說明他們所看到的恢弘聖殿從一開始就是虛幻的，甚至有可能是從殷商武丁時期羲皇封禁兩件法器被盜之後，這個獨特的空間發生了根本改變之後就已經存在，氐族人苦守幾千年的聖殿竟然是虛幻的存在。

從科學的角度根本無法解釋這種現象。虛幻存在於現實之中，現實何嘗不是虛幻的存在？奇門遁甲之術可以借助特定的自然環境而改變墨守成規的認知，讓人感覺是一種神奇的「法術」，但其實奇門遁甲並非是魔法和妖術，而是利用自然規律的極致科學。所以，上古時代的「河洛」之術是一門高深的科學智慧，而非如「幻術」那樣簡單的小伎倆。

秦濤微微點頭，並沒有太大的驚訝，一切都在自己的判斷之中，唯一感到有些不解的是，既然是虛幻的，為何會垮掉成了廢墟？一開始進入這個神祕空間所看到的恢弘聖殿與現在已經垮掉的虛幻的廢墟是否存在某種必然的聯繫？或是所看到的廢墟幻影難道是曾經存在過的聖殿，在某種極端情況下成為廢墟，而由於空間能量場發生了改變從而記錄下來的？

還有一個極端的情況，那就是因為空間能量場發生改變而造成「時光倒流」或者是「時空重置」的想像。秦濤掏出手錶看了一眼，心不禁一陣狂跳：方才還是丑時，而現在卻是子時三刻多一點？也就是說經過空間能量場的轉換，時間真的發生了「倒流」現象。同一空間，不是同一時空，這種現象怎麼解釋？

「洪老，時間是什麼？」秦濤凝重地看著洪裕達問道。

洪裕達推了一下眼鏡思索一下：「這個問題還真不好回答，哲學家認為時間只是虛幻的存在，過去、現在和未來都是虛幻的。但愛因斯坦的狹義相對論認為，時間是品質和速度的結合體，任何物質都有品質，任何物質都處在運動之中，所以才會產生時間，從天體物理學角度而言，地球的自轉和公轉的現象也同樣適合，所以說時間應該是衡量物質的品質和速度的綜合符號。」

「時間變成了符號？濤子哥啊，咱不討論這麼無聊的問題好不？好端端的大殿怎麼能夠是虛幻的呢？難道我出現了幻覺？」郝簡仁終於爬起來心有餘悸地歎息道。

秦濤專注地看著嵌入塔臺凹槽裡的天樞七星盤：「不解決這個問題恐怕會出大問題，因為從進入玄關到現在，我估計已經有兩個多小時了，子時三刻進入，現在應該是寅時一刻，但機械錶顯示的時間是子時三刻！」

「還是子時三刻？」郝簡仁張大嘴巴難以置信地看著秦濤手裡的機械表，呼吸不禁沉重起來：「那兩個小時跑哪去了？我感覺度日如年啊，估計現在外面應該早就兩天了吧？」

秦濤收起了機械錶：「洪老，這個該怎麼解釋？」

洪裕達有些崩潰地搖搖頭：「我是考古學家啊不是科學家，小秦，不過我感覺有點玄幻，不可能發生這種情況的，除非我們進入了平行宇宙空間，但那只是前沿科學理論，現在沒有證據證明存在平行宇宙。」

「有三個疑點或許可以支援我的判斷。第一點，我們初次進入的那個空間與顯示空間也並非是同一個空間，所看到的恢弘大殿以及八座氏族武士骨骸是真實存在的，那時候時間便開始發生變化了，是因為能量場變化的原因。雖然所有人都看到了那個場景，但相對於現實而言卻是虛幻的，或者說我們進入了另外一層空間，這也是羲皇封禁的祕密。」

郝簡仁拍著腦袋：「您先等等我好好算計算計，腦袋怎麼好像缺一根弦呢？」

的確很難理解。秦濤認為在進入青銅鐵門之前所看到的一切都是現實存在，但進入這個特殊的能量場之後所看到的便是虛幻的——這個虛幻並非是「不存在」那種虛幻，而是另外一個空間，即殷商武丁時期封禁法器被盜後的那個空間，所以並不是現實空間。那個空間與現實空間存在時間差，是一刻鐘！

「第二個疑點，進入空間之後所發生最為蹊蹺的一件事便是空間再次發生了改變，空間機關啟動，烏族長和四名氏族武士血祭塔臺，紫薇混元珠自動旋轉並釋放了大量的熱量，而烏族長他們卻消失不見，簡仁，該如何解釋這種現象？」

郝簡仁駭然地看一眼紫薇混元珠：「是因為進入了第三層空間，他們血祭之後留在了第二層空間，也就是跟雲中旭體內冒出的怪物大戰的那個空間。」

「你說對了一半，烏族長他們的確留在了第二層空間，血祭之後完成了空間轉換從而進入了第三層空間，與怪物大戰是在第三層空間。」

「為什麼？」

「我清晰地看到烏族長在眼前消失的，那時紫薇混元珠還沒有旋轉，空間還沒有轉換，紫薇混元珠旋轉之後釋放熱量，空間轉換完成進入第三層空間。」秦濤淡然地看著幽藍的蒼穹：「這裡有一個紕漏，就是雲中旭何以能夠穿越第三層空間，我想應該是隱藏在他體內的怪物作祟的結果。」

李艾媛凝眉看一眼秦濤，腦洞開得太大了吧？不過線索和證據的確指向了這種猜測，沒有任何其他的解釋比這個更合理，不禁微微點頭：「你的猜測有合理之處，但也不是那麼完美，酷冷那層該又是一個空間了吧？」

「嗯，那是一個紊亂的空間，不知道是第幾層，很可能是因為我將天樞七星盤丟在第三層臺階上之後，星盤受到紫薇混元珠影響，而發生了空間改變，改變是隨機性。」秦濤低眉思索道：「但這種隨機性也許不存在於預先設定的空間之內，不知道大家想過沒有，氐族傳說中被羲皇封禁的異族有一個十分古怪的特性，他們喜歡寒冷，所以被封禁之後等待小冰河期的到來，期望以大環境的改變從而影響河洛之術所營造的小環境，從而復活。」

洪裕達伸出大拇指：「有道理！與黃樹奎戰鬥的那層空間的確是第三層，在爆炸的瞬間你將天樞七星盤歸位之後，空間再度發生了轉變，也就是我們現在所處的空間，應該是第四層空間？」

秦濤搖搖頭，望著穹頂上美輪美奐的星空：「也許不是第四層，因為空間發生了紊亂，從穹頂上的北斗星陣的狀況和紫薇混元珠的狀態來看，我們所在的位置應該是在玉衡禁宮，是第七層空間。」

所有人都專注地望著穹頂上的情況，但見北斗星陣的確有些與眾不同，其中一顆星極為明亮，郝簡仁不禁嘖嘖稱奇，看了半天才歎息一下：「還是沒看懂！」

「其實很容易理解，我們初入的時候看到了穹頂的星空了嗎？沒有，是在哪一層看到的？應該是第三層，那時候天樞七星盤在第三級臺階上，但已經開始發生作用了。」秦濤望著深邃而寧靜的空間：「不妨可以驗證一下，我判斷這層空間裡應該存在八座完好的氐族武士骸骨雕像，但很可能是損壞的，甚至會發生非常殘酷的大戰，屍橫遍地，而大戰的結果是氐族的聖殿被毀掉了。」

如果秦濤的判斷是正確的，將會徹底顛覆人類對空間的認知！洪裕達不禁興奮地點點頭：「走，驗證一下！」眾人走下塔臺，向廣場邊緣甬道方向走去。

李艾媛低頭思索著：「秦濤，你的判斷有一個最致命缺陷，我們為什麼會隨著空間轉換而能夠進入其中？」按照方才的理解，雲中旭和黃樹奎能夠穿越不同的空間是因為體內隱藏著「伊澤爾」的怪物，難道他們也感染了病毒嗎？

秦濤苦笑一下：「其實應該一分為二地看待這個問題，首先我說的空間是指能量場空間，而並非是真正意義上的三維空間。最直接的證據是在第三層空間的溫度變化，我們處在能量場空間邊緣的時候並不覺得寒冷，而塔臺中心的溫度是很低的，這說明空間發生了分野。」

「濤子哥，你的意思是羲皇封禁指的是這塊能量場空間，而其存在於現實空間之內？」

「嗯，就是這個意思。」秦濤緩步向前走著，幽藍的穹頂之下忽然出現了兩排碩大的雕像，每個雕像都殘破不全，而再向前走了兩步，便看到遍地狼藉不堪，大量的骨骸遍地都是，儼然進入了萬人坑一般！

眾人緊張地後退了兩步，向甬道的盡頭望去，地面上無不全是骨骸，各種各樣的兵器散落各處。郝簡仁撿起一把繡蝕的砍刀，發現都已經卷刃了，不禁驚呼一聲：「怎麼回事？烏族長不是說感染病毒的氐族人自生自滅嗎？這裡可是發生了大戰啊！」

秦濤搖搖頭：「自生自滅只是他們的一廂情願，任何感染病毒的人都會成為異族怪物的宿主，也許氐族發現了這個問題，所以才互相殘殺，但也許是有先後之分，沒有發生異變的人被怪物全部殺死了。從刀的形制來看，應該發生在明末時期。」

「這也從另一方面驗證了我們所說的第三層空間的確不應該存在，也說明第二層空間應該是在這個空間之前——因為骨骸雕像全部是完整的，而且沒有發現大量的骨骸現象，或許是在殷商之前的那層空間，也就是第七、八、九三層空間。」李艾媛終於長出了一口氣：「最主要的證據還有氏族聖殿的崩塌，也是發生在明朝的事情。按照烏族長的說法，明末發生了一次最嚴重的瘟疫事件，也與我們所瞭解的史料相符合，明末清初是歷史上的第三次小冰河期。」

秦濤微微點頭：「所以，自從武丁時期封禁法器被盜之後，羲皇封禁的空間就已經全部紊亂了，才給了異族重新復活的機會，他們正等待的第四次小冰河期就要到來，據測算應該是在二〇三〇年。」

「秦濤，我還有一個疑問，從川北的案子來看，很顯然是雲中旭策劃的，烏族長和氏族武士都是被利用者，為什麼？」李艾媛望著屍骸遍地的空間不禁凝重道：「其實氏族在幾千年來在不斷地尋找著封禁法器，但異族人很顯然也在通過任何可能的方式尋找，但最終還是被異族人找到了。」

這是最弔詭之處！異族人早在封印法器丟失之後就開始了尋找打破禁錮的方法，他們借助未知病毒對氏族人進行滲透——滲透的目的當然不是要消滅氏族，而是要衝破禁錮。但由於他們的生命特性的特殊性，對嚴寒天氣嚴重依賴，必須在小冰河期的時候才能進行反撲。但小冰河期的週期是三百多年，每一次反撲都要等那麼長的時間，所以在幾千年的歷史當中，他們只等到了三次機會。

而這一次是最接近成功的一次，因為病毒已經滲透到了現實世界！雲中旭便是其中的代表。

「我們差點犯了一個致命的錯誤，就是誤使第三層酷冷的空間觸發。如果沒有及時改變的話，異族人所期待的小冰河期就會提前到來，至少提前四十年到來。」秦濤心有餘悸地感歎道：「當務之急是把天樞七星盤和紫薇混元珠歸位，他們應該在第七層空間，也就是我們所經歷的第二層空間。」

洪裕達拍了拍秦濤的肩膀：「你的判斷是正確的，真的讓人不可思議啊。按照這個判斷可以揣測出來，羲皇封禁是世界上最牢固的囚籠，利用紫薇混元珠和天樞七星盤所營造的能量場空間可以達到封禁異族人的目的，第二層產生的強光和能量完全可以遮罩外界小冰河期的影響。」

「所以只要能量場空間存在，異族人不會有任何機會，由此可見上古時代的文明已經達到了極為可怕的地步！」秦濤轉身望向七重塔臺，經過現代科學技術的鑒定，紫薇混元珠的材料是由某種具有放射性的材料製造的，但天樞七星盤是青銅器，這說明了什麼？也許所謂的「紫薇混元珠」根本就不是地球上應該存在的東西，而是異族從其他星球帶來的嗎？或者說異族是用紫薇混元珠人為地製造適合於他們生存的「冰河期」環境，而上古文明發現了這個祕密，巧妙地應用「河洛之術」與紫薇混元珠營造了這個牢不可破的囚籠。

但如何回到第二層空間呢？

◊

黎明時分，站在天坑瀑布的岩壁雲梯上便可以清晰地望見遠處黑煙滾滾，徐建軍緊張地放下望遠鏡大手一揮：「加快速度！」

一夜激戰，戰士們累得疲憊不堪。從入鎖雲嶺便開始了夢魘一般的戰鬥，鎖雲洞內的敵人好不容易才被肅清，還搭上了三名戰士的生命，傷了五個人。其中一個戰士是被石柱砸落了螢淵，讓徐建軍痛苦不已。從來沒有過的疲憊襲遍全身，這種高強度的作戰雖然也曾經有過，比如在白山和雪域，但都無法跟這次相提並論。對手是無處不在的鬼怪，他們熟悉作戰環境，而且攻擊力相當驚人。徐建軍不知道，那些氐族人是感染了致命病毒的，從某種角度而言，他們是在跟異族作戰！

如果在冰河期環境下，他們會破體而出，不要說是兩個班的戰力，就是兩個營都未必有勝算。

隊伍突進到中心島，徐建軍才發現整個島一片狼藉。一棵龐然大物一般的巨樹倒伏在小島上，幾乎壓塌了所有木板房，更令人觸目驚心的是中心島上遍地屍體，不少女人和孩子驚恐而無助地哭著，那種撕心裂肺聽著難受至極。

「連長，這裡好像遭了風災和大地震，島被撕開個大口子，這可怎麼辦？」魏解放擦一下臉上的污穢跑過來：「對面有一座過水橋可以登島，已經佔領了制高點，您下令吧，是全部擊斃還是俘虜？」

徐建軍凝重地望著中心島上的慘況，不禁深呼吸一下：「排查危險分子，深埋屍體，全面消毒，發放給養物資，我帶幾個兄弟找秦連長他們！」

「是！」魏解放敬了個軍禮。轉身揮手：「二班全體都有了——搶佔有利地形，排查、深埋、消毒、發給養！」

雪千怡戰戰兢兢站在徐建軍後面，望一眼中心島上的慘狀：「徐連長，我跟您找秦連長去！」

徐建軍冷靜地看一眼雪千怡：「妳怎麼看？」

「該不會是秦連長他們幹的吧？他們的戰力沒有這麼驚人，這裡好像發生了很詭異的情況啊！」雪千怡小心地看一眼徐建軍：「咱們跟氐族人激戰了一夜，秦連長他們也一樣，不過太蹊蹺了。」

「哪裡蹊蹺？」

雪千怡指著中心島上已經融化得只剩下基座的塔臺：「從顏色判斷應該是銅鑄的，已經化成水了，怎麼解釋？還有小島被撕裂，巨樹被連根拔起，但您發現沒有，樹葉卻沒有被燒到，這麼近為什麼毫髮無損？」

徐建軍的臉色越來越難看，難道這裡真的又發生了白山事件？地面上有積水，明顯昨夜下了一場大暴雨。想要調查明白事實真相，必須得找到秦濤。徐建軍一聲不吭地沿著河邊向對面走去，雪千怡如影隨形地跟在後面：「還有一個蹊蹺之處，小島上剩下的全是女人和孩子，男人們跑哪去了？」

女人就是嘰嘰歪歪，用腳後跟都能想到，當然都去鎖雲洞作戰了！徐建軍不禁深呼吸一下：「雪警官，我也想知道。」

「都戰死了。」

魏解放救災的經驗的確十分豐富，而且後勤管理也井井有條，非常順利地將島上的氐族人給弄到了臨時安置點，然後開始打掃戰場。不過徐建軍和雪千怡到了島上看見被融化了的青銅塔臺之後，才感覺到事情沒有想像的那麼簡單。

「報告連長，有重要發現，巨樹之下的鴻溝裡發現洞穴！」一名戰士氣喘吁吁地跑過來。

徐建軍和雪千怡慌忙跟著戰士向巨樹方向跑去。

◊

神祕空間內，眾人在塔臺上稍事休息，一夜水米未進卻感覺不到餓。按照秦濤的理解，不過是過去了幾分鐘的時間而已，因為現在依然是子時三刻。郝簡仁躺在地上望著穹頂上美輪美奐的星空：「洪老，按照您的意思咱們現在是處在明朝的時候？我就奇了怪了，如果是按照這個能量場空間設計一個超大的空間會怎麼樣？最好設計成盛世大唐的時候，萬國來朝啊，多氣派！」

「想的不錯，不過是不可能實現的，以現代的科技文明而言都無法創造出這樣的空間，可見上古時代的文明發達到何種程度？但可笑的是現代人說那時候還處於蠻荒時代，甚至都沒有進入到青銅時代，而事實很打臉！」洪裕達看一眼盤腿坐在塔臺上的秦濤，臉色不禁緊張起來：「其實我倒是希望回到上古時代，看看那時候究竟發生了什麼。」

李艾媛不禁苦澀地搖搖頭：「我猜測這個空間的起始點應該在異族戰敗之後，您回到那個時代空間也未必能看到什麼。」

影響神祕空間能量場變化的主要原因是什麼？按照洪老所說的理論，小環境是無法影響大環境的，但似乎有些違背自然規律，比如「蝴蝶效應」就是最典型的例子。神祕空間能量場是獨立於現實時空的，之所以發生變化應該是由中樞機關所控制的，也就是說天樞七星盤所表現出來的奇門之局是因為空間能量場改變而改變的，但這又不符合自己的判斷。

天樞七星盤顯然無法改變整個空間的能量場，它所顯示的奇門變化是改變後的空間，但真正的中樞機關控制單元在哪？秦濤百思不得其解，面對著嵌入塔臺裡面的天樞七星盤愁眉不展，想要將兩件法器歸位到第七層空間，勢必要改變空間能量場，退一步說即便再次進入那個空間，如何才能脫身？

在不知道控制能量場變化原理之前，任何魯莽的行動都將毫無意義，甚至會觸發極端的情況，比如造成空間的小冰河期現象。秦濤盯著七星盤上九條龍柱所對應的古篆，不斷地思考著。

古篆的變化顯然是因為空間能量場發生變化所致，而空間能量場是由中樞機關控制的。紫薇混元珠在其中起到了什麼作用？按照之前的猜測，紫薇混元珠是異族人用來營造適合他們生存的小冰河期氣候的，而不是人造之物。

秦濤盯著紫薇混元珠仔細觀看，這東西懸浮在七星盤之上一尺多高的位置，上面鑲嵌的九條神龍栩栩如生，現在正與七星盤上的龍柱相對應。可見天樞七星盤乃是根據紫薇混元珠的特異性所造的。但七星盤真正的作用是什麼？僅僅是反應空間能量場的變化嗎？洪老說它的每一次變化都對應著奇門遁甲中的一局，因此猜測是以這樣的方式來達到囚牢作用的。而烏族長說這兩件法器是第七重禁宮的，那其他禁宮法器是什麼？秦濤回憶了半天也沒有印象，經歷了四重空間的轉換之後，空間內唯一變幻的便是能量場，並沒有發現什麼法器。能量場的變化觸發了兩件法器狀態的改變。

但如果相反呢？秦濤的心不禁一沉，方才只考慮了能量場變幻的事情，有沒有可能是兩件法器狀態的改變導致空間能量場的變化？尤其是紫薇混元珠的變化。這個空間的運行原理看似十分複雜，其實也很簡單：能量場按照設計好的狀態發生改變而已。羲皇封禁有九重禁宮，也就是說異族人被層層封禁，牢牢「鎖住」，這種「鎖」指的是以能量場加上「河洛」之術封鎖的。

想要突破空間封鎖勢必要知道所對應的「河洛」局數，否則不可能破解。因此，兩千多年前武丁時期，進入羲皇封禁第七重盜走兩件法器的人才是真正的高人，用烏族長說的就是「高道」者，也一定是根據每層空間的「河洛」局數破解的封禁。從這點來看，天樞七星盤的作用絕非是加密密碼那麼簡單，也不可能是提示世人該空間封鎖的「河洛」奇門局數，那樣會產生「此地無銀」的效果。秦濤望了一眼高高的穹頂，北斗星陣中的「玉衡」極為明亮，似乎預示著這裡就是玉衡禁宮一般。

氐族傳說每一重禁宮都有九皇星君鎮守，不過是以訛傳訛而已。轉換了四次空間也沒有發現鎮守空間的「星君」——那是道家神仙體系而已。腦洞大開一點，也不過是利用星陣的力量對封禁進行加持而已，但遙遠的宇宙力量真的能影響到「河洛」局數嗎？也未必。所以，天樞七星盤真正的作用，也許是古人認為天上的九皇星君鎮守著封禁就能確保萬無一失。所以，不管空間如何變幻，天樞七星盤都會在穹頂上顯示了星君之位元，但究竟遙遠的「玉衡」星君能起到多大的作用呢？

這不是自己所關注的問題，真正影響空間能量場變化的只有紫薇混元珠。秦濤盯著安靜地懸浮於空中的紫薇混元珠，難道它就是導致空間能量場發生變化的原因？腦海裡出現了一幕幕關於這枚奇怪的「金屬蛋」種種狀態：有高速旋轉的，有緩速運行的，現在則是靜止狀態。

紫薇混元珠和天樞七星盤埋葬在古墓之中有千年之久，但並未影響古墓「小環境」的變化，如果影響的話也許會形成「奇門遁甲」的變局，或許沒有人能夠發現那座唐朝古墓。所以，可以確定紫薇混元珠只能在某種特定的情況下才會起作用——比如在這個神祕空間內。

秦濤長出一口氣，洪裕達和郝簡仁湊到近前：「小秦，研究出來沒？」

「有一點頭緒，紫薇混元珠就是空間能量場變化的中樞，他的運行狀態或可造成空間轉換。」秦濤長出一口氣：「而天樞七星盤則是一種特殊的定位器，定位九重羲皇封禁空間。」

「太神奇了！但無法用科學解釋啊。」

「我們的科學認知還停留在利用自然的階段，但是在上古時期或許達到了改造自然的境界，當然不是我們的老祖宗，而是文明高度發達的地外文明——紫薇混元珠不是地球的產物，而是來自地外空間的異類。」秦濤起身圍著紫薇混元珠轉了一周：「但也只是猜測，不能確定。」

「怎麼樣？」

李艾媛疲憊地爬上塔臺，方才查看了一下這個空間的情況，發現的確有些不太一樣，除了遍地狼藉的骨骸之外，就是那座始終在持續坍塌的恢弘聖殿。彷彿是時間被定格在某個節點之上，而那種坍塌也是虛幻的，看得見感覺得到，卻虛無縹緲。那是一種奇怪的感覺，好像自己探視別人記憶的時候瞬間的感覺。

「李隊，我想試驗一下，萬一成功了呢？」秦濤擦了一下額角的細汗，發現思考才是最累的活。

李艾媛皺著眉頭：「沒有萬一，只有一次機會。」

秦濤不禁緊張地深呼吸一下，她說得沒錯，如果弄錯了絕對無法逃生，而且也不知道會發生什麼狀況。空間能量場有九種變化局勢，萬一弄錯了給關進異族所在的空間，估計真就穿越了。

「好吧，我保證……」

李艾媛溫柔地看著秦濤，也許這是這輩子她所聽到的最不靠譜的保證，但還有其他的辦法嗎？沒有。與其坐以待斃不如放手一搏，選擇相信別人真的好難！

「諸位，我所做的全部是基於判斷，如果——我說的是如果，猜測正確的話，空間能量場變化是由紫薇混元珠所引起的，它是羲皇封禁的中樞，而天樞七星盤是以河洛之術對空間加以定位的，或許也可以理解為以北斗星陣九皇星君之力對空間進行加持。」

李艾媛眉頭微蹙：「又在講神話？」

「不是神話，而是歷史，因為爆發曠世大戰的時代是諸神的世紀，被後世以神話的形式記錄下來。」秦濤鄭重地看著李艾媛等人：「會有十種可能情況發生，或許會進入九重禁宮中的任何一重，最極端的是進入那個並不存在的空間狀態，造成小冰河期來臨。」

郝簡仁沉默地點點頭，拍了拍秦濤的肩膀：「只要不把我跟外星人弄到一起就行！」這種情況的確存在，其機率大概是十分之一，好點的情況應該不會出現，不過秦濤一點底氣也沒有。望著三個戰友走下塔臺的背影，心裡不禁一陣疼痛，是那種針紮一般的痛。不管怎樣都要試一試，萬一能成功呢？秦濤盯著紫薇混元珠，用匕首尖碰了一下，就在這一瞬間，塔臺竟然劇烈地震動起來！

事發太突然，秦濤第一反應就是跳下了塔臺。

十幾米高的七級塔臺連同整個空間都在驚顫著，幾乎站立不穩。穹頂之上美輪美奐的星空突然變得暗淡起來，幽藍而深邃的穹頂似乎在遭受著莫大的衝擊，不知道是什麼力量，也不知道從何方而來，是那種可以毀天滅地的力量！

秦濤驚駭地看著紫薇混元珠，竟然在某種神祕的力量之下開始了旋轉，而穹頂上的星陣也逐漸穩定下來，幽藍的光開始恢復，空間穩定下來。但地面還在微微地顫抖著，如果不是全程經歷了空間的變幻，還以為是在完全封閉的飛船上。

冷汗滴落，思維似乎停滯。秦濤回頭看一眼三位戰友，只見李艾媛正抱著頭在地上打滾，不禁眼前一黑，不顧一切地衝到了近前：「挺住！外面發生了變化影響了能量場，馬上就會過去！」

郝簡仁驚懼地趴在地上聲嘶力竭：「該不是又天雷滾滾了吧？沒準老徐在外面鼓搗炸藥要進來呢！」

「有可能，準備隨時應對！」秦濤太瞭解了自己的戰友了，如果老徐的支援抵達這裡，第一時間會想辦法炸開密道的入口，但他未必能找到這裡，因為這個空間是第二重禁宮。

鮮血從女人的鼻子裡、嘴裡和耳朵裡流出來，扭曲的臉表明她正承受著巨大的痛苦，秦濤猛然抱起李艾媛儘量讓他脫離地面，以減少震動影響。李艾媛完全陷入了昏迷狀態，鮮血不斷地從鼻孔裡流出來，面如土色呼吸急促。

「小秦，是她的能量場受到衝擊所致，方才我的心差點沒吐出來！」洪裕達用紗布擦著李艾媛臉上的鮮血：「快，到臨界點！」

秦濤來不及思考，抱著李艾媛便衝進了甬道，兩側高大的雕像還在震顫著，回頭的瞬間卻發現紫薇混元珠正越轉越快，在某個瞬間，萬道金光突然噴薄而出，整個空間霎時亮如白晝！

「濤子哥不好了，金屬蛋要爆炸！」郝簡仁跟在後面低吼著，一個跟頭摔了出去，在地上滾出了五六米才停下來，卻又哇哇怪叫：「空間變化了啊，骸骨全都不見了！」

在金光爆射的瞬間秦濤便已經注意到了這點，但腦子裡全是李艾媛的慘狀，哪裡還考慮空間轉換？方才的劇烈震動顯然是空間能量場發生變化所致，強大的能量場嚴重地干擾了李艾媛自身的能量場，而對普通人而言也產生了作用。她的能量場異於常人，所以才表現得更加強烈。

四個人全部趴在地上，突然爆射的強光瞬間致盲。

「濤子哥，咱這是到第幾層了？」

「不知道！」

「你動了金屬蛋？」

「沒有，是自己轉起來的！」

「千萬別把咱送到第九層，老子不想跟外星人圈在一塊！」

「我倒想看看長什麼樣！」

「濤子哥……」郝簡仁大口地喘著粗氣，仰面躺在地上望著美輪美奐的穹頂，鮮血流了一臉，卻感覺不到疼痛：「我感覺老婆快生了啊，是個大胖小子，真的！」

秦濤用身體護住李艾媛：「我跟你的預感不太一樣，好像……刑天出世了？」話只說了半句便被堵住了嘴巴，冰涼而柔軟的感覺。吻，有時候是奇妙的，可以震撼心靈也可以顛覆人的靈魂；吻，有時候是神聖的，可以淨化心靈也可以感覺到熾烈的愛意。但突如其來的吻對於秦濤而言，有太多的不可思議——自己竟然親了女人？

當李艾媛睜開眼睛的時候，看到一張棱角分明的臉，溫柔的目光裡充滿了喜悅和幸福：「我們……這是在什麼地方？」

真不知道置身何處，秦濤慌亂之中輕輕地擦了一下女人臉上的血跡，抱得更緊。忽的看到前面不遠地方散落著一個藥箱子和碎玻璃，不禁大喜：「是第二層！」

三分鐘的熱血沸騰換來的也許是一輩子的甜蜜回憶，在這個神祕的空間裡，在萬道金光迸發的時候，在美輪美奐的星空之下，秦濤最寶貴的初吻竟然被奪走了。當神志終於恢復過來的時候，李艾媛掙扎著推開秦濤，大口地喘吸著，臉上露出一抹羞澀的笑容。

秦濤翻身起來望向塔臺方向，紫薇混元珠正在勻速旋轉著，萬道金光熠熠生輝，照亮了整個空間。能夠感到一絲絲的熱量正不斷地進入體內，冰冷的感覺逐漸消失，身體卻疲憊至極，竟然「撲通」一下跪在了地上。

這裡是第二層空間，秦濤看到了甬道兩側八座氏族武士骸骨雕像已經不在了，遍地狼藉不堪，甚至還有激戰的痕跡。第二層空間實則是羲皇封禁中的第七層，也是兩件法器曾經安放的地方，烏族長的心願不是要封禁法器歸位嗎？機緣巧合的是竟然實現了！

◊

滾滾的雷聲不斷地傳來，突然而至的大暴雨傾盆而瀉。徐建軍凝重地站在雨中，跟一柄標槍一樣，久久地望著瀑布方向，大塊的岩石正在急速墜下，百米高的懸崖絕壁竟然被閃電給擊中？

如果不是親眼看到，打死也不會相信。

又一道閃電從天而降，直接劈在了百米懸崖上，立即發生了爆炸，一團藍色的火球陡然爆發出來，恰好是沿著絕壁天梯的位置，猛烈撞在石壁上爆炸，一聲驚雷立即平地而起，地面為之震顫不已。

雪千怡站在洞穴的入口驚懼地望著眼前的一幕：「徐連長，快進來，雨太大了！」

徐建軍漠然地搖搖頭，長這麼大還是第一次見識到雷電把懸崖給劈了？關鍵是懸崖上有鐵索雲梯，而天坑內的氣壓很低，雲層壓得也很低。但這也是猜測，因為在十分鐘之前還沒有下雨的徵兆呢，轉眼之間就暴雨傾盆雷電交加了。

是刑天在舞干戚嗎？也許。

「炸藥埋好沒？一定要定向爆破！」徐建軍快步走進洞穴，裡面一片昏暗，一股松油的味道撲面而來，兩名戰士正舉著火把照亮。

徐建軍打量著三米多高的青銅大門，不禁眉頭緊皺：雖然發現了濤子他們的蛛絲馬跡，但為什麼人進去了門卻被關上了？難道發生了什麼不測？

「報告連長，已經裝藥完畢，等您下命令呢。」一名戰士甕聲甕氣地彙報道。

徐建軍咬了咬牙：「準備！」

「等一等！」雪千怡厲聲喊道：「您不能破壞文物，按照文物保護法之規定這是犯罪的行為，另外秦連長如果在裡面怎麼辦？會造成二次傷害！」

「救人要緊還是保護文物要緊？是救人！」

「這不是救人，而是害人！」

徐建軍急得一跺腳：「那怎麼辦？一切跡象表明他們進去了，門被封死了，總不能坐視不管吧？我的雪小姐！」

雪千怡痛苦地搖搖頭，他說的沒錯，至少有五六條人命在裡面呢，如果坐視不管的話就成了古董了，但如此珍貴的文物一旦被炸了，就完全不復存在了，誰能負得了這個責任？難道就沒有更好的辦法嗎？

「人命關天，炸！出事我負責！」徐建軍大手一揮：「所有人都撤到安全地帶，聽我的命令！」

沒有人能夠阻擋軍令，更何況救人如救火？雪千怡也不再堅持，在救人和保護文物兩難全的情況下，當然是救人要緊。所有人都撤出了洞穴，在雨中站了一排，都在等待徐連長下達命令。

徐建軍鐵青著臉望著遠處煙雨迷蒙，恨自己來的太晚了，沒有和濤子並肩戰鬥，更恨那些窮凶極惡的混蛋們，二十多人竟把隊伍阻擋在鎖雲洞裡一夜，以至於耽誤了救援工作。如果濤子面對這樣的情況該如何選擇？

「準備——起爆！」

起爆！起爆！

「喀嚓」一聲巨響，天空又傳來一聲驚雷，一道閃電憑空閃過眼際，只見中心島對面的巨樹直接被雷劈中，碩大的樹冠瞬間冒起一股輕煙，地面陡然一陣劇烈的震動，兩條鎖鏈不知道從哪冒出來的，如兩條黑色的游龍一般憑空出現，負責起爆的戰士驚得目瞪口呆，但還是按下了起爆器。

沒有聽到熟悉的爆炸聲音，徐建軍不禁憤怒地吼叫一聲：「怎麼回事？」

「不……不知道啊連長，跟以前爆破沒啥區別，是不是漆包線斷了？」

「笨蛋！」徐建軍一把搶過起爆器，按動了兩下，還是一點反應也沒有。地面持續地震動著，從洞口冒出一陣煙塵。徐建軍第一個跳下鴻溝衝了進去，雪千怡隨同幾名戰士緊隨其後衝了下來。

徐建軍站在雨裡盯著前面的洞口，慢慢地後退，臉幾乎變形扭曲，忽然大吼一聲：「快撤——快！」

黑漆漆的洞口站著一個龐然大物，無數根觸手正在空中張牙舞爪，沒有腦袋，長得像章魚一樣的怪獸，黝黑發亮的眼睛竟然長在了腰上？第一次看到長得這麼大怪物，所有人都驚得目瞪口呆，沒有任何反應。

徐建軍拔出五四手槍連續激發，槍槍命中怪物，大量黑色的黏液噴了出來，但那傢伙根本不受影響。三條觸手不知道從哪冒出來的，跟鐵鍊子似的從天而降，直接拍到了一名戰士的身上，人直接飛到了空中，然後重重地摔在了地上。

「砰！砰！」「噠！噠！噠！」徐建軍快速後撤，幾名戰士抱著衝鋒槍一陣猛烈地掃射掩護，憤怒的子彈全部傾瀉在怪物身上，眼見這怪物從洞口衝了出來，巨大的觸手橫著掃了過來，砸在徐建軍身後的岩石上，只聽「轟」的一聲巨響，碎石泥土漫天飛濺。

「頂住！給我頂住！」徐建軍一把抓住呆若木雞的雪千怡衝出了鴻溝，回頭又是三槍，那傢伙完全無視子彈的摧殘，反而憤怒地吼叫了兩聲，竟然直接從鴻溝底部跳了上來，完全展現在人們面前。

足足有七八米高，渾身上下有十多條粗壯的觸手，黝黑發亮的觸手在空中張牙舞爪，彷彿是在向徐建軍示威。雪千怡嚇得不知所措，竟然一屁股坐在了泥水裡，從來沒看過妖魔鬼怪，更沒見過這麼大的「章魚」——只能說它是章魚，跟章魚長得同樣醜陋，面貌猙獰可怖，如果說長眼睛的地方是它的「臉」的話，那它的嘴就長在了肚臍上！

徐建軍把手槍扔在地上，一把搶過旁邊戰士的衝鋒槍，緊張地盯著對面的怪物：「大家後撤，準備手雷炸藥——快！」

怪物顯然是被激怒了，身上無數的彈孔裡正不斷地冒出黑色的黏液，十多米長的觸手蜷縮起來不再舞動，拳頭大的眼睛正在看著徐建軍。

第一次見過真正的怪物，徐建軍有些頭暈，忽的想起了白山事件裡面的伊澤爾，心不由得猛然一沉：難道濤子他們沒進入洞穴？

這是很正常的思維方式，因為這傢伙是從裡面出來的，而洞口三米多高的門關閉嚴密。徐建軍第一感覺就是秦濤他們很有可能凶多吉少，但從沒想過是被這種怪物。就在電光石火之間，兩隻觸手從兩側忽然襲擊而來，徐建軍來不及多想，就地翻滾著躲開，兩隻觸手在空中砸在一起，發出一陣巨響。

丫的，老子跟你拼了！徐建軍連續扣動扳機，子彈傾瀉在怪物身上，卻絲毫沒有重創它，徐建軍快速向板房方向移動，但無腿的怪物移動得更快，轉瞬之間就已經擋住了徐建軍的路，這傢伙的智商絕對不會比人低，竟然能夠猜到徐建軍移動逃跑的路線？

徐建軍一陣驚悸，從來沒有遇到過這種情況，也從來沒有碰到過這樣的敵人。並非是刀槍不入，但子彈似乎對它完全不起作用？他果斷地拔出狗腿刀橫在胸前，預熱的動作還沒等做呢，一條觸手已經掃了過來，一陣陰風席捲而過，徐建軍怒吼著迎上前去，鋒刃在空中劃過一道弧線，正好砍在觸手上，一股強勁的罡風迎面襲來，狗腿刀被砸飛的瞬間，人也被砸出去十多米遠。

「徐連長！」雪千怡連滾帶爬地衝到徐建軍身邊，不管不顧地抱住徐建軍的頭部，只見他吐出一口血沫子，瞪著猩紅的眼珠子盯著張牙舞爪的怪物。雪千怡立即用止血紗布捂住徐建軍的傷口：「徐連長，您受傷了別動！」

「打！狠狠地打！」

一陣爆豆似的槍聲在暴雨中響起，怪物幾乎被打成了篩子，但不能奈之如何。其生命力似乎無窮無盡一般，子彈對它的傷害簡直是微乎其微。如果徐建軍見識到秦濤對付怪物的手段估計得會氣得吐血，用一枚震爆彈搞暈，然後用兩顆手雷炸碎它！但那畢竟是在封閉的空間裡，而現在則是在空曠地帶，那種法子行不通。與強大的怪物相比，徐建軍簡直弱小得如同螻蟻一般，攻擊也顯得以卵擊石。

烏雲密佈的天空之下怪物站在被融化了的青銅塔臺基座上，憤怒地舞動著超過十米的怪爪，好似沒有腦袋的刑天一般。怪物的怨氣似乎超過了刑天，十幾條詭異的觸手不斷地發出攻擊，所過之處遍地鴻溝，戰士們不得已分散開一邊躲避一邊攻擊。

「徐連長，這麼打不是辦法，用單兵火箭筒！」一名戰士跑過來喊道。

「快去拿！」

正在此時，只見怪物突然停止了攻擊，十多條黝黑發亮的觸手竟然高高的刺向天空，宛如天神魔鬼一般！徐建軍不禁驚得目瞪口呆，他〇的要發起總攻了嗎？兩名戰士抬著火箭筒從雨幕中鑽了出來，徐建軍猛然一躍而起搶過火箭筒怒吼：「所有人後撤！快！」

「徐連長，我要跟你一起並肩戰鬥！」

「服從命令——全部後撤！」徐建軍一聲怒吼：「現在不是逞強的時候，想當英雄有的是機會！」

雪千怡隨同戰士們躍入鴻溝之內，徐建軍站在距離怪物只有十米遠的地方，肩上扛著單兵火箭筒，怒吼著，火箭彈如幽靈一般爆射而出，一團白霧將徐建軍籠罩其中。而就在這一瞬間，天雷滾滾，一道閃電從天而降，恰好擊中了站在青銅基座上的怪物，兩團藍色的火球猛然爆炸，而後是第三聲轟隆的爆炸，怪物被炸成了碎片。而劇烈的衝擊波迎面襲來，把徐建軍掀到了空中。

徐建軍重重地摔到了地上，滾落到鴻溝之中。

◊

密閉的空間之中發出一陣劇烈的震動，李艾媛在秦濤的懷中痛苦地呻吟著，神祕的能量場似乎發生了變化，對於自身能量場超過普通人的李艾媛而言無疑是最痛苦的。所有人都在承受著這種痛苦，但秦濤的抵抗力極強，仰望著不斷晃動的穹頂，不知道外面發生了什麼。

「濤子哥！」郝簡仁趴在地上駭然怒吼著，以減少能量場變化所產生的干擾力，耳中卻傳來一陣機關觸發的聲音，模糊地看到廣場裡的塔臺正在以可見的速度下沉，驚得郝簡仁目瞪口呆。

當最後一抹金光消失在秦濤眼際的時候，空間終於恢復了平靜。廣場對面恍然出現了一座恢弘的大殿，秦濤如釋重負一般躺在地上，大口地喘著粗氣，望著幽藍深邃的穹頂，北斗星陣虛幻縹緲起來。

「秦濤……我們是在第幾層？」躺在秦濤胸口的李艾媛終於幽幽地醒來，短短的數秒之內如同在地獄裡走了一遭一般。

「是初入的那個地方，聖殿有出現了。」秦濤狼狽不堪地匍匐在地上有氣無力地應答著。洪裕達此刻清醒過來：「小秦，方才我好像聽到機關被觸動了，空間實現了轉換，而且……而且……塔臺消失了！」

正在此時，幽幽的空間內忽然傳來一陣聲嘶力竭地吼聲，竟然是老徐？秦濤和李艾媛興奮地抱在一起，一種難以形容的幸福感不禁讓兩人熱淚盈眶。沒有經歷過生死就不會理解生活在現實當中是何等的幸福。當從如夢魘一般的虛幻空間僥倖逃脫出來的時候，所有人才知道這種幸福並非遙不可及。

郝簡仁暢快淋漓地哈哈大笑。

徐建軍率領著戰士們衝進來：「濤子？」

雨後初晴，燦爛的陽光穿透鎖雲嶺上的濃霧，在百米飛瀑的上空出現了一道壯觀的虹，飄飄灑灑的水霧漫天飛舞，將滿眼的翠綠籠罩其中。

「我們去了明朝，也到了殷商，還弄出了個小型冰河期，差點闖下大禍。」秦濤看一眼挺拔的徐建軍，發現他正在不可思議地看著自己，不禁開懷大笑：「難道你不相信？最後我們將兩件法器歸位，羲皇封禁九重禁宮裡變化萬千，令人震撼啊！」

徐建軍舔了一下乾裂的嘴唇：「我信。」

時間須臾，遊遍千古，當重新回到現實世界之後才發現這裡的陽光最燦爛，空氣最新鮮，景色也最美。秦濤深深地看一眼李艾媛，她的目光似乎閃爍著躲避著自己，不禁苦笑一下，轉身掃視著後面的戰士：「同志們，更重要的任務壓在我們的肩上，大家有沒有信心完成？」

「有！」

「國雖大，好戰必忘；天下雖安，忘戰必危！」秦濤鄭重地敬禮。

郝簡仁摸著腦袋狐疑地看一眼秦濤：「秦連長，還有啥任務啊？我可夢見老婆快生了啊！」

異族以獨特的方式潛入人體，他們早已對人類發動了攻擊，只是在等待小冰河期的到來。如果不及時迎戰，一場慘烈的大戰終究將會到來。

（全篇・完）

注釋

1 倒爺：八〇年代出現的特殊群體，一度盛行於中國各地。在從計劃經濟轉向市場經濟過程中，有人利用計畫內商品和計畫外商品的價格差別，在市場上倒買倒賣進行牟利。

2 土夫子：本來是對長沙賣黃泥維生者的俗稱，後為湖南一帶對於盜墓者的稱呼。

3 木衛二：又稱為「歐羅巴」，木星的天然衛星之一，主要由矽酸鹽岩石構成。

4 烏龜的腚：「規定」的諧音，出自馮鞏在春節聯歡晚會的小品：王八的屁股——規定（龜腚）。

5 掌眼：盜墓團夥中的靈魂人物，除了具備夜觀天象、尋龍定穴的本領外，還能對文物藏品的真偽、年代等進行鑑定和報價。

6 笆籬子：東北方言，指監獄。

7 踩盤子：舊時江湖幫會人物的暗語，意指事先偵察要行劫或偷竊的對象。

8 黃腸題湊：中國春秋至漢朝時期的墓葬形制，用黃心柏木在棺槨外壘疊起來，全部題頭向內。

9 拌蒜：北平方言，形容腳步踉蹌的樣子。

國家圖書館出版品預行編目(CIP)資料

龍淵 下卷 封禁傳説 / 驃騎作. -- 初版. -- 臺北市 : 臺灣東販, 2021.05
400面 ;14.7X21公分
ISBN 978-986--511-263-9 (下冊 : 平裝).
--

857.7　108023435

龍淵　下卷 封禁傳說

2021年05月01日初版第一刷發行

著　　者　驃騎
封面插畫　變種水母
編　　輯　鄧琪潔
美術設計　黃瀞瑢
發 行 人　南部裕
發 行 所　台灣東販股份有限公司
＜地址＞台北市南京東路4段130號2F-1
＜電話＞(02)2577-8878
＜傳真＞(02)2577-8896
＜網址＞http://www.tohan.com.tw
郵撥帳號　1405049-4
法律顧問　蕭雄淋律師
總 經 銷　聯合發行股份有限公司
＜電話＞(02)2917-8022

授權自廣州阿里巴巴文學